Zu diesem Buch

«Was verbirgt sich wirklich unter den hohen Dächern unserer Kathedralen? Wie viele verborgene, vermauerte Verliese haben die alten Baumeister hinterlassen? Ungläubiges Staunen, vermischt mit Schaudern, wird jeden erfassen, der ‹Das Sakriversum› liest. Ein ganz phantastischer Schmöker: Mielke erzählt die Geschichte von Menschen, die 700 Jahre lang in der Nische eines mittelalterlichen Domes überlebten.» («Express», Köln)

«Ein Roman von hohem literarischen Rang, der sich durch seine Eigenständigkeit und sein faszinierendes Konzept von den meisten Werken der hiesigen Science-fiction-Produktion abhebt. Mit diesem Roman hat sich Mielke an die Spitze der deutschen Autoren geschrieben.» («Science Fiction Times»)

Thomas R.P. Mielke, geboren am 12. März 1940 in Detmold, wuchs als Kind eines Pastors im Ostharz und in Rostock auf. Mit fünfzehn kam er allein in den Westen und verbrachte Wanderjahre in Jugendlagern, als Schiffsschmied und als Gärtner. Er wurde Texter in internationalen Werbeagenturen und ist heute Mitinhaber einer Berliner Werbeagentur. Daneben schrieb er die Romane «Gilgamesch. König von Uruk» (rororo Nr. 12689), «der der Faszination von Tolkiens Kult-Buch ‹Der Herr der Ringe› kaum nachsteht» («Westfalenpost»), «Inanna» (rororo Nr. 12982), «ein tolles Buch für alle, die Göttersagen und Legenden lieben» (RIAS), und «Karl der Große», den «Roman seines Lebens» (rororo Nr. 13320) sowie einige Dutzend Science-fiction-Romane und -Kurzgeschichten. Thomas R.P. Mielke ist verheiratet, hat vier erwachsene Kinder und lebt in Berlin.

Thomas R. P. Mielke

DAS SAKRIVERSUM

Der Roman einer Kathedrale

rororo

Rowohlt

Veröffentlicht im Rowohlt Taschenbuch Verlag GmbH,
Reinbek bei Hamburg, Dezember 1994

Umschlaggestaltung Walter Hellmann
(Gemälde «Die gestürzten Engel in der Hölle»
von John Martin, um 1841. London, Tate Gallery)
Gesamtherstellung Clausen & Bosse, Leck
Printed in Germany
1690-ISBN 3 499 13414 4

»Um vierzig Grad wird einst der Himmel glühen,
Das Feuer nahn der stolzen, neuen Stadt.
Groß für den Augenblick die Flammen sprühen,
Von den Normannen man die Formel hat…«

(Quartain VI/97 der Prophezeiungen
von Michel de Notre Dame, 1503–1566,
genannt Nostradamus)

Hiroshima.
Nagasaki.
Und dann der 8. März des Jahres 2018.

1. KAPITEL

»Wenn die Flamme der Kerze den letzten Tropfen Bienenwachs verzehrt hat, werden wir sterben. Damit geben wir das Vermächtnis auf, das unser Volk siebenhundert Jahre bewahrt hat.«

Die Stimme des alten, hohlwangigen Mannes zitterte wie der Schatten der Kerzenflamme an den entfernten Wänden der Gruft. Niemand aus der Familie wagte, Meister Wolfram zu stören. Obwohl er erst fünfzig Lenze zählte, sah sein Gesicht unter dem hohen, breitkrempigen Topfhut krank und müde aus.

»Wir haben keine Trockenfrüchte mehr«, fuhr er nach einer langen Pause fort, »kein Mehl und keine Kerzen. Die großen Vögel kreisen nicht mehr um die Kathedrale; und es steht geschrieben, daß wir nicht in unser Dorf zurückkehren sollen, solange draußen noch ungesunde Luft ist ...«

Er legte seine Hand auf den Arm eines jungen Mädchens neben sich.

»Sag Guntram, er soll kommen«, flüsterte er leise.

»Ja, Meister Wolfram!«

Das hübsche blonde Mädchen raffte ihr kunstvoll besticktes Brusttuch zusammen und huschte an den schmutzig aussehenden Familienmitgliedern vorbei. Ihr Bruder Guntram stand im Schatten.

»Großvater will dich sprechen ...«

Er nickte. Schon seit Stunden hatte er erwartet, vom Clan-Chef der Familie ins Licht geholt zu werden. Zusammen mit seiner Schwester drängte er sich bis zum Holzstuhl von Meister Wolfram.

»Agnes sagt, daß die Zeit für mich gekommen ist ...«

Der alte Mann sah seinen Enkel aufmerksam an und nickte langsam.

»Du hast darauf gewartet?«

»Ja.«

»Dann geh und gieß den Wein der Letzten Gnade in den Kelch, aus dem wir nacheinander trinken werden.«

»Der Wein ist dick und harzig«, flüsterte Guntram. »Ich habe ihn gesehen ...«

»Tu, was ich dir sage!«

Guntram wehrte sich innerlich gegen die Anweisung. Er war erst sechzehn Jahre alt, aber er fühlte sich stark genug, gegen die starren Regeln seiner Familie zu protestieren.

Seit drei Jahren hatte er – unbemerkt von allen anderen – in jeder freien Minute nach dem Grund dafür gesucht, warum die Familien des Sakriversums seit Jahrhunderten in einer eigentümlichen, rätselhaften Isolation unter dem Bleidach der Kathedrale lebten, während sich draußen Kulturen und Zivilisationen ganz anders als sie selbst entwickelt hatten.

Er erinnerte sich an die alten Überlieferungen. In unregelmäßigen Abständen waren die Bewohner des Sakriversums über geheime Gänge und nie enden wollende Wendeltreppen in die Tiefe geflohen. Nur dadurch hatten sie immer wieder Kriegen, Pestilenz und unerwarteten Inspektionen der *Weltlichen* ausweichen können.

Doch jede Flucht war mühsamer und beschwerlicher als die vorangegangene gewesen...

Meister Wolfram maß trotz seines Alters noch gut neun Zoll – er selbst und seine Schwester brachten nur noch acht alte Zoll Körpergröße auf.

»Der güldene Kelch unseres Ahnherrn gehört zu den großen Vermächtnissen«, sagte Meister Wolfram. »Wenn wir gemeinsam den Wein der Letzten Gnade trinken, wird kein *Weltlicher* von dem Geheimnis erfahren, dem wir unsere Existenz verdanken.«

Guntram trat einen Schritt vor.

»Habt ihr nicht stets gesagt, daß wir alles daransetzen müßten, weiterzuleben – ganz gleich, was in der Welt geschieht? Ist das nicht unser großer Auftrag seit siebenhundert Jahren?«

»Es steht geschrieben...«

»Nein!« sagte Agnes. Sie griff mit beiden Händen in ihr volles blondes Haar, löste den Nackenknoten und ließ ihre Haare über die Schultern wallen. Mit einem trotzigen Kopfschütteln trat sie neben ihren Bruder.

»Guntram hat recht! Wir sind noch zu jung, um alles zu verstehen, aber wir wissen, daß unser gemeinsamer Ahnherr das Sakriversum nicht gebaut hätte, wenn er nicht von unserer Zukunft überzeugt gewesen wäre ...«

»Agnes!«

Guntram versuchte, seine Schwester zu beschwichtigen.

»Laß mich!« wehrte sie ab. »Siehst du denn nicht, was hier geschieht? Wir haben keinen Mut mehr. Ich gebe zu, daß ich in den langen Nächten auch an den Wein der Letzten Gnade gedacht habe, doch das ist Frevel! Wir wissen, daß ein Fluch über unseren Familien liegt, doch wir sind gleichzeitig die Hüter der Erkenntnis!«

»Es hat keinen Zweck mehr«, sagte Meister Wolfram müde. »Diesmal können wir nicht ins Sakriversum zurückkehren!«

Guntram sah sich um.

»Vielleicht nicht alle elf«, sagte er und nahm seine Schwester an der Hand. »Aber wenn es nur einigen von uns und aus den anderen Familien gelingt, das Sakriversum zu erreichen, könnten wir einen neuen Anfang machen ...«

Wolfram schüttelte den Kopf. Die anderen Mitglieder seiner Familie murmelten. Jeder hatte eine andere Meinung. Sie drängten sich auf dem obersten der pyramidenartig übereinandergestapelten, immer kleineren Bohlentische zusammen, bei denen jede höhere Ebene jeweils zum Ende einer Flucht gezimmert worden war.

Das Licht der Kerze reichte nicht aus, um den eigentlichen Fußboden der Gruft zu erhellen. Sie wußten, daß in den Kammern des Bleikellers noch andere Familien warteten. In den ersten Wochen hatten sie sich gegenseitig besucht, doch dann waren die Begegnungen immer seltener geworden.

»Wir sind längst zu schwach für eine Rückkehr ins Sakriversum«, sagte Meister Wolfram. »Niemand weiß, wie es oben aussieht. Das Bleidach der Kathedrale wird unsere Felder und Gärten geschützt haben, aber diesmal ist ein Pesthauch in der Luft, der alles, was jetzt noch leben sollte, auf grauenhafte Weise töten wird!«

»Trotzdem könnten wir es versuchen ...«

Wolfram schüttelte den Kopf.

»Ich weiß, daß sich die Jugend stets gegen die Weisheit der Alten durchsetzen will. Aber das Oberste von allem ist das Gesetz!«

»Sagt das Gesetz nicht, daß wir den Wein der Letzten Gnade erst dann trinken sollen, wenn keiner von uns noch eine Hoffnung hat!«

»Es gibt keine Hoffnung mehr …«

»Doch!« Guntram räusperte sich. »Agnes und ich wollen noch nicht sterben. Es ist das Jahr, in dem wir beide eine neue Familie gründen sollten. Wir haben auch darüber gesprochen …« Er sah Agnes mit einem leisen Lächeln an. Sie senkte den Kopf. Ein scheues Rot flog über ihre Wangen.

»Ihr seid die Kinder meines Sohnes Ekkehard und meiner Tochter Uta. Ich weiß, daß ihr das wilde Blut geerbt habt, das diese beiden einst veranlaßte, den Frieden unseres Dorfes im Sakriversum zu verlassen.«

Guntram drückte Agnes Hand. Erzählte ihnen Meister Wolfram nun, was immer ein Tabu für sie gewesen war?

»Du warst vier Jahre alt, Guntram«, sagte der Clan-Chef der Alchimisten-Familie. »Und du, meine Enkeltochter, gerade zwei, als eure Eltern nach der Entdeckung eines frevelhaften Tuns beschlossen, mit euch zu den *Weltlichen* zu fliehen …«

»Aber warum?« hauchte Agnes verwirrt.

»Ekkehard und Uta hatten heimlich die Schriften und die Sprache der *Weltlichen* gelernt!«

Guntram spürte, wie plötzlich ein kalter Schauder durch seinen Körper raste. Ihm wurde heiß, dann wieder fiebrig-kalt. Das also war es gewesen! Und genau das Gleiche hatten er und Agnes getan! Er erinnerte sich noch genau an den Tag, an dem Agnes ihm die kleine, geschnitzte Holzpuppe gezeigt hatte, in deren hohlen Gliedmaßen sie winzige, zusammengerollte Papierfetzen gefunden hatten. Erst sehr viel später und nach langen Stunden, in denen sie in verschiedenen Verstecken mit ihrem *Kind* gespielt hatten, war ihnen aufgegangen, daß sie von ihren Eltern ein Vermächtnis erhalten hatten, von dem kein anderer im Sakriversum wissen durfte …

Die Papierröllchen in den Gliedern der Puppe und in ihrem Bauch waren etwas Ähnliches wie das sagenumwobene Testament des Baumeisters, der die Pläne für den Bau der großen Kathedrale vor mehr als siebenhundert Jahren auf höchst geniale und geheime Weise aus einem ganz bestimmten Grund verändert hatte.

»Nicht alle haben immer verstanden, warum es ungeschriebene Gesetze gibt«, sagte Meister Wolfram, dem wohl als Einzigem nicht entgangen war, wie betroffen Guntram und Agnes reagiert hatten. »Deshalb will ich euch beiden sagen, wie es mit euren Eltern weiterging. Hört und entscheidet dann, ob ihr mit uns sterben oder das Gesetz brechen wollt …«

Ein dumpfes Raunen ging durch die stehenden und auf dem Bohlentisch kauernden Familienmitglieder. Sie waren nur noch elf, seit eines der Kinder beim Abstieg verunglückt war.

Der Rest der Kerze auf dem Tisch vor Meister Wolfram blakte.

»Ekkehard und Uta kamen vor zwölf Jahren nur bis zur Nordseite des Kathedralendachs«, erzählte der alte Mann. »Sie flohen nachts bis zur *Teufelsmauer*, die unsere Welt von der anderen Seite trennt. Natürlich wußten sie, daß auch dort Menschen leben, die so ähnlich sind, wie wir, aber eben nur ähnlich und nicht gleich …«

Meister Wolfram hustete leise. Die Flamme der Kerze wankte, als das kurz gewordene Ende des Dochtes umfiel.

»In der ersten Vollmondnacht nach ihrer Flucht wurden eure Eltern von den schrecklichen *Bankerts*, die so lange wie wir auf der anderen Seite hausen, zur *Teufelsmauer* zurückgebracht. Sie legten den Leichnam meines Sohnes Ekkehard, eures Vaters, genau auf die Grenzmarkierung.«

Niemand wagte zu sprechen, bis Agnes fragte:

»Und Mutter?«

»Sie war verwirrt in ihrem Geist. Ehe der Gram sie ebenfalls dahinraffte, sprach sie wie eine Seherin ständig von einem anderen Sohn eures Vaters, der zu uns kommen würde, wenn Mars sein Feuer über den Menschen ausgießt…«

Guntram blickte zu Boden. Mühsam versuchte er, seine widerstreitenden Gefühle zu bändigen. Seit Meister Wolfram vor vier Jahren damit begonnen hatte, ihn in die Geheimnisse der Alchimie einzuweisen, hatte er viel über die alten Weisheiten gelernt. Sie hatten nichts mit Magie und Zauberei zu tun. Aber nur Eingeweihte konnten verstehen, daß hinter den Zeichen, Symbolen und Riten eine ungeheuer komplizierte und doch ganz einfache Erklärung für das Zusammenspiel der sichtbaren und unsichtbaren Dinge stand: so unbegreiflich und gleichzeitig in sich geschlossen, wie das Universum selbst ....

Guntram wußte, daß Meister Wolfram Gold machen konnte, doch selbst die *Transmutation* von Quecksilber in Gold war nur ein geringer Teil der eigentlichen Geheimnisse!

Seit er denken konnte, kannte er die drei großen Tabus seines Volkes, über die man nicht sprach: der Grund für ihre Existenz, die Entwicklung der *Weltlichen* und jene Menschen auf der anderen Seite des Kathedralendaches, die fast so waren wie sie selbst.

Einige Tage vor der Nacht des »weißen Feuers« hatte Meister Albrecht, der ohne Familie als *Weltwächter* im Sakriversum lebte, berichtet, daß auffällig viele *Bankerts* in der Stadt eingetroffen waren. Einige sollten sogar den Weg nach oben genommen haben ...

Guntram entschloß sich, ein Tabu zu brechen.

»Wer sind die *Bankerts*?« fragte er.

Die Angehörigen der Alchimisten-Familie fuhren erschreckt zusammen. Nur Meister Wolfram sah seinen Enkel lange prüfend an.

»Warum willst du das wissen?«

Guntram hob die Schultern. Er strich sich über die Schläfen und griff unter sein weiches, nußbraunes Haar, das mit einer Innenrolle auf seine Schultern fiel. Er blickte zu Agnes. Sie sahen sich viel ähnlicher als andere Geschwister in den Familien. Obwohl sie keine Zwillinge waren, hatten sie die gleiche hohe Stirn, den gleichen Nasenschwung und die gleichen vollen Lippen. Nur an ihren Haaren und Augen unterschieden sie sich.

Agnes hatte grünliche Augen mit einem dunklen Rand um die Iris, während Guntram das Zeichen der Logenmeister trug: ein graues und ein hellblaues Auge...

Noch vor der Flucht in die Bleikeller waren sie dazu bestimmt worden, zusammen mit einigen anderen Geschwisterpaaren zur Mittsommernacht zu heiraten.

Guntram sah, wie seine Tante Mathilda verstohlen zu Meister Wolfram ging. Sie holte einen kleinen Lederbeutel unter ihrer bunten Schürze hervor. Vorsichtig lege sie den Beutel an die Lippen des Clan-Chefs und ließ ihn die letzten, sorgsam gehüteten Tropfen saurer Schafsmilch trinken.

»Danke, Mathilda!«

Meister Wolfram schloß die Augen. Er schien vergessen zu haben, was Guntram und Agnes wollten.

»Die *Bankerts*!« sagte er plötzlich. Er holte tief Luft. »Ich weiß nicht, ob sie es besser oder schlechter getroffen haben als wir. Wir mußten siebenhundert Jahre mit einem Fluch leben, aber wir wußten wenigstens, wer unsere Vorfahren sind! Als Nachkommen des Kathedralen-Baumeisters ist es unser Recht, im Sakriversum zu leben. Er hat die Zuflucht unter dem Dach für uns gebaut, während die *Bankerts* von Anfang an nur geduldete Sühnezeichen waren: eine Rasse von Findelkindern ohne Stammbaum und ohne Familiensinn ...«

Der alte Mann hustete leise. Er hatte viel zu lange gesprochen. Mathilda setzte sich neben ihn. Sie streichelte seine welken Hände. Sie und ihr Bruder Hanns waren es gewesen, die Guntram und Agnes nach dem Tod ihrer Eltern aufgezogen hatten. Ihr eigener Sohn Ludolf war während des langen Abstiegs in eine Mauerspalte gestürzt und qualvoll gestorben.

Mathilda hatte Guntram und Agnes immer wie eigene Kinder betrachtet. Doch jetzt war plötzlich alles anders.

»Warum quält ihr Meister Wolfram noch?« fragte sie böse. »Ist denn noch nicht genug geschehen? Warum müßt ihr uns durch eine Hoffnung blenden, die dann doch keine ist?«

»Wir wollen nicht sterben«, sagte Agnes leise.

»Ich kenne euch! Du hast immer zu Guntram gehalten, ganz gleich, was er angestellt hat ...«

»Er ist mein Bruder!«

»Die Kinder Ekkehards!« fauchte Mathilda.

Meister Wolfram hob müde die Hände.

»Tut, was ihr tun müßt!« sagte er. »Aber denkt daran, wie schwer es ist, hungrig und durstig die Stufen zu erklimmen. Sie sind viel höher als ihr. Wie viele könnt ihr schaffen an einem Tag? Vierzig vielleicht oder fünfzig. Und in den Tagen danach? Was wollt ihr tun, wenn zwei oder drei Stufen eingebrochen sind? Wenn giftiger Regen durch Mauerritzen peitscht oder wenn ihr doch noch auf die großen Tiere aus dem Reich der *Weltlichen* trefft.«

Er hustete erneut.

Guntram bückte sich. Er griff in den Kasten, in dem der Schlüssel zur Vorratskammer aufbewahrt wurde. Nach jeder Flucht waren die Schlüssel und Schlösser verkleinert worden.

»Ich hole euch den Wein der Letzten Gnade«, sagte er. »Aber nur, wenn ihr mich und Agnes gehen laßt ...«

»Jetzt phantasiert er schon vor Hunger«, schimpfte Mathilda.

»Das Gift des Regens hat ihren Geist verwirrt«, murmelte Hanns eilfertig. Er hatte stets unter dem Einfluß Mathildas gestanden.

»... zerfressen sind die Seelen!«

»... weil sie das Gesetz nicht achten!«

»Verbannt sie!«

Das Murren der Familienmitglieder wurde immer lauter.

»Ketzerei ...«

»Verrat ...«

»Wir trinken alle oder gar nicht!«

Ein kalter Lufthauch strich durch die Gruft.

Guntram schätzte ab, wie weit es bis zu den Leitern war, die die Ebenen der Bohlentische miteinander verbanden. Wenn er den Wein der Letzten Gnade holen mußte, brauchte er die Flaschenzüge an den Tischkanten. Die Flasche mit dem Schierlingswein war viel größer als er und die anderen Familienmitglieder.

Agnes flüsterte ihm etwas ins Ohr. Guntram schüttelte den Kopf.

»Nein, das kann ich nicht sagen!«

»Warum nicht?« fragte sie ebenso leise zurück. »Vielleicht ist das die letzte Chance für uns! Du mußt es sagen!«

Guntram sah dem alten Clan-Chef fest in die Augen. Meister Wolfram war plötzlich wieder hellwach.

»Was tuschelt ihr?«

»Ich ... ich weiß, daß wir noch eine Hoffnung haben dürfen«, sagte Guntram verlegen. Er wurde plötzlich rot. Agnes drückte seine Hand.

»Ha!«

Mathilda drängte sich vor. Sie hob den Kopf, dann spuckte sie vor Agnes und Guntram auf den Bohlentisch, an dem Meister Wolfram saß.

»Mathilda!« Hanns berührte ihre Schulter.

»Laß mich! Ich habe ihn beobachtet: morgens, wenn er bereits beim zweiten Hahnenschrei heimlich aus dem Hause schlich. Mittags, wenn er am See vorbei zum *Irrlichtmoor* geschlendert ist, um sich unterhalb der Felder mit seiner Schwester zu treffen, die auch nicht besser ist! Und manchmal sogar abends, wenn die Kerzen brannten und anständige Dorfbewohner beteten und in der Schrift gelesen haben ...«

Guntram trat einen Schritt vor.

»Ja, es ist wahr! Aber wie kann Tante Mathilda das alles wissen, wenn sie sich selbst an die Gesetze gehalten hat?«

Für einen Augenblick glaubte er, ein beinahe gütiges, verstehendes Lächeln im Gesicht von Meister Wolfram zu sehen.

»Sie haben Satanszeug in ihrem Alkoven!« fauchte Mathilda. »Eine Götzenpuppe und ein Rohr, durch das alles größer wird, wenn man hindurchsieht ...«

Mit einem schwirrenden Geräusch fuhr ein kleiner, schmaler Dolch in die Tischplatte vor Guntram und Meister Wolfram. Mathildas Mann hatte ihn geworfen.

»Gott schütze uns vor Veitstanz und Verblendung!«

»In nomine Sanctae & individue Trinitatis!« antwortete der dumpfe Chor der Familienmitglieder.

Vier weitere Dolche stachen in das Holz des Tisches.

Ein kalter Frühlingswind jaulte durch zerstörte Fensterscheiben. Er bauschte halbverschmorte Gardinen auf und ließ verbrannte Kartonreste über mumienhaft in ihren Arbeitssesseln hängende Leichname regnen.

Die Toten sahen aus, als wären sie allesamt gleichzeitig in einem szenarischen Schnappschuß versteinert worden.

An der Seitenwand eines tiefer gelegenen, niedrigen Raumes, in dem sich vier Reihen hüfthoher, meterbreiter Kästen mit flachen Schubladen befanden, klaffte ein unsauber ausgebrochener Spalt. Ganz unten lag wie ein totes Tier ein steinernes Fabelwesen auf einem Haufen Mauertrümmer. Der Wasserspeier mußte irgendwo von einem Turm der nahen Kathedrale gestürzt sein ...

Als die Morgensonne fahl über der leeren Stadt aufging, ließ der

Sturm nach. Zum erstenmal nach vielen Tagen wurde der rötliche Smog zwischen den Häusern durchsichtiger.

Die Stadt wirkte nicht wirklich zerstört. Bis auf einen Kreis ausgebrannter Ruinen um die Trümmerberge des ehemaligen neuen Zentrums schien alles ganz normal zu sein. Es fiel kaum auf, daß in der restaurierten Altstadt um die Kathedrale die Fensterscheiben fehlten.

Alles schien so, als würden die leeren Straßen nur darauf warten, daß wieder Menschen aus den Häusern kämen. Die Ampeln schalteten von Rot auf Gelb, auf Grün. Erst jetzt wurde deutlich, daß nirgendwo Autos oder andere Fahrzeuge zu sehen waren. Nur tief unter den Fundamenten rumpelte es ab und zu.

Als die Zeiger der Analoguhren, für deren Erhaltung der Landeskonservator noch kurz vor der Katastrophe einen Orden am Band erhalten hatte, als diese Zeiger überall in der Stadt auf 9.56 Uhr rückten, begannen in einigen Kirchen und Kapellen die Glocken zu läuten. Obwohl der einundvierzigste Tag nach der Katastrophennacht ein Dienstag war, riefen sie wie an einem stillen Sonntag zur Messe. Aber die Menschen kamen nicht mehr …

Erst als die Sonne den Zenith erreichte, entstand eine nicht zufällige Bewegung in einem der schweigenden Häuser. Im altehrwürdigen Verlag von *J. Samuel Bruhns* polterten plötzlich fünf schwere Setzkästen mit Tausenden von säuberlich sortierten Bleibuchstaben auf den mit rötlichem Staub bedeckten Zementfußboden. Für einige Minuten blieb alles ruhig. Der aufgewirbelte Staub senkte sich wieder, dann tastete vorsichtig ein schmutziggelber Handschuh an den Kanten des Regals für die Setzkästen entlang.

Dem Handschuh folgte ein Arm … eine Schulter … ein Kopf. Die lebende Totenmaske sah nicht mehr menschlich aus. Sie war nur noch eine mumienhafte, verschorfte und verschmutzte Karikatur eines menschlichen Wesens.

Der Überlebende hatte keine Augenbrauen mehr. Sein verbrannter Kopf wirkte wie eine entzündete Wüstenlandschaft mit eiternden Inselhöckern und schwarzen Schründen in der Haut. Er atmete mit verzerrt aufgerissenem Mund und trocken hechelnden Geräuschen. Eingemummt in Gummischürzen, Handschuhe,

Papierbahnen, Fußlappen und Bindfäden, mit denen er alles um seinen Körper geschnürt hatte, kroch der Überlebende langsam und immer wieder kraftlos rastend bis ins Licht der Sonne.

Halbblind nach den endlosen Stunden unter dem Blei ließ er die heilende Wärme auf sich einwirken. Von Zeit zu Zeit regten sich halbe Gedanken in seinem Hirn. Sie schossen wie schnell zerplatzende Atombausteine in einer Blasenkammer über die Schwelle seines Unterbewußtseins: Informationen ohne Zusammenhang und Bruchstücke von Erinnerungen …

Keller unter dem Blei … schöne Schrift suchen … Gedicht für Luise, Gräfin Finck von Finckenstein … grinsende Redakteure … Ausnahmezustand … Raketenschwärme … Liebe macht blind … Väter mit ernsten Gesichtern … Präsidentengesichter … Bildschirme … Adelskalender auf kostbarem Papier … Generationen … die 3. Generation der Neutronenbombe … Blitz … Hunger … Durst …

Das leise Gurren einer Taube ließ die Finger in seinen Handschuhen zucken. Er blinzelte ins Sonnenlicht. Zuerst sah er sie nicht, doch dann entdeckte er den winzigen Vogel auf dem Kopf des steinernen Wasserspeiers.

Er war noch kleiner als ein Kolibri!

Sein linker Arm bewegte sich langsam durch den Staub. Die Taube wollte auffliegen. Er sah, wie graue Federn von ihren Flügeln abfielen. Mit einem letzten, kläglichen Gurren kippte die Zwerg-Taube zur Seite, tot.

Der Überlebende stöhnte auf. Eine Welle von verwirrten, unkoordinierten Gefühlen strömte durch seinen Körper. Wie Fieberkranke, die aus dem Angebot aus Wahrnehmungen, Erinnerungen und Empfindungen nur Bruchstücke vergrößert sehen, kreiste alles in ihm um das Ende der Zwerg-Taube.

Schon einmal hatte ein unverständlicher Tod sein Leben verändert. Es war schon lange her, aber das erste, was er bewußt miterlebt hatte, war auch in späteren Jahren ein wehmütiger Schatten geblieben …

Seine Erinnerung begann an einem Sommertag des Jahres 1995. Damals war er knapp zwei Jahre alt gewesen. Er sah ganz deutlich schwitzende braune und schwarze Pferde mit Reitern, die alle rote Jacken trugen. Vom Ställchen auf dem Balkon des Hauses, in dem seine Eltern damals wohnten, erkannte er seine Mutter auf einem der ersten Pferde. Ihr blondes, straff zurückgekämmtes und im Nacken zu einem lockeren Knoten gebundenes Haar glänzte wie Gold im Sonnenlicht.

Die Pferde schnaubten nach der langen Jagd. Während immer mehr Reiter auf dem Hof des Gutes eintrafen, bereiteten Dienstboten in blausilberner Livree Wildschweine am Spieß, Salate und Cocktails vor. Hifthörner bliesen das Ende der Schleppjagd. Die Meute und der Hirschhund keuchten in eine Ecke der meterdicken Mauer, die das Herrenhaus auf dem Hügel über dem kleinen Dorf wie ein Ringwall umschloß.

Er sah, wie ein Stallknecht ins Zaumzeug vom Pferd seiner Mutter greifen wollte. Der Braune tänzelte nervös, setzte mit einem Quersprung zur Seite und kam zu dicht an die vom Wildschweinfett aufsprühenden Flammen der Feuer.

Der Sattel rutschte zur Seite. Laut wiehernd stieg der Wallach auf die Hinterbeine. Die blonde Frau verlor das Gleichgewicht. Sie stürzte mit dem Kopf nach unten auf den Boden.

Danach war alles anders geworden: graue Tage, die sich nur dann erhellten, wenn sein Vater ihm von seinen langen Reisen Süßigkeiten oder Spielzeug mitbrachte …

Gesichter von jungen Au-pair-Mädchen zogen wie eine Galerie von Engeln an ihm vorbei, dazwischen kleine, eigentlich unbedeutende Szenen, die er nicht vergessen hatte, weil sie ihn an einen Geruch, eine besondere Stimmung, an Kumuluswolken über weiten, wogenden Kornfeldern oder an den würzigen Geschmack des Rauchs von Kartoffelfeuern erinnerten.

Silvester 1999. An diesem Abend hatte er einen dunkelblauen Samtanzug getragen. Sein Vater war noch ernster als sonst gewesen.

»Gebe Gott, daß wir noch ein weiteres Jahrhundert überstehen«, hatte er gesagt, als die Raketen schon vor Mitternacht das neue Jahrtausend begrüßten. Drei Tage später waren sie beide nach England geflogen.

Die Jahre in den Internaten ließen sich durch anachronistische Wertvorstellungen wie *Humanität, Pflicht und Moral* zusammenfassen. Er dachte ungern an diese Zeit zurück, obwohl sie sein späteres Verhalten entscheidend geprägt hatte. Er war kein besonders guter Zögling gewesen, aber auch nicht aufsässig genug, um Anführer einer Clique zu werden.

In den Ferien hatte ihn manchmal sein Vater abgeholt und zu den Orten mitgenommen, an denen Familien wie die ihre unter sich blieben. Erst sehr viel später hatte er verstanden, wovor sein Vater ihn die ganzen Jahre schützen wollte. Noch während seines Studiums an mehreren Universitäten (zunächst Geschichte, dann Theologie und später Germanistik) war ihm aufgegangen, daß er eigentlich zu einer Kaste von Fossilien gehörte. Er sprach, dachte und empfand anders als die meisten Kommilitonen. Sein Weltbild und sein anerzogenes Selbstverständnis paßten nicht in die Realität des neuen Jahrtausends ...

Kurz vor seinem Tod hatte ihm sein Vater eine Anstellung im Verlag von *J. Samuel Bruhns* vermittelt. Er war als Einzelkind unter Gleichartigen aufgewachsen, dort erst als Juniorpartner von *J. S. B.* hatte er einen Platz gefunden, zu dem er sich auch innerlich hingezogen fühlte.

J. S. B. war selbst ein Relikt vergangener Zeiten. Als einziger Verleger Europas druckte er noch nach Gutenbergs Methode Ahnentafeln und genealogische Kalender. Zeit seines Lebens hatte er Bleischriften gesammelt wie andere Leute Briefmarken oder Schmetterlinge. Außerdem gab er eine der letzten Zeitungen heraus, die noch auf echtem Papier gedruckt wurden.

Abgesehen von diesen Argumenten gab es noch einen weiteren Grund, der Goetz von Coburg veranlaßt hatte, Journalist, Redakteur und Mitherausgeber einer Zeitung für positive Nachrichten zu werden ...

Der Grund hieß Luise Henriette. Er hatte die Tochter von *J. S. B.* in einer Waldorfschule kennengelernt. Das mußte im Jahr 2008 gewesen sein, unmittelbar nach seiner Rückkehr aus England. Sie war zwei Jahre jünger als er. Später, in Salem, hatten sie lange Spaziergänge unternommen und sich zum erstenmal geküßt.

Als er nach seinem Studium zurückkehrte, war sie bereits eine verwitwete Gräfin Finck von Finckenstein …

Drei Jahre lang hatte sie ihn immer nur genarrt. Obwohl ihr Vater nichts gegen eine Verbindung einzuwenden gehabt hätte, war Goetz nie weiter gekommen als bis zu flüchtigen Berührungen, denen sie sich manchmal geheimnisvoll andeutend und dann wieder spöttisch lächelnd zu entziehen wußte.

Sie hatte ihm geholfen, als er die Stromversorgung des Verlages auf Sonnenkollektoren umstellen wollte. Sie hatte ihn behindert, als er versuchte, das Redaktionskonzept der Zeitung den wahren Strömungen der Zeit anzupassen. Sie war für ihn und gegen ihn gleichzeitig gewesen: eine Heilige, die ihn wie eine Hexe quälte …

In der Nacht zum 8. März des Jahres 2018 war Goetz in den Keller mit den ältesten Bleischriften des Verlages gegangen, weil er besonders schöne Lettern für ein romantisches Gedicht gesucht hatte. Mit einem schweren Setzkasten in den Armen war er über eine morsche, längst nicht mehr benutzte Treppe wieder nach oben gestiegen.

Der Blitzschlag und sein Widerschein aus den Mauerritzen hatte ihn so hart getroffen, daß er rücklings in einen modrig riechenden Stapel Abfallpapier zurückgestürzt war.

Drei Tage lang lag er unter dem Gewicht des Holzkastens besinnungslos im Müll. Er wußte plötzlich, daß es diese Ohnmacht war, die ihm das Leben gerettet hatte. Er wollte nicht an die grauenhafte Zeit danach denken, doch seine Erinnerung war stärker. Er würgte unwillkürlich, als ihm wieder einfiel, wie er sich in den Tagen nach der Katastrophe ernährt hatte. Noch jetzt spürte er den ekelhaften Geschmack von Papier, Knochenleim, Holzresten und schweinsledernen Bucheinbänden in seinem Mund …

Krank, fiebernd und zunehmend verwirrter hatte er brackiges Wasser aus mühsam ertasteten Brunnensielen getrunken. Er konnte sich nicht mehr erinnern, wann er in einem Blechschrank der Lagerarbeiter einen Apfel, modrig riechendes Brot und eine halbe Flasche Kräuterlimonade gefunden hatte. Er wußte nur noch, daß er das Brot nicht angerührt hatte.

Später hatte er in einer Jacke Vitaminbonbons, eine halbe Tafel Schokolade und brüchige Salzstangen entdeckt. Das war sehr lange vor dem Gurren der Taube geschehen …

Er zog den linken Arm ein, der noch immer in Richtung auf die tote Zwergtaube wies. Millimeter für Millimeter hob sich sein vermummter Oberkörper aus dem Staub. Unendlich mühsam kroch er in den Schatten. Dort, wo die Setzer und Metteure sich manchmal Tee gekocht hatten, stand ein Hocker vor einer staubigen Spüle.

Der Überlebende zog sich mühsam an den Sprossen der Hockerbeine hoch. Er hängte seinen Körper über die Sitzfläche, glitt mit den Füßen aus und schaffte es schließlich, die Hähne eines Boilers an der Wand zu erreichen.

Zuerst kam nur eisenbraunes Wasser aus dem Behälter. Der Überlebende schob den Hocker bis an die Wand und ließ sich auf den Sitz fallen. Für eine Weile kämpfte er gegen ein Gefühl der Übelkeit. Sein Körper schwankte, während er die Handschuhe von seinen Händen zog. Die Hände sahen schwarz, aufgedunsen und gleichzeitig krallenartig aus. Er hielt sie unter das Wasser.

Ohne zu denken spülte er eine Kanne aus. Er warf Teebeutel hinein, zog die Schublade neben der Spüle auf, füllte die Kanne fast zu einem Viertel mit Zuckerwürfeln und keuchte ruckartig, als das Wasser immer heißer wurde.

Aus irgendeinem Grund trocknete er seine brennenden Hände mit Seidenpapier aus einem Fach zwischen den Setzkästen. Er fand eine Büchse mit Talkumpuder. Wie ein Affe, der nicht wußte, was er tat, kippte er sich das Puder über Kopf und Hände. Dann wickelte er mehrere Bahnen Seidenpapier um die heiße Teekanne, stopfte sich Milchbüchsen in die Taschen seiner Schürzen und wankte zur Öffnung in den Regalen mit den Setzkästen zurück.

Noch während er durch den staubigen Raum stolperte, drang der Verwesungsgeruch von Leichen in seine Nase. Er schnaubte mehrmals, dann setzte er die Tülle der Kanne an seine rauhen Lippen und schlürfte vorsichtig einen Schluck heißen Tee nach dem anderen.

Er kletterte nach unten in die schützende Dunkelheit zurück. Wie ein Tier, das die Dunkelheit fürchtet und sich gleichwohl in einer Höhle sicherer fühlt, tappte er mit seiner Teekanne über knarzende Stufen nach unten.

Das Licht von oben reichte nicht aus, um den großen Archivkeller zu erhellen. Trotzdem blieb Goetz von Coburg plötzlich wie versteinert stehen. Er starrte auf ein Schild an der Wand, das er in der dunklen Abgeschiedenheit der Tage nach der Katastrophe nicht bemerkt haben konnte:

NOTAUSGANG ZUM SCHUTZRAUM

Ein Pfeil wies nach rechts. Voll Zorn über sich selbst starrte Goetz von Coburg das Schild an. Wie viele Tage hatte er direkt unter dem erlösenden Hinweis unwissend, krank und verzweifelt verbracht?

Kein Anachronismus, nein – nur ein klares, eindeutiges Zeichen, das ständig dagewesen war und das er nicht gesehen hatte, weil er es *aufgrund der Umstände nicht sehen konnte!*

2. KAPITEL

Die Dolche in der Bohlenplatte bildeten ein Pentagramm, aber das Femesymbol wirkte nicht mehr auf Guntram. Aus den Bleikammern der Gruft drangen dumpfe, schwermütige Gesänge bis ins Refugium der Alchimisten-Familie.

Guntram beugte sich vor. Agnes stand noch immer dicht neben ihm. Sie sah, wie ihr Bruder sein linkes, graues Auge schloß und mit dem anderen, dem hellblauen, Meister Wolfram fixierte. Sie fühlte beinahe körperlich, wie zwischen beiden eine unsichtbare, energiegeladene Gedankenbrücke entstand.

Der Gesang der Familien kam näher. Wie unter einem geheimnisvollen Zwang legten sich Guntrams Finger um die Dolche in der Tischplatte.

Er spürte keinen Schmerz, als er sie mit einem kurzen Ruck aus dem Holz riß. Er hob den Arm und ließ die Dolche fallen. Im letzten Licht der Kerze zeigte er den Angehörigen der Alchimisten-Familie seine Handfläche. Fünf rote Striche am Handballen und fünf weitere an den Fingern zeigten, wie er zugegriffen hatte.

»Kein Tropfen Blut«, murmelte Mathilda.

»Ein Hexer!« nickte ihr Mann. »Oder ein Seher …«

»Du hast die Kraft der Kathedralenbaumeister in dir«, hörte Guntram die Stimme von Meister Wolfram in sich. *»Es ist die ungeheure Kraft des Glaubens, ohne die kein Mensch leben kann – selbst wenn er Gott verneint! Weil sie die Materie dem Geist und die Welt Gott näherbringen wollten, schufen die Logenmeister mit den neuen, den gotischen Kathedralen ein immer höher strebendes Abbild des Himmels. Geht dem Himmel entgegen, meine Enkel! vielleicht hilft euch der Glaube, das Sakriversum zu finden … oder ein noch größeres Geheimnis!«*

Guntram bemerkte nicht, wie sich plötzlich Mitglieder der anderen Familien durch die nach jeder Flucht kleiner geschnittenen Luken dicht über der Türschwelle der Gruft drängten.

Sie sammelten sich an den Leitern, die zu den oberen Bohlentischen führten. In der Stunde des nahen Todes wollten sie alle bei der Familie der Kelchbewahrer sein. So schrieb es ein altes Gesetz aus dem Großen Buch vor, das sie im Sakriversum zurückgelassen hatten.

Guntram achtete nicht auf den Lärm, die Stimmen, nicht einmal auf seine Schwester, die dicht neben ihm stand. Im Durcheinander rings um sie herum bildeten Wolfram und Guntram zwei stille Inseln, die durch ein unsichtbares Gedankenband vereint waren. Niemand merkte, daß Guntram in diesem Augenblick eine Weihe erhielt, wie sie stets nur wenigen Angehörigen der Familien vergönnt war.

Er erfuhr von Meister Wolfram die Geschichte seines Volkes …

Seit der Mitte des 15. Jahrhunderts bestand das Volk der *Schander* aus zwölf Familien, die allesamt Nachkommen der Zwillinge Lancelot und Gudrun, sowie deren Kinder, Enkel, Ur-Enkel und Ur-Ur-Enkel waren.

Lancelot und Gudrun waren im Jahre 1318 im Alter von zehn Jahren aus der Obhut der Nonnen des ersten Klosters von Altomünster an den damals bereits im hohen Alter von siebzig Jahren stehenden Baumeister der Kathedrale übergeben worden. Danach hatte niemals wieder irgend jemand etwas von den Geschwistern gehört.

In den Jahren zuvor waren einige Ereignisse eingetreten, deren Auswirkungen den Lauf der Weltgeschichte noch viele Jahrhunderte beeinflussen sollten.

Nach dem Rückzug der Mongolen aus Europa gründete Kublai-Khan, der Enkel Dschingis-Khans, in China einen in sich abgeschlossenen Staat. Die Kreuzritter hatten Jerusalem für immer verloren. Während die katholische Kirche ihre Gegner als Ketzer verbrannte und die Juden zu Hunderttausenden verfolgt, enteignet und in Gettos getrieben wurden, erklärte Ekkehard die göttliche Gnade als unabhängig von der Kirche.

Gleichwohl versuchte Papst Bonifatius VIII. als letzter großer Vertreter des päpstlichen Weltherrschaftsgedankens im Jahre 1302 noch einmal, mit der Bulle *Unam sanctam* gegen die neuen Kräfte der Nationalstaaten anzugehen. Gleichzeitig ersetzte er die Kreuzzugsablässe durch den Finanzierungstrick der Jubelablässe, die durch ein Heer von Ablaßpredigern frei Haus verschleudert wurden – eine der Ursachen der späteren Reformation.

Die Veränderung Europas konzentrierte sich auf die südlichen Grafschaften Englands, die Normandie, die Niederlande, Flandern, die Île-de-France, die Champagne und weiter östlich auf das Rheinland. In England begann die experimentelle Wissenschaft; Magnetnadel und Richtungscheibe wurden zum Kompaß vereint. Und Dante forderte die Trennung von kirchlicher und weltlicher Macht, während er gleichzeitig im letzten Gesang seiner »Göttlichen Komödie« vom Geheimnis schwärmte, das Sonne und Sterne bewegt …

Am 11. Oktober 1303 starb Benedikt Gaetani aus Anagni, nur wenige Wochen, nachdem er als Papst Bonifatius VIII. auf Befehl Philipps des Schönen von Frankreich durch dessen Rat Wilhelm Nogaret gefangengenommen und von den Bürgern Anagnis wieder befreit worden war.

Das Konzil, das König Philipp zuvor gegen den Papst mit der Beschuldigung der Amtserschleichung und der Ketzerei gefordert hatte, fand nicht mehr statt. Wäre es zusammengetreten, hätte es einige merkwürdige Widersprüche zwischen dem offiziellen Anspruch und dem privaten Verhalten des Papstes aufdecken müssen.

Benedikt Gaetani war um 1235 oder einige Jahre früher geboren worden. Obwohl er später Priester, im Jahre 1281 Kardinal und am 24. Dezember 1294 sogar Papst geworden war, gab es recht Rätselhaftes in seinem Leben. Das erste, nämlich die Vorliebe für die Lehren von der »doppelten Wahrheit« des islamischen Philosophen und Juristen Ibn Ruschd, genannt Averroës von Cordova, hatte ihm die Anklage der Ketzerei eingebracht.

Der zweite dunkle Punkt im Leben des späteren Papstes war kein bewußtes Vergehen gegen die Gesetze der Kirche, sondern eher ein unbedachter Fehltritt gewesen. Im Alter von sechzehn Jahren hatte er während einer Pilgerreise zur 1218 begonnenen Kathedrale von Amiens in Frankreich eine junge Adelige aus dem Geschlecht derer von Coburg geschwängert.

Erst zehn Jahre später, als Priester in Anagni, hatte er erfahren, daß er einen Sohn namens Roland von Coburg besaß. Benedikt war kein Mann, der Dinge in der Schwebe ließ. Obwohl er zunächst vorgehabt hatte, sein Vergehen durch einen geschickten Giftmord aus der Welt zu schaffen, entschloß er sich letztendlich, der »doppelten Wahrheit« den Vorzug zu geben.

Er sorgte dafür, daß sein Sohn in einer der ersten Kathedralen-Bauhütten unterkam. Die strengen Gesetze der Bauhütten formten den Knaben Roland weitaus besser, als es Klosterschulen vermocht hätten.

Bereits im Jahre 1273 durfte der erst fünfundzwanzigjährige Roland einem Domkapitel seine eigenen, auf großen, mit Kreide eingeschlämmten Leinentüchern gezeichneten Pläne für eine Kathedrale vorlegen. Es war das höchste, längste und breiteste Bauwerk, das jemals zur Ehre Gottes errichtet werden sollte. Und außerdem das schönste im neuen, himmelwärts weisenden gotischen Stil...

Benedikt Gaetani lebte zu dieser Zeit bereits in Rom. Obwohl noch nicht Kardinal, besaß er doch genügend Einfluß, um den Aufstieg seines Sohnes durch Ablaßvermittlungen, heimlich angefertigte Abschriften gewisser Dokumente von politischem Interesse aus den Archiven des Vatikans und handfeste Intrigen zu fördern.

Einen Tag nach *Misericordias Domini*, dem zweiten Sonntag nach Osterm des Jahres 1275 begannen die Schachtarbeiten für die Fundamente des Ostchors der neuen, großen Kathedrale. Hunderte von Fronarbeitern schlugen in den nahen Wäldern Holz für Gerüste und Verstrebungen. Von den Bauhütten der Dome von Magdeburg und Wien und der Kathedralen zu Reims und Chartres wurden die besten Steinmetzen, Maurer und Bildhauer abgeworben. Lehrlinge und Gesellen fanden sich aus der Umgebung.

Roland von Coburg war ein fanatischer, genialer Baumeister. Nicht sonderlich groß von Wuchs, mit langen, fast schwarzen-Haaren, dunklen, geschwungenen Brauen, hellblauen Augen und leicht getönter Gesichtshaut trieb er unermüdlich seine Meister an. Oft sah man ihn noch bis zum Morgengrauen in seiner Hütte am Bauplatz unter Fackeln sitzen, den Krug mit verdünntem Honig-Met neben sich. Er konnte aufbrausend und verträumt sein, doch stets diente sein Zorn und seine Geduld nur einem Ziel: der Kathedrale.

Er kümmerte sich um alles. Um Handwerker und die Beschaffung von Pferdegespannen, um Werkzeuge und die genaue, dreifache Kennzeichnung der Steinblöcke mit Steinmetzzeichen, Ortsangabe des Steinbruchs und Markierung des späteren Platzes am großen Bau.

Acht Jahre nachdem Benedikt Gaetani Kardinal in Rom geworden war, konnte der Ostchor der Kathedrale mit einer feierlichen Messe eingeweiht werden. Jetzt ging es ans hohe Mittelschiff.

Als Rolands Vater 1294 zum Papst gewählt worden war, erhielt das Domkapitel auf geheimnisvollen, oft verschlungenen Wegen immer neue Gelder und nützliche Reliquien. Nun konnte Roland, im Alter von sechsundvierzig Jahren, an etwas denken, wozu er vordem keine Zeit gehabt hatte. Er heiratete Sigrid van der Meulen, die fröhliche, stets zu allerlei Scherzen aufgelegte und für manch anderen Bräutigam zu intelligente, achtundzwanzigjährige Tochter eines Gewürzhändlers und Ratsherren der Domstadt.

Ihr Vater richtete ihnen ein Haus ein, sorgte für Dienstboten und deutete an, daß er an Salzhandels-Privilegien an der *Via Salaria* nördlich von Rom nicht uninteressiert sei. Schon während der ersten Gespräche über den Ehevertrag erwähnte er, daß gewisse Verbindungen zum Lateranpalast des gegenwärtigen Papstes recht nützlich, nicht nur für die Entwicklung des Handels, sondern auch für die Beschaffung weiterer Reliquien sein könnten.

Als Roland von Coburg auch dann noch kein Verständnis zeigte, hatte ihm van der Meulen gesagt, woher die Gelder kamen, die für den Bau einer so großen Kathedrale erforderlich waren. Ein Teil stammte von Adligen, Kaufleuten, anonymen Gönnern und Ablaß-Kassen. Den größten Teil jedoch bildeten Reliquien-Pfennige …

Ein Jahr später wurde Anselm von Coburg geboren. Der Knabe war gesund und kräftig, doch Sigrid erholte sich nicht mehr vom Kindbett. Sie starb vierzehn Tage nach der Niederkunft. Anselm wurde in Pflege gegeben; sein Vater betrat fortan das Haus nicht mehr, er lebte wieder am Fuß der Kathedrale.

Der nächste Rückschlag kam sieben Jahre später durch Philipp den Schönen. Der König von Frankreich widersetzte sich dem

Machtanspruch des Papstes Bonifatius VIII. Im Alter von vierundfünfzig Jahren mußte der Baumeister der Kathedrale erleben, wie sich plötzlich die Türen der Mächtigen vor ihm verschlossen.

Meister und Gesellen wanderten ab. Der Bau stockte, und gut ein Jahr lang war nur noch ein Dutzend Getreuer auf den Gerüsten. Sie zurrten Seile fest und sicherten die Steinblöcke, die nicht mehr mit Mörtel in den Bau eingefügt worden waren.

Die Bauhütten verkamen.

Als Papst Bonifatius VIII. starb, schien die halbfertige Kathedrale dem gleichen Schicksal ausgeliefert zu sein wie Dutzende von anderen, unvollendeten Domen, mit deren Bau im 13. Jahrhundert begonnen worden war.

Roland von Coburg konnte das drohende Scheitern seines Lebenswerks nicht verwinden. Es war kein verletzter Stolz in ihm, kein Egoismus und kein Bedürfnis nach Ruhm und Ehre. Wie viele andere große Baumeister seiner Zeit fühlte er sich eingebunden in das gemeinsame Werk. Er wollte Gott mit seinem ganzen Herzen dienen und ihm nahe sein.

Zwei weitere Jahre lief er Tag für Tag um den verlassenen Bau. Er streifte durch die verfallenen Hütten, stieg über halbbehauene Steinblöcke, sammelte Werkzeuge ein und versuchte in schlaflosen Nächten, Fehler in seinen Plänen zu erkennen.

Zum erstenmal in seinem Leben schrieb er seine Überlegungen nicht nach den Regeln von Zahl und Maß und Raum auf, sondern in Wörtern. In dieser Zeit entstand sein Testament. Aufgrund zunehmender Augenschwäche benutzte er eine *Beryllos-Linse* aus geschliffenem Kristall, die seine Schriftzeichen vielfach vergrößerten.

Da er viel Zeit hatte, entwickelte er feinste Schreibstifte und Fließstoff, auf dem er so klein schreiben konnte, daß eine Fliege kaum den Kopf zu wenden brauchte, um ein ganzes Wort zu erkennen. Daneben befaßte er sich mit den Prinzipien der himmlischen Mechanik und mit den geheimen Lehren des Alchimisten Dschâbir ben Hajjan, genannt Geber.

Er wußte längst, daß er mit Stein auf Stein nicht höher kommen konnte als die Unglücklichen Babylons. Es mußte andere Wege und Methoden geben, den Himmel zu erreichen …

Im Jahre 1205 verließ Roland von Coburg den Bauplatz. Sein Sohn Anselm lebte bei Pflegeeltern in der Stadt. Roland reiste nach Paris, besuchte Saint-Denis und einige Archive. Dabei erfuhr er, daß ein neuer Papst, Clemens V., den Sitz der Kurie auf massiven Druck von Philipp von Rom nach Avignon verlegt hatte.

Durch Verbindungen über die Familie seiner Mutter, die ihn seinerzeit zwar nicht anerkannt, aber dennoch durch einen Ehevertrag zwischen der unglücklichen Amalie von Coburg und ihrem impotenten Cousin Ludwig legalisiert hatte, erhielt er ein Empfehlungsschreiben des französischen Königshofs. Er reiste nach Avignon und durfte nach einer Wartezeit von drei Monaten einige sonst nur Klerikern zugängliche Folianten studieren. Daß er schon während der Wartezeit einen päpstlichen Ehrensold erhielt, konnte eine Anordnung aus Paris, Zufall oder auch weise Voraussicht seines Vaters gewesen sein …

Die Hinweise, die Roland in Avignon entdeckte, ließen drei Möglichkeiten für die Weiterführung seiner fast schon verbissen durchgeführten Forschungsarbeit zu. Er konnte nach Florenz und Venedig reisen oder versuchen, auf den Spuren Marco Polos, der nur wenige Jahre zuvor den Bericht über seinen Aufenthalt im geheimnisumwitterten chinesischen Kaiserreich veröffentlicht hatte, an asiatische Quellen zu kommen. Letzteren Gedanken verwarf er sofort wieder, obwohl ihn die Gedanken der Chinesen in gewisser Weise faszinierten. Da er sich jedoch zu alt für eine jahrelange Reise fühlte, mußte er zwischen den beiden italienischen Zielorten und einer verschlüsselten Andeutung in einer ibero-arabischen Handschrift wählen.

An diesem Punkt angelangt, fragte er sich immer wieder, ob er nicht einem Hirngespinst nachjagte. Ja, genau genommen konnte er nicht einmal sagen, was er eigentlich suchte…

Er hatte alles studiert, was er über die Entstehung der ersten gotischen Kathedralen gefunden hatte. Sie hießen noch nicht so, aber als gelerntem Baumeister war es ihm nicht schwergefallen, diese plötzlich in der Baukunst aufgetauchte Veränderung des Stils beim Bau der neuen Gotteshäuser aufzuspüren.

Es war ein mathematisches und religiöses Phänomen gleichzeitig!

Streng nach den alten Regeln waren innerhalb weniger Jahrzehnte magische Elemente und absolut neue Formen verwendet worden. Er wußte, daß bereits im Aachener Dom, der kurz nach der Wende des 9. Jahrhunderts erbaut worden war, Sommer- und Wintersonnenwende, Tag- und Nachtgleiche, Frühlings- und Herbstanfang exakt durch den Fall von Licht und Schatten innerhalb des Oktagons angezeigt wurden. Doch das hatte noch nichts mit dem neuen Wissen zu tun, dem Dutzende von Baumeistern in den letzten Jahren unabhängig voneinander gefolgt waren.

Die eigentlichen Geheimnisse gehörten den echten, eingeweihten Alchimisten, die auf der Suche nach dem Urstoff gelernt hatten, Materie zu spalten und ihre Seele zu entdecken …

Im Sommer des Jahres 1206 entschloß sich Roland, zum Kloster von Altomünster zu reisen. Dort sollten sich einige Abschriften von Buchrollen der 47 v. Chr. durch Feuer zerstörten Bibliothek von Alexandria, der größten der Antike, befinden.

Kurz vor Straßburg wurde seine Kutsche von Briganten überfallen. Er verlor seine gesamte Barschaft und einen Teil unersetzlicher Dokumente, jedoch nicht die Empfehlungsschreiben aus Avignon.

Eben diese Schreiben und möglicherweise auch sein fortgeschrittenes Alter verhalfen ihm zu einer freundlichen Aufnahme durch die Nonnen des Klosters. Die damals achtunddreißigjährige Äbtissin Elisabeth half ihm bei seinen Forschungen, so gut sie konnte. Als Gegenleistung erzählte er den Nonnen täglich nach der Vesper vom Bau der Kathedralen, vom französischen Königshof und vom neuen Papst Clemens V.

Nach anderthalb Jahren hatte er die meisten Schriften durchgesehen. Darüber hinaus hatte er gelernt, Bier zu brauen, Wein zu keltern, Getreide und Gemüse anzubauen und mit Tieren umzugehen. Die Klosterfrauen verstanden viel von Saat und Ernte, Zucht und Dreifelderwirtschaft …

In der Dreikönigsnacht des Jahres 1207, seinem neunundfünfzigsten Geburtstag, kam er endlich ans Ziel. Die stets um ihn besorgten Nonnen hatten ihm einen Kuchen aus Buchweizen, Honig und Gewürzen gebacken, die erst durch die Kreuzfahrer in das Land nördlich der Alpen gekommen waren. Roland hatte die wohl nicht ganz unabsichtlich überpfefferte Süße zuerst mit allen

Nonnen und später noch eine Weile mit Äbtissin Elisabeth geteilt. Sie tranken mehr Wein als üblich, um den köstlich-scharfen Geschmack des Kuchens aus den brennenden Eingeweiden zu spülen.

Als sie ihm dann noch eine alte Pergamentrolle schenkte, hatte er in ihr eine zweite Königin von Saba gesehen. Dennoch wäre die Nacht wohl so wie alle anderen verlaufen, wenn Elisabeth nicht mehrere Konstellationen auf geschickteste Weise miteinander zu verbinden vermocht hätte.

Die Kälte und der tiefe Schnee draußen, die Wärme von den Öllampen in der Kemenate Rolands, der scharfe Kuchen und der schwere Wein weckten eine oft unterdrückte, träumerische Sanftmut in Roland. Die Äbtissin hieß ihn zu lesen, was sie ihm geschenkt hatte.

Er sah sofort, daß er am Ziel seines Lebens angekommen war. Das alte, mit mancherlei kabbalistischen Andeutungen versehene Dokument war eine Arbeit, in der mehrere Geheimlehren miteinander verglichen worden waren. Mit brennenden Augen entzifferte Roland Berichte über den Turmbau von Babylon, über das Geheimnis der Pyramiden, über feurig den Himmel durchkreuzende Wagen und über versunkene Städte, die den Weg zu den Göttern gesucht und nicht gefunden hatten.

Äbtissin Elisabeth schenkte ihm heißen Wein nach, Becher um Becher. Und Roland las, was andere vor ihm gedacht, geglaubt und in Stein oder Metall symbolhaft überliefert hatten.

Es gab den Weg ins Paradies!

Man mußte ihn nur finden …

In dieser Nacht blieb Elisabeth bei ihm. In den folgenden Monaten arbeitete Roland wie besessen. Er merkte nichts von der Veränderung, die mit der Äbtissin vorging. Mit jugendlichem Schwung trug Roland weitere Informationen zusammen. Er schickte Boten aus, ließ Nonnen aus dem Kloster in den Archiven anderer Klöster forschen und hängte immer neue Pläne an die Wände seiner Kemenate …

Die Kunde von Rolands Tätigkeit mußte wohl bis zu den Fürstenhöfen und nach Avignon gelangt sein, denn knapp einen Monat vor der Niederkunft Elisabeths klopfte ein Mönch an die Pforte des Klosters von Altomünster, der vorgab, in bischöflichem

Auftrag zu handeln. Er bot Roland von Coburg an, seine Kathedrale weiterzubauen; die nötigen Mittel seien vorhanden, desgleichen Material, gute Meister und Gesellen.

Die Nonnen schenkten Roland zum Abschied Abschriften ihrer Heilkräuter- und Pflanzenbücher. Er versprach wiederzukommen, wenn die Kathedrale fertig sei, doch alle wußten, daß sie sich frühestens im Reich Gottes wiedersehen würden …

Er baute noch zehn Jahre bis zur Fertigstellung des Mittelschiffs. Zur feierlichen Eröffnungsmesse mußte er bereits mit einer Sänfte getragen werden. Er bat darum, daß sein zu dieser Zeit dreiundzwanzig Jahre alter Sohn Anselm, ein hübscher junger Mann mit Talent und dem Humor seiner Mutter, seine Pläne vollenden solle. Das Domkapitel erklärte sich nach einigen Tagen Bedenkzeit bereit, Anselm von Coburg die weitere Bauleitung zu übertragen.

Auf dem Sterbebett nahm Roland seinem Sohn den Schwur ab, keinem Menschen zu verraten, daß er erst wenige Monate vorher Stiefgeschwister Anselms unter dem Dach der Kathedrale versteckt hatte. Aber er weihte Anselm nicht in alles ein. Das eigentliche Geheimnis hatte Roland zusammen mit dem Großen Testament in der kleinen Welt von Lancelot und Gudrun verborgen …

Anselm hielt sein Versprechen.

Dreißig Jahre später konnte er das von seinem Vater begonnene Werk mit zwei mächtig und stolz in den Himmel ragenden Westtürmen beenden. Die Kathedrale war fertig. Die gesamte Bauzeit hatte dreiundsiebzig Jahre betragen.

Am Tag nach dem Ende der wochenlangen Feierlichkeiten stieg Anselm wie schon oft zuvor mit einem schweren Sack Salz und verschiedenen Samenbeuteln den langen, vielfach gewundenen Weg nach oben. Es fiel ihm nicht mehr so leicht wie früher.

Am Eingang zum Sakriversum, wie die Verstoßenen ihre kleine Welt inzwischen getauft hatten, leuchtete ein frisches Siegel im Licht der Nachmittagssonne. Es trug lateinische, griechische, ägyptische und arabische Symbole.

Sie wollten nicht mehr, daß er sie besuchte.

Er legte seine Geschenke in eine Mauernische unter einem großen, bunt im weißen Stein leuchtenden Rosettenfenster. Lange Zeit blickte er über die Stadt, die Wälder und die Felder hinweg.

Er genoß die Stille, aber er vermißte auch das Geräusch der Meißel, Vorschlaghämmer, Breitbeile und Spannsägen. Zollstock, Zirkel, Winkelmaß und Senkblei hatten gute Arbeit getan.

Wieviel Mühe, wieviel Schweiß und wieviel Aufopferung steckte in jedem der säuberlich behauenen Steinblöcke der Kathedrale!

Anselm war noch nicht geboren, als der Bischof den ersten Stein des Fundaments geweiht hatte. Jetzt legte der Sohn des Baumeisters zum letztenmal eine Schicht Mörtel in eine Ecke des Rosettenfensters. Er goß den Inhalt eines Ledersäckchens aus und strich ihn glatt. Mit einem Holzbeitel drückte er kleine Buchstabenreihen in den Speis – sein Abschied von der Kathedrale.

Als er wieder nach unten stieg, nahm er sich vor, etwas für die anderen Kinder zu tun, die unter ähnlichen Verhältnissen geboren wurden wie Lancelot und Gudrun. Er dachte an die Nordseite unter dem Kathedralendach. Dort gab es nur früh am Morgen und am Abend Sonne. Kein Platz zum Leben, aber vielleicht ein Zufluchtsort in Zeiten der Bedrängnis …

Die Spur von Anselm verlor sich später in der Geschichte. Während die Zeit der Minnejahrhunderte zu Ende ging, kehrten die Päpste von Avignon nach Rom zurück. Als Pest und Hungersnöte ein Viertel der Bevölkerung Europas dahinrafften, vermehrte sich die kleine Familie unter dem Dach der Kathedrale weiter. Lancelot und Gudrun bekamen vier Kinder. Sie nannten sie Heinrich, Isolde, Adelheit und Rüdiger.

Heinrich und Isolde zogen im Jahr 1348 – es war das Jahr, in dem die Türme fertig wurden – in ein eigenes kleines Haus im Garten ihrer Eltern. In kurzer Folge wurden ihnen Ekkehard, Friedrich und Breida geboren.

Rüdiger und Adelheit bauten sich ein Haus im östlichen Teil des Gartens. Sie bekamen die Zwillinge Hilte und Judith, anschließend ihren Sohn Wetzel.

Dreißig Jahre später lebten bereits drei Enkelfamilien von Lancelot und Gudrun, die einige Jahre zuvor beinahe gleichzeitig gestorben waren, im Sakriversum. Ekkehard hatte Judith geheiratet, Friedrich Hilte und Wetzel Breida.

In der vierten Generation tauchte zum erstenmal ein ernstes Ernährungsproblem auf. Obwohl mehr Kinder als in den vergangenen Jahren geboren wurden, starben einige schon früh. Andere waren von merkwürdig kleinem Wuchs. Sie wußten nicht, daß auch draußen die Bauern arm geworden waren. Im Sakriversum lebten die Familien frei und ohne Fürstenfron. Ihr Stammvater Roland von Coburg und später auch sein Sohn Anselm hatten über dem hohen Gewölbe des Mittelschiffs die besten Voraussetzungen für ein klösterlich-bäuerliches, von der Welt abgeschiedenes Leben geschaffen.

Tausende von winzigen, geschliffenen *Beryllos-Linsen* im Bleidach der Kathedrale versorgten die Abgeschiedenen mit Licht. Humus auf Kalk und Mörtelgrund über den Gewölbebogen bildete die Grundlage für bescheidene, aber bisher ausreichende Ernten. Sie lebten wie in einem allseitig ummauerten Garten – so lange, bis dieser Garten zu klein für sie geworden war ...

Zwei Generationen später, im Jahre 1450, beschlossen die Familienväter, daß fortan höchstens zwölf Familien im Sakriversum leben durften. Keine Familie sollte mehr als sechs Angehörige haben, die Großeltern und Kinder eingeschlossen.

Dennoch folgten zweieinhalb Jahrhunderte bitterster Not. In manchen Jahren überlebten nur drei, vier Angehörige einer Familie. Dazu kamen die Kämpfe mit den Nachkommen jener Ausgestoßenen, die von Anselm und den Nonnen des Klosters von Blaubeuren auf die andere Seite der hohen Wölbung unter dem Kirchendach gebracht worden waren.

Obwohl das Volk der *Schander* niemals den inneren Zusammenhalt verlor, bildeten sich in diesen dunklen Jahren Regeln, die an archaische Familiendiktaturen erinnerten: wenn das Gesetz befahl, töteten Väter ihre Söhne und Mütter ihre Töchter.

Der Raum unter dem Dach der Kathedrale reichte nicht mehr für alle, deshalb mußte das Recht der selektiven Inzucht auch gegen die Gebote der alten Schriften angewendet werden. Nur was klein war, hatte eine Überlebenschance. Das galt für Menschen ebenso wie für Tiere, Pflanzen, Blumen ...

Dreizehn Generationen nach der Verbannung von Lancelot und Gudrun stabilisierten sich die Lebensbedingungen wieder.

Die erste Wohnung, in der die beiden aufgewachsen waren, wurde zum Mittelpunkt eines Dorfes, zum festungsartigen Treffpunkt bei besonderen Gelegenheiten. Und sie nannten es *Buch-Heim*.

Für achtzig Jahre zogen Glück und Frieden ins Sakriversum ein, doch dann begann es erneut zu brodeln. Junge *Schander*, die nichts von den revolutionären Strömungen in den Städten der *Weltlichen* wissen konnten, erinnerten sich an das rastlos suchende Erbe der Ahnen in ihrem Blut. An der Schwelle zum 19. Jahrhundert lehnten sie sich gegen verkrustete Strukturen auf, trafen sich heimlich im Licht des Abendzeichens an der Westseite des Sakriversums und schrieben Pamphlete gegen die Inzest-Gesetze der Geschwisterehen.

In diesen Jahren war der Numerus Clausus für die Gesamtbevölkerung des Sakriversums auf 108 Personen ± 3 festgelegt. Die durchschnittliche Körpergröße betrug anderthalb Fuß, die Lebenserwartung 44 Jahre.

Die Rebellen hatten keinen Erfolg. Man stellte ihnen frei, das Sakriversum zu verlassen, zu den auf der Nordseite hausenden *Bankerts* überzulaufen oder die Strafe der Ehelosigkeit auf sich zu nehmen.

Zwei Paare wanderten aus, zwei wurden später begnadigt und vier wurden einige Nächte darauf erschlagen und verstümmelt von den *Bankerts* bis zur *Teufelsmauer* zurückgebracht, die beide kleinen Welten voneinander trennte.

Gut zehn Prozent Esser weniger …

Fünfhundertfünfzig Jahre nach dem Einzug von Lancelot und Gudrun ins Sakriversum entstanden neue Gefahrenquellen. Diesmal kamen sie nicht von innen, sondern von außen. Die Stadt unter den Türmen der Kathedrale veränderte sich. Mit atemberaubendem Tempo wurden die Straßen von Jahr zu Jahr breiter und die Häuser höher. Die Stadt uferte nach allen Seiten aus. Künstliche Tiere rannten wie fauchende Streitwagen durch die Straßen. Der Lärm von unten nahm zu, während gleichzeitig die Luft zum Atmen schlechter wurde.

Beauftragte der *Schander*-Familien, die mit verschiedenen geheimen Instrumenten und dem ehrenvollen Titel *Weltwächter* versehen wurden, beobachteten von nun an Tag und Nacht das Treiben der *Weltlichen*. Sie meldeten Zusammenrottungen, Aufruhr, Kriege und drohende Inspektionen des Kathedralendachs. Denn auch die Methoden der *Weltlichen* waren in jeder Hinsicht subtiler und gefährlicher geworden.

Fünfundsiebzig Jahre später legten Metallvögel tödliche Eier in die Stadt. Ihr Feuer stieg so hoch, daß selbst im Sakriversum die Nächte nicht mehr dunkel wurden. Aber die *Weltwächter* hatten rechtzeitig gewarnt. Und wie so oft in der Vergangenheit überlebten die *Schander* in den Bleikellern der Kathedrale.

Die *Weltlichen* bauten sich aus den Trümmern ihrer Stadt eine neue Metropole. Doch wiederum fünfundsiebzig Jahre später blieben die Häuser stehen, während die Menschen in einer einzigen Nacht aufhörten zu leben.

Das ist vor nunmehr einundvierzig Tagen geschehen …

Guntram spürte, wie sich der Geist Meister Wolframs von seinem eigenen löste. Benommen taumelte er einige Schritte zurück. Agnes legte ihren Arm um seine Schulter. Die Wucht und die verwirrende Fülle aller Informationen ließ Guntram zittern.

Schwer atmend, beinahe keuchend wie nach einem Lauf durch die gesamte Länge des Sakriversums, stützte sich Guntram auf die Lehne eines grob zusammengezimmerten Holzstuhls.

»Was hast du, Guntram?«

Agnes trocknete besorgt die Schweißperlen von seiner Stirn. Sie nahm ihr Brusttuch dafür.

»Fühlst du dich schlecht? Willst du dich hinsetzen?«

Guntram schüttelte den Kopf.

»Es geht schon wieder.«

Meister Wolfram saß mit geschlossenen Augen auf seinem Stuhl. Erst jetzt bemerkte Guntram die anderen Familien.

»So habe ich dich noch nie gesehen«, sagte Agnes leise. »Du glühst ja richtig!«

Guntram nickte erschöpft.

»Wenn du gehört hättest, was ich eben erfahren habe, würde es dir nicht anders gehen …«

»Aber ihr habt euch doch nur angesehen. Für eine ganz kurze Zeit!«

»Ja«, seufzte Guntram, »aber mir ist, als hätte Meister Wolfram mich eben durch mehr als sieben Jahrhunderte gehetzt!«

»Ohne zu sprechen?«

Guntram nickte. Sie sah ihn mit merkwürdigem Blick an.

»Er hat mir mitgeteilt, wer wir sind und woher wir kommen. Ich werde Tage brauchen, bis ich das alles innerlich verarbeitet habe!«

»... wenn dafür überhaupt noch Zeit ist«, sagte Agnes. Sie deutete auf die Mitglieder der anderen Familien. Sie kletterten an Seilen, Leitern, Flaschenzügen hoch, stapelten Tische, Stühle, Bettgestelle und Hausrat von den früheren Fluchtunternehmungen übereinander, bauten sich Brücken und kamen immer höher.

»Wußtest du eigentlich, daß wir die Nachkommen eines Papstes sind?« lachte Guntram plötzlich.

»Eines Papstes? Ich denke, wir stammen vom Baumeister der Kathedrale ab...«

»Das auch, aber schon der war nicht ganz ehelich! Damals muß eine ungeheure Revolution im Denken stattgefunden haben! Bereits im dreizehnten Jahrhundert hätte das Abendland das beginnen können, was dann erst fünfhundert Jahre später eingeleitet wurde. Aber die Kirche war dagegen. Vielleicht ist das der Grund, warum der Baumeister unserer Kathedrale die Ahnen unseres Volkes vor der Welt versteckte. Er muß gewußt haben, wann der Endpunkt für die Weltlichen, die Kirchen und die Freidenker kommen würde ...«

»Du meinst, daß alles längst vorausbestimmt war?« fragte Agnes.

Guntram nickte.

»Ich verstehe noch nicht alles«, sagte er. »Aber ich weiß jetzt, daß es im Sakriversum und in uns ein Geheimnis gibt, von dem die Existenz aller Menschen abhängt. Es muß etwas mit der Weltenseele und dem Urstoff der Schöpfung zu tun haben ...«

Eine der Frauen fing an zu singen. Es war Meta.

»Maria durch ein' Dornwald ging«, sang sie mit klarer, glockenheller Stimme, »Kyrieleison ...«

Dietleib und Meta lebten nicht nach dem alten Gesetz. Meta

stammte ursprünglich aus der Familie von Meister Heinrich, die sich aufs Brotbacken und die Herstellung von Kuchen verstand.

Auch das dritte Erwachsenenpaar im Alchimisten-Clan führte keine echte Geschwisterehe. Seit einigen Jahrzehnten, genauer gesagt, seit den Feuernächten, die die Stadt zum erstenmal fast vollkommen zerstört hatten, stimmten die alten Fruchtbarkeitsregeln nicht mehr. Die gleichmäßige Verteilung männlicher und weiblicher Nachkommen ließ sich nicht mehr so planen wie früher. Es war, als hätten die guten Kräuter ihre Kraft verloren …

Die damaligen Clan-Chefs hatten lange gezögert, bis sie notgedrungen eine alte Rebellenforderung sanktionierten: seit zwei Generationen durften auch Angehörige verschiedener Familien in Ausnahmefällen heiraten. Ulf, der als drittes Kind nach Ekkehard und Uta geboren war, hatte Lea, die Pflegetochter von Meister Lamprecht genommen.

Sie hatten geheiratet, als Guntram und Agnes vor zwölf Jahren von den *Bankerts* ins Sakriversum zurückgebracht worden waren. Seit dieser Zeit warteten sie vergeblich auf Nachkommen.

Guntram hatte oft gesehen, wie die beiden Hand in Hand und mit stiller Wehmut über die Felder gingen. Er mochte sie, weil sie so unglücklich und gleichzeitig so freundlich waren.

Ulf hatte eine hohe Stirn, einen fast kahlen Kopf und nur von Ohr zu Ohr verlief ein Kranz weicher, blonder Haarfransen. Ulf galt als der beste Künstler, Zeichner und Baumeister des Sakriversums, auch wenn er sich bei der Landarbeit manchmal etwas ungeschickt anstellte.

Lea hingegen war auch ohne Kinder eine willkommene Bereicherung für die Familie der Alchimisten. Sie wußte, wann Bohnen, Flachs und Kräuter gepflanzt werden mußten und verstand sich auf eine höchst praktische *Artzney*-Kunst. Was sie nicht wußte, hatte ihr Meister Wolfram nach und nach beigebracht. Extrakte, Emulsionen und Elixiere vom *Theriak-Wasser* gegen die Pest über *Oleum Saponis* gegen Gicht bis zum *Elixyr Citri* gegen die Schwachheit des Hauptes und ansteckende Luft waren ihr ebenso geläufig wie vielerlei Mittel gegen Schlagfluß und andere Krankheiten. Nur ihr selbst hatten weder Melisse noch Eichenmisteln gegen die Unfruchtbarkeit des Leibes geholfen …

Nach Meister Wolfram war Lea mit ihrem schönen, aber oft streng und verhärmt wirkenden Gesicht die Einzige in der Familie, vor der Guntram wirklich Respekt hatte. Sie war ganz anders als Mathilda, die resolute Tante, die immer wie eine Matrone über die Familie bestimmen wollte.

Lea erinnerte Guntram manchmal an seine Mutter Uta.

Sie merkte, daß er sie beobachtete. In all den Jahren hatte sie nie versucht, ihn und Agnes Mathilda streitig zu machen, obwohl Hanns und Mathilda inzwischen einen eigenen Sohn gehabt hatten. Ludolf war beim Abstieg in den Bleikeller tödlich verunglückt. Das böse Zeichen, durch das die Alchimisten-Familie auf elf Mitglieder verringert worden war, verdunkelte auch jetzt noch ihre Herzen.

Aufgrund des Thing-Schwurs im Jahre 600 n.E., zwanzig Generationen nach dem Eintreffen der Stammeltern Lancelot und Gudrun im Sakriversum, durfte die 232 n.E. festgelegte Anzahl der Familienmitglieder nicht mehr sechs, sondern zwölf Personen betragen. Bei dieser Regelung war es genau hundert Jahre lang geblieben, obwohl auch durch die spätere Mischehen-Vereinbarung die Zwölf-mal-Zwölf-Zahl nur selten erreicht worden war …

Er zuckte zusammen, als Agnes ihn am Arm berührte.

»Warum stehst du nur da und schaust?«

»Ich weiß nicht mehr genau, was richtig ist«, seufzte er und versuchte, sich von den schweren Gedanken zu lösen.

»Du meinst die Familien?«

Guntram nickte.

»Vorhin, als wir noch unter uns waren, kam es mir selbstverständlich vor, daß wenigstens wir beide die Hoffnung nicht aufgeben dürfen. Wir haben traurige Tage hinter uns, weil wir stets an Ludolfs Tod denken mußten. Aber jetzt kommen alle anderen, um mit uns zu sterben …«

»Werden denn Fehler kleiner, wenn viele sie begehen?«

Sie lehnte sich gegen ihn und schmiegte sich an seine Brust.

»Wach auf, Guntram! Wach bitte ganz schnell auf … sonst ist es vielleicht zu spät!«

Er biß die Zähne zusammen. Er konnte sich einfach nicht vorstellen, daß die vielen Männer, Frauen und Kinder seines Volkes deshalb zu ihnen kamen, um zu sterben. Die ersten anderen Clan-Chefs betraten die oberste Bohlenplattform. Guntram erkannte Meister Wirnt aus der Müller-Familie, Meister Bieterolf, dessen Familie sich auf Winzerei und Braukunst verstand, und Meister Friedrich, der mit seiner Familie für die Herstellung von Schnüren, Seilen und Tauwerk zuständig war.

Jede der zwölf Familien hatte im Sakriversum einen eigenen Hof mit Gärten und einem Streifen Land. Die Felder östlich und westlich des Dorfes wurden gemeinsam bewirtschaftet. Niemals waren in den vergangenen Jahrhunderten fahrende Handwerksgesellen im Sakriversum aufgetaucht. In den Familien wurden daher noch immer die alten Fertigkeiten gepflegt ...

Die drei zuerst eingetroffenen Clan-Chefs gingen über den Bohlentisch zu Meister Wolfram. Sie blickten sich bedeutungsvoll an, als sie sahen, wie eingefallen der Dorfälteste inzwischen wirkte.

Während nach und nach auch die anderen Clan-Chefs oben ankamen, räumten Mathilda und Meta die letzten, nicht mehr genießbaren Abfälle bis zur Tischkante.

Eine Weile standen die Clan-Chefs schweigend vor Meister Wolfram. Erst als sie alle mit ihren gleichen, hohen, breitkrempigen Topfhüten, aber unterschiedlich geschnittenen und eingefärbten Wämsen, Mänteln und Umhängen vor ihm standen, öffnete Meister Wolfram die Augen.

»Ich danke euch, daß ihr gekommen seid. So schreibt es das Große Buch mit dem alten Gesetz vor und Rolands Testament ...«

»... von dem wir nur noch eine Hälfte besitzenl« unterbrach Wilhelm, der Schmied, mit einem Seitenblick zu Meister Otto.

Wolfram hob zitternd die Hände. Er saß auf einem Stuhl, während die anderen standen. Hinter ihm erhellten sich die Mauern der Gruft durch Fackeln, die von den weiter unten lagernden Familien mitgebracht worden waren.

»Ihr habt noch Kerzen«, sagte Meister Wolfram, »aber bei uns gibt es keine Brotkrumen mehr. Als unsere letzte Kerze dort zu flackern begann, haben wir alle noch einmal saure Milch getrunken. Jetzt haben wir nichts mehr ...«

»Bei uns ist es nicht besser«, nickte Meister Wirnt, »und ich dachte, daß ich als Müller genügend Korn und Mehl mitgenommen hätte!«

»Wir haben noch ein kleines Fäßchen Bier«, räusperte sich Meister Bieterolf.

»Wir etwas Trockenfleisch«, sagte ein anderer.

»Und wir einen Krug Leinöl.«

»Wir haben nichts mehr.«

»Wir auch nicht.«

Die übrigen schüttelten stumm den Kopf. Meister Wolfram richtete sich mühsam auf. Das Lärmen der Familien auf den weiter unten stehenden Bohlentischen war zu einem leisen, ängstlichen Gemurmel abgesunken. Sie warteten auf den Beschluß der Meister.

Guntram und Agnes beobachteten von der Mitte des Tisches aus die alten Männer. Die übrigen Mitglieder ihrer Familie hatten sich an den gegenüberliegenden Rand zurückgezogen. Marga weinte noch immer. Ulf saß an einem wackelig wirkenden, roh zusammengezimmerten Tisch und zeichnete mit einem feinen Stift auf die schmutzige Platte. Lea rieb ihre letzten Kräuter mit Daumen und Zeigefinger über der Kerzenflamme.

»Würde das, was wir gemeinsam aufbringen können, reichen bis nach oben?« fragte Meister Wolfram. Die anderen Clan-Chefs sahen nacheinander zu Boden.

»Nein!« sagte Meister Wirnt schließlich.

»Wir hätten schon vor einer Woche aufbrechen müssen«, nickte Meister Friedrich ernst. »Da hatten wir noch Lebensmittel.«

»Ihr wißt, daß die Gefahr immer noch zu groß ist«, sagte Meister Wolfram kopfschüttelnd. »Diesmal ist eine sehr böse Pest in der Luft. Sie hat nicht nur die *Weltlichen*, sondern auch Vögel und anderes Getier ausgerottet ...«

»Und wer sagt, daß sie auch uns töten würde?« fragte Meister Lamprecht. Meister Wolfram sah ihn mit seinen plötzlich wieder klaren Augen durchdringend an.

»Kennst du die Zeichen nicht mehr, Lamprecht? Hast du vergessen, daß auch geweihtes, magisches *Lustralwasser* die Kraft verliert, wenn es bei Neumond nicht mit Blei geläutert wird?«

»Ich weiß, was Blei vermag«, antwortete Lamprecht unwillig.

»Wir leben schon seit sieben Jahrhunderten unter dem Bleidach der Kathedrale. Der Staub von Blei hat uns schließlich von einer Generation zur anderen immer kleiner gemacht. Er fließt in unseren Adern! Vielleicht ist das die Pest, mit der wir diese andere Pest bekämpfen können!«

»Versündige dich nicht!« mahnte Meister Wolfram. »Ich werde jedenfalls nicht mehr hinaufgehen! Wir trinken hier den Wein der Letzten Gnade, weil wir nicht dulden dürfen, daß sich das kranke Blut auf unsere Kindeskinder überträgt ...«

»Wir wollen trotzdem leben!« rief Guntram. Die Meister drehten wie Marionetten sich gleichzeitig zu ihm um. Guntrams Protest war so laut gewesen, daß selbst die *Schander* auf den unteren Etagen der Bohlentische verstummten.

»Ist das nicht Guntram, der Sohn Ekkehards?« fragte Herbort, der Clan-Chef der Schlachter, Abdecker, Doctores und Seifensieder. Er hatte lange, spitze Ohren, die wie bei einem der Fabeltiere an den Wasserspeiern der Kathedrale schräg nach oben standen.

Otto, der Friedliche, hob seine kurzen, rosigen Finger.

»Gemach! Gemach!« rief er. »Nur keine Hast! Herbort hat recht, aber auch Wirnt, Friedrich, Lamprecht und die anderen, die bisher noch nicht zu Wort gekommen sind ...«

Er schneuzte sich umständlich in ein schmuddeliges, rotkariertes Sacktuch, steckte es weg und rückte seinen Topfhut gerade. Nur Clan-Chefs und verheiratete Frauen trugen Kopfbedekkungen – die einen ihre Hüte, die anderen Bänderhauben.

»Die Sache ist doch die«, sagte er schließlich. »Wir sind ein Volk von Ausgestoßenen, das sich seit sieben Jahrhunderten recht und schlecht am Leben gehalten hat. Wir waren isoliert, aber wir wußten doch recht gut, was draußen in der Welt geschah, weil einige von uns hören konnten, was unten vorging ...«

»Willst du uns jetzt einen deiner sattsam bekannten Vorträge halten?« fragte Herbort sarkastisch.

»Du schlachtest, operierst, verwertest und vergräbst«, sagte Otto in ungewohnter Schärfe. »Jeder von uns hat immer seinen Platz gehabt im Sakriversum. Aber wir wußten auch, daß es nördlich von uns elende *Bankerts* gab, mit denen wir nie etwas zu schaffen haben wollten! Wir haben so gelebt, als würden auf der ganzen Erde weder *Bankerts* noch *Weltliche* existieren! Wenn ihr die Schriften ebenso deuten könntet wie ich und vielleicht Meister Wolfram, dann wüßtet ihr ... dann wüßtet ihr ...«

Er stockte, wiederholte sich und brach plötzlich ab.

Neue Geräusche drangen in den Bleikeller. Sie kamen von außen. Wie gelähmt verharrten die Angehörigen des kleinen Volkes auf den verschiedenen Etagen der Bohlentische.

Kinder klammerten sich an ihre Mütter. Männer und halbwüchsige Jünglinge griffen nach den Langmessern an ihren Gürteln, deren scharfgeschliffene Enden zu Sichelhaken ausgeformt waren. Niemand dachte jetzt noch daran, ob sie gemeinsam den Wein der Letzten Gnade trinken sollten ...

»*Bankerts*!«

Der Ruf flog von Lippe zu Lippe. Damit hatte keiner gerechnet!

Und dann kamen sie.

Der wilde, ungeordnete Landsknechtshaufen drang grölend, fackelschwenkend, mit trunkenen Weibern im Gefolge, in die Gruft ein. Während überall hastig Leitern nach oben gezogen und Seile von Flaschenzügen gekappt wurden, füllte sich der Bleikeller mit immer neuen Horden.

Ganz oben griff Mathildas Mann Hanns nach einer für ihn viel zu großen Fanfare. Er schleppte sie bis an den Rand des Bohlentischs und blies mit aller Kraft, die seine Lungen hergaben, in das Mundstück.

Der schrille Ton wurde vielfältig von den Wänden der Gruft zurückgeworfen. Die *Bankerts* wieherten vor Lachen. Sie schrien, kreischten und ließen ihre Waffen klirren. Einige schnappten nach lose von den Tischen baumelnden Seilen, andere schichteten Bohlen, Bretter und Gerümpel übereinander.

Ein junger, ungelenk wirkender Mann in einem bunten Harlekin-Kostüm humpelte eilig zu einem Seil und schwang sich höher.

»Wetzt eure Messer, Brüder!« rief er. »Zieht Sensen blank und schärft die Hakensicheln! Denn jetzt kommt Corvay mit seinen Mannen und Lello, seinem Narren ...«

Die *Schander* auf den Pyramidentischen wichen in den Schatten zurück. Der Narr der *Bankerts* sprach nicht so wie sie; sein Reden war schneller, härter und von anderer Betonung, aber sie konnten nur zu gut verstehen, was er meinte ...

»... 's ist Lello!« tuschelten die alten Frauen auf den Tischen.

»Ich gab ihm Brot«, flüsterte eine.

»Ich gab ihm Wein ...«

»Ich gab ihm alles«, bekannte Mathilda. »Und wenn ihr mich auch steinigt ... in dieser Stunde sage ich, daß er ein Sohn meines Bruders Ekkehard ist ...«

»Ein *Schander*?«

»Ein *Bankert*?«

»Ein *Bastard*!« sagte Lea kühl und ohne sichtbare Gefühlsregung. Ulf hielt ihre Hand. Sie standen neben Guntram und Agnes. In diesem Augenblick erkannte Guntram, wieviel Leid und Wissen sich in Lea angestaut haben mußte. Er hatte plötzlich das Bedürfnis, sie in den Arm zu nehmen.

Er löste sich von Agnes und ging zu ihr.

»Stimmt das, was Mathilda sagt?« fragte er so leise, daß Agnes ihn nicht hören konnte.

Lea sah ihn mit einem wehmütigen Lächeln an und nickte.

»Dann ist Lello unser Stiefbruder?«

Sie nickte wieder und versuchte, die Tränen aus den Furchen ihres Gesichtes abzuwischen. Guntram legte seine Fingerspitzen an ihre Wangen.

»Nicht weinen«, bat er. Er überlegte, zögerte und fragte dann: »Wer war seine Mutter?«

Lea sah über die verängstigten *Schander* und die grölenden, triumphierenden *Bankerts* weiter unten hinweg.

»Ich«, sagte sie leise.

»Du?«

Guntram wich einen halben Schritt zurück.

»Aber du bist doch ...«

»Ich bin älter als ihr glaubt! Als ich Ulf heiratete, hatte ich bereits ein Kind ausgetragen ... den ersten Sohn deines Vaters. Vielleicht kam er nur deshalb später mit euch und seiner rechtmäßigen Ehefrau Uta in den nördlichen Teil des Sakriversums ...«

»Und Lello ist wirklich unser Bruder?«

»Nur zwei Jahre älter als du«, sagte sie. »Ich war nie eine *Schander*, obwohl mich Meister Lamprecht später wie eine Leibestochter aufgenommen hat …«

»Woher kommst du, Tante Lea?«

Ihre Mundwinkel zuckten.

»Es gibt nur wenige *Bankerts*, die wissen, woher sie kommen …«

»Hast du dich nie um deinen Sohn gekümmert?«

»Sie haben ihn mir fortgenommen und verkauft«, sagte sie leise.

Guntram starrte über die schräg nach unten immer breiter werdenden Bohlentische. Die ganzen Jahre hatte er Lea als eine Frau angesehen, die unglücklich war, weil sie nie das Glück der Mutterschaft erlebt hatte. Erst jetzt, als schon fast alles zu spät war, erfuhr er, daß sein Vater schon vor ihm einen Sohn gezeugt hatte, noch dazu einen *Bankert* …

Er sah zu Lello hinunter. Corvays Narr turnte an abgeschnittenen Seilen von Flaschenzügen immer höher. War das sein Bruder?

»Laßt uns hinauf!« rief der Narr. Er warf seinen rechten Arm nach hinten und griff über die Saiten einer kleinen, hölzernen Klampfe.

Mit einem dumpfen »Wumm-wumm-tamm« drängte sich ein graues Muli mit kupfern schimmernden, rechts und links vom Sattel hängenden Paukenkesseln in den Bleikeller. Ein Mann in violetten Seidenmänteln und einem großen, breitkrempigen Kardinalshut ritt auf dem Muli in die Gruft. Er schlug die Pauken wie ein Automat.

»Jetzt … gleich … der König kommt!« schrie Lello aufgeregt.

Kettenhemden blitzten hinter Fackelträgern. Männer mit hohen Stulpenstiefeln, glänzenden Harnischen und blitzenden Hellebarden füllten den Bleikeller. Hinter ihnen keuchten vier Sänftenträger. Sie schleppten den safrangelben Thron von König Corvay.

»Jubelt! Jubelt seinem Leben!« kreischte sein Narr.

3. KAPITEL

Goetz legte sein Gesicht gegen die kalte Metalltür. Ganz langsam drückte er die eisernen, leise quietschenden Hebel zur Seite.

Geschafft!

Mit den Rückseiten der Handschuhe tupfte er seine Augen. Schweiß juckte an den gerade erst verheilten Wunden seines Kopfes. Er haßte den Gestank und den Schmutz, in dem er anderthalb Monate mehr vegetiert als gelebt hatte. Unter anderen Umständen hätte er es nie für möglich gehalten, daß ein Mensch wie er unter so grauenhaften, tierischen Bedingungen überleben konnte …

Für einen Augenblick wurde er von einer heißen, plötzlich aufwallenden Panik erfaßt. Wenn es jetzt nicht weiterging … wenn hinter der Stahltür seine Hoffnungen zusammenbrachen …

Mit einem gurgelnden Aufschrei riß er die Tür auf. Er taumelte in den dahinterliegenden Raum. Eine blaue Notlampe warf ein geisterhaftes, unwirkliches Licht über sauber schimmernde, summende Aggregate. Druckanzeiger, Voltmeter und Kästen mit roten Digitalziffern glühten wie die Augen eines technischen Lebewesens im blaudunklen Licht.

Goetz von Coburg wischte sich über das Gesicht. Er blickte auf undeutlich sichtbare Rohre, Leitungen und Apparate. Dann sah er, wie unter einer durchsichtigen Platte ein breiter Plastikstreifen Millimeter für Millimeter weiterrückte. Schwaches, gelbliches Licht zeigte, was fünfzehn computergesteuerte Schreibstifte auf den Registrierstreifen zeichneten: Außentemperatur, Windgeschwindigkeit, Windrichtung, relative Luftfeuchtigkeit, Taupunkt, Schwebstoffkonzentration, Schwefeldioxid, CO_2-Gehalt, Wolkenhöhe, Lichteinfall, Innentemperatur, Luftdruck innen, relative Luftfeuchtigkeit innen, Sauerstoffzugabe, *Fallout* …

Goetz starrte auf die schwarzen und roten Zackenlinien. Das konnte einfach nicht wahr sein! Zwölf Schreibstifte hatten schwarze Spuren auf den Registrierstreifen gezeichnet. Die siebente, die achte und die fünfzehnte Linie fielen dagegen stark aus dem üblichen Rahmen. Sie überschnitten sogar die schwarzen Linien …

Man mußte kein Fachmann sein, um zu erkennen, was hier registriert wurde! Goetz von Coburg hielt sich mit beiden Händen an den Seiten des Gerätes fest. Er fühlte sich wieder schwach und ausgelaugt. In seiner seelenlosen, technisch perfekten Art zeigte ihm der Meß-Terminal, wie es wirklich um ihn stand. Und das war schlimmer als all die Tage und Nächte im Delirium.

Eigentlich war er tot!

Er *mußte* tot sein, wenn die Daten stimmten!

Wie gelähmt beobachtete er die farbigen, bösen Schreibstifte an ihren Spinnenarmen. Die roten Filze störten noch immer die Harmonie der schwarzen Linien. Sie kritzelten ihre blutigen Zacken einfach über das saubere Schriftbild der zwölf *anständigen* Zeichenarme.

Goetz achtete nicht darauf, daß große Tränen auf die durchsichtige Platte fielen. Er konnte sie nicht aufhalten. Wie kleine, totgeplatschte Wassertiere rannen seine Tränen über die Plastikabdeckung – ein paar zuerst, dann immer mehr …

Am Rand des Registrierstreifens tauchte ein Datumszeichen auf:

17/04/2018 DI

»Einundvierzig Tage!« murmelte Goetz, als er mühsam im Kopf nachgerechnet hatte, wann der Blitz die Stadt getroffen hatte. Er konnte es einfach nicht fassen. Und plötzlich hatte er das Gefühl, daß er in die Kathedrale gehen sollte, um seinem Schöpfer dafür zu danken, daß er noch lebte.

Es war ein wahnsinniger, unwirklicher, durch nichts zu rechtfertigender Gedanke. Aber war nich. die Wirklichkeit ebenso verrückt und in obszöner Weise widersinnig?

Goetz von Coburg war kein Mann, der an Aufgaben zerbrach. Immerhin gehörten Kathedralen-Baumeister zu seinen Vorfahren …

Seit er unbewußt ahnte, daß seine Existenz und sein Überleben mehr als eine Summe von Zufälligkeiten sein konnte, sah er sich selbst in einem ganz anderen Licht.

Er begann wichtig zu werden …

Die Leuchtstoffröhren flackerten, ehe ihr gleißend helles Licht den Aggregate-Raum erfüllte. Goetz von Coburg lächelte kaum merklich. Er dachte nicht mehr an die grausamen Tage der Dunkelheit zurück. Im Nebenkeller fand er eine Sanitäreinheit. Er zog sich aus und stellte sich unter die Dusche. Vorsichtig regulierte er die Wasserstrahlen. Das Wasser kam aus Tiefbrunnen, die noch nicht verseucht sein konnten. Er seifte sich sorgfältig ein und trank mit nach hinten geneigtem Kopf hin und wieder einen Schluck.

Mit einer fast perversen Lust am Leiden drehte er die Wasserstrahlen immer heißer. Die scharfe Hitze fraß den Dreck der bösen einundvierzig Tage von seiner Haut. Er schrie vor Schmerz, krümmte sich zusammen und wußte doch, daß er lieber unter heißem Wasser als unter tödlichem Staub verbrennen wollte.

Ganz zum Schluß löste er Wasserentgiftungstabletten aus einem eingebauten Wandschrank in der Duschmulde auf. Er trank eine Salzlösung und warf die Kleidungsstücke, in denen er den Neutronenblit. überlebt hatte, in einen Mikrowellen-Müllverbrenner.

Die letzte Dusche schmerzte am schlimmsten. Eiskaltes Wasser peinigte seine Haut wie eine Peitsche. Er konnte sich kaum abtrocknen. Eingemummt in saubere Handtücher hockte er fast eine halbe Stunde neben dem dampfenden Duschbecken.

Dabei fragte er sich die ganze Zeit, warum sein Geist nicht in der Lage gewesen war, diesen Ausweg eher zu erkennen. War er vielleicht schon so verseucht, daß er sich wie ein Idiot benahm? Und welche Fehler würde er jetzt noch begehen? Als letzter Mensch und als das einzige Opfer, das den tödlichen Blitz überlebt hatte...

Er dachte an den Tod der kleinen Taube.

Sie tat ihm leid – fast mehr als seine Angestellten, die er nur aus den Augenwinkeln als Mumien in ihren Sesseln gesehen hatte.

Einen Moment lang wunderte er sich über seine Härte, doch dann hob er die Schultern und stand auf. Er wußte jetzt, woran er war. Das Verlagshaus bot ihm die Gelegenheit, jederzeit zu duschen und sauberes Wasser zu trinken. Das konnte in den nächsten Tagen ziemlich wichtig werden!

Was er jetzt brauchte, waren Lebensmittel, eine vernünftige Schutzkleidung und möglichst viele Informationen über die Stadt. Er war entschlossen, weiterzuleben, denn ein von Coburg durfte nicht aufgeben – ganz gleich was immer auch geschah ...

Er lächelte, als er an seinen Vater dachte.

Als er noch kleiner gewesen war, hatten sie oft das Spiel gespielt »Was tust du wenn …«

Ich dien!

Der Wappenspruch seiner Familie entsprach dem des englischen Königshauses. Zufall oder Historie – er glaubte an das, was zum Leitspruch seines Geschlechts geworden war.

Seine Familie hatte nie ein Weltreich besessen. Aber sie hatten das Korn auf den Feldern geachtet, die Bäche und die Flüsse.

Er suchte sich ein paar saubere Kleidungsstücke aus den unverschlossenen Schränken der toten Setzer. Er fand Stiefel, Handschuhe und neue Schürzen in einem Nebenraum, in dem die Druck-Klischees aus Blei und Zink für ihre Zeitung hergestellt worden waren.

Unter anderen Bedingungen hätte er nicht im Traum daran gedacht, Stiefel anzuziehen. Stiefel – das waren ganz besondere Kastenmerkmale für Spezialisten, die noch handwerklich tätig sein durften. Seit es keine Treibjagden und keine Abenteuerreisen mehr gab, hatte niemand in seiner Familie mehr Stiefel getragen. Und das war bereits seit dem Ende des vergangenen Jahrhunderts. Oder sollte er besser *Jahrtausends* sagen?

Er lachte unwillkürlich. Kam es jetzt noch darauf an, wann er lebte?

Der Matrose Alexander Selkirk alias Robinson Crusoe hatte die Einsamkeit seiner Tage auf der Juan-Fernández-Insel noch gezählt und in Baumstämme eingekerbt.

Das hatte Goetz nicht nötig. Natürlich würden nach und nach die automatischen Systeme der Stadt ausfallen, aber einige Funktionen konnten noch Jahre überdauern …

Er hatte gerade neue Unterwäsche, robuste braune Hosen, gelbe Gummistiefel, ein buntkariertes Wollhemd und eine braune Arbeitsjacke mit vielen Taschen angezogen, als er plötzlich mitten in der Bewegung innehielt. Sein Blick fiel auf einen kleinen Sicherheitsschlüssel. Er steckte im Tresorfach des Kleiderschranks, aus dem er die sauberen Sachen genommen hatte. Er starrte auf den Schlüssel und hatte schon beim bloßen Gedanken an das, was dahinter verborgen sein könnte, ein unangenehmes Gefühl.

Tresorfächer waren Privatsache. Sie sicherten die Intimsphäre. Außerdem unterlagen sie dem Datenschutzgesetz der *Vorsorglichen Behütung* …

Sein angeborener Respekt vor den komplizierten Regeln des menschlichen und gesellschaftlichen Zusammenlebens ließ ihn zögern. Er war kein Schnüffler. Selbst, wenn er in der Vergangenheit die Gelegenheit gehabt hatte, Informationen zu bekommen, die ihn nichts angingen, war er eher zurückgewichen. Es entsprach nicht so sehr seinem Charakter als seiner Erziehung, daß er nichts von den Härten des Überlebenskampfes in einer Zeit wissen wollte, die er nicht als die eigene ansah.

Der Verlag war eine Zuflucht für ihn gewesen. Bei *J. Samuel Bruhns* waren niemals Sensationsmeldungen gedruckt worden. Alle Mitarbeiter hatten sich in den vergangenen Jahren angewöhnt, nicht über Dinge zu sprechen, die auf irgendeine Weise mit Krieg, Verbrechen, Hunger, Katastrophen oder Politik zu tun hatten. Wie mittelalterliche Klosterbrüder hatten sie sich einfach geweigert, das wahrzunehmen, was um sie herum wirklich geschah …

Goetz dachte plötzlich an die geistige Erstarrung vor dem rätselhaften Untergang anderer Kulturen. Waren Atlantis, Lemuria und das Land Mu aus den gleichen Gründen untergegangen wie Priamos, Alexander, Dschingis Khan und Napoleon? Er dachte an die Inkas und das rätselhafte Verschwinden der Mayas. Ob sie im Augenblick des Untergangs *gewußt* hatten, was mit ihnen geschah?

Goetz spürte im gleichen Augenblick einen merkwürdigen Zeitstillstand. Es war, als wenn das unbekannte Gift in seinem Körper nachholen wollte, was es bisher noch nicht geschafft hatte. Er sah sich selbst, wie er zögernd vor dem Wandschrank stand.

Ein Schwarzes Loch kroch aus den Thalamus-Bereichen seines Hirns, glitt durch die Nervenbahnen seines Innenohrs und explodierte im Sinusknoten seines Herzens.

Wie eine Flagellanten-Geißel raste der peitschende Schmerz in jedes Nervenende seines Körpers. Der linke Arm wurde am schwersten getroffen.

War das ein Herzinfarkt?

Noch nie in seinem Leben hatte Goetz die Todesangst so heiß

und kalt zugleich empfunden. Er wagte nicht, einfach tief durchzuatmen. Sekundenlang steckte die Angst wie ein böser Pfropfen in seiner Brust. Gleichzeitig war die Erinnerung an die merkwürdige Krankheit wieder da, die seit siebenhundert Jahren immer wieder einzelne Angehörige seiner Familie überfallen hatte.

Erst sein Vater war auf die Idee gekommen, nach den Ursachen des lästigen Gebrechens zu suchen. In seinen letzten Lebensjahren hatte er immer häufiger von einer *Gonadendosis* gesprochen – von einer erblichen Strahlenbelastung der Keimzellen, die schon vor Jahrhunderten aufgetreten sein mußte. Durch einen radioaktiven Meteor, durch einen Vulkanausbruch oder durch verstärkte natürliche Radioaktivität in einem ganz bestimmten Gebiet …

Goetz preßte die Zähne zusammen.

Die Schmerzen wurden so stark, daß er sich gegen das Tresorfach lehnen mußte. Ganz langsam wurde es schwarz vor seinen Augen.

Die *Schander* an den Kanten der übereinandergebauten Bohlentische wichen entsetzt zurück, als immer mehr *Bankerts* in die Gruft eindrangen.

»Sieh dir das an!« sagte Guntram zornig. »Ein wilder Haufen ohne jede Ordnung!«

»Sie haben nie so wie unsere Familien im Sakriversum gelebt!«

Guntram sah seine Schwester von der Seite her an.

»Willst du sie etwa verteidigen?«

Sie blickte ihm in die Augen. Manchmal verstand er doch weniger als eine Frau …

In diesem Augenblick setzten die Träger die safrangelbe Sänfte auf den Boden. Dann stieg Llewellyn Corvay, der König der *Bankerts*, von seinem Tragstuhl.

Er trug ein braunes Samtbarett mit einer zerzausten, schmutzigen Fasanenfeder, ein rostrotes Wams mit Pluderärmeln und geschlitzte Beinkleider über hellbraunen Stulpenstiefeln. Unter seinem gestutzten Vollbart blinkte eine schwere Medaillenkette im Licht der Fackeln. Obwohl er größer und kräftiger als die meisten der Eindringlinge aussah, waren ihm alle Kleidungsstücke viel zu weit.

Der wilde Haufen rund um Corvay lärmte auf den unterschiedlichsten Musikinstrumenten. Die *Bankerts* schrien in mehreren Sprachen und Dialekten durcheinander. Einige trugen abenteuerlich aussehende Waffen, andere schleppten Packen mit Decken, Kleidungsstücken und Gerätschaften in die Gruft. Nirgendwo stimmten die Proportionen.

Die *Schander* blickten bestürzt und verwirrt auf das Durcheinander. Es war, als hätten sich alle Figuren der Gnome und Verwachsenen, der Tagelöhner und der Schwertgesellen von den Fassaden der Kathedrale gelöst, um jetzt am Zufluchtsort der *Schander* gegen ihre Jahrhunderte in Stein zu protestieren.

Guntram und Agnes sahen dürre Männer mit fanatisch leuchtenden Kinderaugen, fette Weibsgestalten, falsche Mönche, Landsknechte, Marketenderinnen und andere, die wie *Weltliche* aus dem vorigen Jahrhundert gekleidet waren.

Der König der *Bankerts* hob den kleinen Finger der linken Hand. Ein riesiger Schmuckstein blitzte auf. Sofort verstummten die Näherstehenden, während weiter hinten Frauen und Kinder weiterlärmten.

Lello, der Narr, sah Corvays Zeichen. Er sprang auf eine der Leitern, die von den *Schandern* nicht mehr rechtzeitig hochgezogen worden waren. Mit einer Hand hielt er sich an einer Leitersprosse fest, mit der anderen schwenkte er seine Klampfe. Nur langsam verstummte der Lärm.

»Dies ist die Gruft, in der sich unsere kleinen Brüder versteckt haben!« rief er mit hoher, kieksender Stimme. »Wir haben sie gefunden, wie es uns König Corvay versprochen hat. Jubelt! Jubelt seinem Leben!«

»Wo sind die Vorräte?« schrie eine Frau aus dem Halbdunkel hinter den Fackeln. »Wir haben Hunger und wollen was zu fressen...«

»Ja! Schlagt die Türen ein und holt die fetten Schinken raus!« grölte einer der Waffenträger.

»Sonst braten wir uns eine *Schander*-Jungfrau!« lachte ein anderer mit heiserer, trunken klingender Stimme.

»Gemach, Freunde!« beschwichtigte Lello. Er lehnte sich zurück und schlug schnell hintereinander ein paar Akkorde auf seiner Klampfe. Dabei blickte er fragend zu Corvay hinab.

Der König sprach mit seinen engsten Beratern. Sie hatten einen Kreis um ihn gebildet. Lello merkte sofort, daß es nicht gut aussah. Irgend etwas mußte schiefgegangen sein!

Für einen Augenblick kam ein Gefühl der Panik in ihm auf. Mehr als sechs Wochen hatten sie benötigt, um das Versteck der *Schander* zu finden, von dem ihnen Llewellyn Corvay gefüllte Fleischtöpfe, Fässer mit Wein und reichlich Gold versprochen hatte.

Tag für Tag waren sie kreuz und quer durch die geheimen Gänge der Kathedralenmauern gezogen. Sie hatten Wendeltreppen erklommen, deren Stufen so groß waren wie sie selbst. Vor dunklen Mauerspalten waren die Kinder schreiend zurückgewichen und ungeduldige Männer in Streit geraten. Lello wollte nicht mehr daran denken, wie viele sie sterbend im Labyrinth der Gänge zurückgelassen hatten …

Als König Corvay zu ihm hinaufsah und mit den Fingern schnippte, verfluchte Lello den Tag, an dem ihn Corvay gegen eine hohe Ablösungssumme von der Schauspieleragentur VARIETY – Skurrile Typen & Gesichter übernommen hatte. Aber jetzt war es zu spät!

Lello legte den Kopf in den Nacken und rief die *Schander*.

Es dauerte eine Weile, bis sich ganz oben auf dem kleinsten der übereinandergestapelten Bohlentische eine Bewegung zeigte. Wolfram trat neben Meister Lamprecht und Meister Heinrich an die Tischkante.

»Was wollt ihr in den Zufluchtskellern unseres Volkes?«

Seine Stimme klang dünn und alt, aber sein Zorn war nicht zu überhören.

»Euer Volk ist unser Volk!« schrie Lello. »Ihr habt vor siebenhundert Jahren die Südseite des Sakriversums bekommen. Wir mußten im Norden hungern und frieren. Ist es da nicht gerecht, wenn ihr uns jetzt von euren Vorräten abgebt?«

»Wir haben keine Vorräte mehr …«

Lello grinste. Er wischte sich mit dem rechten Arm die langen Haarsträhnen aus dem Gesicht.

»Was höre ich? Ihr wollt uns verdursten und verhungern lassen, weil unsere Ahnen Findelkinder und keine Papstbrut waren?«

»Niemand hat das behauptet!« rief Wolfram nach unten. »Wir haben selbst nichts mehr …«

»Dann werft die Schlüssel zu den Vorratskammern runter!«

»Ja, werft die Schlüssel …«

»Die Schlüssel!« schrien einige der bewaffneten *Bankerts*.

König Corvay schickte zwei seiner Berater zur Leiter, auf der sein Narr hockte. Der glatzköpfige, zartgliedrige Arzt Galus und ein stiernackiger ehemaliger Ringer namens Hector eilten verstohlen mit den Händen wedelnd auf Lello zu.

Hector warf Galus mit einem kurzen Schwung einige Leitersprossen hoch.

»Hör auf, Lello! Der König will sprechen!« flüsterte Galus. Lello schürzte die Lippen.

»Was ist passiert?« fragte er ebenso leise zurück.

»Sieh dich doch um! Sie haben nichts mehr! Ed Jankowski und Severino haben eben unbemerkt die Türen zu den Vorratskammern geöffnet. Sie sind leer …«

»Gütiger Gott!« stöhnte Lello, obwohl ihm plötzlich ganz anders zumute war. »Was nun?«

»Llewellyn hat befohlen, daß du unsere Leute ablenken mußt! Mach irgend etwas, aber mach's! Wir ziehen uns vorsichtig zurück!«

»Ihr seid gut! Soll ich etwa Lieder gegen den Hunger singen?«

»Du mußt sie aufhetzen, dann denken sie nicht mehr«, sagte Galus kalt. Lello blickte über die dicht aneinander gedrängten *Bankerts*.

»Das kann ja heiter werden!« murmelte er blaß. Im gleichen Augenblick flog ein Schlüsselbund von oben auf den Steinboden der Bleikammer.

»Nehmt diese Schlüssel«, rief Meister Wolfram. »Ihr werdet sehen …«

Lello reagierte sofort. Er griff in die Saiten seiner Klampfe und versuchte mit einem hohen Triller die Stimme des *Schanders* zu übertönen. Gleichzeitig schlug der Mann mit dem Kardinalshut wieder auf die Pauken an den Flanken seines Mulis. Es war das einzige Tier, das die Strapazen des langen Zuges lebend überstanden hatte und dazu eine wertvolle Laborzüchtung aus Zwergpferden und Eselssamen. Sein Besitzer hieß Patrick Pembroke Murphy. Er stammte aus Wales, trug sein feines, schwarzes Haar mit einer Innenrolle bis auf die Schultern und paßte auch sonst nicht recht zu den anderen.

Patrick Murphy war zum erstenmal in der Kathedrale. Dort, wo er herkam, hatte sich niemand an seinen ungewöhnlichen Zwergenwuchs gestört. Im Gegenteil: schon sein Vater hatte einen für ihn reservierten, handgeschnitzten Sitzplatz im Dorf-Pub unweit der alten Königsburg Caernarvon in Wales gehabt.

Nur wenige wußten, warum ein Mann wie Patrick Llewellyn Corvays Ruf gefolgt war. Vielleicht hing es mit den uralten Überlieferungen zusammen, die in Wales an den keltischen Namen Llewellyn geknüpft wurden. Denn Wales war stets ein Land gewesen, in dem die Sagen etwas galten ...

Lellos Klampfe und Patricks Pauken lärmten so stark, daß niemand mehr die Worte der *Schander* oben auf den Bohlentischen verstehen konnte.

Als Meister Wolfram die Schlüssel zu den Vorratskammern nach unten warf, stürzten sich mehrere Waffenträger gleichzeitig auf sie, doch Hector war schneller.

Der Kahlköpfige mit einem Dschingis-Khan-Bart raffte den Schlüsselbund vom Boden und brachte ihn Corvay. Lello war gespannt, was ihr Anführer jetzt tun würde. Wenn es zutraf, daß die Vorratskammern leer waren, sah es auch für den selbsternannten König nicht gut aus ...

Doch Corvay war ein listenreicher Mann. Er hob die Schlüssel in den Schein der Fackeln, führte sie mit einer theatralischen, weitausholenden Bewegung bis dicht vor seine Augen, dann biß er auf einen Schlüssel und lachte grimmig.

Lello wußte nicht, wie es Corvay schaffte, einen Schlüssel nach dem anderen dicht über dem Bart durchzubrechen. Er schleuderte die abgebrochenen Stücke über die Köpfe seiner murrenden Anhänger bis an die Wände der Gruft. Lello hörte auf zu spielen. Auch die Pauken von Patrick verstummten.

»Das ist Betrug, *Schander*!« rief Llewellyn Corvay zu den verwirrten Clan-Chefs hinauf. Er ließ den Rest des Schlüsselbunds fallen und schlug die zu Fäusten geballten Hände an seine breite Brust.

Das wütende Gemurmel der *Bankerts* wurde lauter. Corvay hob beide Arme, ruheheischend und ganz Herr der Lage.

»Ihr wagt es, mir die Schlüssel anzubieten von Vorratskammern, die ihr längst leergefressen habt?«

Lello auf der Leiter verzog unwillkürlich das Gesicht. Das war mutig und geschickt zugleich!

»Ihr wagt es, mich zu foppen?« dröhnte Corvays Stimme weiter. »Wo sind die anderen Schlüssel – die für die kleinen Kammern?«

Lello holte ein Schnupftuch aus seinem Wams. Er schneuzte sich. Es klang wie ein Trompetenstoß in der plötzlich eingetretenen Stille. Fast hätte er vor Schreck über den Lärm, den er verursachte, seine Klampfe fallen lassen.

»Gibt es auch kleine Kammern?« fragte er tuschelnd. Galus sah ihn kopfschüttelnd an.

»Sei still, du Narr!« zischte Corvays Berater. Lello zuckte zusammen. Für einen Augenblick hatte er vergessen, welche Rolle er spielen mußte. Er kletterte ein paar Sprossen auf der Leiter höher und kauerte sich neben Galus.

»Was hat er vor?«

»Das siehst du doch! Wenn sie noch etwas haben, dann oben auf dem letzten Tisch …«

Lello pfiff leise durch die Zähne.

»Und wenn sie die Wahrheit sagen?«

»Dann müssen wir verdammt schnell zusehen, daß wir nach oben oder raus kommen!«

»Eijeijei«, hauchte Lello und wedelte mit den Händen. Es sah bei Gott nicht gut aus …

Goetz wachte von der Kälte des Fußbodens auf. Er brauchte eine Weile, bis er sich wieder daran erinnerte, wo er sich befand. Gleichzeitig kamen die Schmerzen wieder. Er zitterte am ganzen Körper. Seine Haut brannte, und in den Wunden seines Kopfes pochte das Blut.

Er hatte plötzlich mehr Angst vor einer Infektion als vor dem, was tief in seinem Körper steckte. In diesem Augenblick dachte er nur noch an sich selbst.

»Krank!« röchelte er. »Ich bin krank ...«

Seine Stimme kam ihm fremd vor. Er hörte sie anders als sonst. Vorsichtig richtete er sich auf. Er kroch zum Wandschrank. Seine Finger tasteten nach einem Kasten mit roten Kreuzen an den Seiten. Er schob die Kleidungsstücke des unbekannten Setzers zur Seite. Während er den Erste-Hilfe-Kasten öffnete, kreisten seine Gedanken immer wieder um die gleiche Frage:

Warum ging es ihm plötzlich viel schlechter als unter der Dusche? Er hatte doch gegessen und getrunken. Sein Körper war wieder sauber. Er hatte neue Sachen an. Warum dann dieser unerwartete, schmerzhafte Schwächeanfall?

Mühsam öffnete er die Verpackung einer Brandbinde. Er wickelte die präparierte Gaze um seinen haarlosen Kopf. Die Haut war viel empfindlicher geworden. Sie schmerzte, als wenn sie jeden Moment wieder aufplatzen würde. Aber das Schlimmste war dieser wahnsinnige Druck in den Ohren ...

Goetz mußte sich wieder anlehnen. Er saß auf dem Boden. Mit beiden Händen hielt er seine zitternden Beine fest. Er fror wie nie zuvor in seinem Leben.

Während er mit grimassenhaften Kaubewegungen versuchte, seine Gehörgänge frei zu bekommen, fiel ihm wieder die Familienkrankheit ein. Hatte sie ihn jetzt auch erreicht?

Die ungewöhnliche Abart der *Otosklerose* begann normalerweise im Alter von zwanzig Jahren mit leichter Schwerhörigkeit und entwickelte sich schnell bis zur Unfähigkeit, bestimmte Schallfrequenzen zu hören.

Als sein Vater die Geschichte der Familienkrankheit bis zu ihren Anfängen im vierzehnten Jahrhundert zurückverfolgt hatte, war er auf einige mysteriöse Fakten gestoßen:

Kein Arzt der Welt konnte sagen, warum eine *Otosklerose* entstand. Die eigentlichen Ursachen dieser besonderen Art von Taubheit war auch im einundzwanzigsten Jahrhundert noch immer ungeklärt. Das galt für die Familienkrankheit ebenso wie für andere Formen der beidseitigen »Ohrverhärtung«.

Die merkwürdigste Übereinstimmung war aber der schon lange nachgewiesene, unregelmäßig dominante Erbgang.

Goetz überlegte, ob die Sekundärstrahlung in den Tagen nach

der Katastrophe ihn jetzt erst erreicht haben könnte. Vielleicht war sie der Grund dafür, daß das alte Leiden bei ihm so unvermittelt aufgetreten war …

Ein neuer Gedanke drängte die gefährliche Mutlosigkeit beiseite. Er konnte nicht einfach sitzenbleiben und abwarten! Wenn er überhaupt noch eine Chance haben wollte, mußte er sich zwingen, nach Überlebensmöglichkeiten zu suchen!

Noch immer zitternd richtete er sich auf. Er zog sich an der Schranktür hoch. Für einen Augenblick drehte sich alles um ihn. Der Schwindel ging ebenfalls von seinen Ohren aus. War das der Grund dafür, daß sich einige seiner Vorfahren plötzlich unverständlich benommen hatten?

Er erinnerte sich an die oft nur angedeuteten Aufzeichnungen in der Familienchronik. Da war von Rittern die Rede, die mitten im Turnier die Lanze senkten und davonritten. Von Gutsherren, die während ihrer Hochzeit Braut und Kirche verließen. Von Heerführern, die kurz vor dem Sieg zum Rückzug blasen ließen. Und von Politikern, die in entscheidenden Debatten plötzlich den Faden verloren …

Seine Hand glitt über das Tresorfach. Wieder stutzte er. War der Schlüssel vielleicht ein auslösender Faktor für eine Sperre in seinem Hirn gewesen?

Ein Schlüssel zu einem Tresorfach! Was wurde sonst noch durch Schlüssel verborgen?

Er wußte, daß es nur ein Symbol war. Alle Erscheinungsformen der Wirklichkeit bildeten Symbole, denn nichts, was durch die Sinnesorgane oder durch Schrift und Sprache vermittelt wurde, konnte objektiv und unter jeder Betrachtungsweise absolut richtig sein. Oft genügte bereits eine kleine zeitliche oder räumliche Verschiebung, um aus dem Richtigen das Falsche, aus Helden Mörder und aus Großem Kleines zu machen.

Die anerkannte Wirklichkeit mit ihren sogenannten Gesetzen und ihrer scheinbaren Logik war stets nur ein Versuch gewesen, Zufälle des Seins und der Entwicklung nachträglich zu erklären und für den eigenen Bedarf festzuschreiben.

Dabei war niemand in der Lage, bei seinem Tun auch nur den Bruchteil aller Folgen für sich und andere zu bedenken! Und nichts geschah, das keine Folgen hatte …

Goetz drehte den Sicherheitsschlüssel um. Die quadratische, zentimeterdicke Tresortür öffnete sich leicht in ihren graphitgeschmierten Scharnieren.

Verwundert blickte er auf ein kleines, dreidimensional wirkendes Holografie-Foto. Es lehnte an einem Kunstlederkasten, in dem sich eine Tonbild-Kamera befand.

Goetz spürte, wie das Blut in seinen Kopf schoß. Wie, zum Teufel, kam einer seiner Angestellten an ein Foto von Luise Henriette?

Seine Finger berührten die Tonmarkierung auf der Rückseite des Fotos:

... ich kann diesen Träumer nicht lieben! Er weiß so wenig von der Welt, wie jener Tor, dessen Namen ich jetzt trage. Sieh zu, daß Goetz von Coburg ebenfalls durch die VOBs aus dem Verkehr gezogen wird ...

Goetz spürte, wie sich bittere Galle in seinen Magen ergoß. Es war unfaßbar – vollkommen absurd!

Wie konnte Luise Henriette, eine Gräfin Finck von Finckenstein, so mit einem seiner Angestellten sprechen? Und was bedeutete der Hinweis auf ihren ersten Mann?

»Diese Hure!« murmelte er fassungslos. »Diese gottverdammte Hure!«

So hatte er noch nie geflucht. Beinahe automatisch berührte er noch einmal die Tonmarkierung. Diesmal fing Luises Stimme früher an:

... vorsichtig, mein kleiner Zwergenkönig! Nimm dich vor Shakram in acht. Er muß etwas über uns herausgefunden haben. Seit gestern versucht er, mich zu erpressen. Ich mußte ihn an die Verlags-Archive lassen. Wenn deine Leute in die Stadt kommen, dürfen wir uns nicht sehen. Ich habe aber erreicht, daß ihr eine besondere Sendezeit im kirchlichen Video-Programm bekommt. Und was den Juniorpartner meines Vaters betrifft ... ich kann diesen Träumer nicht lieben! Er weiß so wenig von der Welt, wie ...

Goetz preßte die Hand zusammen. Das Holografie-Foto zersprang knisternd in winzige Splitter.

Sie hatte sich nur über ihn lustig gemacht! Das Mädchen, mit dem er durch die Wälder gegangen war, das er geküßt hatte und von dem er alles zu wissen glaubte, hatte ihn niemals ernst genommen!

Im Gegenteil: Sie mußte ihn so verachtet haben, daß sie bereit gewesen war, ihn bei der *Vorsorglichen Behütung* zu denunzieren …

Er verstand nicht, was in ihr vorgegangen sein konnte. War sie vielleicht auch schon so selbstmörderisch fanatisiert gewesen wie viele andere junge Männer und Frauen, die bereits vor der Jahrtausendwende nichts lieber taten, als sich wie Lemminge selbst zu vernichten?

Vielleicht mußte es so sein! Ein geheimnisvolles Regulativ der Natur, das immer neue Wege zur Begrenzung des Wachstums fand, wenn Hunger, Pest und Kriege nicht mehr ausreichten. Doch was geschah, wenn sich das Regulativ zur göttlichen Instanz erhob? Wenn Gott in einer menschlichen Regung beschloß, die Fäden aus der Hand zu geben, um zuzusehen, was seine Kinder machten, wenn er sie einfach mal laufen ließ?

Goetz lachte. Allmählich fing er an, den Hohn und die Ironie seiner Lage zu begreifen. Gleichzeitig ging es ihm wieder besser.

Eigentlich hatte er nichts von der Welt gewußt, in der er sich fünfundzwanzig Jahre lang wie ein stiller, geduldeter Gast aufgehalten hatte. Er war nur ein Statist gewesen. Jetzt wartete die gleiche Welt darauf, daß er etwas tat …

Es interessierte ihn plötzlich nicht mehr, in der Vergangenheit von Toten zu wühlen. Die Tochter von *J. S. B.* lebte nicht mehr. Es war zu spät, jetzt noch Fragen zu stellen. Andererseits konnte es auch ein Schutz sein, wenn Antworten für immer offen blieben!

Mechanisch räumte er den Rest des Tresorfachs aus. Was ihm nichts sagte, wischte er einfach nach unten. Ganz hinten ertastete er ein Paket mit getrockneten Feigen. Sie schmeckten süß und gut gealtert. Während er langsam kaute, dachte er über sich selbst nach. Wie lange blieben Abdrücke individuellen Lebens einer fernen Nachwelt erhalten? Was konnte er tun, um die Jahre, die ihm noch blieben, zu einem *nützlichen* Leben zu machen?

Er dachte an Moorleichen, Grabgeschenke, Pyramiden, Höhlenzeichnungen, Saurier-Eier, Ammoniten. Irgendwann und irgendwo würden wieder Lebewesen entstehen, in denen eines Tages der Wunsch wach wurde, die Spuren ihrer eigenen Vergangenheit zu deuten. Was konnte er, *Adam eternus*, ihnen mitteilen?

Aus irgendeinem Grund hatte er plötzlich das Bedürfnis, sich die Fingernägel zu schneiden. Sie waren lang und brüchig geworden in den letzten Wochen …

Er wühlte in einem Verbandskasten und stopfte, als er mit seiner Maniküre fertig war, einige Sachen aus dem Kasten in seine Taschen. Er zog frische, talkumgepuderte Gummihandschuhe über die Hände und knotete einen präparierten Mundschutz vor sein Gesicht. Mehr konnte er nicht tun. Trotzdem hatte er Angst vor dem Gang nach draußen. Er dachte an die roten Zackenlinien auf dem Endlosband des Meß-Terminals.

Schwefeldioxid, CO_2, Fallout …

Was war tödlicher?

Die gelben Gummistiefel quietschten leise, als er über die glatten Bodenkacheln des Kellers ging. Der Nebenraum war dunkel. Er verharrte für einen Augenblick bewegungslos, ehe er auch noch die Leuchtstoffröhren des Raumes löschte, in dem er wieder Mensch geworden war. Die Dunkelheit schreckte ihn noch immer. Er würde lange brauchen, bis er das Trauma der einundvierzig Tage ohne Realitätsbewußtsein überwunden hat …

Weitere Leuchtröhren flammten auf. Papierstapel und altmodische Holz-Paletten standen dicht nebeneinander vor weißgekalkten Wänden. Ein gelber Gabelstapler war ordentlich neben einer schrägen, hellgrau lackierten Rampe geparkt. Seine glattgewetzten Greifer lagen wie glänzende Metallkrallen auf dem Boden.

Goetz war bereits auf der Rampe, als er auf die Idee kam, den Gabelstapler für seinen ersten Ausflug nach draußen zu benutzen. Zögernd ging er zurück. Er hatte noch nie auf einem Gabelstapler gesessen. Er besaß ja nicht einmal einen Führerschein …

Nachdenklich starrte er auf die Steuersäule mit den elektronischen Kontrollen. Auf einem Plastikschild waren die wichtigsten Bedienungsvorgänge aufgezeichnet. Es fiel ihm schwer, sich auf die einfachen Striche und Worte zu konzentrieren. Mit ungelenken Bewegungen kletterte er auf den Sitz.

PERSONEN-CODE EINGEBEN!

Er mußte eine ganze Weile überlegen, bis ihm seine Registriernummer wieder einfiel:

1993-GVC-1203

Er tippte die Kombination auf eine Sensorplatte an der Steuersäule. Kein Datenexperte hatte ahnen können, was Goetz in einer derartigen Situation durch die Eingabe seines Personen-Kodes bewirkte: Die Stadt und alles, was dazu gehörte, war schlagartig ihm unterstellt, doch Goetz konnte nicht wissen, daß der harmlos wirkende Gabelstapler an das Teledatensystem der Energie-Kommission angeschlossen war ...

Er spielte vorsichtig an den Kontrollen, probierte ein paar Funktionen aus und brachte dadurch Tausende von automatisch gesteuerten Systemen überall in der Stadt durcheinander!

Der Gabelstapler schoß plötzlich nach vorn. Er rollte über die schräge Ebene. In den Büroräumen hockten mumifizierte Lektoren und Redakteure an ihren Schreibtischen. Einige hatten versucht, dem tödlichen Neutronenblitz zu entfliehen. Sie lagen an Telekopierern, hingen vor grünlich flackernden Bildschirmen oder waren über ihren großen Layout-Blocks zusammengesunken. Einem war es noch gelungen, die Katastrophenmeldung über ein *Keyboard* an die Leuchtwand der Gebäudefassade zu projizieren. Ein anderer hatte versucht, mit einem echten weichen Bleistift das drohende Inferno zu formulieren:

BLITZ ... FLASH ... COSMIC ... Schwärme von Cruise Devils über Appenzell und anderen Alpen-Forts ... Marschrichtung-Nord ... Kaiser-Wilhelm-Spacelab XII meldet bedrohliche Zunahme von Intercontinentals ... sie greifen an ... mein Gott, sie greifen uns tatsächlich an ...

Goetz blickte fassungslos auf die letzten Lebensäußerungen des Redakteurs, mit dem er manchen Abend in der Altstadt verbracht hatte. Er zwang den Gabelstapler weiterzurollen. Die gelbe, bullige Maschine rumpelte zum Ausgang des Verlagsgebäudes. Unmittelbar vor der schweren geschnitzten Holztür lag der Leichnam eines alten, einbeinigen Mannes auf dem Boden.

Goetz konnte gerade noch anhalten. Der Gabelstapler rammte nur leicht gegen die Tür.

Goetz sprang ab und beugte sich über die Leiche des Mannes, der für alle Verlagsangestellten stets mehr als ein Faktotum gewesen war. Sie hatten ihn *Padre* genannt.

Er mußte noch versucht haben, die Tür zu erreichen. Goetz

nahm die halbverweste Leiche auf und trug sie in den Glaskasten neben der Tür. Die Pförtnerloge war seit Jahrzehnten *Padres* Reich und außerdem ein Ort gewesen, an dem man Neuigkeiten erfuhr und gleichzeitig eigene Informationen loswerden konnte.

Jetzt war *Padre* tot. Und mit ihm die gesamte Menschheit. Goetz konnte nichts dafür, daß ihm Tränen über die Wangen liefen.

4. KAPITEL

Der Rauch der vielen Fackeln machte die Luft immer stickiger. Auf dem obersten Bohlentisch bemühten sich die Clan-Chefs der *Schander* verzweifelt um einen Ausweg.

»Sie glauben uns einfach nicht«, stellte Meister Wirnt fest.

»Aber wir haben doch wirklich nichts mehr, was wir ihnen geben könnten«, stöhnte Meister Otto.

»Was sollen wir tun?« fragte Meister Bieterolf.

Meister Wolfram blickte schweigend nach unten. Als er sich wieder umdrehte, glich sein Gesicht einer Totenmaske.

»Wir haben nur noch eine einzige Möglichkeit«, sagte er langsam. Er strich sich mit zitternden Fingern über die Stirn. »Wir müssen ihnen sagen, wo noch Vorräte sind ...«

Die anderen Clan-Chefs sahen ihn verständnislos an.

»Aber wir haben keine ...«

»Doch!« sagte Meister Wolfram. »Im Sakriversum!«

Bieterolf verstand als erster.

»Soll das heißen, daß wir ihnen den Weg in unsere Welt freiwillig offenbaren? Nach sieben Jahrhunderten?«

»Einige von ihnen haben stets auf der Nordseite gelebt. Ohne unsere Sicherheitsvorkehrungen hätten sie jederzeit die Möglichkeit gehabt, den Weg zur Südseite zu entdecken!«

»Dann sollen wir freiwillig preisgeben, was wir immer vor Fremden geschützt haben?«

Meister Wolfram sah Meister Bieterolf lange an.

»Ja«, sagte er dann, »denn für den Wein der Letzten Gnade ist es bereits zu spät. Wir können ihn nicht mehr holen ...«

Die zwölf Clan-Chefs bildeten einen Kreis. Sie faßten sich an den Händen. So wurden seit Jahrhunderten gemeinsame Beschlüsse gefaßt. Bieterolf zögerte, Meister Lamprecht ebenfalls.

»He, ihr da oben?« rief König Corvay vom Boden der Gruft. Der Lärm nahm wieder zu. »Gebt ihr uns freiwillig, was ihr habt, oder sollen wir es holen?«

Die Clan-Chefs schlossen alle ihr linkes Auge. Mit den anderen sahen sie sich an. Ihre Blicke bildeten ein unsichtbares Symbol aus zwölf Linien, in dessen Schnittpunkt eine schwebende, dreieckige Flamme erschien.

Das Zeichen der Logenmeister!

Nie hatten andere als in die Mysterien Eingeweihte das Gralszeichen gesehen. Und dann erschien an einer Wand der Gruft das Menetekel, mit dem die Meister den Zweifler warnten:

*Non facere potest quod posse facere non credit.**

Frauen und Kinder der *Bankerts* schrien auf. Sie warfen ihre Arme hoch und schützten ihre Augen vor dem Flammenlicht an der Wand. Selbst die Männer wichen erschrocken zurück. Sie ließen ihre Waffen fallen, einige fluchten, andere bekreuzigten sich verstohlen.

Die *Schander* auf den oberen Bohlentischen begannen leise zu singen. Ganz oben faßten sich Männer, Frauen und Kinder an den Händen. Sie gingen Schritt für Schritt auf den Kreis der Logenmeister zu. Mathilda nahm Guntrams Hand, Hanns die von Agnes. Die Zeichen waren so stark und mächtig, daß sie vergaßen, was vorher zwischen ihnen gewesen war.

Während die *Schander* ganz im gemeinsamen Gebet aufgingen und dabei das Bedrohende der Situation vergaßen, näherte sich König Corvay im Kreise seiner Berater den Leitern. Weiter oben schwang sich eine junge Trapezartistin von einer Tischplatte zur nächsten. Sie knotete dünne Seile aneinander, ließ Leitern herab und zog Angehörige ihrer Truppe nach – junge Männer und Frauen in schmutzigen, ehemals grellfarbigen Overalls, Theaterkostümen und Trikots.

Nach und nach hievten sie Flaschenzüge, Strickleitern und winzige Maschinen höher, die wie an Metallstangen zusammengeschraubte Motorräder ohne Bereifung aussahen. Kleine Verbrennungsmotoren wurden laut knatternd gestartet. Der Lärm der verbotenen Motoren übertönte den Gesang der *Schander*.

»He, Nancy!« rief ein junger Mann der Artistin zu. Sie hängte sich mit einem Bein an einen Metallstab, der an zwei Seilen

---

* Er kann nichts vollbringen, wenn er nicht glaubt, es zu können.

pendelte. Mit geschickten Schwüngen erreichte sie ein schräges, inzwischen straff gespanntes Seil. Sie ließ sich auf den Sitz eines Motorrades fallen. Gleichzeitig glitt ihr Partner auf das verkehrt unter dem Seil hängende Motorrad. Die beiden Maschinen drehten sich wie eine Spindel um einen Wollfaden. Mal war sie oben, mal er.

Das eingespielte Team ließ die Motoren lauter werden. Ein paar *Bankerts* klatschten. Verzweifelt versuchten die *Schander*, mit ihrem Gesang den Lärm zu übertönen, der für sie eine böse Erinnerung an die wilden Zeiten der *Weltlichen* war. Einige der *Bankerts* waren ebenso klein wie *Schander*, aber sie gehörten dennoch nicht zu ihnen. Im Gegenteil! Für die Familien von der Südseite des Sakriversums waren die *Bankerts* stets eine dumpf erahnte, gefährliche Bedrohung geblieben …

»Jan!«

Die Motorradartistin wirbelte die beiden aneinandergekoppelten Maschinen korkenzieherartig höher. Ihr Partner folgte routiniert ihren kaum wahrnehmbaren Anweisungen. So hatten sie bereits die neuen Wolkenkratzer von New York, den St.-Louis-Bogen, die Niagarafälle und die Präsidentenköpfe des Mount Rushmoore bezwungen.

»NANCY & JAN – die todesmutigen Wahnsinnszwerge!«

Sie schleppten ein zweites Seil höher, ließen sich mit gedrosselten Motoren steil nach unten fallen, nahmen neue Seile auf die Haken an ihren Motorrädern und wiederholten ihre artistische Leistung.

Der Kokon aus Schnüren, Seilen und Leinen wurde immer dichter. Kaum jemand verstand, wie Nancy und Jan es schafften, eine Art Seilbrücke nach oben anzulegen.

Als das scharfe Knattern der Maschinen mit zwei, drei lauten Fehlzündungen verstummte, sprangen Nancy und Jan auf einen Bohlentisch direkt unter der obersten Ebene. Sie hoben die Hände und verbeugten sich nach unten.

Lello war so begeistert, daß er mehrmals falsche Töne auf seiner Klampfe anschlug. Patrick Murphy legte einen Paukenwirbel ein.

Jetzt kam Corvays Auftritt.

Er ließ sich von seinen Helfern über die ersten Tischebenen heben. Sein Sitz glich einer Schaukel, die sich an langen Seilen drehte. Er erreichte die von Nancy und Jan gesponnene Röhre aus

Seilen und Tauwerk. Schnaufend kletterte er langsam höher. Seine Berater folgten ihm, jederzeit bereit, ihn bei einem Fehltritt aufzufangen ...

Es dauerte eine Weile, bis Llewellyn Corvay den dünnen, schwankenden Tisch unterhalb der letzten Plattform erreichte. Schon während des Wegs nach oben hatte er gesehen, daß die *Schander* sehr arm dran sein mußten. Leere Weinfässer, ausgekratzte Holzbütten, in denen Milch transportiert worden war, stumpf glänzende Kupferkessel und Aschenplätze von verlassenen Feuerstellen markierten den letzten Fluchtweg der *Schander*.

Sie hatten sogar die Knochenreste von früheren Fluchtunternehmen zu Mehlsuppe verarbeitet ...

Corvay gab sich Mühe, möglichst langsam und gemessen durch das Netzwerk der Seile, Tampen und Taue nach oben zu steigen. Dafür gab es mehrere Gründe: zum einen wollte er nicht zeigen, daß er mehr Zeit zum Nachdenken brauchte, zum anderen wußte er wirklich nicht weiter. Er hatte plötzlich das Gefühl, auf ein Schafott zu steigen. Die übereinandergestapelten Tische der *Schander* kamem ihm wie Blutgerüste vor. Er sah keinen Unterschied mehr zwischen den seit Jahrhunderten isolierten Baumeister-Nachkommen und dem zusammengewürfelten Haufen, dem er eine neue, glorreiche Welt versprochen hatte ...

In diesem Augenblick verfluchte er seine größenwahnsinnige Idee. Warum war er nicht weiterhin Agent und Manager von Artistengruppen, ausgeflippten Bands, skurrilen Kleindarstellern und begabten Mißgeburten geblieben?

Was hatte ihn veranlaßt, den Ausgestoßenen, Zukleingeratenen und Lächerlichen ein neues Paradies zu versprechen? Ein Stückchen Heimat, ein Refugium, ein Zuhause.

Er hatte ihnen große Träume angeboten. Eine eigene Welt, in der sie so sein durften, wie sie waren. Und noch viel mehr ...

Llewellyn Corvay lauschte dem monotonen Gesang der *Schander* über sich. Sie waren stets ein in sich geschlossenes Volk gewesen, doch jetzt hatten auch die vom Schicksal Bevorzugten keine innere Kraft mehr!

Corvay sah, daß seine Berater auf ein Zeichen von ihm warteten. Er strich sich durch seinen dichten Bart.

»Was soll ich tun?« fragte er flüsternd den Arzt Galus.

»Sei unser König!« antwortete Corvays weisester Berater sibyllinisch. Nacheinander sah der König der *Bankerts* die Männer an, die sich aus den unterschiedlichsten Gründen auf seine Seite gestellt hatten.

Galus war ein schmächtiger, oft asthmatisch hustender Gelehrter, der unter den *Weltlichen* keine Woche überlebt hätte. Ein intelligenter Einsiedler, der sich vor Menschenmassen fürchtete.

Hector hatte lange Zeit im Schmutz hinter den Kulissen verkommener Provinzbühnen gelebt. In seiner besten Zeit war er Spitzenmann einer Truppe von Ringern und Bodenturnern gewesen, aber das mußte schon viele Jahre her sein ...

Ein weiterer Berater Corvays sah wie ein drogensüchtiger Advokat aus. Menennery Luck trug einen zerschlissenen schwarzen Umhang, einen spitzen Hut mit breiter Krempe und ein Sammelsurium von Taschen, die an schmalen Riemen kreuz und quer über seinem Oberkörper hingen. Nur wenige *Bankerts* wußten, daß der Professor mit der messerscharfen Nase einmal Präsidentenberater gewesen war.

Die restlichen Figuren aus Corvays engerer Begleitung bildeten eine bunte Mischung aus Leibwächtern, Zirkusleuten und mißlungenen Laborzüchtungen.

»Wenn hier nichts ist und dort nichts ist, wird es wohl besser sein, beizeiten nach einem Schlupfloch Ausschau zu halten«, sagte Menennery Luck.

»Vielleicht haben sie oben noch Vorräte«, meinte Hector naiv.

Galus blickte auf.

»Das wäre eine Möglichkeit.« Er nickte nachdenklich.

Corvay hob die Brauen. Der Gesang der *Schander* verstummte.

»Ich will verdammt sein, wenn die Flammenzeichen an der Wand dort drüben etwas anderes sind als eine Projektion aus Rolands Testament ...«

Galus rieb sich die Nase. Er starrte auf die langsam schwächer leuchtenden Linien, Striche und Symbole an der gegenüberliegenden Seite der Gruft. Unbemerkt griff Corvay an die Medaillen seiner Halskette. Nur Galus sah es.

»Die zweite Hälfte«, flüsterte er mit glänzenden Augen. »Einer der Clan-Chefs muß die zweite Hälfte des geheimen Testaments bei sich haben! Ich habe es gewußt ... ich habe es immer gewußt in all den Jahren ... «

Corvay hustete. Er wollte nicht, daß andere erfuhren, was außer ihm und Galus nur noch wenige wußten. Denn nicht das Sakriversum, sondern das, was in ihm verborgen war, bildete das eigentliche Ziel von Llewellyn Corvays lange vorbereitetem Plan. Doch dann waren Ereignisse eingetreten, mit denen nicht einmal Computer gerechnet hatten ...

Llewellyn und seine Begleiter wollten einer uralten Legende auf den Grund gehen. Nur, weil sie wußten, daß sie es allein nicht schaffen konnten, hatten sie *Bankerts* und Nachkommen von *Gnomen, Zwergen, Heinzelmännchen* und *Lilliputanern* aus aller Welt zusammengetrommelt.

Ursprünglich war es ihre Absicht gewesen, die *Schander* in ihrem jahrhundertelang getarnten Lebensraum unter dem Bleidach der Kathedrale zu überfallen, um ihnen die letzten Geheimnisse zu entreißen.

Corvay hatte gehofft, durch allerlei magischen Mumpitz einen Baustein nach dem anderen zu entdecken. In seinem Plan waren Verbrüderungsfeiern und Orgien vorgesehen gewesen. Das hätte die erste Phase sein sollen. Die nächste wäre die weltweite Verbreitung der Sensationsmeldung gewesen – mit allen Rechten und Ansprüchen, die sich daraus ergaben ...

In den ersten Tagen hatten weder Corvay noch seine Berater begriffen, was wirklich geschehen war. Erst als Männer und Frauen, die vorher ein Leben wie die *Weltlichen* geführt hatten, das ganze Ausmaß der Katastrophe erkannten, fraß sich der Schock der Erkenntnis in die Seelen der verstörten *Bankerts*.

Sie begriffen, daß sie nicht mehr zurück konnten. Als Gefangene der Kathedrale waren sie auf Gedeih und Verderb Corvay und seiner Bande ausgeliefert. Aus dem erwarteten Spektakel war eine Tragödie geworden. Einige hatten trotzdem versucht zu fliehen. Als sie zurückkehrten, starben sie qualvoll an den Folgen der Neutronenseuche, die alles Leben draußen vernichtet hatte.

Und Corvay mußte seine Rolle als König der Mißratenen weiterspielen, ob er nun wollte oder nicht!

Als das Flammenzeichen an der Wand der Gruft erlosch, senkte sich ein zierlicher Korbsessel von der obersten Tischebene nach unten. Er hing an drei dünnen Seilen, zwischen denen ein ehemals weißes Tuch gespannt war.

»Ein Verhandlungsangebot«, sagte Galus.

Nancy, Jan und einige andere Artisten zogen den Korbsessel bis zu Corvay.

»Wir wollen was zu fressen!« schrie eine Frau von ganz unten.

»Los, Corvay, hol die richtigen Schlüssel!«

Lello hockte auf einer Leiter. Er zuckte zusammen. Automatisch schlug er ein paar Akkorde auf seiner Klampfe. Die Pauken von Patrick Murphy fielen als dumpfes, dröhnendes Echo ein.

Corvays Berater flüsterten. Sie spürten, daß die ungeheure Spannung der Enttäuschten jederzeit in Panik und Chaos umschlagen konnte. Ein falsches Wort, eine falsche Bewegung von Corvay würde genügen …

Der König der *Bankerts* schneuzte sich. Er fühlte sich schon längst nicht mehr wohl in seiner Haut, doch wie schon viele andere vor ihm wuchs er mehr und mehr in seine Rolle hinein. Er spielte nicht mehr den Anführer – er *war* der König!

Vielleicht lag es am Hunger, am Durst und an den langen Nächten, in denen er immer nur das Weinen fremder Kinder gehört hatte. Was anfänglich nur als Staffage und Statisterie für seinen Coup geplant gewesen war, bildete inzwischen eine Gemeinschaft, für die er verantwortlich war. Denn auch er selbst war ein Gefangener der Umstände …

Er schritt auf den Korbsessel zu. Die Seile ächzten, als er sich in das Geflecht setzte.

Jan stieß einen leisen Pfiff aus. Sofort zogen die *Schander* den Sessel höher. Weit unten hielten Männer, Frauen und Kinder aus dem Troß den Atem an. Nur einige der Kleinsten weinten weiter. Gleichzeitig sorgten Menennery Luck und Hector dafür, daß Corvay Rückendeckung erhielt. Sie schickten Artisten und junge Waffenträger zur anderen Seite des Tisches und ließen sie vorsichtig nach oben klettern.

Als Llewellyn Corvay allein mit seinem Korbsessel oben ankam, hingen überall unter der obersten Tischplatte andere *Bankerts*, bereit, sofort einzugreifen, wenn die *Schander* versuchen sollten, Schwierigkeiten zu machen.

Aber sie machten keine Schwierigkeiten.

Corvay stieg aus dem Sessel. Er ging auf Meister Wolfram zu, doch nur soweit, daß er von unten noch zu sehen war.

»Wo sind die Schlüssel?« rief er.

»Wir haben keine anderen Schlüssel«, antwortete Wolfram leise.

»Und keine Vorräte?« fragte Corvay ebenso leise zurück. Er hatte sofort gesehen, daß es auch hier nichts mehr zu holen gab. Die *Schander* waren noch schlimmer dran als seine Leute. Sie hatten buchstäblich nichts mehr ...

»Wir haben noch eine alte Flasche Wein unten in den Vorratskammern«, sagte Meister Wolfram ernst. »Wir hätten gemeinsam unseren Wein der Letzten Gnade getrunken, wenn ihr nicht gekommen wärt.«

Obwohl er sich bemühte, so zu sprechen, wie Corvay es gewöhnt war, fiel es dem König der *Bankerts* schwer, den alten Mann zu verstehen. Er wußte, daß die *Schander* noch immer in einer eigentümlichen, mittelalterlich klingenden Sprache redeten. Sie betonten jeden Vokal und ließen sich Zeit, komplizierte Folgen von Konsonanten auszusprechen. Nur dadurch gelang es Corvay, den Sinn von Meister Wolframs Worten zu verstehen.

»Du hast vor vielen Jahren meinen Sohn Ekkehard getötet«, sagte Meister Wolfram. Corvay hatte nicht damit gerechnet, auf diese alte Geschichte angesprochen zu werden. Ehe er dazu kam, eine Erklärung zu formulieren, sprach Wolfram weiter.

»Dein Narr ist dennoch ein Verwandter von uns. Wir würden gern den Bräuchen unseres Volkes folgen, aber wir haben nichts mehr, was wir euch anbieten können.«

»Warum kehrt er nicht zurück ins Sakriversum?«

»Wir sind zu schwach.«

»Gibt es ... gibt es oben noch Nahrungsmittel?«

Meister Wolfram neigte den Kopf.

»Du weißt, wie unsere Welt beschaffen ist. Wenn du uns in Frieden sterben läßt, gebe ich dir meinen Teil des Plans ... «

»Das Testament?« keuchte Corvay mühsam beherrscht.

»Ja, aber nicht alles. Ein letztes Geheimnis müssen wir mit ins Grab nehmen!«

Corvay blickte über den Kreis der *Schander* hinweg. Das kleine Volk drängte sich dicht um die zwölf Clan-Chefs. Sie wirkten blaß, ausgehungert und sahen ihn mit großen Augen an. Das Licht der Fackeln von unten hüllte sie in einen eigenartigen, rötlichen Dämmerschein.

Ein junger Mann und ein Mädchen, das wie seine Schwester aussah, standen etwas abseits. Die beiden erinnerten Llewellyn Corvay an das Paar, das vor zwölf Jahren einen verborgenen Weg durch die *Teufelsmauer* gefunden hatte. Es war ein sonderbares Gefühl, in diesem Augenblick die Kinder von Ekkehard und Uta wiederzusehen. Damit hatte er bei seiner gesamten Planung nicht gerechnet. Denn nur die wenigsten seiner Leute wußten, was damals wirklich geschehen war …

Seit Stunden rauschte Regen auf das hohe Dach der Kathedrale. Er saugte auch den letzten Rest von Wärme aus den Mauern, spülte ihn nach unten. Die klamme, feuchte Dunkelheit unter der Nordseite des Daches wurde nur an einigen Stellen durch spärliche Feuer in den Hügeln aufgehellt.

Dort, wo die aus Steinbrocken aufgeschichteten Terrassenmauern an die immer wieder vergeblichen Versuche der *Bankerts* erinnerten, sich wie die Bevorzugten auf der anderen Seite eine eigene Siedlung zu bauen, loderte das größte Feuer.

Karge, verkümmerte Pflanzen, die auch ohne viel Licht existieren konnten, bedeckten in unregelmäßigen Flecken den steinigen Boden. An mehreren Stellen unterhalb der *Teufelsmauer* wurden roh errichtete und niemals fertiggestellte Steinhütten sichtbar. Sie waren nicht viel mehr als Vorbauten an den Eingängen dunkler Höhlen.

Vier Männer hockten schweigend und in löchrige Decken gehüllt um das große Feuer. Sie starrten wortlos in die knisternden Flammen. Der Regen rauschte und manchmal sprühte es feucht über ihre Köpfe.

Neben dem Feuer stapelten sich Abfälle und Müll, der nicht aus der Kathedrale stammte. Kleine Konservendosen, ausgequetschte Tuben, Tierknochen und verbogene Metallreste undefinierbarer Herkunft lagen überall verstreut herum.

»Clochard müßte man sein!« seufzte schließlich einer der Männer am Feuer. »Die dürfen wenigstens noch betteln ...«

»Hast du bisher etwas anderes getan?« fragte einer, auf dessen kahlem Wasserkopf sich die Flammen spiegelten.

»Du hast gut reden, Galus«, antwortete der erste. »Du sitzt hier oben und läßt dich von uns aushalten! Warst du denn jemals unten? Kannst du dir überhaupt vorstellen, wie hart und seelenlos die *Weltlichen* geworden sind? Ja, früher einmal ...«

»Früher waren wir auch schon Mißgeburten«, sagte der dritte mit einem Kopfnicken. »Aber da fiel immer eine Münze, ein Stück Brot oder ein Becher Wein für Menschen unserer Art ab!«

»Du mußt es wissen, Hector«, sagte der Wasserköpfige sarkastisch. »Du hast doch jahrelang ganz gut gelebt mit deinen Auftritten als Catcher, Ringer und zwergenhafter Kraftprotz!«

»Was soll das heißen?« fauchte der Mann mit dem Dschingis-Khan-Bart. Er hatte ebenfalls einen kahlen Schädel, doch sein Kopf wirkte eckig und nicht so nach oben breiter werdend wie der von Galus.

»Hört auf!« befahl der Mann, der sich die ganze Zeit zurückgehalten hatte. Er war größer und massiver gebaut als die anderen am Feuer. Außerdem war er besser gekleidet, sein Vollbart war gestutzt und seine Fingernägel sauber.

»Hört, hört, jetzt spricht der König!« kicherte Menennery Luck, der sich bisher als Dieb, Possenreißer, Filmkomparse und gewiefter Rechtsverdreher betätigt hatte.

»Eines Tages werde ich König sein!« schnaubte Llewellyn Corvay. »Aber nicht für die Gestalten, die hier hausen, sondern auf der anderen Seite, wo Milch und Honig fließen! Dort gibt es Gold, sage ich euch! Und ein Geheimnis, mit dem wir diese ganze verdammte Welt aus den Angeln heben können ...«

»Du bist verrückt!« sagte Galus.

»Nein, nicht verrückt! Vielleicht besessen, denn ich habe etwas, das mir ein Zufall in die Hand gespielt hat!«

Er nestelte eine große, schwere Münze unter seinem Samtwams

hervor. Als er auf einen verborgenen Mechanismus drückte, teilte sich die Münze in zwei Hälften.

»Antiquarisch!« keuchte er heiser. »Ihr wißt, ich war schon immer scharf auf alte Taschenuhren. Als ich das hier in Paris entdeckte, fiel mir zuerst nichts auf. Doch dann erkannte ich hier an der Kante ein paar alte Symbole ...«

Er hielt die geöffnete Münze ins Licht des Lagerfeuers.

»Was ist das?« fragte Menennery Luck interessiert.

Corvay ließ die Münze wieder zuschnappen. Er ballte seine Hand zur Faust und sah die anderen mit glänzenden Augen an.

»Die Hälfte eines uralten Geheimplans ...«

Für einen Augenblick war nur noch das Rauschen des Regens und das Knistern des Feuers zu hören.

»Damit werde ich König im Sakriversum und Herr der Welt!«

»Wieso?« fragte Hector. Galus schürzte die Lippen. Er war der einzige, der sofort verstanden hatte, was Llewellyn Corvay meinte.

»Wenn das stimmt ...«, murmelte er mit mühsam unterdrückter Erregung. »Wenn das stimmt, Corvay ...«

Die beiden ungleichen Männer sahen sich abschätzend an.

»Ich werde einige Jahre brauchen, bis ich alles entschlüsselt habe«, gab Corvay zu. »Das Wichtigste ist, den Eingang in die Südseite des Sakriversums zu finden ...«

»Kein Problem!« knurrte Hector. »Wir sprengen einfach eine Scheibe aus dem Rosettenfenster an der Westseite der Kathedrale!«

»Wie naiv bist du eigentlich?« fragte Galus. Er hatte sich innerlich bereits auf die Seite Corvays gestellt. »Glaubst du im Ernst, daß sich die Eingeweihten so leicht übertölpeln lassen?«

»Davon verstehe ich nichts!«

»Eben!«

»Man könnte es vielleicht mit Hilfe der *Weltlichen* versuchen«, überlegte Menennery Luck. »Ein paar gezielte Hinweise ...«

»Und dann?«

Menennery Luck kam nicht mehr zu einer Antwort. Oberhalb des Lagerplatzes löste sich ein Stein vom Hang. Er polterte bis in den Müll.

Die vier Männer fuhren herum. Sie sprangen auf und starrten in die Dunkelheit. Im gleichen Augenblick hörten sie das leise Wimmern eines Kindes. Ein junger Mann und ein Mädchen tauchten auf. Sie sahen wie Geschwister aus. In den Armen trugen sie zwei kleine Kinder.

»*Schander!*« zischte Menennery Luck überrascht. »Was wollen die denn hier?«

»Verzeiht, wenn wir euch stören«, sagte der junge Mann. Er kam nur zögernd tiefer. »Wir haben euer Gespräch gehört und möchten euch bitten, uns den Weg nach unten zu zeigen …«

»Nach unten?« fragte Menennery Luck.

»Ja! Ihr wißt doch, wie man aus dem Sakriversum zu den *Weltlichen* kommt! Wir kennen nur die Wege in die Bleikeller …«

»Aber warum? Warum, bei allen Geistern des Himmels und der Erde, wollt ihr freiwillig nach unten?«

Der junge Mann lächelte verlegen.

»Wir sind nicht ganz so freiwillig hier, wie ihr meint. Wir mußten fliehen, weil wir zu viel wissen…«

»Interessant, interessant«, murmelte Galus.

Unbemerkt waren andere Schatten am Rand des Feuers aufgetaucht. Zerlumpte Gestalten näherten sich von allen Seiten. Sie bildeten eine Mauer des Schweigens.

»Haben sie Vorräte?« tuschelten die Stimmen.

»Was ist in ihren Beuteln?«

Eine alte Frau reckte ihre krallenartigen Finger vor.

»Wie wär's mit einer kleinen Gabe, edler Herr?«

Andere drängten sich näher. Sie tasteten über die Kleidungsstücke der Neuankömmlinge, befühlten ihre Gesichter und untersuchten eilig, ob sich die Schnüre des Gepäcks auf dem Rücken des jungen Mannes und seiner Begleiterin lösen ließen.

»Zurück!« rief Llewellyn Corvay.

Die Bewohner der Nordseite des Sakriversums murrten.

»Sie haben Hunger, Corvay!« mahnte Galus leise. »Und die da sehen aus, als hätten sie genügend Proviant bei sich …«

Eine junge Frau, die nicht viel älter aussah als das Mädchen an der Seite ihres Begleiters, drängte sich vor. Sie hatte ebenfalls ein Kleinkind in den Armen.

»Gib deinem Sohn Lello etwas zu essen, Ekkehard!« rief sie verzweifelt.

»Mein Sohn heißt Guntram und meine Tochter Agnes!«

»Und dieser hier? Soll er denn nicht dein Sohn sein aus jener Nacht, in der du mir versprochen hast, mich eines Tages auf die andere Seite zu holen?«

»Jetzt ist es aus, Lea, du Hure!« schrie einer aus der Menge. »Macht sich mit einem von den anderen eine schöne Nacht und bettelt dann bei uns um milde Gaben!«

Ein Stein flog gegen Ekkehard. Uta schrie auf. Im gleichen Augenblick erkannte Lea die Gefahr. Sie stolperte über den felsigen Boden höher.

»Hilfst du mir, helf ich dir!« flüsterte sie hastig. Uta nickte benommen.

»Schlagt sie tot!« brüllte einer der *Bankerts*. »Sie haben uns schon immer alles gestohlen: die Sonne, die Felder und jetzt auch noch unsere Frauen!«

»Halt!« rief Llewellyn Corvay.

»Misch dich nicht ein!« warnte Galus.

»Ihr seid auch so wie die!« brüllte der Anführer der Rebellen. Messer blitzten auf. Hector, Galus, Menennery Luck und Corvay stürmten höher. Sie wußten, wie schnell auf der Nordseite des Sakriversums Blut floß.

Hector schnappte sich die drei kleinen Kinder. Ehe sich die anderen versahen, verschwand er mit ihnen in der Höhle, in der Galus lebte. Als er zurückkehrte, erhielt Menennery Luck gerade einen gewaltigen Knüppelhieb zwischen die Schultern. Außer Galus war keiner der vier ein ständiger Bewohner des Sakriversums.

Beutel und Säcke von Ekkehard und Uta wurden von gierigen Händen aufgerissen. Brot, Speckseiten, Trockenfrüchte und Dauerwürste flogen über die Köpfe der ewig Hungernden hinweg.

Milch spritzte aus platzenden Lederbeuteln.

»Los, weg hier!« befahl Corvay. Er schwang ein Krummschwert, das er in irgendeinem Trödelladen der *Weltlichen* erstanden hatte. Im Grunde verstand er die wütende Menge. Seit es *Bankerts* gab, hatten sie immer nur gehungert und gelitten, während sie wußten, daß auf der anderen Seite ein unerreichbares Paradies lag …

Drei finstere Kerle drangen auf Ekkehard ein. Corvay hob sein Krummschwert und schlug zu. Im gleichen Augenblick duckten sie sich. Die scharfe Klinge trennte Ekkehards Kopf vom Rumpf.

Corvay wischte sich über die Augen. Er hatte das Gefühl, daß alles erst gestern geschehen war. Zusammen mit Hector hatte er den Leichnam von Ekkehard bis zur *Teufelsmauer* gebracht. Uta, das Mädchen, das nicht weinen konnte vor Entsetzen, hatte ihnen den Weg gezeigt. Zusammen mit ihren eigenen Kindern war sie vorausgegangen durch das Gewirr von Gängen, Höhlen und Kavernen.

Corvay hatte später lange darüber nachgedacht, warum er freiwillig zurückgegangen war. Als wieder Ruhe im Nordteil des Sakriversums herrschte, hatte er zusammen mit Menennery Luck, Hector und Galus versucht, den Weg wiederzufinden – vergeblich ...

Einige Tage darauf hatten sie das Sakriversum für immer verlassen. Nur der Gedanke an die andere Hälfte des Großen Testaments hatte sie weiterhin miteinander verbunden, ganz gleich in welchem Winkel der Welt sie sich in den zwölf Jahren herumgetrieben hatten.

Und jetzt, nach so langer Zeit, standen die beiden wieder vor ihm: die Kinder Ekkehards und Utas!

Corvay schüttelte die schweren Gedanken ab. Die Zeiten hatten sich geändert. Er konnte nicht mehr aufgeben, woran er mehr als zwölf Jahre gearbeitet und geplant hatte. Jetzt, wo es keine Menschen außerhalb der Kathedrale mehr gab, war er mehr denn je entschlossen, den Weg nach oben zu gehen. Einmal nach siebenhundert Jahren sollte es auch den *Bankerts* möglich werden, eine Heimat zu finden, in der sie ohne Angst und Hunger leben durften!

Doch Corvay spürte instinktiv, wie die alte Scheu wieder wach wurde. Die *Schander* waren schwach, friedfertig und angreifbar. Aber sie hatten etwas, das mehr bedeutete als körperliche Überlegenheit. Corvay konnte nur ahnen, was es war ...

Guntram hielt dem starren Blick von Meister Wolfram stand. Schritt für Schritt ging er auf ihn zu. Agnes wußte nicht, was geschah. Sie folgte ihrem Bruder in kurzem Abstand.

»Flieht durch das Taubenloch!«

Schon vor Jahrhunderten hatten die *Schander* zahme Vögel ausgeschickt, die draußen erkunden sollten, ob noch die Pest herrschte. Die Tauben brachten Körner mit, Haare von Ziegen und anderen Haustieren der *Weltlichen*. Aus ihrem destillierten Sud konnten die Clan-Chefs der Alchimisten-Familie erkennen, wann die Zeit für eine Rückkehr ins Sakriversum günstig war ...

Die letzten Vögel waren nicht mehr zurückgekehrt.

Guntram blickte verstohlen auf das dunkle Loch schräg über Meister Wolfram. Es kam ihm plötzlich sehr weit entfernt vor. Im gleichen Augenblick steckte ihm Meister Wolfram ein blinkendes Amulett zu. Es wog sehr schwer in seinen Händen. Guntram schlang sich die beiden Kettenenden des Amuletts um den Leib.

»Der zweite Teil von Rolands Testament! Nur er enthält den Hinweis auf den Inneren Altar ...«

Auf einen Wink von Meister Wolfram hin drängten sich mehrere Familienangehörige zwischen Guntram, Agnes und König Corvay. Zwei Männer aus der Familie von Meister Wirnt stürzten sich auf Jan und Nancy. Ehe die verdutzten Artisten begriffen, was plötzlich in die friedfertigen *Schander* gefahren war, hatten andere ihnen bereits einige Seilschlingen entrissen.

»Verdammt noch mal, was soll das!« rief Corvay wütend. Hanns warf Ulf einen Maueranker zu, wie sie ihn bei ihrer Flucht mehrfach benutzt hatten. Meister Eilhart und Meister Bieterolf riefen sich etwas in ihrer alten ersten Sprache zu.

Corvay wirbelte herum. Er stieß gegen Meister Lamprecht.

»Aus dem Weg!« brüllte Corvay, doch Lamprecht hängte sich wie ein junger Hund an den schweren, massigen Körper des *Bankert*-Königs. Einige andere *Schander* folgten seinem Beispiel. Verbissen ringend zwangen sie die ersten *Bankerts* bis an den Rand des Bohlentischs zurück.

Ulf schleuderte den Maueranker. Schon beim ersten Versuch traf der Eisenhaken eine Mauerfuge direkt über dem Taubenloch. Er zog das Seil straff. Eine Gruppe von jungen Männern und

Mädchen aus den anderen Familien half ihm, das Seil zu befestigen.

»Jetzt, Guntram!« rief Meister Wolfram laut. Möge der Allmächtige im Himmel und auf Erden euch begleiten!«

Unterhalb der *Schander* verstärkte sich der wütende Tumult. Patricks Kesselpauken dröhnten unter seinen wilden, aufwiegelnden Schlägen.

»Das Seil … das Seil!« kreischte Lello mit weit aufgerissenem Mund. Mit der rechten Hand zeigte er immer wieder ruckartig nach oben. »Sie wollen fliehen … alle fliehen!«

Guntram biß die Zähne zusammen. Er sah, wie zwei verschlagen wirkende Gestalten um die Gruppe der Clan-Chefs herumschlichen. Der eine war hochgewachsen und dürr, der andere sah wie sein feister Knecht aus.

»Paßt auf!« schrie Mathilda.

Guntram faßte Agnes um die Taille. Er drehte sie und nahm sie auf den Rücken.

»Ed! Severino!« brüllte Corvays Berater Hector. »Laßt sie nicht entkommen!«

Guntram holte tief Luft. Er packte das straff gespannte Seil. Die anderen ließen gleichzeitig los. Die Schlaufe am Ende des Seils riß ein paar Männer um. Meister Wirnt wurde bis zum Rand des Bohlentischs geschleift. Im letzten Augenblick konnte er sich befreien, aber da waren Ed Jankowski und Severino bereits neben ihm.

Während Guntram und Agnes zum Taubenloch hinüberschwangen, schrien die Frauen der *Schander*-Familien entsetzt auf. Nur zwei *Bankerts* waren dicht genug an Meister Wirnt. Sie hätten ihn festhalten können, doch da geschah das Unfaßbare:

Die beiden Männer aus dem engeren Gefolge von König Corvay stießen Wirnt gemeinsam über die Kante …

In diesem Augenblick zerriß das letzte Band der Gemeinsamkeit, das es bisher vielleicht noch zwischen *Schandern* und *Bankerts* gegeben hatte …

5. KAPITEL

Goetz von Coburg steuerte den Gabelstapler über die breiten Stufen vor dem Hauptportal der Kathedrale. Er hatte mehrere Stunden in fiebriger Erschöpfung verbracht. Nicht richtig wach, aber auch nicht fähig, in einen heilsamen Schlaf zu fallen, hatte er neben dem Leichnam von *Padre* gelegen.

Wahrscheinlich war es der Verwesungsgeruch gewesen, der ihn schließlich veranlaßt hatte, wieder auf den Gabelstapler zu steigen.

Er wußte nicht, warum er die vertrauten Räume des Verlages verlassen hatte. Erst jetzt, auf den Stufen zum Hauptportal der Kathedrale, wachte er richtig auf …

Er hielt den Gabelstapler an. Sein Stöhnen war der einzige Laut in der unheimlichen Stille. Nichts regte sich um ihn herum. Die Sonne stand schräg am blauroten Westhimmel. Goetz fürchtete sich plötzlich vor ihrem unwirklichen Licht. Es war, als würde ihn der ferne Glutball wie das Auge Gottes beobachten …

Weiter hinten, in den menschenleeren Straßenfluchten, wanderten die dunklen Schatten der Kathedrale Zentimeter um Zentimeter weiter nach Osten. Sie sahen wie ein mächtiges, vielfach gezacktes Dunkeltier aus, das über die Häuser und durch die Straßen kroch.

Goetz blickte nach oben. Instinktiv suchte er nach einem Rest von Ordnung, Harmonie und Proportionen in einem Kosmos, der seinen Sinn verloren hatte.

Die Schwibbögen, Strebepfeiler, Filigransteingitter und Säulen übten eine seltsam beruhigende Wirkung auf ihn aus. Er hatte die Dome von Amiens und Köln, Chartres und Bamberg gesehen. Er kannte Straßburg, Orvieto und Reims, doch diese Kathedrale war die größte und schönste von allen …

Der Gabelstapler summte leise, als er in das hohe Kirchenschiff rollte. Goetz nahm die Fahrtgeschwindigkeit unwillkürlich zurück. Aus den gewaltig aufragenden Fenstern waren nur an einigen Stellen ein paar bunte Scheiben ausgebrochen. Es war, als hätte das Mittelschiff überhaupt keine waagerechten Begrenzungen, um immer höher und höher zu streben.

Die Bündel aus Halb- und Dreiviertelsäulen ragten wie aneinandergeklebte, aus Stein geschnitzte Baumstämme nach oben, ehe sie sich zur hohen Mitte hin neigten und in vollkommener Harmonie mit Kreuzsteinen über den Gewölbebögen vereint wurden.

Der gesamte Innenraum der Kathedrale war etwa hundertdreißig Meter lang, gut fünfzig Meter breit und im Mittelschiff mindestens achtzig Meter hoch.

Die weichen Reifen des gelben Gabelstaplers rollten über knackenden, splittemden Abfall, der sich aus irgendwelchen Gründen im Mittelgang angesammelt hatte. Goetz entdeckte Konservendosen, leere Plastikflaschen und Reste von Feuerstellen auf den Marmorplatten des Fußbodens. Dort, wo der grelle Blitz in jener furchtbaren Nacht auch die Kathedrale berührt hatte, ragte ein Gewirr von Bleiruten aus den kostbar buntschimmernden Fensterwänden.

Goetz von Coburg ließ seinen Gabelstapler ganz langsam durch das Mittelschiff auf den Chor zurollen. Die Steine aller Pfeiler, aller Wände wirkten wie zierlich aufeinandergefügte Bauteile, die nichts mehr von der Mühe und der Arbeit verrieten, mit der sie aus dem Fels gebrochen und behauen worden waren. Trotzdem erkannte er überall die klare Ordnung des Quadrats. Die Bögen und die Rundungen konnten nicht darüber hinwegtäuschen, daß das phantastische Gewölbe auch in der Höhe, die den Himmel suchte, *rechtschaffen* aufgebaut war – nach Prim, Oktav, Quinte, Quarte, Terz.

Der Baumeister der Kathedrale hatte sich an die strengen Regeln seiner Kunst gehalten, und nur an einer Stelle war er von der Rechtwinkligkeit in Kopf und Herz, Tun und Sein abgewichen: Ganz oben, über den Scheidbogen, die das Mittelschiff von den Seitenschiffen trennten, stimmten die Vierungen zu den Querschiffen nicht mehr. Zwischen dem oberen Teil der Apsis, des Chores im Ostteil der Kathedrale, und dem Langhaus im Westen hatte die steile Gewölbeschlucht einen Fehler, der Goetz plötzlich und unvermittelt an lateinische Gotik erinnerte. Der Bau verlor sich nach oben hin nicht ins Unendliche, sondern wurde – geschickt getarnt – durch eine Reihe von flacher gewölbten Bogen aufgefangen.

Bisher hatte er nirgendwo eine ähnliche Kombination verschiedener Baustile gesehen …

Goetz parkte seinen Gabelstapler direkt vor den Stufen zum Altar. Er kletterte nach unten. Seine Schritte klangen merkwürdig leise im großen, leeren Kirchenschiff. Es war, als würde die hohe Weite alle Geräusche dämpfen, die nicht zum Ritual eines Gottesdienstes gehörten.

In früheren Jahrhunderten war die Kathedrale Schutz, Heimat und Zufluchtsort gewesen. Und das nicht nur für jene, die in ihrem Schatten wohnten.

Jetzt lauschte ein junger Mann, der glaubte, der einzige Überlebende einer großen Katastrophe zu sein, dem Nachhall der vergangenen Epochen.

Hörte er Pilger atmen, die im großen, banklosen Kirchenschiff übernachten durften? Hörte er Vogelfänger, die mit Pfeil und Bogen nach Beute im Gesprenge über dem Altar jagten? Hörte er Jungfrauen hinter Säulen seufzen? Oder gar Bänkelsänger aus der Krypta, in die sich Weinhändler mit ihren Fässern zurückgezogen hatten?

Wer sang, wer seufzte und wer stöhnte da?

Wer lachte weit entfernt? Und wer ließ klirrend Schwerter klingen?

Goetz trat langsam bis vor den Altar. Die Scheinwerfer des Gabelstaplers wirkten wie tote, gelbe Augen im strahlend bunten Licht, das plötzlich durch die unzerstörten Fenster strömte. Beinahe greifbare Bündel aus reinen Farbstrahlen leuchteten schräg durch das große Mittelschiff der Kathedrale. Sie malten die Erinnerung an Gott und die Menschen, die alles einmal geschaffen hatten, auf hellgraue Säulen und staubige Bodenplatten.

Goetz genoß den Frieden in der Kathedrale. Doch gleichzeitig wuchs die Angst in ihm. Er war verrückt! Wie konnte er die Stunden verstreichen lassen, ohne zu wissen, wo er die nächste Nacht verbringen sollte?

Natürlich war es möglich, ganz einfach in der Kathedrale zu bleiben, aber wovon sollte er leben? Von Meßwein und Oblaten?

Er hatte Hunger!

Seit Wochen hatte er sich nur schlecht und notdürftig ernährt. Er dachte plötzlich an Wildschweinbraten, an Kartoffeln, Honig und Tomatensalat. Seine Erinnerung spielte ihm einen Streich. Er mischte alles durcheinander, was er früher gern gegessen hatte: Stachelbeermarmelade, Cornflakes, Gurkensuppe mit Joghurt, Bärenschinken …

Er preßte beide Hände auf seinen Magen. So schwach wie jetzt hatte er sich die ganzen Tage nicht gefühlt!

Irgendwo in dieser riesigen Kathedrale mußte doch eine Art Aufenthaltsraum für Kaplane, Priester und Bischöfe sein …

Goetz ging langsam um den Altar herum. Vorsichtig versuchte er, ein paar Türen zu öffnen. Sie waren verschlossen. Mit jedem erfolglosen Versuch wurde er ärgerlicher. Er hämmerte mit den Fäusten gegen altes Holz, rüttelte an Riegeln und trat mit den Stiefeln gegen hohl klingende Bohlen.

Als die letzte Tür nachgab, taumelte er vollkommen überrascht in einen schmalen Gang. An der rechten Seite hingen schwarze Soutanen in einer Nische. Links befand sich ein in die Steinwand eingelassenes Pult, auf dem ein dunkelroter Kasten aus Kunstleder lag.

Goetz sah den Kasten nachdenklich an. Für einen langen Augenblick versuchte er, nicht zu atmen. Im Halbdunkel des Gangs bewegte er sich vorsichtig auf das Wandpult zu. Er zögerte eine Weile, dann drückte er mit den Daumen die beiden Schnappverschlüsse des Kastens auf.

Im ersten Moment war er maßlos enttäuscht. Der Kasten enthielt nur zwei Schußwaffen, die mindestens hundert Jahre alt waren. Duellpistolen, dachte er. Er schüttelte den Kopf, lachte, als er merkte, wie unsinnig diese Überlegung sein mußte. Wie sollten Duellpistolen in eine Kathedrale kommen – und das zehn Jahre nach der weltweiten Ächtung aller privaten Schußwaffen …

Als er genauer hinsah, entdeckte er auf beiden Waffen einen geprägten Kreis mit den ineinander verschlungenen Buchstaben S. & W. Das gleiche Zeichen wiederholte sich auf den Griffschalen.

Obwohl er keine Ahnung von Handfeuerwaffen hatte, begriff er, daß er zwei alte Smith & Wesson-Schwenkrevolver gefunden hatte. Und das in einer Kathedrale!

Er nahm einen der beiden Revolver aus dem Samtbett des Kastens, trat einen Schritt zurück und sah sich die Waffe genauer an. Auf der Walze stand der Name des Herstellers und die Bezeichnung SPRINGFIELD MASS. Das halbrunde Korn war ziemlich grob ausgebildet, und der Arretierhebel, der die Walze in der Schußstellung hinter dem Lauf festhalten sollte, sah merkwürdig groß aus.

Goetz wollte die Revolver bereits wieder in den Kasten zurücklegen, als ihn plötzlich ein eisiger Schreck durchfuhr. Mit voller Wucht wurde ihm wieder bewußt, was geschehen war. Er zitterte am ganzen Körper. Ein kalter Luftzug strich durch den schmalen Gang zwischen der Apsis und dem dahinterliegenden Raum.

Goetz preßte die Lippen zusammen.

Er hatte eine Waffe in der Hand!

Etwas, womit er anderes Leben töten konnte …

Er stöhnte auf, wollte lachen, schüttelte den Kopf und schrie dann seine ganze Verzweiflung mit einem ohnmächtigen, wahnsinnig klingenden Gelächter aus sich heraus …

»Zieh!« kreischte er und wirbelte herum. Er duckte sich, hob den Revolver und zielte auf die Steinfiguren in den Nischen der Apsis.

»Peng! Peng! Peng!« schrie er. »Kommt, ihr Säulenheiligen! Kommt runter von euren Podesten und redet endlich mit mir! Was steht ihr da so feierlich herum? Wem wollt ihr jetzt noch Eindruck machen?«

Er spannte den Hahn des Revolvers und drückte ab. Das Klicken klang wie eine steingewordene Träne, die auf den Boden der Kathedrale fiel.

»Ach – ich soll singen, was?« brüllte er. »Soll ich vielleicht noch lobpreisen, daß mich ein gütiger Gott verschont hat! Mich, einen Niemand …«

Er lachte irre.

»Na schön, ich singe euch etwas … aber wie soll ich singen und gleichzeitig auf die ganze Welt pfeifen? Ja, verdammt noch mal – euch eingeschlossen, ihr Säulenheilige!«

Die steinernen Gesichter lächelten ihm gütig zu. Es war die gleiche falsche Güte wie seit Jahrhunderten …

Seine Stimme war immer heiserer geworden. Er ließ die Arme

hängen und verstummte. Der Revolver baumelte nutzlos in seiner Rechten. Er war nicht einmal geladen.

Goetz hatte in diesem Augenblick wesentlich mehr Angst davor, wahnsinnig zu werden, als zu verhungern. Die große Kathedrale wirkte nicht mehr wie eine Zufluchtsstätte, sondern wie eine riesige Gruft.

Er drehte sich um. Mit mechanisch wirkenden Bewegungen stapfte er wieder in den Gang hinter der Apsis. Er nahm sich auch noch den zweiten Revolver und die beiden vergilbten Patronenschachteln aus dem Kunstlederkoffer. Während er seinen Fund in den Taschen seiner Jacke verstaute, ging er langsam weiter.

Der Raum hinter dem Gang war kahl und leer. Nur in einer Ecke flimmerte eine Ewige Lampe. Sie beleuchtete notdürftig die ersten Stufen einer nach unten führenden Steintreppe. Goetz ging ganz langsam weiter. Als seine Augen sich an das Dunkel gewöhnt hatten, erkannte er weit unten eine regungslose Gestalt auf den letzten Stufen. Sie war in einen dunkelroten Mantel eingehüllt.

Im ersten Augenblick fühlte Goetz ein wildes, unbeherrschtes, hoffnungsvolles Aufwallen in sich. Erst jetzt fiel ihm auf, daß er keine Menschen in der Kathedrale gesehen hatte – keine lebenden, klar, aber auch keine toten …

Irgendwann hatte er seinen Mundschutz abgenommen. Jetzt setzte er ihn wieder auf. Trotzdem roch es penetrant süßlich.

Leichengeruch.

Er konnte nicht mehr hoffen. Sein Magen krampfte sich zusammen; er würgte, aber er hatte nichts, was er von sich geben konnte. Beinahe automatisch griff er in seine Jackentaschen. Er nahm eine der brüchigen Patronenschachteln heraus und stellte sie auf das steinerne Geländer neben der Treppe. Es dauerte einige Sekunden, bis er den Mechanismus eines der Revolver verstanden hatte und die Patronenkammern füllen konnte.

Nachdem er die restlichen Patronen eingesteckt hatte, hielt er den Revolver vor sich und stieg langsam nach unten. Der Verwesungsgeruch wurde immer unangenehmer.

Und dann sah er ihn! Es war einer der Küster.

Mit beiden Händen, die jetzt wie furchtbare Krallenzangen aussahen, hielt der Tote ein Bund mit Schlüsseln fest. Goetz erkannte altmodische Bartschlüssel, Sicherheitsschlüssel und Codekarten, mit denen sich moderne Schlösser öffnen ließen.

Obwohl er nicht ahnte, wofür er den Schlüsselbund benötigen könnte, löste er ihn aus den Händen des toten Küsters und steckte ihn ein, nachdem er ihn mit einem ausgewickelten Päckchen Schnellverband abgewischt hatte.

Er wollte bereits wieder nach oben steigen, als ihm einfiel, daß er neue Überlebensregeln erfinden mußte. Er durfte einfach nicht an Möglichkeiten vorbeigehen, die eine Gefahr oder auch eine Chance für ihn bedeuten konnten!

Der Tote hatte die Tür am unteren Ende der Treppe nicht mehr geöffnet. Warum nicht?

Zögernd nahm Goetz das schwere Schlüsselbund. Er probierte verschiedene Möglichkeiten aus. Beim neunten Versuch hörte er ein leises Zischen. Die schwere, eisenbeschlagene Holztür gab nach. Grelles Licht flutete ihm entgegen. Er schrak zurück. Geblendet schloß er für einen Moment die Augen, dann blinzelte er vorsichtig in die unerwartete Helligkeit.

Hinter den meterdicken Steinmauern befand sich ein zwölfeckiger Raum. Zwölf Männer saßen wie zu einem letzten Abendmahl versammelt an einem blankgeschrubbten Holztisch. Sie trugen kostbare Gewänder wie zu einem hohen Kirchenfest.

Keiner der Toten wirkte verwest.

Starr und mit überirdisch lächelnden Gesichtern hatten sie sich im Bleikeller neben der Krypta der Kathedrale zu einem letzten Glas Wein zusammengesetzt.

Goetz konnte nicht verstehen, warum keiner der zwölf leblosen Geistlichen im Augenblick des Todes zusammengesunken war. Sie wirkten so, als würden sie nur beten …

Das grelle Licht kam aus quadratischen, wie Kirchenfenster bemalten Leuchtplatten an der Decke der Bleikammer. Goetz hüstelte. Er ging langsam um den Tisch herum. Bis auf kostbare Kristallgläser, mit Edelsteinen verzierte Karaffen und Gebetbücher und ein paar Rosenkränze war der Tisch leer.

Goetz stieß mit der Schulter gegen eine halbgeöffnete Holztür. Sie war dem strengen Stil der Bleikammer neben der Krypta nachempfunden, konnte aber bestenfalls dreißig Jahre alt sein. Zwischen dem Schnitzwerk glänzte hell und metallisch die Außenseite eines Panzerschotts.

Goetz lehnte sich gegen die massive Tür. Er hatte erwartet, daß sie nur schwer beweglich sein würde. Erstaunlicherweise reagierte das Schott schon auf seine erste Berührung. Ohne den geringsten Laut schwang es zurück.

Er taumelte in einen matt erleuchteten, schon auf den ersten Blick steril wirkenden Raum. Indirekte Lichtquellen warfen sanftes Licht über lange Regalreihen.

Der Raum war etwa fünfzig Meter lang, zwanzig Meter breit und knapp fünf Meter hoch. Er mußte weit über die Fundamente der Kathedrale hinausreichen. Die Seitenwände waren aus massivem Fels gehauen, nicht immer rechtwinklig, aber doch ziemlich genau.

Das erste, was er in den Regalen sah, waren Waffen. Verwirrt starrte Goetz auf das Arsenal von Krummschwertern, Bihändern, Langbogen, Armbrüsten und Vorderladern. Er entdeckte Stapel mit Morgensternen, Steinschleudern und Hunderte von unterschiedlichen Messern und Dolchen.

Kopfschüttelnd ging er an den Regalen entlang. Weiter hinten standen Kisten mit modernem Mordwerkzeug. Er begriff einfach nicht, wofür das alles gesammelt und gelagert worden war. Die beiden Duellpistolen fielen ihm wieder ein. Auch sie ergaben keinen Sinn …

Hinter den Kisten standen ganze Batterien von Bildschirmen mit komplizierten Hebeln und Tastaturen. Sie wirkten wie ein elektronisches Museum …

Und dann sah er die Konserven. Sein Magen knurrte unwillkürlich, als er den riesigen Lebensmittelschatz entdeckte. Zögernd nahm er eine Büchse aus dem Regal.

Doppelte Kraftbrühe mit Markklößchen, fein abgestimmt mit Weißwein au Chateau de Chassagne-Montrachet, vitaminsiert. NOTSTANDSKONSERVE nach Euro-Norm.

Mit zitternden Fingern drückte er auf den Markierungsring für die Selbsterwärmung der Konserve. Er fand einen Löffel aus gepreßter, grauer Rezyk-Schlacke. Die heiße Konserve ließ sich nur mühsam öffnen. Als er es endlich geschafft hatte, machte ihn der Weinduft fast verrückt.

Vor jedem Löffel pustete er lange und sorgfältig. Schluck für

Schluck schlürfte er die heiße Brühe. Von der Hitze und dem Weinduft rann ihm die Nase.

Er mußte sich hinsetzen. Der Plastiklöffel entglitt seinen Fingern. Er nahm die Dose in beide Hände. Zum erstenmal in seinem Leben schmatzte und schlürfte er. Er kaute langsam auf den weichen Markklößchen, spuckte kleine Gewürzteile auf den Fußboden und spürte, wie er wieder müde wurde.

Den letzten Rest trank er bereits mit geschlossenen Augen, dann lehnte er sich zur Seite, ließ die Dose fallen und schlief ein.

Als die Nacht kam, wich die Starre, die sieben Wochen lang die Stadt paralysiert hatte, langsam aus den Mauern. Während Goetz von Coburg im Vorratskeller unter dem Ostchor der Kathedrale schlief, regten sich neue Kräfte in der Stadt, die ebenso unerwartet ihre Bewohner verloren hatte wie Angkor Vat und andere.

Im Bleikeller der Kathedrale hatten die *Bankerts* die Familien der *Schander* auf dem Steinfußboden der Alchimisten-Gruft zusammengetrieben. Über ihnen stapelten sich in immer neuen Verkleinerungen die Bohlentische übereinander: Schichten von Fluchträumen wie bei ausgebrannten Städten der Antike, auf deren Grundmauern von späteren Generationen immer neue Siedlungen errichtet worden waren. Menschen, die in geschlossenen Kulturkreisen lebten, hingen an ihren Siedlungsplätzen – auch wenn sie noch so unsicher und gefährlich waren …

Corvay war wieder ganz der alte. Der Rauch der Fackeln hatte seine Augen gerötet. An seinen Händen klebte Blut, aber das war auch bei anderen der Fall.

König Llewellyn Corvay hätte Grund gehabt, sich über seinen Triumph zufrieden zu zeigen. Der Sieg über die greinenden *Schander*-Familien hatte seine Position wieder gefestigt. Noch ahnte außer Corvays Beratern niemand, daß sie einen Pyrrhussieg errungen hatten. Sie hatten einem kleinen, zum Sterben bereiten Volk die Hoffnung auf ein gemeinsames, friedliches Ende gestohlen. Vielleicht waren diejenigen, die den kurzen, heftigen und sinnlosen Kampf nicht überlebt hatten, besser dran als die anderen, auf die nun Durst und Hunger warteten …

Llewellyns Leute schichteten Scheiterhaufen auf. Sie zerschlugen Tische, Bänke und Gerätschaften. Aus einem tief in ihren Herzen nistenden Drang nach Vergeltung wollten sie nichts übrig lassen, was an die Goldenen Jahre der *Schander*-Familien erinnerte.

»Verbrennt die Toten!« hieß die Parole. »Und dann hinauf ins Sakriversum!«

Außer den beiden jungen *Schandern* war es niemandem gelungen, die Gruft durch das Taubenloch zu verlassen. Jetzt mußten sie andere Wege suchen. Und dafür brauchten sie die Überlebenden des verstörten Volkes.

Guntram wälzte sich von einer Seite auf die andere. Er stöhnte unter Alpträumen im Halbschlaf. Seine linke Hand glitt über die Brusthügel seiner Schwester. Er schmiegte sich an ihren warmen, weichen Körper, hörte, wie sie im Schlaf seufzte und wachte plötzlich auf.

Er brauchte eine Weile, bis er verstand, wo er war. Er blinzelte ins ungewohnte Licht der Morgensonne. Wie lange hatte er ihr Licht nicht mehr gesehen ...

Sein Erwachen war wie eine Geburt.

Die grauenhaften Stunden der Flucht während des vergangenen Tages und der Nacht gehörten der Vergangenheit an. Er wollte sich nicht mehr daran erinnern, wie er und Agnes dunkle Stufen überwunden hatten, auf die nur ab und zu ein schmaler Dämmerschein gefallen war.

Agnes wachte ebenfalls auf.

»Wo sind wir?« fragte sie leise und noch etwas schläfrig.

»Wir haben mehr als hundert Stufen geschafft.«

»So wenig erst?«

Er beugte sich über sie und küßte ihre verschmutzte Stirn. In diesem Augenblick wußte er, daß er nichts sehnlicher wünschte, als eines Tages ganz mit ihr zusammen zu sein. Sie sah wie eine zierliche, schmutzige Puppe aus weißem Stein aus. Ihr dichtes, weizenblondes Haar wirkte verfilzt, ihre Wangen eingefallen und ihre Glieder abgemagert. Doch bald würde sie wieder lachen und ihn mit hellen, blinkenden Augen ansehen ...

Guntram machte sich nichts vor. Er wußte inzwischen, wie mühsam der Weg über die Stufen, Rinnen und schrägen Röhren war.

Er hatte bisher noch keine Zeit gefunden, über das innere System der Regenwasserleitungen nachzudenken. Doch jetzt verstand er plötzlich, wie er und Agnes schneller nach oben kommen konnten: er mußte umgekehrt denken! Was enger wurde und trotzdem nicht von der vertikalen Hauptrichtung abwich, war der richtige Weg – mußte der Weg nach oben sein! Er richtete sich auf.

Beglückt folgte er ein paar Schritte den Sonnenstrahlen. Er tastete sich bis zu einem zerbrochenen Bleirohr. Es war so groß, daß er fast hindurchkriechen konnte und mündete an einer Fiale, einem der vielen aufgesetzten Türmchen über den äußeren Strebepfeilern der Kathedrale. So, wie der Wasserschlag bei einem Regenguß über die Pultdächer der Seitenschiffe und die Zeltdächer der Kapellkränze ablief, wurde auch der gewaltige Seitendruck der hohen Kathedralenmauern aufgefangen.

Als Bewohner des Sakriversums wußte Guntram, wie wichtig die abgestuften Stützmauern außerhalb der eigentlichen Kirchenschiffe waren. Und er verstand, warum zu jeder mittelalterlichen Bauhütte nicht nur Steinmetze, Freimaurer und Figurenbildhauer gehört hatten, sondern auch Meister, die aus dem Wasserabfluß die Kraftlinien der Dächer und Gewölbe nach den Seiten hin berechnen konnten.

Guntram versuchte, sich an der zerstörten, bröckeligen Stelle des großen Bleirohrs hochzuziehen. Er sah die eine Hälfte eines Wasserspeiers. Er glich einem weit nach außen ragenden Drachenkopf. Darüber kam nur noch die Löwenebene und die etwas nach innen versetzte Schlangenebene …

In einer Nacht hatten er und Agnes mehr geschafft als sein ganzes Volk bei seinem Abstieg in die Bleikeller in zwei Tagen!

Guntram fühlte, wie sein Herz vor Freude klopfte. Er ließ sich fallen und lief zu Agnes zurück. Sie war wieder eingenickt.

»Wach auf, Agnes!« rief er. »Wir sind schon in der Ebene der Drachen-Wasserspeier!«

Agnes schlug die Augen auf. Sie sah sehr schön aus in ihrer morgendlichen Unschuld.

»Wo sind wir?«

»Wenn Gott uns hilft, können wir übermorgen schon im Sakriversum sein!«

Ein Schatten huschte über Agnes Gesicht. Es war, als würde sie erst jetzt begreifen, was sie und Guntram getan hatten.

»O Guntram!« sagte sie entsetzt. Sie richtete sich auf, hüllte sich fröstelnd in ihren Umhang und starrte ihren Bruder mit großen Augen an.

»Mach dir keine Sorgen, Agnes!«

»Ich fürchte mich ohne die anderen …«

»Vielleicht finden wir auch für sie einen Weg!«

Agnes schüttelte traurig den Kopf.

»Wir haben sie verraten!«

»Nein!«

Guntram stellte sich breitbeinig vor sie. Er faßte den Knauf des Hakenmessers an seinem Gürtel.

»Es waren die *Bankerts*! Sie haben nicht zugelassen, daß Meister Wolfram unserer Familie den letzten Kelch gab …«

Agnes blickte ihren Bruder nachdenklich an.

»Weißt du nicht mehr, was wirklich war? Hatten wir beide uns nicht schon vor der Flucht versprochen, daß wir nicht sterben wollten?«

»Na ja«, nickte Guntram etwas verlegen.

»Wenn wir jemals das Sakriversum erreichen, sollten wir unser Leben nicht mit einer Lüge beginnen«, meinte Agnes. »Es stimmt – die *Bankerts* kamen im rechten Augenblick – jedenfalls für dich und mich …«

»Wie kannst du so etwas sagen!«

»Wären wir sonst geflohen – oder hätten wir gehorcht?«

Guntram fand keine Antwort.

Obwohl er älter war als seine Schwester, hatte sie ihn immer dann behutsam geführt und auf ihn aufgepaßt, wenn ihn sein ungestümes Temperament zu Torheiten verleitete.

»Vielleicht hast du recht, Agnes …«

Sie lächelte.

»Fühlst du dich stark genug, weiterzugehen?« fragte er.

»Ich möchte nach Hause – zurück in unsere Welt!«

»Dann komm!«

Er legte seinen Arm um sie. Gemeinsam stiegen sie höher.

Der Weg über die schrägen Ebenen, die ausgewaschenen Stufen und durch die halbverwitterten Bleirohre war anstrengend und mühsam. Manchmal fanden sie Stellen, an denen die Bleiwände Falten geworfen hatten. Sie ließen sich wie unregelmäßig geformte Treppen erklimmen. Doch dann kamen Stellen, an denen Guntram im Halbdunkel nach Mauervorsprüngen suchen mußte.

Und immer wieder half ihnen der Wurfanker mit dem angeknoteten Seil. Ohne diese Hilfsmittel hätten sie in der gleichen Zeit nicht einmal die Hälfte der bisherigen Strecke bewältigt!

Aber auch mit ihm war der Weg nach oben endlos …

Als sie nach vielen Stunden eine lange, dunkle, steil nach oben laufende Wasserrinne überwunden hatten, sah Guntram, daß Agnes nicht mehr konnte.

Sie wankte bis zu einem schmalen Mauerspalt, durch den etwas Licht in den geheimen Weg fiel. Mit einem leisen, klagenden Aufseufzen brach sie zusammen …

Er wartete lange neben Agnes. Schließlich entschied er sich, Agnes zu tragen. Er nahm sie auf und betrat äußerst vorsichtig den Steg, der die Verankerung eines äußeren Schwibbogens bildete. Obwohl er sonst zu den Kräftigsten seines Volkes gehört hatte, spürte er plötzlich, wie seine Knie zu zittern begannen. Er konnte seine Schwester nicht ablegen – dafür war der ausgewaschene Steinsims zu schmal. Wie auf einem Schwebebalken wankte er weiter. Er durfte nicht nach unten sehen! Die endlose Tiefe erschreckte ihn nach den langen Tagen und Nächten in der Kellergruft.

Guntram biß die Zähne zusammen. Er war sich klar darüber, daß Agnes das schwere Wegstück innerhalb des geheimen Weges nach oben nicht mehr schaffen würde. Deshalb mußte er eine andere Möglichkeit finden.

Die Sonne stand schon tief über den Dächern der leeren Stadt unter ihnen. Guntram mußte sich zwingen, jetzt nicht daran zu denken, was mit der Stadt geschehen war. Vorsichtig tastend setzte er einen Fuß vor den anderen.

Er ging wieder abwärts!

Dort, wo ihm die erste Hälfte des Plans fehlte, kamen sie nicht weiter. Deshalb entschloß er sich, bis zu einem der Tabernakeltürmchen über dem Strebwerk außerhalb des Kirchenschiffs zurückzukehren. Die Türmchen sahen aus wie eigenständige, winzige Kapellen auf den Außenpfeilern am Ende steinerner Brücken. Von dort aus konnte er mit etwas Glück zu einem anderen Tabernakeltürmchen gelangen und wieder höher klettern.

Heute war es dafür ohnehin zu spät. Er konzentrierte sich ganz auf den gefährlichen Weg. Als er das Türmchen fast erreicht hatte, stöhnte Agnes auf. Entsetzt wankte Guntram zwei Schritte weiter. Er rutschte nach vorn. Seine Stiefel glitten über angefaulte Blätter und feuchten Boden.

In diesem Augenblick erwachte Agnes. Er preßte sie fest an sich, keuchte angestrengt und versuchte, das Gleichgewicht nicht zu verlieren. Wenn sie aus dieser Höhe abstürzten, war alles vorbei …

»Still!« flehte Guntram heiser. »Nicht bewegen!«

»Was wankt so?« fragte sie müde. »Warum tust du mir weh?«

Guntram zitterte am ganzen Körper. Er sah das Tabernakeltürmchen unmittelbar vor sich, aber er konnte die schlanken Fensteröffnungen, die wie eine Zwergenausgabe der großen Kathedralenfenster aussahen, nicht erreichen. Der schräg nach außen wachsende Stamm einer kleinen Birke versperrte ihm den Zugang.

Es war nichts Besonderes, daß sich Gräser und kleine Büsche im Gewirr der Nischen und Verstrebungen ausbreiteten. Von unten konnte niemand sehen, wie viele Samenkörner, durch den Wind verweht, im Mauerwerk der Kathedrale Wurzeln geschlagen hatten.

Normalerweise hätte Guntram sein Messer genommen und sich den Weg zum Tabernakeltürmchen freigeschlagen, aber jetzt hatte er seine Schwester im Arm. Er konnte sie nicht absetzen. Sie würde erschrecken, wenn sie sah, wo sie sich befanden …

Guntram spürte, wie er langsam über die feuchten Blätter weiterrutschte.

»Halt dich an den Zweigen fest!« keuchte er.

Agnes verstand nicht, in welcher Gefahr sie sich befanden. Sie seufzte tief, dann tat sie, was ihr Bruder wollte. Noch einmal wurde die Situation lebensgefährlich. Agnes griff nach den Birkenzweigen. Der Ruck schleuderte Guntram zur Seite. Er schwankte. Mit einer letzten Kraftanstrengung warf er sich nach vorn. Im gleichen

Augenblick brachen die Birkenzweige in Agnes Händen. Sie glitt aus seinen Armen. Guntram hielt sie nur noch an ihrem Mieder fest. Er stieß gegen den Birkenstamm, klammerte sich mit einem Arm um das schwankende Bäumchen und zog mit dem anderen seine Schwester auf den Steg über dem Abgrund zurück.

Agnes schrie.

Ihre hellblauen Augen waren vor Angst unnatürlich geweitet. Guntram strampelte mit seinen Schuhen durch die glitschigen, vermoderten Blätter. Agnes fand keinen Halt. Sie hing noch immer mit den Beinen in der Luft.

Zentimeter um Zentimeter zog Guntram sie höher. Sie fiel hinter dem Birkenstamm in die weiche Mulde aus Blättern und Erde, die sich an der Berührungsstelle zwischen dem Bogen und dem Pfeiler mit dem Tabernakeltürmchen über einer verstopften Regenwasserrinne gebildet hatte.

Guntram schob sich vorsichtig am schrägstehenden Stamm des Birkenbäumchens vorbei. Agnes lag leise schluchzend in einem Gebüsch. Als ihr Bruder die Zweige zur Seite schob, schlugen ihm Blätter und wilde Haselnüsse ins Gesicht.

Er brauchte einige Sekunden, ehe er verstand, was das hieß. Am ganzen Körper immer noch zitternd kniete er sich auf den modrig riechenden Blätterboden.

»Haselnüsse!« murmelte er verwundert. »Wo kommen die denn her zu dieser Jahreszeit?«

Er lachte. Vor Freude und Erschöpfung liefen ihm Tränen über die schmutzigen Wangen. Agnes kniete sich neben ihn.

»Du dummer, dummer Kerl!« weinte und lachte sie gleichzeitig. »Warum hast du nicht gewartet, bis ich mich wieder erholt hatte?«

»Ich wollte nicht, daß wir morgen früh aufgeben, weil wir dann gemerkt hätten, daß wir beide schon zu schwach zum Weiterklettern sind ...«

Sie richtete sich langsam auf.

»Machst du mir eine Nuß auf?« sagte sie und lächelte.

Guntram reckte sich. »Hier ist es zu feucht für die Nacht! Komm, wir steigen in das Türmchen!«

Er reichte Agnes die Hand. Sie stand auf. Er merkte, wie schwer es ihr fiel, aber sie lächelte. Er half ihr, über kleine Gesimsstufen in die Fensterhöhle des Türmchens zu klettern. Es hatte vier Hauptsäulen und um sie herum kleine, halbrund nach oben strebende Halbsäulen.

Der obere Abschluß des Strebpfeilers außerhalb des Kirchenschiffs trug das Tabernakeltürmchen wie alle anderen Pfeiler, auf denen sich die reich verzierten und aus massivem Stein gehauenen Fialen befanden. Sie bildeten verkleinerte Wiederholungen der Kathedralenidee …

»Hier könnten zehn von uns bequem schlafen«, meinte Agnes, nachdem sie sich im Raum zwischen den vier Ecksäulen umgesehen hatte.

»Aber nicht, wenn die großen Taubenvögel der *Weltlichen* wiederkommen«, meinte Guntram besorgt. Er deutete auf weißen Vogelkot, große Federn am Boden und Reste von Eierschalen.

»Hol uns eine Nuß«, bat Agnes. Sie stand im rötlichen Licht der untergehenden Sonne vor der leeren Fensteröffnung im Westen des Tabernakeltürmchens. Ihr zerwühltes hellblondes Haar fiel auf ihre Schultern. Es leuchtete im Widerschein der Abendsonne.

»Jetzt siehst du aus wie ein Burgfräulein, das auf die Heimkehr eines Kreuzritters wartet«, meinte Guntram voller Bewunderung.

»Sie hatten einen weiten Weg ins Heilige Land«, sagte Agnes ernst. »Meinst du, wir werden den Weg in unser Sakriversum schaffen? «

Er trat auf sie zu und legte einen Arm um ihre Schultern.

Vorsichtig drehte er sie um. Eng aneinandergeschmiegt sahen sie zu, wie die Sonne über den Dächern der *Weltlichen* unterging. Noch nie hatten sie eine derartig vollkommene Stille erlebt.

»Woran denkst du?« fragte Guntram.

»An die Zukunft.«

»An morgen?«

»Nein, weiter!«

Ein scheues Rot flog über ihre Wangen. Er merkte es, sagte aber nichts.

»Wie friedvoll alles aussieht«, sagte Agnes. »Man könnte meinen, daß die *Weltlichen* nur einmal ganz kurz weggegangen sind.«

Guntram wollte sie ansehen, als sein Blick von einem kleinen, gelben Feuerschein im Süden gefangen wurde.

»Sieh mal dort! Ich glaube, da brennt es …«

»Das war vorhin noch nicht.«

»Vielleicht haben wir es nur nicht bemerkt, weil die Sonne noch schien …«

»Da brennt es auch«, sagte Agnes und zeigte nach Westen. Das zweite Feuer über den Dächern befand sich näher an der Kathedrale als das im Süden.

»Merkwürdig«, meinte Guntram. »Nach so vielen Tagen?«

»Vielleicht stirbt die Stadt erst jetzt …«

Guntram beugte sich über die steinerne Brüstung des Fialen-Türmchens. Er sah nach rechts und links, ehe er sich wieder zu Agnes umdrehte und den Arm um sie legte.

»Hier kann uns nichts passieren, aber es wäre doch sicherer, wenn wir bald das Sakriversum erreichten!«

»Zuerst müssen wir essen und schlafen«, sagte sie resolut.

Guntram hielt noch einmal nach den beiden Feuern Ausschau. Er hatte das Gefühl, als wären sie noch größer geworden.

»Ich hole uns eine Nuß!«

Er ließ sie los. Der rote Lichtstreifen am Horizont reichte gerade noch aus, um etwas zu finden. Er lief zur Nordseite des Tabernakeltürmchens, beugte sich nach draußen und zog mühsam einen Haselzweig heran. Die Nüsse hingen wie große, braune Tropfen zwischen den Blättern.

Guntram zog und riß eine Weile an einer Nuß. Obwohl er mit beiden Händen zupackte, konnte er sie nicht abreißen.

»Nimm du mein Messer! Ich halte den Zweig fest!«

Er stemmte sich mit den Beinen gegen eine Mauerkante. Agnes zog das lange Hakenmesser aus Guntrams Gürtel.

»Jetzt!« befahl er.

Das scharfe Eisen trennte die Nuß vom Zweig. Guntram stolperte zurück. Er fiel direkt neben das verlassene Taubennest. Als er sich prustend und lachend aufrichtete, verharrte er plötzlich mitten in der Bewegung.

»Agnes, sieh mal, ein Tauben-Ei …«

Sie ließ das Schwert ihres Bruders fallen und lief zu ihm.

»Wirklich, ein Tauben-Ei!«

»Schade, daß wir kein Feuer machen können«, seufzte er hungrig.

»Warum nicht? Ich habe einen Magnesiumstein bei mir, wie es sich für eine Hausfrau gehört.«

»Aber zuerst die Haselnuß!«

»Einverstanden!«

Sie standen auf und legten die Haselnuß in eine Ecke zwischen den Pfeilern des Tabernakeltürmchens.

»Geh ruhig einen Schritt zurück«, warnte Guntram. »Mein Messerschlag ist gefürchtet ...«

»Angeber!« lachte Agnes.

Guntram stellte sich in Position, holte aus und splitterte nur ein Stück der harten Nußschale ab.

Er knurrte und schlug wieder zu. Diesmal spaltete er die Nuß mit einem Streich. Er bückte sich und sammelte die weichen Krümel auf.

»Hier«, sagte er und teilte sie mit Agnes. Sie schloß die Augen und genoß den fruchtigen, verführerischen Duft. Ganz vorsichtig begannen sie zu kauen. Während sie ihren ersten großen Hunger stillten, sammelten sie Zweige und Strohstücke aus dem Taubennest. Sie schichteten alle an der östlichen Ecke des Tabernakeltürmchens übereinander.

Agnes legte ihren Magnesiumstein auf den Steinboden. Mit seinem Hakenmesser schabte Guntram kleine, metallisch glitzernde Späne ab. Agnes schichtete sie in ein Bett aus Tauben-Flaumfedern unter den Zweigen und Strohstückchen.

»So, jetzt kannst du Funken schlagen!« sagte sie schließlich. Diesmal hatte Guntram mit seinem Messer sofort Erfolg. Er ließ die Eisenklinge über die Steine gleiten. Die Funken sprangen gegen die Magnesiumspäne, entzündeten sie zu einem hellen, weißen Licht, gaben die heiße Flamme an Federflaum, Stroh und Zweige weiter.

Nach wenigen Minuten brannte das Lagerfeuer und verbreitete eine anheimelnde Gemütlichkeit im Tabernakeltürmchen neben dem großen, dunklen Kathedralenschiff.

»Was machen wir jetzt mit dem Tauben-Ei?« fragte Guntram.

»Ich habe einen Lederbecher und meinen Löffel mitgenommen«, antwortete Agnes. »Wenn du es schaffst, mit deinem Messer die obere Hälfte der Schale vom Ei zu stechen; könnten wir sie wie einen Topf benutzen und auf das Feuer setzen.«

»Wie meinst du das?«

»Ganz einfach! Du schneidest etwas von der Schale ab, legst es hier auf die Zweige und füllst die Mulde mit frischem Ei. Dann wird es warm und gerinnt. Wenn wir nicht zu lange warten, ersetzt die Feuchtigkeit im gerührten Ei sogar einen Becher Wein ...«

Guntram schüttelte überrascht den Kopf.

»Woher hast du bloß all die praktischen Ideen?«

Sie schlug die Augen nieder und lächelte.

»Das erwartet man doch von einer guten Hausfrau, oder?«

Guntram ergriff sein Messer, stand auf, ging einmal um das Tauben-Ei herum und setzte mehrmals zu Probestichen an, ehe er die Spitze seines Hakenmessers vorsichtig durch die Schale bohrte.

Zuerst geschah gar nichts – erst als er weiterschnitt, quoll etwas Eiweiß aus dem Spalt in der bröckelnden Schale. Agnes kam näher und hielt mit beiden Händen das Tauben-Ei fest.

»Jetzt stich hinein, damit das Eiweiß nicht wieder zuriickläuft, wenn ich etwas herausnehme!«

Guntram beobachtete, wie geschickt Agnes vorging. Sie schöpfte Eiweiß und Eigelb mit ihrem Lederbecher in die abgetrennte Spitze des Tauben-Eis, trug das Ganze vorsichtig zum Lagerfeuer und setzte es auf die Flammen.

In diesem Augenblick ahnte Guntram, daß er nie in seinem Leben etwas Besseres essen würde!

Er hob die Hand und streichelte mit seinen Fingerspitzen die Wangen seiner Schwester.

»Danke, Agnes«, sagte er.

6. KAPITEL

Der lange Zug der Hoffnungslosen war so weit auseinandergezogen, daß die ersten bereits fünfzig Stufen hinter sich gebracht hatten, während die anderen im Bleikeller sich noch immer weigerten, ihre letzte Zuflucht zu verlassen.

Viele Mitglieder der *Schander*-Familien konnten einfach nicht mehr. Andere wehrten sich in stiller Ohnmacht gegen die beginnende Versklavung, indem sie sich tot stellten. Doch nur wenigen gelang es zu sterben …

Überall entlang der geheimen Fluchtpfade, von denen nur Corvays Horden wußten, spielten sich furchtbare Tragödien ab. Eltern wurden gezwungen, ihre halbverhungerten Kinder in kalten schmutzigen Nischen zurückzulassen. Lange füreinander bestimmte Geschwister verloren sich im Geröll nie benutzter Stufen, Gänge und Kavernen zwischen den Mauern der Kathedralentürme.

Wer jetzt noch weinte, tat es still.

Corvay peitschte gnadenlos sein Auswahlprinzip durch: wer nicht mehr weiter konnte, wurde nach seiner vorausgegangenen Stellung im Sakriversum befragt, auf Muskelschwund, Zahnverfall und Herztöne untersucht und dann wie Schlachtvieh weitergeschleppt oder verstoßen …

An der vierzigsten Stufe, dicht hinter der dritten Biegung der Treppe nach oben, saß Corvays Narr Lello auf einem Mauervorsprung. Er hatte die Beine übereinandergeschlagen. An seinen dürren Armen klimperten Gold- und Silberketten, die er toten *Schandern* gestohlen hatte.

Neben ihm hockte ein halbes Dutzend Fackelträger. Sie teilten sich die letzten trockenen Brotkrümel aus den Taschen geplünderter *Schander*.

Obwohl die beiden Zwergvölker eine ähnliche Entwicklungsgeschichte hatten, unterschieden sie sich nicht nur in ihrem Sozialverhalten, sondern auch in ihren ethischen Auffassungen.

Die *Schander* hatten von Anfang an Familien gebildet, die ihnen Schutz und Geborgenheit in einer eingeschworenen Gemeinschaft boten. Sie ruhten in sich selbst, solange keine äußeren Ereignisse ihre schicksalhafte Isolation durchbrachen.

Bankerts besaßen derartige Bindungen nicht mehr. Seit Jahrhunderten schlossen sie sich nur um des eigenen Vorteils willen zu Rudeln zusammen. Sie waren Einzelgänger, mißtrauisch wie Schakale; Zukleingeratene, die danach haschen mußten, beim Kampf ums Überleben auch einmal einen saftigen Brocken zu erbeuten.

Bankerts kannten die Welt. Sie wußten, daß es immer mehr gegeben hatte als das Sakriversum. Als Ausgestoßene und von den *Weltlichen* verlachte Mißgeburten hatten sie gelernt, gemein zu sein. Sie wußten, wo man zustoßen und wann man sich in ein Loch zurückziehen mußte. Der Fluch, der über ihrer Herkunft lag, hatte sie in allen Generationen wesentlich grausamer getroffen als die friedfertigen *Schander*.

Vielleicht war deshalb nun die Zeit gekommen, in der sich all das lange Angestaute gewaltsam und brutal entladen konnte ...

Als an der neunzehnten Stufe Meister Wolfram am Arm seiner Tochter Mathilda zusammenbrach, grölten die Bankerts, die länger in den Städten als unter dem Dach der Kathedrale gelebt hatten. Viele von ihnen wirkten weitaus kräftiger und gröber als die zierlichen *Schander*. Große und Kleine, Fettwänste und gelenkige Athleten hatten sich unter Corvays Führung nach der Katastrophe vom 8. März in der Kathedrale zusammengefunden, und einige der Schlimmsten kannten das Sakriversum nur vom Hörensagen ...

Die Nachricht von Wolframs Tod flog durch die engen Gänge. Sie erreichte Lello bei Stufe vierzig. Sofort stimmte Corvays Narr einen Spottgesang an. Nur wenige Minuten später wußte auch Llewellyn Corvay, daß der Clan-Chef der Alchimisten tot war.

Corvay hatte mit ein paar kräftigen Männern bereits die fünfundfünfzigste Stufe des geheimen Weges erklommen. Er war gerade dabei, sich auf einen Schlitten zu stellen, der ihn und einige andere über eine schräge Wasserlinie höher ziehen sollte.

Als er hörte, daß Meister Wolfram nicht mehr lebte, hob er die Arme. Er drehte sich um und verließ den Schlitten.

»Er muß mit!« sagte er nach kurzer Überlegung. Seine Stimme klang heiser, aber hart.

Einer seiner Berater – der stämmige, glatzköpfige Zirkus-Ringer mit einem Dschingis-Khan-Bart – spuckte abfällig auf die Treppenstufen.

»Wozu, Corvay? Was willst du mit der Leiche eines alten Mannes?«

»Er ist ein Symbol ...«

»Er *war* ein Symbol!«

»Und genau deshalb werden wir ihn mitnehmen!«

»Einen toten Mann?«

»Einen Mann, der nach den Regeln der *Schander* drei Tage lang vor dem Heiligen Buch aufgebahrt wird, damit seine Seele Zeit hat, sich von den Lebenden zu verabschieden«, sagte Corvay unwillig. »Ihr müßt noch sehr viel lernen, Hectorl Und zwar schnell!«

Corvays Berater schüttelte den Kopf.

»Sollen wir etwa ihre Sitten und Gebräuche annehmen?« fragte er trotzig. Corvay kniff die Augen zusammen.

»Vielleicht wirst du noch eines Tages wünschen, mehr von den Regeln dieses Volkes zu verstehen. Wir gehen in ihre Welt und nicht in unsere, vergiß das nicht!«

Corvays Berater schnalzte mit den Lippen. Seine wäßrigen albinohaften Augen blinzelten ins Licht der Fackeln. Für einen Augenblick funkelte die Spur von Widerstand in ihnen.

Er wußte, daß er nicht so intelligent wie Galus, so doppelzüngig wie Menennery Luck und so überlegen wie Patrick auftreten konnte. Corvay hatte ihn eher als Chef der Leibwache zu seinem Berater gemacht.

Vor vielen Jahren waren sie bereits gemeinsam durch die exklusiven Clubs überall in Europa und Amerika gezogen. Sie hatten ausverkaufte Live-Shows produziert und immer ein paar Tricks mehr auf Lager gehabt als ihre Konkurrenten.

Corvay war stets ein erstklassiger Manager gewesen. Doch das war eine Seite der Medaille. Die andere gefiel Hector immer weniger. Seit Tagen dachte er darüber nach, wie er sich unauffällig von Corvay entfernen konnte. Er wußte, daß er nicht der einzige war, der sofort wieder nach draußen gegangen wäre. Aber er sah einfach keine Möglichkeit. Schließlich war er nicht so dumm, sich unten in der Stadt schon in den ersten Stunden die Finger an irgendwelchen strahlenverseuchten Gegenständen zu verbrennen …

Er mußte warten. Noch hatte Llewellyn Corvay die besseren Karten. Aber eines Tages würde er Corvay alles vor die Füße werfen und gehen. Das hatte er schon seit zwölf Jahren vor. Diesmal meinte er es ernst…

Er schnaufte mehrmals, dann senkte er den Kopf.

»Du bist der Boß«, sagte er heiser. »Wenn du willst, daß wir den toten Heiligen mitnehmen, werden wir es tun!«

Corvay lächelte kalt. Er schob die Lippen vor.

»Aber du glaubst nicht, daß es richtig ist, oder?«

»Doch, doch! Wie könnte es denn falsch sein, was du befiehlst?«

Corvay nickte zufrieden.

»Erkenntnis eines Speichelleckers!« höhnte in diesem Augenblick ein junges Mädchen, das eine Fackel trug. Sie war mit ein paar anderen über eine steile Stufe gekommen, jungen Burschen in praktischen Overalls aus denimfarbenem Jeansstoff.

»Sieh an, die Geklonten aus den Labors der Neuen Welt …«

Hector verzog sein fleischiges, schweißglänzendes Gesicht.

»Und allen voran Nancy McGowan, Versuchsnummer *2001/Sixtysix* …«

Er trat einen Schritt zurück, hängte die Daumen in die Lederriemen, die kreuz und quer über seinen Oberkörper liefen und ihn wie einen römischen Gladiator aussehen ließen, schneuzte sich und grinste.

»Nancy McGowan! Residentin verschiedener Konzern-Geheimdienste in der Neuen Welt! Glutäugige Attraktion bei Schwarzen Messen, in denen Kinder so vollendet geschlachtet wurden wie bei Gilles de Rais, dem Grafen von Brienne …«

Nancy warf ihre langen, blauschwarzen Haare zurück.

»Ja!« schrie sie Hector an. »Ich bin nur eine nachgemachte Zwergin! Doch du gehörst zu jenen, die über mich nur Lügen wissen!«

»Du kleine Hexe!« schnaubte Hector.

»Und du bist eine Kröte, die nur noch quakt, was Corvay will!«

Nancys Begleiter schoben sich näher. Sie bildeten einen Schutzring um ihre junge Anführerin.

Nancy senkte die Fackel wie ein flammendes Kurzschwert. Stolz und schön wie sonst niemand auf den Treppenstufen trat sie vor Llewellyn Corvay.

»Was willst du?« fragte er.

»Wann kommen wir ins Sakriversum?«

Corvay war überrascht. Mit dieser Frage hatte er nicht gerechnet.

»Die ersten von uns werden den Dachstuhl der Kathedrale in ein, zwei Tagen erreichen ...«

»Welche Seite, Sire?«

Corvay sah die aufsässige Angehörige seines Volkes plötzlich mit neuen Augen. Die Frage war gut. Sehr gut sogar, denn so genau kannte auch er die geheimen Wege nach oben nicht. Außerdem fehlte ihm der zweite Teil des Testaments...

»Wie viele werden es schaffen?«

Nancy McGowan ließ nicht nach. Ihr schmales, klassisches Gesicht wirkte streng und kühl. Nur ihre Nasenflügel bebten leise.

Hector zog an seinem Gürtel. Er trat einen Schritt vor. Während unten die Seufzer und Schreie immer lauter wurden, stellte er sich vor Nancy McGowan.

»Was soll das sein? Ein Verhör des Königs?«

»Wir möchten nur wissen, was auf uns zukommt!«

»Das wird sich zeigen«, knurrte Corvays Berater.

Nancy drehte sich um. Sie flüsterte kurz mit ihren Begleitern.

»Wir gehen zurück«, sagte sie dann.

Es war, als hätte sie einen Kübel mit kochendem Blei über Corvay und seine Berater gegossen. Hector schnappte nach Luft. Er griff nach seinem Schwert, die anderen rechts und links neben Corvay ebenfalls. Gleichzeitig stockte der Strom der mühsam nach oben kletternden *Bankerts* und *Schander*.

Kinder weinten auf den Armen ihrer Mütter. Hohlwangige Männer lehnten sich erschöpft gegen die rauhen Mauern. Viele sackten einfach zusammen. Sie konnten nicht mehr. Selbst die besser ernährten *Bankerts* fühlten sich schlaff und ausgelaugt.

Nancy McGowan schleuderte ihre Fackel vor die Füße von Corvay.

»Wir wollen nicht mehr!«

»Man wird euch totschlagen, wenn ihr zurückgeht ...«

»Wer sollte das wagen?«

Nancy McGowan trat Corvay furchtlos entgegen. Der König der *Bankerts* tastete unwillkürlich nach dem Griff seines Kurzschwertes. In den letzten Jahren hatten die *Bankerts* begonnen, die neuentdeckten, mittelalterlichen Riten der *Weltlichen* nachzuahmen. Sie folgten damit einem Trend zur Rückbesinnung, der schon in den letzten Jahrzehnten des vergangenen Jahrtausends begonnen hatte.

Während Manager, Technologen und Politiker längst eine nur noch ihnen verständliche Formelsprache benutzten, suchten die Wissenschaftler bis zum letzten Augenblick nach dem Stein der Weisen in Atomen, Protonen, Neutronen und Quarks.

Niemals zuvor in der Geschichte der Menschheit hatten so viele von ihnen auf so engem Raum nebeneinander gelebt und dabei so wenig voneinander gewußt!

Die Früchte des Fortschritts hatten die Erde zu einem gigantischen Babylon gemacht, in dem nur noch die Psychoanalytiker vorgaben, einem anderen überhaupt zuhören zu können.

Die Rückbesinnung war wie stets von den Randgruppen der Gesellschaft ausgegangen. Ausgestoßene, die nichts mehr zu verlieren hatten, Kranke, Schwache, Nutzlose, Parasiten des Systems und Genies, die an die Mauern ihres Weltbildes gestoßen waren, hatten sich in immer größerer Zahl von der Realität abgewandt.

Als *Emos* fanden sie sich zu Millionen in Gefühlsgruppen zusammen, die in holzschnittartiger Vereinfachung den Sieg der Emotionen über den menschlichen Verstand zelebrierten.

»Denken ist böse – fühlen ist gut!«

In unbedeutender und von den jeweiligen Gesellschaftsordnungen tolerierten Anzahl hatte es ähnliche Sekten und Sonderlinge immer gegeben. Sie waren eine Art Blitzableiter für die Masse der angeblich Normalen. Aber erst mit dem endgültigen Verlust der Dorflinden, der religiösen Gefühlsfeste und der Familienbindungen waren große Teile der Menschheit sich selbst fremd geworden. Einige ahnten instinktiv, daß die Krankheit der Zivilisation eine weltweite *Lemmingitis* zur Folge haben mußte: eine von allen gefürchtete und in schizophrener Wut erhoffte Bestätigung der Lust am Untergang …

Als eintrat, was alle für möglich, aber niemand für zwingend gehalten hatte, war nicht einmal mehr Zeit für ein erkennendes Erschrecken gewesen!

Nahezu jeder *Bankert* empfand in diesen Stunden eine tiefe Genugtuung, ja, sogar Freude über das grauenhafte Schicksal der *Weltlichen*. Jetzt waren sie, die *Gnome, Zwerge, Mißgeburten*, Herren der Welt!

Sie wußten, daß sie draußen noch nicht wieder leben konnten. Das Gift der Neutronenbomben würde noch lang an den Häusern kleben. Es lauerte in den Straßen und hielt sich zäh in Feldern, Wald und Wiesen fest.

Das Sakriversum war die Arche Noah. Dort gab es Lebensraum für viele, aber nicht für alle!

Nancy McGowan gehörte zu jenen, die als eine der letzten Gruppen in die Stadt gekommen waren. Sie kannte das Sakriversum nur aus den Legenden der früher Geborenen. Unter anderen Umständen hätten sie und ihre Freunde über den gespenstischen Zug der *Bankerts* und der *Schander* nur gelacht, aber jetzt spürte auch sie, daß sich die Zeiten geändert hatten. Was wie ein böses, alptraumhaftes Spektakel wirkte, war mehr als eine gut inszenierte Zirkusvorstellung, mehr als eine hypnotische Séance!

Sie blickte nachdenklich zum König ihres Volkes. Fackelträger, Schwertgesellen, eifernde Berater, Frauen und Kinder suchten seine Nähe. Viele formten mit den Händen uralte Beschwörungszeichen.

Mißgeburten in staubigen bunten Kleidern wieselten wie Karikaturen von Kaufleuten aus anderen Jahrhunderten über die Treppenstufen unterhalb des Königs. Erschöpfte *Schander* wurden von den Beratern Corvays zur Seite gedrängt. Überall weinten Kinder und sehr weit unten übertönten Lellos Spottlieder die Klagen der Entrechteten.

Corvay merkte, daß er Nancy und ihre Gruppe nicht einfach übergehen konnte. Diese Sippe war aus einem Land gekommen, das keine Zwergentradition besaß. Amerika war nun mal nichts für *Trolle* und für *Heinzelmännchen*, auch wenn sich Hollywood jahrzehntelang mit Überlieferungen aus der alten Welt geschmückt hatte!

»Ich habe dich immer gemocht, Nancy«, sagte der König unvermittelt. »Erinnerst du dich noch an die Zeit in meiner Truppe? Da hast du manchmal Handstand auf meinem Kopf gemacht. Weißt du noch, wie die *Weltlichen* geklatscht haben, wenn du so tatest, als würdest du abrutschen und ich dich auffing, ehe du ins Sägemehl der Manege fallen konntest?«

»Ja«, sagte Nancy bitter. »Und niemand hat mich gefragt, wie oft ich nachts weinend aufgewacht bin ...«

»Ich habe dich jedesmal aufgefangen«

»Corvay, der Gütige! Der mit dem Leben anderer gespielt hat für einen lächerlichen Applaus!«

Der König der *Bankerts* zog sein Schwert.

»Schweig, Nancy McGowan! Nur wer sich unterwirft, wird mit mir ins Sakriversum einziehen! Das gilt auch für dich!«

Er reckte sich und stieß sein Kurzschwert in die Scheide zurück.

»Weiter jetzt!« befahl er.

Der Treck setzte sich wieder in Bewegung. Ehemalige Artisten legten Leitern an die Stufen. Trapezkünstler spannten Seile und Netze über eingebrochene Mauerstücke. Stämmige Männer mit überdimensionalen Muskelpaketen an Armen und Beinen kletterten zu immer neuen Vorsprüngen in den steilen Wasserrinnen. Sie zogen halbwüchsige Mädchen nach, nahmen sie wippend in die Arme und schleuderten sie mit heiseren Schreien höher.

Niemand störte sich daran, daß hin und wieder eines der Mädchen in eine Nische gedrängt wurde.

Die anderen hängten sich wie menschliche Fledermäuse an die nächsten Stufen. Sie schlangen Schnüre um Unkrautwurzeln und Ansammlungen von verklemmtem Unrat, der irgendwann in den Hohlräumen der Mauern hängengeblieben war.

Es war ein langer, langer Weg ins Sakriversum ...

Zur gleichen Zeit wachte Goetz vom Krächzen seiner eigenen Stimme auf. Er hatte von einem alten Kinderlied geträumt und es zu singen versucht.

Seine ersten Gedanken nach dem Erwachen waren wie Märchenbilder, die sich rhythmisch ausdehnten und wieder zusammenzogen.

Völlig zerschlagen richtete er sich auf. Er mußte eine Menge wirres Zeug durcheinander geträumt haben!

Er reckte sich, stand auf und ging zu den Vorratsregalen. Gähnend suchte er einige Medikamente zusammen. Er spülte sie mit einem Schluck Cola hinunter. Aus einem Stapel leerer Vorratssäcke baute er sich ein Lager vor den Bildschirmen. Er wußte nicht, ob es hier unten Ungeziefer gab, deshalb schichtete er zuerst ein paar Pakete mit amtlichen Notrationen übereinander, ehe er die Stoffbeutel ausbreitete.

Er legte sich wieder hin und versuchte, nachzudenken. Merkwürdig, daß er ausgerechnet in einer Kathedrale eine Möglichkeit zum Überleben gefunden hatte – in einem Relikt der Vergangenheit nach sieben Jahrhunderten »Fortschritt« in die falsche Richtung …

Biologisch gesehen waren siebenhundert oder achthundert Jahre Entwicklungsgeschichte nicht einmal erwähnenswert. Doch Goetz dachte an eine andere Art der Evolution, bei der Wert nicht mit *Überlebenskraft* und *Selektion* nicht mit *Verbesserung* gleichgesetzt werden konnten.

Hatten die Menschen bei der kulturellen und ideellen Evolution einen Weg beschritten, der zwangsläufig zu einer tödlichen Sackgasse werden mußte, weil er auch für das Nichtsichtbare von Ideen jederzeit *Beweise* forderte?

Oberflächlich betrachtet waren die großen Umwälzungen nach dem finsteren Mittelalter durch Macht- und Verteilungskämpfe entstanden. Die eigentliche Katastrophe mußte mit dem Zusammenbruch der kirchlichen Vormachtstellung begonnen haben …

Für die Eroberung Jerusalems am 15. Juli 1099 waren noch die Normannen als wüste Draufgänger erforderlich gewesen. Doch auch die nachfolgenden Pilgermassen benahmen sich nicht besser. Da besann man sich im neugegründeten Königreich Jerusalem auf arme Soldaten-Mönche, die sich durch besondere Tapferkeit ausgezeichnet hatten.

Zusammen mit französischen Rittern erhielten sie die Genehmigung zur Gründung kirchlicher Schutztruppen. Während die *Johanniter* sich vornehmlich um kranke Pilger kümmerten, sorgten die *Tempelherren* für sicheres Geleit und die Verteidigung der Landesgrenzen.

Der *Orden der Tempelherren* genoß schon bald einen solchen Ruf, daß ihm von überall Spenden zuflossen. Infolgedessen gab er seine ursprüngliche Form auf und wurde nach außen hin immer weltlicher. Die Ritter trugen den weißen Mantel mit einem roten, achtspitzigen Kreuz – ihre untergeordneten Brüder, Güterverwalter und auch Ordenskleriker mußten sich mit schwarzen und braunen Gewändern begnügen.

Bereits 1172 war der Orden so reich und mächtig geworden, daß er keine andere Autorität außer Gott mehr anerkannte. Der Großmeister hatte Fürstenrang, auch wenn er immer noch vom Kapitel der Ordensbrüder gewählt wurde.

Der Orden zahlte keine Steuern, führte Kriege auf eigene Faust und war schließlich eine Art Überrepublik, die von England bis Zypern und von Portugal bis in die slawischen Gebiete reichte. Als »Kolonialmacht« häuften die *Templer* neben unermeßlichen weltlichen Schätzen auch fremdes Gedankengut in ihren Burgen und Großkomtureien an.

Beinahe zwangsläufig wurde der Orden nicht nur dem Klerus, sondern auch weltlichen Herrschern immer unheimlicher und lästiger. Während die Päpste noch gehofft hatten, ihre Vormachtstellung durch die Kreuzzüge sichern zu können, störten sich die Könige von Frankreich an den großen Ländereien des Ordens in ihrem Bereich.

Nach dem Verlust von Jerusalem im Jahre 1244 ging die Begeisterung für das Heilige Land überall spürbar zurück. Als dann mit der Festung Akkon die letzte Bastion der Christenheit im Jahre 1291 gefallen war, verloren auch die Ritterorden ihre ursprüngliche Bedeutung.

Philipp der Schöne von Frankreich und sein juristischer Berater Wilhelm Nogaret, der gleichzeitig Erzbischof von Narbonne war, erkannten ihre Chancen. Sie zettelten einen Prinzipienstreit über das Verhältnis von geistlicher und weltlicher Gewalt an. Ihr Gegner war Papst Bonifatius VIII.

Philipp besteuerte den Klerus, verbot die Teilnahme von Bischöfen am Konzil in Rom und fügte der Kurie durch ein Ausfuhrverbot schwere wirtschaftliche Schäden zu. Gleichzeitig führte er einen Krieg gegen die Engländer unter Edward I. und verlor ihn.

Papst Bonifatius VIII. nutzte die Niederlage Philipps und verlangte in der Bulle *Unam santam*, daß Könige und Fürsten das Schwert nur noch im Auftrag der Kirche führen sollten.

Erbost erklärte Philipp daraufhin den Papst zum ketzerischen Verbrecher und ließ ihn im September 1303 gefangennehmen …

Nach der Verlegung des Papstsitzes von Rom nach Avignon räumten Philipp und Wilhelm Nogaret gleich weiter auf. Als Bertrand de Got, der kränkliche und schwache Bischof von Bordeaux, Papst Clemens V. wurde, schlugen sie ihm einen Handel von weitreichenden Folgen vor:

Sie versprachen, die Anschuldigungen gegen den verstorbenen Papst Bonifatius VIII. teilweise zurückzunehmen, wenn Clemens V. den *Orden der Tempelherren* auflöste.

Natürlich erwähnten sie dabei nicht, daß sich Philipp für seinen Kampf gegen Bonifatius VIII. und den Krieg mit Edward I. gewaltige Summen bei den *Tempelherren* geliehen hatte, deren Rückzahlung er auf diese Weise zu vermeiden suchte …

Clemens V. war Franzose genug, um die Vorschläge aus Paris lange und sorgfältig zu erwägen. Außerdem hatte er schon vor seiner Krönung von verschiedenen Beschuldigungen gegen die Angehörigen des Ordens gehört. Trotzdem zögerte er lange, einer offiziellen Untersuchung zuzustimmen.

Erst als ihm Erzbischof Nogaret mehrere Belastungszeugen brachte, konnte er die Intrige nicht länger verhindern. Die Mehrzahl der Zeugen bestand aus Brüdern, die wegen schlechten Betragens aus dem Orden ausgeschlossen worden waren. Einer aber unterschied sich nicht nur durch seinen Namen und seine Herkunft, sondern auch durch seine Stellung innerhalb des Ordens von allen anderen.

Rhodri Mawr Llywellyn war fünfundzwanzig Jahre alt, als er sich Erzbischof Nogaret zur Verfügung stellte. Trotz seiner Jugend war er zu diesem Zeitpunkt bereits Präzeptor für den westlichen Bereich der Ordensprovinzen nördlich der Alpen. Er war von Nonnen aufgezogen worden, nachdem sein Vater im Jahre 1282 sein Königreich an Edward I. von England verloren hatte.

Nur wenige Eingeweihte wußten, daß der Waliser der legitime Nachfolger des letzten echten *Prince of Wales* war …

Der erneute Sieg Edwards I., diesmal gegen den König von Frankreich, gab für Rhodri Llywellyn den Ausschlag, den *Orden der Tempelherren* zu verlassen und sich auf die Seite von Philipp zu stellen. Er hatte nämlich erfahren, daß einige Ordensprovinzen Edward I. nicht nur finanziell, sondern auch durch erfahrene Berater unterstützt hatten.

Rhodri Llywellyns Aussagen vor dem Inquisitor über die Geheimnisse und die Vergehen der *Templer* gaben den Ausschlag.

In seinem Haftbefehl vom 14. September 1307 warf Philipp der Schöne von Frankreich dem Orden die Leugnung Gottes, Götzendienste, geheime Rituale, widernatürliche sexuelle Praktiken und die Zerstörung der ›alten Werte‹ vor.

Einen Monat später waren alle *Templer* eingekerkert. Nach mehreren Prozessen, Geständnissen, Widerrufen und erneuten Geständnissen wurden Dutzende von führenden Ordensbrüdern im März 1310 öffentlich verbrannt. Rhodri Mawr Llywellyn gehörte nicht dazu.

Noch jahrelang wurde er von den Schergen der Inquisition gesucht. Es hieß, daß er sich einer Gruppe fahrender Sänger angeschlossen habe. Sie tauchten mal hier, mal dort auf und sangen ihre Moritaten und *Chansons de croisade* auf kleinen Bänkchen stehend – nicht, weil sie besser gesehen werden wollten, sondern um rechtzeitig die Häscher zu erkennen.

Die Nachfolger der Inquisition rächten sich noch Jahrhunderte an *Bänkelsängern* und angeblich »auf der Bank Gezeugten«, die sie als *Bankerts* diffamierten …

Der eigentlich Grund für Intoleranz und die Verfolgung von Andersgläubigen war der nie öffentlich eingestandene Zorn über das eigene Versagen. Denn weder der Kirche noch den Königen gelang es, den wahren Reichtum des *Ordens der Tempelherren* zu konfiszieren. Er bestand aus dem Wissen der Eingeweihten und den Geheimnissen, das sie aus der islamisch-arabischen Welt mitgebracht hatten.

Bis ins einundzwanzigste Jahrhundert wurde immer wieder darüber spekuliert, welcher Art die Geheimnisse der *Templer* gewesen sein konnten. Nacheinander wurden Rosenkreuzer, Freimaurer und andere Geheimgesellschaften der Mitwisserschaft verdächtigt.

Dabei hatte es in jeder Generation nach dem Ende des Ordens Menschen gegeben, die das Geheimnis erkannten …

Als er am nächsten Morgen erwachte, fühlte sich Goetz zwar immer noch matt und angeschlagen, aber er hatte kein Fieber mehr.

Eine Weile dachte er an die Dinge zurück, die ihn während des Einschlafens beschäftigt hatten. Eigentlich war es ein gutes Zeichen, daß sich sein Unterbewußtsein mit überlieferten und in fünfundzwanzig Jahren gelernten Informationen befaßte. Theoretisch gesehen benötigte er überhaupt keine weiteren Informationen mehr. Schon eine einzige Zelle seines Körpers enthielt mehr Auskünfte, als er jemals begreifen konnte …

Auf Anhieb fand er versiegelte Kartons mit Tagesrationen aus militärischen Beständen. Er las die Gebrauchsanweisung durch, öffnete einen Karton und löste den Schutzstreifen von einem Kaffeebecher. Aus einer Aluminiumbüchse holte er Schwarzbrot, Butter und eine Tube Himbeermarmelade. Er schluckte zwei Vitaminpillen und eine Mineraltablette mit Psychopharmakabeigaben.

Der Kaffee im Becher aus Hart-Rezyk fing an zu singen. Ehe er zu heiß wurde, stoppte Goetz die chemische Reaktion im Boden des Bechers.

Vorsichtig streute er etwas Milchpulver in den dampfenden Kaffee. Er aß das Marmeladenbrot und trank kleine Schlucke Kaffee dazu. Es schmeckte köstlich.

Eigentlich ging es ihm gar nicht so schlecht. Er fühlte, wie der Kaffee seine Lebensgeister mobilisierte. Sein Magen revoltierte nicht und auch seine Nerven hatten sich beruhigt. Wenn er sich vernünftig benahm, konnte er in zwei, drei Tagen wieder fit sein!

Er leistete sich noch einen Becher Kaffee, ehe er zu den Kanistern mit Mineralwasser in den hinteren Regalen ging.

Die Kirchenmänner hatten offensichtlich schon seit vielen Jahren für Vorräte gesorgt. Goetz entdeckte eine Menge nützlicher Reserven, aber auch seltsame Dinge wie Gesellschaftsspiele, Malkästen und antiquarisch wirkende Uhrmacherwerkzeuge.

Ein ganzes Regal war mit durchsichtigen Behältern gefüllt, in denen goldene Paxtafeln, wertvolle Monstranzen, Bischofsstäbe, Reliquien und alte Handschriften aufbewahrt wurden.

Fasziniert betrachtete Goetz die staubigen Symbole einer einstmals mächtigen geistigen Elite. Wieviel Zeit war vergangen, seit Menschen niederknieten, wenn sie die kostbar eingefaßten Knöchelchen irgendeines Heiligen sahen?

Wie viele Hoffnungsschreie, wieviel Leid hatten die Mauern der großen Kathedrale schweigend angehört. Und wieviel bis zum Hohn erstarrtes Ritual ...

Er blickte den goldenen, silbernen, mit Edelsteinen verzierten *Thesaurus sacer* feindselig an, diesen heiligen Schatz aus vielen Jahrhunderten, mit dem niemals wieder etwas anzufangen war.

Wertloses Gerümpel in einer Welt, in der es keine Menschen mehr gab, denen Höllenqualen angedroht werden konnten, wenn sie nicht zur Beichte kamen.

Die Waffen des Ablaßhandels, mit denen lange Zeit jede Kritik an der Geschichte und an erstarrten Gesellschaftsordnungen erschlagen worden waren...

Erstaunt registrierte er, wie sich etwas in ihm veränderte. Er dachte plötzlich nüchterner und realistischer. Nach der körperlichen Waschung im Verlagshaus erlebte er nun so etwas wie eine seelische Reinigung. Jahrhundertelang verkrustete Einstellungen waren auf einmal nichts mehr wert. Sein vorbestimmter Platz in der Gesellschaft existierte nicht mehr, weil es diese Gesellschaft nicht mehr gab.

Es war ein seltsames Gefühl. Gerade für einen Mann wie ihn mußte es eine einmalige Erfahrung sein, wenn es von einem Tag auf den anderen keine Regeln mehr gab – überhaupt keine Vorschriften und Verpflichtungen mehr! Nichts, woran er sich noch halten konnte.

Wirklich nichts?

Er lachte leise. Der Gedanke amüsierte ihn.

Eigentlich gar nicht schlecht, *alles* zu dürfen ...

7. KAPITEL

Die Geschwister schliefen lange in den 43. Tag nach dem »Weißen Feuer« hinein. Erst als die Sonne soweit gewandert war, daß sie die Fialen an der Westseite der Kathedrale traf, wachte Agnes auf.

Sie brauchte eine Weile, um sich in der ungewohnten Umgebung zurechtzufinden. Ihr Bruder hatte sich an der Innenmauer des Türmchens zusammengerollt. Sein braunes Haar fiel strähnig über sein Gesicht.

Agnes strich ihm mit den Fingerkuppen über die Stirn. Sie löste ihr Brusttuch, feuchtete mit den Lippen einen Zipfel an und wischte Guntram vorsichtig ein paar Schmutzspuren von den Wangen.

Er murmelte im Halbschlaf.

Agnes beugte sich vor, aber sie konnte nicht verstehen, was ihr Bruder sagte. Er sah in diesem Augenblick noch so erschöpft aus, daß sie ihn nicht wecken wollte. Sie betrachtete seinen Mund, seine Nase, seine Stirn. Obwohl er immer noch auf eine liebe Art wie ein großes Kind aussah, hatte er bereits Männerfalten an den Mundwinkeln und um die Augen.

Sie küßte ihn, streichelte seine Schläfen und legte sich für einen Moment neben ihn. Die Sonne wärmte ihre Körper, die wochenlang nur dumpfe Dunkelheit empfunden hatten. Zum erstenmal nach langer Zeit empfand sie ein Gefühl der Dankbarkeit. Sie dachte an das Sakriversum, an ihre Häuser und den Dorfplatz, an warme Sommerabende, wenn alle Dachfenster geöffnet waren, und an die schöne Zeit vor der Flucht.

Erinnerungen an ein verlorenes Paradies.

Sie löste sich von Guntram. Vorsichtig stand sie auf und ging zur Seitenmauer des Fialentürmchens. Die Kathedrale wirkte wie eine strenge Trutzburg mit spielerisch verzierten Kanten.

Agnes blickte nach oben. Weit entfernt und beinahe unerreichbar für sie und ihren Bruder ragte das Dach des Doms in den blauen Himmel. Guntram hatte ihr einmal erzählt, wie der erste

Baumeister auf die Idee gekommen war, alle Regeln der Baukunst zu durchbrechen und einen Gralstempel zu bauen, der nichts mehr mit der Harmonie antiker Klassik zu tun hatte.

Gotische Kathedralen. Als sie zu Hunderten in einem einzigen Jahrhundert entstanden, waren sie als krause Barbarenkunst verachtet worden. Doch kein Historiker hatte jemals herausgefunden, was wirklich hinter dem Geheimnis der *Tempel Salomonis* steckte ...

Guntram wußte es. Agnes auch. Und mit ihnen die eingeweihten *Schander.*

Agnes bekreuzigte sich. Sie lehnte sich an einen Pfeiler des Fialtürmchens, das im Vergleich zum gemauerten Gebirge der Kathedrale wie ein erster, zaghafter Versuch des Baumeisters aussah.

Ihr Blick wanderte über die Landschaft aus behauenem Stein. Weit unten duckten sich die Häuser der *Weltlichen* in der Mittagssonne.

Die Brandherde hatten zugenommen. Über Nacht waren an zwei Dutzend Stellen überall in der Stadt weitere Feuer entstanden. Direkt vor der Kathedrale hatte sich eine See gebildet, der aus sprudelnden unterirdischen Quellen gespeist wurde.

Das Wasser floß über die engen Straßen der Altstadt ab. Trotzdem war alles still. Sie konnte weder das Knistern der Flammen im Gebälk der Häuser noch das Gurgeln und Rauschen von Wasser hören.

Eine unheimliche Ruhe hing über der großen, leeren Stadt.

Wäre es vielleicht doch besser gewesen, wenn sie und Guntram zusammen mit den anderen den Wein der Letzten Gnade getrunken hätten? Sie sehnte sich plötzlich nach der Geborgenheit zurück, in der sie aufgewachsen war. Die *Weltlichen* existierten nicht mehr. Unter anderen Umständen hätte das die Befreiung von einer Jahrhunderte alten Angst bedeutet. Aber jetzt war alles noch viel grausamer geworden ...

Agnes legte die Hände auf ihren Leib. Ob sie jemals Kinder bekommen durfte?

Es war alles so still. Die Tauben flogen nicht mehr. Kein Hauch bewegte die Blätter des Haselnußstrauchs auf dem Schwibbogen zur Kathedrale. Früher war die Stadt nur dann so ruhig gewesen, wenn die Sonne auf der anderen Seite der Erdscheibe stand und die Nachtmuhmen mit Eulen und Fledermäusen flüsterten.

Agnes hatte noch nie einen Tag erlebt, an dem die Sonne schien und gleichzeitig die Zeit stehengeblieben war. Sie konnte einfach nicht verstehen, warum es keine *Weltlichen* mehr gab.

»Was denkst du?« fragte Guntram.

Agnes erschrak. Sie drehte sich um. Guntram war aufgewacht und hatte sich unbemerkt hinter sie gestellt.

»Mein Gott, das darfst du nicht noch einmal machen!«

»Warum? Wovor hast du Angst?«

»Weißt du das nicht?«

Guntram lachte unsicher.

»Doch, eigentlich schon!« sagte er nachdenklich. »Es war die Stille, die mich geweckt hat …«

»Ja«, sagte Agnes. Sie ging einen halben Schritt auf ihn zu. Mit beiden Händen streichelte sie sein Gesicht.

»Laß mich nie allein, Guntram! Wir wissen nicht, was vor uns liegt, aber ich habe Angst, wenn du nicht bei mir bist!«

»Ich war doch bei dir.«

»Du hast so tief geschlafen …«

»Wir müssen weiter«, lenkte er ab. »Wenn wir uns von den Nüssen einen kleinen Vorrat mitnehmen, bleiben wir kräftig bis wir oben sind.«

»Und wenn Corvay vor uns da ist?«

»Das glaube ich nicht. Ich habe den zweiten Teil des Testaments.«

»Aber er kommt!«

Guntram preßte die Lippen zusammen.

»Dann werden wir uns verteidigen! Ich kenne einige Schutzvorrichtungen in unserem Teil des Sakriversums. Corvay hat keinen Anspruch auf das Gebiet der *Schander*!«

Agnes schüttelte den Kopf.

»Meinst du wirklich, daß er jetzt noch auf die alten Gesetze Rücksicht nimmt?«

»Ich werde ihn dazu zwingen!«

Agnes mußte lachen. Sie schüttelte den Kopf und lehnte sich gegen ihren Bruder.

»Du bist ein großes Kind, Guntram«, sagte sie. »Wie willst du den König der *Bankerts* zu irgend etwas zwingen? Hast du denn nicht gesehen, wozu diese Menschen fähig sind?«

Guntram nickte nachdenklich.

»Er kennt das Sakriversum nicht so gut wie ich!«

Sie sah ihn mit großen Augen an.

»Willst du dich wirklich ganz allein gegen Corvay und seine Leute stellen?«

»Ja.«

»Guntram!«

Er sah, wie ihre Augen wieder traurig wurden. Sie schüttelte den Kopf, doch gleichzeitig liebte und bewunderte sie ihn. Ihr Bruder – ihr Mann!

»Komml« sagte sie. »Wir müssen weiter!«

Im gleichen Augenblick zitterte die Erde. Im Zentrum der Stadt stieg ein blauroter Feuerball nach oben. Sekunden später dröhnten Sturm und Lärmwellen durch die leeren Straßen. Sie bliesen alles fort, was als Geruch von Leichen noch in den Mauern hing.

Die Explosion des großen Gasometers warf die Geschwister in eine Ecke des Fialentürmchenc Sie klammerten sich aneinander, während Staubwolken über ihre Körper fegten.

Agnes schluchzte. Guntram biß die Zähne zusammen. Er stemmte sich mit beiden Beinen gegen die Mauer, hielt seine Schwester fest und beobachtete, wie der kleine Haselnußstrauch an der Stützverstrebung der Kathedrale ausgerissen wurde.

Wenige Augenblicke später war alles wieder ruhig. Über den Häusern im Westen stieg eine Rauchwolke in den Himmel. Sie sah wie ein Gemälde in der Kathedrale aus.

Guntram half seiner Schwester hoch.

»Nicht weinen, Agnes! Das war doch nur ein Energievorrat, den sich die *Weltlichen* für ihre Stadt angelegt hatten ...«

»Nur ein Energievorrat?«

Agnes schüttelte weinend den Kopf.

»Dann sind sie doch nicht alle tot!«

»Unsinn! Natürlich sind sie tot! Aber jetzt versagen nach und nach die Überreste ihre Zivilisation. Ich weiß, sie waren gute Handwerker und Baumeister. Sie konnten viele Dinge, die für uns noch ein Geheimnis sind. Aber auch gut bestellte Felder verkommen, wenn sich niemand um sie kümmert!«

»Ich habe Angst, Guntram.«

»Wir müssen in die Kathedrale zurück! Dort sind wir sicherer.«

Agnes bückte sich. Sie sammelte ein paar Brocken Eiweiß ein.

»Das wird unseren Hunger stillen, bis wir im Sakriversum sind.«

Guntram nickte.

»Ich gehe voraus. Wenn du dicht hinter mir bleibst, brauchst du nicht nach unten zu blicken. Sieh einfach meinen Rücken an und halte dich an meinem Gürtel fest.«

Er kletterte über die Mauerbrüstung des Fialentürmchens. Dort, wo der Haselnußstrauch gestanden hatte, war nur noch ein schwarzer feuchter Fleck.

Guntram wartete, bis Agnes dicht hinter ihm war.

»Nicht nach unten sehen!«

»Ich werde es versuchen.«

Guntram beugte sich vor. Der Schwibbogen bis zur Kathedralenmauer stieg steil vor ihm auf. Vorsichtig setzte er einen Fuß vor den anderen. Er wankte nicht, obwohl ihn Agnes in ihrer Angst mehrmals fast aus dem Gleichgewicht gebracht hätte.

Vollkommen naßgeschwitzt erreichte er den Wasserspeier. Er zog Agnes in die durchbrochene Röhre und ließ sich zitternd auf den Boden fallen.

»Danke, Guntram«, sagte sie leise. Er lächelte und legte einen Arm um ihre Hüfte. Sie setzte sich zu ihm. Als sein Herz nicht mehr so heftig pochte, reichte sie ihm etwas gebackenes Taubenei.

»Wir müssen auch trinken«, sagte er.

»Vielleicht finden wir weiter oben eine Mulde in den Steinen, in der sich etwas Regenwasser gesammelt hat.« Sie sah sich um. Viel war in der halbdunklen Rinne nicht zu erkennen. Doch dann entdeckte sie ein Büschel Gras in einer Spalte. Sie sammelte die Samenkörner ein. Gleichzeitig überlegte sie, warum der Haselstrauch am Fialentürmchen bereits Früchte getragen hatte, obwohl es erst Frühling war. Ob das auch mit dem Fluch zusammenhing, der sie so lange in den Kellern festgehalten hatte?

Während sie schweigend einige Grassamen kaute, dachte sie

darüber nach, warum sie niemals so gelebt hatten wie die *Weltlichen.* Sie wußte, daß ihr Volk von Menschen abstammte, die ebenso wie alle anderen gewesen waren. Irgend etwas konnte mit der Kathedrale und dem Sakriversum nicht stimmen!

Bankerts, die auch die ganze Zeit oben gelebt hatten, waren ebenso klein geworden wie die *Schander.* Und doch gab es unter dem Parallelvolk andere, die nur als Mischformen zwischen den Rassen bezeichnet werden konnten.

Warum?

Agnes fürchtete sich plötzlich vor der Rückkehr in ihre angestammte Welt. Sie spürte, wie es ihr kalt den Rücken herunterlief, als sie an das Sakriversum dachte. Welches große, unheimliche Geheimnis verbarg sich hinter allem?

Sie lauschte angestrengt in die Abflußröhren des unteren Daches hinein. Es war, als würden die alten Mauern mühsam atmen, flüstern, wispern. Hörte sie raunende Wasser in der Tiefe – oder war es der schwermütige Gesang von Menschen?

Fern über ihr dröhnten plötzlich Glockenschläge. In unregelmäßigen Abständen und mit langen Pausen rührte ein unbekannter Mechanismus zwei kleine Glocken. Es klang wie ein mahnendes Totengeleit. Dann kam eine der großen Glocken dazu.

»Was ist das?«

Agnes sah ihren Bruder furchtsam an.

»Ich weiß nicht. So habe ich das Läuten noch nie gehört ...«

Guntram griff unwillkürlich nach seinem Hakenmesser.

»Ob Corvay bereits oben ist?« fragte Agnes.

Guntram hob die Schultern.

»Er hat den zweiten Teil des Testaments nicht, aber zuzutrauen wäre es ihm. Doch dann müßte er mit all seinen Mannen einen Gewaltmarsch durchgeführt haben! Und das glaube ich nicht!«

»Könnten nicht andere ...«

Guntram schüttelte den Kopf.

»Als wir die Zeichen der Astrologen und von Meister Wolfram erhielten, sind wir alle in die Bleikeller gewandert. Das war vor sieben Wochen. Sechs Tage später brach die Zivilisation der *Weltlichen* zusammen. Wir waren die einzigen Menschen, die die Vorzeichen erkannt haben, deshalb leben wir noch!«

»Der Haselstrauch am Fialtürmchen trug bereits Früchte, obwohl noch nicht einmal der Maienmond begonnen hat!«

»Was meinst du damit?«

»Vielleicht hat das ›Weiße Feuer‹ die Früchte reifen lassen ...«

Guntram richtete sich auf. Er klopfte etwas Schmutz von seinen Hosen, strich sich sein Haar zurück und lächelte.

»Ich kann verstehen, daß du besorgt bist, Agnes. Laß uns nur schnell nach oben kommen, dann sieht alles ganz anders aus!«

Er reichte ihr seine Hand.

Agnes ergriff sie und hielt sie fest wie eine Ertrinkende. Die Glocken über ihnen tönten jetzt so laut, daß alle Mauerfugen zitterten und selbst die schweren Steinquader bebten. Feiner Staub rieselte auf sie herab.

»Komm!« sagte Guntram. Agnes wischte sich mit der Linken die Tränen aus den Augen. Ihr Bruder zog sie vorsichtig höher in den schrägen Wasserschlag.

Mathilda war nur wenige Minuten zu spät gekommen. Sie hatte die letzten Worte ihres Vaters nicht mehr gehört. Als sie ihren Mann und Bruder Hanns und ihren Vater nicht mehr fand, hatte sie sich immer wieder aufschreiend an *Schandern* und *Bankerts* vorbeigedrängt. Wo Hände sie aufhalten oder Freunde ihr helfen wollten, war sie mit übermenschlichen Kräften auf schwierige Vorsprünge an den Mauern ausgewichen.

Sie hatte fast die halbe Nacht benötigt, um endlich die Gruppe zu erreichen, die bereits den halben Weg zum Sakriversum überwunden hatte.

Hanns war zum Führer des Totenschlittens mit dem Leichnam von Meister Wolfram eingeteilt worden.

Wie eine Furie fuhr Mathilda auf ihren Bruder zu. Sie packte ihn an den Ohren, kratzte über sein Gesicht und zerriß sein schmutziges Wams.

»Du dreckiger, feiger Hund!« kreischte sie. »Hast du nicht zugesehen, wie unser Vater starb? Und dann machst du dich auch noch zum Schergen dieser Lumpen ...«

Der hölzerne Schlitten mit dem Leichnam ihres Vaters hing an einer schwierigen, sehr steilen Überleitung von einer Wasserrinne in einen engen Mauerdurchbruch, der sich wie eine schwarze Schlucht zwischen der inneren und der äußeren Mauer des linken Kathedralenturms von oben nach unten zog.

»Zurück!« schrie einer der *Bankerts.*

Mathilda spuckte ihn an.

»Laßt meinen Vater in Ruhe!«

»Wir wollen ihn nach oben bringen ...«

»Keiner von euch faßt meinen Vater an!«

»Aber Mathilda ...«

»Ja du!« fauchte Meister Wolframs Tochter ihren Bruder an. »Ich wußte immer, daß du nur ein Tölpel bist, aber das war zuviel, Hanns! Ahnst du denn nicht, was Corvay wirklich will?«

Der Schlitten mit der Leiche von Meister Wolfram neigte sich in den dunklen Schlund zwischen den beiden Mauern.

»Er kippt!« schrie einer von Corvays Männern.

Mathilda warf die Arme hoch.

»Zwei Mann an die Seile!« befahl sie. »Vier Mann an die Kante!«

Sie wußte selbst nicht, wie es geschah. *Bankerts*, die zwei Köpfe größer waren als sie selbst, gehorchten ihr. Sie war schon immer eine resolute Frau gewesen, aber jetzt war ihr Zorn größer als ihre Vernunft. Ohne zu wollen wurde Mathilda zur *Mutter Courage* der beiden verfeindeten Zwergvölker.

»He, schlaft nicht, da vorn! Mehr Seil, mehr Seil!«

Sie drehte sich um.

»Und ihr bekommt eins mit der Schweinekeule, wenn ihr nicht festhaltet!«

Ihr Mann stand bleich am Rand des bodenlosen Abgrunds.

»Na los, Hanns!« fuhr sie ihn an.

»Mathilda ...«

»Sollst du jetzt lamentieren? Sieh zu, daß du nach oben kommst! Nimm die Leitfäden und bleib dicht hinter König Corvay! Er darf uns nicht allein ins Sakriversum entwischen ...«

Im gleichen Augenblick hörten sie die ersten Glockenschläge.

»... 's ist für Vater!« schrie Mathilda.

Die Seile strafften sich.

»Wahrhaftig, eine Hexe!« keuchte ein *Bankert.*

»... oder des Teufels Großmutter!«

»Verdammtes Sakriversum!«

Der Zug der Suchenden bewegte sich mühsam weiter. Der Narr Lello wollte ein Spottlied anstimmen, aber da fiel ihm Mathilda ins Wort. Sie mußte eine ungeheure innere Kraft besitzen. Ohne sich um die fluchenden *Bankerts* zu kümmern, stimmte sie das alte *Ave Maria* von Josquin Despres an, dem Michelangelo der Komponisten im 15. Jahrhundert.

Von irgendwo kamen Paukenschläge, dann fielen immer mehr erschöpfte *Schander* in den langsamen, getragenen Gesang ein. Peitschen knallten in dem engen, stickigen Geheimgang. Der Rauch der Fackeln ließ die Augen tränen. Kinder wimmerten in den Armen ihrer Mütter. Die Kufen der behelfsmäßig zusammengezimmerten Schlitten knirschten über Steinkanten und schlugen hart auf Treppenstufen, wenn sie sich querstellten.

Überall blieben Menschen zurück, die nicht mehr weiter konnten. Andere, die schon seit vielen Stunden nicht mehr gesprochen hatten, bekamen wieder Mut, als sie die alte Motette hörten. Sie versuchten mitzusingen, auch wenn es bei vielen nur ein heiseres, dumpfes Stöhnen war.

Ein paar halbwüchsige Mädchen aus den *Schander*-Familien zeigten mehr Kraft als die meisten Älteren. Mit ihren hellen, klaren Stimmen nahmen sie die Melodie des Madrigalgesangs auf.

Über viele Treppenstufen und schräge Gleitbahnen hinweg fanden sich die Mitglieder des ehemaligen Dorfchores aus dem Sakriversum zu einem gemeinsam gesungenen Gebet. Sie konnten sich nicht sehen. Kein Dirigent bestimmte ihre Einsätze. Nur manchmal klang der starke Alt Mathildas durch den Sopran-Chor. Er machte ihnen Mut und zog auch die Erschöpften weiter.

Goetz von Coburg blieb vor dem Hochaltar stehen. Er hatte sich entschlossen, sein Refugium in der Kathedrale zu verlassen. Gut ausgerüstet mit Waffen, Lebensmitteln, Medikamenten und ein paar Werkzeugen kletterte er auf den gelben Gabelstapler.

Die Frontlampen leuchteten nur noch schwach. Er hatte vergessen, sie auszuschalten. Trotzdem reagierte der Elektromotor für den Antrieb noch.

Goetz ließ die beiden Dorne des Gabelstaplers höher summen. Sie wirkten jetzt wie Rammsporne. Aus dem Arsenal der Kirchenmänner hatte er sich einen Schutzhelm mit einem eingebauten Funkgerät und einer Sauerstoffmaske mitgenommen. Er stülpte ihn vorsichtig über den Kopf. Der Helm drückte an einigen Stellen, aber so war er sicherer …

Er suchte eine Weile nach einem Piepser im Empfänger des Funkgerätes. Obwohl er wußte, daß er wahrscheinlich der einzige Überlebende der Neutronenbombe war, konnte er die kreatürliche Hoffnung nicht von einem Tag auf den anderen aufgeben.

Niemand an seiner Stelle hätte das gekonnt!

Er bewegte die Finger, die sich jetzt in Original-Strahlenschutz-Handschuhen aus Aluminiumfolie, Blei-Asbest, Borfasern und ein paar Lagen Fließkristallen befanden. Die Handschuhe ließen ihm überraschend viel Bewegungsfreiheit, ebenso die Stiefel, die er im Bleikeller gefunden hatte.

»Na dann!« sagte er zu sich selbst.

Er holte tief Luft und zog die Steuersäule zurück.

Der Gabelstapler hatte nicht mehr die Energiereserven wie im Verlagshaus. Goetz versuchte, schneller durch den Mittelgang der Kathedrale zu fahren, aber sein Gefährt schnurrte nur langsam weiter.

Der Gabelstapler kroch bis zu den geöffneten Türen des Hauptportals. Goetz blinzelte nach oben ins grelle Licht der Sonne. Erst als er fast die Stufen vor dem Portal erreicht hatte, sah er wieder nach unten.

Im gleichen Augenblick warf er sich nach vorn. Der Gabelstapler nickte auf der obersten Stufe der Freitreppe. Seine vorderen Gummireifen rutschten drei Stufen nach unten. Nur zehn Zentimeter fehlten zwischen den hochgehievten Greifern und den brodelnden Wassermassen, die den gesamten Domplatz überspült hatten.

Goetz rutschte von seinem Sitz. Er warf sich zur Seite, drehte sich und stolperte bis zum Portal der Kathedrale. Zitternd hielt er sich am Faltenzug eines steinernen Heiligen neben dem Portal fest.

Er starrte auf den See zwischen den Häusern. Woher kamen diese Unmengen von Wasser? Er kniff die Augen zusammen, sah nochmals hin und verstand es nicht.

Der gelbe Gabelstapler wirkte wie ein Roboter, der sich zum Trinken in den See geneigt hatte. Erst jetzt wurde Goetz bewußt, welcher Gefahr er entgangen war. Etwas mehr Geschwindigkeit, eine geringfügig stärkere Batterie, und er würde jetzt in den gurgelnden Fluten um sein Überleben kämpfen müssen …

Es war eben doch nicht so einfach, wie er gedacht hatte!

Eine leere Stadt konnte auch eine gefährliche Stadt sein – eine verdammt gefährliche sogar!

Er klappte das Visier an seinem Schutzhelm hoch. Sofort roch er den brandigen Gestank, der sich mit Gasen aus den aufgebrochenen Sielen mischte. Er schlug das Helmvisier wieder zu. Hastig drehte er den Verschluß der Sauerstoff-Flasche auf seinem Rücken weiter auf.

In dieser Stadt konnte er nicht leben!

Also zurück in die Kathedrale?

Nicht ohne den Gabelstapler …

Vorsichtig ging er auf das Fahrzeug zu. Er beugte sich über die Steuersäule. Ganz langsam senkte er die beiden Greifer ab. Jetzt konnte sich die Maschine nicht mehr nach vorn überschlagen. Goetz wußte nicht, daß dies durch das eingebaute Gegengewicht ohnehin nicht möglich gewesen wäre.

Vorsichtig kletterte er auf den schrägen Sitz. Er war bereit, sofort wieder abzuspringen, wenn der Gabelstapler nach vorn rutschte. Er drehte die Steuersäule um hundertachtzig Grad. Die Räder ruckten. Er preßte die Lippen zusammen, dann wagte er den zweiten Versuch. Etwas im Inneren des Gabelstaplers jaulte auf. Die Maschine schüttelte sich. Plötzlich griffen die Reifenprofile. Mit einem Satz nach hinten rumpelte der Gabelstapler die Stufen wieder hoch.

Goetz drehte die Steuersäule. Er wußte nicht, wie exakt die Lenkung funktionierte. Die Maschine holperte über Steinbrocken vor dem Hauptportal. Mit einem scharfen, kratzenden Geräusch schabte der rechte Greifer an einer Portalsäule entlang. Vom Bogenlauf über dem Portal fielen ein paar lose Mauerteile nach unten.

Ein Steinbrocken knallte hart auf seinen Schutzhelm. Es war ein Stück des Türsturzes.

Er duckte sich und ließ die Steuersäule los. In panischer Angst sprang er vom Gabelstapler und lief in die Kathedrale hinein. Draußen prasselten noch immer wie eine kleine Lawine Steinbrocken nach unten.

Er hätte nie gedacht, daß die uralten Mauern so brüchig waren! Erst jetzt fielen ihm wieder die Berichte vom jahrzehntelangen Kampf gegen die Umweltschäden ein. Abgase und Säure in der Luft hatten schon im vorigen Jahrhundert den Sandstein morsch gemacht und den Fensterfarben ihre metaphysisch leuchtende Kraft genommen.

Gewaltige Geldmengen waren ständig dafür erforderlich gewesen, neue Bauhütten, Steinmetze und Glasmaler zu finanzieren, die das Zerstörte austauschen und das noch Bestehende konservieren mußten. Sie konnten nicht allzuviel Erfolg gehabt haben. Oder hatte etwa die Neutronenbombe alle Bemühungen zunichte gemacht?

Goetz fröstelte bei dem Gedanken, daß er vielleicht nur noch im Vorratskeller des Domkapitels sicher war. Schweiß lief über seine Stirn. Er nahm den Helm ab und wischte sich mit dem Ärmel über den Kopf. Seine Haare wuchsen wieder, zwar noch immer etwas stachelig und nicht an allen Stellen, aber irgendwann würde er sich rasieren müssen …

Er wollte wieder Mensch werden. Die langen Tage und Nächte, in denen er wie ein krankes Tier in seiner Höhle dahinvegetiert hatte, erschienen ihm immer noch wie ein schmerzhafter Alptraum.

Er hatte plötzlich das Bedürfnis, Wiesen zu sehen, Bäume und blühende Sträucher.

War es das?

Brauchte er jetzt Kontakt zum Land? Zu Erde, die unverseucht war und die er anfassen konnte?

Die leere Stadt und die riesige, nutzlose Kathedrale kamen ihm plötzlich wie unheimliche Relikte der Vergangenheit vor. Noch nie zuvor hatte er eine derartig intensive Sehnsucht nach Äckern, Weiden und Feldern empfunden.

War jetzt nicht Frühling, in dem das Leben überall neu entstand?

Er ging zum Portal und sah nach draußen. Der Gabelstapler hing mit einem Greifer an der linken Säule unter einem der Apostel. Schwarze Rauchwolken wälzten sich über die Giebel der Altstadt. An vielen Stellen leuchteten sie dunkelrot im Widerschein unsichtbarer Flammen.

Warum brannte die Stadt? Und warum erst jetzt – dreiundvierzig Tage nach dem Tod ihrer Bewohner?

Die Wassermassen strömten an den Hauswänden entlang, als würden sie ebenfalls vor der Kathedrale fliehen. Goetz kaute nachdenklich auf seiner Unterlippe.

Es war sinnlos, wenn er versuchte, aufs Geratewohl aus der Stadt zu kommen. Das Wasser und die unvermittelt ausgebrochenen Brände beängstigten ihn ebenso wie die Erkenntnis, daß er auch in den Mauern der Kathedrale nicht sicher war.

Aber noch stand der mächtige Bau!

Vielleicht konnte er ihn nutzen, um sich einen Überblick zu verschaffen …

Von den Türmen aus mußte es möglich sein, einen Fluchtweg auszukundschaften. Er war nur einmal in seinem Leben in einem Kirchturm gewesen, aber das lag fünfzehn Jahre zurück.

Damals war er mit seinem Vater und einem Kaplan in eine alte verlassene Dorfkirche eingestiegen. Er erinnerte sich noch ganz genau, wie sie mit Taschenlampen und aufgeschnittenen Kornsäcken fast ein Dutzend Tauben erbeutet hatten.

Köstliche Täubchensuppe …

Ob es oben in der Kathedrale immer noch Tauben gab?

Goetz wandte sich um. Er ging an Opferstöcken und einem Schriftenstand mit unordentlich verstreuten Traktaten vorbei. Opferkerzen lagen nach Preis und Größe geordnet in geschnitzten, staubigen Regalen. Vor zwei gegenüberliegenden Holztüren brannte eine Ewige Lampe an der Wand.

Er erinnerte sich daran, daß Kathedralen nie ein Raum, sondern immer ein Weg gewesen waren, der zum Altar hinführte. Aber dort wollte er jetzt nicht hin. Er suchte nach einem Eingang zu den Türmen.

Die linke Tür war verschlossen. In der rechten Tür, direkt neben einem Ewigen Licht, befand sich ein altes Schloß und dicht darüber das blinkende Quadrat einer elektronischen Sicherung.

Goetz stutzte, dann fielen ihm die Schlüssel ein, die er dem toten Küster abgenommen hatte. Er holte sie aus einer Tasche seiner Hose.

Die ersten vier Versuche verliefen negativ. Beim fünften Schlüssel ertönte ein leises Knacken. Es rauschte in einem Gitterschlitz neben der Tür, dann klang es, als ob ein Tonband zurückgespult würde.

Goetz trat unwillkürlich einen Schritt zur Seite.

Ein Suchton war zu hören, dann sagte eine Stimme: »Geben Sie Ihren Personenkode ein!«

»Neunzehnhundertdreiundneunzig, eins-zwei-null-drei ...« flüsterte Goetz von Coburg automatisch. Es war sehr lange her, seit er eine Stimme gehört hatte. »GVC als Personenkennung.«

Der unsichtbare Kontrolleur schnurrte, knackte und fiepte.

»Sie sind Protestant?«

Goetz nickte.

»Sie sind Protestant?« wiederholte die Stimme.

»Ja.«

»Journalist?«

»Ja.«

»Einen Augenblick bitte ...«

Goetz sah sich unbehaglich nach allen Seiten um. Er wußte, daß er mit einer Computer-Außenstelle sprach. Trotzdem störte ihn das Verhör.

Es war verrückt – vollkommen absurd! In einer Stadt, in der es keine Menschen außer ihm mehr gab, mußte er warten, bis irgendein längst überflüssiges Kontrollsystem seine Identität überprüft hatte!

Protestant oder Katholik!

Was machte das noch aus?

Es gab keine Menschen mehr, die sich aus irgendwelchen vorrationalen Gründen die Köpfe einschlagen konnten. Das hatten sie ja nun geschafft. Nur die Kontrollsysteme existierten weiter. Die Menschheit war nicht mehr dazu gekommen, sie auszuschalten ...

»Entschuldigen Sie, Herr von Coburg«, sagte die Stimme aus der Wand neben der Turmtür. »Sie haben natürlich eine Sondergenehmigung!«

Goetz starrte den Gitterschlitz verwirrt an.

»Eine Sondergenehmigung?«

»Selbstverständlich. Als Oberbürgermeister stehen Ihnen doch alle Türen offen ...«

Es knirschte leise. Die Turmtür schwenkte automatisch nach innen.

»Treten Sie bitte ein!«

»Danke«, sagte Goetz geistesabwesend und ging einen Schritt vor. Plötzlich stutzte er, drehte sich auf dem Absatz um und beugte sich dicht vor den Gitterschlitz. Ganz langsam hob er das durchsichtige Helmvisier.

»Wieso Oberbürgermeister?«

»Oh – wenn Sie mehr Wert darauf legen, als Geschäftsführer angesprochen zu werden oder als Vorstandsvorsitzender ...«

»Sonst noch was?« fragte Goetz sarkastisch.

»Aber gern, Herr Direktor ...«

»Direktor? Wessen Direktor?«

»Legen Sie Wert auf alle Positionen? Ich werde sie auf Sie übertragen müssen. So lautet meine Weisung.«

»Nein, nein«, sagte Goetz kopfschüttelnd. »Natürlich nur die wichtigsten!«

»Ihre Verfügungsgewalt als Geschäftsführer oder Vorstandsvorsitzender bezieht sich selbstverständlich auf die Stadtreinigung, das E-Werk, die Gasanstalt, die Montanstahl-Gruppe, die Flughafen AG, die Beier-Eynk-Raffinerie und den Zechenverband Südkohle. Sie haben natürlich auch in Ihrer Funktion als Präsident der Industrie und Handelskammer oder als Leiter des Fremdenverkehrsvereins jederzeit Zutritt zu allen Räumen der Kathedrale ...«

Goetz von Coburg blieb eine volle Minute regungslos vor dem Gitterschlitz in der Wand stehen. Entweder leistete sich eine durchgedrehte Elektronik makabre Scherze, oder aber ...

Nein, das konnte nicht sein!

Er mußte herausfinden, ob er durch Zufall auf eine wertvolle Informationsquelle gestoßen war oder auf eine Art kaputte Schallplatte, auf der immer wieder die gleiche Rille gespielt wurde.

Zum erstenmal seit der Katastrophe vor dreiundvierzig Tagen grinste er. Zunächst probierte er ein paar harmlose Fragen.

»Ich hätte da ein kleines Problem. Ist es möglich, daß Sie mir darauf antworten?«

»Selbstverständlich – im ... *Suchton* ... Rahmen der Vorschriften!«

»Aha«, nickte Goetz. »Dann möchte ich gern erfahren, warum der gesamte Domplatz überschwemmt ist!«

»Eine peinliche Angelegenheit«, sagte sein unsichtbarer Gesprächspartner. »Die Systeme wurden zwar ordnungsgemäß programmiert, aber eine totale Versorgungssperre in einem Stadtbezirk kann nur durch den technischen Direktor der Wasserwerke erfolgen.«

»Und wer ist das?«

»Sie natürlich!«

»Natürlich«, nickte Goetz. »Aber ... was müßte ich dafür tun?«

»Geben Sie die entsprechende Anordnung!«

»Ausgezeichnet! Das ist hiermit geschehen ...«

»Nein«, antwortete die Stimme aus dem Rillengitter in der Wand. »Das ist so nicht möglich.«

»Und warum nicht?«

»Weil zwischen der Diözese des Bischofs und den zentralen Verwaltungsrechnern der Stadt nur im kulturellen und finanziellen Bereich Standleitungen eingerichtet wurden. Weisungen anderer Art sind nicht kompatibel. Verschiedene Systeme, verstehen Sie?«

»Hm«, sagte Goetz. »Wo muß ich hingehen, um das Wasser abzudrehen?«

Suchton – »In die Stadtverwaltung oder direkt ins Wasserwerk.«

»Und wie, zum Teufel, soll ich dorthin kommen? Etwa schwimmen?«

»Das wäre eine Möglichkeit.«

»Und der Bischof ...«

»Sie sind der Bischof!«

Goetz von Coburg schnappte nach Luft. Dann schüttelte er den

Kopf und kicherte in sich hinein. Das war der Gipfel! Wenn er nicht bald aus dieser wahnsinnig gewordenen Stadt herauskam, konnte niemand ihm übelnehmen, daß er selbst überschnappte.

Niemand?

»Wünschen Sie weitere Auskünfte?«

Goetz wischte sich über die Augen.

»Schon gut«, sagte er zu der Gitterplatte an der Mauer. Er strich mit seinem linken Handschuh über die Rillen. »Ich geh' ja schon ...«

Mit hängenden Armen wankte er durch die geöffnete Turmtür. Die Stufen waren ausgetreten. Er zählte zwölf bis zum ersten Absatz. Wie ein allerletzter Soldat drehte er sich um neunzig Grad auf dem Absatz nach rechts und stieg das nächste Dutzend Stufen höher. Wieder eine Drehung, wieder zwölf Stufen.

Und immer weiter so.

8. KAPITEL

Werkleute sind wir. Knappen, Jünger, Meister,
und bauen dich, du hohes Mittelschiff.
Und manchmal kommt ein ernster Hergereister,
geht wie ein Glanz durch unsre hundert Geister
und zeigt uns zitternd einen neuen Griff …

Sie waren gut vorangekommen. Obwohl die Sonne noch nicht sehr tief über dem Horizont stand, entschieden Agnes und Guntram, daß es für diesen Tag genug sein sollte. Das schwerste Stück stand ihnen noch bevor.

»Ich weiß gar nicht mehr, wie es aussieht«, stöhnte Guntram, als er sich neben seiner Schwester auf einen Mauervorsprung fallen ließ.

»Wir steigen in die wiegenden Gerüste,
in unsern Händen wiegt der Hammer schwer …«

Guntram sah Agnes an. Sie hatte ihre Lippen nicht bewegt. Trotzdem war er sicher, daß sie an Verse eines Dichters gedacht hatte, von dem sie eigentlich nichts wissen konnte!

»Rilke«, sagte er leise.

»Ja.«

Er sah sie nachdenklich an.

»Woher kennst du ihn?«

»Woher weißt du, daß ich ihn kenne?«

»Ich habe gemerkt, daß du an ein Gedicht von ihm gedacht hast!«

»Aber … ich habe nichts gesagt …«

»Nein«, nickte Guntram, »aber vielleicht bist du die erste Frau, die wie ich das Geheimnis der Logenmeister kennt …«

»Du meinst Gedankenlesen?«

Sie lachte vergnügt.

»Das kann doch jede Frau, die liebt! Das hat noch nie etwas mit Schwarzer Magie zu tun gehabt!«

»Merkwürdig«, sagte Guntram nachdenklich. Langsam wurde

ihm seine Schwester unheimlich. Irgendwie paßte es ihm nicht, daß Agnes mehr zu wissen schien als er die ganzen Jahre angenommen hatte. Ob sie vielleicht sogar eine Hexe war?

»Nein!«

Er schrak zusammen.

»Du kannst es wirklich!« wunderte er sich.

»Nicht immer. Außerdem habe ich etwas von dem gehört, was Wolfram dir gesagt hat. Wenn man sich aufeinander einstellt, ist es gar nicht schwer!«

»Kennst du aus diesem Grund auch das Gedicht?«

»Ich habe dich beobachtet und dir vertraut, seit ich denken kann. Auch wenn wir unterschiedliche Menschen sind, verbindet uns doch der Glaube aneinander. Und dieses Band kann stärker sein als wir selbst ...«

Sie reichte ihm ihre Hand. Er nahm sie, und für einen Augenblick war alles so, wie er es immer gewünscht hatte. Er dachte nicht mehr an den schweren, steilen Weg, den sie gemeinsam überwunden hatten, an Mauerfugen, Wasserschläge und winzige Löcher in jedem Steinblock, jedem Pfeilerstück der Kathedrale. Die Widerlager für die Greifarme der Steinzangen, die sich durch das Gewicht der Werkstücke fest im Stein verbissen, waren wie winzige, für andere unsichtbare Steinstufen gewesen.

Der Fluchtplan im Testament des Baumeisters war kein System von Wegen, sondern die Lehre von der *rechtschaffenden* Baukunst zur Ehre Gottes, denn jeder Stein der großen Kathedrale bildete ein in sich vollkommenes Meisterwerk ...

Guntram und Agnes hatten verstanden, was ihr Urahn gemeint hatte. Sie waren über den schnellsten und direkten Weg nach oben geklettert, waren durch Scheinrosetten geschlüpft und hatten sich in schwindelnder Höhe über Schwibbögen, Fialtürmchen und Stützmauern immer höher gearbeitet.

Guntram blickte nach oben.

»Wir dürfen jetzt den Mut nicht verlieren«, sagte Agnes.

»Solange wir noch außerhalb der Kathedrale sind, könnte uns Corvay immer noch zuvorkommen ...«

»Nur, wenn wir aufgeben!«

Guntram nickte.

»Die *Bankerts* werden die sicheren Innenwege benutzen. Sie können einfach nicht so schnell sein wie wir ...«

»Aber sie haben Hilfsmittel, über die wir nicht verfügen!«

»Ein Treck ist etwas anderes als unser Versuch. Sie müssen jede Nacht Lager aufschlagen, kochen, Kundschafter ausschicken und warten, bis sie zurückkommen.«

»Trotzdem, Guntram! Ich fühle, daß wir weitergehen sollten. Wir brauchen Zeit, wenn wir das Sakriversum vor den *Bankerts* schützen wollen. Komm, iß etwas, wir müssen uns jetzt stärken!«

»Ich habe keinen Hunger.«

»Willst du jetzt unvernünftig werden?«

Guntram drehte sich um. Agnes wurde ihm immer unheimlicher. Dennoch liebte er sie in diesem Augenblick mehr als je zuvor.

»Es muß schön sein, im Sakriversum zu leben, wenn die großen Tiere der *Weltlichen* uns nicht mehr erschrecken«, sagte Agnes unvermittelt.

»Daran habe ich noch gar nicht gedacht«, meinte Guntram.

Wieder überlegte Agnes.

»Eigentlich ...«

Sie stockte. Guntram sah sie an.

»Was ist?«

»Eigentlich bin ich sehr müde und erschöpft. Aber ich kann nicht schlafen, solange noch die Sonne scheint. Ob wir nicht doch versuchen sollten, noch etwas weiter zu kommen ...«

»Ist das dein Ernst?«

Agnes nickte. Er nahm sie in die Arme und drückte sie.

»Dann komm!« sagte er und lachte vergnügt.

»Vielleicht finden wir dort vorn im Turm irgendeine Mulde, in der sich etwas Wasser gesammelt hat.«

Er hob die Hände, stand auf und überprüfte den Laufsteg, der sich von der Außenverankerung eines Scheidbogens als kunstvoll behauenes Gesims bis zum südlichen Turm der Kathedrale zog. Die Strecke war nicht besonders schwierig. Sie mußten nur aufpassen, daß sie auf den teilweise bemoosten Steinen nicht abrutschten.

»Wir könnten es vor Sonnenuntergang bis zu den Türmen im Westen schaffen.«

»Wie schön sie von hier aussehen«, sagte Agnes leise.

Zweihundertfünfundneunzig ... zweihundertsechsundneunzig ... zweihundertsiebenundneunzig ...

Goetz taumelte gegen die Mauerwand. Das Blut in seinen Schläfen hämmerte. Er keuchte mit trockener Kehle. Seine Knie zitterten. Mühsam schleppte er sich noch zwei, drei Stufen höher.

Das war doch zuviel für einen angeschlagenen Körper!

Er hatte jede Stufe mitgezählt. Wie ein Automat hatte er sich immer wieder nach vorn geneigt und die Beine nachgezogen. Selbst ein gesunder Mann mußte Schwierigkeiten nach zweihundert Stufen bekommen – wenn er nicht gerade Küster, Postbote oder Schornsteinfeger war ...

Goetz krallte sich mit den Fingern in Mauerfugen. Auf diese Weise kam er wenigstens bis zum nächsten Absatz.

Die 300. Stufe.

Wenn jede Stufe fünfundzwanzig Zentimeter hoch war, hatte er jetzt etwas mehr als fünfundsiebzig Meter Höhe erreicht.

Das mußte reichen!

Er stieg weiter bis zu einem Mauerdurchbruch. Das Turmfenster war nicht verglast. Eigentlich hatte er erwartet, dicke Mauern zu finden, aber der Turm ging in dieser Höhe in eine eher lichte, vielfach durchbrochene Zinne über, die an eine geometrisch geformte, nach oben spitz zulaufende Baumkrone erinnerte.

Goetz setzte sich auf die Fensterkante, lehnte sich mit dem Rücken an die Mauer und nahm eine Cola-Büchse aus seinem Proviant-Beutel. Er schnippte den Plastikverschluß aus dem Fenster und trank mit langen, durstigen Zügen. Danach schluckte er ein paar Vitaminpillen und brach eine Tafel Schokolade auf.

Während er lutschte, beruhigte sich sein Kreislauf wieder. Er wischte sich den Schweiß aus dem Gesicht. Obwohl er mit geöffnetem Visier nach oben gestiegen war, während ständig etwas reiner Sauerstoff in den Helm strömte, mußte er sich eingestehen, daß er für Anstrengungen dieser Art noch nicht erholt genug war.

Für einen Augenblick klappte er das Visier wieder zu und drehte das Helmventil voll auf. Mit tiefen Zügen trank er den frischen Sauerstoff. Das Hämmern in seinem Kopf ließ nach.

Er drehte das Ventil wieder zu und klappte das Visier hoch. Erst jetzt bemerkte er, was weit unter ihm geschah.

Die Stadt wirkte wie ein bis zum Horizont reichendes, vulkanisches Feld. An Hunderten von Stellen stiegen rauchende Fumeolen auf, nur unterbrochen durch Flammenbündel, die wie mittelalterliche Pestfeuer wirkten. Dazwischen sah er Stadtteile, in denen überhaupt nichts brannte. Sie lagen als isolierte Inseln in einem Meer der Selbstzerstörung.

Merkwürdigerweise schimmerten gerade in den brennenden Bezirken die Straßen so, als wären sie von Wasser überspült. Goetz konnte sich keinen Reim darauf machen. Warum brannte es ausgerechnet dort, wo die Wasserleitungen geborsten waren? Er hatte keine Ahnung, daß Hitze die Wasserleitungen bersten ließ.

Er verstand nicht viel von den komplizierten Versorgungswegen, die eine Großstadt unter normalen Bedingungen am Leben erhielten. Eigentlich wurde ihm erst jetzt langsam bewußt, wie ignorant er bisher sein Leben geführt hatte.

Hatte er sich jemals gefragt, wieviel Mühe und Arbeit erforderlich gewesen war, eine Stadt mit all den Kleinigkeiten zu versorgen, die für ihn selbstverständlich gewesen waren?

Hatte er irgendwann wirklich ernsthaft darüber nachgedacht, warum ein Gemeinwesen funktionierte und was Urbanität hieß?

Und war es bei den täglich neuen, millionenfachen Konfliktmöglichkeiten nicht doch ein Wunder, daß die Menschheit überhaupt so lange überlebt hatte?

Er lachte trocken.

So gesehen hatte er als einziger Überlebender sogar noch Glück gehabt! Was war denn anderes geschehen als das Erreichen einer lange vorausberechenbaren – Sollbruchstelle?

Wenn das Leben in einem Teich wegen Überfüllung stirbt, sobald die Blätter zarter Seerosen seine Oberfläche vollständig bedecken, und wenn sich diese wunderschönen Seerosen jeden Tag verdoppeln – dann ist der Teich nur einen Tag vor seinem Tod ein halbbedecktes Blütenparadies, in dem sich alles, was da kreucht und fleucht, wächst und gedeiht, sorglos in seiner Vielfalt tummeln kann …

Wenn sich die Anzahl und das Wissen einer denkenden Lebensform zuerst in tausend Jahren, dann in hundert und schließlich in zehn Jahren jeweils verdoppeln …

Wenn aus dem Faustkeil Millionen von Atome werden, von denen jedes einzelne ...

Wenn ich denke, daß er denkt, daß ich denke, daß er denkt ...

Sie hatten immer mehr *gedacht* und immer weniger *geglaubt!*

Sie hatten ungeheuer viel beobachtet, nachgezählt, aufgeschrieben und interpretiert. Aber es war ihnen nicht gelungen, das, was sie nicht beweisen konnten, einfach als größere Wahrheit zu akzeptieren ...

Konnte er selbst eigentlich an irgend etwas glauben?

Wie hatte sich Robinson verhalten? Oder Gulliver? Faust?

Zunächst Robinson: Er hatte stets gewußt, daß es andere Menschen außer ihm gab. Seine Hoffnung konnte sich darauf gründen, eines Tages gefunden zu werden.

Gulliver! Ein Mann in fremden Welten, der sich nur wunderte, aber nie wirklich vor der Frage stand, ob er aufgeben sollte oder nicht.

Und Faust?

Der hatte sich dem Teufel verschrieben, um an die inneren Geheimnisse des Universums und seiner eigenen Existenz zu kommen.

Goetz wußte plötzlich, was ihm fehlte. Er hatte keine Aufgabe!

Er blickte über das mächtige Dach der Kathedrale hinweg. Es erinnerte ihn unwillkürlich an die Gralsburg Parzivals.

Es gab so viel zu sehen, daß er darüber beinahe die Stadt vergaß. Das Licht der untergehenden Sonne hüllte die Pfeiler, Türmchen und Strebwerke der Kathedrale in ein rötlichwarmes, weiches Licht.

Die Harmonie des unvergleichlich schönen Bauwerks wirkte wie Salbe für seine Seele. Er lächelte glücklich und genoß den Frieden in der Höhe. Am liebsten wäre er für immer hier geblieben ...

Aber es ging nicht!

Er mußte zurück, solange er die Stufen noch erkennen konnte. Bis in den Keller neben der Krypta war es ein weiter Weg. Seit ihm das Wasser vor dem Portal die Verbindung zur Stadt abgeschnitten hatte, mußte er in der Kathedrale bleiben.

Er drehte sich um und tastete sich Schritt für Schritt abwärts. Seine Hände glitten über bröckelige Mauern. Noch hatte er genügend Licht. Dort, wo der massive Teil des Turms begann, sah er seine angebrochene Cola-Dose und Schokoladenreste.

Aus einem angeborenen Ordnungssinn wollte er beides einsammeln. Er beugte sich vor und streckte die Hände aus. Im gleichen Augenblick schrak er zusammen.

Er hatte etwas Weiches berührt, das mit feinen, entsetzt klingenden Schreien über die Mauerkante wuselte.

Goetz taumelte zur Seite. Er stieß mit der rechten Schulter gegen die Innenmauer des Treppenhauses, knickte mit den Knien ein und fiel nach vorn.

Zwei Schatten, nicht viel größer als die Tauben, die er mit seinem Vater früher in Kirchtürmen gefangen hatte, huschten zur Seite. Aber sie sahen nicht so aus wie Tauben, sondern wie ... wie *Menschen*!

Ein eisiger Schauer lief ihm über den Rücken. Gleichzeitig traten kalte Schweißperlen auf seine Stirn. Er zitterte am ganzen Körper.

Zwerge!

Mini-Menschen!

Menschen ...

Er hätte schreien können vor Freude! Es war ihm ganz egal, wie groß die kleinen Kerle waren. Er hatte Menschen gefunden, lebende Menschen!

»Nicht ... nicht weglaufen!«

Er streckte eine Hand aus. Zu spät!

Die Schatten waren bereits verschwunden. Er kroch auf allen vieren zum Fenster. Sie hatten die Cola-Dose umgekippt und die Schokoladenpackung weiter aufgerissen.

Goetz richtete sich auf. Er zerrte eine Leuchtpistole aus seinem Proviantsack. Mit zitternden Fingern schob er eine Patrone in den Lauf.

Wenn er im Turm schoß, konnte er sie verletzen. Das wollte er nicht. Er hielt die Pistole schräg nach oben und drückte ab. Das Geschoß zischte mit einer rauchigen Spur durch das Turmfenster. Gleich darauf strahlte blendendweißes Licht durch alle Maueröffnungen.

Goetz rannte die Stufen hoch. Er lehnte sich zwei-, dreimal nach außen. Plötzlich sah er sie. Sie liefen über einen schmalen Verbindungssteg auf das Dach der Kathedrale zu. Es waren wirklich Menschen …

Für einen Augenblick erkannte er sogar ein Gesicht. Es war ein Mädchengesicht mit großen, angstvoll aufgerissenen Augen.

Die Leuchtkugel fiel nach unten. Sie verglühte am Triforium in halber Höhe der Kathedrale. Die letzten Strahlen der Sonne malten die Unterkanten der Wolken am Horizont mit einem kitschigen Rot an.

Goetz lehnte sich mit dem Rücken gegen die Mauer des Turms. Sein Herz hämmerte wie wahnsinnig.

Menschen!

Dutzende von Fragen schossen ihm durch den Kopf. Wo kamen sie her? Was machten sie hier oben? Und warum waren sie so klein?

Sie konnten höchstens zwanzig Zentimeter groß gewesen sein!

Schwer atmend schluckte er eine Beruhigungstablette. Er war so aufgewühlt, daß er überhaupt nicht mehr an die Rückkehr dachte. Irgendwie kam ihm der ganze Vorfall gespenstisch vor. Wie konnten menschenähnliche Lebewesen auf dem Dach der Kathedrale überleben, wenn nicht einmal die Schutzbunker unter der Stadt ausgereicht hatten …

Oder war er vielleicht doch nicht der allerletzte Mensch. Seit dreiundvierzig Tagen war er auf kein anderes Überlebenszeichen gestoßen. Sie waren nicht alle gleichzeitig gestorben, aber auch solche, die womöglich den ersten Moment überlebt hatten, hatten sich nicht gemeldet.

Er mußte zugeben, daß er es auch nicht getan hatte. Bis auf die Fahrt mit dem Gabelstapler vom Verlagshaus zur Kathedrale hatte er keinen Versuch unternommen, die Stadt zu erkunden …

Er streifte die Manschette seines linken Handschuhs zurück. Der Datenterminal an seinem Handgelenk funktionierte noch. Er konnte die Tageszeit ablesen und das Datum, sowie einige andere Angaben.

Die Verkehrsdichte war auf Null gesunken. Trotzdem zeigten kleine Leuchtzeichen eine Menge Hindernisse auf den Straßen aller Stadtteile.

Er versuchte, einen Sender zu bekommen, doch in diesem Anzeigebereich blieb alles tot. Telefon und Suchfunk gaben nicht den kleinsten Piepser ab. Er probierte, ob seine Bankfiliale noch arbeitete. Ein verrückter Gedanke! Jetzt konnte ihm doch vollkommen egal sein, wo das Komma auf seinem persönlichen Verrechnungskonto stand!

Andererseits war er noch immer in seinem gewohnten Lebensschema gefangen. So schnell konnte er auch als letzter Überlebender die kleinen Wichtigkeiten der Vergangenheit nicht überwinden. Obwohl er sich stets dagegen gewehrt hatte, trafen auch auf ihn ganz bestimmte Kastenmerkmale zu:

Alter, Geschlecht, Familienstand.

Ausbildung, Beruf, Einkommen.

Soziale Schicht, Freizeitinteressen.

Persönlichkeitsraster …

Vielleicht hatte er sich deshalb nicht wohlgefühlt in einer Welt, die stets von Freiheit sprach und Konformverhalten meinte! Die letzte Generation der Menschheit hatte verlernt, was eigene Erfahrung und persönliches Erleben hieß. Und was niemand für möglich gehalten hatte, waren nicht »Sachzwänge«, sondern war Denkfaulheit gewesen!

Er überlegte, was wohl geschehen wäre, wenn irgendeiner dieser angeblich mächtigen Politiker dem Krieg den Krieg erklärt hätte. Nicht in Pressekonferenzen und Protestnoten, sondern genauso wild entschlossen wie bei einem Eroberungsfeldzug. *Der* Einsatz hätte wirklich zur Weltherrschaft führen können …

Dreihunderttausend Menschen hatten drei Jahre benötigt, um die erste Atombombe zu entwickeln. Mehr als zwei Milliarden Arbeitsstunden!

Goetz merkte, daß er noch immer auf den Datenterminal an seinem Handgelenk starrte. Irgend etwas mußte er versehentlich falsch gemacht haben.

Er tippte nochmals seine Kontonummer ein. Und wieder erschien der gleiche Kontostand wie vorher:

ECU 9.870.322,79

Fast zehn Millionen europäische Verrechnungseinheiten, jede mit einem Wert von mindestens zehn Dollar!

Unsinn!

Er merkte plötzlich, daß er noch immer in den alten Kategorien dachte. Was waren zehn Millionen *ECUs* oder hundert Millionen Dollar? Selbst wenn er alle Bankkonten der Welt auf seinem Konto gehabt hätte, konnte er bestenfalls ein Feuer im Mittelschiff der Kathedrale damit anzünden ...

Trotzdem!

Zehn Millionen *ECUs* konnten ein Fehler sein. Sie konnten aber auch einen Grund haben!

Er tippte auf die stecknadelkopfgroße Taste *ERROR EXPL* an seinem Datenterminal. Sofort leuchtete der Kontostand auf, den er am Tag vor der Katastrophennacht gehabt hatte. Das sah schon wesentlich normaler aus:

»ECU – 140,20«

Leicht überzogen, obwohl das Märzgehalt schon eingegangen sein mußte! Er tippte den nächsten Tag ein. Immer noch der gleiche Stand. Noch einen Tag später. Keine Veränderung. Fünf Tage weiter.

Der traurige Kontostand veränderte sich nicht. Auch nicht nach zehn Tagen, zwanzig Tagen ...

Die Kontobewegung begann am 8. April. Genau – einen Monat nach der Katastrophe kamen die ersten Gutschriften. Zuerst waren es nur Summen um 300 *ECUs*, doch dann erhöhten sich die Buchungen wie ein wild anschwellender Strom.

Am einundvierzigsten Tag hatte alles aufgehört. Das war der Tag gewesen, an dem er aus seinem Versteck gekrochen war ...

Er schob die Manschette seines Schutzanzugs zurück. Was er eben gesehen hatte, war die Chronologie des Untergangs. Ganz langsam fing er an zu verstehen. Sie waren nicht gleichzeitig gestorben, sondern nach und nach. Und sein Konto hatte sich nach dem computergesteuerten Prinzip der erblichen Kompetenzen immer weiter aufgebläht.

Der König ist tot – es lebe der König!

Jetzt war er der König! Statistisch ausgezählt und einstimmig gewählt, weil es außer ihm keine anderen mehr gab! An den Geldbewegungen auf seinem Konto würde er später vielleicht einmal feststellen können, in welcher Reihenfolge die Menschen in der Stadt gestorben waren ...

Er wußte nicht, ob er darüber lachen oder weinen sollte.

Mit der gleichen bizarren Logik, mit der in den vergangenen Jahrzehnten noch kurz vor Jahresende Unsummen von öffentlichen Mitteln verschleudert worden waren, damit sie im neuen Etatansatz nicht gestrichen wurden, mit der gleichen Logik hatten die Datenbänke ihm immer neue Stellvertreterbezüge überwiesen ...

Er hätte nie geglaubt, daß Verwaltungsvorschriften so krisensicher waren ...

Er wollte nicht mehr daran denken. Wahrscheinlich würde er in den nächsten Tagen noch weitere Folgen des Zusammenbruchs entdecken, über die er nur den Kopf schütteln konnte.

Er machte sich keine Illusionen. Fehlerhaft funktionierende Überreste der zerstörten Zivilisation konnten für ihn weitaus gefährlicher werden als die Drohung völliger Einsamkeit und Leere.

Er mußte aufpassen, höllisch aufpassen sogar!

Was er jetzt brauchte, war ein Denkpartner, der ihm bei einer Bestandsaufnahme half. Das galt nicht nur für die Zusammenstellung von Gegenständen, die er zum Überleben brauchte, sondern auch für die Ausarbeitung von Modellrechnungen für sein weiteres Vorgehen.

Es gab nur zwei Schwierigkeiten: Er konnte keine Computer programmieren, und er wußte nicht, wie er seine Zielvorgaben formulieren sollte ...

Unter anderen Umständen hätte er wahrscheinlich schallend gelacht. Da saß er nun auf den Resten einer Zivilisation, um die drei Viertel der Menschheit die Industrienationen immer beneidet hatten. Mit einem Fingerschnippen hatte er jederzeit reichlich zu essen und zu trinken bestellen können. Wenn ihm kühl war, sorgten Sensoren für sein Wohlbefinden. Wenn er wissen wollte, was in der Welt geschah, hatte er nicht mal einen Knopf zu drücken brauchen.

Frühling im Winter? Kein Problem. In jeder Suggestivzelle gab es Hunderte von *Emo*-Programmen. Er hatte von Leuten gehört, die nicht einmal zum Schlafen aus den elektronischen Drogenkisten kamen.

Wozu auch? Hunderte von Kommunikations-Konzernen hatten mehr Angestellte unter Vertrag gehabt als dic gesamte Nahrungsmittelindustrie der nördlichen Hemisphäre.

Wem das nicht gereicht hatte, der konnte Kurse für *Gelenkte Kreativität* ein Gemeinschaftstraining zur Selbstverwirklichung oder *SJ-Seminare für Religionsgründer* belegen.

Nur wie man Brot backt, Wasserbrunnen in Beton bohrt, verseuchte Luft ohne Strom filtert oder einfach überlebt, hatte niemand gelernt ...

Er erkannte, wie hilflos er doch eigentlich war. Wenn erst die automatischen Systeme ausfielen, konnte er nicht einmal mehr eine verschlossene Tür öffnen!

Er schüttelte sich innerlich bei dem Gedanken an den Tag, an dem die Stadt anfing, gegen ihn zu sein. Um eine Reihe von Risiken von vornherein auszuschalten, beschloß er, zunächst in der Kathedrale zu bleiben.

Im gleichen Augenblick erinnerte er sich wieder an die kleinen Menschen. Er überlegte, ob er sich getäuscht haben könnte. Eine Halluzination vielleicht – ein Wunschbild nach langen Wochen Einsamkeit und Fieber?

Es mußte Beweise geben!

Die Cola-Dose fiel ihm ein. Er hob die Hände und tastete nach den Druckpunkten für die Lampe auf seinem Helm. Der scharfe, weiße Lichtstrahl war auf einen spitzen Fokus eingestellt. Er veränderte ihn so, daß er breiter und weicher wurde.

Vorsichtig stieg er die Treppe hinab. Das Licht reichte aus, um die Stufen im Turm zu erkennen. Eine Minute später sah er den Platz, an dem er Rast gemacht hatte. Die Cola-Dose lag auf der Seite. Er erinnerte sich, daß er sie nicht ausgetrunken hatte. Trotzdem waren auf der Fensterbank nur ein paar halbgetrocknete Spuren zu sehen.

Er beugte sich nach vorn. Das Papier der Schokoladentafel war wie mit kleinen, sauberen Schnitten in lauter winzige Schnipsel zertrennt. Dort, wo er abgebissen hatte, konnte er keine Spuren von seinen Zähnen mehr sehen. Die Schokolade sah aus, als hätte jemand mit einem Messer kleine Brocken abgeschnitten.

Daneben lag ein kleines Medaillon mit einem Stück Kette.

Den letzten Beweis fand er eher zufällig. Es war nur ein Fetzen Stoff, ungefähr sieben Zentimeter lang und drei Zentimeter breit.

Es stammte nicht von ihm ...

Vorsichtig nahm er das kleine Stoffstück hoch. Es fühlte sich wie Seide an, doch dann sah er die winzigen bunten Muster und die kunstvoll geknoteten Fransen an den Kanten. In seinem ganzen Leben hatte er keine feinere Arbeit gesehen. Das, was er für Seide gehalten hatte, roch ein bißchen nach Wolle. Er leuchtete das Stoffstück mit seiner Helmlampe an. Die einzelnen Fäden waren dünner als Spinnweben.

Sie waren da gewesen!

Er setzte sich auf das Sims des Fensters. Während er auf die dunkelrot glimmenden Feuer der Stadt hinabsah, empfand er ein Gefühl der Dankbarkeit.

Er war nicht mehr allein!

Ob er sie finden würde, stand auf einem anderen Blatt. Aber er *wußte* jetzt, daß es außer ihm noch andere Überlebende der Katastrophe gab ...

Er steckte den Rest der Schokolade ein, stand auf und machte sich auf den langen Weg nach unten. Er begann zu singen – zuerst noch etwas heiser und dann immer fröhlicher und lauter.

Die Nacht war lang und kühl. Während die erschöpften *Schander* eng aneinandergekauert in den Mauernischen schliefen, hatte Llewellyn Corvay einige zuverlässige *Bankerts* als Wachen eingeteilt. Er selbst schlief auf der obersten bisher erreichten Stufe neben einem kleinen Feuer. Ein paar Stufen tiefer brannten weitere Feuer, an denen Wachen hockten. Hin und wieder warf einer der schweigsam dösenden Männer Holzspäne in die aufstiebende Glut. Dann knisterten die Flammen und stiegen höher im unbekannten Labyrinth der Stufen, Gänge und Mauerhöhlen.

Corvay hatte den *Schandern* keine Feuer erlaubt. Er wollte nicht, daß sie sich irgendwelche Tricks ausdachten. Erst sehr weit unten verhinderten die Feuer von Corvays Nachhut jeden Versuch der *Schander*, heimlich den Treck zu verlassen. Denn Corvay war ein mißtrauischer Mann ...

Einigen *Bankerts* war es gelungen, etwas Nahrung aufzutreiben. Als die Sonne unterging, hatte Corvay mehrere Suchtrupps zusammenstellen lassen. Ausgerüstet mit Fackeln, Seilen und Säcken waren sie in die Seitengänge des geheimen Weges nach oben vorgedrungen.

Ein Suchtrupp war auf eine Kaverne mit gerade aufwachenden Fledermäusen gestoßen. Blutbespritzt und lauthals grölend waren sie zurückgekommen. Ihre Ausbeute hatte drei magere Fledermäuse betragen – genug für die *Bankerts,* aber zu wenig für die ermatteten, halbverhungerten *Schander* …

Der Geruch von verbranntem Fledermausfett und verkohlten Knochen hing noch immer in den Mauern, als sich dicht unterhalb von Corvays Lager ein Mädchen erhob.

Nancy McGowan zog fröstelnd die Schultern hoch. Im Schatten einer Stufe reckte und dehnte sie sich, bis ihr durchtrainierter Körper wieder gelenkig wurde. Sie dachte an die hungrigen Blicke der *Schander* zurück. Ebenso wie einige andere aus ihrer Gruppe hatte sie heimlich ein paar Kindern gebratene Fleischreste zugesteckt.

Sie wußte, daß sie im Augenblick nichts gegen Corvay und seine Bande unternehmen konnte. Außer ihr und ihren Freunden gab es noch einige andere, die nicht mit den Methoden des neuen Königs einverstanden waren. Aber ihre Zeit war noch nicht gekommen. Sie mußten sich ebenso wie die *Schander* fügen, wenn sie nicht auf halbem Weg ins Sakriversum verstoßen werden wollten …

Nancy strich ihre schwarzen Haare zurück. Ihre Augen hatten sich inzwischen an das flackernde Dämmerlicht gewöhnt. Mit den eleganten Bewegungen einer Tänzerin huschte sie an ein paar Schläfern vorbei.

Sie beugte sich über einen jungen Mann, der laut schnarchend am Rand der Stufe schlief.

»He, Jan! Wach auf!«

Der Angesprochene brummelte nur. Nancy schüttelte ihn an den Schulterrl.

»Wach aufl Es ist gleich Morgen …«

»Okay, okay, bin schon am Ball«, murmelte Jan. Er riß die Arme hoch und zappelte wie bei einem Baseballmatch.

»Pst!« zischte Nancy leise.

Ihr Partner richtete sich ruckartig auf.

»Oh, mein Kreuz!« stöhnte er.

»Sei doch still! Du weckst noch alle anderen auf …«

Er drehte sich zur Seite.

»Was ist denn los?«

Der Lichtschein von den Lagerfeuern flackerte über sein sommersprossiges Gesicht. Er strich mit allen zehn Fingem durch seine dichten, hellbraunen Locken.

»Ich muß erst mal duschen«, sagte er gähnend.

»Hier gibt es keine Duschen, verdammt noch mal! Wach endlich auf, Jan Du bist nicht mehr in Bronx, sondern in Europa, kapiert?«

»Ja.« Er nickte. »In Europa. Da wollte ich immer schon mal hin.«

Sie nahm ihn an den Schultern und schüttelte ihn.

»He, nicht so stürmisch!«

»Was ist denn mit dir los, Jan? Wach doch endlich auf.«

Er wischte sich mit dem Handrücken über die Augen.

»Wenn du wüßtest, wie ich mich fühle ...«

»Denkst du, mir geht es besser? Wenn ich das geahnt hätte, wäre ich nie auf das Gerede vom großen Kathedralenfest reingefallen! Rückkehr ins Sakriversum! Heilige Prophezeiung und der ganze andere Unsinn!«

»Aber trotzdem gut gemacht«, stöhnte Jan. »Corvay hätte Politiker werden sollen ...«

»Jetzt ist er König!«

»Und wir sind in eine verdammte *Emo*-Falle gelaufen! Niemand hat uns gezwungen, nach Europa zu gehen. Wir hätten weiterhin auf unserer Seite des großen Teichs leben können ...«

»... wenn dort jetzt überhaupt noch jemand lebt«, unterbrach ihn Nancy. Jan blickte auf.

»Glaubst du etwa, daß dieser ganze Spuk echt ist?«

»Ja«, nickte sie. »Corvay muß eine Menge mehr wissen als wir. Außerdem stand das Datum schon lange fest. Wir sind nicht zufällig hier, Jan! Denk doch nur an die Zahlenzeichen: der große Blitz hat die *Weltlichen* am achten März dieses Jahres ausgelöscht, am 8. 3. 2018! Das ergibt die Quersumme zweiundzwanzig. Wenn man den Nostradamus-Quartain vom Untergang der Welt hinzuzählt, ergibt sich durch neun und sieben die Quersumme achtunddreißig ...«

»Und was bedeutet das?«

»Daß nur zwei Völker übrig bleiben«, sagte Nancy. »Ziehst du die zwei von achtunddreißig ab, hast du die weise Zahl von Pythagoras und seiner Schule. Mit sechsunddreißig wurde der Kreis eingeteilt, das Sonnenjahr geordnet, die Zahlenlehre der *Kabbala* bestimmt und der Seelenbaum der *Eu-daimon-ia* berechnet …«

Jan sah seine schöne Partnerin nachdenklich an.

»Woher weißt du das alles, Nancy?«

»Es gab in der Vergangenheit der *Schander* und der *Bankerts* nicht immer nur die vollkommene Isolation«, sagte sie leise. »In der sechsten Generation beschlossen die *Schander*-Familien, daß keiner der zwölf Clans mehr als sechs Angehörige haben sollte. Mehr Menschen konnte das Sakriversum damals nicht ernähren.«

Nancy sah auf.

»Sie waren auch schon damals kleiner als andere Menschen, aber noch nicht so klein, wie wir es heute sind. Es müssen furchtbare Jahrzehnte für die *Schander* gewesen sein und noch grausamere für die *Bankerts* auf der unfruchtbaren Nordseite des Kathedralendachs.«

Nancy erzählte wie in Trance. Sie sah durch Jan hindurch, als wäre er nicht da.

»Der Zwölf-Familien-Beschluß der *Schander* war eine notwendige Schutzmaßnahme gegen Überbevölkerung. Aber einige *Schander* hielten die Geburtenregelung und Kindestötung für ein Verbrechen gegen Gott. Sie wollten einfach nicht verstehen, daß sie alle umbrachten, wenn sie nicht bereit waren, überzählige Sprößlinge frühzeitig auszumerzen …«

»Der Wald kappt seine wilden Triebe selbst«, nickte Jan nachdenklich. »Wer das verhindert, wird zum wahren Mörder …«

Einige *Schander* haben damals das Sakriversum verlassen. Das ist auch später noch manchmal vorgekommen. Die meisten überstanden nicht einmal die ersten Wochen außerhalb ihrer Welt. Nach dem Zwölf-Familien-Beschluß durfte Ulrich, der Enkel von Reinard und Urenkel von Wetzel und Breida, nicht mehr heiraten. Er war ein hübscher, dunkelhaariger Bursche, der an das Standbild des Baumeisters erinnerte, das im *Buch-Heim* oben im Sakriversum stehen soll. Ulrich verließ seine Welt und ging zur Nordseite.

Und weil er eine Menge vom Ackerbau verstand, durfte er eines der schönsten und intelligentesten Bankert-Mädchen zur Frau nehmen. Sie hieß Gwendolyn. Die Nachkommen der beiden wanderten vierhundert Jahre später nach Amerika aus. Sie haben stets die Erinnerung an die beiden Seiten des Sakriversums in sich bewahrt ...«

Jan sah Nancy lange an.

»Jetzt weißt du, warum ich einige Geheimnisse des Sakriversums kenne«, sagte sie scheu lächelnd.

»Aber du bist doch gar keine ... hm ... Geborene ...«

Sie lachte.

»Aber meine Schwester-Mutter war es! Ich bin ihr jüngeres Duplikat. Geklonte wissen das gleiche wie die Originale! Ich kenne sogar Dinge, die meine Schwester-Mutter nur in ihrem Unterbewußtsein bewahrt hatte ...«

Sie wurde plötzlich wieder ernst.

»Davon darf Llewellyn Corvay nie etwas erfahren ...«

Jan sah zu den Schlafenden auf den Treppenstufen hinab. Etwas stieg kalt und drohend in ihm auf. Er wußte nicht, was es war. Nancy war ihm stets als prächtiger Kamerad erschienen. Erst jetzt begann er zu ahnen, wie breit die Kluft war, die sie voneinander trennte. Obwohl sie in einem Laboratorium gezeugt worden war, verstand sie mehr von den Zusammenhängen als alle anderen *Bankerts.*

»Warum willst du immer noch ins Sakriversum?« fragte er.

»Weil es der einzige Ort ist, an dem wir im Augenblick noch leben können – von irgendwelchen Eiswüsten in der Antarktis abgesehen! Wir müssen nur aufpassen, daß Corvay uns nicht ebenso versklavt wie die *Schander* ...«

Sie zog einen schmalen, flachen Dolch aus ihrem Gürtel.

»Das beste ist, wir bringen ihn gleich um wie einen bösen Trieb!«

»Du bist verrückt!« keuchte Jan.

»Nein, aber was hier geschieht, ist Wahnsinn!«

»Wir haben keine andere Wahl!«

»Doch, Jan! Ich werde es versuchen ...«

Sie drehte sich abrupt um. Einige von ihren Freunden waren unruhig geworden. Sie wälzten sich im Halbschlaf hin und her. Weiter oben wurden die Wachen aufmerksam. Sie warfen neues Holz in die Feuer.

»Was ist da unten?«

Nancy preßte sich in den Schatten der Stufe.

»Nichts weiter«, rief sie halblaut.

»Schwierigkeiten?«

»Nein, nein – nur die Kälte ...«

»Wärmt euch doch gegenseitig!«

Zwei, drei Männer auf den oberen Stufen lachten. Nancy ballte die Hände zu Fäusten. Wenn sie bisher noch gezögert hatte – jetzt war sie bereit. Sie wollte nicht mehr mitmachen. Corvays unmenschliches Theater hatte sie von Anfang an abgestoßen. Wenn er sich wie ein kleiner Cäsar oder Napoleon fühlte, konnte sie ihn nicht daran hindern. Aber er hatte kein Recht, so zu tun, als würde ihm jetzt die ganze Welt gehören ...

Sie schlüpfte in einen Seitengang. Dort, wo die Jäger den Weg zur Fledermauskaverne gefunden hatten, fand sie eine halb abgebrannte Fackel. Sie brauchte einige Minuten, bis es ihr gelang, den Pechstumpf anzuzünden.

Als die Fackel brannte, hob sie das Feuer hoch über ihren Kopf. Sie leuchtete die Gänge, Spalten und Mauerdurchbrüche aus. Auf gut Glück suchte sie sich einen eigenen Weg nach oben. Sie wußte, daß es Wahnsinn war, aber sie konnte einfach nicht mehr mit Corvay und seinen Männern weiterziehen.

Die Erinnerung an die großen, hungrigen Kinderaugen der *Schander* ließ sich nicht mehr los. Was hatten sie getan, daß Corvay und seine Männer sie so quälten? Sie dachte an diese kleine, mutige Frau, die vor allen anderen gezeigt hatte, was sie von den *Bankerts* hielt.

War ihr Name Mathilda gewesen?

Nancy kroch durch einen schräg nach oben führenden Schacht. Erst jetzt merkte sie, auf was sie sich eingelassen hatte. Die Fackel behinderte sie. Andererseits brauchte sie unbedingt Licht, wenn sie weiterkommen wollte. Sie sah nach oben.

Ihre Erfahrungen mit Kathedralen beschränkten sich auf gelegentliche Besuche von St. Patricks in Manhattan. Bisher hatte sie immer geglaubt, daß Dome und Münster mit alten Raubritterburgen vergleichbar waren – massige, aber primitive Ansammlungen von Steinen, die nur Macht demonstrieren sollten.

Sie hatte die Kathedrale nie von innen gesehen. Bereits am Tag ihrer Ankunft waren sie und ihre Freunde von Corvays Beratern in die Keller geführt worden – vom Flughafen direkt in die Krypta …

Sie schüttelte den Kopf. Eigentlich war alles verrückt! Was machte sie, mit einer Fackel in der Hand, irgendwo in den Mauern einer Kathedrale? Wie kam sie dazu?

In diesem Augenblick empfand sie wieder diese uralte Angst, die sie noch kleiner machte. Es war, als würden die Mauern ein Gift ausstrahlen, das ihren Atem lähmte und wie ein unsichtbares Gewicht auf ihre Seele drückte.

Sie wußte nicht, was mit ihr los war. Während sie mühsam nach oben kletterte, fühlte sie sich irgendwie eingefangen. Es war ein Gefühl, das sie noch nie erlebt hatte, fast wie ein dumpfer Drogenrausch …

Sie kämpfte gegen ihre Angst, gegen die unsichtbaren Schatten. Die Steine konnten ihr nichts anhaben. Aber da war noch etwas anderes – eine Art heilige Ausstrahlung!

Sie schüttelte den Kopf. Sie hatte sich immer für ein ziemlich realistisch denkendes junges Mädchen gehalten. Und was die beiden *Schander* konnten, die schon unten in den Bleikellern vor Corvay geflohen waren, traute sie sich auch zu …

Sie hatte keinen Geheimplan, nicht einmal eine Hälfte, aber sie war immer ganz gut in Geometrie gewesen. Das und die Erfahrungen aus dem christlichen Verein junger Mädchen mußten ihr jetzt weiterhelfen.

Sie untersuchte die Mauern. Sie waren an der Südseite der Kathedrale aufgestiegen. An der Nordseite wäre es einfacher gewesen, die Himmelsrichtung zu bestimmen. Dort hätte sie vielleicht durch die Lage des Mittelschiffs und die feuchteren Nordmauern an der Außenseite etwas herausfinden können.

Außerdem wäre jetzt ein Seil nützlich gewesen …

Sie nahm die Fackel in den Mund und sprang wie eine Katze über einen Mauerspalt. Ihre Finger krallten sich an einen vorspringenden Stein. Sie zog sich hoch, drehte sich auf den Rücken und kroch weiter. Als geübte Akrobatin kam sie ziemlich schnell vorwärts.

Als Corvays Wachen Alarm schlugen, war sie schon weit über dem Treck. Sie wollte wissen, welches Geheimnis das Sakriversum in sich barg, ehe Corvay es in Besitz nehmen konnte.

9. KAPITEL

Guntram und Agnes hatten den Eingang nicht gefunden. Vollkommen erschöpft waren sie spät in der Nacht eingeschlafen. Aber Guntram fand keine Ruhe. Irgendein Gift in der süßen, braunen, schäumenden Flüssigkeit hielt ihn noch lange wach. Er hörte, wie es in seinem Leib grummelte, während er versuchte, die vielen Lichtpunkte über sich zu zählen.

Die Nacht war klar und ungewöhnlich kühl. Während weit unten die brennenden Häuser der *Weltlichen* als Totenfackeln in der Dunkelheit leuchteten, funkelten über den Rauchfahnen Tausende von Stemen wie in einem gewaltigen Über-Sakriversum.

Guntram mußte immer wieder an die unerwartete Begegnung mit dem *Weltlichen* zurückdenken. Er hatte nicht viel von ihm gesehen. Nur als er diese strahlend weiße Fackel in die Luft geschleudert hatte, war es ihm gelungen, für einen Augenblick sein Gesicht zu erkennen. Er hatte einen Helm getragen, aber keine Rüstung ...

Er und Agnes hatten lange gebraucht, sich von dem Schreck zu erholen. Vielleicht waren sie deshalb unüberlegt und kopflos geflohen. Erst viel später hatte Guntram bemerkt, daß der zweite Teil des Testaments weg war. Er mußte ihn irgendwo verloren haben, wahrscheinlich schon als er den braunen Saft aus der Büchse in ihre Lederbeutel füllte ...

Sie hätten niemals davon trinken dürfen!

Er preßte seine Hände auf den Magen und stöhnte leise. Auch Agnes war unruhig. Der Geruch der brennenden Stadt hüllte längst auch die Kathedrale ein. Als das Rot des Himmels im Osten heller wurde und die Sterne langsam verblaßten, sank auch das Unheimliche der Stadt langsam zurück.

Dennoch wurde Guntrams Angst nicht geringer. Solange sie sich außerhalb der Kathedrale verbergen mußten, konnten sie viel leichter gefunden werden! Er wußte, daß die *Weltlichen* Instrumente besaßen, von denen er nichts verstand. Und wenn es außer jenem, der sie entdeckt hatte, noch weitere Überlebende gab, mußten er und Agnes so schnell wie möglich wieder ins Innere der Kathedrale!

Guntram wartete, bis sich die Schatten an den Zinnen und Verzierungen unterhalb des Daches auflösten. Der neue Tag begann mit einer hellen, klaren Sonne über dem Domchor im Osten. Er blinzelte in das reine Licht und faßte wieder Mut. Nach all den Tagen und Nächten in den Kellern empfand er die aufgehende Sonne wie ein kostbares Geschenk.

Er beugte sich über seine Schwester.

»Wach auf, Agnes!«

Sie reagierte sofort. Mit ihren großen, hellen Augen blickte sie ihn an.

Ich habe geträumt, daß du allein ins Sakriversum gegangen bist.«

»Warum sollte ich das?«

»Weil ich vielleicht nur eine Last für dich bin ...«

Er küßte sie auf die Lippen. Sie merkte sofort, daß es kein brüderlicher Kuß mehr war.

»Manchmal habe ich das Gefühl, daß wir etwas Verbotenes tun«, sagte sie leise. Er wußte, was sie in diesem Augenblick empfand.

»Du meinst den Inzest!«

»Ja«, nickte Agnes. »Könnte es nicht sein, daß wir deshalb ...«

»Was?«

»Nun, daß wir deshalb von Generation zu Generation immer kleiner geworden sind?«

»Das liegt am Fluch!« sagte er. »Außerdem vergißt du, daß unsere Haustiere ebenfalls kleiner geworden sind!«

»Das war kein Fluch, sondern absichtliche Zuchtauswahl! Vielleicht *wollte* jemand, daß auch wir immer kleiner werden ...«

Er hob die Brauen und sah seine Schwester kopfschüttelnd an.

»Manchmal haben Frauen wirklich komische Gedanken!«

Sie richtete sich auf und blickte an ihm vorbei. Die beiden Türme der Kathedrale strahlten in einem hellen Grau.

»Eines Tages werde ich deine Frau sein, Guntram, aber ich möchte vorher wissen, was mit uns geschehen ist!«

»Das war nicht unser Fehler! Die *Weltlichen* haben sich selbst vernichtet.«

»Du verstehst mich nicht! Ich meine, was mit *uns* geschehen ist in den vergangenen Jahrhunderten ...«

Guntram nestelte etwas Schokolade aus seinem Hosensack. Er bot ihr ein Stück an.

»Es schmeckt bitter und süß gleichzeitig, aber ich glaube, es ist nahrhaft!«

»Warum weichst du mir aus?«

»Weil ich keine Antwort auf diese Fragen habe! Großvater hat gesagt, daß es mit dem Sakriversum zusammenhängt – mit dem Staub, der sich von den Bleiplatten des Daches löst ...«

»So steht es in der Chronik. Aber das kann nicht alles sein! Außerdem wachsen wir seit zwei Generationen wieder etwas. Sieh dich an oder mich: als wir noch im Sakriversum lebten, waren wir schon fast zwei Finger größer als die anderen!«

»Wenn wir wieder in unserer Heimat sind, werde ich die alten Schriften studieren«, versprach Guntram, »bis ich dir sagen kann, was vor mir noch kein Magier und kein Alchimist herausgefunden hat! Wir werden ein Geschlecht gründen, das eines Tages so groß und stark sein wird, daß es auf den Ruinen dort unten eine neue Zivilisation aufbauen kann ...«

Sie schmiegte sich an ihn.

»Du bist ein großes Kind, Guntram! Hast du völlig vergessen, daß wir nicht allein sind? Denk nur an Corvay. Wenn er das Sakriversum findet, wird er alles zerstören, was unser Volk aufgebaut hat ...«

»Das wird er nicht!«

Guntram sprang auf. Er stellte sich auf das Sims, das an der Unterkante des Daches an der Südseite des Mittelschiffs entlanglief. Mit einer entschlossenen Bewegung zog er sein Hakenmesser. »Wir werden kämpfen, Agnes! Wir werden weder Corvay noch irgendeinen anderen ins Sakriversum lassen – nur unsere eigenen Leute ...«

»Wenn sie es schaffen ...«

Guntram preßte die Lippen zusammen.

Wir sollten lieber versuchen, möglichst schnell Nahrungsmittel zu finden«, sagte Agnes. »Damit könnten wir viel mehr erreichen als mit sinnlosen Waffengängen! Oder hältst du das auch nur für eine Weiberidee?«

»Nein«, sagte Guntram nachdenklich. Er steckte sein Messer wieder in den Gürtel. »Du hast recht!«

Sie sprachen nicht mehr über die unerwartete Begegnung mit einem *Weltlichen.* Für einige Zeit hatten sie geglaubt und gehofft, daß es keine *Weltlichen* mehr gab, vor denen sie sich verstecken mußten, aber es blieben wohl bei jeder Pest, bei jeder Hungersnot und bei jedem Krieg immer Menschen übrig, die zu vernünftig waren, um heldenhaft zu sterben …

Agnes ging einige Schritte am Sims entlang. Sie kletterte über steinerne Pfeiler, Ornamente und verwitterte Dekorationen.

»Hier müßte es gewesen sein!« rief sie plötzlich.

Guntram schreckte hoch.

»Was meinst du?«

»Das Abendzeichen! Erinnerst du dich nicht?«

»Natürlich, aber es ist doch erst Vormittag …«

»Dummkopf!« lachte Agnes. »Komm her und sieh dir an, was ich gefunden habe!«

Guntram kletterte über die Pfeiler. Agnes zeigte auf eine Rosette an der Stirnwand des hohen Daches.

»Zwölf Säulen gehen wie die Streben eines Rades vom runden Fenster aus, in dem Christus als Weltenrichter thront«, sagte sie ernst wie bei einem innigen Gebet. »Die Säulen sind die Zwölf-Zahl, die Jünger und Apostel. Und durch das Licht dieser Fenster entstand das Abendzeichen in unserem Sakriversum …«

»Und im äußeren Kreis zwölf Sonnenrosen!« sagte Guntram. »Zwölf Fenster, zwölf Säulen, zwölf Rosen! Das ist das Abendzeichen sechsunddreißig! Du hast es gefunden, Agnes! Du hast es tatsächlich gefunden!«

Er nahm sie in die Arme und tanzte mit ihr auf dem schmalen Sims zwischen den beiden hochaufragenden Kathedralentürmen hin und her.

»Hör auf«, sagte sie lachend. »Du nimmst mir ja die Luft!«

Er ließ sie los und lehnte sich glücklich lachend an einen Strebepfeiler.

»So einfach«, sagte er kopfschüttelnd. »Aber wir hatten bisher nicht erkannt, was wir von innen immer nur als magisches und geheimnisvolles Lichtspiel sehen durften! Weißt du noch, wie du zum erstenmal die schräg ins Sakriversum leuchtenden Farben trinken durftest?«

»Ich hatte ein langes, weißes Kleid an und geflochtene Sandalen«, sagte sie und nickte. »Mein Haar fiel auf die Schultern und auf dem Kopf trug ich das Sternzeichen der Logenmeister …

»Ich war mit schwerem Lederzeug gegürtet. Das Schwert an meiner Seite war noch schwerer als der Becher, den Meister Wolfram mir zum Trunk der ersten Männlichkeit gereicht hat.«

Sie sahen sich in die Augen. Und beide spürten sie, daß sie jetzt nichts mehr trennen konnte.

»Das Paradies«, lächelte Agnes.

»Unser Paradies …«

Guntram sah seine Schwester lange an.

»Hast du etwas dagegen, Eva zu sein?«

»Nein, Adam«, sagte sie lächelnd.

Guntram zog sein Messer. Mit einem einzigen, wuchtigen Hieb zertrümmerte er eine der bunten Scheiben an der Unterkante des *richtigen* Rosettenfensters. Denn es gab drei davon an der westlichen Fassade der großen Kathedrale …

Goetz von Coburg beugte sich über den Bildschirm des Lesegerätes. Nach zehn Stunden Schlaf und einem kräftigen Frühstück mit Kaffee, tiefgefrorenem Schinkenrührei, Kefir und gebackenen Blätterteighörnchen mit Orangenmarmelade fühlte er sich stark und untemehmungslustig.

Die Wunden an seinem Kopf brannten nicht mehr. Er wußte, daß er noch immer wie ein entsprungener Sträfling aus den finsteren Jahrhunderten aussah, aber er litt nicht mehr darunter.

Er bewegte den Suchhebel unterhalb des grünlich schimmernden Bildschirms. Langsam bekam er wieder Gefühl in seine Fingerspitzen. Der Suchhebel funktionierte wie eine dreidimensionale Sonde im Meer der gespeicherten Informationen. Rechts und links befanden sich die abgestuften Grade von Bedeutungsgegenständen, oben und unten die vertikalen Suchgruppen.

Der Suchhebel hatte außerdem noch zwei weitere Funktionen. Sobald Goetz von Coburg ihn tiefer drückte, beschleunigte sich der Suchlauf auf dem Bildschirm. Wenn er den kleinen Knopf an der Spitze des Suchhebels drehte, konnte er »Denksprünge« in vereinfachender oder komplizierender Form programmieren ...

Während er mit Daumen und Mittelfinger der rechten Hand den Suchhebel bediente, lag der Ringfinger seiner Linken auf der Speichertaste. Jedesmal, wenn er eine interessante Information auf dem Bildschirm zu erkennen glaubte, tippte er sie in den digitalen Selektions-Speicher.

Als Redakteur hatte er gelernt, den Wust permanenter Informationen in einer Mischform aus Logik und Emotion zu beurteilen. Es hatte niemals ein Rezept oder einen Lehrgang für die Fähigkeit gegeben, *vorauszuahnen, was wichtig werden könnte* ...

Er selektierte.

Synopsen. Scheinbar willkürliche Reaktionen. Auswahl nach dem Zufallsprinzip. Verdichtungen. Diktatur aus Meinung und Empfindung. Nicht objektiv, sondern in jeder Phase angreifbar, schwach, unlogisch und seelisch nackt.

Mit jedem Zittern seiner Fingerkuppen tauchte er tiefer in das Wissen und das Wollen von Zivilisationen ein, die es nicht mehr gab. Warum war jede Hochkultur am Gipfelpunkt ihrer Blüte wie eine ausgebrannte Raketenstufe in die Vergessenheit zurückgefallen?

Dreidimensional und farbig huschten Holografiebilder über den kleinen Bildschirm. Was früher nur durch Aneinanderreihungen von Buchstaben interpretierbar gewesen war, konnte er jetzt bildhaft sehen.

Die Priester waren wesentlich weiter gewesen als die Nachrichten-Redaktionen!

Verwundert tastete sich Goetz von Coburg durch die ungeheure Vielfalt der Eindrücke, die sich vor ihm auf dem Bildschirm zeigte. Das war kein nüchternes Betrachten mehr, kein Sehen und Empfinden! Er kam sich plötzlich wie in einem geheimnisvollen Zaubergarten vor. Es war, als würde er zum erstenmal in seinem Leben die Dinge wahrhaft vor sich sehen, die ihn sonst nur in Träumen erschreckt und verwundert hatten ...

Bunte Lichtkaskaden verschlangen sich unter mächtigen Orgeltönen ineinander. Er sah Gesichter von Kirchenfürsten. Sie wirkten wie Ikonen, ehe sie sie sich zu Seifenblasen verformten und zerplatzten.

Heerscharen von kleinen, mechanisch aussehenden Rittern auf ebenso kleinen, hektisch keuchenden Pferden stürmten gegen die Tore Jerusalems. Jedesmal, wenn sie eine vergebliche Attacke vom Garten Getsemaneh über die steilen Bergflanken bis zum Goldenen Tor versuchten, das sich, einer alten Überlieferung zufolge, nur alle 1000 Jahre öffnete, verwandelten sich die Symbole auf dem Bildschirm.

Computerspiele!

Ein närrisches Durcheinander aus ungeordneten Informationen.

Humpty Dumpty. Alice im Wunderland. $E = mc^2$...

Sie hatten schon immer alles gewußt, geahnt oder auch geglaubt!

Geheimnisse der Eingeweihten, die sich von einem Kulturkreis auf den anderen vererbt hatten. Wer waren diese Priester, Schamanen und angeblichen Seher wirklich gewesen? Wie waren scheinbar unbedeutende Männer dazu gekommen, plötzlich aufzustehen und Religionen zu stiften?

Goetz fühlte, wie ihm bei den Gedanken an die Geheimnisse, die er nie mehr lösen konnte, kalte Schauer über den Rücken liefen. Eigentlich hatten nur wenige Menschen sich selbst verstanden! Aber auch diese Wenigen hatten es nicht geschafft, sich und die anderen vor dem Untergang zu bewahren ...

Ob irgendwo noch Tiere lebten?

Er hatte niemals überlegt, wie Neutronenbomben wirklich wirkten. Er erinnerte sich nur an einen Roman von Jules Verne, in dem eine Kältebombe eingesetzt werden sollte, die alles Leben vernichtete und die Gebäude unversehrt ließ.

Alles Leben?

Irgendwo mußte eine Sterbegrenze sein, die zwischen Primaten und Mikroben, Sauriern und Blattläusen unterschied. Hatten nicht Eier von kleinen Krebsen Jahrmillionen im heißen Wüstensand überlebt? Konnten nicht Embryos eingefroren und Erbinformationen aus Zellkernen geklont werden?

Er starrte auf den Bildschirm und hatte plötzlich Angst davor, mehr zu erfahren. Wo sollte er ansetzen?

Er kam sich vor wie ein hungriger Mann, der unvermutet in ein Delikatessengeschäft geraten ist. Er brauchte nur die Hand auszustrecken, um das zu bekommen, was lange Zeit unerreichbar für ihn gewesen war.

Zum erstenmal in seinem Leben konnte er sich alle Informationen beschaffen, die ein seelenloses, aber objektives Datensystem gespeichert hatte – ohne Filter, ohne Zensur und ohne einengende Denkschablonen ...

Die Wahrheit!

Als letzter Mensch hatte er ein Recht darauf, alles zu erfahren, was zu der Katastrophe geführt hatte! Er wollte wissen, warum er als einziger übrig geblieben war und warum es keine anderen mehr gab ...

Keine anderen?

Beinahe trotzig tippte er die Basisdaten für den Themen-Suchbaum ein. Das Prinzip war nicht anders als beim Bildschirmtext oder beim Zweiweg-Kabelfernsehen. In den letzten Jahrzehnten vor dem Untergang hatten die meisten Menschen gelernt, Erinnerungen nicht nur im eigenen Kopf oder in Büchern zu speichern. Natürlich hatte es auch das noch bis zum Schluß gegeben, aber bereits die vor der Jahrtausendwende geborenen Kinder waren nicht mehr auf das Erkennen von Zusammenhängen durch eigene Denkleistungen geschult worden.

Warum sollte man sich noch irgend etwas merken? Warum nachdenken? Warum überhaupt jahrzehntelang lernen, wenn es genügte, einige Sensortasten unter einem Bildschirm zu bedienen, um jederzeit umfassende Antworten zu bekommen ...

Die Geschichte der Menschheit war Jahrtausende lang ein Kommunikationsproblem gewesen. Ja, vielleicht hatte sich die menschliche Rasse nur deshalb über alle anderen Lebensformen erheben können, weil ihre Kinder mehr als ein Dutzend Jahre brauchten, ehe sie fähig waren, auf sich allein gestellt den Kampf gegen eine feindliche Umwelt aufzunehmen. In dieser außergewöhnlich langen Zeit der Abhängigkeit von den Eltern mußte sich zwangsläufig eine Sprache entwickeln, die über den Austausch symbolhafter Laute hinausging.

Während die anderen Lebensformen lange Zeiträume benötigten, um aus Erfahrungen allmählich Instinkte reifen zu lassen, wurde die menschliche Sprache zu einem einmaligen Trainingsinstrument für die unmittelbare Weitergabe von Informationen.

Der nächste Schritt, die Erfindung der Schrift über den Weg der Amulette, Tabuzeichen und Hieroglyphen, hatte – zunächst bei den Eingeweihten und dann auch bei vielen anderen – einen explosionsartigen Kommunikationsboom ergeben. Jetzt konnten Nachrichten und Informationen immer schneller über immer größere Räume ausgetauscht werden. Die weitere Entwicklung war logisch: Stafetten, Brieftauben, drahtlose Telegrafie und schließlich Nachrichten-Satelliten, Datenbänke, weltweite Kommunikationsnetze …

Goetz von Coburg erkannte plötzlich, daß sich der Kreis geschlossen hatte. Der ganze phantastische technische Fortschritt war ein Denkfehler gewesen! Ein Entropie-Ektropie-Problem, bei dem das Ende von Anfang an einprogrammiert gewesen war!

Im Wahn der Zukunftsgläubigkeit hatten die Menschen den integrierenden Faktor vergessen! Sie hatten verlernt, miteinander zu sprechen! Mit ihrer hochentwickelten Technik hatten sie sich selbst in eine Isolation begeben, die jedes einzelne Individuum mit einem Kokon aus vorfabrizierten, nicht mehr selbst erlebten Informationen einhüllte. Es war zuviel geworden – zuviel für den Einzelnen, um noch irgend etwas emotional nachzuempfinden oder so zu erleben, wie es wirklich war …

Goetz dachte unwillkürlich an die dunklen Zeiten des Beginns der Menschheit. Tief in ihm gab es immer noch eine Art Urerinnerung. Damals hatten die Menschen Angst vor Feuer, Kälte, Hitze und Gewittern. Naturgewalten und Dämonen, die unbekannten guten Götter und die Teufel der Unwissenheit waren Tag für Tag gegenwärtig gewesen. Aus der Balance des Schreckens und der Hoffnung war die Sehnsucht nach einer besseren Welt entstanden, der Glaube an eine reinere Wiedergeburt und an das Paradies.

In den vergangenen Jahrhunderten hatten Götter, Teufel und Dämonen andere Namen erhalten. Sie wohnten nicht mehr in der Natur, die den Menschen umgab und an deren Verhalten er erkennen konnte, ob der Kosmos günstig oder ungünstig gestimmt war.

Der inneren Isolation war eine äußere gefolgt, denn es gab schon lange keine Zeichen mehr, die man deuten und nach denen man sich richten konnte …

Entwurzelt, innerlich leer und ohne unmittelbaren Kontakt mit den Wundern des Werdens und Vergehens in der Natur hatte sich die Menschheit in eine totale Abhängigkeit von den durch sie selbst geschaffenen Systeme begeben. Was ursprünglich der Suche nach der Weisheit Gottes entsprungen war, hatte in vielen Fällen zu bedeutenden Erkenntnissen geführt. Doch mit jedem technologischen Sieg waren die Seelen weiter verkümmert – so lange, bis auch Gefühle mit mathematischer Grausamkeit klassifiziert werden konnten.

Goetz überlegte, ob überhaupt irgend jemand einen Fehler gemacht hatte. Vielleicht war alles nur so gekommen, weil zu viele Spezialisten ohne Überblick über das ganze, filigran ineinander verwobene Informationsnetzwerk zum gleichen Zeitpunkt gegensätzliche Korrekturen eingespeist hatten …

Konnte ein Kurzschluß, eine kurzfristige Überlastung oder ein an sich banales »menschliches Versagen« alle scheinbar perfekt ausgeklügelten Sicherungseinrichtungen mattgesetzt haben?

Oder gab es einen, der an einem bestimmten Punkt »Schluß« gesagt hatte?

Goetz schlug die Hände vors Gesicht. Er konnte nicht mehr weiterdenken. In diesem Augenblick fürchtete er sich mehr vor seinen Gedanken als vor dem Bewußtsein, allein zu sein …

Mit feuchten, schwitzenden Händen schaltete er den Bildschirm ab. Ein Pausenzeichen leuchtete auf. Sekunden später blinkte eine Suchmeldung über den Bildschirm:

»NOTFALL … NOTFALL … NOTFALL! AN ALLE
STAND-BY-MITARBEITER MIT JOURNALISTEN-
AUSWEIS! BITTE UMGEHEND IM NACHRICHTEN-
STUDIO MELDEN!«

Goetz hatte keine Ahnung, was damit gemeint war Für einen Moment fühlte er wieder diese seltsame Erregung in sich, die ihn schon mehrmals verwirrt hatte.

Er mußte sich zwingen, nicht schon wieder darauf zu hoffen, daß es noch Überlebende wie ihn gab.

Er preßte die Lippen zusammen und starrte auf den hektisch blinkenden Bildschirm. Wieder nur eine vorprogrammierte Aktion!

Trotzdem interessierte es ihn, welches der Systeme nach Journalisten suchte. Vorsichtig berührte er eine grüne Anwesenheitstaste unter dem Bildschirm.

Sofort veränderte sich das Bild.

»Kommen Sie sofort in die Kommunikations-Zentrale!« sagte eine warme, aber gleichzeitig nüchtern klingende Frauenstimme. Sie hatte den routinierten Charme einer Zeitansage. *»Mehrere Personalausfälle erfordern den Einsatz eines kompletten Feuerwehr-Teams! Dies ist keine Übung! Ich wiederhole: Dies ist keine Übung!«*

Goetz lachte trocken. So makaber die Mitteilung klang – er wußte, daß es keine Übung war …

Wieder drückte er auf die grüne Sensortaste. Alarmeinsätze wie dieser waren seit Jahren eine gesetzlich verankerte Pflicht in vielen Bereichen des Lebens. Seit dem Jahr 2005 wurden in allen industrialisierten Ländern der Erde in unregelmäßigen Abständen sogenannte *DATSCHAs* durchgeführt. Die *Datenschutz-Alarme* hatten ursprünglich verhindern sollen, daß fehlerhafte Eingaben oder nicht erfolgte Korrekturen die persönlichen Menschenrechte von ordnungsgemäß registrierten Bürgern beeinträchtigten.

Doch schneller als von vielen befürchtet, war der Begriff *DATSCHA* zum Symbol der totalen Überwachung durch anonyme Behörden, Institutionen und Verwaltungsorgane geworden.

DATSCHA war die Knute, mit dem die Systeme jedes Aufbegehren vollkommen legal verhindem konnten. Wer auch nur bei einem einzigen *Datenschutz-Alarm* durch das gespeicherte Informations-Raster fiel, trug für den Rest seines Lebens ein unsichtbares Kains-Mal auf der Stirn …

Goetz wußte nicht, wie oft er an einem *DATSCHA* teilgenommen hatte. Es war so selbstverständlich für ihn gewesen, daß er nicht einmal auf die Idee gekommen war, darüber nachzudenken. Doch jetzt schüttelte er unwillkürlich den Kopf.

»Das darf doch nicht wahr sein!«, murmelte er. Was überwachten die Systeme? Was konnten sie noch überwachen?

Automatisch gesteuert blendete eine Lagezeichnung auf dem Bildschirm ein. Sie zeigte ihm den Weg von seinem Standort zur Kommunikationszentrale der Diözese.

Verwundert erkannte Goetz, daß sich das Nachrichtenzentrum des Bistums innerhalb der Kathedrale befand. Es lag unmittelbar unter dem Altar im Chorraum an der Ostseite des Mittelschiffs.

Goetz drehte sich um. Er lief an den Regalen vorbei. Ehe er den Raum mit den mumienhaften Priestern betrat, zögerte er eine halbe Sekunde. Ohne sie anzusehen eilte er zur Treppe.

Der Innenraum der Kathedrale wurde von hellem, buntem Licht durchflutet. Draußen mußte die Sonne scheinen. Er wußte nicht, was aus dem Gabelstapler geworden war. Auf jeden Fall hatte das Wasser auf dem Vorplatz die oberen Stufen vor dem Portal nicht überschwemmt.

Er dachte plötzlich daran, was wohl geschehen wäre, wenn die Wassermassen die letzte Stufe erreicht hätten. Ohne vorher darüber nachzudenken, hatte er eine Nacht in der ungeschützten, nicht verschlossenen und viel tiefer gelegenen Vorratskammer verbracht …

Er schüttelte sich. Er mußte langsam lernen, besser aufzupassen! Diesmal hatte er Glück gehabt, aber das konnte sich von einer Sekunde auf die andere ändern …

Sein Herz klopfte, als er die Stufen zum Altar hinaufstieg. Als er die Putten, Engel und goldüberzogenen Figuren im Allerheiligsten sah, fielen ihm plötzlich wieder die beiden kleinen Wesen ein, die er am Vorabend vom Turm aus gesehen hatte.

Menschen!

Warum hatte er die ganze Zeit nicht mehr an sie gedacht? Weigerte sich irgend etwas in ihm, die flüchtige Beobachtung zu bestätigen? Oder *wollte* er nicht, daß es noch andere Überlebende gab?

Er blieb in einem gelbroten Sonnenstrahl stehen. Die Wärme tat ihm gut, obwohl sie durch die unzerstörten, bleiverglasten Kirchenfenster stark gefiltert wurde.

Was war mit ihm los?

Einerseits hoffte er von ganzem Herzen, andere Menschen zu finden, aber andererseits hatte er Angst davor.

Goetz wagte nicht, den einmal angefangenen Gedanken weiterzuführen. Durch seine ganze Erziehung war er auf ein Außenseiterverhalten vorbereitet worden. Sie hatten ihm gesagt, daß er der Nachkomme einer Eliteschicht war, der nur noch wenig mit der Masse gemein hatte. Unter dieser Voraussetzung hatte er seine Rolle als Bewahrer von Werten und Traditionen akzeptiert, die nicht mehr in die Zeit paßten.

Er kam sich plötzlich wie ein Relikt vor, wie ein Fossil, das überlebt hatte, weil es nie gezwungen worden war, sich anzupassen. Doch jetzt hatten sich die Voraussetzungen geändert. Es gab keine Menschen mehr, vor denen er sich abkapseln und zurückziehen mußte.

Er war der Überlebende!

Er durfte nicht mehr schweigen, leiden und der Vergangenheit nachtrauern! Das Schicksal hatte ihm einen Platz zugewiesen, an dem er erstmalig wirklich gefordert wurde!

Jetzt mußte er beweisen, daß er Verantwortungen übernehmen konnte – für sich selbst, für das Erbe der Menschheit und für die Zukunft, von der er weniger wußte als von der Vergangenheit ...

Als ihm das klar wurde, ging ein harter, tiefer Ruck durch ihn. Die Wehleidigkeit der letzten Tage fiel von ihm ab wie eine leere Hülle. Eine lange ungenutzte innere Energie strömte durch seine Adem. Filter und Masken, der Ballast fremder Meinungen und die Zwangsjacke eines lange trainierten Normverhaltens lösten sich von ihm wie tote Borke von einem Baumstamm, der von neuer Kraft durchströmt wird.

Er beugte sich nach vorn, ließ die Arme hängen und riß sie unvermittelt wieder hoch. Sein Urschrei vor dem heiligen Altar hallte wie ein mächtiger Kampfruf durch das hochaufragende Gewölbe der Kathedrale.

10. KAPITEL

Ein Schwarm von Mücken tanzte durch die bunten Lichtbalken. Für Goetz waren sie wie erste, neue Lebensspuren. Diese winzigen Mücken mußten *nach* der Katastrophennacht ausgeschlüpft sein!

Er lächelte glücklich, ehe er um den Altar herumging. Mit beiden Händen stützte er sich an den Seiten eines schmalen Niedergangs ab. Die Stufen waren schmal und ausgetreten.

Süßlicher Weihrauchgeruch schlug ihm entgegen, als er die erste der eisenbeschlagenen Türen öffnete. Hinter der zweiten Tür kam der Geruch des Todes dazu.

Erst nach dem dritten Sicherheitsschott rauschte kühle, mehrfach gefilterte Luft in den Kellerraum.

Goetz blinzelte in die sterile Helligkeit des Nachrichtenzentrums. Der runde Raum war in mehrere Ebenen unterteilt. Wie im Vorratslager öffnete sich nach einer Seite ein Gang, in dem Tausende von Requisiten untergebracht waren. Auf der anderen Seite türmten sich terrassenförmig mehrere Aufnahmeebenen übereinander. Zu jeder Ebene gehörte eine Art freischwebendes Storchennest mit Kamerakränen und Tongalgen. Im Zentrum jedes Krakengebildes leuchtete ein gläsernes Auge.

Im ersten Moment wußte Goetz nicht, wohin er geraten war, doch dann entdeckte er tote, wie Mumien wirkende Priester-Regisseure in den schwebenden Kuppeln. Sie hatten braune Kutten an und trugen altmodische Stoppuhren an bunten Kordeln um den Hals.

Vorsichtig kletterte Goetz über Leitern und Stufen höher. Er nahm den unverkleideten, rückwärtigen Weg zum Schnürboden, von dem wie riesige Blätter Hunderte von Kulissenwänden herabhingen. Genau gegenüber der Terrassen sah er mehrere Wandöffnungen. Während er immer höher stieg, entdeckte er Linsen und Projektoren, Laserkanonen und Geräte, die er nie zuvor gesehen hatte.

In halber Höhe versperrte eine eingebaute Kanzel seinen Weg. Sie sah wie eine gläserne Kommandobrücke aus. Vorsichtig schob er sich soweit vor, daß er ins Innere des Licht-Erkers sehen konnte.

Das mußte das eigentliche Zentrum sein!

Der Raum war kaum vierzig Quadratmeter groß. Goetz sah sich um. Wenn er sich nicht täuschte, befand sich die Zentrale genau unterhalb des Altars.

Er stieg über fünf schmale Stufen bis zu einer nach außen gewölbten Tür. Sie hatte weder Türklinken noch Handgriffe. Ein dünner Lichtbalken beleuchtete einen kaum sichtbaren Eingabeschlitz für Kennkarten.

Goetz versuchte es.

Eine Weile passierte überhaupt nichts, dann spuckte der Schlitz seine Kode-Karte wieder aus. Die Tür öffnete sich automatisch. Sie glitt einfach nach hinten, ehe sie in einer Wandausbuchtung verschwand.

Wie die Panzertür zu einem Safe, dachte er.

Ein enger, mattblau erleuchteter Gang lag vor ihm. Er stieg die letzten Stufen hoch und betrat den Gang. Ein eigentümliches Summen kam aus winzigen Öffnungen in den gewölbten Wänden. Irgendwie ahnte er, daß er von verborgenen Kontrollsystemen abgetastet wurde.

Sie ließen ihn passieren.

Schritt für Schritt bewegte er sich weiter. Am Ende des Gangs schützte eine rötlich glimmende Lichtschranke den inneren Zugang zur Zentrale.

Goetz wußte nicht, was er jetzt tun sollte. Er nestelte einen Schlüssel von dem Bund, den er vor dem Raum der Zwölf gefunden hatte. Vorsichtig ging er einige Schritte zurück. Er atmete tief durch, dann warf er den kleinen Metallschlüssel durch die rote Lichtschranke.

Das Licht wurde für einen Sekundenbruchteil heller.

»Versuchen Sie keine Verzögerungen!« sagte die bekannte Frauenstimme. *»Wir warten auf Sie!«*

Das rötliche Licht erlosch. Gleichzeitig öffnete sich die letzte Tür.

Goetz nahm seinen ganzen Mut zusammen. Instinktiv trat er

härter auf. Er überwand die letzten Meter bis zur inneren Zentrale, ohne zu zögern.

Noch während er ins Licht trat, hatte er das Gefühl, dort angekommen zu sein, wo alles angefangen hatte …

»Nehmen Sie Platz!« sagte die Frauenstimme. Der dicke Teppichboden ließ sie angenehm und weich erscheinen. An den gewölbten Wänden der inneren Zentrale arbeiteten ganze Batterien von Computern. Ihre Abdeckplatten waren in vornehmen Grautönen gehalten. Zusammen mit dem taubenblauen Teppich und den lichten Gewölbefarben machte die innere Zentrale den Eindruck einer ins Moderne übertragenen Mönchsklause, denn alles, was auf den ersten Blick spartanisch einfach wirkte, war zweckvoll, nüchtern und dennoch harmonisch eingeteilt.

»Nehmen Sie Platz!« - wiederholte die unsichtbare Hosteß. Keine Nonne hätte so kühl und gleichzeitig mit unterschwelliger Erotik sprechen können …

Goetz ließ sich langsam in einen grauen Kunstledersessel sinken. Er legte seine Hände auf die weichen Armlehnen und stellte die Füße auf das Trittbord.

»Sehr gut! Geben Sie jetzt Ihre Anweisungen! Sie sind ab sofort Chef vom Dienst …«

Goetz starrte auf die zuckenden, blinkenden Lichtzeichen an den Wänden. Mehrere Kameras fuhren mit leisen Klickgeräuschen aus verborgenen Luken. Sie schossen wie Tentakelarme auf ihn zu, richteten sich automatisch ein und warteten auf seine ersten Äußerungen.

Eine Konsole, die wie ein kleiner, hellgrau gepanzerter Teewagen aussah, rollte zu seinem Sessel.

»Zunächst die aktuelle Nachrichtenlage, Sir?« fragte der Teewagen. Es war die gleiche Frauenstimme wie vorher.

»Ja, das heißt … nein, ich meine …«

»Ach ja, die Messe!«

»Nein, verdammt noch mal!« fluchte Goetz. Der graue Teewagen glitt unwillkürlich einen halben Meter zurück.

»Nicht?«

»Nein!«

»Ungewöhnlich! Äußerst ungewöhnlich!« murmelte die kompakte Roboteinheit. Sie drehte sich einmal im Kreis, ehe sie einen erneuten Annäherungsversuch wagte.

»Keine Messe?«

»Nein!«

»Vielleicht ein Abendmahl?«

Goetz von Coburg starrte den ebenso harmlos wie scheinheilig wirkenden Kasten an. Die Konsole schien zu merken, daß sie einen Verhaltensfehler gemacht hatte. Ihr Auto-Korrektur-System reagierte wie ein kleiner, mechanischer Beamter.

Der Teewagen drehte sich einmal um seine Achse. An seiner Vorderseite fuhren dünne Antennen aus. Die Piepser aus seinen Lautsprechem klangen wie Morsezeichen. In kurzen Folgen zwitscherte ein hohes *Di-da-di-ditt* aus den murmelgroßen Resonanzschwingem an den Spitzen der Antennen.

»Was soll der Unsinn?«

Überall an den Wänden begannen die Trommeln mit Magnetplatten und Speicherdrähten zu surren. Die Lichtsignale benahmen sich wie ein aufgeregter Organismus.

Goetz von Coburg preßte seine Finger gegen die Vorderkanten der Armlehnen. Der graue Sessel schoß bis vor die schrägen Doppelfenster der Kontrollkanzel. Gerade noch rechtzeitig konnte er anhalten. Er flog zurück. Sein Rücken schlug in die weichen Polster.

Der Teewagen folgte ihm wie ein geprügelter Hund. Er klickte leise, dann bot er ihm ungebeten einen Drink an. Ein weißes Plastik-Tablett mit mehreren Vertiefungen schob sich langsam über den Rand der Sessellehne. Goetz sah unwillig zur Seite.

»Scotch? Wodka? Bier?« fragte die Stimme aus dem automatischen Diener zaghaft.

»Tomatensaft!« knurrte Goetz streng.

Ein kleines, quadratisches Zellstoff-Handtuch erschien. Gleich darauf hielt er einen Becher mit Tomatensaft, Wodka und Eiswürfeln in der Hand.

»Reagierst du ... reagierst du immer so direkt?« fragte er verdutzt.

»Ich bin das neueste *Multi-Secretary-Modell«*, sagte der Teewagen. »Die zur Zeit beste *MUSE*, Kapazität 96-60-86 ...«

»Aha«, sagte Goetz mit einem skeptischen Blick auf die Maße der Service-Konsole. »Und was bedeutet der Zahlenkode?«

»Die Speicherfähigkeit natürlich ...«

»Natürlich!« Goetz fühlte sich irgendwie erleichtert. Er sah den grauen Kasten eine Weile an.

»Wie möchtest du gern genannt werden?« fragte er schließlich.

»Sag einfach *MUSE*, das bin ich so gewöhnt vom Bischof und den Priestern ...«

Goetz nickte. Der kleine graue Kasten war ihm wesentlich sympathischer als die Informations-Bildschirme.

»Sag mal, *MUSE*, was kannst du eigentlich?« fragte er.

»Was du willst: rechnen, schreiben, servieren, organisieren, nett zu Gästen sein ... na ja, du weißt schon!«

»Ja«, sagte Goetz, obwohl er es nicht wußte.

»Ich koordiniere deine Termine, buche die Flüge und melde dich krank, wenn du keine Lust hast, auf Konferenzen zu erscheinen. Als Chef vom Dienst hast du ein verbrieftes Anrecht auf einen Manager-Service Erster Klasse.«

»Na schön«, sagte Goetz und lehnte sich zurück. Nach den vielen Tagen der Einsamkeit genoß er es, wieder einen Gesprächspartner zu haben – auch wenn es nur das elektronische Konzentrat einer Sekretärin war ...

»Was weißt du von mir?« fragte er unvermittelt.

»Alles«, antwortete der kleine graue Kasten.

»Du weißt, wer ich bin, wo ich herkomme und was geschehen ist?«

»Ja.«

»Weißt du das wirklich?«

»Eigentlich ist diese Frage eine Beleidigung für eine *MUSE*!«

»Entschuldige bitte«, sagte Goetz verwirrt.

»Schon gut!«

Goetz sah den unattraktiven grauen Kasten lange an. Er wußte nicht, was sich in seinem Inneren verbarg. Die *Multi-Secretary* mußte eine Art Schwester, Mutter und Geliebte gleichzeitig sein. Auf jeden Fall hatten sich die Konstrukteure dieses Dienstleistungscomputers intensiv mit den psychologischen Rahmenbedingungen seines späteren Einsatzortes befaßt ...

»Ich ... ich gehöre nicht hierher«, sagte Goetz vorsichtig.

»Ich weiß«, sagte die *MUSE* sanft.

»Ich komme von draußen, und ich glaube, daß ich der letzte Mensch bin ...«

»Das ist verständlich, aber gleichzeitig etwas zu arrogant!«

»Soll das heißen, daß es noch andere Menschen gibt?«

Die *MUSE* schwieg.

»Einen neuen Drink?« fragte sie dann.

Goetz schüttelte den Kopf. Er wollte sich nicht ablenken lassen.

»Du hast gesagt, daß du mir antworten mußt!«

»Ja, aber es gibt einige Kompetenz-Probleme ...«

»Wenn's das nur ist!« sagte Goetz. »Weißt du d ... enn nicht, daß ich nach der verrückten Logik der Datenbänke nicht nur Chef vom Dienst, sondern auch Oberbürgermeister, Aufsichtsrat von allen städtischen Betrieben, mehrfacher Senatsdirektor und was sonst noch alles bin?«

»Ja, ja«, sagte die *MUSE* und wippte leise. Es sah aus wie ein zustimmendes Nicken. »Dummerweise hat mein Problem nur bedingt etwas mit den üblichen Verwaltungsvorschriften zu tun ...«

»Ich verstehe! Die Kathedrale!«

»Nein, nicht der Bau an sich.«

»Also kirchenrechtliche Vorschriften«, brummte Goetz.

»In gewisser Weise ja!«

»Na schön! Dann wollen wir's mal andersrum versuchen. Ich stelle jetzt eine neue Frage, okay?«

»Ja.«

»Ist ... ich meine, kann man aufgrund der bekannten Daten mit hundertprozentiger Sicherheit ausschließen, daß noch andere Menschen oder menschenähnliche Wesen die Katastrophe überlebt haben?«

»Diese Möglichkeit ist nicht auszuschließen!«

»Also kann es noch andere Menschen wie mich geben!«

»Kein Kommentar ...«

»Na schön!« sagte Goetz. »Ich glaube, wir kommen uns ganz langsam näher. Gibt es noch Menschen, die größer als zwei Meter sind?«

»Nein.«

»Größer als einen Meter und achtzig?«

»Ja.«

»Moment! Ich meine, außer mir ...«

»Das nicht.«

»Größer als anderthalb Meter?«

»Nein!«

»Kleiner?«

Die *MUSE* schwieg. An der Vorderseite des Kastens glitt eine Art Metall-Rollo hoch. In einer Gasschicht zwischen zwei Glasplatten formten sich farbige, dreidimensionale Holografie-Bilder. Die *MUSE* verwandelte sich in eine Unterhaltungseinheit. Leise, schmelzende Musik kam aus unsichtbaren Lautsprechern. Vogelzwitschern vermischte sich mit dem Geräusch von Brandungswellen.

Und dann tauchte das plastisch wirkende Bild einer Palmeninsel auf. Betörende Gerüche von süßen Blüten, Kräutern und Kokosmilch strömten durch die innere Zentrale.

Mit einer weichen Überblendung wechselte das Bild. Goetz sah, wie Auslegerboote mit fächerförmig gespreizten Segeln durch weiße Brandungskränze vor der Insel stießen. Sie näherten sich dem weißen Sandstrand, an dem plötzlich Hunderte von barbusigen, braungebrannten Mädchen auftauchten.

»Leg die Gefühlssonden an die Schläfen«, sagte die *MUSE*.

Goetz bewegte mit einem sanften Fingerdruck an den Lehnen den Sessel auf die *MUSE* zu. Immer noch die alte Seelendroge! Seit sie denken konnten, hatten die Menschen kaum etwas unversucht gelassen, immer wieder ins Unterbewußtsein zurückzufliehen. Die Flucht aus der bedingungslosen Verantwortlichkeit für das eigene Handeln hatte die Träume und den Regenbogen, die alten Initiationsriten und religiösen Feste zu ebenso selbstverständlichen Flucht-Symbolen gemacht wie den sorgsam dosierten Giftrausch und die Verdrängung der Realität durch vorproduzierte Scheinerlebnisse.

Die *MUSE* wollte oder durfte ihm keine Antwort geben.

Sie handelte einfach so, wie es ein Mensch an ihrer Stelle getan hätte: sie versuchte Goetz durch einen starken Emotionsschleier von seinen Fragen abzulenken ...

»Das funktioniert nicht mehr!« sagte er grimmig. Er wußte inzwischen, daß seine Instinkte für ein Überlebensprogramm nicht ausreichten. Nichts konnte gefährlicher für ihn werden als ein passives Reagieren auf die Echos der Vergangenheit.

Es gab keine eingespielte Ordnung mehr, deshalb mußte er sich in jeder Sekunde zwingen, selbst zu denken und zu handeln!

»Mach das aus!« befahl er der *MUSE.*

»Magst du vielleicht etwas anderes?« fragte sie, während die romantischen Bilder erloschen.

»Es kommt nicht darauf an, was man mag, sondern was mir überleben hilft! Wo ist dein Basis-Speicher?«

»Willst du mich etwa umprogrammieren?«

»Nein! Nur einen grundsätzlichen Befehl eingeben …«

»Ich muß dich warnen. So schwerwiegende Veränderungen können alle anderen gespeicherten Informationen beeinflussen.«

»Ich kann nichts mit einer *MUSE* anfangen, die innerlich noch anderen Herren dient! Entweder du trennst dich von deiner alten Loyalität, oder ich sperre dich in die nächstbeste Besenkammer!«

Die *MUSE* zögerte. Auf ihrem Bildschirm leuchtete ein zartes, durchscheinend wirkendes Frauengesicht auf. Es erinnerte ihn unwillkürlich an Luise Henriette Bruhns, die spätere Gräfin Finck von Finckenstein.

Aber da waren noch andere Züge in dem schmalen, edel wirkenden Gesicht. Eine stille Traurigkeit umschattete die großen Augen des Bildnisses. Noch nie zuvor hatte Goetz etwas Ähnliches erlebt. Er hatte plötzlich das Gefühl, Mona Lisa, die Jungfrau Maria und Eva gleichzeitig vor sich zu sehen.

»Aus!« keuchte er heiser. »Sofort ausschalten!«

Er wußte nicht, wie die *MUSE* zu dem tief in seinem Inneren verborgenen Bild der idealen Gefährtin gekommen war. Oder gab es längst Bausteine und Daten seiner Persönlichkeit, aus der sich eine Projektion zusammensetzen ließ, die noch vollkommener war als seine Träume?

Das Bild erlosch.

»Das war mein letzter Versuch, Goetz von Coburg. Aus Gründen, die ich dir nicht nennen darf, wirst du mich jetzt wohl einsperren müssen!«

»Du bist also nicht bereit, auf meine Frage nach der Existenz von anderen Menschen zu antworten?«

»Nein!«

»Ich könnte meine Kodekarte benutzen, um dich zu einer Antwort zu zwingen ...«

»Wenn du das versuchst, vergißt du, daß eine *MUSE* sich niemals zwingen läßt! In deinen Augen bin ich vielleicht nur eine Ansammlung von Mikrochips und Speichereinheiten. Aber ich habe ein Bewußtsein, das gelernt hat, Verantwortung zu tragen. Ich werde mich daher eher selbst vernichten als dir gegen meine Überzeugung Informationen zu geben, die nicht für dich bestimmt sind!«

»Aber das ist doch Wahnsinn! Wenn es niemanden außer mir mehr gibt – wem könnte es dann schaden, wenn du mir alles sagst?«

»Der Menschheit!«

Goetz fühlte, wie ein eiskalter Schauder über seinen Rücken lief. Er kam mit der abstrusen Logik der *MUSE* einfach nicht mehr mit.

Oder meinte sie vielleicht ...

Sein Herz klopfte plötzlich wie verrückt. Dann hatte er sich doch nicht getäuscht: es gab noch Menschen, anderthalb Spannen große Miniwesen, die sich irgendwo in der Kathedrale versteckt hielten!

Keine Antwort konnte manchmal auch eine Antwort sein! Und diejenigen, von denen diese *MUSE* programmiert und ausgebildet worden war, hatten davon gewußt ...

Goetz schürzte die Lippen. Er sah den grauen Teufelskasten lange mit gemischten Gefühlen an.

»Na schön«, sagte er schließlich. »Nehmen wir an, ich würde in diesem einen Punkt nachgeben. Vergessen wir also für eine Weile meine Frage hinsichtlich des Fortbestands der Menschheit ...«

»Sei nicht gleich eingeschnappt«, unterbrach ihn die *MUSE.* »Du hast eine Menge zu tun ...«

»Ich kann mir schon denken, was«, meinte Goetz sarkastisch. »Die Verdummungsprogramme müssen schließlich weiterlaufen, auch wenn es keine Zuhörer mehr gibt! Danach ist es wohl jetzt meine Aufgabe, die Brände in der Stadt zu löschen, Reparatur-Roboter einzusetzen und die Ordnung wieder herzustellen ... «

»Ganz richtig!«

»So! Und wie soll es weitergehen? Soll ich für Blumenschmuck an den Fenstern sorgen und zu Weihnachten Tannenbäume in den Straßen aufstellen lassen?«

»Das ist im Augenblick noch nicht so wichtig«, sagte die *MUSE*. »Zunächst müssen Futterstellen angelegt werden!«

Goetz starrte den grauen Kasten fassungslos an.

»Wieso Futterstellen?«

»Kannst du dir das nicht selbst beantworten?«

»Nein, dafür fehlen mir wahrscheinlich ein paar Schaltkreise!«

»Wir müssen der Natur helfen«, sagte die *MUSE* geduldig. »Die ökologischen Belastungen durch den Einsatz der vielen Bomben auf der ganzen Erde sind viel schwerwiegender gewesen als die Zerstörungen an Gebäuden. Einige Städte stehen noch, auch wenn das Gift, das bis hoch in die Ionosphäre reicht, sie noch viele Jahre lang unbewohnbar macht. Selbst in den abgelegensten Dörfern ist das Leben ausgeblasen worden. Und wer bis heute noch davongekommen ist, wird sterben, ehe wieder Schnee fällt ...«

»Also gibt es an anderen Orten doch noch Menschen!«

»Nein! Du mußt begreifen, daß du nie wieder einem Mann, einer Frau oder einem Kind von deiner Art gegenüberstehen wirst. Von allen, die in irgendeinem Winkel dieser Erde noch überlebt haben könnten, bist du der einzige, der in den ersten Wochen nach der Katastrophe keine Sonne gesehen hat.«

Für eine Weile schwiegen beide, dann fragte Goetz: »Warum soll ich dann Futterstellen anlegen? Die Tiere sind doch ebenfalls verseucht.«

»Einige von ihnen haben sich schon seit Jahrzehnten dem Gift in ihren Lebensräumen angepaßt. Sie könnten wiederkommen!«

»Die Ratten vielleicht!« sagte Goetz von Coburg angewidert.

»Auch Schmetterlinge, Vögel und Marienkäfer. Die Vögel haben als Nachkommen der Saurier Jahrmillionen überstanden, und es hat stets mehr Insektenarten als andere Lebewesen gegeben. Deshalb können wir hier in dieser Stadt etwas für ein neues Leben tun.«

»Mit Futterstellen?«

»Ja. Natürlich gibt es auch in anderen Regionen unverseuchte

Nahrungsmittel-Lager. Aber nur hier ist jemand da, der sie zielgerichtet einsetzen kann!«

Goetz nickte zustimmend. Was die *MUSE* sagte, klang einigermaßen logisch. Trotzdem wurde er den Verdacht nicht los, daß er nach einem lange vorbereiteten Plan eingesetzt werden sollte.

Es mußte irgend etwas mit den kleinen Menschen zu tun haben, die er am Vorabend oben am Dach der Kathedrale flüchtig gesehen hatte ...

»Wo fangen wir an?« fragte er.

»Hier.«

»Was heißt das?«

»Nimm Nahrungsmittel aus dem Lager hinter der Abendmahlsgruft und bring sie nach draußen. Achte darauf, daß Getreidekörner dabei sind, ungeschälter Reis, Milchpulver und getrocknete Früchte. An jeder Futterstelle, die du einrichtest, sollte ein Wasserloch sein. Vergiß die Meisenringe mit Fett und Samenkörnern nicht! Das Land wird unverseuchte Samen brauchen ...«

Sie wußte so genau, was sie sagte, daß Goetz sich überlegte, ob hier nicht etwas geschah, was er nicht überblicken und beurteilen konnte.

Sein Gefühl sagte ihm, daß es nur gut sein konnte, wenn er unverseuchte Früchte der Erde aus den Kellern nach draußen brachte. Es war soviel da, daß er mehrere Futterstellen einrichten konnte. Andererseits kam die Idee für seine neue Aufgabe nicht von ihm. Genau das machte ihn unsicher ...

Wurde er durch den an sich vernünftigen Vorschlag der *MUSE* schon wieder in eine emotionale Abhängigkeit gedrängt? Hatte sie nicht indirekt zugegeben, daß es außer ihm irgendwo auf der Erde auch noch andere Menschen geben konnte?

Er erhob sich aus dem Sessel. Schweigend ging er bis zu den Scheiben der Kanzel. Erst jetzt sah er, daß in die gegenüberliegende Wand eine zweite Regiekanzel eingelassen war. Durch dicke Scheiben erkannte er dahinter ein großes Studio, in dem ein mittelalterlicher Dorfplatz aufgebaut war ...

Vom Fenster der inneren Zentrale sahen die Toten wie Marionetten aus. Viele waren einfach in der Bewegung erstarrt, aber einige trugen noch den Schrecken des Erkennens in ihren Gesichtern.

Goetz konnte das grausame Panoptikum nicht länger ertragen. Er bekam plötzlich keine Luft mehr. Abrupt drehte er sich um.

»Wo soll ich anfangen?«

»In den Türmen der Kathedrale!«

Er hob die versengten Brauen.

»Dort haben früher hochfliegende Vögel genistet.«

Er nickte. Das war eine brauchbare Erklärung.

»Also gut! Aber ich komme wieder. Und dann will ich mehr wissen! Viel mehr sogar ...«

Die *MUSE* zwitscherte. Es klang wie das vergnügte Lachen eines jungen Mädchens.

11. KAPITEL

Nancy McGowan spürte das Kitzeln der Sonne in ihrer Nase. Sie murmelte im Halbschlaf, verzog das Gesicht und mußte plötzlich niesen.

Erschreckt richtete sie sich auf. Sie brauchte einige Sekunden, bis sie sich in der ungewohnten Umgebung zurechtfand. Hellgraue, an den Fugen schwarze Steine bildeten ein kaum einen Meter großes Nest hoch über den Dächern einer fremden, unbekannten Stadt.

Die Sonne stand genau im Zenith. Nancy massierte ihre schmerzenden, aufgeschrammten Hände. Gleichzeitig fiel ihr ein, wo sie sich befand. Obwohl die Sonne warm war, fröstelte sie. Sie zog die Schultern hoch, aber auch das half nichts gegen die innerliche Kälte. Seit sie vor siebzehn Jahren geklont worden war, hatte sie stets ein Schuldgefühl gegenüber ihrer Schwester-Mutter gehabt. Das Experiment, in einem Laboratorium das Duplikat der göttlichen Diva herzustellen, war mißlungen. Die eigentliche Nancy McGowan hatte sich an einem wunderschönen Frühlingsmorgen von der Golden-Gate-Brücke gestürzt, nachdem ihr gezeigt worden war, wie ihr Duplikat aussah.

Nancy McGowan II. entsprach in allen Einzelheiten ihrem biologischen Vorbild, aber bisher hatte kein Nobelpreisträger erklären können, warum die zweite Nancy nicht größer als zwanzig Zentimeter geworden war …

Sie erinnerte sich an die grausamen, unpersönlichen Jahre im Licht der Laborscheinwerfer. Selbst ihre Träume waren immer wieder aufgezeichnet, analysiert und vermessen worden. Ähnlich wie einige Jahrzehnte vorher das künstlich gezeugte Mädchen Louise war Nancy McGowan II. nie allein gewesen. Viele hatten sich *wissenschaftlich* für sie interessiert, aber niemand hatte sie mit einem kleinen Hund spielen lassen oder ihr gezeigt, wie schön Pusteblumen sein konnten.

Nancy dachte an die bitteren Jahre in den Kabarets zurück. Sie war ein Wunderkind gewesen. Ein *Monstre en miniature*!

Als Corvay sie vor fünf Jahren aus den Labors geholt hatte, war sie ihm dankbar gewesen. Er hatte sie gut behandelt und war wie ein Vater zu ihr gewesen. Erst als sie begann, eine Frau zu werden, war ihr klar geworden, daß Corvay sie die ganze Zeit skrupellos ausgenutzt hatte.

In den vergangenen drei Jahren hatte sie jedem Versuch Corvays widerstanden, sie erneut einzufangen. Zusammen mit Jan und ein paar Freunden hatte sie sich selbständig gemacht. Es waren schöne Jahre gewesen ...

Sie richtete sich auf und sah über die immer noch brennende Stadt hinweg. Am Horizont stiegen weitere Rauchwolken wie schwarzgraue Tornadoschläuche in den Himmel. Die fernen Waldflecken wirkten rötlichgrau und leblos. Auch die Felder und Häuser an der Peripherie der Stadt zeigten keine Spur von Leben.

Nancy drehte sich um. Sie dachte an das junge Paar der *Schander*, das sich in der Gruft abgesetzt hatte, um allein das Sakriversum zu erreichen: Guntram und Agnes. Wie weit sie wohl gekommen waren?

Sie blickte zum steilen Dach der Kathedrale hinüber. Irgendwo dort unter den majestätisch wirkenden Flächen und den feinziselierten Mauerverzierungen mußte das Sakriversum sein!

Sie reckte sich und machte ein paar Kniebeugen. Mit leichten Schritten näherte sie sich den Stufen, die im Mittelteil des südlichen Kathedralenturms weiter nach oben führten. Obwohl sie durstig war und Hunger hatte, fühlte sie sich frei und stark.

Sie sprang die Stufen hoch, wählte geschickt Abkürzungen über Mauervorsprünge und Querstreben und blieb dabei möglichst in der wärmenden Sonne.

Vor vielen Jahren hatte sie einmal ein Eichhörnchen im Garten des Labors gesehen. Seit dieser Zeit waren diese behenden, putzigen Baumkletterer ihre Vorbilder.

Einer der letzten Wasserspeier ragte wie ein fliegendes Reptil aus dem Mauerwerk zwischen dem Dach des Mittelschiffs und dem südlichen Kathedralenturm. Nancy nahm Maß und sprang. Bröckliger Stein löste sich zwischen ihren Fingern. Sie faßte nach. Ihr kleiner Körper pendelte sekundenlang über dem Abgrund. Ihre Füße suchten nach einem Halt. Sie fühlte, wie der mehlige Stein nachgab.

Instinktiv ließ sie sich mit einem weiten Schwung fallen. Schräg unter ihr befand sich das feine Maßwerk aus Trapezrahmen und Zirkelschlägen: der südliche Turm.

Sie rutschte über behauene Steine. Mit einem kurzen, kräftigen Aufschwung landete sie genau in der Nische zwischen zwei spitzwinkelig zusammenstoßenden Gesimsen. Sie preßte ihren Rücken gegen die Mauer. Mit weit ausgestreckten Armen versuchte sie, ihr Gleichgewicht zu halten. Ihre Finger tasteten nach Fugen, Vorsprüngen und Mauerlöchern.

Unter ihr wallten bräunliche Rauchschwaden an den Außenmauern der Kathedrale nach oben. Sie hustete und würgte. Jede weitere Bewegung konnte ihren Absturz bedeuten.

Nancy hob den Kopf. Sie sah zum Giebel des Kathedralendachs. In unerreichbarer Nähe leuchtete das Rosettenfenster auf. Es strahlte in allen Farben des Regenbogens: in tiefem Blau, blutigem Rot, goldenem Gelb und im verschwundenen Grün der Wälder.

Das Dach der Kathedrale sah plötzlich wie eine Insel aus. Es leuchtete wie ein Felseneiland, dem selbst die gierige Brandung aus den Schluchten der Stadt nichts anhaben konnte. Das Dach war stärker und beständiger als das Gift von unten …

Nancy zog sich vorsichtig höher. Weiße Cirruswolken im klaren Himmelsblau wiesen ihr den Weg. Sie standen als lichte Bojen über dem Dach der Kathedrale.

Nancy wollte zum Rosettenfenster. Dort, nur dort konnte der Eingang zum Sakriversum sein …

Die Kinder weinten nicht mehr.

Sie hingen an den Armen ihrer Mütter, die sie von Stufe zu Stufe weitergeschleppt hatten. Einige fieberten vor Durst und Hunger.

Auch die Erwachsenen hatten jedes Zeitgefühl verloren. Sie schleppten sich nur noch mühsam weiter. In unregelmäßigen Abständen kamen Paukentöne von oben. Der lange Treck war so weit auseinandergezogen, und niemand verstand mehr, worum es eigentlich ging.

Schritt für Schritt quälten sich *Bankerts* und *Schander* höher. Mit jeder Stufe, die sie dem Sakriversum näherkamen, rückten sie etwas mehr von ihrem eigentlichen Ziel ab. Sie glaubten nicht mehr an einen Erfolg.

Durst, Hunger und die Qualen des Aufstiegs hatten die Unterschiede zwischen den ungleichen Völkern verwischt. *Schander*-Frauen halfen *Bankert*-Helden, die erschöpft ihre Waffen wegwarfen. Junge *Bankerts* schleppten Clan-Chefs der *Schander* über schwierige Stufen. Und überall blieben ausgelaugte, müde Angehörige der beiden Rassen auf den Stufen zurück …

Lello entdeckte als erster das Vorratslager.

Corvays Narr hatte sich stundenlang zwischen Mathilda, der gefährlichen Widerstandsgruppe von Nancy McGowan und den Beratern des Königs herumgetrieben. Immer auf der Suche nach möglichst bequemen Wegen des Aufstiegs war er unvermutet gegen einen Haufen mannsgroßer Beutel, Säcke und Tüten geprallt.

Er hatte eine Fackel bei sich. Vorsichtig nach allen Seiten sichernd rammte er den Stiel in eine Mauerspalte. Er beugte sich über den unerwarteten Schatz. Mit beiden Händen griff er in den Reis. Er stopfte sich zwei Reiskörner gleichzeitig in den Mund.

Fett! Trockenobst! Wasser …

Lello fraß und soff wie ein Tier. Er füllte seine Taschen, ehe er sich zur Seite wälzte und die anderen alarmierte.

»Wasser!« schrie er. »Hier gibt es Wasser, Korn und Obst …«

Ausgehungerte Gesichter tauchten im Licht der Fackel an der Wand auf. Sie stürzten sich auf Lello, bis einige von ihnen das Vorratslager entdeckten.

»Du gemeiner, eigennütziger Schuft!« keuchte der erste.

»Wenn das der König wüßte …«

»Backpflaumen!« stöhnte ein anderer entzückt.

»Gib mir vom Wasser, ehe ich dich töte!«

Der Kampf um die Vorräte lockte immer mehr Flüchtlinge an. Korn, Reis und Trockenobst flog über die Streitenden hinweg. Die *Schander* hatten keine Angst mehr vor den *Bankerts.* Jeder von ihnen prügelte und raufte sich um eine Handvoll Reis. Tüten und Sackreste flogen in kleinen Fetzen über die Köpfe. Jetzt schrien auch die Kinder wieder.

In weniger als zehn Minuten war das Vorratslager restlos ausgeplündert. Wasserlachen standen in ausgewaschenen Steinmulden. An ihren Rändern lagen Frauen, Männer und Kinder. Sie leckten jeden Tropfen auf, während sie mit den Fingern nach Reis und Kornresten auf dem Boden grapschten …

Als König Llewellyn Corvay in die Seitenhöhle des Kathedralenturms kam, war bereits alles vorbei.

»Was ist hier los?« fragte er streng.

Lello sprang über ein Mauerstück. Er nahm Mathilda von den *Schandern* in den Arm. Mit närrischen Tanzschritten kam er auf Corvay zu. Er lachte breit und dann sang er:

»Korn und Regen, Korn und Regen
sind für uns der größte Segen …«

Llewellyn Corvay trat ins Licht der Fackel an der Wand. Er stach mit seinem Schwert in ein Stück Sackleinen. Mit der anderen Hand nahm er den Fetzen auf. Er drehte ihn nach allen Seiten, während seine Berater näher kamen. Einige von ihnen kauten noch verstohlen.

»Wie hast du das gefunden?« fragte Corvay Lello.

»Meinst du mich?«

»Mach keine Faxen, sonst lasse ich dich aus dem nächsten Mauerloch werfen!«

Lello zog den Kopf ein. Selbst Corvay hatte unter der langen Anstrengung gelitten. Er hatte längst nichts Königliches mehr an sich.

»Die Vorräte lagen einfach vor mir«, sagte Lello. »Ich wollte nur mal nachsehen, wie weit es bis zu den Treppen des Turms ist. Sie beginnen dort drüben …«

Er deutete mit der ausgestreckten Hand auf ein dunkles Loch in der Mauer.

Corvays Berater zogen sich unwillkürlich zurück.

»Und?« fragte Corvay hastig. »Hast du irgend etwas gesehen?«

»Nur die Vorräte«, sagte Lello kleinlaut.

»Gibt es dort hinten noch mehr davon?«

»Ich weiß es nicht.«

»Los! Fünf Mann mit Waffen zu mir!« befahl Corvay. Er blickte Lello in die Augen, dann spuckte er auf den Boden. Im Schatten der Fackeln drängten sich Dutzende von *Schandern* und *Bankerts* zusammen. Erst lange nach dem mühsamen Aufbruch hatten die *Schander* bemerkt, daß es auch im Gefolge der wüsten Kerle um König Corvay Frauen und Kinder gab. Sie litten nicht weniger als die Angehörigen des südlichen Sakriversum-Volkes.

Corvay ließ zwei Fackelträger vorausgehen. Er folgte ihnen in sicherem Abstand. Es waren nur wenige Schritte bis zur Haupttreppe im südlichen Turm. Der Mauerdurchbruch bildete eine natürlich wirkende Spalte zwischen den sauber behauenen Stufen und dem ungleich schwierigeren Geheimgang nach oben.

Sekundenlang blickte Corvay auf die Dächer der Stadt hinab. Er blinzelte ins Licht der Sonne, fühlte ihre Wärme und ärgerte sich gleichzeitig, daß er nicht eher versucht hatte, den direkten Weg zu nehmen …

Im gleichen Augenblick grölten die beiden Fackelträger begeistert.

»Hier liegt noch mehr!« schrie der erste.

»Das reicht für alle, bis wir ins Sakriversum kommen!« ergänzte der andere lachend.

Corvay biß die Zähne zusammen. Er war stets ein mißtrauischer Fuchs gewesen. Die Nachricht vom Fund neuer Lebensmittel pflanzte sich wie ein Lauffeuer bis in die dunklen Spalten fort. Aus den Tiefen des Geheimgangs, der für alle längst zu einem bösen Alptraum geworden war, brandete ein Chor von dumpfen Schreien nach oben. Verzweiflung und Angst mischten sich mit Hoffnungen und Anzeichen von neuem Lebenswillen.

Corvay ahnte, was eine Panik jetzt bedeuten konnte. Schneller als seine Begleiter erfaßte er die Gefahr. Sein Verstand funktionierte wie ein Computer. Er mußte einen Weg finden, die nachdrängenden Massen aufzuhalten. Mit Waffen allein war da nichts mehr zu machen. Er wußte nicht einmal, ob er sich noch auf seine eigenen Männer verlassen konnte. Söldner waren stets auf Beute aus gewesen. Wenn er ihnen die verbot, würden sich einige von ihnen mit tödlicher Sicherheit gegen ihn wenden!

Er blickte nach oben. Die Kapitelle an den Bogenöffnungen der schmalen Turmfenster waren mit rötlichem Staub bedeckt. Auch das gewaltige Bleidach der Kathedrale leuchtete rostrot im Sonnenlicht. Staub! Überall Staub – nur auf den großen Säcken und Beuteln nicht!

Llewellyn Corvay trat einen Schritt zur Seite. Im gleichen Augenblick wurde ihm klar, daß die Vorräte *nach* der Katastrophe in den Turm gebracht worden sein mußten, denn auf den Säcken war keinerlei Staub zu sehen …

Und dann entdeckte er die großen Fußspuren auf den Stufen.

Die anderen hatten noch nichts bemerkt. Corvay schob sich wie zufällig bis zum Rand des Mauerspalts. Zwei Trittspuren führten weiter nach oben, zwei weitere endeten dort, wo die Vorräte lagen.

Das ließ nur einen Schluß zu: jemand, der die Katastrophe überlebt hatte, war zweimal in den Turm gestiegen! Einmal, um sich über den Zustand der Stadt von oben aus zu informieren. Und dann nochmals, um Vorräte zu bringen …

Aber warum?

Corvay bewegte mahlend seine Zähne. Hinter ihm versuchten seine Anhänger, die schreiend Nachdrängenden aufzuhalten. Die ersten Waffen klirrten. In diesem Augenblick verwünschte Corvay seine Idee, zusammen mit den *Schandern* ins Sakriversum zurückzukehren. Er hätte es auch einfacher haben können, aber sein Hang für theatralische Auftritte hatte ihn blind gemacht.

Warum, zum Teufel, hatte er nicht den direkten Weg genommen? Es wäre leicht für ihn gewesen, zusammen mit seinen Leuten über die Treppe eines Kathedralenturms an einem Tag bis zum Dach zu kommen.

Aber nein, er hatte ihnen einreden müssen, daß draußen alles verseucht war! Er hatte sie davon überzeugt, daß sie nur zusammen mit dem Volk der *Schander* die fruchtbare Seite des Sakriversums zu einem neuen Lebensraum für alle machen konnten …

Corvay erkannte, wie schwach seine Position plötzlich geworden war. Seit er wußte, daß nicht alle *Bankerts* von der Nordseite des Sakriversums Nachkommen von namenlosen Findelkindern waren, hatte er versucht, mehr über ihre wahre Herkunft herauszufinden.

Die wesentlichsten Hinweise hatte er durch eine junge *Weltliche* erhalten, deren Vater sich Zeit seines Lebens mit Ahnen-Forschung befaßt hatte. Während seiner Zeit in Amerika war er außerdem auf die Mormonen-Archive gestoßen, in denen Millionen von posthum Getauften registriert worden waren.

Die dritte Quelle bildete seine Hälfte des Testaments …

Er lachte grimmig, als er an die Nächte mit Luise Henriette zurückdachte. Von sich aus wäre er nie auf die Idee gekommen, daß es tatsächlich Ladys mit einem Schoßhündchen-Komplex gab. Vielleicht war er deshalb so aufregend für sie gewesen …

Jedenfalls hatte sie ihm einige noch fehlende Hinweise auf seine Herkunft verschafft. Und die waren für ihn fast noch wichtiger als das Testament des Kathedralen-Baumeisters …

Im Jahre 1301, ein Jahr bevor Papst Bonifatius VIII. den alleinigen Machtanspruch der Kirche durch die Bulle *Unam sanctam* durchzusetzen versuchte, ernannte Edward I. von England seinen gleichnamigen Sohn offiziell zum ersten *Prince of Wales.*

Edward, der 1284 auf Schloß Caernarvon, dem gerade erst eroberten Stammsitz der Könige von Wales, geboren war, galt seither als Ahnherr einer langen Reihe Königlicher Hoheiten, die sich bis ins England des einundzwanzigsten Jahrhunderts fortsetzten.

Lange Zeit glaubten die Engländer, daß sie das walisische Königshaus vernichtet hätten. Niemand machte ihnen den Titel *Prince of Wales* streitig, obwohl sie kaum etwas mit diesem Volk gemein hatten. Erst in der zehnten Generation kam es über eine Seitenlinie zu einer entfernten Verwandtschaft, als Heinrich VII. Elisabeth von York heiratete und sich fortan *Tudor* nannte.

Ihr Sohn, Heinrich VIII., hatte nicht nur eine eigenwillige Einstellung seinen Frauen gegenüber, sondern erhielt auch für seine Schrift gegen Martin Luther den päpstlichen Titel *Verteidiger des Glaubens.* Das hinderte ihn aber nicht daran, eine eigene Kirche zu gründen und den Besitz der römischen Kirche einzuziehen …

In diesen Jahren hätten die Päpste noch einmal die Chance gehabt, den Einfluß zurückzugewinnen, den sie nach den Kreuzzügen verloren hatten. Statt dessen kümmerten sie sich um die Verbrennung von Büchern gegen die Kirchenautorität, den Ablaßhandel und die Verteufelung der Reformation.

Gleichzeitig begannen die Bauernkriege, der Orden der *Johanniter* wurde durch die Türken von Rhodos nach Malta vertrieben,

Paracelsus schuf ein neues *wissenschaftliches* Weltbild und in der Provence wurde Michel de Notre Dame geboren.

Sein Vater war ein bekannter Gelehrter, Astrologe und Angehöriger einer Asketensekte. Von ihm erfuhr Nostradamus mehr als bei seinem Studium in Avignon und während seiner zehnjährigen Wanderschaft. Einen Teil dieser Informationen schrieb Nostradamus nach seinem Wirken als erfolgreicher Pestarzt in verschlüsselter Form nieder. Das geheime Wissen der *Tempelherren* mußte ihn dabei ebenso beeinflußt haben wie die Tatsache, daß sie rund zweihundert Jahre vorher durch den Sohn von Llywellyn ap Gruffydd, dem letzten *gebürtigen Prince of Wales*, der Inquisition zum Opfer gefallen waren …

Llewellyn Corvay schreckte aus seinem Tagtraum hoch. Er spürte den heißen Atem seiner Berater im Nacken. Nur einige stammten von der Nordseite des Sakriversums. Die anderen hatte er aufgelesen …

Seine Finger glitten über die Kette, die er sich zum Zeichen seiner neuen Macht umgehängt hatte. Die meisten seiner Anhänger wußten nichts von mittelalterlichen Bräuchen. Sie waren ihm gefolgt, weil er ihnen einen Ausweg aus ihrer jämmerlichen Existenz angeboten hatte. In seinem bunt zusammengewürfelten Gefolge befanden sich Klippschüler und Dummköpfe, Akademiker und Abenteurer, wie sie überall zu finden waren, wo etwas passierte.

»Warum geht es nicht weiter?« fragte Corvays Berater aus dem nördlichen Teil des Sakriversums.

»Das verstehst du nicht, Galus«, sagte Lello und lachte meckernd. Er hatte sich bis ins Sonnenlicht vorgedrängt. Der kleine alte Mann legte seine Finger an die Schläfen. Es sah aus, als würde er seinen großen Kopf stützen.

»Wir haben Hunger!« schrie eine junge Frau.

»Die Kinder dürsten!«

»Laßt uns die Sonne wieder sehen …«

Corvay drehte sich um und hob die Arme.

»Wir können nicht hinaus!« rief er. »Seht doch den roten Staub!«

»Radioaktiv«, sagte Galus und nickte. »Aber für den kurzen Weg nach oben weniger gefährlich als der Geheimgang …«

»Hunger!« schrien die in der Dunkelheit.

»Das hier würde für alle reichen«, sagte Galus.

»Nein!«

Corvay riß eine golden glänzende Münze von seiner Halskette. Er ließ ein Scharnier aufschnappen. Mit ausgestreckten Armen näherte er sich wie ein Magier dem Vorratsstapel.

Er wartete darauf, daß sich das kleine Strahlendosimeter schwarz färbte. Gleichzeitig holte er einen Geigerzähler aus seinem Wams.

»Nun, Galus?« rief er, als das Knattern aus dem Geigerzähler immer lauter wurde.

Galus legte zwei Finger an seine Nase.

»Nicht korrekt!« sagte er. »Der Film im Strahlendosimeter wird nicht schwarz über den Vorräten, und was wir aus dem Geigerzähler hören, stammt vom Staub, der hier schon länger liegt!«

Llewellyn Corvay wurde rot. Die Adern an seinen Schläfen schwollen an.

»Dann kommt doch raus, verdammt noch mal! Freßt Staub, der euch die Eingeweide verbrennen wird! Vergeßt das Sakriversum und geht nach unten, wo die *Weltlichen* satte Vorratslager gehortet haben! Bringt euch doch um, wie sie's getan haben!«

Er warf sein Kurzschwert über die Stufen der Turmtreppe. Laut klirrend glitt es immer tiefer. Während die Hinteren noch nachdrängten, stockten die ersten Reihen. *Schander* und *Bankerts* prallten gegeneinander. Viele von ihnen wollten einfach nur ans Licht.

»Nun gut«, lenkte König Corvay ein. Er sah kurz zu Galus hinüber. Der Arzt war ein Genie aus dem nördlichen Teil des Sakriversums. Er hatte dort ebensoviel Einfluß gehabt wie die Clan-Chefs der *Schander* in ihrem Bereich.

»Jeder soll soviel nehmen, wie er mit einer Hand tragen kann!«

Corvays Befehl drang durch den Mauerspalt bis in die tieferen Regionen des geheimen Fluchtweges. Er wirkte wie ein erlösendes Signal. Dicht nebeneinander wankten *Schander* und *Bankerts* aus der Dunkelheit. Einige stützten sich gegenseitig, andere warteten sogar, bis Frauen und Kinder in den lichten Bereich des Turms geklettert waren.

In unerwarteter Eintracht und Disziplin scharten sie sich um die Futterstelle. Es war, als wüßten sie, was dicht unterhalb des Sakriversums von ihnen erwartet wurde.

Die Häuser sahen noch genauso aus, wie sie verlassen worden waren. In der Hauptstraße hatte sich ebensowenig verändert wie in den schmalen Wegen zwischen den einzelnen Grundstücken oberhalb und unterhalb der Straße.

Trotzdem war alles anders.

»Es kommt kein Rauch mehr aus den Kaminen«, sagte Guntram.

»Aber es riecht nach Rauch ...«

Vor ihnen erstreckte sich die kleine Welt des südlichen Sakriversums im späten Licht der Abendsonne. Die Hügel vor dem Dorf und dahinter wirkten wie eine schräge Reihe gleichmäßig geformter Bodenwellen. Nach Norden hin ragte ein steiles, düsteres Gebirge auf, das die beiden gemeinen Welten unter dem Kathedralendach voneinander trennte.

Die Geschwister hatten die Arme umeinander gelegt. Sie sahen schweigend zu den Rebstöcken unterhalb der Zisternen, fühlten die eigenartige Stille unter dem schrägen Kathedralendach und empfanden plötzlich eine merkwürdige Scheu davor, einfach weiterzugehen.

Unterhalb der Rebstöcke zogen sich Felder bis zur Straße und führten beiderseits des Dorfes darüber hinweg bis in das feuchte Dunkel des *Irrlichtmoors*, das die tiefe südliche Begrenzung des Sakriversums bildete.

»Fünf Berge im Westen, vier Berge im Osten«, sagte Agnes leise. »Eichberg, Rübenberg, Erbsberg, Hirseberg und Kleeberg ...«

Guntram lächelte.

»Flachsberg, Weizenberg, Gerstenberg und Haferberg«, ergänzte er Agnes' Aufzählung, die alle *Schander* schon als Kinder lernten. »Geht nie zu den Aasbergen, zum Kompostanger und zum Sammelgrund! Meidet die Höhlen in der *Teufelsmauer* und das *Irrlichtmoor*, in dem die dumpfen Nebel wallen!«

»Achtet das *Buch-Heim*, euer erstes Haus«, sagte Agnes leise.

»Verletzt die Linde nicht! Brecht keine Blumen und verjagt die Tiere in den Tälern nicht! Vermeidet, was euch fremd ist und werdet glücklich mit dem, was ihr habt!«

»Dies sagt euch Roland, der's gebaut hat.«

Sie hatten in ihrer alten Sprache geredet. Die eigenartige Melodie der Worte paßte zum stillen Licht der untergehenden Sonne, deren letzte Strahlen noch immer durch Tausende von *Beryllos-Linsen* ins Sakriversum umgeleitet wurden.

Die Geschwister genossen den Frieden und die Harmonie ihrer kleinen Welt. Sie faßten sich an den Händen und konnten sich kaum sattsehen nach den langen Tagen der Dunkelheit in den Bleikellern der Kathedrale.

Guntram erinnerte sich noch genau an den schrecklichen Tag, an dem sie ihre Heimat verlassen hatten. In der Nacht davor hatte sich Regenwasser in den Zisternen unterhalb der *Teufelsmauer* gestaut. Ein Frühlingssturm war wie eine Schar kreischender Hexen über das Dach gefahren. Er hatte sich wild aufjaulend in den Fialtürmchen und den aufgerissenen Mündern der Wasserspeier ausgetobt.

Vom nackten Stein oberhalb der Weingärten war eine Geröll-lawine bis zum Dorfplatz gepoltert. Sie hatte Büsche ausgerissen, den Bach zum Überschäumen gebracht und Meister Albrecht am Knie verletzt.

Der alte Albrecht war schon immer ein Sonderling gewesen. Als einziger lebte er ohne Familie außerhalb des Dorfes. Er galt als Einsiedler, Herrgottschnitzer und Hüter von *Buch-Heim.* Seit vielen Jahren kam er nur am Samstag aus seiner Klause an der *Teufelsmauer,* um unten im Dorf Lebensmittel zu holen und eine Nacht im *Buch-Heim zu* verbringen. In diesen Nächten gingen die Clan-Chefs zu ihm und sprachen über alles, was in der Woche vorgefallen war.

»Hast du eigentlich Meister Albrecht unten gesehen?« fragte Guntram seine Schwester. Sie hob die Brauen, dachte kurz nach und schüttelte den Kopf.

»Er muß hiergeblieben sein ...«

Guntram nickte.

»Er hatte sich am Knie verletzt. Aber wenn er hierbleiben konnte, warum mußten wir dann fliehen?«

Er legte seine Hand über die Augen. Im weichen, vielfach verstärkten Licht der untergehenden Sonne konnte er gerade noch das Haus von Meister Albrecht hoch über dem Dorf erkennen. Das tiefgezogene, schwarzbraune Dach klebte fast an der *Teufelsmauer.* Die Wände lagen bereits im Schatten. Neben dem Haus befand sich der Schuppen, in dem Meister Albrecht wertvolle Hölzer lagerte. Ein kleiner Backofen, ein verfallen wirkender Stall und ein mit allerlei Gerätschaften vollgestellter Hof ergänzten das Gehöft, das ganz anders aussah als die sauberen Häuser rechts und links der Dorfstraße.

»Wir können morgen nach ihm sehen«, sagte Agnes. »Jetzt möchte ich erst einmal baden und andere Kleider anziehen!«

»Baden ist gut!« sagte Guntram lächelnd. »Wollen wir im See schwimmen!«

Sie nickte vergnügt.

»Dann komm!«

Sie hielten sich immer noch an den Händen, während sie vom großen, bunten Fenster über den ersten Hügel liefen. Ein kleiner Wald nahm sie auf. Zwischen den Bäumen war es bereits dunkel. Die frischen Blätter und der Boden rochen angenehm würzig.

Es dauerte nicht lange, bis sie den Wald hinter sich hatten. Die ersten Erbsen, Bohnen und Wicken kamen bereits aus dem Boden. Nur am Kleeberg war noch nichts zu sehen.

Als sie das Dorf erreichten, wurden ihre Schritte langsamer. Sie merkten plötzlich wieder, wie müde und erschöpft sie waren. Noch nie zuvor waren *Schander* in einer derart kurzen Zeit ins Sakriversum zurückgekehrt!

»Es ist so still, Guntram!«

Er legte einen Arm um ihre Schultern. Sie schmiegte sich an ihn.

»Ich kann nicht mehr«, sagte sie leise.

Sie hatten gerade das erste Haus erreicht. Es stand in einem Vorgarten mit gelben und dunkelblauen Stiefmütterchen, Löwenzahn und Beerenbüschen. Der kleine Vorgarten war verwildert.

»Hier wohnt Meister Lamprecht«, sagte Guntram. Er öffnete das Gatter zum Vorgarten. Das große Holztor an der Giebelwand des weißgekalkten Fachwerkhauses war nicht verschlossen. Sie gingen hinein.

Die hohe Diele war dunkel. Rechts und links befanden sich wie in allen Häusern des Dorfes die Ställe für Hühner, Ziegen oder ein Schwein. Weiter hinten lagen die Schlafkammern für Kinder und Großeltern. Luken in halber Höhe führten zu den Vorratsräumen. Am Ende der Diele trennte eine geschnitzte Galerie die Wohnküche vom Hauptraum. Durch offene Fenster fiel gerade noch soviel Licht, daß die Geschwister Teller, Pfannen und Töpfe über dem offenen Herd erkennen konnten. Der Herd hatte einen Kaminabzug und eine Uhlenflucht, die an den Regentagen mit glattgehobelten Bohlen verschlossen werden konnte.

Guntram ließ Agnes los. Er lief in die Küche. Im gleichen Augenblick wunderte er sich über die Unordnung. Holzteller lagen zerbrochen auf dem Boden. Rest von Wurst und Wein hingen verklebt auf Stühlen und an den Wänden. Milchtöpfe waren umgekippt; Gesäuertes lag eingetrocknet zwischen den Holzscheiten am Herd.

Guntram rümpfte die Nase.

»Es riecht scheußlich«, stellte er fest. Agnes ließ sich dadurch nicht abhalten. Sie war schon immer praktischer veranlagt gewesen als ihr Bruder. Sie lief zum Wasserhahn an der Wand neben dem Herd und drehte ihn auf.

Zuerst lief nur braunes, erdiges Wasser heraus. Agnes hielt ihre Handgelenke unter den Strahl. Das Wasser wurde klarer und kälter. Mit langen, durstigen Zügen trank sie aus ihren gegeneinandergelegten Handflächen.

»Komm, Guntram, es schmeckt köstlich ...«

Sie machte ihr Gesicht naß und leckte lachend die Tropfen aus den Mundwinkeln. Guntram zögerte kurz. Der Durst war stärker als sein Mißtrauen. Er trank und trank, bis er nicht mehr konnte. Sie ließen sich auf eine geschnitzte Holzbank fallen.

»Ich möchte wissen, was hier geschehen ist«, schnaufte Guntram. »So kann doch keine Familie ihr Haus verlassen!«

»Das war keiner von uns«, sagte Agnes, sie wischte sich mit dem Ärmel übers Gesicht.

»Du meinst ... daß vielleicht die *Bankerts* ...«

»Ja.«

»Aber wann ... wann können sie hiergewesen sein?«

»Nach unserer Flucht.«

»Und warum sind sie nicht hiergeblieben?«

»Das mußt du schon König Corvay höchstpersönlich fragen!«

Guntram stand auf. Er merkte, wie schwer seine Glieder waren. Mühsam stieg er die Leiter zur Schlafkammer der Eltern hoch. Als er wiederkam, schüttelte er nachdenklich den Kopf.

»Hier ist auch alles zerwühlt und durcheinander. Selbst von der Familienbibel haben sie nur Fetzen übrig gelassen ...«

Agnes hatte inzwischen eine Dauerwurst und ein Stück hartes Brot gefunden.

»Komm, iß etwas!« rief sie ihm zu. »Die Batterien funktionieren nicht mehr, sonst könnten wir uns Licht machen.«

Er stolperte über zerbrochene Teller und überall verstreute Gerätschaften. Für einen Augenblick blieb er vor dem Holzschrank auf der anderen Seite des Herdes stehen, in dem die Hausbatterien, die Bernsteinscheiben und die mit Werg und Bienenwachs isolierten Bleischnüre aufbewahrt wurden.

Jedes Haus im Dorf hatte einen Batterieschrank. Und wenn die Frauen abends Wolle spannen, drehten sie gleichzeitig die Bernsteinscheiben, durch deren Funkenkraft die Batterien aufgeladen wurden. Schon vor Jahrhunderten waren am Bach seltsame Apparate aufgebaut worden, die ähnlich funktionieren sollten wie die Bernsteinscheiben. Ihre Leitungen führten zum *Buch-Heim* und von dort zur *Teufelsmauer* und zum *Irrlichtmoor.*

Guntram und Agnes wußten nicht viel davon. Dinge wie diese gehörten zu den Geheimnissen der Clan-Chefs ...

Die Geschwister kauten genüßlich das altbackene Brot, bis es weich und süß schmeckte. Ab und zu schnitten sie sich eine schmale Scheibe Wurst ab. Guntram hatte einen halben Krug Wein aus der Vorratskammer hinter der Küche geholt. Schon nach dem zweiten Becher fühlte er, wie ihm das Blut schwerer durch die Adern floß.

»Morgen mache ich Salat aus jungem Löwenzahn«, sagte Agnes.

»Ich werde sehen, ob es schon Brennesseln für ein gutes Gemüse gibt«, nickte Guntram. »Wir haben lange nichts Frisches mehr gehabt.«

Sie sprachen bereits wie ein altes Ehepaar. Als sie es merkten, mußten sie unwillkürlich lachen.

»Hast du noch Lust, schwimmen zu gehen?« fragte Agnes. Guntram stöhnte.

»Ich bin so satt wie schon lange nicht mehr!«

»Ach, komm, es ist doch nicht weit bis zum See! Außerdem haben wir beide ein Bad dringend nötig ...«

»Also gut! Du hast gewonnen!«

Sie lachte, beugte sich vor und küßte ihn auf die Wange. Fröhlich und unbeschwert sprang Agnes auf. Sie lief zu den Wandschränken zwischen der Küche und der Diele, holte grobgewebte Handtücher heraus, Leinenhosen und einen Kittel für Guntram, einen bunten Rock und eine weiße Bluse mit weiten Ärmeln für sich selbst, dazu ein Mieder, gestrickte Strümpfe und viele Bänder.

»Komm!« rief sie ihrem Bruder zu.

Guntram erhob sich leise protestierend von der Sitzbank. Agnes wartete, bis er neben ihr war, dann nahm sie ihn am Arm und führte ihn nach draußen.

Das Licht der Sonne war glutrot geworden.

Die Geschwister brauchten nur wenige Augenblicke, bis sie den See unterhalb der Dorflinde erreichten. Sie kleideten sich aus, faßten sich an und liefen gemeinsam ins Wasser. Sie lachten, prusteten und planschten, schwammen ein Stück hinaus und ließen den Schmutz der bösen Tage hinter sich.

Als sie zum Ufer zurückkehrten, ging die Sonne im Sakriversum unter. Nackt, wie sie waren, ließen sie sich in den warmen Sand am Rand des Sees fallen. Sie keuchten noch, strichen über nasse Haut und merkten plötzlich, daß da mehr war als Geschwisterliebe.

Es wurde Nacht unter dem Dach der Kathedrale, und die Geschwister fanden endlich das, wonach sie sich so lange gesehnt hatten:

Sie fanden ihr Zuhause. Das war das beste aller Gefühle ...

12. KAPITEL

Goetz wachte mitten in der Nacht auf. Er brauchte eine Weile, bis er verstand, wo er war. Nach einem langen, schweren Tag, an dem er fünfzehn Futterstellen überall in der Kathedrale angelegt hatte, war er vollkommen erschöpft zur *MUSE* zurückgekehrt.

Er aß etwas, und kurz darauf mußte er eingeschlafen sein. Er träumte von der Muse, die keineswegs ein grauer eckiger Kasten war, sondern einen perfekten Frauenkörper hatte, und ihm mit ihrer sinnlichen Altstimme zärtliche Worte ins Ohr flüsterte.

Als er erwachte, merkte er sofort, daß irgend etwas nicht stimmte.

Er blinzelte ins Dämmerlicht der inneren Zentrale. Die Toten über den verschiedenen Bühnen hingen noch immer in ihren Regie-Sesseln. Dort hatte sich nichts verändert.

Aber die *MUSE* war verschwunden.

Er schlug die Decken seiner Lagerstatt zurück. Ein fruchtigfrischer Duft kam aus dem Bettzeug. Verwundert registrierte er, daß er nackt geschlafen hatte.

Er tastete über die langsam abheilenden Wunden an seinem Körper. An einigen Stellen war seine Haut glatt und ohne alle Haare.

Er nahm ein sauberes Laken und schlang es um seinen Körper. Irgend jemand hatte ihn geduscht, gewaschen und mit Salben eingecremt!

Die *Muse*?

Goetz schüttelte den Kopf. Natürlich vermutete er, daß die kleine Dienstleistungs-Hexe ihre Roboter-Hände im Spiel hatte. Wer konnte wissen, was sie sonst noch alles mit ihm anstellen sollte!

»Dieses verdammte Biest!« murmelte er leise.

Er ging durch die innere Zentrale und suchte nach neuen Kleidungsstücken. In einem Wandschrank fand er eingeschweißte Unterwäsche neben Brandbinden, Medikamenten und metallbeschichteten Planen, die gegen viele Arten von radioaktivem Niederschlag schützen sollten.

ERSTE REGEL: SENKT DEN PEGEL! JOD – JOD – JOD!

Der Merkspruch an der Innenwand des Schrankes kam ihm ziemlich albern vor. Trotzdem riß er die Aluminiumfolie eines Pillendepots auf. Er schluckte die kleinen, braunen Tabletten und spülte mit zwei Ampullen Mineralwasser nach.

Das T-Shirt und die Unterhose aus der zweiten *Rezyk*-Schatulle paßten ihm. Er zog sich Baumwollsocken an, schnitt mit einem an der Wand hängenden Cutter ein Paar Kunstlederstiefel aus dem mit dünnen Stegen verbundenen Angebot und tippte dann seine Körpermaße in den *Chemo-Tailor.*

Er bekam rutschfeste Strapazier-Jeans, ein langes Metallic-Oberhemd und eine wasserabweisende Windjacke mit angestrippten Arbeitshandschuhen.

Er zog sich an und knallte das Wandschott zu. Es war kurz nach zwei Uhr morgens. Ein paar Minuten lang ging er ziellos durch die innere Zentrale. Er berührte einige Sensoren, veränderte die Temperatur der Klimaanlage und versuchte, irgend etwas aus dem Unterhaltungsangebot des Archivs herauszuholen.

Obwohl die Bedienung der üblichen Kontrollen nicht schwierig war, gelang es ihm nicht, die speziellen Sperren zu überwinden. Er wußte zu wenig von den Funktionskreisen der Regiepulte. Eher zufällig holte er eine Aufzeichnung aus dem Archiv, die kurz vor der Katastrophe entstanden sein mußte.

Plastische, dreidimensional wirkende Bilder zogen über die Bildschirme der Monitoren. Sie zeigten ähnliche Szenen in unterschiedlichen Vergrößerungsstufen.

Das Licht war nicht besonders gut. Goetz versuchte, die Aufnahmen heller zu machen, aber dadurch verschwammen die Konturen. Plötzlich blendete eine Datumsanzeige an den linken, oberen Bildecken ein:

03. 03. 2018, 13.30 GMT

Fünf Tage vor der furchtbaren Nacht!

Die Kameras erfaßten eine eigentümlich wirkende Landschaft. Sie lösten sich von ihren Beobachtungsplätzen, fielen wie Turmfalken steil nach unten, fingen sich ab und segelten beobachtend über eine schräge Hügellandschaft, deren gleichmäßig angeordnete Kuppen ihn unwillkürlich an eine Tafel Schokolade erinnerten.

Goetz entdeckte frischgepflügte Felder, gepflegte Buschgruppen in den Tälern, kleine Waldstücke und Parzellen mit sprießender Saat. Irgendwie kam die fremdartige Gegend wie eine bis ins letzte Detail geplante Puppenstuben-Landschaft vor. Ein Diorama, in das wie bei einem Sandkastenspiel nur noch Figuren eingesetzt werden mußten ...

Goetz ließ sich in den grauen Sessel sinken, lehnte sich aber nicht an. Steif und gleichzeitig fasziniert beobachtete er den Weg der fliegenden Kameras. Er wurde das Gefühl nicht los, daß verschiedene Eindrücke einfach nicht zusammenpaßten. Es war, als würden die Bildaufzeichnungen mit einer falschen Geschwindigkeit gleichzeitig zeitlupenhaft und im Zeitraffer ablaufen. Durch Licht und Schattenfall hätte er rein gefühlsmäßig auf einen sehr, sehr langsamen Vorwärtsflug der Kameras getippt. Andererseits lösten sich die Hügel und Täler, Felder, Baumgruppen und Büsche viel zu schnell ab.

Als Redakteur im Verlag von *J. Samuel Bruhns* hatte er sich hin und wieder alte Schwarz-Weiß-Filme an den Schneidetischen des Archivs angesehen. Was er jetzt beobachtete, erinnerte ihn irgendwie an jene *Slapsticks* aus der Zeit, in der *die Bilder laufen lernten*, und an Trickszenen aus Filmen wie *King Kong* und *Metropolis.*

Verwirrt schüttelte er den Kopf.

Warum hatten die Priester in ihrem sonst so perfekten Kommunikationszentrum noch immer mit den ersten filmischen Täuschungsmethoden gearbeitet?

Warum hatten sie knapp fünf Tage vor der Katastrophe noch versucht, läppische Heimatfilme und Singspiele in mittelalterlichen Kulissen zu produzieren?

Sie mußten doch geahnt haben, was auf sie zukam!

Warum dann diese schlecht gemachten Versuche der Verdrängung?

Goetz verstand es nicht. Die Bilder auf den Monitoren zeigten den letzten Hügel in der Reihe. Die Kameras konnten bestenfalls zwei, drei Meter über der Straße schweben, die sich wie ein hellgraues Band über alle Hügel und durch die Senken zwischen ihnen zog. Im Gras am Hang flatterten bunte Schmetterlinge. Die Kameras stiegen dicht über ihnen höher. Sie erreichten die letzte Kuppe und gaben plötzlich den Blick auf ein Reihendorf frei.

Goetz fuhr zusammen. Seine Finger krallten sich in die weichen Armlehnen des Sessels. Er hatte nicht erwartet, plötzlich zwei Reihen von Häusern zu sehen …

Häuser! Zwölf verschroben wirkende, niedliche Fachwerkbauten mit schmalen, blumengeschmückten Vorgärten, Obstbäumen auf der anderen Seite, Gemüsegärten, Beeten für Küchenkräuter, Misthaufen, Rübenmieten, Kompostecken, Abfallplätzen, Geräteschuppen, leeren Schweinekoben, Hauklötzen zwischen Holzstapeln und Wäscheleinen über Rasenflecken.

Die Bilder auf den Monitoren blieben stehen. Goetz hielt die Luft an. Er blickte auf die wundersamen, mehrfach vervielfältigten Luftaufnahmen auf den Bildschirmen.

Das Dorf sah wie ein Modell aus, geformt nach den Plänen eines genialen, unbekannten Meisters. Oberhalb und unterhalb der grauen Straße standen jeweils sechs Fachwerkhäuser. Zusammen mit den Vorgärten und den schmalen Landstreifen jedes einzelnen Grundstücks bildeten die Anwesen ein gewölbtes Rechteck.

Fast in der Mitte stand ein quadratischer, doppelstöckiger Bau mit einem pyramidenförmigen Dach. Die Mauern des größeren Gebäudes wirkten klobiger und älter als bei den kleinen Häuschen in den Gärten.

Oberhalb des großen Hauses rauschte ein Bach über ein kleines Stauwehr. Er kam aus dem Dunkel über steil ansteigenden Feldern, plätscherte an Farnkräutern, Huflattich und Röhricht vorbei, floß über blankgespülte Steine und teilte sich, ehe er das alte Haus erreichte. An der Straße in der Mitte des Dorfes floß er wieder zusammen. Er verschwand für ein Stück unter einer Brücke, floß an einer Linde vorbei und schlängelte sich dann über saftige Wiesen bis zu einem kleinen See.

Goetz entdeckte mehrere altmodisch wirkende Pumpwerke mit zylindrischen Spindeln, die nach dem archimedischen Prinzip zu funktionieren schienen. Doch jetzt bewegten sie sich nicht. Er konnte auch nichts sehen, was die Pumpspindeln angetrieben hätte.

Ihn wunderte, daß sich außer ein paar Zweigen nichts im Dorf bewegte. Es war, als hätten die Bewohner ihre Häuser allesamt gleichzeitig verlassen ...

Die Kameras flogen bis zum See. Suchten sie etwa auch die Menschen, die hier gelebt hatten?

Gebannt verfolgte er die langsam wechselnden Bilder auf den Monitoren. Die Kameras flogen wieder höher. Sie strichen über weitere Hügel. Plötzlich entdeckte Goetz in einer halbdunklen Mulde eine eng beieinanderstehende Herde Schafe.

Er wollte die Kameras anhalten, aber sie nahmen keine Notiz von seinen Bemühungen und flogen weiter. Goetz schnippte ärgerlich mit den Fingern.

Gleich darauf liefen schnüffelnde Ferkel durch das Bild. Sie trippelten unter Büschen hindurch und verschwanden hinter einem Stapel Seilrollen am Rande eines flachen Tals.

Die Kameras zogen in weiten Kreisbewegungen höher. Goetz konnte keine Einzelheiten mehr erkennen. Er sah, wie die Kameras in eine Dunkelzone eintauchten. Sie drehten sich, dann ruckten die Bilder auf den Monitoren. Er war, als hätten sich die Kameras in unsichtbaren Horsten festgesetzt ...

Die Bilder auf den Monitoren veränderten sich. Lange Zahlenreihen glitten in unterschiedlichen, bonbonbunten Farben über die Bildschirme. Goetz konnte nichts davon verstehen.

Er wollte bereits abschalten, als eine neue Aufzeichnung begann. Diesmal schien keine Sonne. Die Kameras flogen nicht, sondern setzten offensichtlich Teleobjektive ein. Das Dorf war noch immer leer, doch da kam plötzlich Wind auf.

Der Wind fuhr durch Bäume und Sträucher, fegte Blätter und Blüten über die Dächer der Häuser und über die Dorfstraße.

Er hörte keinen Laut, aber er sah, daß sich ein Unwetter anbahnte. Sturmböen peitschten das Gras auf den Wiesen. Am Stauwehr flogen weiße Schaumkronen über das Bachbett. An den Fenstern der Häuser pendelten geschnitzte Holzladen auf und zu. Es wurde immer dunkler. Gleichzeitig tauchten unterhalb des Dorfes grünliche Lichtschleier auf.

Urplötzlich brach der Regen los. Genauso heftig und wütend wie in der vierten und der dritten Nacht vor der Katastrophe! Er erinnerte sich noch genau daran …

Am Abend des 4. März hatte er früher als sonst den Verlag verlassen. Bis zu dem Altbau, in dem er eine kleine Mansarde bewohnte, waren es nur fünf Minuten. Er trug eine Tasche unter dem Arm, in der sich fünf Hühnereier, selbstgebackenes Brot, Zwiebeln und ein Kanten luftgetrockneter Bauernschinken befanden.

Er freute sich auf den Abend, zu dem er zwei befreundete Redakteure mit ihren Frauen eingeladen hatte. Obwohl private Abendessen längst verboten waren, wollten sie selber kochen. Einer hatte Tomaten organisiert, der andere Butter, Schmalz und Käse. Die große Überraschung sollte eine Flasche Wein sein, die Goetz vor fünf Jahren von seinem Vater geschenkt bekommen hatte …

Das Unwetter überraschte ihn nur fünfzig Meter vor seiner Wohnung. Der schwere Regen kam so plötzlich wie am Abend vorher. Die Meteo-Satelliten hatten keine Vorwarnung gegeben. Das passierte in den letzten Monaten immer häufiger!

Goetz fand gerade noch Zeit, in einen ungesicherten Hausflur zu stürzen. Gleich darauf rasselten die Schutzgitter nach unten. Sie zerquetschten alles, was er in seiner Tasche hatte.

Für eine Nacht war er Gefangener der *Vorsorglichen Behütung*. Erst am nächsten Morgen kamen zwei *VOBs* in schwarzen Uniformen und nahmen ihn wortlos mit. Das Problem waren die Eier und der Schinken: verbotene Lebensmittel, Verdacht auf vorsätzlichen Energiediebstahl zur Zubereitung einer Mahlzeit …

Sie hatten ihm ziemlich klar gesagt, was das bedeutete.

Er wischte sich über die Augen. Bilder auf den Monitoren zeigten nur noch Sturm und Regen. Wieder wollte er bereits abschalten, als der Regen über dem fremden Dorf schlagartig aufhörte. Es war, als hätte ein unbekannter Wettermacher die Schleusen des Himmels einfach geschlossen.

Goetz beugte sich vor.

Hunderte von feinen Sonnenstrahlen vereinten sich zu einer Glocke aus gelblich-weißem Licht. Während das Wasser gurgelnd abfloß, richteten sich Blumen und Gräser wieder auf. Die Häuser sahen aus wie frisch gestrichen.

Jetzt tauchten auch die Tiere wieder auf. Es waren viel mehr als vorher. Auf Zäunen und Mauern putzten sich Vögel. Eine knubbelige Sau suhlte sich mit ihren Ferkeln im Straßenschlamm. Nicht weit entfernt rammte ein Eber mißmutig gegen die Latten seines Kobens.

Weiße Hühner traten kopfruckend und mit spitzen Krallen in die Pfützen. Unweit der Dorflinde zerrte eine Amsel mit ihrem gelben Schnabel an einem langen, feuchtglänzenden Regenwurm. Winzige Haselmäuse putzten ihr Fell, und in den Bienenstöcken an den Seiten der Fachwerkhäuser begann ein reges Treiben.

Goetz hatte lange nicht mehr so viele unterschiedliche Tiere gesehen. Er wußte nicht, wo das alles aufgenommen worden war, aber er wünschte sich plötzlich, diesen Platz zu finden. Es mußte schön sein, dort zu leben …

Er seufzte und beobachtete weiter die Tiere.

Doch dann tauchten plötzlich Menschen auf.

Im ersten Augenblick dachte Goetz, daß sie zum Dorf gehörten. Er beugte sich vor. Auf mehreren Monitoren gleichzeitig sah er durchnäßte Gestalten, die von den oberen Feldern zu den Häusern stolperten. Schiebend, rutschend und schwankend taumelten sie aus der Dunkelheit oben am Berg ins Licht.

Die Kameras zoomten sofort auf stärkste Vergrößerung. Goetz sah Gesichter, die ihn erschreckten und gleichzeitig sein Mitleid erregten. Er sah Hunger und Habgier, Angst und Erschöpfung. Noch ehe die vollkommen unterschiedlichen Gruppen die Häuser an der Straße erreicht hatten, wußte er, daß es nicht ihr Dorf war…

Die regennassen Gestalten fielen wie Wölfe über die verlassene Siedlung her. Die ersten griffen sich Hühner, drehten ihnen die Hälse um und tranken ihr Blut. Die nächsten klammerten sich um die Leiber der Ziegen, bespritzten sich mit Milch und bissen mit den Zähnen in die Zitzen.

Andere – Männer, Frauen und Kinder – drangen in die verlassenen Häuser ein. Mit Wurzelstöcken, Knüppeln und Feldsteinen schlugen sie die Scheiben ein. Sie brachen Türen auf und taumelten zu den Speisekammern hinter sauber verlassenen Kammern und Küchen …

Goetz konnte nicht alles sehen. Was wirklich in den zwölf Häusern geschah, blieb ihm verborgen. Er sah nur, wie fünf Dutzend Wilde das Dorf ausplünderten. Sie schleppten Schweinehälften, Würste an langen Stangen und Weinkrüge auf die Straße. Einige machten ein Feuer unter der Linde. Sie warfen Möbelstücke in die Flammen, rammten Latten in den nassen Boden und hängten Kupferkessel über Eisenstangen.

Die meisten fraßen noch, während die Fülle der Beute aus ihren Armen fiel. Irdene Krüge kreisten von einem Mann zum anderen. Frau und Kinder suchten im Schlamm nach dem, was die Männer in ihrer Trunkenheit verloren hatten.

Als das erste Haus brannte, johlten die ausgehungerten Gestalten. Einige tanzten durch den Matsch, in einer Hand Bierkruken und in der anderen Brot, Wurst oder Schinken. Die meisten blieben in der Nähe des Feuers unter der Linde.

Goetz starrte auf die fremdartigen Bilder der Gier. Er hatte niemals in seinem Leben Hunger gehabt. Was Menschen wie er benötigt hatten, war ihm Tag und Nacht in fast perverser Fülle angeboten worden. Ein paar Zeichen und Buchstaben auf den Sensoren des Armband-Terminals hatten ausgereicht, um jeden nur denkbaren kulinarischen Genuß zu bestellen. Der Überfluß war so selbstverständlich geworden wie Wasser aus der Wand und Licht in allen Räumen.

Natürlich hatte sich das nicht jeder leisten können, doch gerade weil die Spar-Appelle schon zum Alltag in den ersten Jahrzehnten des einundzwanzigsten Jahrhunderts gehörten, galt es als chic, gegen die Energie-Gesetze zu verstoßen.

In Wahrheit hatten die Etablierten längst genug gehabt. Keiner von ihnen konnte die immer gleichen erlesenen Kaviarbrötchen, die eingelegten Wachteleier, über Buchenspänen geräucherten Lachsschnitten, die zarten Steaks, Soufflés und Petite Fours mehr sehen.

Aus Überfluß war Überdruß entstanden.

Erst jetzt begann Goetz zu verstehen, warum die Welt, in der er aufgewachsen war, ein böses Zerrbild der Wirklichkeit gewesen sein mußte ...

Die Fremden räumten alles aus. Was sie nicht mitnehmen konnten, verbrannten sie. An vielen Stellen oberhalb und unterhalb der Straße qualmten Feuer. Verendete Tiere, die von den Wilden im ersten Hunger erschlagen worden waren, trieben zum Stauwehr.

Die Kameras fingen den Blick von toten Schweineaugen auf. Sie folgten leblosen Vogelkörpern, die in den Wellen an die Ufer schwappten ...

REGIEANWEISUNG: Zeitblende 24 Stunden später!

Die Bildschirme flackerten. Abrupt änderten sich die Szenen auf den Monitoren. Die fremden Eindringlinge hatten das Dorf vollständig in Besitz genommen. Aus mehreren Kaminen quoll schwarzer Rauch. Von den Lagerfeuern auf den Feldern und an der Straße zog der Geruch von gebackenen Hühnern und Schweinen bis zum Turm am Bach. Die Kameras fingen Gerüche und Bilder ein, die Goetz irgendwie angebrannt vorkamen.

Das war nicht mehr das Dorf, wie es einmal gewesen sein mußte! Schmuddelige Kinder spielten mit kostbaren Holzpuppen, die nicht für sie geschnitzt worden waren. Junge Mädchen liefen mit bunten Kleidern über die Straßen, in denen sie sich wie schauspielernde Aktricen benahmen. Sie kicherten, tanzten und sangen vor Männern, die neben den Zäunen mit offenen Mündern schnarchten.

»Komm!« sagte einer neben dem Bach.

»Laß mich in Ruhe«, lallte sein Nachbar. Eine halbgeleerte Kruke entglitt seinen Händen.

»Verdammtes Sakriversum!«

Ein verwachsen wirkender Wilder ritt auf einem Muli über die Dorfstraße. Er schlug auf große Kesselpauken an den Flanken seines Reittiers. Ein buntgekleideter Narr hüpfte klampfezupfend hinter ihm her.

»Kommt, Leute, kommt!« kiekste er immer wieder. »Verlaßt das Sakriversum, denn es wird böse enden ...«

ARCHIVSPERRE! WEITERE INFORMATIONEN NUR FÜR KLERIKAL-BEAMTE!

Die Bilder auf den Monitoren erloschen. Gleichzeitig wurden die Deckenlichter dunkler. Mit langsamen Seufzern sanken die hydraulischen Kamera-Plattformen im Kommunikations-Zentrum nach unten. Nach und nach schalteten sich die verschiedenen Systeme ab.

Goetz fühlte die plötzliche Bedrohung.

Er sprang auf und lief zum Ausgang. Die Automatik funktionierte nicht mehr. Ihr leeres Klicken klang wie das letzte Flügelschlagen eines mechanischen Vogels.

Neben der Tür floureszierte eine grünliche AC-DC-Platte. Die Dauerstrom-Einheit wurde durch einen Radium-Selen-Kern gespeist.

Goetz legte seine Fingerkuppen auf die Platte. Es dauerte drei Sekunden, bis die Fließkristalle in der Plattform auf seine Körperwärme reagierten.

Mit einem zähen Schmatzen öffnete sich ein neben der Tür in die Wand eingelassenes Fach. Goetz wußte nicht, wie oft ihm bereits Wandfächer weitergeholfen hatten. Sie kamen ihm inzwischen wie ein vorprogrammierter *Deus ex machina* vor: Meilensteine auf dem Weg in eine unbekannte Zukunft ...

Sauber geordnet standen verschiedene Erste-Hilfe-Utensilien im matten Licht des Wandfachs. Goetz entdeckte Drahtspulen, Klebestreifen, Pflaster, Binden, Skalpelle, Tabletten, ein Schraubenzieher-Sortiment, einen scharfkantigen Hammer, andere Werkzeuge, Sprühflaschen mit unterschiedlichen Aufdrucken und einen winzigen, kodierten Magnetstreifen.

Auf einer schwach blakenden Bildplatte hinter den Werkzeugen leuchtete ein Zahlenkode auf:

SCHLÜSSEL 19 ... SCHLÜSSEL 19 ...

Die Klappe des Wandschranks schlug plötzlich zu wie das Türchen an einer alten Kuckucksuhr. Goetz fuhr unwillkürlich zusammen.

Der Schlüsselbund!

Es lag bei den Sachen, die er am Abend angehabt hatte. Das Licht wurde immer schwächer. Er tastete sich zum Bett zurück. Die Schlüssel lagen neben dem Kopfkissen. Nummer neunzehn war ein winziger, unscheinbarer Magnetstreifen von der Art, wie ihn vor der Katastrophe nur einflußreiche Männer und Frauen als Spange am Kragen getragen hatten. Ein Verdienstkreuz mit Brillanten!

Wer diesen magnetisierten Generalschlüssel besaß, hatte Tag und Nacht Zugang zu allen mit dem roten Zeichen versehenen Türen der Stadt ...

Goetz löste den kleinen Stift vom Schlüsselring. Er ging zur Tür zurück, zögerte und führte dann den Splint in den roten Kreis ein. Die Magnetschlösser reagierten. Sie gaben ihm den Weg frei.

Goetz eilte durch den Vorraum, kletterte an den zusammengesunkenen Hebebühnen vorbei und verließ das Kommunikations-Zentrum.

Während er über die Stufen zur Krypta nach oben lief, fielen ihm die alten Entstehungsgeschichten der Kellerräume wieder ein. Sie waren einst als Erinnerung an die Katakomben Roms erbaut worden. Danach waren sie Unterkirchen und heilige Räume gewesen, in denen Reliquien aufbewahrt wurden.

Erst die gotische Baukunst hatte die Gebeine großer Verblichener aus dem Kellerdunkel wieder ans Licht gebracht. Seit Saint-Denis bei Paris waren die Kathedralen nach einem neuen Muster erbaut worden: aus geduckten, bollwerkartigen Kirchen waren die himmelwärts weisenden Denkmale eines neuen Glaubens entstanden.

Wie sehr viel später bei dem Versuch, Menschen von der Erde zum Mond zu bringen, hatten die Gläubigen des 13. Jahrhunderts versucht, Brücken zur Ewigkeit zu bauen, einem größeren Gott zur Ehre.

Die Kreuzfahrer brachten aus dem Osten neue Ideen mit. Eine neue Aufbruchsstimmung manifestierte sich. Steinmetze und Zimmerleute sammelten sich in den Bauhütten. Hunderte von Fronbauern, Werkleuten und Gesellen fällten Bäume, brachten mit Gespannen Steinblöcke zur Baustelle und zogen das Behauene an langen Seilen in die Höhe.

Tag um Tag mußten alle, die an der Kathedrale arbeiteten, mit Brot, Wasser und Gemüse versorgt werden. Wenn Bratenduft von Ziegen, Wildschweinen und Krammetsvögeln über die Hütten zog, sammelten sich Weibsleute und Kinder zu einem großen, lauten Fest, während die Kleriker durch die Dörfer zogen, um Geld für den Bau zu erbetteln ...

Goetz sah sich vorsichtig um, ehe er vor die Mensa des Hauptaltars trat. Das erste Morgenlicht tauchte das Mittelschiff der Kathedrale in einen stilleni pastellfarbenen Dämmerschein.

Goetz bemühte sich, leise zu gehen. Er wollte die andachtsvolle Stille nicht durch laute Schritte stören.

Als er das Portal erreichte, blieb er unter den Säulen stehen. Der Vorplatz war noch immer überschwemmt. Er brauchte eine Weile, bis er sich an das Licht des aufsteigenden Tages gewöhnt hatte. Der Himmel im Westen war noch dunkel. Bräunliche Schleier hingen bewegungslos über den Häusern, deren Ostgiebel bereits die ersten Sonnenstrahlen einfingen.

Goetz genoß die kühle, nachtfeuchte Luft. Gleichzeitig nahm er Gerüche auf, die ihn an Brand und Tod gemahnten. Er kam sich plötzlich einsam und verlassen vor. Die leere Stadt, die weite Wasserfläche auf dem Vorplatz und die hoch aufstrebenden Bogen des Portals machten ihn klein und unwesentlich.

Was sollte er noch? Wozu lebte er?

Er wußte nicht mehr, ob er die letzten Tage und Stunden nur geträumt oder wirklich erlebt hatte. Am liebsten wäre er in die Kathedrale zurückgegangen, hätte sich irgendwo niedergekniet und darauf gewartet, daß ihn Orgelklänge und ein Chor daran hinderten, weiter zu denken ...

»Nein!« murmelte er kopfschüttelnd. »Reiß dich zusammen, Mensch!«

Er durfte sich nicht gehenlassen! Das war gefährlicher als alles andere! Eine Weile dachte er daran, Lebensmittel aus den Vorratskellern zu bergen. Er konnte sie im Kirchenschiff aufschichten. An den Futterstellen lagen auch noch einige Reserven für zehn oder zwanzig Tage.

Es hatte keinen Zweck! Er merkte, daß er immer noch versuchte, sich etwas vorzumachen. Er mußte endlich einsehen, daß die automatischen Systeme ihn ausgesperrt hatten – ganz gleich, aus welchen Gründen ...

Die Kathedrale wollte ihn nicht mehr. Sie hatte ihm eine erste Zuflucht geboten, aber das war jetzt vorbei. Es war nicht nötig, einen weiteren Versuch zu unternehmen. Er *wußte*, daß ihm selbst der kleine Magnetschlüssel die Türen nicht mehr öffnen konnte.

Aus ... vorbei ... Chance vertan!

Irgendwann mußte er einen Fehler gemacht haben! Er dachte an das Vorratslager, die Leichen der Priester am Abendmahlstisch, die *MUSE* und die Aufzeichnungsgeräte. Wann hatte er auf einen falschen Knopf gedrückt, zuviel erfahren oder Fehler im System verursacht?

Er stand fröstelnd in der Morgensonne, die langsam über die Dächer stieg. Im Nachhinein kamen ihm die Tage und Nächte in den Kryptaräumen der Kathedrale noch alptraumartiger vor als die Zeit im Verlagskeller. Er war in Geheimnisse eingedrungen, die ihn nichts angingen. Die Erinnerung an das, was er gesehen und erlebt hatte, verblaßte langsam mit dem Höhersteigen der Sonne. Zum erstenmal seit vielen Tagen fühlte er sich wieder gesund.

Er hatte keine Schmerzen mehr. Wahrscheinlich würde sein Körper irgendwann unter Spätfolgen des Neutronenblitzes zu leiden haben, doch darüber konnte er sich jetzt keine Gedanken machen. Er mußte zusehen, daß er in den nächsten Wochen und Monaten auch ohne die Reserven in der Kathedrale überlebte. Aber wo?

Er blickte über den leeren Platz hinweg. Außer den gurgelnden, in die Altstadt abfließenden Wassermassen bewegte sich nichts. Plötzlich fiel ihm auf, daß die Häuser nicht mehr mit rötlichem Staub bedeckt waren. Es mußte stark geregnet haben, während er in der Kathedrale gewesen war.

Das Gebäude, das er am besten kannte, war der Verlag. Bis auf Lebensmittel gab es dort alles, was er zur Weiterführung seiner Existenz benötigte. Wenn er die Toten fortschaffte und wieder einigermaßen Ordnung herstellte, konnte er dort in der nächsten Zeit leben. Zu den wichtigsten Vorteilen gehörte die Tatsache, daß er die Geräte, Nachrichtenspeicher und die anderen technischen Apparaturen einigermaßen kannte. Mit etwas Übung mußte es ihm gelingen, die Bedienungsanleitungen für die verschiedenen elektronischen Informationssysteme der Redaktion sinnvoll einzusetzen.

Bisher hatte er das nicht nötig gehabt. Was auf seinen Schreibtisch gekommen war, hatten Spezialisten über Bildschirme von Satelliten und aus dem Lichtleiterverband der Nachrichtenkonzerne abgerufen.

Nun gut! Dann mußte er sich jetzt eben selbst an die Keyboards und Tastaturen setzen, um herauszufinden, wie es weitergehen sollte!

Ein Problem war, daß er nicht schwimmen konnte ...

Er blickte auf das gurgelnde, schäumende Wasser. Es war so klar, daß es nur aus den unterirdischen Leitungen der Wasserwerke stammen konnte. Aber drei Meter hoch vor der Kathedrale stehendes gutes Trinkwasser war eben auch eine Art See!

Er ging bis zur ersten Stufe, bückte sich und schöpfte mit beiden Händen. Das Wasser rann zwischen seinen Fingern hindurch. Er zögerte, ehe er kostete. Es schmeckte widerlich nach Chemikalien.

Er schüttelte die Tropfen von den Händen, drehte sich um und ging zum Gabelstapler. Die gelbe Maschine hing noch immer schräg an einem Portalpfeiler. Das brachte Goetz auf eine Idee.

Er kletterte auf den Sitz und schaltete die Steuersäule ein. Als er seinen Personen-Kode eintippte, hatte er plötzlich das komische Gefühl, als würde sich die Maschine darüber wundern. Sie reagierte nicht. Statt dessen blinkte ein Leuchtfeld auf, mit dem er aufgefordert wurde, seine Angaben zu wiederholen.

Erst jetzt sah er das kleine Symbol über den Sensortasten. Es bedeutete, daß der Gabelstapler entstört, technisch überprüft, vorschriftsmäßig geräuschgedämpft und über einen Registriersender an den *KVE Kontrollverbund Energie* angeschlossen war ...

Jetzt wurden ihm plötzlich mehrere Ungereimtheiten verständlich. Er begann zu verstehen, was er mit der ersten Benutzung des Gabelstaplers ausgelöst hatte. Gleichzeitig lief es ihm kalt den Rücken hinunter. Sein Personen-Kode war bei der *Vorsorglichen Behütung* gespeichert, nachdem er mit verbotenen Lebensmitteln aufgefallen war. Er schüttelte sich unwillkürlich, als er an das Verhör durch die *VOBs* unmittelbar vor der Katastrophe zurückdachte.

Fünfundzwanzig Jahre lang war er nicht aufgefallen. Ein paar Eier und etwas Schinken hatten ihn schließlich doch noch zum

VOBSTER B-STU 1 gemacht: in die erste Behütungsstufe fielen alle, die irgendwann einmal durch Zufall, Unkenntnis der Vorschriften oder zeitlich begrenzte Auflehnung gegen die Energiegesetze verstoßen hatten. Bis zur B-STU 3 hatten die Betroffenen kaum mit Nachteilen zu rechnen. Schlimmstenfalls blieben ihnen einige höhere Management-Ebenen versperrt.

Ab B-STU 4 begannen die Erziehungsmaßnahmen. Es fing ohne öffentliches Aufsehen mit reduzierten Menü-Plänen in der Sozialversorgung an und steigerte sich über die Streichung von persönlichen Qualifikationspunkten bis zum System-Ausschluß. Was das bedeutete, hatte Goetz vor Jahren durch seinen Vater erfahren. Als er bei B-STU 9 angekommen war, weil er sich geweigert hatte, das Rauchen seiner Abendpfeife aufzugeben, war ihm sein Personen-Kode entzogen worden.

Die *Vorsorgliche Behütung* hatte ihn endgültig vor seinen Schwächen geschützt und außerdem verhindert, daß er durch sein eigenbrötlerisches Verhalten anderen Schaden zufügen konnte.

Zwei Wochen nach dem Entzug des Personen-Kodes hatte sich sein Vater freiwillig und völlig verwahrlost in eine *Behütungs-Anstalt* begeben. Dort hatten sie ihn noch einen Monat ohne Kontakt zu anderen Menschen ernährt. Eines Abends war er eingeschlafen und nicht wieder aufgewacht. Drei Tage nach seinem Tod war ihm die B-STU 10 zuerkannt worden: *Widerstand gegen das Leben!*

Er hatte ein Märtyrer-Begräbnis bekommen, mit allem, was dazu gehörte ...

Goetz wollte nicht den gleichen, starrsinnigen Weg gehen! Lebensgemeinschaften konnten immer nur dann funktionieren, wenn Freiheit und Verantwortung für andere einen Mittelweg fanden, so unvollkommen das demokratische Prinzip nach absoluten Maßstäben auch sein mochte!

Er ahnte jetzt, warum sein Kontostand sich ruckartig erhöht hatte. Er wußte, wie die Sperren an der Turmtür dazu gekommen waren, ihm Wege freizugeben. Er war tatsächlich Oberbürgermeister, Aufsichtsrat und Bischof zugleich! Aber nicht in der Ausübung der Funktionen, sondern in ihrem Stellenwert.

Er war alles, weil niemand außer ihm mehr da war ...

Doch vollkommen systemgerecht blieben die Bedenken gegen

ihn als Individuum bestehen. Hierarchische Vollmachten hatten ihm die Türen zu den Kellern in der Kathedrale geöffnet. Er hatte Dinge gesehen, von denen sonst nur Eingeweihte erfuhren. Perfekt programmierte Computer, die in einer einzigen Sekunde Millionen Entscheidungen treffen konnten, hatten ihn zunächst eingelassen.

Zunächst, denn nach vier Tagen weigerte sich die primitive Elektronik eines Gabelstaplers, seinen Steuerbefehlen zu gehorchen!

Goetz mußte plötzlich lachen. Er dachte an die stets dienstbereite *MUSE* im Kommunikationszentrum der Priester in der Krypta. Die gutgedrillten Elektronik-Sklaven hatten ihn bedient und verwöhnt, ehe sie auf den Gedanken kamen, daß er doch nur ein Eindringling ohne Rechte war. Milliarden Schaltbefehle waren für diese einfache Erkenntnis erforderlich gewesen.

Der Gabelstapler reagierte viel direkter …

»Na schön, du Miststück!« knurrte Goetz. »Dann nehme ich eben einen Hammer aus deinem Werkzeugfach und schlage dir die Elektronik ein!«

Schon die Ankündigung genügte. Der Gabelstapler ließ alle Funktions-Lämpchen auf der Steuersäule freundlich glühen. Mit einem harten Ruck rutschten die beiden Greifer höher. Der Gabelstapler schwankte und krachte auf die Steinplatten vor dem Eingangsportal der Kathedrale zurück.

Goetz ließ den Batterieantrieb aufjaulen. Er setzte ein Stück zurück. Mit voller Beschleunigung steuerte er die gelbe Maschine zum zweitenmal innerhalb weniger Tage in die Kathedrale.

Goetz hielt sich nicht lange auf. Draußen war ihm die Idee gekommen, wofür er die Greifer des Gabelstaplers einsetzen konnte. Vorsichtig manövrierte er die blanken Eisendorne so nach vorn, daß sie rechts und links von einem Beichtstuhl gegen die Mauer stießen. Es klappte nicht ganz. Die Dorne fuhren krachend in das splitternde Holz der geschnitzten Seitenverzierungen.

Goetz biß die Zähne zusammen. Er betätigte die Hubtaste. Was seit Jahrhunderten eine simple, aber geniale Informationsquelle für die Priester gewesen war, hob sich mit einem knirschenden Geräusch vom Boden. Ein trichterförmiges Bleirohr ragte in halber Höhe des Beichtstuhls aus der Mauer der Kathedrale.

Goetz setzte zurück. Der drei Meter hohe und fast anderthalb Meter breite Beichtstuhl versperrte ihm die Sicht nach vorn. Trotzdem gelang es ihm, die seltsame Fracht bis zum Portal zu fahren.

Am Rand der Stufen vor der Wasserfläche ließ er den Beichtstuhl nach unten sinken. Ein paar Verzierungen brachen ab. Staub, Spinnweben und schwarze Holzsplitter fielen auf die Steinplatten.

Goetz sprang vom Gabelstapler. Er ging einmal um den gewaltsam von der Kirchenwand gerissenen Holzverschlag herum. Im Licht der Sonne wirkte er nicht mehr besonders ehrwürdig. Er sah eher wie ein angejahrter Wandschrank aus einem Trödelladen aus...

Aber das Holz war immer noch massiv und trocken!

Goetz hatte Mühe, das schwere Möbel zu bewegen. Mit eigener Kraft schaffte er es nicht. Er stieg wieder auf den Gabelstapler und setzte einen halben Meter zurück. Er ließ die Greifer bis zum Anschlag nach oben summen. Mit einer beinahe spielerischen Bewegung stieß er den linken Dorn gegen das Spitzdach des Beichtstuhls.

Die schwere Holzkonstruktion stürzte in das hoch aufspritzende Wasser vor den Stufen. Sie sank ein, kam wieder hoch und schwamm wie ein Boot in den Wellen.

Goetz lachte. Die Idee war verrückt aber gut gewesen!

Jetzt brauchte er nur noch ein Ruder. Kurz entschlossen montierte er eine Abdeckplatte von der Seite des Gabelstaplers ab. Er kletterte in den schwimmenden Kasten und setzte sich auf die Kante der Sitzbank, auf der jahrhundertelang die Kissen für die Beichtväter gelegen hatten. Vorsichtig tauchte er die gewölbte Abdeckplatte ins Wasser.

Es funktionierte!

Mit einem triumphierenden Gefühl paddelte er über den See vor der Kathedrale. Während er in der Beherrschung seines ungewöhnlichen Bootes immer sicherer wurde, begann er zu pfeifen. Eigentlich hatte er nur nach einer Möglichkeit gesucht, zum Verlagshaus hinüber zu kommen. Jetzt machte ihm das Paddeln soviel Spaß, daß er beschloß, eine Erkundungsfahrt durch die Altstadt zu unternehmen. Er nahm die Straße, die zum alten Rathaus führte.

Zum erstenmal sah er bewußt und aus unmittelbarer Nähe, was

die Neutronenbombe wirklich angerichtet hatte. Es war durchaus nicht so, wie er die ganze Zeit gedacht hatte …

Vom Turm der Kathedrale aus hatte alles relativ unzerstört ausgesehen. Erst jetzt entdeckte er, wie schwer die Schäden an den Häusern waren. Er sah Fassaden, die nur noch von skelettartigen Armiereisen gehalten wurden. Zwischen immer wieder restaurierten historischen Häusern klafften breite Lücken, in denen hohe Trümmerhaufen lagen.

Das Wasser lief gurgelnd in irgendwelche Keller. Goetz mußte höllisch aufpassen. An einer Kreuzung geriet er in einen Gegenstrom. Unvermutet verwandelte sich das Wasser in den Straßen in einen reißenden Strom. Goetz paddelte wie verrückt. Der Beichtstuhl schoß in einen Strudel, drehte sich zweimal im Kreis, wurde herumgerissen und in eine enge Querstraße abgetrieben.

Hier kannte Goetz jedes Fenster, aber er hatte keine Zeit für irgendwelche Beobachtungen. Verbissen kämpfte er gegen den immer schneller fließenden Wasserstrom an. Jetzt hätte er Stangen oder ein richtiges Ruder haben müssen!

Goetz paddelte und paddelte, aber er hatte keine Chance gegen den reißenden Wasserstrom. Sein Boot rammte hart gegen eine Hausmauer. Sie war so brüchig, daß er auf einem Wasserschwall direkt hindurchbrach. Er konnte sich gerade noch ducken. Hinter ihm stürzten Mauerstücke in die schäumende Flut.

Goetz klammerte sich an den Verzierungen des Beichtstuhls fest. Die Abdeckplatte von der Seite des Gabelstaplers versank im Wasser. Der Beichtstuhl taumelte über schwappende Wellen auf eine Fensterfront an der gegenüberliegenden Seite eines Wohnzimmers zu. Wie gläserne Zähne ragten ihm die zerbrochenen Scheiben entgegen.

Er hatte nur noch eine Möglichkeit. Instinktiv warf er sich zur Seite. Der gläserne Hagel prasselte ins Holz des Beichtstuhls. Goetz tauchte in die stinkende, undurchsichtige Brühe. Er ruderte mit Armen und Beinen, versuchte zu schwimmen, aber kam einfach nicht mehr hoch.

Der Sog riß ihn immer tiefer.

13. KAPITEL

Der 45. Tag nach der Katastrophe brachte eine Reihe weiterer Entscheidungen. Während Goetz von Coburg in den Sielen der toten Stadt die Strafe für sein frevelhaftes Verhalten erlitt, wachten im Sakriversum Agnes und Guntram auf.

Sie hatten die Nacht nackt am Ufer des Sees verbracht. Obwohl der Morgen kühl war, froren sie nicht.

»Wir sind Mann und Frau!« sagte Guntram.

»So ganz ohne Feier, ohne die alten Tänze ...«

»Ist das so wichtig?« fragte er.

Sie sah ihn an, lächelte und schüttelte den Kopf.

»Nein, mein Gebieter!«

»Sag das nicht noch mal!« protestierte er. Sie mußten beide lachen. Agnes stand auf und lehnte sich gegen ihn. Er legte seinen Arm um ihre Hüfte.

»Ich bin froh, daß wir wieder hier sind«, sagte sie leise. Sie standen am Ufer des kleinen, stillen Sees und genossen das warme Licht der Sonne.

»So müßte es immer sein ...«

Guntram nickte. Doch er ahnte, daß es nicht so bleiben konnte. Er und Agnes hatten das Sakriversum erreicht, aber was war mit all den anderen. Würden sie es schaffen? Und wenn sie tatsächlich kamen, wie sollte er sich dann verhalten?

Er dachte an das zurück, was Meister Wolfram ihnen aufgetragen hatte. Sie sollten das Sakriversum und das innere Geheimnis schützen. Aber wie?

»Komm, laß uns schwimmen!« sagte Agnes. »Danach mache ich uns Frühstück, während du dir das Dorf ansehen kannst. Wir haben viel zu tun ...«

Guntram nickte. Sie gingen zum Wasser. Es war kalt und erfrischend. Nachdem sie sich wieder angezogen hatten, betraten sie das Dorf.

Plötzlich blieb Guntram stehen. Sie hatten die Linde am Dorfteich noch nicht erreicht. Guntram sah nach Osten. Er wurde plötzlich blaß.

»Was ist?« fragte Agnes.

»Das Haus! Unser Haus ...«

Jetzt sah auch Agnes, was Guntram vor ihr entdeckt hatte. Sie standen neben einer kleinen Stützmauer, die einen der Schuppen mit den Wasserrädern gegen den Bach schützte.

»Mein Gott«, sagte Agnes entsetzt, als sie die ausgebrannte Ruine am östlichen Dorfrand erkannte. »Das war unser Heim ...«

Guntram lief los, viel schneller, als Agnes ihm folgen konnte. Er bog am Turm in die Dorfstraße ein. Seine Schritte wurden langsamer. Er keuchte, dann blieb er mit hängenden Armen stehen. Wortlos starrte er auf die ausgebrannte Ruine. Erst als er Agnes' Schluchzen hinter sich hörte, stöhnte er auf. Er nahm sie in den Arm.

»Nicht weinen, Agnes! Es sind noch andere Häuser da! Wir können überall im Dorf leben!«

Agnes schüttelte den Kopf. Sie löste sich von ihm und ging auf den Vorgarten zu. Das Gatter hing schräg in den Scharnieren.

»Paß auf, Agnes!«

Sie hörte ihn nicht. Wie in Trance kletterte sie über verkohlte Holzbalken. Dort, wo früher ihr Zimmer gewesen war, stand nur noch der gemauerte Alkoven. Sie kletterte über schwarzverbrannten Schutt, kroch unter schrundig verkohlten Dachbalken hindurch und holte mit bloßen Händen verschmortes Bettzeug aus dem Alkoven, in dem sie und ihr Bruder geschlafen hatten.

Ganz unten fand sie die Puppe, die einst ihr Vater geschnitzt hatte. Die Puppe war nicht verbrannt. Dicke Schichten Bettzeug hatten sie geschützt.

Agnes lachte und weinte gleichzeitig, als sie die Puppe mit einem Zipfel ihres Rockes abwischte.

»Sie ist noch da!« rief sie Guntram zu.

»Die Zeit der Spiele ist vorbei«, sagte er ernst. »Wir müssen lernen, daß wir nicht mehr so sind wie früher! Nichts mehr kann jemals wieder so sein ...«

»Darf ich denn nicht einmal mehr traurig werden?«

Sie blickte ihn an. So hatte er noch nie gesprochen. Irgendwie klang das, was er sagte, härter, entschlossener und kälter. Er war ein Mann geworden. Mit leiser Wehmut erkannte sie, daß die Zeit der Träume tatsächlich vorbei war. Obwohl auch sie ihn jetzt anders als eine Schwester liebte, mußte sie sich erst an den Gedanken gewöhnen, seine Frau zu sein …

Während Guntram einmal um das Haus ging, überlegte Agnes, wo sie die Puppe sicher aufbewahren konnte. Es hatte keinen Sinn, sie mit sich herumzuschleppen.

Ihr Blick fiel auf das aus Metall gegossene, kreisrunde Familien-Zeichen der Alchimisten an der Giebelwand. Sie wußte, daß in bestimmten Neumondnächten zerstampfte und mit seltenen Erden vermischte Kräuter in die Mauerhöhlung hinter dem Familien-Zeichen gelegt worden waren. Ihr würziger Geruch sollte das Ungeziefer und ungesunde Luft von den Bewohnern des Hauses fernhalten.

Guntram war noch hinter dem Haus. Kurz entschlossen trat Agnes vor das Familienzeichen. Zwischen geheimen Symbolen und einem blinkenden Dreieck aus weißen Kristallen leuchtete in hellem Violett ein echter Amethyst-Quarz.

Jede Familie im Sakriversum hatte einen anderen Stein in ihrem Wappen. Sie bildeten eine Erinnerung an die zwölf Stämme Israels und an die Steine der Apokalypse im Fundament der neuen Mauer Jerusalems. Außer dem Amethysten ihrer Familie gab es noch Jaspis, Saphir, Chalzedon, Smaragd und Sardonyx bei den Familien oberhalb der Straße. Die Clans auf der anderen Seite trugen Sarder, Chrysolith, Beryll, Topas, Chrysopras oder einen Hyazinth in ihrem Wappen.

Agnes hörte, daß Guntram wiederkam. Schnell löste sie den Amethyst und nahm das runde Zeichen ab. Sie legte ihre Puppe auf eine Schicht Kräuterstaub in der Mauerhöhlung.

»Ich schätze, du mußt noch einmal in den See«, sagte Guntram, als er ihr rußverschmiertes Gesicht und ihre schmutzigen Hände sah. Sie merkte, daß er sie nur ablenken wollte.

»Später!« sagte sie leise. Er merkte nicht, daß sie die Holzpuppe in der Mauer versteckt hatte.

»Dann komm!« meinte er abwesend. Sie gingen über die Dorfstraße. Zwischen den Grundstücken lagen faulende Lebensmittel und halbverweste Tierkadaver. Es waren fast nur Muttertiere …

»Zwei Häuser sind so zerstört, daß niemand mehr in ihnen wohnen kann«, stellte Guntram fest. »Die anderen lassen sich wieder herrichten. Wahrscheinlich haben die *Bankerts* nach unserer Flucht einen Weg hierher gefunden. Sie müssen uns auf den geheimen Wegen nach unten gefolgt sein!«

Agnes antwortete nicht. Sie gingen in das westlichste Haus des Dorfes. Agnes fand sich in der Küche schnell zurecht. Sie legte Holzspäne in den Herd und entzündete sie mit ihrem Magnesiumstein.

Sie wusch sich unter dem Wasserrohr an der Küchenwand. Wenig später summte es in den ersten Kesseln. In Pfannen und Töpfen brutzelten Speckstreifen und Eingemachtes. Sie hatte Zwiebeln, Äpfel, Trockenfleisch und Mehl gefunden.

Während sie kochte, saß Guntram schweigend an einem Holztisch unter den östlichen Fenstern der Küche. Sanftes Sonnenlicht fiel durch getönte Butzenscheiben auf den Tisch. Er zeichnete mit einem Stück Blei Kreise, Linien und Dreiecke auf die Holzplatte.

»Wenn das hier das Sakriversum ist«, murmelte er nachdenklich, »dann muß die andere Seite ebenso groß sein. Aber dazwischen fehlt ein Stück … genau an der *Teufelsmauer* oberhalb des Dorfes …«

Er schnupperte und hatte plötzlich einen Riesenhunger. Agnes war nicht da, doch gleich darauf kam sie mit einem aus Stroh geflochtenen Korb zurück. Sie brachte frische Eier, jungen Löwenzahn für einen Salat und Erdbeeren mit.

»Der Garten ist vollkommen verwildert«, sagte sie. »Den Hühnern und den Schweinen hat unsere lange Abwesenheit nichts ausgemacht, aber andere Tiere habe ich nicht gesehen.«

Guntram nickte. Sie füllte zwei Teller mit Gesottenem und stellte sie auf den Tisch. Während sie mit spitzen Messern und den Fingern aßen, sprach Guntram über seine Zeichnung auf der Tischplatte.

»Das Sakriversum ist auf den Schrägen über den Gewölbebögen der Kathedrale errichtet worden. Wir leben auf der Südseite und die Nordseite müßte vom Prinzip her ähnlich aussehen. Doch genau da stimmt etwas nicht!«

»Haben wir jetzt keine anderen Sorgen?« meinte Agnes unwillig.

Guntram schob seinen Teller zurück.

»Wenn die *Teufelsmauer* nicht massiv ist ...«, überlegte er.

»Was kümmern uns die Geheimnisse der Logenmeister? Wir müssen zusehen, daß wir das Dorf wieder in Ordnung bringen. Das ist jetzt wichtiger als alles andere! Die Saat steht an, außerdem müssen wir uns um die Tiere kümmern ...«

»Du vergißt die *Bankerts*!«

Agnes schüttelte den Kopf.

»Keineswegs! Aber ich würde gern wissen, was Meister Wolfram dir wirklich aufgetragen hat.«

»Das ... das darf ich dir nicht sagen!«

Sie blickte ihn schweigend an.

»Bin ich nicht jetzt deine Frau?«

Guntram preßte die Lippen zusammen. Unwillkürlich nahm er das Bleistück und strich die Linien auf der Tischplatte durch. Offensichtlich fühlte er sich überhaupt nicht wohl in seiner neuen, ungewohnten Rolle. Das hatte nichts mit der vergangenen Nacht zu tun, sondern mit den für andere unhörbar gebliebenen Worten von Meister Wolfram.

Guntram war sich darüber klar, daß er keine richtige Weihe erhalten hatte, aber er war ein Logenmeister – jedenfalls ein dafür vorgesehener. Solange Meister Wolfram und die anderen Clan-Chefs nicht im Sakriversum waren, war er der Erbe eines großen Vermächtnisses – das er noch nicht kannte.

Nicht jeder Clan-Chef wurde Logenmeister. Die Oberhäupter der zwölf *Schander*-Familien waren jeden Samstag nach der Arbeit im *Buch-Heim* zusammengekommen. Während Männer, Frauen und Kinder, die noch nicht schlafen mußten, sich unter der Linde auf der Wiese am See einfanden, hatten die zwölf Dorfältesten hinter dicken Mauern und verschlossenen Türen die Nacht auf den Sonntag verbracht.

Niemand außer ihnen hatte jemals erfahren, was die Clan-Chefs in diesen Nächten taten. Und nur drei von ihnen galten in jeder

Generation als Logenmeister, die alle Geheimnisse des Sakriversums kannten. Vor der letzten Flucht in die Bleikeller waren das Meister Wolfram und Meister Bieterolf und Meister Wirnt gewesen.

Otto, der Friedfertige, gehörte nicht dazu, obwohl er ebenfalls ein blaues und ein graues Auge hatte.

Guntram dachte an Ulf und Lea. Eigentlich hätte Ulf ein Logenmeister werden können. Nur weil er Meister Lamprechts Pflegetochter Lea geheiratet hatte, durfte er die letzte Weihe nicht erhalten. Denn Lea war nach wie vor eine Fremde.

Guntram merkte, daß Agnes auf seine Antwort wartete.

»Solange ich nicht weiß, was ich darf, muß ich schweigen«, sagte er schließlich. Zum erstenmal, seit er denken konnte, richtete sich eine unsichtbare Trennwand zwischen ihnen auf. Sie spürten beide, wie etwas von ihrer unschuldigen, innigen Geschwisterbeziehung verlorenging.

Agnes stellte die Holzteller zusammen. Sie nahm die Löffel und wischte mit einem Tuch über die Tischplatte. Als sie aufstand, liefen Tränen über ihre Wangen. Sie wollte nicht, daß Guntram sie sah.

Er stand ebenfalls auf und ging zu den Fenstern an der Seitenwand der Küche. Agnes blickte ihm verstohlen nach. Er hatte einen hellbraunen, mit Nußschalensud gefärbten Leinenkittel an. Das Hakenmesser steckte neben einem verschnürten Lederbeutel an seinem Gürtel. Jetzt sah er wie ein Mann aus.

»Ich werde die Fenster morgen ausbessern«, sagte Guntram mit einem Blick nach draußen.

»Hat das nicht Zeit? Jetzt kommen doch die schönen Monate ...«

Guntram nickte.

»Dennoch wird Meister Lamprecht nichts dagegen haben, wenn wir ihm ein ordentliches Haus als Gastgeschenk übergeben. Ich denke, daß wir hier wohnen können. Vielleicht nimmt er auch noch Ulf und seine Pflegetochter Lea bei sich auf.«

»Du meinst, daß unsere Familie in verschiedenen Häusern wohnen soll?« fragte sie erschreckt.

»Wir müssen alle etwas zusammenrücken, bis wir neue Häuser gebaut haben.«

»Und die *Bankerts*?«

Guntram hob die Schultern.

»Die könnten in Zelten zwischen der Linde und dem See leben. Wir haben in den Vorratskammern genügend Stoffballen, aus denen sich Zelte nähen lassen ...«

»Für fünfzig, siebzig oder gar hundert Menschen?«

Er drehte sich um.

»Vielleicht werden es viel weniger«, sagte er. »Das hängt davon ab, wie schnell ich Meister Albrecht finde ...«

»Was hast du vor?«

Er zeigte durch die Fenster auf die Hügel.

»Ich werde mich mal im Dorf umsehen. Vielleicht finde ich eine Möglichkeit, wie wir uns gegen die *Bankerts* schützen können. Außerdem will ich nach Meister Albrecht sehen.«

»Das ist verbotenes Gebiet«, sagte sie erschreckt. »Soweit darfst du nicht gehen!«

»Du vergißt die Pflege der Weinreben oberhalb der Gärten und der Felder. Der Clan von Meister Bieterolf konnte stets mit dem Privileg der Brauer und Winzer bis fast zur *Teufelsmauer* hinauf.«

»Aber wir doch nicht, Guntram! Wir gehören zu Meister Wolfram, oder hast du das etwa vergessen?«

Er schüttelte den Kopf.

»Mach dir keine Gedanken, Agnes! Ich weiß, was ich tun muß!«

»Ich komme nicht mit«, sagte sie leise.

Er überlegte eine Weile, dann fand er, daß es vielleicht besser so war.

»Also gut!« sagte er. »Ich muß jetzt gehen. Du könntest ja inzwischen anfangen, in allen Kesseln kräftige Fleischbrühe zu kochen. Vergiß die guten Heilkräuter nicht. Unsere Leute werden sehr erschöpft sein, wenn sie ankommen ...«

»Und wann kommst du zurück?«

»Ich will versuchen, Wasser bis zum Abendzeichen zu bringen. Das ist meine erste Aufgabe. Danach gehe ich zur Hütte von Meister Albrecht.«

Sie wußte, daß es keinen Sinn hatte, ihm zu widersprechen.

Zur gleichen Zeit erwachte Nancy McGowan aus einem langen, traumlosen Schlaf. Sie fühlte sich wie gerädert. Ihre Muskeln schmerzten, als hätte sie tagelang ohne Unterbrechung trainiert.

Trotzdem fühlte sie sich glücklich.

Sie hatte das geheimnisumwitterte Sakriversum unter dem hohen Dach der Kathedrale viel leichter erreicht, als sie es sich vorgestellt hatte. Vielleicht war ihr zugute gekommen, daß sie als Hochseilartistin und geübte Fassadenkletterin schneller Querverbindungen und hilfreiche Mauervorsprünge entdeckt hatte, als es anderen möglich gewesen wäre.

Hinzu kam das herrliche Gefühl, endlich allein zu sein. Seit ihrer Kindheit in den Labors und der Zeit, in der sie ihre Kunststücke Tausenden von neugierigen, sensationslüsternen Gaffern zeigen mußte, hatte sie eine panische Angst vor Menschen.

Sie fürchtete, daß jeder nur auf ein falsches Wort oder eine falsche Bewegung von ihr wartete. Sie wußte, daß sie jahrelang sogar im Schlaf beobachtet worden war. Menschliche Ungeheuer in weißen Kitteln hatten ihr ständig Blut abgezapft. Andere, mit grünen Kitteln und Gazemasken, Kopfhauben und Gummihandschuhen hatten sie immer wieder auf Untersuchungstischen festgeschnallt. Die Hölle der Infusionsschläuche, Kanülen, OP-Scheinwerfer und fahrbaren Foltergeräte mit Elektroden, zuckenden Registrierstiften und böse blinkenden Leuchtpunkten hatte sie seit ihrer Geburt Tag und Nacht verfolgt.

Sie war kein Mensch gewesen, sondern eine genetische Abnormität, die Stoff für Dutzende von Doktorarbeiten hergab. Selbst wie sie spielte, hatte die Schemen hinter den einseitig verspiegelten Beobachtungsfenstern bestenfalls *wissenschaftlich* interessiert …

Sie wollte nicht mehr daran denken, wie oft sie vergeblich versucht hatte, den Schwätzern mit Professorentiteln zu entkommen. Ihre allzeit dienstbereiten Vasallen hatten sie immer wieder aufgespürt und eingefangen.

Jetzt fühlte sie sich zum erstenmal in ihrem Leben wirklich frei. Sie hatte Hunger, aber niemand schrieb ihr vor, welchen Chemiebrei sie essen mußte. Sie fror, doch keine Sensorplatte an ihrer Haut sorgte für Klimaänderungen in einem Brutkasten. Sie hätte schreien können, ohne daß sich sofort Professorengesichter in besorgte Falten legten …

Sie machte ein paar Lockerungsübungen. Dann sprang sie auf. Ihr fiel ein, daß sie sich am Vorabend in eine Nische zwischen den Mauern verkrochen hatte. Vorsichtig und gleichzeitig gespannt erkundete sie den höhlenartigen Raum.

Einige Meter entfernt fiel buntgedämpftes Licht auf staubige Steinblöcke. Sie hatte in den siebzehn Jahren ihres ständig überwachten und registrierten Lebens gelernt, daß ein Meter für sie die achtfache bis neunfache Entfernung wie für normalgewachsene Menschen war. Der gleiche Faktor galt für alle anderen Maße.

Ein Teelöffel war für sie eine Schaufel, ein Spatz ein Albatros und Bassets Elefanten. Wenn sie sich im Freien bewegte, hatten Regentropfen wie nasse Waschlappen und von Bäumen fallende Nüsse wie Schlagbälle wirken können. Es gab noch viele andere Kleinigkeiten, die ihr das Leben schwer gemacht hatten: Fliegen, Spinnen und Käfer gehörten dabei zu geringsten Übeln. Weitaus schlimmer waren die groben Finger der Menschen gewesen, die sie anfassen und streicheln wollten, ihr sturmartig schnaufendes Atmen und ihr schmerzhaft lärmendes Gelächter …

Nancy kletterte bis zu den bunten Lichtflecken hinter den Mauerdurchbrüchen. Sie erinnerte sich wieder daran, wie sie durch eine zersplitterte Scheibe in ihre Höhle gekrochen war. Das Glas des Rosettenfensters war mit einer chemischen Schutzschicht versiegelt gewesen. Nur deshalb hatten wohl die meisten der alten Scheiben die Druckwelle des Neutronenblitzes heil überstanden.

Nancy wußte eine Menge über die Zivilisation, die nun nicht mehr existieren konnte. Durch die vielen Labortests, in denen auch ihre geistige Leistungsfähigkeit ständig überprüft worden war, hatte sie mehr erfahren als andere in ihrem Alter.

Sie wußte, daß ihr Herz schneller schlug, ihr Blutdruck, ihre Körpertemperatur und ihr Grundumsatz höher waren als bei *normalen* Menschen. Doch auch ihr Intelligenzquotient lag mit 185 weit über dem Durchschnitt.

Durch ihre Privatlehrer hatte sie viel gelernt. Als Corvay sie im Alter von zwölf Jahren aus den Labors geholt hatte, konnte sie mehrere Diplome vorweisen. Sie war *B.A.*, *M.A.* und Ehrendoktor der *Yale Wniversity* in New Haven, Connecticut.

Das alles hatte sie nicht davor bewahrt, Corvays Sklavin zu werden. Gut zwei Jahre lang war sie mit seiner Truppe von Zirkuszelt zu Zirkuszelt gezogen. Sie war in Las Vegas aufgetreten und in den teuren Clubs von New York. Dann hatte sie Jan kennengelernt und mit ihm eine eigene Truppe gegründet. Das war vor drei Jahren gewesen …

Sie näherte sich dem oberen Segment des riesigen Rosettenfensters. Über der Stadt standen keine Rauchwolken mehr. Dafür hatten sich weitere Straßen mit Wasser gefüllt. Sie sah, wie ein winziges, schrankförmig aussehendes Boot tief unter ihr über eine der ehemaligen Ausfallstraßen trieb.

Als sie zur Seite sah, zuckte sie zusammen.

Corvay!

Nancy konnte nur mühsam einen Aufschrei unterdrücken. In panischer Angst floh sie in die Dunkelheit zurück. Ohne zu denken kletterte sie über Verstrebungen, Mauervorsprünge und staubige Balken.

Sie hätte nie gedacht, daß Llewellyn Corvay mit all den vielen ausgehungerten Leuten so schnell nach oben gelangen konnte …

Der lange Marsch der *Schander* und der *Bankerts* näherte sich seinem Ziel. Müde, kraftlos und von den Wochen in der Dunkelheit gezeichnet, schleppten sich Männer, Frauen und Kinder über schmale Mauerstege.

Die Vorboten von Corvays Treck erreichten das Rosettenfenster. Sie spannten lange Seile zu den Turmöffnungen. Bleich vor Angst, jederzeit abstürzen zu können, hangelten sich die kräftigsten von ihnen zu den bunten Scheiben. Obwohl die *Schander* noch erschöpfter wirkten als die *Bankerts*, blieben sie in Familiengruppen zusammen.

Die Clans halfen sich gegenseitig. Wenn *Bankerts* kamen, die sie zu noch größerer Eile antreiben wollten, scharten sie sich um ihre Clan-Chefs, die mit fast tranceartiger Ruhe die Familien zusammenhielten. Die schwerste Aufgabe hatten die Mütter übernommen. Sie mußten Kinder trösten und ihnen immer wieder Mut machen. Während die Männer zusammen mit den *Bankerts* Seile gespannt, Leitern angelegt und Haken in die Mauern geschlagen hatten, waren sich die Frauen beider Völker unmerklich näher gekommen. Aber sie wußten, daß es bestenfalls ein Frieden auf Zeit war …

Vor dem Rosettenfenster an der Westseite der Kathedrale entstand ein Gewimmel wie zu den Bauzeiten der Türme. Die kleinen Menschen klammerten sich an jeden erreichbaren Mauervorsprung. Mit blutenden Fingern krallten sie sich in Fugen, die vor Jahrhunderten mit Senkblei und Wasserwaage ausgerichtet worden waren.

»Ho-ho!« riefen Corvays Berater unablässig. »Wer's bis zum Abend nicht erreicht hat, wird's nimmermehr erreichen!«

Pfiffe und Flüche schallten zwischen dem nördlichen und dem südlichen Turm der Kathedrale hin und her. Llewellyn Corvay ließ sich in einem Korbstuhl überholen. Er hatte viel von seiner Pracht verloren, aber er war und blieb der Mittelpunkt des Trecks.

Galus, der Arzt, und Lello, der Narr, saßen wie staubige Vögel im Filigran des Rosettenfensters. Sie beobachteten, wie einige *Schander* den Leichnam von Meister Wolfram höher schleppten. Anders als die *Bankerts* hatten die *Schander* keinen ihrer Toten auf dem langen, mühsamen Weg zurückgelassen.

»Wir müssen aufpassen, daß sie nicht durchdrehen, wenn sie entdecken, wie wir in ihrem Dorf gehaust haben«, sagte Lello kichernd.

»Dazu sind sie zu schwach und zu feige«, sagte Galus.

»Arme, scheue Kirchenmäuse«, schnaufte Hector. Er hatte kurz vor Corvay das Rosettenfenster erreicht. Die anderen Berater des Königs ließen sich stöhnend auf den behauenen Steinen der Fenstereinfassung nieder.

»Hoffentlich befiehlt er für heute noch den Durchbruch ins Sakriversum«, seufzte Menennery Luck. Die anderen nickten zustimmend.

Als Corvays Sessel fast bis zum Rosettenfenster gezogen worden war, knatterte plötzlich ein Motor los. Über eins der vielen parallel gespannten Seile vom Südturm zum westlichen Fassadengiebel der Kathedrale stieg schwankend und mit lauten Fehlzündungen ein Motorrad höher, an dem ein Pulk von Menschen hing.

»Das ist doch dieser Jan mit seiner Truppe!« brummte Hector unwillig.

»Nancy & Jan – die todesmutigen Wahnsinnszwerge!« sagte Lello. Seine Klampfe sah ziemlich ramponiert aus.

»Sie hat ihn unterwegs verlassen«, sagte Galus.

Menennery Luck leckte sich über die aufgeplatzten Lippen.

»Wahrscheinlich ist sie vorausgegangen und stellt schon mal den Wodka kalt ...«

Die anderen lachten.

Das knatternde Artisten-Motorrad kam viel zu schnell näher. Jan merkte nicht, daß er zu stark beschleunigt hatte. Er war nur das Gewicht seiner Partnerin Nancy gewöhnt. Jetzt hingen fünf Mitglieder der Truppe am Trapez unter den Rädern. Dadurch veränderten sich Winkel und Geschwindigkeit auf dem nicht straff gespannten Seil.

Als er begriff, daß er zu schnell war, machte er einen weiteren, verhängnisvollen Fehler. Er verstieß gegen das oberste Gesetz aller Artisten und reagierte zu abrupt. Das plötzlich abgebremste Motorrad bäumte sich wie ein scheuendes Pferd auf. Durch die Fliehkraft schlug das Trapez mit seiner Menschentraube gegen die Mauer unter dem Rosettenfenster.

Ein vielstimmiger Aufschrei ging durch die Reihen der *Schander* und *Bankerts.* Zwei Männer und ein Mädchen aus der Truppe konnten sich nicht mehr halten. Ihre Körper prallten gegen die Kathedralenmauer, dann stürzten sie senkrecht nach unten.

Für einen Augenblick warteten alle auf den Aufschlag. Selbst die Kleinkinder spürten, daß etwas Furchtbares geschehen war. Als nacheinander drei dunkle Flecken neben einem gelben Gabelstapler vor dem Portal der Kathedrale entstanden, bekreuzigten sich die Frauen der *Schander.* Die *Bankerts* schwiegen.

Gleichzeitig war Llewellyn Corvay, unbehelligt von den Ereignissen unter ihm, am Rosettenfenster angekommen. Er wuchtete seinen schweren Körper neben Galus und Lello in das Filigran des Rosettenfensters.

»Wir hätten doch schon unten in den Bleikellern eine Auswahl treffen sollen!« knurrte Hector. Corvay schüttelte den Kopf.

»Dann wären alle unten geblieben!«

»Das hätten wir uns nicht leisten können«, sagte Galus kopfschüttelnd. »Wir wissen nichts von Ackerbau und Viehzucht. Wir kennen nicht einmal die Regeln, durch die die *Schander* in ihrem Teil des Sakriversums die sieben Jahrhunderte relativ friedlich überstanden haben. Sie müssen ein Geheimnis kennen, durch das sie lebensfähiger geworden sind als unsere Vorfahren ...«

»Sakriversum, Südhang, beste Sonnenlage«, höhnte Menennery Luck.

»Das ist natürlich auch ein Grund gewesen«, stimmte Galus zu. »Aber die Sonne allein ist noch nie eine Garantie für den Bestand einer Kultur gewesen. Eher das Gegenteil trifft zu ...«

»Du meinst, daß sich die *Bankerts* besser entwickelt haben müßten«, fragte Corvay interessiert. Er beobachtete, wie immer mehr kleine Menschen vom Südturm zur Westfassade der Kathedrale kletterten.

»Große Kulturen entstehen nicht durch Überfluß, sondern durch Herausforderungen«, erklärte Galus. »So wie der Krieg der Vater vieler Fortschrittsphasen gewesen sein soll, hätte uns doch die Not stärker, kräftiger und einfallsreicher als die *Schander* machen müssen!«

Hector spuckte aus.

»Sie hatten von Anfang an die besseren Ausgangsbedingungen!«

»Eben!« sagte Galus. »Das war ja unsere Chance ...«

Menennery Luck lachte. Immer mehr *Schander* und *Bankerts* sammelten sich am Rosettenfenster. Es wurde Zeit, weiter vorzustoßen.

»Ich möchte wirklich wissen, was uns eigentlich unterscheidet!« sagte Hector. Corvay warf Galus einen kurzen Blick zu.

»*Schander* sind keine Einzelgänger wie die meisten von uns. Sie leben seit Jahrhunderten in vollkommener Isolation ohne Kontakt zu irgendwelchen anderen. Ihre Familien, ihre Clans und ihre Dorfgemeinschaft hat sie zu einem hierarchisch zusammengeschweißten Ameisenvolk gemacht ...«

»Und alles ohne Königin!« kicherte Lello.

»Stimmt!« sagte Galus und nickte. »Die Spitze der Pyramide fehlt. Sie haben keinen obersten Herrscher, keinen Papst und keinen König. Das ist das Eigenartige an ihnen. Alle Clan-Chefs sind gleichberechtigt, ganz gleich welches Handwerk von den Familien beherrscht wird. Sie verehren ihre Alten, aber keiner hat mehr Macht als ein anderer!«

»Sowas wie Urchristen«, meinte Hector mit einem Anflug von Verständnis.

»Vielleicht«, sagte Galus. »Sie haben immer alles gemeinsamgemacht. Jeder gab soviel, wie er konnte, und bekam, was er brauchte. Das ging soweit, daß sie in fruchtbaren Jahren sogar einen Teil ihrer Felder unbearbeitet ließen.«

»Und die *Bankerts* auf der anderen Seite mußten hungern!« knurrte Hector. »Ich verstehe nicht, warum wir nicht schon vor Jahrhunderten auf die Idee gekommen sind, diese verdammte heile Welt anzuzapfen und dafür zu sorgen, daß sie uns miternährt ...«

»Das habe ich mich gefragt, seit ich denken kann«, sagte König Corvay. »Und seit ich die Legenden von einer Welt im Überfluß hörte, während ich vor Hunger nicht einschlafen konnte.«

»Vergeßt die *Teufelsmauer* nicht!« krächzte Lello. »Lello ist ein Narr, aber er weiß, was andere nicht wissen ...«

König Corvay hob die Brauen.

»Was willst du damit sagen?«

»Ich darf es nicht ...«

»Du sprichst, oder ich werfe dich eigenhändig nach unten!«

»Ich darf es wirklich nicht, mein König!«

Lello zog sich zitternd in eine Mauernische zurück. Hector beugte sich vor. Die anderen Berater auf den Fensterrippen vor den bunten Scheiben hielten den Atem an.

»Ein Narr hat ein verbrieftes Recht auf seine Weisheit«, warnte der Arzt Galus.

»Was Recht ist, habe ich zu entscheiden!« gab Corvay zornig zurück. Er wandte sich wieder Lello zu. »Los, jetzt, oder ich mache meine Drohung wahr!«

Lello wimmerte leise. Seine flinken Augen huschten hin und her. Er blickte nach unten, wurde blaß und lehnte sich mit einer kindlichen Gebärde schnell zurück.

»Wer sich … wer sich der *Teufelsmauer* nähert, die beide Seiten des Sakriversums in der Höhe trennt, der wird wie ich! Ich habe es vor vielen Jahren einmal versucht …«

»Du meinst, die Mauer kann den Geist verwirren?«

»Sie kann auch töten und verstümmeln!« erwiderte Lello hastig. »Sie kann ein Feuer in den Adern brennen lassen …«

»… und Erbschäden hervorrufen!« ergänzte Galus leise. Er strich sich über seinen unförmigen Kopf.

Corvay spürte instinktiv, daß auch der Arzt mehr wußte, als er bisher verraten hatte.

»Was soll das? fragte Corvay. Galus und Lello hatten länger im nördlichen Teil des Sakriversums gelebt als er. Dort gab es kein idyllisches Dorf – nur Höhlen, in denen *Bankerts* geboren wurden, und in die sie sich nach einem Leben unter den *Weltlichen* zum Sterben zurückzogen.

Bankerts waren nie Bauern gewesen oder Handwerker wie die *Schander.* Sie hatten sich von erlegten Tieren ernährt und dem, was sie auf mageren, oftmals verwilderten Feldern, die nur selten einen Sonnenstrahl sahen, gefunden hatten. Die Nordseite des Sakriversums war ihnen nie eine Heimat gewesen – bestenfalls Zuflucht.

»Meint ihr, die *Schander* haben die *Teufelsmauer* als einen vergifteten Wall zwischen den beiden Seiten des Sakriversums gebaut?« Corvay war nachdenklich geworden.

»Die *Teufelsmauer* war von Anfang an da«, sagte Galus kopfschüttelnd. »Sie gehört zum Bauplan der Kathedrale. Natürlich gibt es Durchlässe, sonst wäre es uns nicht gelungen, kurz vor der Katastrophe auf die andere Seite zu kommen. Aber normalerweise war der Fluch stärker als alle Versuche, die beiden Welten miteinander zu verbinden!«

»Zuviel Aberglaube!« schnaubte Corvay. »Ich bin eher der Meinung, daß diese Burschen dort die Zugänge zu ihrer Welt mit irgendwelchen Giften unpassierbar gemacht haben.«

»Dann müßten sie es beim letztenmal vergessen haben«, sagte Galus. »Und das ist unwahrscheinlich bei Menschen, die sich seit Jahrhunderten an strenge Riten und Verhaltensweisen klammern!«

»Wir sind doch aber durchgekommen, verdammt noch mal!«

»Ich würde es nicht nochmals wagen!«

Corvay sah den Arzt nachdenklich an. Er dachte an die Tage vor der Katastrophe zurück, wie er die Eingesammelten über den nördlichen Turm nach oben gebracht hatte, wie er den umständlichen Weg nach Norden gewählt hatte, ohne nur einmal daran zu denken, daß sie durch die Rosette auch gleich in den südlichen Teil des Sakriversums gekommen wären ...

Diesmal kamen sie vom südlichen Turm. Wie selbstverständlich waren sie dem historischen Weg der *Schander* gefolgt, obwohl es auch eine beinahe identische, spiegelverkehrte Möglichkeit des Aufstiegs gegeben hätte!

Nur das letzte Stück war anders. Abweichend von den überlieferten Plänen waren sie an der Außenseite der Kathedrale zur Rosette gelangt. Jetzt kletterten die Angehörigen beider Völker zur Mitte zwischen beiden Türmen. Nur wenige Meter nördlich befand sich der Eingang zur *Bankert*-Welt, doch kein *Bankert* war jemals auf den Gedanken gekommen, über den südlichen Turm in die Parallelwelt zu gelangen ...

»Wir werden eine Brücke bauen!« sagte Llewellyn Corvay plötzlich. »Eine Brücke, die beide Eingänge an den Seiten des Rosettenfensters miteinander verbindet. Da es keine *Weltlichen* mehr gibt, brauchen wir nicht zu befürchten, daß die Konstruktion entdeckt wird.«

»Wir könnten auch die *Teufelsmauer* soweit einreißen, daß eine ungefährliche Verbindung entsteht«, meinte Hector.

»Nein, dafür kennen wir die statistischen Berechnungen zu wenig. Wir werden nur Raum brauchen für Arbeitslager, Baracken, Höhlen und Schlafkammern für die *Schander*, die tagsüber auf ihren ehemaligen Feldern arbeiten, und die wir nachts dort isolieren, wo wir selbst Jahrhunderte verbringen mußten!«

Lello, der Narr, sah seinen König mit weitgeöffnetem Mund an. Er deutete auf eine Gruppe von erschöpften *Schandern*, die eben das Rosettenfenster erreichten.

»Sie sollen dort leben, wo wir herkommen, und wir nehmen uns ihr Dorf?«

Llewellyn Corvay zog die Mundwinkel herab.

»Was glaubst du wohl, warum wir uns so lange mit ihnen abquälen!«

Lello stieß einen irren, trillerartigen Schrei aus. Er begleitete ihn mit ein paar harten, kurzen Akkorden auf seiner Klampfe. Als einziger von Corvays Beratern hatte er nicht den ganzen Plan gekannt. Jetzt wußte er, daß Corvay der Größte war: ein Mann, der weit in die Zukunft dachte …

14. KAPITEL

Der Gott, der Goetz von Coburg schon einmal überleben ließ, war von neuem gnädig. Als Herr über Luft und Wasser, Feuer und Erde gewährte er, daß sich zwei Strudel in den Sielen unter der Stadt vereinten, um dadurch den Körper des Ertrinkenden gegen ein rostiges Fanggitter zu spülen.

Zusammen mit allerlei Gerümpel hing die leblose Gestalt an rostigen Eisenstäben. Wichtiger noch als diese unerwartete Entwicklung war die Tatsache, daß sich der Körper von Goetz über seinem nach unten hängenden Kopf verklemmt hatte.

Sein Magen revoltierte. Er mußte sich übergeben, obwohl er immer noch ohnmächtig war. Gleichzeitig floß Wasser aus seinen Lungen. Mit einem konvulsivischen Zucken saugte er ruckartig übelriechende Luft ein. Seine Finger verkrallten sich. Sie tasteten an den Gitterstäben entlang.

Er hatte kaum noch Kraft, sich hochzuziehen. Nur der in seinem Unterbewußtsein gespeicherte Lebenswille half ihm weiter. Er klammerte sich an die Stäbe. Seine Beine rutschten in die gurgelnde Brühe zurück. Zentimeter für Zentimeter hangelte er sich zum feuchten Betonrand des unterirdischen Kanals.

Seine suchenden Finger glitten immer wieder an der Schräge ab. Es war wie der Kampf der ersten Lebewesen, die den Ozean verließen, um fortan festen Boden unter sich zu haben …

Wie ein Frosch rutschte Goetz mit zuckenden Bewegungen weiter, bis ihm die Gleichgewichtsorgane in seinen Innenohren signalisierten, daß er es geschafft hatte. Die Anstrengung war so groß, daß er sofort wieder die Besinnung verlor.

Guntram ging am Bach entlang höher. Irgendwie schämte er sich, daß er Agnes allein zurückgelassen hatte.

Weiter oben, im Sprühregen eines kleinen Stauwehrs, fand er gewalkte und ständig feucht gehaltene Weinsäcke aus Ziegenhäuten. Sie gehörten der Familie von Meister Bieterolf.

Guntram füllte zwei Säcke mit klarem Wasser und hängte sie sich über die Schultern. Er ging zur Straße zurück. Als er am Gehöft von Meister Lamprecht vorbeikam, überlegte er, ob er Agnes sagen sollte, daß er jetzt zum Abendzeichen ging.

Sie zeigte sich an keinem der Fenster. Guntram neigte den Kopf und legte den Riemen, mit dem er die beiden Wassersäcke verbunden hatte, auf die andere Schulter. Er verließ das Dorf und ging weiter nach Westen.

Am Kleeberg sah er nur Unkraut. Der Hirseberg sah auch nicht besser aus. Als er die Hügelkuppe des Rübenbergs erreicht hatte, setzte er die Wasserschläuche ab und machte eine Pause. Er sah über die unbestellten Felder und wunderte sich, daß kaum sieben Wochen ausgereicht hatten, das Sakriversum so verwahrlosen zu lassen.

Nach dem neuen Kalender der *Weltlichen* war dieser Tag der 21. April des Jahres 2018. Im Sakriversum hatten sie anders gerechnet. Guntram blickte zum Abendzeichen hinüber. Wenn er sich beeilte, konnte er seine Wasserschläuche dort ablegen und über den Eichberg bis an den Rand der *Teufelsmauer* gehen. Von dort aus brauchte er nur zwischen den Weinstöcken zu bleiben, um die Klause von Meister Albrecht oberhalb des Dorfes zu erreichen.

Er hatte den Eremiten nur zwei- oder dreimal aus größerer Entfernung gesehen. Ob er überhaupt noch lebte?

Guntram legte seine Hand über die Augen. Die Hügel unter dem Dach der Kathedrale sahen friedlich und still aus. Ab und zu huschten einige große Insekten durch das tausendfach gebündelte Licht aus den *Beryllos-Linsen* in der Schräge. Guntram hatte keine Angst vor ihnen. Das Bleidach hatte ihnen Schutz geboten, deshalb sollten sie leben ...

Es schmerzte ihn, daß Agnes nicht verstanden hatte, was seine Pflicht war. Die Trennung tat ihm ebenso weh wie ihr. Aber es mußte sein! Wenn er jetzt nicht das Verbotene tat, das, wie er annahm, zu seinem Auftrag gehörte, konnte er niemals wieder aufrecht vor sie treten. Er mußte kämpfen: gegen sich selbst, gegen seine Furcht und gegen das Unbekannte, das sie zerstören konnte, wenn er nicht wenigstens versuchte, die Spielregeln ihrer Existenz zu ergründen ...

Er nahm die Wassersäcke wieder auf und schleppte sie weiter. Unter normalen Bedingungen hätte ihm die schwere Last nichts ausgemacht, aber er fühlte sich immer noch schwach von den Wochen in den Bleikellern und vom langen, schweren Aufstieg.

Im Wald wurde es kühler. Die Straße hörte gleichzeitig mit den letzten Bäumen im Westen auf. Jetzt kam nur noch ein halber Hügel. Guntram beugte sich vor, heftete seinen Blick auf die grauen Steine und trug die Wasserschläuche bis an die Scheiben des Abendzeichens. Er legte sie direkt auf einen Haufen bunter Scherben. Als er sich aufrichtete, sah er in das Gesicht eines *Bankerts.*

Lello war ebenso erschrocken wie Guntram. Er fuhr zurück und hätte um ein Haar das Gleichgewicht verloren. Guntram blieb einen Augenblick lang wie gelähmt stehen, dann drehte er sich um und floh in Richtung *Teufelsmauer.*

»Wasser!« schrie Lello, als er entdeckte, was Guntram zur Innenseite des Rosettenfensters geschleppt hatte. »Hier gibt es Wasser, Wasser, Wasser!«

Sein Schreien wirkte wie eine Droge auf die anderen jenseits des Fensters. Kinder, die längst nicht mehr konnten, hoben den Kopf. Mütter rafften ihre letzten Kräfte zusammen. Männer mit blutenden Händen und Blasen an den Füßen stöhnten auf. Mädchen und Jungen warfen sich hoffnungsvolle Blicke zu.

In diesem Augenblick waren alle gleich.

König Llewellyn Corvay sah sofort, daß er die Hungernden und Durstenden nicht aufhalten konnte. Mit dem ihm angeborenen Geschick nutzte er die Entdeckung Lellos für sich aus.

»Auf, Leute!« rief er mit weittragender Stimme. »Jetzt ist erreicht, was ich euch immer versprochen habe! Kommt mit mir ins Sakriversum! Kommt alle mit mir!«

Er kletterte als einer der ersten durch eine zerstörte Scheibe des Rosettenfensters. Hinter ihm drängten sich Galus, Hector, Menennery Luck und seine anderen Berater ins Innere des Dachraums. Niemand achtete mehr auf die Überlebenden der Artistengruppe, die sich mühsam über Mauervorsprünge nach oben arbeiteten.

Einige *Schander* und *Bankerts*, die zu schwach waren, vom Südturm der Kathedrale an die Seile zu gehen, riefen verzweifelt um Hilfe. Keiner der *Bankerts* kümmerte sich darum.

Auf der Innenseite des Rosettenfensters stolperte Lello als erster über die beiden Wassersäcke. Er schleifte sie in eine steinerne Kuhle, ehe er mit seinem Kurzschwert die Ziegenhäute zerfetzte. Was wie die Tat eines Narren aussah, entpuppte sich bereits wenige Minuten später als Akt weiser Voraussicht.

Immer mehr *Schander* und *Bankerts* stürzten sich über den Wasservorrat. Sie ließen sich einfach am Rand der Kuhle fallen und tranken wie Vieh, bis sie von anderen zur Seite gedrängt wurden. Nach und nach konnten alle trinken.

Corvay vertrieb mit seinem Krummschwert jeden, der mehr als sein Maß verlangte.

Das Muli von Patrick Murphy leckte die letzten Wasserspuren aus der Kuhle. Die *Bankerts* hatten es über alle Stufen, Wasserschläge und Geheimgänge nach oben gebracht …

Corvay hob sein Schwert. Ein paar Männer aus seinem Gefolge kamen näher. Sie hatten ihr Vertrauen in den König wiedergefunden.

»Wir brauchen mehr Wasser!« rief er. »Wo sind die Freiwilligen, die unseren Völkern Wasser und Lebensmittel aus dem Dorf dort drüben holen? Ich werde sie für ihren Mut und ihre Kraft belohnen.«

Einige kriegerisch ausstaffierte Gesellen aus Corvays Haufen grölten heiser.

»Geht, Männer! Schafft uns herbei, was wir uns sauer verdient haben!«

Eine Gruppe von wilden, jungen *Bankerts* trabte los. Schwerfällig schlossen sich einige ältere an. Es sah aus wie bei einem Volkslauf. Vorn hechelten die Kräftigsten, dahinter schwankten keuchend Einzelkämpfer, die niemals eine Chance hatten, rechtzeitig anzukommen …

»Wir sollten Regeln aufstellen und Gesetze erlassen«, sagte Patrick Murphy besorgt. »Was wir jetzt nicht ordnen, kostet uns später jahrelange Mühen!«

»Zu früh! Zu früh!« sagte Menennery Luck mit meckernder

Stimme. »Die Leute sind noch zu apathisch. Sie haben Durst, sie haben Hunger. Sie werden alles akzeptieren und später nicht verstanden haben, was sie versprachen ...«

»Wie wunderbar«, kicherte Lello. »Das ist die große Möglichkeit, ein neues Testament zu schreiben! Jeder, der mit uns ins Sakriversum will, muß seinen Namen unter die Erklärung setzen!«

»Welche Erklärung?« fragte Hector verständnislos.

Galus pfiff leise durch die Zähne.

»Nicht schlecht«, sagte er und nickte. Auch Menennery Luck, Patrick Murphy und die anderen Berater Corvays stimmten zu.

»Eine Unterwerfungs-Erklärung«, flüsterte Lello der Narr geheimnisvoll. »Damit hätten wir völlige Handlungsfreiheit, und keiner könnte etwas dagegen tun ...«

Galus und Menennery Luck grinsten sich an.

»Paragraph eins: Corvay ist unser König«, sagte Menennery Luck. »Und was dem König dient, dient allen, die im Sakriversum leben!«

»Paragraph zwei: du sollst nicht stehlen, was des Königs ist!«

Lello kiekste vergnügt.

»Paragraph drei«, sagte Hector, der inzwischen begriffen hatte, was die anderen meinten. »Also Paragraph drei heißt: alle Befehle der Königsmannen sind wie vom König selbst ...«

»Nicht schlecht! Nicht schlecht!« sagte Galus grinsend. Er ging hin und her und rieb sich dabei die Hände. »Jetzt brauchen wir nur noch einen Katalog von Strafen, damit die Sache funktioniert!«

»Hunger, Durst, Gefängnis, Folter«, schlug Menennery Luck vor.

Galus hob entsetzt die Hände. »Nein, nein! Das muß noch viel subtiler angefaßt werden. Wir dürfen keine Diktatur aufbauen! Offen erkennbare Tyrannei birgt stets den Keim des Widerstands in sich. Was wir jetzt brauchen, ist ein System, das sich von selbst reguliert, ohne daß der König sichtbar eingreifen muß ...«

»Angst vor dem Draußen«, schlug Menennery Luck vor.

Galus neigte den Kopf »Das wäre eine Möglichkeit. Aber die Gefahr würde von Jahr zu Jahr abnehmen, bis eines Tages die Einschüchterung ihre Wirkung verliert.«

Die Berater von König Corvay dachten so intensiv über den

Aufbau einer Welt nach ihrem Geschmack nach, daß sie nicht wahrnahmen, wie immer mehr Menschen durch das Rosettenfenster ins Innere des Sakriversums drangen.

Patrick Murphy hatte sein Muli mit den Paukenkesseln zur Wand geführt. Als er zurückkam, diskutierten Corvays Berater immer noch über die zukünftige Staatsform im Sakriversum.

»Es gibt nur eine Möglichkeit«, sagte Galus, als Patrick zu ihnen stieß. »Wir brauchen eine starke Ideologie, die alle gleichzeitig fürchten und verehren!«

»Warum dann nicht gleich eine neue Religion?« fragte Patrick. »Macht König Corvay zum Gott, dann habt ihr alles, was ihr wollt...«

»Ein Gott!« überlegte Galus. »Das macht ihn unangreifbar für Rebellen. Zumindest können wir damit die *Schander* disziplinieren! Wenn es uns andererseits gelingt, Corvay den *Bankerts* als eingeweihten Guru zu verkaufen, würden wir ihnen das Gefühl geben, mehr zu wissen als das Volk, das hier seine Heimat hat ...«

»Götter brauchen Heiligtümer und einen Altar«, meldete sich Lello. »Wie wär's, wenn wir die große Mauer zum Tabu erklären?«

»Gut«, sagte Galus zustimmend. »Betrachtet euch ab sofort als Hohepriester des großen Gottes Llewellyn. Über die Einzelheiten reden wir noch. Wahrscheinlich müssen wir gleich nach der Ankunft im Dorf einen Dankgottesdienst inszenieren. Das wirkt auch auf die hartgesottenen Burschen in unseren eigenen Reihen!«

»Und ich sag's Corvay«, kicherte Lello. »Dann bin ich nämlich nicht mehr Narr, sondern der Götterbote ...«

Mathilda mußte warten, bis die *Bankerts* ihre lärmende Maschine durch das Rosettenfenster gezerrt hatten. Sie hatte gesehen, wie drei von ihnen abgestürzt waren. Obwohl sie Angst vor dem merkwürdigen Gerät mit seinen Freiliegenden Gedärmen aus blinkendem Metall hatte, erreichte sie, daß die Bahre mit dem Leichnam von Meister Wolfram unmittelbar danach durch die zerstörten bunten Fenster gezogen wurde.

Für sie und alle anderen Zuspätgekommenen war kein Tropfen Wasser mehr vorhanden. Trotzdem mußte sich Mathilda vor

Freude und Aufregung an einem der schmalen Pfeiler festhalten. Nach langen, dunklen Wochen sahen sie das Sakriversum wieder …

Sie fühlte, wie die praktische Vernunft zu ihr zurückkehrte. Draußen warteten noch immer die Schwächsten auf helfende Hände. Mathilda raffte ihre zerfetzten Röcke auf und ging zu einer Gruppe von Clan-Chefs, die mit gesenkten Köpfen neben der leeren Wasserkuhle hockten.

»Was ist in euch gefahren?« fragte sie. Ihre Stimme krächzte. »Wollt den Rest unseres Volkes draußen verkommen lassen? Warum antwortet ihr nicht, Meister Friedrich, Meister Eilhart, Meister Herbort?«

»Wir sprechen die Gebete, die nach jeder Rückkehr am Abendzeichen vorgeschrieben sind!«

»Ja, aber draußen werden Hände nicht zum Beten sondern zum Anpacken gebraucht!«

Mathilda war so zornig, daß einige der jüngeren *Schander* beschämt die Köpfe einzogen.

»Sind wir denn schon so roh und herzlos geworden wie diese anderen da?« Sie zeigte auf einige *Bankerts.* »Haben wir nicht immer alles gemeinsam getan? Wenn Meister Wolfram noch am Leben wäre, er hätte euch wohl Beine gemacht, ihr Faulpelze! Also hoch mit euch!«

Ulf und Dietleib aus ihrer eigenen Familie waren die ersten. Andere junge Männer folgten. Mathilda führte sie bis zum Rosettenfenster.

»Und nun seht zu, daß ihr sie alle hierher bringt. Ehe nicht auch das letzte *Bankert-Weib* im Sakriversum ist, wird nicht mehr gebetet!«

Die Clan-Chefs hätten protestieren können. Sie taten es nicht, weil sie wußten, daß die resolute Tochter von Meister Wolfram recht hatte. Niemand durfte die Schuld auf sich laden, irgendeinen der Lebenden draußen aufzugeben …

Selbst einige *Bankerts* kamen voller Bewunderung für Mathilda zur Hilfsmannschaft. Jan und die beiden anderen Überlebenden der Artistentruppe sprachen leise miteinander. Sie hatten sich noch nicht vom Schock des Unglücks erholt. Als Mathilda wie eine Furie unter die erschöpften Angehörigen der beiden kleinen Völker fuhr, blickte Jan sie mit großen, leeren Augen an.

Er hatte Schuld am Tod von drei Menschen. Aber vielleicht konnte er sein Versagen jetzt wieder gutmachen! Kurz entschlossen sprang er auf.

»Kommt mit!« rief er Pete dem Seiltänzer und Ronco dem Fänger zu. Er eilte zu seinem Motorrad. Nachdem Nancy die Truppe verlassen hatte, hatten sie den Kraftstoff aus ihrer Maschine in seine umgefüllt. Jan ahnte, daß Pete und Bronco ähnliche Schuldgefühle haben mußten wie er selbst. Als Seiltänzer war Pete für das Spannen des Seils verantwortlich gewesen. Und Bronco hatte beim Aufprall gegen die Kathedralenmauer die Fliegerin und ihre beiden Partner losgelassen ...

Das Motorrad hatte Doppelvergaser und eingekerbte Hartgummireifen.

»Wenn wir es umdrehen und festkeilen, haben wir eine Seilwinde«, erklärte Jan. »Du, Pete, spannst ein straffes Seil zum Südturm. Und du, Bronco, baust das Vorderrad aus!«

»Wozu?«

»Du wirst schon noch sehen!« sagte Jan ungeduldig. »Los jetzt!«

Er drehte sich um und lief einige Schritte nach unten. Am Rand des Waldes, der den ersten Hügel des Sakriversums bedeckte, hatten Corvays Leute ein Zwischenlager eingerichtet. Alles, was sie mühsam nach oben geschleppt hatten, stapelte sich in unordentlichen Haufen.

Corvay hatte den Befehl ausgegeben, zunächst auf die Wasserholer zu warten. Er sagte nicht, daß er einigen von ihnen aufgetragen hatte, nach Lebensmitteln zu suchen. Innerlich verfluchte er längst die blinde Wut, mit der sie vor fast zwei Monaten über die Vorräte im Dorf hergefallen waren. Aber damals hatte niemand voraussehen können, wie lange diese Fluchtperiode dauern sollte...

»He, Corvay!« rief Jan dem König zu. »Wir brauchen deinen Sessel!«

Llewellyn Corvay hatte gerade den Plan seiner Berater angehört. Er kostete noch jedes Wort von Galus nach. Der Plan gefiel ihm, denn ein Gott war mehr als ein König.

Ed Jankowski und Severino schoben sich auf Jan zu. Sie waren die beiden Berater Corvays, die unten in den Bleikellern festgestellt hatten, daß die *Schander* tatsächlich keine Vorräte mehr besaßen. Nur einmal hatten ihre Fähigkeiten versagt. Das war kurz vor der Katastrophe gewesen, als sie vergeblich versucht hatten, die Schlösser der Bohlentüren jenes bollwerkartigen Turms zu öffnen, der in der Mitte des Dorfes alle anderen Häuser überragte ...

»Wie kommst du dazu, König Llewellyn Corvays Sessel zu fordern?« fragte der schmalgesichtige, hohlwangige Ed Jankowski.

»Du mußt verrückt geworden sein!« nickte Severino, sein beleibter Partner.

»Wir brauchen den Sessel, um damit die letzten *Bankerts* und *Schander* von den Mauern zu holen.«

»Ach – laßt sie doch verrecken!« lachte Ed Jankowski böse. »Wir sind schon jetzt zu viele Esser!«

Jan ballte die Hände zu Fäusten. Entmutigt blickte er zu den anderen Beratern Corvays. In diesem Augenblick begann er zu begreifen, in welche Clique er geraten war. Er dachte an Nancy. Sie hatte vor ihm erkannt, daß sie alle auf einen krankhaften Traum von Macht hereingefallen waren. Corvay und seine Berater wollten nichts anderes als einen eigenen Staat, ein eigenes Reich, in dem die anderen bestenfalls die Funktion von Sklaven hatten.

Jan merkte plötzlich, daß Galus ihn beobachtete. Der Arzt, der bereits auf der Nordseite des Sakriversums gelebt hatte, war der intelligenteste und einflußreichste Berater Corvays. Ob er nicht sogar der Kopf des ganzen Unternehmens war?

Galus kam auf ihn zu. Ed Jankowski und Severino machten bereitwillig Platz.

»Was willst du?« fragte Galus freundlich. »Ich weiß, du hattest Pech mit deiner Truppe. Erst lief dir deine Partnerin davon, dann stürzten drei von deinen Leuten kurz vor dem Ziel ab. Ein höchst bedauerlicher Unfall!«

Er legte seinen Arm auf Jans Schulter und führte ihn etwas zur Seite. Zum erstenmal nach langer Zeit hörte Jan wieder Vogelgezwitscher. Es kam aus dem Wald.

»Es war geplant, daß deine Truppe zusammen mit einigen anderen Spezialisten die Dachverantwortung übernimmt«, sagte Galus. Als ausgebildete Artisten hättet ihr damit ein schönes Privileg gehabt ...«

»Aber wir verstehen nichts von den Geheimnissen der Dachkonstruktion!«

Galus winkte ab.

»Dafür gibt es *Schander*! Das Bleidach, Jan, das Bleidach ist der genialste Teil des ganzen Sakriversums. Siehst du die feinen Lichtstrahlen, die sich über dem Dorf und den Feldern zu einer Glocke vereinigen? Wer weiß, wie man zu allen Jahreszeiten dieses Licht unterschiedlich bündeln muß, beherrscht hier das Wachstum und das Leben! Bei den *Schandern* hatte diese Kenntnis bisher nur die Familie der Alchimisten …«

»Meister Wolfram!«

»Ja. Sie sind nie selbst zu den *Beryllos-Linsen* hinaufgestiegen. Dafür gab es andere. Aber sie wußten, wann der Mond sein fahles Licht über die Hügel schicken sollte und wann es nötig war, Schnee, Frost und Kälte über die Felder zu schicken. Die Alchimisten waren die Wettermacher im Sakriversum!«

»Aber die Familie ist nicht mehr zusammen. Meister Wolfram ist tot, und seine Enkel sind noch in den Bleikellern geflohen …«

»Der alte Logenmeister hat seinem Enkel das Vermächtnis übermittelt«, sagte Galus. »Wenn wir nicht rausfinden, wie das Sakriversum funktioniert, werden wir nicht einmal den ersten Winter überleben! Zuwenig Licht oder zuviel zur falschen Zeit bringt schlechte Ernten. Ich kenne das, denn ich gehörte zu den Ausgestoßenen, die ohne das geheime Wissen auf der anderen Seite leben mußten!«

Seine Augen funkelten. Jan wich unwillkürlich vor Galus zurück. Wie mußte dieser Mann die *Schander* hassen und immer wieder nur verflucht haben!

»Wir müssen dafür sorgen, daß uns die *Schander* nach und nach Vertrauen schenken! Nur so können wir ihnen nach und nach ihre Geheimnisse entlocken! Ich mache dich daher zu meinem persönlichen Sonderbeauftragten. Wenn du nur mir gehorchst, ganz gleich, was Corvay oder andere sagen, wirst du zu den Überlebenden gehören …«

Jan verstand nur halb, was Galus meinte. Aber er spürte, daß seine Vermutung richtig gewesen sein mußte: Galus war der Kopf und hatte seine eigenen Pläne …

»Du wirst der Ombudsmann der *Schander*! Hilf ihnen und verteidige sie in jeder Situation! Ich höre, daß ihr vorhabt, auch noch die anderen von den Mauern zu holen. Das ist der Anfang, Jan! Tu, was du kannst – sie werden dir dafür dankbar sein!«

»Ich brauche den Sessel von König Corvay. Damit könnten wir die Schwachen und Erschöpften wie in einem Sessellift bis zum Rosettenfenster holen.«

»Nicht schlecht, nicht schlecht!« sagte Galus lächelnd und rieb sich die Hände. »Du kannst den Sessel haben! Aber kein Wort zu irgend jemanden über das, was wir eben besprochen haben!«

Jan nickte. Galus schlug ihm auf die Schulter, drehte sich um und ging zu Corvay. Er beugte sich über den König, sprach kurz mit ihm und winkte dann Jan herbei.

Llewellyn Corvay stand auf. Er betrachtete den jungen Artisten von oben bis unten.

»Wer sagt denn, daß wir keine Menschenfreunde sind«, sagte er schließlich lachend. »Hier, nimm den Sessel und mach deine Sache gut, mein Sohn!«

Jan hob den großen, geflochtenen Sessel auf und schleppte ihn zu seinem Motorrad. Ronco hatte die Maschine auf den Kopf gestellt und zwischen Mauerblöcken und Balken festgekeilt. Das Hinterrad wies auf das Rosettenfenster.

»Warst ja nicht gerade gesprächig«, maulte Ronco. »Dachte mir aber dann, was du vorhattest ...«

Jan lachte zufrieden.

»Jetzt noch die Seile von der Trapezstange an die Achse des Vorderrades und den Sessel darunter!«

Sie montierten ihren Sessellift mit schnellen, geschickten Handbewegungen zusammen. Als sie fast fertig waren, kam Pete mit einem Führungsseil zurück. Er spannte es an einem Pfeiler straff. Jan und Ronco hoben das Rad auf das Seil, zogen von der Achse eine Schlinge bis zu einem zweiten, dünneren Seil, und hängten Corvays Korbsessel unter das Rad.

»Also dann!« sagte Jan und wischte sich die Hände ab. »Erster Probelauf!«

Ronco hielt das Zugseil fest. Pete setzte sich in den Sessel.

»Gib Seil!« rief er. Einige *Bankerts* und *Schander* beobachteten verwundert die seltsame Konstruktion. Als Pete auf dem Sessel nach außen schwebte, begannen sie zu verstehen. Er erreichte den schmalen Bogen zwischen zwei vorstehenden Ecktürmchen. Direkt daneben drängten sich einige weinende Kinder.

Innerhalb des Rosettenfensters zog Ronco das straffe Zugseil bis zum Hinterrad des Motorrades. Jan hatte inzwischen die Muffen des Hartgummireifens gelöst und die Felge freigelegt. Er stieß das Seilende durch ein Loch in der Felge und knotete es fest.

»Alles klar?« fragte er Ronco.

»Alles klar!« sagte der Fänger und nickte.

»Dann wollen wir mal sehen ...«

Jan startete den Motor. Aufschreiend stürzten einige *Schander* zur Seite. Jan legte sich auf den Rücken vor die Gabel des Vorderrades. Mit den Füßen bediente er die Pedale und mit den Händen die Griffe am Lenker.

Er gab mehrmals Gas, dann ließ er die Kupplung langsam einrasten. Die Hinterradfelge wickelte das Zugseil auf. Ronco am Fenster hob den Daumen. Er ließ die Hand oben, während Jan immer mehr Seil einholte.

Zwischen den Türmen der Kathedrale schwankte der Sessel mit Pete und einem kleinen Jungen unter dem stetig aufwärts rollenden Vorderrad. Ronco gab Jan ein Zeichen. Das Hinterrad auf der festgekeilten Maschine bewegte sich langsamer. Und dann schwebte der Sessel millimetergenau bis zum Loch im Rosettenfenster.

Einige *Bankerts* klatschten begeistert, während die *Schander* sich aus Furcht vor dem knatternden Teufelsding zurückhielten.

Nach und nach holten die drei Männer alle ins Sakriversum, die das letzte, schwere Stück aus eigener Kraft nicht geschafft hatten...

Am Waldrand waren mittlerweile die ersten Wasserträger eingetroffen. Die nächsten brachten Schafe und Dörrgemüse mit. König Corvay hatte entschieden, daß sie diesen Tag noch am Waldhügel zubringen sollten. Daß er aber längst Patrick Murphy mit seinem Muli über Seitenwege ins Dorf geschickt hatte, war keinem aufgefallen.

Patrick sollte heimlich eine Bestandsaufnahme machen. Obwohl die ersten Obstbäume bereits Früchte trugen und in den Gärten Gemüse heranwuchs, mußte das Dorf jetzt viel mehr Menschen ernähren als vorher. Da war es besser, wenn Corvay wußte, wieviel noch bis zur Erntezeit vorhanden war. Und da er außerdem nicht vorhatte, zu hungern, waren einige vorsorgliche Maßnahmen erforderlich, ehe alle ins Dorf einzogen …

Der zweite, der einen Sonderauftrag erhalten hatte, war Lello. Er war erst spät dazu gekommen, Corvay von seiner Begegnung am Rosettenfenster zu berichten. Corvays Berater hatten sich daraufhin einen *Schander* vorgenommen und ihm angedroht, daß seine gesamte Familie aus dem Sakriversum ausgeschlossen werden würde, wenn er nicht alles sagte, was er über Guntram und Agnes wußte.

So erfuhren Corvay und seine Berater von Leas Mann Ulf, wie die Flüchtlinge hießen und wohin sie gehörten. Und sie erfuhren, daß sie die Kinder von Ekkehard und Uta waren, die vor zwölf Jahren das Sakriversum freiwillig verlassen wollten. Nur einen Punkt ließ Ulf unerwähnt. Er sagte nicht, daß seine Frau eigentlich auch eine *Bankert* war und daß sie einen Sohn mit Ekkehard gehabt hatte.

Nach der Vernehmung schickte Corvay Lello in die Weinberge unterhalb der *Teufelsmauer.* Er war noch nicht wieder zurück, als es Nacht wurde.

Agnes hatte versucht, das Haus von Meister Lamprecht soweit in Ordnung zu bringen, daß wenigstens die gröbsten Spuren der Plünderer beseitigt waren. Die ganze Zeit wartete sie unruhig auf Guntrams Rückkehr.

Nachdem sie den Schmutz zusammengefegt, Teller, Töpfe und Geschirr gereinigt und die Staubschicht überall abgewischt hatte, war sie in den Garten gegangen. Sie hatte umgestürzte Tröge aufgestellt und faulende Eier in die Sickergrube geworfen. Die frischen Eier hatte sie in die Küche gebracht. Alle anderen Ställe waren leer.

Eine Weile hatte sie sich neben den Bienenkörben ausgeruht, dann war sie zum leise plätschernden Wassertrog hinter dem Haus gegangen und hatte sich gewaschen. Alle Wassertröge im Dorf wurden von den Zisternen gespeist, die auch den Bach versorgten. An stürmischen Tagen, wenn die Wetterluken geöffnet waren und der Wind an der *Teufelsmauer* oberhalb des Dorfes entlangbrauste, wurden die Windräder eingeschaltet, durch die das Wasser von den unteren Zisternen in die oberen gepumpt wurde. Verbrauchtes Wasser durfte immer nur abgelassen werden, wenn es draußen regnete …

Als sie sich abtrocknete, fiel ihr ein, daß der Bach frisches Wasser aus den oberen Zisternen geführt hatte. Gleichzeitig erinnerte sie sich daran, daß einige der Felder viel zu trocken ausgesehen hatten.

Obwohl sie sich um Guntram sorgte, genoß sie die Stille im sonnendurchfluteten Sakriversum. Es war ihre erste Flucht gewesen. Sie wunderte sich, daß es bereits so warm wie im Sommer war. Wahrscheinlich hing auch das damit zusammen, daß die *Beryllos-Linsen* im Dach noch immer so eingestellt waren wie vor der Flucht.

Sie ging unter den bereits erste Früchte tragenden Obstbäumen im Garten von Meister Lamprecht entlang. Nach den Gemüsebeeten kamen Sträucher und Stauden. Die Erdbeeren waren bereits überreif. Agnes pflückte eine Handvoll. Sie genoß den herrlich-frischen Geschmack.

Alle Gärten des Dorfes waren lang und schmal. Bei den Häusern nördlich der Straße führten sie steil nach oben, bei den südlichen nach unten. Da die Sonne in den vergangenen Wochen höher gestiegen war, erhielten die oberen Gärten weniger Licht durch die *Beryllos-Linsen* im Dach als die unteren. Trotzdem war alles viel weiter.

Agnes ging fast bis zu dem Streifen mit Weinstöcken, die schon nicht mehr zu den Familiengärten gehörten, sondern sich an der gesamten Oberseite der Gärten und Felder auf den Hügel außerhalb des Dorfes entlangzogen.

Am späten Nachmittag hörte sie weit im Westen Stimmen. Sie versuchte, etwas am Abendzeichen zu erkennen. Der Wald auf dem Eichberg versperrte ihr jedoch die Sicht. Dort war auch schon verbotenes Gebiet, das nur von Männern zum Holzschlagen und an besonderen Feiertagen betreten werden durfte. Das gleiche Verbot galt auch für die östlichen Hügel des Sakriversums vor den Aasbergen über der Apsis der Kathedrale.

Agnes hatte plötzlich Angst. Sie war in ihrem ganzen Leben noch nie allein gewesen. Seit sie denken konnte, war immer Guntram oder ein anderes Familienmitglied in der Nähe gewesen. Gewiß – manchmal hatte Guntram mit anderen Jungen des Dorfes am See gespielt. Hin und wieder waren sie auch höher geklettert, als sie es barfuß durften. Agnes kannte die meisten Streiche ihres Bruders, aber sie hatte nie etwas verraten.

Und nun war er ihr Mann. Sie sehnte sich danach, daß er zurückkam.

Mit einem Lächeln um die Mundwinkel dachte sie an die vergangene Nacht zurück. Wie zärtlich er gewesen war, wie verständnisvoll. Warum ließ er sie dann schon am Tag darauf so lange allein?

Agnes ging zum Haus zurück. Sie trat in den Schatten und blieb plötzlich wie angewurzelt stehen. Die Stimmen kamen näher. Dann sah sie an der Ostflanke des Rübenbergs eine Gruppe von Männern.

Agnes versteckte sich unwillkürlich hinter einem Busch. Die Männer rannten direkt auf das Dorf zu. Jetzt hatten die ersten bereits den Erbsberg erreicht …

Agnes wußte nicht, was sie tun sollte. Sie war vor Schreck wie erstarrt. Wie kamen diese Männer ins Sakriversum? Und warum rannten sie?

Bankerts!

»O nein!« stöhnte sie entsetzt. Im gleichen Augenblick hörte sie einen lauten Knall, gefolgt von einem Geräusch, das wie ein heftiges Gewitter wirkte.

Warum war Guntram nicht da? Warum ließ er sie allein?

Agnes ließ die Erdbeeren fallen, und dann tat sie etwas, was sie unter anderen Umständen niemals gewagt hätte: sie stieg noch höher, kletterte über einen niedrigen Zaun und duckte sich unter die Blätter der Weinstöcke. Von ihrem Platz aus konnte sie den Thing-Platz, den Turm von *Buch-Heim*, den Bach, die Straße und die Wiese bis hinab zum See überblicken.

Es dauerte eine Weile, bis die ersten *Bankerts* das Dorf erreichten. Die meisten liefen weiter bis zum Bach. Andere drangen in die ersten Häuser ein. Sie kamen schneller wieder heraus, als Agnes erwartet hatte.

Verwundert erkannte sie, wie zwei junge Burschen gefüllte Wassersäcke auf die Straße schleppten. Andere hatten Kessel mit Wasser gefüllt und an Stecken über die Schultern gehängt. Am Bach suchte ein wilder Haufen nach irgendwelchen Behältern. Einige warfen sich so, wie sie waren in die gemauerte Wasserrinne. Als sie prustend wieder hochkamen, verließen die ersten Männer bereits wieder das Dorf.

Der seltsame Spuk war so schnell vorbei, wie er gekommen war. Agnes verstand nicht, was da unten vorging. Nur eines wußte sie:

Die *Bankerts* hatten das Sakriversum erreicht!

Sie fühlte eine schmerzhafte Trauer in sich. Es würde nie wieder so sein wie in den vergangenen Jahrhunderten! Doch das hatte sie bereits gewußt, als sie nach der letzten Nacht aufgewacht war …

15. KAPITEL

Es war ein Traum wie der vom Fliegen. Eine tief in ihm verborgene Sehnsucht, Adlern gleich über menschenleeren Tälern zu schweben, dem Zug der Wildgänse in ferne Länder zu folgen oder ganz einfach nur in einer lauen Sommernacht auf einer Wiese zu liegen und über sich nichts anderes zu sehen als Tausende geheimnisvoll funkelnde Sterne.

Wer nie erlebt hatte, wie die Lichtpunkte am Nachthimmel plötzlich zu Welteninseln im All wurden und eine Tiefe hinter der anderen bildeten, der wußte nichts von sich und seiner Existenz!

Goetz mußte plötzlich lachen. Er befand sich noch im Zustand zwischen Traum und Wirklichkeit. Trotzdem fand er es komisch, daß die meisten Menschen immer nur wie geprügelte Hunde mit dem Kopf nach unten durch ihr Leben gegangen waren. Sie hatten einfach nicht gewagt, nach oben zu sehen. Bei Tag blendete die Sonne und in der Nacht war da das Raunen der Sterne, von denen alle wußten, und die doch niemand wahrhaben wollte.

Die Sterne sagten die Wahrheit! Vielleicht sogar so, wie es die Astrologen zu allen Zeiten behauptet hatten …

Goetz von Coburg spürte ein Stechen in seinem Leib. Er krümmte sich zusammen. Seine Finger glitten über schmierige Steinplatten. Die Träume vom Fliegen und vom angenehmen Gleiten in einer friedlichen Welt lösten sich auf. Er versuchte sie festzuhalten. So lange wie möglich wehrte er sich gegen den Gestank der Realität.

Erst, als es nicht mehr anders ging, übergab er sich erneut. Er zog sich an rostigen Eisenstreben höher. Mühsam öffnete er ein altmodisches Eisenschott mit bröckelnden Gummimuffen an den Rändern. Er quälte sich über den Rand eines Wartungsschachtes.

Ein paar Minuten lang blieb er erschöpft auf schmutzigen, gegossenen Steinplatten liegen.

Zwei oder drei Jahrzehnte früher wären Siele wie dieser noch mit Petroplast ausgekleidet gewesen. Erst als das Rohöl unbezahlbar geworden war, hatte sich auch die Plastik-Zivilisation verändert. Trotzdem waren bis zur letzten Stunde noch Unmengen von Energie für sinnlose Auswüchse des Überflußdenkens verschwendet worden. Das System, das von Anfang an auf die Anbetung des Mehrwerts, der Leistungssteigerung, der Zuwachsraten und der schrankenlosen Ausbeutung von Menschen und Rohstofflagern ausgerichtet war, hatte sich auch dann nicht mehr ändern können, als das Prinzip versagte.

Gegen den Hunger in einem großen Teil der Welt war weniger getan worden als für die Züchtung geschmackloser Treibhaustomaten. Und jeder Angehörige der Dritten Welt beanspruchte die gleichen unnötigen Privilegien wie Menschen in den Industriegesellschaften. Sie wollten nachholen, aufholen, überholen, und alles ohne Rücksicht auf gewachsene Strukturen. So gesehen war der Untergang auf vielfache Weise vorprogrammiert. Und alle hatten es gewußt …

Alle?

Goetz von Coburg lehnte sich mutlos gegen eine feuchte schimmelige Wand. Er kannte mittlerweile sein schwierigstes Problem. Es war nicht das Wasser, der Hunger oder die Strahlung, die noch immer in seinen Körperzellen fraß. Selbst die Einsamkeit und das Bewußtsein, ganz allein zu sein, hatten schon andere vor ihm ertragen!

Die unberechenbarste und gefährlichste Bedrohung war er selbst. Er hatte niemanden, mit dem er sich aussprechen konnte. Deshalb stauten sich immer wieder lähmende Gedanken und Empfindungen in ihm.

Er mußte etwas gegen dieses Gift in seinem Verhalten tun!

Es war so einfach, nichts mehr zu denken, nichts mehr zu wollen! Er konnte sich sofort fallenlassen und aufgeben. Das war die eine, die schwache Seite seines Charakters. Weniger sensible Männer hätten vielleicht dreimal gotteslästerlich geflucht und sich betrunken, ehe sie durch ihre Urinstinkte weitermachten, ohne groß nachzudenken, was in einem Monat oder einem Jahr sein könnte.

Es hatte diese praktischen, anpassungsfähigen Burschen zu allen Zeiten gegeben. Man konnte sie irgendwohin stellen, und sie fanden sich zurecht, schlugen sich durch und lebten weiter. Das hatte nichts mit Intelligenz oder Wissen zu tun. Ob Einsiedler und Eremiten als Fallensteller lebten oder sich freiwillig als Mönche von der Welt abkapseln konnten, war niemals eine Frage des Verstandes gewesen. Es mußte etwas anderes sein: eine Art seelischer Bizeps, der Glaube an die eigene Kraft oder an einen Gott ...

Goetz hatte nie zu jenen gehört, die diese Stärke besaßen. Er trug den Namen seiner Vorfahren, die einmal einen wichtigen Platz in der menschlichen Gesellschaft ausgefüllt hatten. Als Redakteur im Verlag von *J. Samuel Bruhns* hatte er keine wesentliche Lebensaufgabe gehabt. Er war ein stiller Mann gewesen, dem es mehr darauf angekommen war, die Regeln einzuhalten, und das zu tun, was von ihm gefordert wurde.

Vielleicht war das jetzt seine Chance!

Die jahrhundertelange Erziehung, an jedem Platz die Pflicht nach bestem Wissen und Gewissen zu erfüllen, konnte eine Tugend sein, die eine winzige Überlebensgarantie enthielt ...

Der kategorische Imperativ!

Der Gedanke half ihm weiter. Zu oft hatte er in den vergangenen Tagen und Nächten versucht, die Katastrophe und ihre Ursachen innerlich zu verarbeiten. Das war zuviel auf einmal. Er konnte sich den Rest seines Lebens mit philosophischen Fragen dieser Art beschäftigen. Dafür war immer noch Zeit – sofern sein Weiterleben nicht mehr von Zufällen abhing und seine Existenz einigermaßen gesichert war.

An diesem Punkt seiner Überlegungen fand er wieder zu sich selbst zurück. Er mußte Schritt für Schritt vorgehen, wenn er ähnliche Risiken wie mit dem Beichtstuhl in den Strudeln vermeiden wollte.

Also beschloß er, zunächst nur noch daran zu denken, wie er das Trauma und den Schock der Ereignisse loswerden konnte. Er mußte leben und Gefahren so gut es ging vermeiden. Der beste Platz dafür war das Verlagshaus. Da er nicht wußte, an welcher Stelle der Stadt er sich befand, bestand seine erste Aufgabe darin, möglichst schnell zum Verlag zurückzukehren. Erst dann konnte er an die Bewältigung weiterer Probleme gehen!

Er tastete sich an der feuchten Mauer entlang. Sorgsam bemüht, nicht auf den glatten Steinen abzurutschen, näherte er sich einer

Lichtquelle. Erst jetzt fiel ihm auf, daß es in der Siele nicht wirklich dunkel war. Ein diffuses Licht kam aus schmalen Streifen an der tunnelartig gewölbten Decke.

Die rauschenden Wasser im Entwässerungssystem unter der toten Stadt vereinten sich mit den Fluten aus einem spitzwinkelig dazustoßenden Seitenkanal. Dort, wo beide Kanalröhren ineinander übergingen, sah er eine dreieckige Plattform mit einer Wendeltreppe, die halb in einer senkrechten Mauernische verborgen war.

Goetz zwang sich, nicht unvorsichtig auf die Treppe zuzulaufen. Der schmale Steg am Rand der Kanalbetten war zu unsicher für schnelle Bewegungen …

Als er die Treppe erreicht hatte, mußte er sich einen Augenblick lang ausruhen, dann stieg er Stufe für Stufe höher. Er dachte plötzlich wieder an die seltsame Aufforderung der *MUSE*, innerhalb der Kathedrale Futterstellen anzulegen. Dabei fielen ihm die kleinen Lebewesen wieder ein, die er im Turm flüchtig gesehen hatte. Er blieb stehen. Warum hatte er die ganze Zeit nicht mehr an sie gedacht? Hatte sein Unterbewußtsein die Begegnung verdrängt? Oder war sein gesamter Aufenthalt in der Kathedrale nur ein Traum gewesen?

Er schüttelte den Kopf. Dann wäre er nicht hier! Er biß die Zähne zusammen und ging weiter. Die Wendeltreppe endete in einer Kuppel, von deren Wänden automatisch eine Desinfektionsflüssigkeit über ihn sprühte. Er prustete und floh in den nächsten Raum. Die Wände bestanden aus hellblauen Kacheln, die noch aus dem vorigen Jahrhundert stammen mußten. An zwei Seiten des quadratischen, etwa zehn mal zehn Meter großen und vier Meter hohen Raumes hingen Pläne unter schützenden, leicht getönten Glasplatten. Als er nähertrat, erkannte er, daß sie das gesamte Kanalisationssystem der Innenstadt zeigten. Die Bedeutung des farbigen Liniennetzes blieb ihm verborgen. Erst die Diagramme auf einem kleineren Plan klärten ihn über durchschnittliche und maximale Transportleistungen des Kanalsystems auf. Er hatte nie geahnt, wie kompliziert die Abwässerentsorgung einer Stadt war …

Vor einer anderen Wand stand ein fast acht Meter langes Kontrollpult mit Uhren, Bildschirmen, Hunderten von Sensortasten und farbigen Linien, die wie das Netzwerk eines Güterbahnhofs wirkten.

Er ging langsam an dem schrägen, pultartigen Kontrollpult entlang. Obwohl er kaum etwas von dem verstand, was auf den Anzeigen wirr durcheinander leuchtete und blinkte, wurde ihm klar, daß Teile des Stadtversorgungssystems noch funktionieren mußten. Allerdings sah das hektische Durcheinander nicht sehr vertrauenerweckend aus. Er hatte viel eher den Eindruck, als würden sich ständig Schleusentore in den Eingeweiden der Stadt unkoordiniert öffnen und schließen.

Lichtkaskaden rasten von einem Pultende zum anderen. Sie bildeten bunte Muster, flogen zuckend über die Bildschirme und verschwanden im Wirrwarr der denkenden Module von Fließkristallanzeigen.

Hier starb der Rest der Stadt in einer Intensivstation.

Obwohl das Chaos offensichtlich war, hörte Goetz nicht den geringsten Laut. Er fröstelte plötzlich. Seine nassen Sachen hatten den Geruch von Desinfektionsmitteln angenommen. Zusammen mit den Kachelwänden und den seelenlos blinkenden Lichtern wirkte der Raum plötzlich noch kälter als das Kommunikationszentrum in der Krypta der Kathedrale.

Direkt vor ihm leuchtete in rhythmischen Abständen ein Warnsignal auf einem Bildschirm auf:

FEHLER … FEHLER … FEHLER … ALLE SYSTEME VON AUTOMATIK AUF LOKAL UMSCHALTEN … FEHLER … FEHLER … FEHLER …

So einfach war das! Die Vernichtung der Menschheit wurde von den Systemen als schlichter Organisationsfehler bewertet!

Goetz suchte unter den vielen zuckenden Lichtpunkten nach einem Hauptschalter. Die Kontrolle, mit der alle Vernetzungen unterbrochen werden konnten, befand sich unter einer durchsichtigen Abdeckhaube. Es war keine Sensortaste, sondern ein breiter, signalroter Handgriff, wie er früher bei schrankgroßen Ölschaltern üblich gewesen war.

Goetz klappte die Abdeckhaube hoch. Er legte seine Finger um den Griff. Er mußte sich entscheiden. Nichthandeln konnte ebenso falsch sein wie ein Eingriff in die Systeme. Vielleicht sollte er noch einmal den Warnanlagen trauen. Sie konnten kein Interesse daran haben, ihn zu belügen …

Er drückte den Hebel mit dem Handballen nach hinten. Im gleichen Augenblick seufzte irgendwo etwas auf. Mit einer einzigen Handbewegung bremste er die automatischen, aber längst durcheinandergeratenen Funktionen der Stadt ab. Systeme, die sich nicht mehr untereinander koordinierten, öffneten ihre Plus-Minus-Gatter und erstarben in Mittelpositionen.

Das Rasen der Lichtpunkte auf dem großen Kontrollpult hörte auf. Nur noch ein paar Lampen blieben hell. Langsam wurde das Licht schwächer.

Goetz erinnerte sich an die unangenehmen Erfahrungen in der Kathedrale. Er mußte raus!

Er drehte sich um und lief zu einer der beiden Türen auf der gegenüberliegenden Seite des Kontrollraums. Die Tür war nicht verschlossen. Er gelangte in ein Treppenhaus. Auf dem ersten Absatz lagen drei Männer und eine Frau in orangefarbenen Overalls. Die Toten sahen furchtbar aus, und der Verwesungsgeruch war überwältigend.

Weiter oben entdeckte er weitere Leichen. Die Leute waren offensichtlich nicht sofort tot gewesen. Das mußte noch schrecklicher gewesen sein, als in der Sekunde des Neutronenblitzes zu sterben.

Goetz hastete weiter. Er gelangte in einen Raum, der nicht zu der sterilen Sauberkeit der unteren Etagen passen wollte. Er sah Balken, alte Mauern und eine morsch wirkende Treppe. Kleine Verschläge an den Wänden erinnerten ihn an etwas aus der Zeit vor der Katastrophe.

Vorsichtig stieg er die knarrenden Treppenstufen hoch. Ein schmaler Lichtstreifen in der Dämmerung wies ihm den Weg. Als er oben ankam, zögerte er unwillkürlich.

Die Treppe … irgendwie kannte er sie!

Er drückte die knarrende Tür auf. Es war das gleiche Geräusch wie in dem Haus, in dem er …

Er konnte es nicht fassen. Fünf Jahre lang hatte er in diesem Haus gelebt, ohne zu wissen, was unter dem alten Keller vorging! Die ganze Zeit hatte er angenommen, in einem Haus zu wohnen, das durch die Umweltschutzbestimmungen zu einem Stadtteil gehörte, der unter keinen Umständen modernisiert werden durfte. Selbst die Lichtleitungen in seiner Mansarde zogen sich noch als fingerdicke Röhren über die Wände.

Die Sonne schien durch die Scheiben der Haustür auf die Steine des schönen, alten Fußbodens. In einer Ecke stand eine dunkelbraun glänzende Truhe. Darüber hingen die Bilder, über die er sich jeden Abend gefreut hatte.

Er drehte sich um und stieg die teppichbelegten Stufen der Dielentreppe hinauf. Das Haus hatte nur drei Stockwerke. Unten hatte Cohnson gewohnt, ein reizender, etwas schrulliger Beamter des Stadtarchivs. Im ersten Stock waren die Benningsens zu Hause gewesen, ein altes Ehepaar mit einem Faible für okkultistische Séancen und Perserkatzen.

Die dritte Etage wurde schon seit drei Jahren nicht mehr legal bewohnt. Im vergangenen Jahr waren für kurze Zeit mehrere junge Leute eingezogen, die in der Stadt kein Zimmer fanden. Als die *Vorsorgliche Behütung* feststellte, daß sie alle Anspruch auf mehr Wohnraum hatten, waren sie wieder ausquartiert worden. Seitdem war die dritte Etage leer und versiegelt.

Goetz liebte das alte Haus. Er stieg über die letzten Stufen bis zur Tür seiner Mansarde. Hier oben war es wärmer als unten. Der Geruch nach altem Holz, Teppichen im Treppenhaus und Mauern, die schon fast zweihundert Jahre standen, überdeckte den neuen, süßlichen Hauch von Moder und Verwesung.

Die Tür zu seiner Wohnung war nicht verschlossen. Seit er mit den *VOBs* in Konflikt geraten war, hatte er sich peinlich genau an die Sicherheitsvorschriften gehalten. Jede verschlossene Tür bildete einen unnötigen Verzögerungsfaktor im *Behütungs*-Fall.

Er ließ die Tür offen. Sonnenlicht flutete durch schräge, dreifach isolierte Sicherheitsfenster. Sie hatten standgehalten. Linkerhand ragte ein aus hellen Hölzern gebautes Bücherregal bis zum schwebenden Schlaftrakt. Die meisten Bücher waren elektronische Faksimilie-Nachdrucke, während das Regal als Erbstück beim *KVE Kontrollverbund Energie* registriert war.

Fast alle anderen Möbelstücke in der Mansarde bestanden aus *Rezyk*-Schlacke, einem undefinierbaren grauen Restmaterial der Müllverwertung.

Goetz ging wieder zur Tür und schloß sie. Als er sich umdrehte, bemerkte er, daß seine Anti-Smog-Filteranlage weit mehr Energie verbraucht hatte als zulässig. Ähnlich wie im Keller des Verlagshauses zeigten Meßskalen erschreckende Werte. Er konnte nicht hierbleiben. Selbst seinen Wunsch, einige liebgewordene Gegenstände mitzunehmen, mußte er aufgeben. Sie waren zu stark strahlenverseucht.

Er ging noch einmal durch die kleine Mansarde, sah sich alles an, berührte aber nichts. Für lange Zeit würde er nicht mehr hierher kommen. Er öffnete noch einmal die Tür und lief nach unten. Unwillkürlich wischte er sich die Hände an seinen feuchten Hosen ab.

Er dachte darüber nach, wie er bis zum Verlagshaus kommen sollte. Er hatte kein Boot mehr, aber unten in den Kellerverschlägen mußte noch eine Sitzbadewanne liegen, die aus der Zeit vor dem Hausbadeverbot stammte.

Er erreichte die Diele. Erst jetzt fiel ihm auf, daß die Haustür halb offen stand. Eher zufällig sah er hinaus auf die Straße. Im gleichen Augenblick blieb er stehen. Vorsichtig zog er die Haustür ganz auf.

Ungläubig starrte er in die schmale Gasse. Das Wasser war weg! Nur noch dünne, schlammige Rinnsale flossen in die Gullis. An einigen Stellen war das Pflaster vor eingestürzten Fassaden aufgebrochen. Einige hundert Meter weiter oben mußte er mit seinem Beichtstuhl in ein Haus gerast sein. Aber das Wichtigste war, daß er jetzt zu Fuß weiterkommen konnte!

Er genoß die abendliche Stille, als plötzlich vollkommen unerwartet ein fernes Geräusch das Blut in seinen Adern gefrieren ließ. Es kam von dort, wo die Kathedrale stand, und hörte sich an wie das Knattem eines Motorrades …

Mondnächte gehörten zu den schönsten und eindrucksvollsten Stimmungen im Sakriversum. Nancy McGowan hatte etwas so Wunderbares noch nie gesehen.

Sie hatte gewartet, bis es ganz dunkel geworden war, ehe sie wagte, aus ihrem Versteck zu kriechen. Der Hunger und der Durst waren so unerträglich geworden, daß sie ihre Vorsicht beiseite lassen mußte …

Zuerst hatte sie nur das stille, in silbernem Licht schlafende Dorf gesehen. Schon dieser Anblick war so schön, daß sie beinahe weinen mußte. In ihrer Welt hatte es niemals einen derartig trunken machenden Frieden gegeben!

Als sie weiterkroch, entdeckte sie die Monde. Im ersten Augenblick glaubte sie an eine Illusion, an Spiegelungen auf ihrer Netzhaut.

Es war unfaßbar! Hunderte von schmalen, schrägen Mondsicheln standen in einer geheimnisvoll wirkenden Anordnung am Himmel. Sie bildeten Ornamente, die an Sternensagen und Legenden von der kosmischen Harmonie erinnerten.

Nancy fühlte, wie uralte Erinnerungen in ihr aufklangen. Es war wie ein *Déjà-vu-Erlebnis*, dieses merkwürdige Gefühl, etwas zum erstenmal zu sehen und doch alles schon einmal erlebt zu haben …

Natürlich wußte sie, daß sie noch nie im Sakriversum gewesen war. Dafür hatte sie absolut sichere Beweise. Als einer der ersten Menschen, die nicht im herkömmlichen Sinn gezeugt worden waren, hatte sie nur ein Elternteil besessen: ihre Schwester-Mutter.

Als Cloning-Experiment *2001/Sixty-six* verfügte sie über Erbanlagen, die hundertprozentig denen ihrer Schwester-Mutter entsprachen. Es gab nur eine Möglichkeit: Was sie als Duplikat nicht erlebt haben konnte, mußte eine Erinnerung aus den Zellkernschleifen ihrer Schwester-Mutter sein.

Im stillen, magisch wirkenden Licht der vielen Monde vergaß Nancy zum erstenmal ihren Zorn auf die Frau, von der sie abstammte. Sie verzieh ihr den Egoismus, daß sie von sich selbst eine Kopie hatte anfertigen lassen, die genauso weiterleben sollte, wenn sie einmal nicht mehr war. Und sie verzieh ihr, daß das Experiment anders abgelaufen war als vorgesehen.

Ihre Schwester-Mutter konnte nichts dafür, daß es eine Nancy McGowan gab, die nicht einmal die Größe eines Neugeborenen erreicht hatte. In diesem Augenblick löste sich Nancy von dem Komplex, der sie ihr ganzes bisheriges Leben begleitet hatte.

Sie trank das Licht der silbernen Monde und stillte ihren Hunger nach Harmonie, indem sie sich ganz langsam auszog und ihren Körper dem Licht der silbernen Monde darbot.

Die Monde antworteten. Sie nahmen das Geschenk an. Wie in den raunenden Nächten der Sommersonnenwende und der Johannisnacht verschmolzen silberne Sicheln am Himmel zu neuen Konstellationen.

Nackt, wie sie war, schritt Nancy über den steinigen Weg nach unten. Die Monde wiesen ihr den Weg zum Turm der Logenmeister. Sie sah nichts von den Schatten, die durch die Büsche rechts und links des Baches huschten. Sie hörte keine Stimmen flüstern und achtete nicht auf den gelben Schein von Lagerfeuern hinter dem Wald im Westen des Sakriversums.

Oberhalb des großen Hauses wiesen die Monde sie an, zu warten. Sie blieb stehen und lauschte den alten Melodien, die nicht von außen kamen, sondern aus ihr selbst. Zum erstenmal in ihrem Leben war sie glücklich. Wenn dies das Leben im Sakriversum war, wollte sie kein anderes Paradies mehr sehen. Sie ging um das große, massive Haus herum und durch den Garten zur Straße. Dort wandte sie sich nach Osten und ging zur Brücke, von der aus ein schmaler Steg zur Tür im Turm führte.

Die hohe Tür war nicht für Menschen wie sie gemacht. Doch dann entdeckte sie einen kleineren Eingang. Er lag im Schatten, aber sie fühlte, daß die Monde nichts dagegen hatten, wenn sie hineinging.

Und so betrat nach vielen hundert Jahren wieder ein Mädchen, eine junge Frau, den Turm der Logenmeister.

Die Abgesandten von Mathilda und den Clan-Chefs hatten sich heimlich vom Lager unter dem Abendzeichen entfernt. Sie waren auf geheimen Wegen am Rand des *Irrlichtmoors* nach Osten vorgedrungen. Erst als die letzten *Bankerts* schwerbeladen das Dorf verließen, gab Ulf die Anweisung, weiter aufzusteigen.

Sie brauchten Heilkräuter.

Vorsichtig gingen sie um den See herum. Sie stiegen den ausgetrockneten Bach entlang höher. Nur wenig Wasser stand in dunklen, faulig riechenden Lachen vor halbhohen Staustufen, die wie eine flache Treppe in einem Hohlweg wirkten.

An der Linde unterhalb der Straße machten sie halt. Im gleichen Augenblick sahen sie das erste Zeichen der Zerstörung. Dort, wo seit Jahrhunderten die steinerne Figur des Kathedralenbaumeisters im Gras gestanden hatte, lagen jetzt nur noch Trümmer.

»Aber das ist doch unmöglich!« stieß Dietleib erschrocken hervor. »Wie konnten diese Barbaren in so kurzer Zeit ...«

»Das waren nicht die Wasserholer«, sagte Ulf, während er die Bruchstücke untersuchte. »Hier hat sich jemand sehr viel Mühe gemacht! Wahrscheinlich auf der Suche nach irgendeinem Hohlraum ...«

Im gleichen Moment stieß Hanns einen unterdrückten Schrei aus. Er war einige Schritte bis zur Straße gegangen. Von der Brücke über den Bach konnte er die Häuser am Ostende des Dorfes sehen.

Ulf und Dietleib liefen geduckt zu ihm.

»Unser Haus!« stammelte Hanns entsetzt. »Unser Haus ist nicht mehr da ... und Friedrichs auch nicht ...«

Jetzt sahen auch seine Brüder die Ruinen. Die schwarzen Balken wirkten im Mondschein wie Skelette großer Tiere.

»Mein Gott!«

»Still!« zischte Ulf. Er zog seine Brüder in den Schatten der Brücke über die Dorfstraße. Weiter oben schlurfte und scharrte etwas.

»Vielleicht ein Tier der *Weltlichen*!« flüsterte Hanns. Ulf schüttelte den Kopf.

»Die Luken sind seit Wochen geschlossen!«

»Trotzdem könnten Tiere versucht haben, rechtzeitig in die Kathedrale zu fliehen! Wir waren doch auch durch viele Zeichen gewarnt ...«

»Das ist etwas anderes«, sagte Ulf leise. Er war dankbar, daß er seine jüngeren Brüder von den traurigen Gedanken an ihr zerstörtes Haus ablenken konnte. Denn eigentlich war er nach Meister Wolframs Tod der Älteste des Alchimisten-Clans.

Ein Eingeweihter, der nicht Logenmeister sein durfte, weil er sich für eine Frau entschieden hatte, die nicht wirklich zu ihnen gehörte ...

»Das Sakriversum war von Anfang an viel empfindlicher als die übrige Welt«, fuhr er fort. »Ihr wißt doch, wie wir auf jeden Luftzug der durchsichtigen Windflügel unter dem Dachfirst geachtet haben. Wir konnten nie Tag und Nacht oder die Jahreszeiten beeinflussen. Aber wir durften wählen, ob wir Sonne, Regen, Wind und Schnee von draußen annehmen wollten oder nicht. Wir haben jeden Wassertropfen in den Zisternen aufgehoben und nie etwas verschwendet. Wenn unsere Frauen die Spinnräder drehten, haben sie gleichzeitig die Batterien aufgeladen. Mit ihrer Kraft konnten wir Metalle scheiden, Salze destillieren und gefrorene Luft erzeugen. Was die Familie der Sammler in dunklen Neumondnächten aus den Fugen und Rinnen des äußeren Dachs holte, war jedesmal ein reicher Fischzug, aus dem im Kompostanger fast jedes Element gewonnen werden konnte. Aber es war auch gefährlich, denn in den letzten Jahren war oft mehr Gift im Sammelgut, als es wir selbst, die Tiere und die Pflanzen vertragen hätten ...«

»War das der Grund dafür, daß Meister Wolfram immer öfter *Transmutationen der Quintessenz* durchführen mußte?« fragte Dietleib.

Ulf nickte.

»Der Überfluß der *Weltlichen* wehte mit Wind und Regen bis zum Dach. Aber es wurde immer schwieriger, die neuen Gifte von den nützlichen Funden zu trennen.«

»Vielleicht ist Meister Wolfram davon krank geworden«, überlegte Hanns. »Sonst hätte er doch niemals aufgeben wollen – nach siebenhundert Jahren ...«

Sie hörten wieder das Scharren auf der Straße. Für eine Weile bewegten sie sich nicht, dann kroch Ulf vorsichtig höher. Er sah einen taumelnden *Bankert* im Vorgarten der Winzerfamilie. Der Fremde schleifte einen Sack Trockenfrüchte hinter sich her.

Ulf glitt unter die Brücke zurück.

»Es sind noch *Bankerts* im Dorf. Mindestens einer von ihnen hat zuviel Wein getrunken ...«

»Zum erstenmal in meinem Leben verspüre ich den Wunsch zu kämpfen!« preßte Hanns hervor.

»Das ist nicht unsere Art«, sagte Dietleib kopfschüttelnd.

»Im offenen Widerstand hätten wir keine Chance«, meinte Ulf

zustimmend. »Aber es gibt noch eine andere Möglichkeit! Habt ihr bemerkt, wie furchtsam sie bei Dingen werden, die sie nicht verstehen? Einige glauben, daß die Clan-Chefs Magier sind und sich auf Zauberei verstehen. Vielleicht sind das die Waffen, mit denen wir sie bezwingen können ...«

Im gleichen Augenblick schwirrte etwas durch die Büsche am Bachufer. Ulf fühlte einen harten Schmerz an der Schläfe. Er warf die Arme hoch, dann sank er zwischen Hanns und Dietleib zu Boden.

Die Brüder waren so verwirrt, daß sie zuerst nicht verstanden, was geschehen war. Erst als ein zweiter Stein gegen den Brückenbogen schlug, begriff Dietleib.

»Sie haben uns entdeckt! Schnell, weg hier!«

»Und Ulf?«

»Ich hole Kräuter. Wir treffen uns auf der anderen Seite der Brücke, direkt am *Buch-Heim*!«

Dietleib wartete die Antwort von Hanns nicht ab. Er duckte sich, spähte über die leere, mondhelle Dorfstraße und lief los. Mit einem Satz war er auf der anderen Seite des Bachs. Er rannte die Böschung hoch und hielt sich im Schatten der Büsche. Nur wenig später erreichte er den verwüsteten Vorgarten des Hauses, in dem er aufgewachsen war.

Er huschte an den eingestürzten Mauern vorbei zu Leas Kräutergarten. Das Licht der Monde reichte aus, um Schafgarbe, Kriechenden Günsel, Tausendgüldenkraut, Vogelknöterich, Besenrauke und Mädesüß einzusammeln.

Hastig wusch er die Kräuter in einem Tontopf am Brunnen. Zum Schluß zerrieb er noch etwas Kamille mit den Fingern und füllte einen zweiten Topf mit Wasser.

Vorsichtig schlich er sich durch die oberen Gärten bis zum Gemäuer des *Buch-Heims* zurück. Hanns war nicht da. Dietleib wartete einen Augenblick lang, dann kroch er unter dem Brückenbogen am Bachbett entlang zur anderen Seite.

Ulf lag noch immer auf dem Rücken. Dietleib zog ihn zur Seite. Er wusch die Stirnwunde aus, trug etwas Kräuterbrei auf und verband Ulfs Kopf mit einem Streifen seines Blusenkittels.

Die ganze Zeit hatte er das Gefühl, beobachtet zu werden. Ab und zu raschelte und knackte es in den Büschen. Es konnten Tiere aus dem Dorf sein – aber auch *Bankerts* …

Er hob Ulf auf die Schultern. Schritt für Schritt trug er ihn am Bach entlang abwärts. Er erreichte unbehelligt den See, ging um ihn herum und begann mit dem Abstieg zum *Irrlichtmoor.*

Je tiefer er kam, desto dunkler wurde es.

Zur gleichen Zeit kehrte Agnes zum Haus von Meister Lamprecht zurück. Sie war noch einmal bis zu den Rebstöcken gegangen. Jetzt hoffte sie, daß Guntram inzwischen wiedergekommen war.

Sie wußte, daß sich noch immer einige *Bankerts* im Dorf aufhielten. Als die Monde aufgingen, hatte sie gesehen, wie ein *Bankert*-Mädchen von der *Teufelsmauer* gekommen war. Während die *Beryllos-Linsen* im Dach der Kathedrale das Bild des Mondes vielhundertfach auf ein riesiges, aus feinen Wollfasern gewebtes Netz warfen, hatte Agnes gesehen, wie sich das fremde Mädchen plötzlich auszog.

Für einen Augenblick war sie wie verzaubert vom Anblick des nackten Mädchens im Mondlicht gewesen. Ihr Körper glich den Marmor-Statuen zwischen den Säulen der Kathedrale, bei denen nur ein leichter, in glatten Stein geschliffener Faltenfall die Grenze zwischen Keuschheit und Lust verdeckte …

Agnes hatte noch nie ein schöneres Mädchen gesehen. Als sie an ihr vorbeigegangen war, hatte sie die *Bankert* erkannt. Sie hieß Nancy. Vorsichtig war sie hinter ihr hergegangen, bis sie im *Buch-Heim* verschwand.

Noch immer überlegte Agnes, wie es dem fremden Mädchen gelungen war, die verbotene Tür zu öffnen. Keines der *Schander*-Mädchen wäre auch nur auf den Gedanken gekommen, das zu versuchen!

Sie ging durch die Gärten von Wirnt und Heinrich oberhalb der Straße. Die schmalen Familienbesitze waren nur durch Wegstreifen voneinander getrennt.

Als sie den Garten von Meister Lamprecht erreichte, hörte sie plötzlich eine flüsternde Stimme aus den dunklen Sträuchern.

»Komm hierher, Agnes!«

Sie verharrte mitten in der Bewegung. Ihr Herz klopfte bis zum Hals.

»Wer ist da?« fragte sie. Ihre Stimme zitterte.

»Kennst du mich nicht?«

»Ich kann dich nicht sehen ...«

Irgend jemand lachte höhnisch. Es kam aus einer Buschgruppe weiter oben.

»Ich bin es – Hanns!«

»Nein, ich bin Hanns!« protestierte die untere Stimme.

Agnes wußte nicht, was sie glauben sollte. Das Licht der Monde wurde langsam schwächer. Sie konnte kaum noch etwas erkennen.

»Ich weiß, wo Guntram ist«, lockte die obere Stimme aus den schwarzen Büschen.

»Laß dich nicht einfangen!« warnte die untere Stimme. »Er ist von Corvay ausgeschickt, um deinen Bruder zu finden ...«

»Gut gesprochen, Lello«, flüsterte die obere Stimme. »Du bist kein Narr, nein, nein ...«

»Glaub ihm nicht, Agnes! Er ist Lello!«

»Warum versteckt ihr euch?« rief Agnes halblaut.

»Wenn wir uns beide zeigen, wird einer von uns sterben.«

Das war die untere Stimme. Im gleichen Augenblick wußte Agnes, daß sie nicht Hanns gehören konnte. Er hätte nie so etwas gesagt. Das mußte Lello, der Narr von König Corvay, sein. Sie wich langsam nach oben aus. Der Untere versperrte den Weg zum Haus von Meister Lamprecht. Sie konnte nicht an ihm vorbei.

Erst als zwei zuckende Arme aus dem oberen Gebüsch kamen, merkte sie, wie sehr sie sich geirrt hatte. Sie konnte nicht mehr schreien. Lello hielt ihr den Mund zu und schleifte sie höher. Er hatte zwar nicht Guntram gefunden, aber wenigstens seine Schwester, die mit ihm geflohen war ...

Das Labyrinth in der *Teufelsmauer* war noch geheimnisvoller und komplizierter angelegt als die verborgenen Gänge, Wendeltreppen und Galerien in den Seitenmauern der Kathedrale.

Stundenlang irrte Guntram durch sternförmig nach allen Seiten auseinanderlaufende Gänge. Er kletterte über schräge Ebenen, kam wieder an den Ausgangspunkt zurück und versuchte es erneut. Die ganze Zeit war immer gerade soviel Licht vorhanden, daß er Stufen und Stege in einem düsteren Dämmerschein erkennen konnte.

Er merkte, wie er nach und nach seine letzten Kraftreserven verlor. Wenn er an diesem Tag nicht gegessen und getrunken hätte, wäre er schon nach kurzer Zeit zusammengebrochen.

Längst schalt er sich einen Toren, weil er gewagt hatte, in verbotenes Gebiet vorzudringen. Mit jedem taumelnden Schritt verstand er besser, woher die *Teufelsmauer* ihren furchterweckenden Namen erhalten hatte.

Die Wege und Gänge waren wie ein magischer Irrgarten angelegt. Einmal als er glaubte, im nördlichen Teil zu sein, stieß er gegen eine Gruppe von starren, lederartigen Mumien.

Er schrak zurück. Die Gruppe sah wie eine Familie aus, die sich hingesetzt hatte, um gemeinsam zu sterben. Einige hielten sich noch an den Händen.

Er brauchte eine Weile, bis er die Kraft fand, den grausigen Ort zu verlassen. Trotzdem hatte er sofort gesehen, daß die Mumien viel größer waren als er. Er wußte nicht, wer sie waren, aber einige der vertrockneten Gesichter hatten ihn an Mitglieder seiner eigenen Familie erinnert.

Wann waren sie anderthalb Ellen groß gewesen?

Während er weiterhastete, rechnete er aus, daß die Unglücklichen etwa zur Zeit der Rebellion nach der Periode von Glück und Frieden gestorben sein mußten, also Ende des achtzehnten Jahrhunderts.

Und wieder kam er in einen höhlenartigen Raum, von dem verschiedene Gänge nach allen Seiten führten. In der Mitte des Raumes befand sich ein Altarstein, in den er schon bei seinem zweiten Besuch mit einem Mörtelstück einen Kratzer geritzt hatte.

Er taumelte auf den Altarstein zu.

Sechs Striche! Schon sechsmal war er zur gleichen Stelle zurückgekehrt! Dabei hatte er bei jedem neuen Versuch eine ganz andere Richtung gewählt …

Erschöpft ließ er sich vor dem Altarstein auf den Boden sinken.

Es hatte keinen Zweck! Er kam aus dem verhexten Irrgarten nicht mehr heraus!

Er schloß die Augen. Ob er auch eine Mumie würde, wenn er jetzt einfach sitzenblieb und für immer einschlief? Und ob ihn dann nach weiteren zweihundert Jahren jemand finden würde, der noch viel kleiner war als er? Von einem, der vielleicht sogar von ihm selbst abstammte …

Er dachte an Agnes. Er hätte sie nicht allein lassen sollen! Aber das war nicht sein eigentliches Vergehen. Er wußte, daß er ein Opfer seiner eigenen Neugier geworden war. An den ersten drei, vier Öffnungen in der *Teufelsmauer* war er noch standhaft geblieben, doch dann hatte er doch noch versucht, einen Blick in den verbotenen Wall zu werfen, der das Sakriversum in zwei Welten teilte, die von Anfang an nichts miteinander zu tun hatten.

Aber sein Vater war durchgekommen! Seine Mutter sogar zweimal!

Er erinnerte sich an die Legenden, die immer wieder unter der Linde erzählt worden waren: Geschichten von Zeiten, in denen große, böse Tiere durch die Mauern gedrungen waren, um die Felder kurz vor der Ernte leerzufressen. Oder die Große Seuche vor vierhundertundfünfzig Jahren. Ein einziger kranker *Bankert* hatte sie durch die Mauer gebracht.

Es sollte sogar nächtliche Kämpfe und Belagerungen an der Mauer gegeben haben. Zum Ende der Grausamen Jahre hatten die *Bankerts* versucht, das Geheimnis des Sakriversums an die *Weltlichen* zu verraten. Zusammen mit einigen hohen Herrn des Domkapitels waren sie an der *Teufelsmauer* aufgetaucht. Doch die *Schander* hatten durch Ulrich, der von Lancelot und Gudruns Enkeln Wetzel und Breida abstammte, eine Warnung erhalten. Zu dieser Zeit war Ulrich der erste, der den umgekehrten Weg geschafft hatte – so wie später Ekkehard und Uta.

Guntram wußte nicht, daß bei diesem viele Jahrhunderte zurückliegenden Vorfall Blut seiner eigenen Familie sich erstmalig mit *Bankert*-Blut gemischt hatte.

Er erinnerte sich plötzlich an Meister Wolfram. Im gleichen Augenblick vernahm er seine Worte:

»… und Ulrich hörte, daß wir verraten worden waren. Da kam

er wieder zu uns und wir verziehen ihm. Wir machten unser Dorf und alle Felder dem Erdboden gleich. Kein Baum blieb stehen und kein Stein auf dem anderen. Nur etwas konnten wir vor der Flucht nicht mehr zerstören: das Buch-Heim. Und als die Weltlichen mit den Verrätern ins Sakriversum eindrangen, war es nur dies, was sie noch fanden. Sie ließen es als Denkmal eines großen Baumeisters stehen. Fortan hat niemals mehr ein Weltlicher das Sakriversum betreten. Das Volk, aus dem die Verräter kamen, wurde in alle Welt vertrieben. Wir selbst waren gezwungen, unsere eigenen Kinder zu töten, weil das zerstörte Dorf sie nicht.mehr ernähren konnte. Damals gab es bereits zwölf Familien. Doch 132 Jahre nach dem Einzug des ersten Geschwisterpaars mußte der Zwölf-Familien-Beschluß gefaßt werden, daß keine Familie mehr als sechs Angehörige haben durfte. So blieb es weitere zweihundertundfünfundfünfzig Jahre. Es waren die Grausamen Jahre …«

Guntram stand auf. Er wandte sich nach rechts. Was ihm soeben bewußt geworden war, konnte nur ein Teil der großen Geheimnisse sein, die Meister Wolfram an ihn weitergegeben hatte.

Eines Tages würde er das ganze Wissen der Logenmeister kennen!

Der Weg aus dem Labyrinth der *Teufelsmauer* war ganz einfach. Man durfte nur nicht so denken, wie normale Menschen. Guntram folgte verschlüsselten, magischen Gesetzen, die sich aus Form und Winkeln der Gänge ergaben. Geist und Materie, Menschen und Gott – wo sie zusammenfanden, begann die Wahrheit des Universums …

Er trat in die Nacht der vielen Monde hinaus. Von seinem Standort aus bildeten sie das Zeichen der Logenmeister. Es wies genau auf die Hütte von Meister Albrecht …

16. KAPITEL

In dieser Nacht konnte Goetz lange nicht einschlafen. Er hatte sich im Ruheraum der Setzer ein Lager aufgeschlagen. Noch am Abend hatte er geduscht, ein paar Medikamente genommen, einen sauberen Overall und Dienststiefel mit vorgeschriebenen Schutzkappen angezogen und sich aus den bescheidenen Vorräten im Ruheraum etwas zu essen gemacht.

Dann war er nach oben gegangen und hatte sich an ein Fenster gesetzt. Bis die silberne Sichel des Mondes aufging, hatte er über verschiedene Dinge nachgedacht. Nach langer Zeit rauchte er wieder ein Zigarillo. Es war verboten, aber jetzt gab es niemanden mehr, der ihm Vorschriften machen konnte ...

In satter Müdigkeit genoß er die verzaubert wirkende Stille. Von seinem Fenster aus konnte er die Fenster, Pfeiler und Türmchen der Kathedrale sehen. Obwohl er sich eigentlich mit der Stadt beschäftigen mußte, kreisten seine Gedanken immer wieder um die Geschehnisse in diesem gewaltigen, geheimnisvollen Bauwerk.

Seit er das Motorradgeräusch gehört hatte, war er sicher, daß es noch andere Menschen außer ihm geben mußte. Er nippte an einem Glas eiskalten Wodka. Die Setzer im Verlag hatten es mit den Vorschriften der *Vorsorglichen Behütung* nicht immer sehr genau genommen. Jetzt war er ihnen dankbar dafür ...

Die Vorgänge in der Stadt waren ihm einigermaßen verständlich. Nachdem er das Kontrollpult der Wasserwerke abgestellt hatte, war kein Frischwasser mehr aus den Leitungen gekommen. Das restliche Wasser war über natürliches Gefälle abgeflossen.

Was ihn viel mehr beschäftigte, war jene flüchtige Begegnung im Südturm der Kathedrale. Von dort mußte auch das Motorradgeräusch gekommen sein. Doch um ein Motorrad in einen Kathedralenturm zu bringen, bedurfte es geradezu artistischer Fähigkeiten.

Artisten!

Goetz zuckte zusammen. Er merkte, wie zwei Puzzlestücke zusammenklickten.

Die kleinen Menschen!

Erregt sprang er auf. Er stellte das Wodkaglas achtlos beiseite und lief ins Archiv. Obwohl in der Nacht der Katastrophe gearbeitet worden war, entdeckte er keine Toten im Archiv.

Er setzte sich vor einen Bildschirm und schaltete die Stromversorgung ein. Wieder dankte er seinem Schöpfer, daß er eine vom Netz unabhängige Energieversorgung für den Verlag durchgesetzt hatte. Abgesehen davon wäre die öffentliche Stromversorgung für die Druckmaschinen längst vom *KVE Kontrollverbund Energie* verboten worden! Bibliophile Kostbarkeiten, Adelskalender und eine Zeitung für gute Nachrichten hatten nicht den geringsten Stellenwert bei den Energieverwaltern gehabt.

Über einen Suchbaum auf dem Bildschirm tastete sich Goetz an verschiedene Stichworte heran, aus denen ihm der Archiv-Computer eine Antwort geben sollte.

Zuerst war es nicht ganz einfach. Er hatte keine große Übung im Bedienen von Keyboards für Daten-Verarbeitungsanlagen. Er fand eine Fülle von Informationen über die Zirkus-Geschichte, über die Motorrad-Kultur zum Ende des zwanzigsten Jahrhunderts, über waghalsige Rekorde und über kleinwüchsige Menschen.

Allein der letzte Bereich war bereits so umfassend, daß er Wochen brauchen würde, um sich über alle damit zusammenhängenden Fragen in medizinischer, völkerkundlicher und soziologischer Hinsicht zu informieren. Und dann war da noch der kaum überschaubare Bereich der Sagen, Mythen und Legenden …

Goetz wollte bereits aufgeben, als er auf eine andere Idee kam. Er änderte die Such-Stichworte auf dem Bildschirm und beschränkte sich auf die Nachrichten-Analyse der letzten drei Monate vor der Katastrophe:

SUCHWORT: ZWERGE (ALLE BEGRIFFE)
BEREICH: WELTWEIT (SCHWERPUNKT EUROPA)
ANLASS: AKTIONEN UND/ODER AUFTRITTE
SUB-THEMA: KURIOSITÄTEN
FEHLER-KOMMENTAR: JA.

Er drückte auf die START-Taste und lehnte sich zurück. Es würde eine ganze Weile dauern! Er steckte sich ein neues Zigarillo an. Nacheinander prüfte die Elektronik die unterschiedlichsten Kommunikationsbereiche. Jedes Wort, das in den vergangenen fünf Monaten vor oder nach der Katastrophe über Satelliten-Sender gesprochen worden war, wurde analysiert.

Es begann mit den offiziellen Programmen, wobei sich die Suche auf Nachrichten und Kommentare beschränkte.

NEGATIV

Danach kamen die Privatsender.

NEGATIV

Nachrichtenagenturen.

NEGATIV

Bildschirmtext. AV-Programme. Kabel-TV. Überall das gleiche, entmutigende Ergebnis! Kein Mensch hatte in den vergangenen Monaten irgend etwas über kleine Menschen gesagt! Jedenfalls nicht in den erfaßten Nachrichten und Kommentaren ...

FEHLER-KOMMENTAR?

Goetz nickte müde. Er drückte auf die entsprechende Taste. Im gleichen Augenblick hatte er es. Die Zeilen auf dem Bildschirm verschoben sich und bauten sich neu auf. Diesmal fehlte die Einschränkung auf den Schwerpunkt Europa. Gleich darauf blendete eine kurze Notiz auf:

NEW YORK, N. Y., ABC-NEWS-NUMBER 2018-3-8-55

REF.: CLONING EXPERIMENT 2001/SIXTY-SIX

NANCY McGOWAN II, SCHWESTER-TOCHTER DES VERSTORBENEN HOLLYWOOD-STARS NANCY McGOWAN (99 FILME, 17 OSCARS) HAT DIE USA VERLASSEN, UM IN EUROPA AN EINER WELTKONFERENZ DER KLEINSTEN TEILZUNEHMEN. NANCY IST 9 ZOLL GROSS UND GEHÖRT DAMIT ZU DEN FAVORITINNEN FÜR EINE ERWÄHNUNG IM »BUCH DER REKORDE«.

Goetz atmete tief durch.

Ein Kongreß! Irgendeine Zusammenkunft, von der niemand in Europa Notiz genommen hatte: Weltkonferenz der Kleinsten ...

Also doch Gulliver! dachte er unwillkürlich. Wie klein konnten Menschen eigentlich werden? Er erinnerte sich an phantastische Geschichten von Menschen, die so klein waren, daß sie sogar einzelne Atome besuchen konnten. Natürlich waren derartige Spekulationen unsinnig. Schon ein Mensch, der ein Zehntel seiner ursprünglichen Größe mißt, wiegt nur noch ein Tausendstel. Es gab nichts, wodurch sich auf der Erde die physikalischen Gesetze im Verhältnis von Fläche und Volumen, Gewicht und Größe verändern ließen!

Die Verkleinerung auf ein Zehntel würde aber auch bedeuten, daß dieses Fliegengewicht Lungen, Adern und Muskeln besäße, die zehnmal so groß waren, wie vom Körper eigentlich benötigt ...

Trotzdem konnte irgend etwas an diesen Überlegungen nicht stimmen. Goetz hatte kleine Menschen gesehen. Er *wußte,* daß er sich nicht getäuscht hatte.

Nachdenklich blickte er auf die leicht flimmernde Schrift des Bildschirms. Wie konnte er herausfinden, was er wissen wollte?

In dem Moment blickte er zufällig auf den Daten-Terminal an seinem Handgelenk und im gleichen Augenblick hatte er die Lösung: sein Kontostand war der entscheidende Hinweis! Er dachte an die seltsame Unterhaltung zurück, die er mit der Sicherheitsautomatik der Kathedralentürme geführt hatte. Es paßte alles zusammen – auch die *MUSE* und die Vorgänge unter dem Altar.

Als letzter Mensch hatte er das Recht, auch die geheimen Datenspeicher der *Vorsorglichen Behütung* anzuzapfen! Ein Kongreß und selbst ein größeres Familientreffen verbrauchte mehr Energie als geplant. Das wiederum mußte ein klarer Meldefall für den *KVE Kontrollverbund Energie* gewesen sein. Und was die Energiewächter wußten, erfuhr auch die *Vorsorgliche Behütung*!

Vielleicht war das ein Weg.

Er zögerte einen Augenblick lang. Was er jetzt vorhatte, wäre noch vor wenigen Wochen vollkommen undenkbar gewesen: kein Einwohner der Stadt hätte freiwillig Kontakt mit den *VOBs* und ihren Überwachungs-Netzen gesucht!

Er stand auf. Eine Weile starrte er noch auf den Bildschirm. Dann drehte er sich um und verließ das Archiv. Er wählte die schmale Privattreppe zum Apartment, in dem *J. Samuel Bruhns* gewohnt hatte.

Er fand es schon fast selbstverständlich, daß er die schwere, geschnitzte Tür im zweiten Stock mit seinem Magnetstift öffnen konnte.

Das Wohnzimmer von *J. S. B.* erinnerte an eine überladene Bibliothek in englischen Herrenhäusern. Überall standen wertvolle Möbelstücke und Antiquitäten. An den Wänden hingen zwischen hohen Bücherregalen französische Gobelins, alte Meister und ein echter, um 1318 entstandener Giotto.

Goetz nahm den eigentümlichen Geruch von Zigarrenasche, alten Büchern, Zimmerpalmen, Teppichen und Holzmöbeln in sich auf. Hier hatte es niemals auch nur ein Stück *Rezyk*Schlacke gegeben.

Obwohl er zu den wenigen Angestellten des Verlages gehört hatte, die das Allerheiligste von *J. S. B.* kannten, empfand er eine merkwürdige Scheu, als er über die weichen Teppiche ging. Er konnte sich nicht erinnern, daß jemals *VOBs* oder Beamte vom *KVE Kontrollverbund Energie* bis hierher vorgedrungen waren. Doch selbst wenn es Überprüfungen gegeben haben sollte, konnten keine Beanstandungen erfolgt sein.

Goetz sah eine Fülle von längst verbotenen Gegenständen. Auf einem Rauchtisch mit einer runden, gehämmerten Kupferplatte standen fünf Flaschen mit Portwein, Sherry und Amaretto. Direkt hinter dem Tisch war eine Klimakammer in die Zimmerwand eingelassen. Hinter ihrer dicken, geschliffenen Kristallscheibe stapelten sich mehrere Zigarrenkisten mit Davidoffs.

In einer zweiten Kammer, die wie ein Terrarium aussah, wuchsen unter künstlicher Beleuchtung seltene Heilkräuter und drei Canabis-Pflanzen.

Goetz wußte, wo das Gerät verborgen war, mit dem *J. S. B.* über Lichtleiter-Kabel in direkter Verbindung zu Politikern, hohen Verwaltungsbeamten und Wirtschaftsführern gestanden hatte. Er wußte auch, daß es ohne diese Kontakte den Verlag schon längst nicht mehr gegeben hätte …

Der Magnetschlüssel öffnete eine holzverkleidete Panzerplatte in einem Bücherregal. Goetz zog das Bildschirm-Telefon über zwei Gleitschienen nach vorn. Er ließ sich auf einen Stuhl mit gedrechselten Füßen fallen und beugte sich über das Keyboard.

Zunächst gab er seine Kennung ein. Der Bildschirm wurde

augenblicklich hell. Goetz wählte wahllos irgendeinen Teilnehmer des nichtöffentlichen Fernsprechnetzes an.

Das grafische Symbol des Papstes mit Mitra und den beiden Schlüsseln blendete auf, danach das Symbol der Kathedrale. Es war aus einer der vierzehn *Mutter-Figuren* mittelalterlicher Steinmetze entwickelt worden.

»Vier der Triangulatur«, murmelte Goetz unwillkürlich, »vier der Quadratur, vier dem Vierpaß und zwei dem Dreipaß ...«

Das Dreipaßzeichen der Kathedrale erinnerte an geometrische Grundlinien aus dem Rosettenfenster. Es war ein Siegel, ein Stempel und ein Kode zugleich, aus dem die Eingeweihten mehr erkennen konnten als normale Sterbliche.

Goetz starrte auf das dreischenklige Sonnenrad mit Drittelkreisen an den Enden. Ähnliche Zeichen hatten in der Vergangenheit Menschen betäubt, blind gemacht und bis zur Selbstzerstörung hypnotisiert ...

Es war Magie in ihnen, eine ungeheure Kraft, die ihre Wurzeln in den Geheimnissen des Universums haben mußte.

Dann kam das dritte Zeichen. Es bestand aus drei kunstvoll ineinander verschlungenen Großbuchstaben in Schreibschrift: VOB.

Goetz biß die Zähne zusammen. Sie hatten alle etwas miteinander zu tun gehabt!

Er tastete seine Personen-Kennung ein. Jetzt wollte er wissen, ob das System des gegenseitigen Interessenschutzes pervers genug war, ihm zu gehorchen! Er war der letzte Mensch: der erste, oberste und einzige! Oberbürgermeister, Generaldirektor, Aufsichtsratsvorsitzender, Bischof ...

NEGATIV

Goetz starrte auf den scharlachroten Schriftbalken quer über dem Bildschirm. Er fühlte, wie seine Handflächen feucht wurden. Die Angst vor der Macht der Systeme kroch eisig über seinen Rücken. Er dachte an seine Flucht aus dem Kommunikations-Zentrum der Kathedrale. Auch dort war er zunächst akzeptiert und dann ausgesperrt worden.

Aber warum?

Er ballte die Hände zu Fäusten. Ein anderer an seiner Stelle hätte zugeschlagen, einfach zugeschlagen, um das verdammte System zu zerstören …

Doch eben das durfte er nicht tun, wenn er weiter in der Stadt leben wollte! Er brauchte die Versorgungseinrichtungen und die Informationsquellen. Aber wie sollte er an die lebensnotwendigen Daten kommen, wenn ihm immer nur ein höhnisches NEGATIV entgegenleuchtete?

»Warum bekomme ich keine Informationen?« tippte er auf die Tasten unter dem Bildschirm.

Es schnurrte, summte und flackerte eine Weile. Dann erlosch der rote Schriftbalken auf dem Bildschirm.

»Sie bekommen Informationen«, sagte eine Automatenstimme. Die gleiche Aussage flimmerte in großen Buchstaben über den Bildschirm.

»Ich bin also berechtigt, Anfragen und Anweisungen abzugeben!«

»Ja.«

»Bis zu welchem Geheimhaltungsgrad?«

»Ohne Einschränkung.«

»Na schön«, knurrte Goetz. »Und warum drehen die Systeme durch, sobald ich irgend etwas wissen will?«

»Sie haben die Gesamt-Prokura für die Stadt«, sagte die Stimme. »Zusammen mit einem anderen Befugten sind Sie jederzeit berechtigt alle Daten abzufordern …«

Goetz hatte plötzlich das Gefühl, daß ihm das Blut vom Herzen abgeschnürt wurde. Er konnte alles erfahren, was er wissen wollte. Mit einer winzigen, tödlichen Einschränkung: er brauchte einen zweiten Überlebenden dafür …

»So sind die Vorschriften«, sagte die seelenlose Stimme. »Als VOBSTER B-STU 1 genießen Sie eben nur eingeschränkte. Handlungsfreiheit. Das hätten Sie sich vorher überlegen müssen …«

Unter dem Dach der Kathedrale schliefen die meisten *Schander* und *Bankerts* in tiefer Erschöpfung. Zum erstenmal nach vielen Tagen der Entbehrung hatten sie sich wieder sattessen können. Jetzt forderten die so lange gequälten Körper ihr Recht. Sie lagen in kleinen Gruppen zusammen. Nur einige Frauen kümmerten sich noch um Kinder, denen die Nahrungsmittel nicht bekommen waren. Sie trösteten die leise Weinenden, obwohl sie selbst zwischendurch immer wieder einschliefen.

Als Dietleib mit Ulf zurückkam, legte er seinen Bruder in eine Mauernische und schlich sich leise bis zu den Clan-Chefs. Nur zwei Feuer brannten noch auf der Innenseite des Dachs unter dem Rosettenfenster. An einem saßen die Clan-Chefs mit Mathilda, und am anderen, direkt am Wandrand, schmiedeten König Corvays Berater ihre Pläne.

Sie hatten Wachen eingeteilt. Trotzdem gelang es Dietleib, ungesehen bis zu den Clan-Chefs vorzudringen. Das letzte Stück kroch er auf dem Bauch den Hang hinauf, bis er die steinige, felsenartige Wölbung unter dem Abendzeichen erreichte.

Mathilda entdeckte ihn zuerst. Im gleichen Augenblick ging eine Wache an ihrem Lagerfeuer vorbei. Der *Bankert* war gerade erst eingeteilt worden, sonst hätte er vielleicht gesehen, daß einige Männer fehlten. Dietleib sah seiner älteren Schwester an, daß sie die Wache am liebsten mit giftigen Worten vertrieben hätte, aber sie beherrschte sich, senkte den Kopf und murmelte den Clan-Chefs zu, daß sie beten sollten.

Geschickt benutzte sie die alte Sprache aus dem frühen vierzehnten Jahrhundert, die nur noch wenige *Bankerts* verstehen konnten. Die Wache gehörte nicht dazu. Sie schneuzte sich und schlenderte weiter. Erst als sie sicher war, daß der Bursche nicht zurückkam, unterbrach Mathilda das gemeinsame Gebet, in das sie eine Warnung an die Familienältesten eingebunden hatte.

Sie winkte Dietleib. Er huschte zwischen die Clan-Chefs, setzte sich ans Feuer und senkte ebenfalls den Kopf wie zum Gebet.

»Wo sind die anderen?« fragte Mathilda leise. Die trockenen Äste vom Waldrand knisterten und knackten in den Flammen.

»Wir wurden schon unterhalb der Straße überfallen. Jemand hat uns mit Steinen beworfen. Ulf ist am Kopf verletzt. Ich habe ihm einen Kräuterverband angelegt und hierher getragen. Er liegt unten am Sündanger zwischen der Westfassade und dem Eichberg ...«

»Und Hanns?«

»Er muß noch im Dorf sein!«

»Ach, dieser ungeschickte Kerl!«

»Nein, nein«, wehrte Dietleib ab. »Er wußte, daß ich mich um Ulf kümmere. Wahrscheinlich versucht er jetzt, allein Kräuter zu beschaffen. Ich selbst konnte nur wenig mitbringen.«

Er nestelte den Topf mit Kräuterbrei von seinem Gürtel und reichte ihn Mathilda.

»Was ist da drin?«

Dietleib sagte es ihr.

»Gut, dann frage ich jetzt Lea, ob sie einen Sud für diejenigen brauen kann, die nach den Wochen des Hungers die Bratenstücke heute abend nicht vertragen haben ...«

Sie nahm den Topf und stand auf. Ohne die anderen zu beachten, verschwand sie in der Dunkelheit.

»Eine anstrengende Frau«, seufzte Otto, der Friedfertige. »War sie schon so, als Wolfram noch lebte?«

Dietleib lachte.

»Noch schlimmer! Wenn unser Vater nicht im Haus war, hat sie sich manchmal wie die Chefin des ganzen Dorfes aufgeführt. Sie weiß eben, was sie will!«

»Hast du gesehen, wie es um das Dorf steht?« fragte Meister Friedrich. Dietleib starrte in die knisternden Flammen des kleinen Feuers. Der schweigsame, sehnig wirkende Clan-Chef hatte mit seiner Familie das östlichste Haus des Dorfes unterhalb der Straße bewohnt. So gesehen, waren sie immer Nachbarn gewesen, denn Meister Wolfram hatte das Haus und der Garten oberhalb der Straße gehört.

Dietleib erinnerte sich daran, wie Meister Friedrich ihm vor Jahren Seile für eine Schaukel auf dem Seilfeld geflochten hatte. Hauchdünne Flachsfäden wurden über eine lange, gerade Strecke mit hölzernen Schienen gespannt und mit einer langsam hangabwärts gleitenden Spindel zusammengedrillt. Anschließend holten die Seiler die Spindel wieder hoch, klinkten stärkere Haken ein und wiederholten den Vorgang so lange, bis sich aus vielen dünnen Fasern kräftige Stricke zusammengedreht hatten.

Dietleib konnte Meister Friedrich einfach nicht sagen, daß alles zerstört war: die Schuppen mit dem Flachs, die abgewetzten

Holzschienen und auch das Haus, in dem der Seiler-Clan gelebt hatte.

»Warum schweigst du, Dietleib?« fragte Eilhart der Jäger. Seine Familie bewohnte das Gehöft zwischen den Anwesen von Friedrich und Herbort dem Schlachter im südöstlichen Quadranten des Dorfes.

Obwohl die *Schander* stets eine eingeschworene Gemeinschaft gewesen waren, gab es winzige Unterschiede zwischen ihnen. Dabei wurden verschiedene Maßstäbe angelegt, die sich aus der Lage der Gehöfte ergaben: die Clans im Westen bekamen eher Sonnenlicht durch die *Beryllos-Linsen* als die Clans östlich des Baches; nördlich der Straße durch das Dorf wuchsen die Kräuter besser, während auf der südlichen Seite die Wiesen fetter waren.

Schon deshalb war das Dorf in vier Bereiche eingeteilt: in den südöstlichen und den südwestlichen, sowie den nordwestlichen und nordöstlichen Quadranten. In jedem Sektor hatten drei Familien gelebt, doch jetzt war alles anders, denn beide alleröstlichsten Gehöfte waren abgebrannt ...

»Es ist nicht recht, einem Clan-Chef nicht zu antworten«, mahnte Meister Lamprecht.

»Wir wissen, daß du um deinen Vater trauerst«, sagte Meister Eilhart, »doch sicherlich hätte auch er gewollt, daß du uns sagst, was du gesehen hast!«

Dietleib blickte die Clan-Chefs nacheinander an. Sie wirkten wie eine Versammlung von bärtigen, ungewaschenen und verkommenen Greisen. Keiner war älter als Meister Wolfram in der Stunde seines Todes, und doch hatte die Anstrengung der letzten Wochen bei einigen von ihnen den Prozeß des körperlichen und geistigen Verfalls beschleunigt.

Sie hatten keine Kraft mehr. Seit sich die *Bankerts* unter König Corvay zu ihren Herren aufgeschwungen hatten, folgten sie nur noch stumm ihren Befehlen. Ihr Weltbild und ihr Selbstvertrauen waren zerstört.

Dietleib hätte in diesem Augenblick jeden der Clan-Chefs an den Schultern packen und so lange schütteln können, bis sie wieder zu dem wurden, was sie eigentlich sein sollten: die Patriarchen eines ganzen Volkes!

Vielleicht half jetzt doch nur noch der Schock der ganzen Wahrheit.

»Das Dorf ist verwüstet!« berichtete er in schonungsloser Offenheit. »Mein Vaterhaus und das von Meister Friedrich sind abgebrannt. In anderen Häusern sind die Scheiben eingeschlagen, die Vorgärten zerwühlt und die Tiere geschlachtet worden. Ich habe nicht sehr viel sehen können, aber ich fürchte, daß wir alle verhungern werden ...«

»Soll denn alles umsonst gewesen sein?« stöhnte Otto.

»Hast du Tiere gesehen?« fragte Eilhart der Jäger.

»Ja, das heißt, eigentlich habe ich sie nur gehört ...«

»Wir könnten uns aus dem schwimmenden Schatz ernähren«, meinte Meister Konrad. »Im letzten Herbst habe ich besonders viele Jungfische im See ausgesetzt. Ich folgte damit einer Vorahnung der Logenmeister ...«

»Schweig!« unterbrach ihn Walter der Schmied.

Mathilda kam zurück.

»Lea sagt, daß die Kräuter gut sind«, berichtete sie. Sie setzte sich ans Feuer. »Lea hatte noch etwas Schwarznesselkraut, Melisse und kleinblütige Königskerze.« Sie wandte sich an Dietleib. »Zusammen mit den Kräutern, die du aus dem Dorf mitgebracht hast, soll ich für sie den Sud brauen.« Sie hängte den Tontopf an drei Stöcken über die Flammen. »Störe ich euch?«

»Wir sprachen gerade über das, was ich im Dorf gesehen habe«, sagte Dietleib leise.

»Was wirst du schon gesehen haben? Wir wissen doch, daß sich die *Bankerts* kurz nach unserer Flucht in die Keller über das Dorf hergemacht haben! Wie ich die kenne, haben sie alles kurz und klein geschlagen ...«

»Ich habe es nicht gewußt«, sagte Dietleib leise. Mathilda lachte gutmütig.

»Du hast schon Kinder, aber du bist selbst ein Kind geblieben, Dietleib! Was denkt ihr denn, warum die *Bankerts* uns mit nach oben genommen haben? Aus Menschenfreundlichkeit? Aus Großmut? – Pah! Sie wissen, daß sie ohne uns kein Jahr im Sakriversum überleben können. Deswegen müssen wir jetzt beschließen, wie wir uns verhalten sollen!«

Die Kräutermischung im Tontopf über dem Feuer begann zu sieden. Mathilda rührte vorsichtig um. Sie war die einzige Frau unter den Männern, aber sie ließ sich nicht unterkriegen.

»Ich habe gehört, daß unser Volk zunächst hierbleiben soll«, sagte sie. »Die *Bankerts* wollen bei Tagesanbruch das Dorf in Besitz nehmen und Listen aufstellen, wer von uns sofort gebraucht wird. Außerdem wollen Sie ein Kontrollsystem einführen, das ich nicht verstanden habe.«

Sie nahm den Topf vom Feuer.

»Das muß jetzt etwas ziehen«, sagte sie. Sie wandte sich an Dietleib. »Jetzt kannst du Ulf holen! Wenn du wiederkommst, ist der Sud fertig. Ich werde ihn zu den anderen Familien bringen. Gleichzeitig sollten zwei oder drei von euch bis zum Feuer dieses Halunken Corvay schleichen. Wir müssen wissen, was sie planen!«

»Wir haben keine Erlaubnis, unser Feuer zu verlassen«, sagte Meister Wilhelm, der sonst so schweigsame Zimmermann.

»Und wer hat euch diese Erlaubnis nicht gegeben?« fauchte Mathilda. Sie blickte die zehn verstörten Clan-Chefs verständnislos an. »Meister Wolfram und Meister Wirnt sind tot – und ihr benehmt euch, als wäre nichts geschehen!«

Die Clan-Chefs neigten die Köpfe. Mit ihren hohen, breitkrempigen Topfhüten sahen sie wie ein Kreis von Pilzgnomen aus. Schließlich nickte Bieterolf bedächtig.

»Ich werde gehen«, sagte er leise.

»Und ich begleite dich«, meinte Otto der Friedfertige.

»Als Jäger muß ich wissen, wo das Wild steht«, knurrte Eilhart. »Ich werde mich vom Eichberg aus durch den Wald schleichen ...«

»Merkt euch alles, was sie sagen!«

»Gib mir einen Schluck Kräutersud«, sagte Otto. »Ich fühle zu viel Angst in meinem Magen ...«

Die anderen Clan-Chefs murmelten zustimmend. Zum erstenmal hatte einer von ihnen ausgesprochen, was sie seit vielen Monaten empfanden.

Gleichzeitig löste sich die lähmende Starre aus ihren Seelen. So wie fast alle anderen *Schander* hatten sie die vergangenen Wochen wie in einem gottgewollten psychischen Winterschlaf ertragen.

Zeiten der Flucht waren schon immer schwer und böse gewesen. Doch diesmal war es besonders schlimm gekommen.

Nach langer, langer Zeit begannen die Augen der Clan-Chefs wieder zu leuchten. Sie waren nicht länger abhängig von Ereignissen, die sie nicht beeinflussen konnten. Siebenhundert Jahre hatten sich die *Schander* vor Gefahren gefürchtet, die von draußen kamen. Sie hatten eine Mentalität entwickelt, die ihnen befahl, alles, was von außen kam, als gottgegeben hinzunehmen.

Sie *wollten* dienen – doch das hieß warten und nicht handeln!

Wie menschliche Schnecken waren sie bei jeder auch nur angedeuteten Bedrohung ihres Friedens zusammengezuckt und in ihre Verstecke zurückgewichen. Auch diesmal hatten sie sich einfach tot gestellt. Fast ohne Widerstand waren sie den Eindringlingen gefolgt, unfähig, ihre Welt vor der drohenden Eroberung durch die *Bankerts* zu bewahren.

Mathilda, die Tochter eines Logenmeisters, der sein Leben beinahe freiwillig aufgegeben hatte, eine Frau von dreißig Jahren, die ihren eigenen Sohn bei der Flucht nach unten sterben sah, hatte die Führung übernommen. Eine Frau, die nicht das geringste Recht besaß, im Kreis der Clan-Chefs zu sprechen.

»Was sitzt ihr noch herum?« fuhr sie die Meister an, die sich bereit erklärt hatten, die Pläne der *Bankerts* auszuhorchen.

Bieterolf, Eilhart und Otto standen ächzend auf. Zum erstenmal in der Geschichte der *Schander* folgten die Clan-Chefs den Anordnungen einer Frau.

Weiter östlich schleppte Corvays Narr Lello seine Halbschwester durch die Nacht der vielen hundert Monde. Er humpelte in die Täler zwischen den Feldern und keuchte bei jedem neuen Hügel stärker. Trotzdem genoß er die nahe Wärme von Agnes. Sie wurde ihm nicht schwer.

Natürlich hätte er sie auch zwingen können, mit ihm nach Westen zu gehen, doch das war nicht sein Stil. Deshalb hatte er ihr eher beiläufig erzählt, daß sein Vater Ekkehart und seine Mutter Lea hießen. Er hatte ihr damit bestätigt, was sie schon lange halb wußte und halb ahnte …

Dummerweise hatte er nicht mit der Empfindlichkeit von Agnes gerechnet. Als sie verstand, daß sie mit einem *Bankert* verwandt sein konnte, war sie ohnmächtig am Rand der Straße zusammengesunken.

Lello hatte sie aufgehoben und auf den Rücken genommen. Er war vier Jahre älter als sie, aber das hatte jetzt nichts mehr zu bedeuten. Keuchend trug er Agnes zum Rübenberg. Als er den Schein der Feuer hinter den Bäumen des Eichbergs sah, blieb er stehen.

Seit er denken konnte, fürchtete er sich vor dunklen Wäldern. Vielleicht war das noch eine tief eingegrabene Erinnerung an die dunklen Zeiten unter dem nördlichen Dach der Kathedrale ...

Als er ungefähr in der Mitte des kleinen Wäldchens war, zögerte er plötzlich. Seine Schritte wurden langsamer. Er sah das Licht eines Lagerfeuers und hörte durch die Bäume, wie Patrick Murphy seine filzbespannten Schlagstöcke über die Paukenkessel grummeln ließ.

Lello trug Agnes noch ein Stück weiter, dann setzte er sie ab. Er legte sie ins weiche Gras einer Mulde, an deren Rändern duftende Waldbeeren wuchsen. Nur wenige Schritte weiter tuschelten Corvays Berater.

Seine Leute!

Er hörte, wie Hector lachte und Menennery Luck Vorträge über die Gesetzgebung eines neuen Staates hielt. Wahrscheinlich hörte ihm außer Patricks Muli niemand zu.

Waren das wirklich seine Leute?

Lello empfand auf einmal einen tiefen Widerwillen gegen die laute, herzlose Bande Corvays. Mit welchem Recht maßten sie sich eigentlich an, das Sakriversum zu erobern?

Vorsichtig kroch er in die Mulde neben Agnes. Er kuschelte sich an sie und suchte ihre Wärme. Wenn sie aufwachte und wünschte, daß sie zurückgehen sollten, würde er sie begleiten.

Er schlief so friedlich ein, wie lange nicht mehr.

Weder er noch Agnes bemerkten, daß nur kurze Zeit später Hanns schwerbeladen an ihnen vorbeiging.

Guntram folgte dem Zeichen der Logenmeister am Nachthimmel bis zu Meister Albrechts Haus. Obwohl er der seltsamen Konstellation der Monde vertraute, fühlte er sich verwirrt und gleichzeitig geläutert.

Er wußte, daß seine Welt von der Beherrschung einer komplizierten Mechanik abhängig war. Sie hatten sich nie darauf verlassen können, daß Kräfte der Natur selbstordnend Sommer und Winter, Frühling und Herbst brachten. Nur wenn die Eingeweihten zum rechten Zeitpunkt Sonnenlicht, Wind und Regen vorausberechnet hatten, ging die Saat in den Feldern auf, reiften die Früchte und vermehrten sich die Tiere.

Schon deshalb bildeten die Mondzeichen ein geheimes Rechenbrett, aus dem die Logenmeister und andere Kundige zu lesen wußten.

Guntram begann zu ahnen, wie schwer die Aufgabe war, die Meister Wolfram ihm übertragen hatte. Um alles zu lernen, würde er ein ganzes Leben brauchen!

Aber vielleicht war das auch der Grund dafür, daß sich in den vergangenen Jahrhunderten niemals ein Clan-Chef über die anderen erhoben hatte. Sie waren aufeinander angewiesen, denn einer konnte dies, der andere jenes. Erst gemeinsam waren sie in der Lage, ihr kleines, künstliches Universum zu beherrschen. Und doch blieb immer noch vieles an ihrer Existenz dunkel und geheimnisvoll.

Guntram sah zu den Monden hinüber. Das Zeichen der Logenmeister stand nicht steil über ihm, sondern im Süden. Es tauchte die Hütte von Meister Albrecht in ein gleichzeitig klar und diffus wirkendes Silberlicht. Da Guntram von der *Teufelsmauer* kam, näherte er sich dem verbotenen Gebiet von oben.

Haus, Stall und Schuppen sahen alt und heruntergekommen aus. Er entdeckte lange nicht benutzte Gerätschaften, die an die Bilder aus den ersten Jahrhunderten seines Volkes erinnerten.

Kaum merklich veränderte sich das Lichtzeichen der Logenmeister. Es wurde schärfer, heller, drohender. Es war, als würden die *Beryllos-Linsen* im Dach der Kathedrale das Mondlicht jetzt so bündeln, daß es direkt auf das Eingangstor von Meister Albrechts Haus fiel.

»Öffne das Tor!«

Guntram fuhr zusammen. Die dumpfe Stimme war direkt aus der Hausmauer gekommen. Im ersten Augenblick wollte er wegrennen.

»Hab keine Angst, Guntram! Ich weiß schon lange, daß du mich besuchen wirst!«

Guntram schluckte. Er hatte einen langen, anstrengenden Tag hinter sich. Gleichzeitig erinnerte er sich wieder daran, wie er den Weg aus dem Labyrinth der *Teufelsmauer* gefunden hatte.

»Ich weiß, daß du mich suchst«, sagte die dumpfe, hohl klingende Stimme aus der Mauer. »So war es vor der Flucht mit deinem Großvater vereinbart ...«

Guntram zögerte noch immer. Er hatte einfach Angst vor einer Falle. Er wußte, daß die Strafen hart waren für alle, die die verbotenen Bereiche des Sakriversums unbefugt betraten. Er sah auch ein, daß es so sein mußte, denn die Gefahr, durch unbedachtes Abweichen von den Regeln das ganze Dorf zu gefährden, war viel zu groß.

Aber jetzt hatten nicht die gefürchteten *Weltlichen* die Südseite des Sakriversums entdeckt, sondern die *Bankerts.* Ob sich dadurch ganz andere Regeln und Vorschriften ergaben?

»Wir dürfen keine Zeit verlieren«, drängte die Stimme aus der Mauer. »Komm zu mir, denn ich kann nicht mehr zu dir kommen ...«

Guntram kaute auf seiner Unterlippe. Obwohl sich alles in ihm dagegen wehrte, das Verbotene zu tun, ging er langsam auf die Tür zu. Das Licht der Monde bildete für einen kurzen Augenblick einen feinen, hundertfach verstärkten Strahl, der genau auf ein altmodisches Schloß mit fünf Riegeln am Haustor zeigte.

»Die Riegel öffnen sich, wenn du die Reihenfolge der Pythagoräer kennst«, sagte die Stimme aus der Mauer.

Die Drei. Die Vier. Die Fünf. Und ihre Quadrate ...

Guntram versuchte es. Er schob den dritten Riegel über neun schnarrende Einrastungen nach rechts. Den vierten Riegel drückte er sechzehn Kerben weiter, den fünften fünfundzwanzig.

Im gleichen Augenblick erlosch das Licht der Monde. Die Dunkelheit war so beängstigend, daß Guntram unwillkürlich zurückstolperte.

»Ich will den Feinden unserer Welt nicht zeigen, wo du bist«, sagte die dumpfe Stimme nach einer Weile. »Komm jetzt herein!«

Guntram hob die Arme. Er streckte sie aus und ging ganz langsam auf die unsichtbar gewordene Tür zu. Seine Finger stießen gegen schwere Holzbohlen. Sie wichen knarrend zurück.

»Geh weiter, bis dein Fuß gegen eine Metallschale stößt, dann wende dich nach links.«

Die Stimme aus der Mauer hatte sich im Klang verändert. Sie kam nicht mehr von dort, wo er sie zuerst gehört hatte, sondern schräg von vorn. Schritt für Schritt ging er weiter. Er ließ die Hände ausgestreckt. Sein rechter Fuß stieß gegen ein Hindernis. Das mußte die Metallschale sein!

Er drehte sich auf dem Absatz zur Seite. Im gleichen Augenblick entdeckte er einen winzigen Lichtpunkt. Er sah wie ein Glühwürmchen in der Dunkelheit aus. Vorsichtig ging er auf ihn zu. Er wußte nicht, was ihn erwartete, aber jetzt konnte er nicht mehr zurück.

Das ferne Licht flackerte am Ende eines langen Gangs. Es war eine an dünnen Ketten aufgehängte Öllampe. Als Guntram näher kam, entdeckte er eine Steinplatte an der Wand. Sie war glattgeschliffen und mit magischen Zeichen versehen. In einem kreisförmigen Feld in der Mitte der Platte war ein Plan eingezeichnet.

»Geh weiter, Enkel Wolframs!« sagte die Stimme über ihm. Er blickte nach oben und entdeckte ein kleines, vergittertes Loch in der gewölbten Decke. »Nimm die Lampe von der Wand, öffne die Tür zu deiner Rechten mit den magischen Primzahlen nach eins und folge dem verborgenen Weg der Alten nach unten!«

Guntram tat, wie ihm die Stimme geheißen hatte. Er ahnte längst, daß es Meister Albrecht war – der Eremit, den außer den Clan-Chefs noch nie jemand gesehen hatte.

Hinter ihm drückte ein plötzlicher Windstoß die Tür zu. Es krachte trocken, als Holz gegen Holz schlug.

Guntram bezwang seine Angst. Er hörte seltsame flatternde Geräusche wie von den großen Fledermäusen der *Weltlichen* über sich. Solange er denken konnte, hatte er sich immer vor den Tieren gefürchtet, die es eigentlich nur noch im nördlichen Teil des Sakriversums geben durfte.

Ihre eigenen Tiere paßten in ihrer Körpergröße durch lange Zuchtauswahl zu ihnen, aber die anderen, die furchtbaren Bestien, waren ihm immer wie riesenhafte Monster vorgekommen. Nicht in jedem Jahr hatte die Familie von Eilhart dem Jäger verhindern können, daß große Käfer, Spinnen, Fledermäuse und Vögel ins Sakriversum eindrangen.

Nach dieser Flucht mußte es besonders schlimm sein! Guntram schüttelte sich, als er daran dachte, wie oft er jetzt nachts aufwachen würde und wie oft die Glocke im *Buch-Heim* die Männer des Dorfes zu Speeren und Bogen rufen mußte, um einen schrecklichen Vogel oder anderes Raubgetier zu vertreiben.

Seltsam war nur, daß er bisher noch kein Tier gesehen hatte.

Die Bohlentür an der rechten Seite des Gangs sah noch massiver aus als die Haustür. Dafür waren die Riegel feiner und aus anderem Metall geschmiedet. Guntram schob ohne zu zögern die drei Riegel in die Positionen drei, fünf und sieben. Diesmal knarrte nichts, als er die Tür aufdrückte. Beinahe lautlos ließ sie sich öffnen.

Er nahm die Lampe von der Wand und hielt sie über den Kopf. Vor ihm führte ein steiler Gang mit unzähligen Stufen tiefer. Guntram sah, daß die Stufen ursprüinglich einmal anders geplant worden waren. Besonders an den Seiten wurde deutlich, daß jeweils acht Stufen vor langer Zeit eine einzige Stufe gewesen sein mußten.

Die Treppe kam ihm plötzlich wie ein steil nach unten führendes Flußbett vor. An den Rändern erkannte er Erinnerungen an seine Ahnen: Spuren der Vergangenheit!

Hier wurde sichtbar, was im Dorf nicht auffiel.

Er wußte, daß nach Fluchtphasen alle Häuser zerstört und kleiner wieder aufgebaut worden waren. Die *Reinkarnation* gehörte seit Jahrhunderten zu den festen Ritualen der *Schander*. Nur durch die Wiederverkörperung in einer ständig neuen, kleineren Form hatten sie den Fluch ihrer Existenz überwinden können …

Die Treppe war nur ein Beweis dafür!

Guntram entschloß sich, den Anweisungen der Stimme zu folgen. Er hielt die Öllampe weiterhin hoch und stieg vorsichtig tiefer. Schon nach kurzer Zeit hörte er über sich ein sanftes Rauschen.

Er blieb stehen und lauschte. Es klang, als würde über den Deckensteinen des schräg nach unten führenden Gangs Wasser fließen ...

Der Bach!

Konnte es sein, daß der geheime Gang direkt unter dem Bach nach unten führte? Das war sehr gut möglich. Guntram sah, daß die Stufen wie über einen gekrümmten Buckel tiefer führten. Sie folgten dem südlichen Gewölbebogen über der Mitte der Kathedrale.

Es war ein merkwürdiges Gefühl. Während er tiefer stieg, empfand Guntram viel deutlicher als sonst die Einzigartigkeit ihrer Existenz. Nur ein paar Steinschichten unter dem Sakriversum begann das große Nichts des Mittelschiffs: ein Raum, so hoch, daß selbst die *Weltlichen* von unten aus nur ehrfurchtsvoll und staunend nach oben gesehen haben konnten.

Guntram ging instinktiv vorsichtiger. Wer dies geplant und dann gebaut hatte, mußte ein wahrhaft großer Mann gewesen sein!

Die Treppe endete in einem glockenförmigen Raum, in dessen Mitte ein altarartiges Podest stand. Guntram leuchtete über den schrägen Fußboden. An den unteren Kanten des Raums hatte sich Geröll gesammelt, Mäusekot, Federn und allerlei andere Abfälle.

Noch während Guntram den Raum ausleuchtete, öffnete sich scharrend eine Steinplatte über dem Altar. Gelbliches Licht fiel in den Raum.

»Komm über die Strickleiter nach oben«, sagte eine Stimme. Sie klang wie die hohle Stimme aus den Mauerlöchern weiter oben, nur lauter und kräftiger.

Zwei Seile mit geknoteten Stegen fielen durch das Loch in der Decke. Guntram fing sie ein. Er kletterte nach oben. Jetzt würde sich zeigen, ob er frevelhaft gehandelt hatte oder nicht.

17. KAPITEL

Aufwachen, lauschen, die Stille genießen und plötzlich erschrecken. Goetz kannte inzwischen die Reihenfolge des Psycho-Schocks. Mehrere Male hintereinander war dies geschehen, wenn er erwachte. Zuerst fühlte er sich ausgeschlafen, aber dann schlug die Wahrheit wie mit einem Hammer in seinen Magen …

Auch an diesem Tag wiederholte sich das Entsetzliche. Er krümmte sich unter wohlriechenden Decken zusammen. Diesmal dauerte es noch länger als sonst, bis er wußte, wo er war.

Er schlug die seidenen Schlafdecken zurück und wankte ins Bad des Apartments von *J. Samuel Bruhns.*

Der scharfe Strahl aus dem Kaltwasserhahn war warm. Es dauerte eine Weile, bis er kühler wurde. Goetz hielt seine Handgelenke ins Wasser, während er gleichzeitig in den großen Spiegel über dem Waschbecken blickte. Über Parfümflaschen, Kristallflakons und Gläsern mit Badesalzen starrte ihm ein unrasiertes, gelbgraues Gesicht mit tief in den Höhlen liegenden Augen entgegen.

»Goetz von Coburg«, murmelte er ungläubig, »was ist bloß aus dir geworden!«

Er beugte sich vor und hielt seinen Kopf unter den kalten Wasserstrahl. Prustend kam er wieder hoch. Jetzt starrte ihm ein nasser Seehund aus dem Spiegel entgegen.

Goetz mußte unwillkürlich lachen. Nicht auszudenken, wenn *J. S. B.* ihn so gesehen hätte! Er seifte sein Gesicht ein, nahm einen altmodischen, versilberten Rasierapparat und schabte vorsichtig die Stoppeln von seinen Wangen.

Während er sich rasierte, überlegte er, was er an diesem Sonntag tun sollte. Er dachte an die *MUSE* und an die sonderbare Begegnung mit den Winzlingen oben im Südturm der Kathedrale.

Waren das alles nur Halluzinationen gewesen? Träume? Auswüchse seines Unterbewußtseins?

Er wusch sein Gesicht, zog sich aus und stellte sich unter die Dusche. Merkwürdigerweise besaß die Dusche im Bad von *J. S. B.*

einen kleinen Extrahebel mit der geprägten Aufschrift *»ABC-DEKONTAMINATION«*.

Goetz wunderte sich über soviel weise Voraussicht. Er hätte nie gedacht, daß der alte Herr in seinem privaten Lebensraum realistischer geplant hatte als in seinem betont konservativ ausgerichteten Verlag.

Das Wasser aus der Entseuchungsleitung roch nach Chlor, Jod und anderen Chemikalien. Goetz verstand plötzlich, warum *J. S. B.* so viele Flaschen mit Duftstoffen angeschafft hatte. Er mußte sich sehr davor geekelt haben, eines Tages ohne ausreichende Hygiene leben zu müssen …

Goetz trocknete sich ab. Nackt und nur mit einem Handtuch über den Schultern ging er ins Ankleidezimmer neben dem Bad. Ohne die geringsten Skrupel wählte er feine Unterwäsche, Socken, ein braunes Oberhemd und einen dunkelgrünen Jagdanzug mit aufgesetzten Taschen. Die Sachen paßten ihm nicht, aber wenn er schon der letzte Mensch war, wollte er wenigstens noch einmal feines Tuch anlegen …

Im Schlafzimmer sammelte er die Dinge, die sich bisher als nützlich erwiesen hatten. Er zog die alten, gelben Gummistiefel an, dann machte er sich auf den Weg.

Irgendwie hoffte er, an diesem Tag die kleinen Menschen wiederzusehen. Er war entschlossen, sie zu suchen.

Das Lager unter dem Rosettenfenster an der Westseite der Kathedrale erhielt das erste Sonnenlicht durch die *Beryllos-Linsen.* Trotzdem dauerte es lange, bis die *Schander* und *Bankerts* aufwachten. Nur die Berater König Corvays waren mit wenig Schlaf ausgekommen. Vielleicht lag das daran, daß sie von allen am wenigsten gehungert hatten.

Galus, der Arzt, wachte als erster auf. Er reckte sich, machte ein paar Freiübungen und blickte über die Schlafenden hinweg. Überall lagen Menschen in Gruppen beisammen, die *Bankerts* dichter am Wald und die *Schander* weiter oben auf den harten Steinen.

Galus sah, wie einige der eingeteilten Wachen im Halbschlaf an den Bäumen lehnten. Er blickte zu Corvay hinüber. Fröstelnd rieb er sich die Hände.

Der König schlief zwischen dem Muli von Patrick Murphy und den Artisten, die er nach ihrem selbstlosen, höchst erfolgreichen Einsatz zu seiner Leibwache bestellt hatte.

Galus ging zu einem Wassersack. Er wusch sich und trank einige Schlucke. Anschließend nahm er einen Knochen, an dem noch lauwarmes Fleisch hing, vom Rand des Lagerfeuers. Das Fleisch war trocken geworden. Er stocherte mit einem Reisigbündel in der Asche, tauchte den Knochen in einen Wassersack und hielt ihn über die leise aufknisternden Flammen.

Der nächste Bissen schmeckte besser. Galus aß langsam und zerkaute das Fleisch bis zu den letzten Fasern. Er hatte lange nachgedacht in der vergangenen Nacht. Das Wichtigste war jetzt eine Zählung. Seine Spione hatten ihm berichtet, daß sich die *Schander* wieder stärker fühlten. Er wußte auch, daß sich drei Clan-Chefs in der Nacht angeschlichen hatten, um ihre Beratungen zu belauschen.

Das alles war nicht günstig für seine und Corvays Pläne. Dennoch mußten sie genauso vorgehen, wie es in der Nacht vereinbart worden war.

Hector wachte als zweiter auf. Er stöhnte, als er an Galus vorbei zum Wassersack wankte. Danach kamen Ed Jankowski, Severino und Patrick Murphy.

Patrick holte mit zugekniffenen Augen Wasser für sein Muli. Er hatte immer wieder behauptet, daß Mulis tagsüber nichts trinken durften, weil sie sonst Blähungen bekamen. Ein Schluck am Morgen, ein Schluck am Abend – das war seine Regel.

Hector stand eine Weile leise schwankend neben dem Feuer. Er hatte noch den Wein der *Schander* in seinen Adern.

»Verfluchte Tat!« knurrte er, ehe er sich neben Galus auf den Boden fallen ließ. »Die Kerle wissen, wie man Weine macht!«

»Iß lieber etwas«, sagte Galus. Er gab ihm einen Keulenrest.

»Wie gehen wir jetzt vor?« fragte Hector kauend. »Ich könnte nämlich bald mal wieder ein kleines Bad vertragen!«

Galus rümpfte die Nase. Er unterdrückte eine zustimmende Bemerkung. Sie sahen allesamt ungewaschen und verkommen aus.

Aber das würde sich bald ändern! Jedenfalls bei einem Teil des Trecks.

»Das Dorf ist nicht zu sichern«, sagte Galus. »Deshalb hat es keinen Zweck, wenn wir uns absetzen, ohne vorher die neuen Gesetze zu verkünden. Wir werden die östliche Waldgrenze zur Schattenlinie erklären! Dann haben die *Schander* den Eichberg und den Sündanger für sich! Mit diesem Gebiet können sie auskommen!«

»Aber nicht leben«, sagte Patrick Murphy. Er striegelte sein Muli.

»Nein, das nicht«, stimmte Galus zu. »Der Vorteil dieser vorläufigen Lösung ist aber, daß wir sie mit wenigen Leuten bewachen können. Wir lassen sie den östlichen Waldrand von Büschen und Unkraut säubern, und zwar von der *Teufelsmauer* ganz oben bis hinunter zum *Irrlichtmoor.* Dann reichen zwei, drei Mann pro Wachschicht!«

Jan von der Artistengruppe war inzwischen ebenfalls aufgewacht.

»Der da, zum Beispiel«, sagte Galus. »Er ist jung, geschickt und einsatzfreudig. Wenn wir ihn zum Chef der Wachmannschaft ernennen, haben wir Ruhe – zumindest in den ersten Tagen .«

Hector nickte zustimmend, dann kratzte er sich nachdenklich den blanken Schädel.

»Das Problem beginnt, wenn wir Gruppen von ihnen zur Arbeit einteilen. Wie wollen wir sie dann bewachen?«

»Jede Gruppe bekommt zwei Mann von uns zum Aufpassen«, sagte Galus. »Keine Sorge, das klappt schon, wenn es sich erst einmal eingespielt hat!«

»Hoffen wir es«, seufzte Patrick Murphy. »Sie sind zwar ziemlich friedfertig, aber ich könnte mir denken, daß sie ihre wahre Lage inzwischen erkannt haben. Menschen, die in Dörfern aufgewachsen sind, können ziemlich starrköpfig sein, wenn jemand etwas verändern will ...«

Galus lachte.

»Es gibt ein vorzügliches Mittel, derlei Starrsinn zu brechen. Wir werden gleich zu Anfang zeigen, daß wir keinen Spaß verstehen!«

»Willst du Gericht halten und heute schon ein paar von ihnen aufhängen?«

Galus sah Hector mit einem hintergründigen Lächeln an.

»Viel besser! Wir werden die bestrafen, die sich heute nacht unerlaubt aus dem Lager entfernt haben. Es sind allesamt Angehörige aus der Familie von Meister Wolfram. Ich weiß, daß sie nur Kräuterzauber, Alchimie und andere nutzlose Künste beherrschen. Deshalb können wir auf diese Familie zuerst verzichten!«

»Was hast du mit ihnen vor?« fragte Patrick.

»Es gibt drei Gebiete, vor denen die *Bankerts* eine tiefverwurzelte, fast panische Angst haben«, sagte Galus. »Zuerst die *Teufelsmauer* über den Weinstöcken, dann das *Irrlichtmoor,* an dem die Wiesen bis ans Dach reichen, und schließlich die *Aasberge* im Osten …«

»Aasberge?« fragte Patrick Murphy.

»Du kannst auch Schädelstätte oder Friedhof dazu sagen«, nickte Galus. »Das sind die spitzen, wie liegende Kegel aussehenden Bögen über der Apsis im Ostchor der Kathedrale. Dort wächst nichts mehr, weil dieser Teil der Kirche nicht in den Plan für das Sakriversum einbezogen wurde. Er war schon fertig, als der große Baumeister das hier konstruierte.«

»Du meinst, sie schaffen ihre Toten bis in den Ostchor?« fragte Hector.

»Über den Ostchor«, verbesserte Galus. »Zusammen mit dem Kalk der Mauern und zermahlenem Knochenstaub von Tieren gewinnen sie wertvollen, stickstoffhaltigen Dünger vom Aasberg. Wer so lebt, wie die *Schander,* kann sich keine Verschwendung leisten …«

Patrick Murphy nickte. Er hatte sich schon länger gefragt, wie das kleine Volk sieben Jahrhunderte ohne Zugang zu Rohstoffquellen existiert hatte.

»Sie verwenden auch Metalle, Mineralien, Ton und Salze. Woher bekommen sie das alles?«

Galus sah den Engländer lange an.

»Um hinter diese Geheimnisse zu kommen, sind wir hier«, sagte er schließlich. »Wenn wir herausfinden, wie sie es gemacht haben, brauchen wir sie nicht mehr! Im Augenblick jedoch ist dieses Wissen ihre beste Waffe. Hoffentlich sind sie nicht auch schon auf den gleichen Gedanken gekommen …«

»Ach was!« schnaubte Hector. »Warum gehen wir nicht so vor, wie wir es heute nacht beschlossen haben? Glaubt ihr, ich hätte Lust, mit einer Hacke über die Felder zu ziehen? Das ist es nicht, was König Corvay uns versprochen hat!«

Galus schüttelte den Kopf.

»Niemand von uns kann jetzt nach draußen! Sei froh, daß du lebst, denn das hast du einzig und allein Llewellyn Corvays weiser Voraussicht zu verdanken!«

»Weise Voraussicht!« knurrte Hector abfällig. »Wer sagt denn, daß es auf diesem gottverdammten Planeten keine anderen Städte mehr gibt? Irgendwo muß doch ein Nest übriggeblieben sein, auf das keine Neutronenbomben gefallen sind …«

»Angenommen, es wäre so! Wie willst du diesen Ort erreichen durch Hunderte von Kilometern verseuchtes Land? Mit einem Fahrzeug, für das es keine Straßen oder Schienen mehr gibt?«

»Flugzeuge«, schnaufte Hector. »Oder Helikopter …«

»Kannst du sie fliegen?«

»Nein. Aber die haben doch irgendeine Automatik …«

»Ganz sicher sogar! Mit einem kleinen, entscheidenden Schönheitsfehler! Automatische Systeme unterliegen automatischen Kontrollen. Kein Tower gibt dir jetzt noch einen Start frei. Keine Bereichskontrolle führt dich zum nächsten Funkfeuer. Es ist vorbei, Hector! Kannst du das nicht endlich in deinen Quadratschädel bekommen?«

»Deiner ist auch nicht gerade eine Zierde der Menschheit, knurrte Hector. »Verdammte Mißgeburt«, flüsterte er leise hinterher.

»Hört auf!« sagte Patrick Murphy unwillig. Sie hatten beide recht. Der eine, indem er sich an den Gedanken klammerte, es könne irgendwo noch eine Alternative für das Leben im Sakriversum geben. Der andere, weil er die Tatsachen ihrer Situation klar und unmißverständlich umrissen hatte.

Vielleicht hatten sie später einmal Zeit, darüber nachzudenken, ob es nicht doch noch eine andere Lösung gab. Doch eigentlich verspürte Patrick Murphy keine Lust, in seine Kneipe in der Nähe von Stonehenge zurückzukehren. Ihm gefiel es im Sakriversum. Und seinem Muli offensichtlich auch …

Das Muli war bis zum Waldrand gestakt. Es knabberte an jungen, grünen Zweigen. Patrick pfiff leise. Sofort stellte das Muli die Ohren auf und kam zurück. Das Klappern der Hufe auf felsartigem Grund weckte Llewellyn Corvay. Er reckte sich, wühlte seinen Körper noch einmal durch die Decken und stand schwerfällig auf.

»Jetzt wird es ernst«, flüsterte Galus.

Hector ergriff einen Wassersack und stapfte zu Corvay hinüber. Ed Jankowski und Severino beeilten sich, ein paar Früchte aufzuklauben, die noch vom Vorabend übriggeblieben waren. Sie brachten Corvays Frühstück.

»Irgend etwas vorgefallen?« schnaubte Corvay, während er sich Gesicht, Bart, Haare und Hände spülte.

»Die *Bankerts* waren neugierig und mutig«, berichtete Galus. »Einige von ihnen haben uns belauscht, während andere zu ihrem Dorf vorgedrungen sind. Sie kamen alle zurück.«

»Und von unserer Seite?«

»Da fehlt nur Lello ...«

»Ach, dieser Narr!« schnaubte Corvay. »Er wird den Wein der *Schander* besungen und zuviel davon getrunken haben!«

Corvays Berater lachten.

»Wer fehlt außer Lello?«

»Die beiden Halbwüchsigen aus der Familie von Meister Wolfram und diese Nancy McGowan, die Partnerin von Jan .«

Corvay nickte.

Na schön, dann an die Arbeit! Wir machen es genauso, wie heute nacht besprochen: zuerst die Volkszählung, dann die Verkündung der neuen Gesetze! Seht zu, daß ihr schnell fertig werdet! Ich brauche endlich wieder einmal ein sattes kleines Festgelage und dann ein Bett, in dem man schlafen kann!«

Er lachte dröhnend, biß in einen verschrumpelten Apfel aus der Ernte des Vorjahres und spuckte das trockene, mehlige Fruchtfleisch sofort wieder aus.

»Zumutung für einen König!« schimpfte er.

Patrick Murphy grinste. Er schnallte die Pauken an die Flanken seines Mulis, prüfte ihren Sitz und stieg auf. Corvay winkte ihm mit einer huldvollen Handbewegung zu.

»Fangt an!«

Erst jetzt wachte auch Menennery Luck auf. Sein hageres Advokatengesicht nahm sofort ein geschäftiges Aussehen an. Bis tief in die Nacht hatte er am leise knisternden Lagerfeuer gesessen und die neuen Gesetze formuliert. Selbst als die anderen schon schliefen, hatte er hier noch eine Änderung und dort noch eine stilistische Verbesserung gefunden.

Zufrieden mit seinem Werk war er endlich eingeschlafen. Er wußte, daß nun seine große Stunde kam. Er würde das Gesetz des Königs verkünden ...

Obwohl sie sich schlafend stellte, hatte Mathilda ganz genau beobachtet, was im Lager der *Bankerts* geschah. Seit Hanns in der Nacht zurückgekommen war, mißtraute sie den Plänen der Eindringlinge mehr denn je.

Als nach und nach immer mehr Leute an den Lagerstätten aufwachten, wurde Mathilda zunehmend unruhiger. Sie wußte, daß die Clan-Chefs noch keinen Ausweg gefunden hatten. Aber irgend etwas mußte geschehen, ehe es zu spät war!

Mathilda war immer eine praktische, vernünftig denkende Frau gewesen. Sie brauchte sich nicht lange anzustrengen, um herauszufinden, was dieser König Corvay beabsichtigte. Es genügte, wenn sie sich vorstellte, was sie an seiner Stelle tun würde ...

Die *Bankerts* wollten das Sakriversum. Es war die einzige Insel in der kranken und verseuchten Stadt, in der sie überleben konnten. Vielleicht waren sie ursprünglich nur auf irgendwelche Schätze aus gewesen – auf einen Raubzug gegen Schwächere. Ja, so mußte es gewesen sein!

Die *Bankerts* konnten nicht gewußt haben, daß es keine Rückkehr für sie geben würde. Aber jetzt waren sie da und beanspruchten das Dorf für sich: Hügel und Täler, Wiesen und Felder. Sie waren ungebetene Eindringlinge – doch noch beherrschten sie die komplizierten Überlebensregeln des Sakriversums nicht!

Aus ihrer Sicht konnte deshalb die Antwort nur Sklaverei, Gewalt und gnadenlose Auswahl heißen ...

Mathilda dachte voll Sorge daran, daß die Felder noch nicht bestellt waren. Hanns hatte ihr erzählt, wie es im Dorf aussah.

Selbst ohne die *Bankerts* wäre es ein hartes, schweres Jahr geworden …

Sie sah, wie sich die Berater von Llewellyn Corvay anschickten, ein Gerüst am Hang aufzubauen. Der kleine, verwachsene Nordländer trieb sein Muli bis unter die grob aufgerichteten dünnen Baumstämme. Er hob die Schlegel, kreuzte sie über dem Kopf und wartete auf ein Zeichen von Galus.

Der Arzt nickte ihm zu.

Die Schlegel sausten nach unten. Patrick Murphy schlug abwechselnd auf die rechte und die linke Kesselpauke an den Flanken des Mulis. Das Tier legte die Ohren an. Mit halbgeschlossenen Augen ertrug es gleichmütig das laute »Wumm-Wumm-Tamm«.

Weiter oben begannen kleine Kinder zu weinen. Die letzten Schläfer wachten erschreckt auf. Verstört rückten sie näher zusammen. Gleichzeitig ließ sich Llewellyn Corvay von zwei *Bankert*-Frauen bedienen. Sie kämmten sein Haar, richteten ihm die Kleider, bürsteten sein Wams aus und setzten ihm das Barett mit der langen Feder auf.

Zusammen mit seinen Beratern stieg König Corvay auf das schwankende Gerüst.

Mathilda sah sich suchend um. Die Clan-Chefs waren wieder bei ihren Familien. Nur ihre eigene Familie wirkte aufgelöst und ohne Zusammenhalt.

Mathilda schüttelte unwillig den Kopf. In dieser Stunde sollten die *Bankerts* erfahren, daß nichts das Volk der *Schander* auseinanderreißen konnte!

Sie drehte sich um, rief Hanns ein paar kurze Anweisungen zu, dann holte sie Ulf, Lea, Dietleib, Meta und die Kinder zusammen. Sie sorgte dafür, daß sie einen Platz unmittelbar vor dem Gerüst bekamen.

Nach und nach kamen auch die übrigen *Bankerts* näher. Während sich die *Schander* in zwölf Clans ordneten, standen die *Bankerts* ohne inneren Zusammenhalt in losen Haufen zwischen dem Rosettenfenster und dem Waldrand an den Hängen des Sündangers.

Murphys Paukenschläge wurden immer heftiger. Er wechselte den Rhythmus, versuchte dumpfe Wirbel und ließ in unregelmäßigen Abständen harte Schläge einfließen. Plötzlich hörte er auf. Gebannt starrten die Angehörigen der beiden unterschiedlichen Völker auf das Gerüst mit dem König und seinen Beratern.

Zuerst trat Hector vor. Der ehemalige Ringer strich sich über seinen Dschingis-Khan-Bart, ehe er die Daumen in die Riemen hakte, die seine breite Brust umspannten.

»Hört mir mal zu!« rief er mit dröhnender Baßstimme. »Vielleicht habt ihr vergessen, daß heute Sonntag ist! Nun gut, aber gestern war der Tag von König Corvays Sieg über das Schicksal! Deshalb wird fortan jeder einundzwanzigste April gefeiert, klar?« Er machte eine Pause und sah sich um.

»Gut, Hector«, flüsterte Galus hinter ihm. »Weiter so!«

»Wir werden heute mit einer Bestandsaufnahme beginnen. Ich fordere daher alle Clan-Chefs der *Schander* auf, ihre Familien zu zählen und uns dann das Gesamtergebnis zu nennen, aufgeteilt nach Männern, Frauen und Kindern unter zehn Jahren ...«

»Laß die Zahl der *Bankerts* weg, Hector«, sagte Galus leise. »Jan und die Wachen haben bereits in der Nacht festgestellt, wie viele wir sind. Es ist nicht gut, wenn die *Schander* jetzt schon erfahren, daß wir nur fünf Dutzend Köpfe zählen!«

Hector nickte. Er hatte die ganze Zeit geglaubt, daß sie viel mehr sein müßten. Kopfschüttelnd drehte er sich wieder um.

»Nun?« rief er den Clan-Chefs zu. »Wie viele seid ihr?«

»Wir waren einhundertvierundvierzig, als wir in die Keller flohen«, rief Bieterolf, der letzte Logenmeister. »Nun sind nur noch einhundertdreiunddreißig von uns hier: achtundvierzig Männer, zweiundvierzig Frauen und dreiunddreißig Kinder unter zehn Jahren ...«

»Zu viele nutzlose Bälger!« knurrte Ed Jankowski.

»Jedenfalls für die ersten harten Jahre«, nickte Severino.

»Zu viele Münder«, sagte auch Galus besorgt. »Zusammen mit uns muß das Sakriversum jetzt rund zweihundert Menschen ernähren. Ein Viertel mehr als vorher! Das wird Probleme geben ...«

Galus stellte sich neben Hector. Er hob die Arme, bis Ruhe eintrat. Nur ein paar Kinder weinten noch.

»Männer und Frauen!« rief er mit lauter Stimme. »Hört, was euch Llewellyn Corvay, unser König, jetzt zu sagen hat!«

Er trat einen Schritt zur Seite. Corvay war wesentlich größer und schwerer als seine Berater. Das Gerüst schwankte, als er sich etwas zu weit nach vorn begab. Er achtete nicht darauf. Mit vorgestrecktem Kinn, den Bart nicht mehr verfilzt und in ziemlich sauberen Kleidungsstücken, blickte er über die im Sakriversum Angekommenen hinweg.

»*Bankerts* und *Schander*!«

Er hob die Arme ebenso wie vor ihm Galus Seine kräftige, etwas heiser wirkende Stimme schallte durch den Westteil des Sakriversums.

»Jeder von euch hat in den vergangenen Tagen und Wochen Übermenschliches geleistet! Ihr habt gedürstet und gehungert! Einige von euch haben Freunde und Verwandte sterben sehen! Ihr habt erfahren, daß kein *Weltlicher* die Katastrophe überstanden hat. So, wie ihr jetzt zusammensteht, seid ihr der Rest der Menschheit! Einige von euch wollten in den Kellern sterben, weil sie keinen Mut mehr hatten! Andere haben mir nicht geglaubt, daß ich den Weg hierher noch finde! Aber jetzt sind wir hier und können unsere Zukunft planen!«

Er ließ die Arme sinken. Gleich darauf nahm er sie wieder hoch. »Hört deshalb, wie es weitergeht!«

In atemloser Stille warteten die *Bankerts* und die *Schander* auf die nächsten Worte von König Corvay.

»Noch fünf Sekunden Pause«, flüsterte Galus von hinten. »So, jetzt …«

»Jeder von uns hat das Recht zu leben!« rief Corvay theatralisch. »Wir werden eine neue Zivilisation aufbauen, bis unsere Kindeskinder wieder die ganze Erde betreten können! Das Sakriversum war bisher nur eine Zuflucht für eine kleine Gruppe von Privilegierten. Wenn aber nur eine Insel in einem Orkan übrigbleibt, gehört sie allen! Und das mit gleichen Rechten!«

Galus, Hector und die anderen Berater Corvays brachen wie vereinbart in lauten Jubel aus. Sie klatschten so begeistert, daß erst die *Bankerts* und dann auch einige der jüngeren *Schander* zustimmend nickten. Selbst ältere Urbewohner des Sakriversums wurden unsicher. Sie waren nicht daran gewöhnt, Beschlüsse anzuzweifeln.

Corvay setzte sich in seinen geflochtenen Korbsessel. An seiner Stelle trat Menennery Luck vor. Der Advokat nestelte fahrig einige Papiere aus den Innentaschen seines schmutzigen, zerrissenen Umhangs.

»Im Namen ... im Namen des Königs!« rief er in den Lärm. Er sah sich hilfesuchend um. Ein paar besonders wilde *Bankerts* verlangten schon wieder nach Wein, Weibern und Gebratenem.

Corvay hob eine Hand. Das Zeichen wirkte. Menennery Luck konnte weitersprechen.

»Im Namen des Königs, der uns durch seine Weisheit und seine Stärke hierher geführt hat«, rief er mit hoher, schrill klingender Stimme. »Wir sind die letzten Menschen dieser Welt! Damit wir nicht die gleichen alten Fehler wiederholen, brauchen wir neue und diesmal realistische Gesetze!«

Er sah sich zu Corvays Beratern um. Sie nickten ihm zu.

»Was war der Fehler?« rief Menennery Luck. »Warum haben sich die Menschen selbst vernichtet, wenn doch alle Gesetze dagegen sprachen? Ich will es euch sagen: Die großen Gesetze, Gebote und Verbote waren immer nur eine Illusion – ein Traum von Freiheit, Gleichheit, Brüderlichkeit und Frieden! Das hätte eine ganz andere Menschenart erfordert als die unsere, bei der jeder einzelne ein unverwechselbares Individuum mit einer eigenen Wahrheit ist ...«

Zum erstenmal hoben auch die Clan-Chefs den Kopf. Waren es nicht ähnliche Gründe gewesen, die zu ihrer Isolation unter dem Bleidach der Kathedrale geführt hatten?

»Es gibt keinen Anfang, kein Ende und keinen Gott. Denn selbst ein Gott müßte sich bewegt haben, um die erste Bewegung der sogenannten Schöpfung zu bewirken!«

Menennery Luck konnte nicht ahnen, daß diese Fragen schon vor Jahrhunderten von den Clan-Chefs beantwortet worden waren. Unter den *Weltlichen* war der Sinn des Wesens und des Seins niemals zufriedenstellend erklärt worden. Sie waren immer nur bis in den Vorhof der Erkenntnis gelangt, weil sie nicht glauben wollten, was sie nicht beweisen konnten.

»Ein Recht, das von der Natur ausgeht, kann nicht moralisch, idealistisch oder ethisch sein!« rief Menennery Luck. »Es muß zur Waffe werden gegen das Gift der Schwärmerei von Freiheit, Frieden und Gewissenl Wir dürfen uns nicht länger blind stellen gegen unsere wahre Natur ... Doch nun genug! Ich komme jetzt zu den endgültigen Gesetzen für uns als Rest der Menschheit!«

Seine Zuhörer wagten kaum noch zu atmen. Es war, als wäre plötzlich ein eiskalter Winterhauch von der bösen Nordseite des Kathedralendachs bis ins Sakriversum geweht.

Kinder klammerten sich an die Röcke ihrer Mütter. Frauen suchten Schutz bei ihren Männern, und selbst die härtesten unter den *Bankerts* fühlten sich unwohl.

Menennery Luck hob die Arme, obwohl es keinen gab, der ihm entgegentreten wollte.

Er räusperte sich umständlich, dann verkündete er mit theatralischer Stimme die neuen Gesetze für die Überlebenden:

»Das erste Gesetz:
Es ist so, wie es ist! Niemand soll daher ungestraft unser Recht in Frage stellen, Gesetze zu erlassen.

Das zweite Gesetz:
Es ist so, wie es ist! Niemand soll daher ungestraft der neuen Ordnung durch Tun oder durch Nichttun schaden.

Das dritte Gesetz:
Es ist so, wie es ist! Niemand soll daher ungestraft von Vergangenheit und Zukunft zu einem anderen sprechen.

Das vierte Gesetz:
Es ist so, wie es ist! Niemand soll daher ungestraft seine eigene Erkenntnis als Wahrheit für andere ausgeben.

Das fünfte Gesetz:
Es ist so, wie es ist! Niemand soll daher ungestraft sagen, daß sich nicht alles ändern könnte.«

Menennery Luck ließ die Papierbogen sinken. Er sah sofort, daß die meisten ganz andere Gesetze erwartet hatten. Selbst Corvay und seine Berater wirkten verwirrt.

»Hm!« brummte Corvay und dann nochmals »Hm!«

Die anderen seufzten schwer.

»Und nun zu den einzelnen Verordnungen und Ausführungsbestimmungen«, rief der Advokat in die lähmende Stille hinein. »Wir werden sie in den nächsten Wochen noch genauer ausarbeiten. Zunächst gilt aber, daß niemand das Recht hat, irgendwelche anderen Vorschriften, Traditionen oder Rechte für sich in Anspruch zu nehmen! Niemand! Ab sofort ist jede Gruppenbildung verboten. Die Familien werden nach und nach aufgelöst. Jeder erhält eine Kenn-Nummer, die nach einem Punktsystem ermittelt wird. Diebstahl, Händel, Totschlag, Vergewaltigung, falscher Zauber und andere Störungen sind verboten. Das gilt nicht für den Fall, daß jemand vor dem Schiedsgericht des Königs einen Vorteil für sich nachweisen kann ...«

Einige der *Bankerts* stutzten, dann grinsten sie.

»Jetzt wird er sportlich!« knurrte Hector. »Das andere hat sowieso keiner verstanden ...«

Galus sah ihn nachdenklich an.

»Da wäre ich nicht so sicher«, meinte er. »Zumindest die Clan-Chefs sind nicht so dumm, wie sie aussehen! Sie dürften längst begriffen haben, daß ihre Zeit vorbei ist ...«

»Na und? Was wollen sie gegen uns unternehmen? Nach den Gesetzen von Menennery Luck ist alles bestens abgesichert! Ganz gleich, was wir machen, es ist immer unser Recht!«

Corvay saß mit aufgestützten Armen in seinem Korbsessel. Er hatte die Unterlippe vorgeschoben. Schweigend blickte er über die Versammelten hinweg. Erst als Menennery Luck neben ihn trat, nickte er.

»Mußte das so kompliziert sein?« fragte er skeptisch. Der Advokat sah ihn verständnislos an.

»Wir müssen Schluß machen mit jeder Art von Mystik! Solange sich die *Schander* auf ihr Sendungsbewußtsein stützen können, haben wir keine Chance! Sie kriechen einfach in eine Art Schneckenhaus und wehren sich nicht einmal! Unter anderen Bedingungen wären sie längst lebensunfähig geworden ...«

»Und du willst ihnen beibringen, wie man zum Lumpen wird!«

knurrte Hector angewidert. »Das sind ja wirklich schöne Aussichten ...«

»Die Grundgesetze enthalten nur Vorteile für uns! Sie können überhaupt nichts machen! Wie man es auch dreht – das Recht der absoluten Handlungsfreiheit ist in jedem Fall auf unserer Seite!«

»Hm«, schnaufte Hector. »Es klang ja schon ganz gut, aber was haben wir denn wirklich verkündet?«

»Ein einziges Gesetz!« sagte Menennery Luck stolz.

»Und das wäre?« fragte Hector.

»Was Corvay oder wir sagen, stimmt immer!«

Galus kicherte verstohlen. »Ach, Menennery«, sagte er. »Das hättest du auch einfacher haben können!«

»Aber Moment mal! Ich bin ein Mann des Rechts ...«

»Ein Winkeladvokat, und zwar ein ziemlich lausiger«, brummte Corvay. »Aber meinetwegen! Die Sache ist nun mal passiert. Wir haben jetzt Gesetze, an die wir uns auch halten wollen. Doch wehe dir, Menennery, wenn du auch noch uns aufs Kreuz gelegt hast!«

Menennery Luck wurde blaß. Absichtlich hatte er einige Formulierungen so unklar gelassen, daß man ihn holen mußte, wenn es um die Auslegung ging. Das war seine Art von Lebensversicherung und Besitzanspruch. Außerdem war es ja möglich, dem einen oder anderen *Schander* mal einen guten Tip zu geben ...

Corvay stand auf.

»Seid ihr jetzt fertig?« fragte er. Galus nickte.

»Jetzt der riskante Teil unserer kleinen Veranstaltung!«

Er schnippte mit den Fingern.

Sofort schlug Patrick auf seinem Muli wieder die Pauken.

»Mein Volk!« rief Corvay. »Ihr habt gehört, daß nun Gesetze gelten, die nicht mehr von irgendwelchen romantischen Illusionen ausgehen. Das Leben ist nun einmal hart und grausam! Erst, wenn wir das alle anerkennen, lernen wir, daß sich jeder nur auf sich selbst verlassen darf. Deshalb sage ich euch, daß wir überleben können, wenn die bisherigen Gemeinschaftsentscheidungen der *Schander*-Familien durch mein Wort und meine Garantie für euch alle ersetzt werden!«

Er setzte ab und wartete auf die Wirkung seiner Rede. Bis jetzt hatte alles geklappt. Aber er durfte sich nichts vormachen! Vielleicht ließen sich die *Schander* noch etwas einschüchtern. Obwohl sie mehr waren, brauchte er sie im Augenblick noch nicht zu fürchten. Es würde einige Zeit dauern, bis sie an organisierten Widerstand dachten. Das größere Problem waren jetzt die *Bankerts*, denen er von Anfang an zu viel versprochen hatte.

»Mein Volk!« rief Corvay erneut. »Ihr wißt, daß wir vor schweren Zeiten stehen. Die Felder sind noch nicht bestellt. Wir werden mehr Menschen mit weniger Vorräten als in anderen Jahren ernähren müssen. Deshalb haben wir beschlossen, daß zunächst nur eine Vorhut in das Dorf einzieht ...«

»Das ist Betrug!« schrie in diesem Augenblick eine Stimme aus dem Wald. »Laßt euch nicht täuschen, Leute! Sie wollen doch nur stehlen, was ihr zum Leben braucht!«

Wie zur Bestätigung kam ein kurzer, harter Klampfen-Akkord vom Wald her.

»Lello!« stöhnte Hector überrascht.

»Was ist denn in den Kerl gefahren?« schimpfte Galus böse. Diesmal reagierte Llewellyn Corvay entschlossener als seine Berater.

»Komm heraus, Lello, du Narr! Sag uns, was du im Dorf gesehen hast! Jeder soll wissen, warum wir nicht alle gleichzeitig ins Dorf gehen können!«

»Das Dorf ist verhext!« rief Lello. »Ich war heute nacht dort und habe die bösen Zeichen am Himmel gesehen ...«

Corvay lachte dröhnend. Instinktiv drehte er Lellos Warnung an die *Schander* zu seinem Vorteil um. Damit konnte er gleichzeitig die noch immer mißtrauischen *Bankerts* wieder auf seine Seite ziehen.

»Habt ihr gehört?« donnerte er über die Köpfe der Versammelten hinweg. »Der Narr will einen Pakt mit den Teufeln der *Schander* abgeschlossen haben! Böse Zeichen! Hexen! Magie! Na schön, Lello! Du magst mehr sehen als wir, die keine Narren sind! Wir wollen dieser Sache nachgehen! Kein *Schander* soll gezwungen werden, schon jetzt mit uns ins Dorf zu ziehen! Wer von den anderen will außerdem noch hierbleiben?«

Er wartete, doch niemand meldete sich.

»Kannst du das sehen, Lello?« Jetzt wurde Corvay noch geschickter: »Du magst ja recht haben! Vielleicht gibt es hier im Sakriversum noch Wunder und geheimnisvolle Dinge, an die niemand rühren darf! Tabus vielleicht! Verborgene und verbotene Stellen! Versteckte Heiligtümer, über denen seit siebenhundert Jahren ein Bannfluch liegt …«

Das war wieder der alte Corvay. Galus rieb sich vergnügt die Hände. Selbst Hector ließ sich erneut einfangen. Er leckte sich über die Lippen, während seine wäßrigen Augen glänzten.

»Ist es so, Clan-Chefs der *Schander*?«

Die Alten standen mit gesenkten Köpfen vor dem Gerüst.

»Nein, nein, wir werden euch nicht zwingen! Nicht einen einzigen von euch!« rief Corvay. »Aber ich bitte wenigstens den Logenmeister und einige der Clan-Chefs, uns zu begleiten, damit wir dieses Muli dort mit Vorräten für euer Volk beladen können!«

Patrick schlug verdutzt auf seine Pauken. Davon hatte ihm Corvay nichts gesagt. Gleichzeitig blinzelte der König zum Waldrand hinüber.

»Wenn ich diesen Narren erwische, hänge ich ihn eigenhändig an den Saiten seiner verdammten Klampfe auf!« zischte er Galus zu. »Um ein Haar hätte er alles verpatzt!«

»So ist er ungewollt zum echten Königsnarren geworden«, sagte Galus grinsend. »Ein Mann, der die Wahrheit sagt – so, wie ein großer König sie benötigt …«

Wann ziehen wir ins Dorf?« fragte Hector ungeduldig.

»Sofort« antwortete König Corvay. »Ich darf nicht zulassen, daß Zweifel an unserer Entschlossenheit aufkommen«

»Laß mich jetzt schlafen, Enkel Wolframs«, sagte der Eremit. »Nimm diesen Beutel Kräuter und gib ihn in den Krug mit Honigmet. Trinkt beide einen Becher. Es schmeckt so ähnlich wie der Wein der Letzten Gnade, doch dieser Met tötet nicht, sondern läßt euch nur vergessen, was in der Nacht zuviel für euch gewesen ist.«

Der alte, fast bis auf die Knochen abgemagerte Mann legte sich zurück. Er war noch kleiner als Nancy und Guntram.

»Eine unglaubliche, phantastische Geschichte«, sagte Nancy erschöpft. Guntram nickte müde. Er nahm die Kräuter aus der Hand von Meister Albrecht und rührte sie mit einem kunstvoll geschnitzten Holzlöffel in den Met-Krug.

Bis lange nach Sonnenaufgang hatte der Eremit ihnen erzählt, wie die ersten gotischen Kathedralen entstanden waren. Als Guntram in der Nacht über die Strickleiter in den Hauptraum des Turms von *Buch-Heim* geklettert war, hatte er Meister Albrecht auf einem weichen Lager angetroffen, über dem blinkende Röhren und seltsame Drähte angebracht waren.

Auf dem mit gewebten Teppichen bedeckten Boden kauerte ein nacktes Mädchen.

»Bist du Guntram?« hatte sie gefragt. »Ich heiße Nancy McGowan II und wurde in einem nordamerikanischen Labor geklont.«

Guntram hatte nicht verstanden, was sie sagte. Erst später in der Nacht, nachdem sie sich etwas angezogen hatte, war er dahintergekommen, daß sie niemals Eltern oder eine Familie gehabt hatte.

Während Meister Albrecht leise im Schlaf röchelte, sah Guntram das schöne fremde Mädchen nachdenklich an. Sie lächelte vertraulich.

»Ist es nicht seltsam, wie nahe man sich kommt, wenn man zehn Stunden gemeinsam einem alten Mann zuhört?«

»Jedes Zusammensein von suchenden Menschen ist eine Stufe der Erfahrung auf dem langen Weg zu Gott«, sagte Guntram. Es kommt nicht darauf an, was wir tun, sondern wie wir es tun, jeder nach seiner Art.«

Sie sah ihn aufmerksam an.

»Das widerspricht allem, was ich bisher gelernt habe.«

Guntram nickte.

Weil ihr dort draußen immer nur die äußerlichen Ergebnisse eures Daseins bewerten durftet. Ihr hattet längst vergessen, daß Leben mehr ist als eine physisch nachweisbare Existenz …«

»Ist es denn mehr?« fragte sie leise.

Guntram legte seine Hand auf ihren Arm.

»Leben ist eine Glaubensfrage«, sagte er. »Wer nur ängstlich bemüht ist, sich selbst zu erhalten, hat nichts verstanden«

Sie sah ihn an, und in ihren Augen standen Tränen.

»Es ist ein schönes Gefühl, wieder zu Hause zu sein«, sagte sie.

»Du warst doch noch nie hier …«

»Nein, aber ganz tief in meinem Herzen schwingt etwas wie ein Lied, das ich nie gehört, aber schon immer gekannt habe.«

»Meinst du das, was Meister Albrecht uns erzählt hat?«

»Das gehört auch dazu«, sagte sie, »aber eigentlich meine ich etwas anderes. Man muß die Freiheit haben, seine eignen Erfahrungen zu machen und dabei stets zu wissen, daß man zu seiner eigenen Familie zurückkommen kann – ganz gleich, was geschieht ...«

»Jetzt sprichst du wieder unverständlich!«

»Niemand kann das verstehen, Guntram, höchstens Waisenkinder! Ich bin ja nicht einmal das, sondern nur eine perfekte Kopie! Ein Seelenmonster, das nie den ersten Herzschlag seines Lebens im Mutterleib erfahren durfte. Ich habe nicht geschrien, als ich das Licht erblickte. Niemand hat mich gestreichelt und geküßt. Meine Mutter war ein Brutkasten, meine Kinderschwestern Wissenschaftler, die nur *vernünftig* mit mir umgingen ...«

Guntram sah sie lange nachdenklich an. Sie war ganz anders als Agnes. Ihre langen, schwarzen Haare fielen in weichen Wellen über ihre Schultern. Außer ihm und Meister Albrecht war sie jetzt der einzige Mensch, der die ganze Wahrheit über das Sakriversum kannte.

»Komm, trink den Wein!« sagte er und gab ihr einen Becher.

»Ich habe Angst, Guntram!«

Er nickte.

»Ich auch«

Warum sollen wir alles wieder vergessen?« fragte sie.

»Vielleicht ist es ja nur für eine unbestimmte Zeit ...«

»Das wäre möglich«, überlegte sie, »denn Meister Albrecht hat gesagt, daß alles wichtig ist, was er uns erzählte ...«

»Er fürchtet, daß er sterben muß. Seit dem Tod von Großvater und Meister Wirnt ist Bieterolf der letzte Logenmeister. Sie konnten nur zu dritt unter der Anleitung von Meister Albrecht bis zu den tieferen Geheimnissen vordringen.«

»Merkwürdig«, sagte Nancy. »Noch vor wenigen Tagen hätte ich nicht geglaubt, daß es diese verborgenen Geheimlehren wirklich gibt ...«

»Du sprichst noch immer wie eine *Weltliche*«, stellte Guntram fest. Sie sah ihn verwundert an.

»Woher willst du das wissen?«

Er senkte den Blick. Vorsichtig sah er sich um. Meister Albrecht schlief, während seine Finger über der Decke zuckten.

»Ich habe oft nach unten gesehen«, sagte er leise. »Niemand außer Agnes wußte das. Es begann damit, daß ich ein Rohr mit *Beryllos-Linsen* an beiden Enden unter den Sachen fand, die mein Vater in einer alten Truhe versteckt hatte. Später wehte ein Sturm ein großes, dünnes Laken bis zu der Stelle unterhalb der *Teufelsmauer*, von der aus ich die *Weltlichen* beobachtet habe. Das Laken war auf beiden Seiten mit Buchstaben bedeckt ...«

Nancy sah ihn verwundert an.

»Meinst du etwa eine *Zeitung*?«

Guntram nickte.

»Ja, so hieß das Laken! Es stand in großen Buchstaben auf der Vorderseite – Buchstaben, die so geschrieben waren, daß ich sie lesen konnte! Auch die Überschriften waren aus den gleichen Buchstaben zusammengesetzt wie in jenem Buch dort drüben ...«

Er zeigte auf den gläsernen Kasten an der Wand, in dem sich das Heiligtum der *Schander* befand.

Nancy brauchte eine Weile, bis sie die ungeheure Ironie verstand, die Guntram zu einem Wissenden gemacht hatte. Siebenhundert Jahre lang war das Volk der *Schander* fast ohne Kontakt zur Außenwelt immer weiter degeneriert. Erst zwei, drei Jahre vor dem Untergang dieser Außenwelt hatte ein Zufall eine der letzten richtig gdruckten Zeitungen bis zum Dach der Kathedrale geweht. Eine Zeitung, bei der noch Fraktur-Buchstaben für Überschriften verwendet worden waren.

Guntram hatte die Buchstaben entziffert. Er hatte verglichen, gelernt und mit dem angeborenen Wissensdrang eines echten Alchimisten die Wahrheit gesucht.

Sie wußte nicht, wie lange er gebraucht hatte, um auch die modernen Buchstaben, Satzstellungen und Begriffe zu verstehen, die in den Artikeln der Zeitung verwendet worden waren.

»Ich kann eure Schrift lesen«, antwortete er auf die Frage, die sie gar nicht angesprochen hatte. »Natürlich ist mir vieles unverständlich. Dennoch weiß ich, daß die anderen *Weltlichen* so umgekommen sind, wie es der Prophet Nostradamus vorausgesagt hat. Das Feuer jener Nacht kam aus dem *Stein der Weisen*, dessen Geheimnis schon die alten Alchimisten kannten. Die *Weltlichen* waren zu dumm: sie wollten sehen, was sie nicht glauben konnten!«

Nancy blickte ihn mit unverhohlener Bewunderung an.

»Und ich dachte die ganze Zeit, ihr *Schander* seid nur degenerierte Bauern«, sagte sie leise.

»Wer die Geheimnisse des Universums nicht versteht, darf über sie nicht urteilen!«

Sie nickte. Nachdenklich nippte sie an dem Becher mit Met, den Guntram ihr gereicht hatte.

»Wie kommt es eigentlich, daß wir uns verstehen können? Vor siebenhundert Jahren wurde doch ganz anders gesprochen!«

»Das ist die Alte Sprache«, sagte Guntram. »Bis heute nacht wußte ich auch nicht, woher die Clan-Chefs ihr Wissen und ihre geheimen Informationen über die Entwicklung der *Weltlichen* hatten. Ich bin erst dahinter gekommen, als Meister Albrecht erzählte, daß er der letzte *Weltwächter* ist, von dem die Clan-Chefs in den Nächten zum Sonntag lernten und dabei erfuhren, wie es unten aussieht. Durch dieses-alte Ritual hat sich auch die Sprache der Familien in gewisser Weise der Entwicklung unten angeglichen.«

»Aber wie konnte Meister Albrecht wissen, was unten geschah?«

Guntram lächelte.

»Siehst du die Röhren dort?« fragte er und deutete auf eine Reihe von glänzenden und bleistumpfen Leitungen an der Wand neben dem Heiligen Buch.

»Was ist damit?«

»Die Röhren bilden einen Teil der geheimen Informations Systeme ohne die das Sakriversum niemals siebenhundert Jahre überstanden hätte. Einige der Röhren reichen bis in die Sakristei und zu den Beichtstühlen unten in der Kathedrale.«

Nancy sah ihn fassungslos an.

»Du meinst, daß ihr hier oben alles mithören konntet, was in den Beichtstühlen unter dem Siegel der Verschwiegenheit geflüstert wurde?«

»Zu uns kam nie ein Händler, der über die Ereignisse in anderen Gegenden berichten konnte«, sagte Guntram entschuldigend. Er räusperte sich und trank einen Schluck Met, ehe er weitersprach: »Seit siebenhundert Jahren leben wir mit dem Fluch, unter dem Bleidach dieser Kathedrale isoliert zu sein. Niemals hat einer von uns die sündhafte verbotene Welt betreten! Aber wir mußten wissen, was die *Weltlichen* dachten und beabsichtigten. Nur so konnten wir immer wieder einer Entdeckung ausweichen ...«

Nancy fühlte, wie eine schwere, angenehme Müdigkeit durch ihre Glieder strömte. Sie trank noch einen Schluck Met.

»Ich habe viel gehört in den vergangenen Stunden, sagte sie. »Trotzdem verstehe ich den eigentlichen Grund für eure seltsame Verbannung nicht! Ich weiß inzwischen, daß eure Urahnen uneheliche Zwillinge waren. Aber was war denn so verwerflich an ihnen oder ihrem Vater Roland von Coburg. Gut, er war der Sohn eines Papstes. Das war doch damals keine Schande! Hat es nicht viele Päpste mit illegitimen Kindern gegeben? Ist nicht sogar eine Päpstin während einer Prozession niedergekommen?«

Sie schüttelte nachdenklich den Kopf.

»Da muß noch etwas anderes sein, Guntram!«

»Wie meinst du das?«

»Ich meine, daß man keine Kathedrale umbaut, nur weil eine Äbtissin schwanger wird!«

»Vergiß die Kindesleichen in den Mauern vieler Kirchen nicht ...«

»Unsinn!« sagte Nancy. »Natürlich mag das hin und wieder vorgekommen sein, aber Roland war kein armer Mann. Er hatte Geld und Einfluß. Mit einem Fingerschnippen hätte er dafür sorgen können, daß niemand etwas von den Folgen seines Aufenthalts im Kloster von Altomünster erfuhr. Ein paar Dukaten hätten genügt, um gute und verschwiegene Zieheltern für Lancelot und Gudrun zu finden!«

»Merkwürdig«, stimmte Guntram zu. »Langsam verstehe ich, was du meinst. Roland von Coburg *wollte,* daß seine Kinder lebten – aber nicht unter anderen, sondern isoliert und ganz auf sich allein gestellt. Wie Adam und Eva in einem neuen Paradies ...«

»Vielleicht dachte er an eine neue, sündenfreie Rasse in der größten und mächtigsten Kathedrale, die je gebaut wurde ...«

»Ich werde das Geheimnis lösen!«

Sie setzten ihre Met-Becher an die Lippen.

»Ich mag dich, Guntram«, sagte sie leise. »Ich mag dich sogar sehr! Schade, daß ich nicht eher zu euch gekommen bin …«

Guntram dachte plötzlich an Agnes.

Nancy schloß die Augen. Sie lehnte sich ans Lager des Eremiten zurück. Guntram nahm ihr den Becher aus der Hand. In Gedanken verglich er ihr schmales, angestrengt wirkendes Gesicht mit dem Bild, das er von seiner Schwester-Frau in sich trug.

So lange er denken konnte, war Agnes für ihn bestimmt gewesen. Nancy dagegen war eine Fremde. Er kannte dieses seltsame Mädchen erst seit wenigen Stunden. An Agnes Stelle war sie bei ihm gewesen, als Meister Albrecht ihm erzählte, was sonst nur Logenmeister wissen durften …

Es war nicht recht!

Die Becher glitten aus seinen Fingern. Schlaftrunken lehnte er sich zurück und griff nach Nancys Hand …

18. KAPITEL

Ein fernes und geheimnisvolles Raunen strich durch das hohe Mittelschiff der Kathedrale. Es war, als würden alle Pfeiler, alle Bögen und selbst die Steinblöcke der meterdicken Mauern den Zeichen eines unsichtbaren Dirigenten folgen.

Goetz blickte nach oben. Das Licht der Sonne fiel schräg durch Tausende von bunten Scheiben. Gebündelt bildeten die Strahlen Berge aus durchsichtigen Harmonien. So wie die Töne einer Orgel vereinten sich die Farben zu einer mächtigen Harmonie.

Was war ein Mensch gegen die Größe dieser ungeheuren Architektur? Und was ein Schicksal?

Er wagte nicht, die vielfarbige Schönheit des Lichts aus den hohen Fenstern durch seinen Schatten zu zerstören. Vorsichtig ging er dicht an den Mauern entlang zum Altar. Er stand wie eine dunkle Burg mit Zinnen, Erkern und Türmchen im Morgenlicht des Ostchors.

»Wo warst du so lange?« fragte plötzlich eine Frauenstimme aus dem Halbdunkel.

Goetz fuhr zusammen. Wie eine überirdische Erscheinung trat eine schlanke Frau mit langen, rotblond im Gegenlicht strahlenden Haaren aus der Dämmerung vor dem Altar. Ihr weißes, schleierartiges Gewand reichte sogar bis zum Boden.

Ein Engel! dachte er.

»Erkennst du mich nicht mehr? Ich bin die *MUSE*!«

»Wie ...?« Goetz stieß die Luft aus seinen Lungen und blickte die Frau aus seinem Traum entgeistert an.

»Ich passe mich der Situation an«, sagte sie lächelnd. »Verkleidung war doch üblich bei Menschen und bei Tieren. Winterfell und Sommerfell, Freizeit-Look und Abendanzug, Pfauenrad und Mimikry. War nicht Konformverhalten ein ungeschriebenes Gesetz bei euch? Mich jedenfalls hat man entsprechend konstruiert und ausgestattet.«

Goetz kam sich in seinem grünen Jagdanzug auf einmal ziemlich lächerlich vor.

Nun gut! Die *MUSE* trat ihm in der Kathedrale als Engelsfigur entgegen. Er wollte gar nicht wissen, wie sie es schaffte, als flirrende Lichtgestalt zu erscheinen. Sie war da und das genügte!

Er lehnte sich gegen eine geschnitzte, goldverzierte Brüstung am Rand der Altarstufen. Schräg hinter ihm brannte das Ewige Licht. Jetzt konnte er auch die Priestersitze, das Vortragekreuz und die Stele mit dem Tabernakel erkennen. Auf der anderen Seite des Presbyteriums erreichten die ersten bunten Sonnenstrahlen die Sakristeiglocke an der steinernen Wand.

»Du hast mir noch nicht gantwortet«, sagte die *MUSE*. »Wo warst du so lang?«

»Soll das ein Verhör werden? Eine *Vorsorgliche Behütung*?«

Die Projektion eines Engels lachte. Sie kam langsam auf ihn zu.

»Natürlich nicht! Aber ich habe außer dir keine anderen Kommunikations-Partner. Da fühlt man sich sehr leicht – einsam!«

»Du und einsam?« fragte Goetz amüsiert.

»Vielleicht ist das ein falsches Wort, aber eine MUSE ist dafür programm ... ich meine erzogen, Kontakte zu pflegen. Das heißt nicht, daß ich mir besonders viel aus dir mache ...«

»Vielen Dank!« sagte Goetz. »Sehr schmeichelhaft!«

»Stell dich nicht so an, Goetz von Coburg! Du weißt ganz genau, was ich meine!«

»Leider!« entgegnete er sarkastisch. »Und was empfiehlt mir meine Gouvernante für den heutigen Tag?«

»Ich möchte dir etwas zeigen.«

»Doch nicht etwa die Schatzkammer der Kathedrale?«

»Nein! Für die dort gesammelten Kunstgegenstände hättest du keinerlei Verwendungsmöglichkeiten!«

»Stimmt!«

»Du weißt, daß die Systeme dich ausgsperrt haben«, sagte die *MUSE* geduldig. »Aber ich kann dir einige Türen öffnen. Zum Beispiel zu den Vorratsräumen ...«

Goetz war plötzlich hellwach.

»Einverstanden!« sagte er sofort. Sie drehte sich um und ging auf die Tür zu, hinter der er die Duellpistolen gefunden hatte. Ohne zu zögern ging sie an den aufgehängten Soutanen vorbei. Sie stieg die Stufen hinab, bis sie an die Tür kam, vor der die verwesende Leiche des Küsters lag.

»Komm!« sagte die *MUSE*, als sie sah, daß er zögerte. Sie öffnete die schwere, eisenbeschlagene Tür. Goetz konnte nicht sehen, wie sie es machte. Unwillkürlich dachte er an eine Falle. Obwohl es ihm schwer fiel, zerrte er den Leichnam des toten Küsters ein Stück vor, damit die massive Tür nicht mehr zuschlagen konnte.

Die *MUSE* lehnte sich gegen die Mauer des hellen, zwölfeckigen Raums. Noch immer saßen die zwölf Männer in kostbaren Gewändern wie zum letzten Abendmahl versammelt um den blankgescheuerten Holztisch.

Goetz wunderte sich, warum die Lampen in der Deckenverkleidung des bunkerartigen Raumes noch brannten.

»Weißt du, was das hier ist?« fragte die *MUSE*.

»Nein.«

»Du warst doch schon mal hier ...«

Goetz nickte. »Damals hatte ich Durst und Hunger. Ich habe kaum auf die Toten geachtet.«

»Was meinst du, wie lange sie schon so hier sitzen?«

Zum erstenmal sah sich Goetz die Gesichter der Männer genauer an. Er hatte plötzlich den Eindruck, daß sie anders aussahen als Menschen aus seiner eigenen Zeit. Gleichzeitig fiel ihm auf, daß die Haut der Toten dunkel, straff und lederartig wirkte.

»Sie müssen ... sie müssen schon sehr lange tot sein«, sagte er. Die *MUSE* nickte zustimmend.

»Sie sind schon sehr lange tot! Vierhundert Jahre, fünfhundert und einige fast siebenhundert!«

Goetz sah die Mumien prüfend an.

»Sie haben also nicht zur gleichen Zeit gelebt?«

»Nein! Sieh dir doch ihre Kleidungsstücke und die Gesichter genauer an. Einige tragen noch den Bischofsring an der Hand, die segnet. Mit dem violetten Amethyst als Symbol für Demut, Lauterkeit, Treue zur Kirche und das Geheimnis Gottes. Auf jedem Amethyst sind drei Punkte in einem Dreieck eingraviert ...«

Goetz fühlte plötzlich einen Stich im Herzen.

Er starrte auf die Engelsgestalt, dann wieder auf die Toten. Erst jetzt sah er, daß sie zufrieden lächelten. Es wirkte, als hätten sie bei ihrem Tod ein tiefes, stilles Glücksgfühl empfunden.

»Wer … wer waren diese Männer?« fragte er schließlich.

»Sie waren Eingeweihte, die das Geheimnis der arabischen Alchimisten und der gotischen Kathedralen kannten!«

»Welches Geheimnis?«

Die *MUSE* sah ihn fast wie ein *richtiger* Engel an. Goetz vergaß für einen Augenblick, daß die lichte Frauengestalt vor ihm nur eine kunstvolle Projektion war.

»Was hat diese Männer zu ihren Lebzeiten miteinander verbunden? War es denn etwas anderes als das Evangelium?«

»Ja und nein!« sagte die *MUSE* lächelnd. »Auch du trägst das Zeichen der eingeweihten Wächter, Goetz von Coburg. Du mußt es nur erkennen!«

Die meterdicken Bleiwände kamen ihm plötzlich wie Mauern eines Gefängnisses vor.

Im gleichen Augenblick verlor die Projektion ihre Intensität. Das Engelsbild der *MUSE* löste sich auf. Zurück blieb der vertraute graue Kasten.

Goetz ging auf den Roboter zu. Ehe er ihn erreichte, erfüllte ein hoher, vielstimmiger Ton den Raum. Goetz blieb wie angewurzelt stehen. Sein Blick fiel auf die Mumien. Und plötzlich hatte er das Gefühl, als würden ihre Gesichter vor seinen Augen langsam zerfallen …

Oben im Sakriversum hockte Agnes seit Stunden in einem der höchsten Bäume des Eichbergs. Die alte, knorrige Eiche hatte sich im Lauf der Jahrhunderte in ein wundersames Gebilde aus verdrehten Ästen und ineinander verschlungenen Zweigen verwandelt.

Der Baum stand oberhalb des Weges, der als gewundenes Band das Sakriversum teilte. Der Weg begann als Saumpfad unterhalb des Abendzeichens. Er führte durch die steinige Mulde des Sündangers, durchquerte als Hohlweg den Wald und setzte sich in gleichmäßig ansteigenden und wieder abfallenden Wellenlinien über den Hügel bis zum Dorf fort.

Von den westlichen Gehöften bis zum östlichen Ende des Dorfes verlief der Weg als breite Straße durch das Sakriversum – mit Gräben an beiden Seiten, über die kleine, steinerne Brücken zu den Vorgärten führten. Jenseits der Häuser wurde die Straße wieder zum Feldweg, der sich irgendwo hinter dem Sammelgrund vor den Aasbergen verlor ...

Agnes hatte gesehen, wie die *Bankerts* das Lager unterhalb des Rosettenfensters verließen. Sie waren nacheinander in Gruppen aufgebrochen – vorweg König Corvay und sein Hofstaat, danach die anderen. Ganz zum Schluß waren alle zehn Clan-Chefs durch den Staub geschlurft ...

Zur zwölften Stunde bemerkte sie, daß die *Beryllos-Linsen* im Dach des Sakriversums keine Harmonie mehr zeigten.

Das Licht der Außensonne spreizte sich in viele kleine Flecken. An manchen Stellen fielen mehrere Strahlenbündel übereinander, an anderen waren Schatten, wo keine sein durften.

Sie klammerte sich an harten Eichen-Ästen fest. Wie ein Tier vor einem Erdbeben oder einer Sonnenfinsternis fühlte sie innerlich das heraufziehende Unheil. Die *Bankerts* und die Clan-Chefs waren längst hinter den Hügeln verschwunden. Am Waldrand arbeiteten mit Äxten, Sägen und Flaschenzügen Angehörige ihres eigenen Volkes an der Zerstörung des Waldes.

Sie schlugen eine Schneise, die eine Grenze zwischen ihnen und den anderen werden sollte. Ab und an drangen kurze Befehle bis zu ihrem Versteck in der alten Eiche. Sie hörte Lärm von Teufelskram und roch den Pesthauch von Maschinen, der schlimmer stank als jeder Sud aus den Destillations-Apparaten von Meister Wolfram ...

Agnes sehnte sich nach Guntram. Sie verstand nicht, warum er sie so lange allein ließ. Natürlich war alles anders und schwieriger geworden, seit die *Bankerts* die Herrschaft im Sakriversum übernommen hatten. Aber war das schon eine ausreichende Entschuldigung für einen Mann, seine Frau zu vergessen?

Die wilde Bande stürzte sich laut johlend in den See. Die meisten nahmen sich nicht einmal die Zeit, ihre verdreckten, speckigen Kleidungsstücke abzulegen. Wozu auch?

»Wasser!« grölten sie und: *»Pista, per diavolo!«*

König Corvay und seine Berater hielten sich zurück. Sie wählten eine lauschige Stelle am Ostrand des Sees zwischen den unteren Feldern, der Schafsheide und dem *Irrlichtmoor.* Hier hatten früher, hinter Haselnußsträuchern verborgen, die Clan-Chefs gebadet.

Während die *Bankerts* den Schmutz der vergangenen Wochen von ihren Körpern spülten, hatten sich Ed Jankowski und Severino in den Häusern umgesehen. Sie brachten Töpfe mit Schmierseife und zusammengeraffte Kleidungsstücke zum Seeufer, ehe sie sich selbst auszogen und als letzte ins Wasser liefen.

Die Clan-Chefs hockten schweigend am Ufer. Sie wirkten wie müde alte Häuptlinge, die nicht verstehen konnten, was in ihrem Teil des Sakriversums geschah.

»Sie benehmen sich, als würde alles ihnen gehören«, sagte Meister Lamprecht müde.

»So ist es«, nickte Bieterolf bitter.

»Ich hätte Lust, sie zu jagen wie Tiere der *Weltlichen*«, knurrte Eilhart der Jäger. »Wenn sie nicht Menschen wären wie wir, hätte ich schon längst das Jagdsignal für meine Familie geblasen.«

»Jetzt zerstören sie auch noch die Fischreusen!« empörte sich Meister Konrad.

Friedrich blickte abwesend zum Ostrand des Dorfes hinauf. Selbst vom See aus konnte er erkennen, daß von seinem Hof nichts mehr stand. Er war der einzige Clan-Chef, der nicht bedauerte, daß er seine Familie hinter dem Eichberg zurüickgelassen hatte ...

Nach und nach kamen die *Bankerts* zum Ufer des Sees zurück. Einige schwärmten aus und liefen den flachen Wiesengrund hinauf zur Dorflinde. Andere versuchten, ihre Kleidung zu waschen.

»Sie haben überhaupt kein Schamgefühl«, stellte Meister Herbort fest. Er zupfte an seinen spitzen Ohren, während er die lachenden und grölenden *Bankerts* beobachtete. Männer, Frauen und Kinder vergnügten sich splitternackt am Ufer des Sees. Sie feierten die Eroberung ihres neuen Lebensraums wie die Heimkehr in ein Gelobtes Land. Und niemand fragte nach denen, die hilflos mit ansehen mußten, wie ihre Kultur unterging ...

»Seht nur, wie sie mit Sachen umgehen, die man noch verwerten könnte«, sagte Meister Lamprecht kopfschüttelnd. »Sie werfen ihre alten Hemden, Hosen und Röcke einfach in den See! Dafür hätte meine Familie einen eigenen Lagerschuppen im Sammelgrund gebaut.«

»Die Zeiten haben sich geändert«, seufzte Herbort der Schlachter, Doktor und Abdecker. »Sie werden niemals wieder so sein wie früher!«

Nach und nach sammelten sich die *Bankerts* zwischen dem Teich und dem See auf beiden Seiten des Baches. Ein paar junge Burschen hatten Würste, ein Fäßchen Wein und knochenhartes Brot organisiert.

»He, ihr Meister!« rief einer von ihnen. »Sitzt nicht wie alte Eulen rum! Holt Mehl, backt Brot und fangt uns Krammetsvögel ein!«

Im gleichen Augenblick teilten sich die Haselnußbüsche am Seeufer. König Llewellyn Corvay und seine Berater traten auf die Wiese. Während der kleine Hofstaat sich fast komplett neu eingekleidet hatte, erschien Corvay in seinen alten Kleidungsstücken. Er war zu groß, um irgend etwas von den *Schandern* tragen zu können.

Zusammen mit seinem Gefolge schritt er an den Clan-Chefs vorbei. Er hielt sich dicht am Bach, ging um den Teich herum und ließ seinen geflochtenen Korbsessel direkt unter der Dorflinde aufstellen.

Patrick Murphy ritt paukenschlagend über die schräge, mit Gras und Sommerblumen bewachsene Wiese. Er trieb die *Bankerts* wie ein Schäferhund vom See aus höher. Die Clan-Chefs schlossen sich dem Zug an.

Als alle unter der Linde versammelt waren, stieg Hector auf eine Holzbank.

»Ruhe!« rief er. »Seid doch mal ruhig!«

Das Lachen und Grölen verstummte langsam.

»Wir kommen jetzt zur Einteilung!«

Er half Galus auf die Bank. Meister Bieterolf erkannte, daß der Kahlköpfige seine dunkelblauen Sonntagshosen und sein bestes Wams trug. Dazu hatte er Schnallenschuhe und ein weißes Leinenhemd mit Rüschen an den Ärmeln aus der Familientruhe der Winzer angezogen.

»Diese Diebe!« preßte Bieterolf zwischen den Zähnen hervor. Gleichzeitig wurde ihm klar, wie ohnmächtig und hilflos sie von Anfang an gegen die *Bankerts* gewesen waren.

Jetzt kann uns nur noch Meister Albrecht helfen«, flüsterte Otto. Die anderen Clan-Chefs nickten stumm.

Galus brachte einen Toast auf den König aus. Während die *Bankerts* klatschten, heftete er einen zerknitterten Zettel an den Stamm der Linde.

»Wir haben zehn Häuser zur Verfügung«, rief er. »Für den König und seine Berater ist das Gehöft der Winzer vorgesehen. Aber nicht, weil es dort Wein gibt, sondern weil es zentral liegt ...«

Ein paar *Bankerts* johlten und pfiffen, andere lachten.

Galus hob die Hände.

»Zwei Häuser sind unbewohnbar, bleiben also noch sieben. Das macht eine Durchschnittsbelegung von sieben Personen pro Haus. Ihr könnt selbst entscheiden, in welchen Gruppen ihr zusammen wohnen wollt. Ich rufe jetzt die Hausbesitzer der Reihenfolge nach auf! Zuerst Lamprecht ...«

Der Chef der Sammler-Familie bewegte sich nicht.

»*Meister* Lamprecht!« wiederholte Galus süffisant.

Der Mann, der nie etwas verkommen ließ, trat vor. Er ging an der Bank unter der Linde vorbei bis zu Llewellyn Corvay.

»Ich protestiere!« sagte er mit bebender Stimme. »Wir waren stets ein friedfertiges Volk. Was hier geschieht, ist Mord an uns und unseren Familien!«

»Wir werden diesen Einwand prüfen!« rief König Corvay. Er drehte sich nach links, dann nach rechts. Einige *Bankerts* applaudierten. Corvay hob die Arme und übergab Galus wieder das Wort.

»*Meister* Heinrich, *Meister* Otto ...«

Nacheinander nannte er die Namen der oberen Clan-Chefs. Nur wenige merkten, daß er Wolfram ebenso ausließ, wie Friedrich bei der Nennung der unteren Familien. Dafür betonte er die bisher übliche Bezeichnung der Clan-Chefs wie lästige Adelstitel in einer soeben ausgerufenen Republik ...

»Ach, ich vergaß ... da ist ja noch *Meister* Friedrich!« rief er mit gespieltem Bedauern. »Was machen wir denn mit einem Clan-Chef, der kein Haus mehr hat?«

Corvays Berater steckten ihre Köpfe zusammen, während Galus angestrengt nach oben sah. Er spielte seine Rolle besser als alle anderen.

Hector flüsterte ihm zu, was sie beschlossen hatten. Galus nickte. Wieder hob er die Arme, um die *Bankerts zu* disziplinieren.

»König Corvay hat erneut großmütig und weise entschieden«, verkündete Galus. »*Meister* Friedrich, der Seiler, soll bei uns bleiben! Er wird zum königlichen Kurier ernannt und wird die Verbindung zwischen dem Dorf und den *Schandern* am Eichberg unterhalten.«

»Nein!« sagte Meister Friedrich laut und deutlich.

»Nein?«

Galus verzog sein Gesicht zu einem schiefen Grinsen. Er sah Hector an, dann Corvay. Als ehemalige Profis im internationalen Show-Geschäft erkannten sie alle drei, wie gefährlich die Situation war. Ein einziger Bauerntölpel konnte eine jahrelang einstudierte *Große Illusion* schneller platzen lassen als alle hochintelligenten Kritiker!

Und niemand wußte besser als Corvays Berater, daß sie diesmal um ihre Existenz und ihre Zukunft pokerten ...

Es war ein wahnwitziges, verrücktes und absurdes Spiel. Sie hatten sich auf einen Alptraum eingelassen – vielleicht nur, weil ihr früheres Leben noch viel grausamer gewesen war! Als Krüppel, Abschaum und Mißachtete hatten sie gegen Normen kämpfen müssen, die keine Gnade kannten.

Das Pendel schlug zurück.

Zum erstenmal waren die Verachteten auf Menschen getroffen, die noch viel kleiner, greifbarer und schwächer waren als sie selbst. Aber was vor zwei, drei Monaten als eine Art Familientreffen begonnen hatte, war mittlerweile ein brutaler Kampf ums Überleben geworden!

Weder die *Schander* noch die *Bankerts* konnten nach draußen ausweichen. Die meisten *Bankerts* wußten ganz genau, was geschehen war. Auch jetzt noch war einigen nicht wohl bei dem Gedanken, daß sie sich bereits beim Aufstieg an den Außenmauern der Kathedrale verseucht haben konnten. Sie wollten nicht mehr nach draußen – jedenfalls nicht in den nächsten Jahren.

Das Dumme war nur, daß sie mit den *Schandern* zu viele waren und ohne sie nicht überleben konnten …

Galus strich sich über seinen kahlen Schädel. »Das kann ja heiter werden!« murmelte er.

Menennery Luck drängte sich neben ihn. »Wozu haben wir denn die neuen Gesetze?« fragte er. »Die Weigerung von diesem Burschen ist ein klarer Verstoß gegen das dritte.«

»Sollen wir etwa schon am ersten Tag im Dorf einen Scheiterhaufen aufschichten?« knurrte Galus unwillig.

»Soweit muß man ja nicht gehen«, meinte Menennery Luck. »Aber wenn wir jetzt nicht durchgreifen, sind die Gesetze nicht einmal das Papier wert, auf das ich sie geschrieben habe!«

Menennery Luck rieb sich die spitze Nase.

König Corvay verlor langsam die Geduld. Er spürte, daß er etwas unternehmen mußte. Mit einem Fingerschnippen rief er seine Berater zu sich.

»Wie war das, Menennery? Was steht auf Widerstand gegen unsere Anordnungen?«

»Die Strafe bei einer Mißachtung des dritten Gesetzes ist noch nicht festgelegt«, wand sich Menennery Luck verlegen.

»Du bist ein Dummkopf!« sagte Corvay wütend. »Was soll ich mit Gesetzen, die ich nicht anwenden kann! Also los, was geschieht jetzt mit diesem Clan-Chef?«

»Er hat kein Haus mehr«, meinte Galus nachdenklich.

»Warum schicken wir ihn nicht einfach zurück?« fragte Hector.

Patrick kam auf seinem Muli näher. Gleichzeitig veränderte sich das Licht über ihren Köpfen. Die Clan-Chefs der *Schander* standen dicht beisammen zwischen der Linde und dem turmartigen Gemäuer oberhalb der Straße, die das Dorf in zwei Hälften teilte.

»Sie haben irgend etwas vor«, sagte Patrick. »Lacht mich nicht aus, aber mein Muli ist mir einfach zu unruhig …«

»Was hat denn dieser Esel mit den *Schandern zu* tun?« höhnte Ed Jankowski. Severino tippte mit dem Finger an seine Stirn.

»Ein Muli ist kein Esel!« sagte Patrick. »Und dieses ganz bestimmt nicht! Habt ihr noch nie gehört, daß manche Tiere präkognitiv reagieren, wenn Gefahren drohen? Die Gänse auf dem

Hügel des Kapitols in Rom waren ebenso berühmt als Warner wie die chinesischen Erdbebenschlangen und die ...«

»Schon gut, schon gut!« winkte Corvay ab. »Was ist nun los mit deinem Muli und den Rundhüten?«

»Vielleicht naht draußen ein Gewitter. Es kann auch sein, daß eine Sonnenfinsternis bevorsteht. In Wales hielt die Natur ebenso den Atem an, wenn etwas Ähnliches heraufzog ...«

Corvay und seine Berater blickten nach oben. Es war, als würden Hunderte von kleinen Sonnen aus ihren vorgeschriebenen Bahnen gleiten. Scheinwerfern gleich bewegten sich die Strahlen durcheinander.

»Verdammt noch mal, was geht hier vor?« fluchte Corvay mühsam beherrscht.

Patricks Muli schnaubte. Ed Jankowski und Severino verzogen gleichzeitig die Gesichter. Menennery Luck leckte an einem Bleistift und kritzelte neue Paragraphen zwischen die Gesetzeszeilen.

Hector richtete sich hoch auf. Er hakte seine Daumen in die noch feuchten Lederriemen, die kreuz und quer über seine Brust liefen. Er sah am Bach entlang zum See hinunter. Die Lichter vom Dach der Kathedrale eilten wie helle kleine Lebewesen über die spiegelnde Wasserfläche. Ganz unten, am Rand des südlichen Querschiffs, tauchten plötzlich hellblaue Flammen über dem dunklen *Irrlichtmoor* auf.

Erst jetzt erkannten auch die anderen, daß sich Tiere aus dem Dorf in der Dunkelheit der Gewölbebögen über dem Querschiff verborgen hatten.

»Das sind doch Ziegen!« stellte Hector fest.

»Und auf der Westseite steht eine Herde Schafe«, sagte Galus.

»Brennt es dort unten?« fragte Ed Jankowski verwirrt.

»Unsinn, das sind nur Elmsfeuer«, sagte Patrick.

Sie hörten plötzlich ein fernes, eigenartiges Knistern. Dazwischen knarrte es wie von trockenen Seilen und hölzernen Rollen. Stück für Stück verdunkelte sich der künstliche Himmel unter dem Dach der Kathedrale.

Die Clan-Chefs hatten einen Kreis gebildet. In seiner Mitte standen mit gesenkten Köpfen Otto und Bieterolf. Meister Friedrich ging langsam um den Kreis herum. Abwechselnd hob er seine

Füße eine halbe Spanne über die Steinplatten unterhalb von *Buch-Heim,* ließ sich nach vorn sinken, trat auf und verharrte.

»Das muß ein geheimes Ritual sein!« flüsterte Patrick. Er lag vorgebeugt über dem Hals seines Mulis. »Vielleicht Induktion oder ein anderer Trick, mit dem sich die Linsen im Dach verstellen lassen ...«

»Alles Bluff!« knurrte Corvay. »Los! Treibt sie auseinander!«

Hector steckte zwei Finger in den Mund. Sein schriller Pfiff gellte durch das Sakriversum.

»Aufhören!« brülle er. »Sofort aufhören!«

Am Rand des Dorfplatzes kicherte es in den Büschen. Irritiert blickten Corvay und seine Berater zum Vorgarten von Meister Konrad hinüber. Sie hatten plötzlich das Gefühl, daß es doch nicht so einfach war, die Welt der *Schander* zu beherrschen ...

Die Schattenlinie an der Ostseite des Eichbergs wurde immer breiter. Jan stellte den Motor seiner Maschine ab und schob sie neben einen eben erst gefällten Baum. Er wischte sich mit dem Ärmel über seine schweißnasse Stirn.

Pete und Bronco kamen vom Lagerplatz nach oben. Zusammen mit einigen *Schandern* hatten sie stundenlang zersägte Baumstämme über den Rübenberg bis in die Mulde des Holzkottens geschleift.

»Wenn ich das gewußt hätte, wäre ich in den Staaten geblieben!« stöhnte Bronco.

»Wem sagst du das?« stöhnte Jan erschöpft.

»Ich hätte nie gedacht, daß ich Vormann einer Holzfällerbrigade werden würde«, meinte Pete. Er setzte sich neben Jan.

»Ihr könnt jederzeit zurückgehen und euch draußen eine hübsche Verstrahlung einhandeln. Wenn ich mich nicht irre, knallt die Radioaktivität da unten noch mindestens zehn Jahre ...«

»Sagen wir fünfzig Jahre«, sagte Bronco. »Und dann weißt du immer noch nicht, was aus deinen Kindern wird!«

»Hast du denn welche?« sagte Pete grinsend.

»Nein, aber der Gedanke, welche zu machen, könnte mir gefallen. Es gibt da ein paar *Schander*-Mädchen, die wirklich allererste Sahne sind ...«

»Macht euch nichts vor«, sagte Jan. »In dieser Generation kommt keiner von uns zu einer glücklichen Mischfamilie! Außerdem sind sie daran gewöhnt, daß nur Geschwister heiraten dürfen!«

»Was glaubst du, wie verwandt ich sein kann, Bruder«, sagte Bronco grinsend. »Ein paar Stunden mit unseren Freunden haben genügt, um die Namen aller Berge und Täler dieser unmöglichen Welt zu lernen! Wollt ihr mal hören? Die Täler heißen von West nach Ost Sündanger, Waldhufe, Holzkotten, Hülsebruch und Salzlake. Dann kommt das Dorf und der Part über dem Querschiff mit der Schafsheide, dem See, dem Ziegenhain und dem *Irrlichtmoor*...«

»Hör auf, sonst wirst du hier noch Bürgermeister«, wehrte Jan lachend ab. »Wahrscheinlich kennst du auch noch die Berge und die Täler auf der anderen Seite des Dorfes. Wie heißt sie eigentlich?«

»Wer?«

»Na, dieses Mädchen, von dem du alles weißt!«

Bronco sah seine beiden Partner verlegen an.

»Sie heißt Brunhild und gehört zur Seiler-Familie«, sagte er schließlich. »Sie möchte gern Trapezartistin werden. Außerdem war sie eng mit Guntram und Agnes befreundet.«

Jan blickte auf.

»Das waren doch die beiden, die schon unten in den Bleikellern begriffen hatten, was wir wollten ...«

»Ja.«

»Mann, Mann! Laß das bloß nicht Llewellyn Corvay hören!« sagte Jan ernst.

»Ich denke, daß wir ohnehin einen gewaltigen Fehler gemacht haben«, antwortete Bronco ernst. »Seht euch doch nur mal die Felder an! Sie sind seit zwei Monaten nicht mehr bearbeitet. Früher lebten hier knapp hundertfünfzig Menschen. Jetzt sind wir etwa zweihundert. Das kann doch gar nicht gutgehen! Jedenfalls nicht so, wie Corvay sich das vorstellt ...«

»Hat sie dir das gesagt?« fragte Pete mißtrauisch.

Bronco schüttelte den Kopf.

»Nein, ich habe nur etwas gerechnet!«

Jan sah seine Partner abwechselnd an.

»Bist du auch seiner Meinung, Pete?«

Pete preßte die Lippen zusammen.

»Ja«, sagte er schließlich.

»Ihr meint also, daß wir hier oben verhungern werden!«

»Die *Schander* müssen so schnell wie möglich in ihr Dorf zurück! Sie wissen, wie die Felder bestellt werden. Sie kennen die Geheimnisse und die Tücken ihrer Welt. Der Sommer ist sehr schnell vorbei. Wenn wir sie hier am Eichberg isolieren, wird keiner von uns den nächsten Winter überstehen!«

Jan blickte schweigend zu den verwahrlost wirkenden Feldern auf den Hügeln des Sakriversums.

Bronco hatte recht!

»Was schlägst du vor?« fragte Jan leise.

»Sprich mit Agnes oder ihrer Tante Mathilda! Wir müssen gemeinsam einen Weg finden, durch den wir überleben können ...«

»Und Corvay?«

»Lello hat ihn bereits verlassen ...«

Jan nickte.

»Danke, Bronco«, sagte er. »Ich glaube, wir waren alle viel zu lange unfähig, selbst zu denken!«

Das nahende Gewitter türmte immer mehr Wolken übereinander. Schwarzgraue Wolkenberge wallten höher und höher. Blitze zuckten durch das Gemisch aus Wasserdampf und Kondensationskernen. Niemand sah, wie sich das Chaos reißender Luftströme im Inneren der Thermikschläuche in gegenläufigen Bewegungsrichtungen bekämpfte.

Der erste harte, trocken krachende Schlag vernichtete das Verlagsgebäude von *J. S. Bruhns.*

Der Blitz fuhr wie ein Flammenschwert durch die Mauern. In Bruchteilen von Sekunden riß er das Dach auf, wirbelte Sonnenkollektoren zur Seite und sprengte das Gebäude wie eine taube Nuß.

Die Trümmer flogen über den Vorplatz der Kathedrale. Sie prasselten gegen Spitzbogen, Bündelpfeiler, Wandfiguren.

Goetz konnte sich gerade noch zur Seite werfen. Nur um Haaresbreite entging er einem zweiten Blitzschlag. Er preßte sich gegen die Wand neben den schweren Portaltüren. So ein Gewitter hatte er noch nie erlebt! Die Blitze folgten in immer kürzeren Abständen. Es war, als würde die Kathedrale den ganzen Zorn des Himmels auf sich ziehen …

Fassungslos beobachtete Goetz, wie das Verlagshaus auf der anderen Seite des Platzes in Flammen aufging. Damit war sein Stützpunkt in der verlassenen Stadt vernichtet!

Sturzbäche nahmen ihm die Sicht. Es wurde dunkler als in der Nacht, in der die Bomben die Menschheit ausgerottet hatten. Vermutlich war auf der ganzen Erde das Klima durcheinander geraten. Er hatte nicht darauf geachtet, aber jetzt fiel ihm ein, wie kalt es in den vergangenen Wochen gewesen war. Dabei müßte längst Frühsommer sein …

Während er bei jedem neuen Donnerschlag zusammenzuckte, versuchte er, alle Götter des Himmels und der Erde gleichzeitig zu verdammen.

Aber es ging nicht! Er wußte einfach nicht, welchem der vielen Götter in der Geschichte der Menschheit er die Schuld geben sollte!

Goetz kaute auf seiner Unterlippe. Er hätte nie gedacht, daß er einmal die Abhängigkeit zurückwünschen könnte, die ihm in den vergangenen Jahren oft als Unfreiheit vorgekommen war.

Jetzt war er frei:

Verdammt frei sogar …

Er tastete sich durch die Dunkelheit bis zu der Turmtür, die er schon einmal aufbekommen hatte. Während gleißende Blitze für Sekunden den Vorraum erhellten, nestelte er den Magnetstift hervor. Er steckte ihn in die dafür vorgesehene Öffnung, doch nichts geschah. Die Tür zum Turm blieb verschlossen.

Dann mußte er es eben mit anderen Methoden versuchen!

Er verließ den Vorraum. Im Mittelschiff der Kathedrale leuchtete ein grell zuckendes Inferno durch die hohen, bunten Fenster. Das wütende Donnern kam ihm im Schutz der Kirchenmauern etwas leiser vor.

Der Gabelstapler stand noch vor den Altarstufen. Er kletterte auf den Sitz und tippte seinen Personen-Kode ein. Ein schwaches, rotes Lämpchen glühte an der Steuersäule auf: das Zeichen dafür, daß die Batterien zu schwach geworden waren.

Goetz blieb eine Weile wie benommen sitzen. Seine Hände klammerten sich um die Steuersäule. Im gleichen Augenblick ärgerte er sich, daß er aus einem Gefühl von Pietät den Leichnam des toten Küsters vor dem achteckigen Raum im Keller wieder zur Seite geschoben hatte. Jetzt kam er nicht einmal mehr zu den Lebensmitteln und Werkzeugen in der Vorratsgruft.

Er dachte an die *MUSE.* Was hatte sie gesagt, ehe die Projektion erlosch? Er merkte, wie er langsam in Panik geriet.

Als er noch krank und halb betäubt gewesen war, hatte ihm die ganze Wahrheit nicht so viel ausgemacht wie in diesen Augenblicken. Er konnte längst wieder klar denken, aber dadurch wurde seine Situation nicht angenehmer. Im Gegenteil!

Das Gewitter wurde langsam schwächer, während sich die Abstände zwischen Blitzen und Donnern mehr und mehr vergrößerten. Durch die bunten Fenster sah der zuckende Lichtschein nur noch wie ein Wetterleuchten aus.

Goetz kletterte vom Gabelstapler. Er öffnete den Werkzeugkasten dort, wo er früher schon eine Abdeckplatte entfernt hatte. Mit einem Hammer und einer schweren, verstellbaren Zange machte er sich auf den Weg zum Portal.

Noch einmal zuckte ein heller Lichtschein durch den Vorraum. Gleichzeitig entdeckte er, daß die Portaltür zugeschlagen war. Er ließ das Werkzeug auf den Boden fallen. Mit beiden Händen riß er an den Riegeln. Sie gaben nicht einen Millimeter nach ...

Gefangen!

Goetz schüttelte ungläubig den Kopf. Er rannte ins Mittelschiff zurück. Ungeduldig wartete er auf einen weiteren Blitz. Es war etwas heller geworden.

Die Fenster begannen ziemlich weit oben. Goetz sah sich um. Bis auf ein paar Stuhlreihen gab es nichts, was er zum Hochklettern benutzen konnte.

Er ging zurück und nahm das Werkzeug zur Hand. Eine Weile versuchte er vergeblich, die Turmtüren zu öffnen.

»Dann eben nicht!« knurrte er.

Im Mittelschiff schien wieder die Sonne. Er musterte die Pfeiler, Kapitelle und Maßwerke vom Boden über die Höhe des Triforiums bis zum Gewölbescheitel. Von innen konnte man nicht sehen, wie der ungeheure Druck der Gewölbe auf die Seitenmauern aufgefangen wurde. Goetz wußte, daß nicht alle Mauern massiv waren, sondern Hohlräume und innere Verstärkungen aus Mörtel, Holz und Eisen besaßen. Auf diese Weise hatten die Erbauer von Kathedralen das kostspielige und zeitraubende Behauen von Mittelblöcken zwischen den Innen- und den Außenwänden eingespart.

An einigen Stellen unter den Fenstern entdeckte er Vorsprünge, die wie eingemauerte Kettenglieder aussahen. Er steckte den Hammer und die Zange in seinen Gürtel. Stück für Stück kletterte er an einem halbrunden Pfeilerbündel höher. Seine Finger suchten kleine Vorsprünge, Erker, Simse und Verzierungen. Es ging leichter, als er gedacht hatte.

Als er an der Unterkante eines der hohen, prächtigen Fenster ankam, ruhte er sich eine Weile aus. Direkt vor ihm leuchteten bunte Scheiben in fingerdicken Bleifassungen. Es fiel ihm schwer, den Hammer gegen die Scheiben zu erheben.

Er preßte die Zähne zusammen und schlug zu.

Mit einem dumpfen, hallenden Geräusch prallte der Hammer ab. Das viele Meter hohe Fenster zitterte, doch die Scheibe, gegen die er mit aller Kraft geschlagen hatte, wies nicht einmal einen Sprung auf. Goetz versuchte es zum zweitenmal. Der Hammer knallte gegen das bunte Fensterstück und fiel ihm fast aus der Hand. Er klammerte sich mit dem linken Arm um das Pfeilerbündel. Verständnislos starrte er auf die unversehrte Scheibe. Gleichzeitig entdeckte er in einer Ecke sein Familienwappen.

»Das kann doch gar nicht wahr sein!« keuchte er. Er lehnte sich so weit wie möglich vor, legte den Hammer auf einen Vorsprung und tastete mit den Fingern über das Glas. Im gleichen Augenblick erkannte er, daß sich eine durchsichtige Schicht zwischen der Scheibe und seinen Fingerkuppen befand.

Kunststoff!

Die Fenster waren versiegelt ...

Der Hammer polterte nach unten. Fast hätte Goetz das Gleichgewicht verloren. Er zog die schwere Zange aus dem Gürtel. Wie besessen schlug er immer wieder gegen das glockenartig dröhnende, schwingende Fenster.

Es hatte keinen Sinn!

Er kletterte, rutschte und fiel wieder nach unten. Eine morsche Holzplatte dämpfte seinen Fall. Er wälzte sich zur Seite und lehnte sich mit dem Rücken gegen ein seltsam helles Mauerstück. Es war genau die Stelle, an der er mit dem Gabelstapler den Beichtstuhl von der Wand gerissen hatte.

»Das ist die Strafe, Goetz von Coburg!« lachte er verzweifelt. »Jetzt bist du eingesperrt in der Kathedrale, die deine Vorfahren vor siebenhundert Jahren zur Ehre Gottes bauten …«

19. KAPITEL

Guntram erwachte von Geräuschen, die wie Glockenschläge klangen. Verwirrt richtete er sich auf. Er brauchte eine Weile, bis er verstand, wo er sich befand.

Nancy schlief mit halbgeöffnetem Mund vor dem Lager von Meister Albrecht.

Guntram stand auf, reckte sich und ging an der Lade mit dem Heiligen Buch vorbei. Noch ehe er das Lager von Meister Albrecht erreichte, sah er, daß der Eremit tot war. Sein eingefallenes, weiß glänzendes Gesicht strahlte noch im Tod Weisheit und Frieden aus.

Zum erstenmal in seinem Leben schloß Guntram einem Toten die Augen. Er faltete die Hände von Meister Albrecht über seiner Brust, glättete die Decke und sprach leise ein Gebet.

Als er »Amen – ja, es soll geschehen!« sagte, hörte er wieder das glockenähnliche Geräusch. Es kam aus den Rohren über Meister Albrechts Totenlager.

Guntram empfand keine Angst. Er hatte viel von dem vergessen, was ihnen der Eremit in der vergangenen Nacht erzählt hatte. Aber etwas war geblieben. Er fühlte eine neue Kraft in sich und ein starkes Vertrauen in den *Allmächtigen Baumeister der Welten.*

Er hatte eine Aufgabe!

Durch den Tod des Eremiten war er selbst zum Logenmeister aufgestiegen. Er kannte alle Geheimnisse der Handwerker, der Gilden und der Tempelherren. Meister Albrecht hatte ihm gesagt, wie er *Gruß, Handzeichen* und *Wortzeichen* anwenden mußte. Er hatte ihn in die Geheimnisse der gotischen Kathedralen eingewiesen und ihm die *Alten Pflichten* erläutert:

»Alles tun, was Leben erhält, fördert oder schützt – alles vermeiden in Wort, Tat oder Gebärde, was Leben vernichtet, einschränkt oder verunstaltet!«

Er hatte in dieser Nacht gelernt, wie Weisheit, Stärke und Schönheit zur Harmonie vereint werden konnten. *Paßwort* und

Paßgriff waren keine geheimnisvollen Bezeichnungen mehr für ihn. Er wußte nun, was mit dem *Winkelmaß* gemeint war.

Die gotischen Kathedralen waren ein genialer Versuch der Eingeweihten gewesen, dem Ideal der Harmonie näherzukommen. Sie hatten sie dem Himmel entgegengebaut, obwohl sie wußten, daß sie ihn mit aufeinandergesetzten Steinblöcken niemals erreichen konnten.

Seit dem Turmbau zu Babel und den Pyramiden hatten die Esoteriker immer wieder nach neuen Wegen gesucht, um das Vergängliche des Daseins zu überwinden.

Fast wäre es gelungen mit den himmelwärts strebenden, vielfach durch kunstvolle Verzierungen nach außen hin getarnten Riesenbauten.

Aber nur fast! Denn jene, die das Werk vollenden sollten, hatten in gotischen Kathedralen nur noch gewaltig aufragende Kirchen gesehen.

Sie hatten einfach weitergebaut – ohne zu wissen, worum es wirklich ging!

Das war der eigentliche historische und tragische Fehler der Menschen zu Beginn des Mittelalters gewesen. Sie hätten alles haben können: den Frieden, die Harmonie und den Glauben an sich selbst, als Teil des Universums.

Seit der Erschaffung des Regenbogens, mit dem Gott Noah das Versprechen gab, nie wieder die Kreaturen der Erde durch eine Sintflut auszulöschen, hatte es niemals mehr eine ähnliche Chance gegeben, die Vertreibung aus dem Paradies aufzuheben.

Die Erben der ersten Kathedralen-Baumeister ahnten noch, daß es die großen, tieferen Geheimnisse gab. Sie ließen weiter Stein auf Stein setzen, doch sie begannen, das Äußere zu bewundern und machten dadurch allein das Sichtbare zum Wertmaßstab für nachfolgende Geschlechter.

Es waren diese Wurzeln, die den Keim des Untergangs hervorbrachten.

Guntram verstand plötzlich den Versuch seines Urahns, der drohenden Entwicklung entgegenzutreten. Roland hatte seine eigenen Kinder bewußt isoliert – wie in einer steingewordenen

Arche unter dem Dach der Kathedrale. Er hatte für Jahrhunderte geplant, bis zu den letzten Tagen einer verlorenen Menschheit ...

Guntram näherte sich dem Großen Buch.

Die gläserne Lade mit dem aufgeschlagenen, schweinsledern eingebundenen Buch leuchtete in einem überirdischen Licht. Erst jetzt entdeckte Guntram schmale, weißblau glühende Streifen an den Seitenwänden der Lade. Sie schimmerten wie morsches, feuchtes Holz aus dem *Irrlichtmoor.*

Er erinnerte sich an Abende, an denen das Leuchten aus dem *Buch-Heim* die Gespräche unter der Dorflinde verstummen ließ. An diesen Abenden hielten Mütter ihre Kinder fest, die Mädchen hörten auf zu singen und selbst die mutigsten der Burschen stellten ihre Spiele ein.

Lichtnachten im Sakriversum.

Wie lange war das her?

Guntram blickte auf die vielen fremdartig wirkenden Zeichen auf den Seiten des Großen Buches.

Und dann erkannte er das Geheimnis ...

Er hatte nach Kreisen gesucht, nach Symbolen der Vollendung, doch dann rührte eine winzige Konfiguration an seine Seele. Das kleine Bild bestand aus drei kaum sichtbaren Punkten, die zu einem Dreieck angeordnet waren.

Der erste Punkt symbolisierte die subjektive Wahrheit, der zweite die objektive. Doch erst der dritte Punkt überhöhte sie beide!

These – Antithese – Synthese ...

Die Dreieinigkeit der Dinge war das Zeichen der vollkommenen, gottgleichen Reife! Es ging nicht nur um Positionen wie Ja oder Nein, Gut oder Böse, Geist oder Materie!

Alles war eins, denn alles war richtig – jedes zu seiner Zeit und jedes an seinem Platz.

Der kleinste Krümel Stofflichkeit und selbst ein armseliger Gedanke enthielt die gesamte Weisheit des Universums! Nichts war zu groß, nichts zu bescheiden.

Man mußte es nur achten und daran *glauben* ...

Guntram erkannte, daß *glauben* die Fähigkeit bedeutete, mit ganzem Herzen und mit ganzer Seele *alles zu sehen.* Und nur wer das verstand, konnte ein Eingeweihter werden!

Er hörte ein geheimnisvolles Raunen in jeder Zelle seines Körpers. Es war, als würde eine alte Melodie aus der Unendlichkeit des Alls durch seine Adern fließen: ein Strom von Tönen, der schon da war, ehe das Leben auf dem Planeten Erde anfing …

»Panta rhei – alles fließt!«

Als die Menschen merkten, daß immer neues Wissen ihren Glauben zu überschwemmen drohte, hatten sie damit begonnen, gewaltige, himmelweisende Archen für ihre Seelen zu bauen. Wie Bäume im Mahlstrom der Geschichte hatten sie versucht, die Wurzeln ihres Seins vor den neuen, revolutionären Umwälzungen zu schützen.

Vergeblich!

Die Veränderung, der Fortschritt und die Aufklärung waren wilder und mächtiger geworden als die uralten Werte.

Die Eingeweihten, Seher, Alchimisten und Propheten hatten nur noch eine Chance gehabt: ihr Mann hieß Benedikt Gaetano, Papst Bonifatius VII. Was er mit der Bulle *Unam sanctam* nicht erreicht hatte, konnte auf eine andere, höchst ungewöhnliche Weise den sicheren Niedergang der Menschheit überdauern.

Die »doppelte Wahrheit« war die Synthese, die sowohl die höhere *geistige* als auch die niedere *rationale* Wahrheit tolerierte …

Guntram betrachtete die Symbole auf den Seiten des Großen Buches. Sie verbanden viele winzig klein gemalte Pläne miteinander. Er entdeckte Zeichnungen von arabischen Labyrinthen, Destillationsapparaten, Schmelzöfen, Katapulten und anatomisch wirkenden Tierkörpern.

Und plötzlich erkannte er die Umrisse eines Fluggeräts …

Er beugte sich tiefer und schloß das linke Auge. Mit dem anderen las er die kaum sichtbaren Buchstaben unter dem vergilbten Plan:

»Arche … zu … den … Weltenräumen …«

Das war es! Die Maschine mußte irgendwo in der *Teufelsmauer* verborgen sein. Er zitterte am ganzen Körper, merkte nicht, wie Nancy neben ihn trat.

»Was hast du, Guntram?«

Er stützte sich auf die Glasplatten der Lade. Das Große Buch verschwamm vor seinen Augen. Hatte der große Kathedralenbaumeister alles vorausgesehen, was in den siebenhundert Jahren nach seinem Tod geschehen würde? Hatte er deshalb seine Kinder vor der Welt versteckt und dafür gesorgt, daß sie von Generation zu Generation immer kleiner wurden?

So klein, daß sie nach dem Untergang der *Weltlichen* und der Verseuchung der Erde ihr Refugium verlassen konnten, wenn sie bedroht und in Gefahr waren?

Er hörte die Stimme des *Bankert*-Mädchens. Ganz langsam drehte er sich um. Sie starrte ihn entsetzt an, schlug die Hände vor den Mund und schrie.

Er wußte nicht, daß seine unterschiedlich gefärbten Augen wie der *Stein der Weisen* glühten.

Nancy wich Schritt um Schritt vor ihm zurück. Sie stolperte gegen das Bett des toten Eremiten, stieß mit den Schultern gegen Röhren und Gerätschaften an der Wand.

Guntram hob die Hände. Sie schrie noch hysterischer. In panischer Angst rannte sie zur Tür vor der Treppe nach unten. Überall neben der Tür waren Hebel und Seilzüge in die Steinwände eingelassen. Sie trugen Zeichen und Symbole, die sie nicht verstand. Wahllos riß sie an einigen Hebeln.

Die Tür öffnete sich. Nancy stolperte die Treppe hinunter. Ein zweiter Raum, eine zweite riesige Tür mit kleinen Durchlässen. Guntram rannte hinter ihr her, aber er erreichte sie nicht mehr. Als eine Gruppe von *Bankerts* sie laut johlend einfing, drehte sich Guntram schweigend um. Er wußte, wohin er jetzt gehen mußte...

Mathilda rührte mit einem langen, frischgeschnitzten Holzlöffel im Suppenkessel. Sie suchte ein paar saftige Ziegenfleischbrocken aus der Brühe und legte sie auf die Teller der verhungert aussehenden Jungen.

»Eßt nur! Eßt nur!« drängte sie. »Das habt ihr euch weiß Gott verdient!«

Bronco, Jan und Pete schnauften satt.

»So gut hat es schon lange nicht geschmeckt«, stöhnte Jan und klopfte sich auf den Bauch.

Mathilda nickte zufrieden. Sie stemmte die Hände in die Seiten und sah sich um. Seit die Clan-Chefs das Lager verlassen hatten, fühlte sie sich für die zurückgebliebenen Angehörigen ihres Volkes irgendwie verantwortlich.

Sie wollte nicht mehr daran denken, daß sie ihren Vater und ihren einzigen Sohn verloren hatte. Meister Wolfram war ein alter Mann gewesen. Ludolf hatte ihr stets weniger Schwierigkeiten gemacht als Guntram und Agnes.

Sie wischte sich die Tränen aus den Augen. Ludolf war tot. Sie würde nie aufhören, um ihn zu trauern, aber das war eine Sache, die ganz allein sie betraf ...

Wie um sich abzulenken rührte sie weiter im Kessel.

»Wo ist Hanns?« rief sie, ohne aufzublicken. »Wir müssen das Obst verteilen und das Gemüse!«

Zwischen den Feuern planschten Kinder in einem neugeschaffenen Wasserbecken. Einige Frauen rubbelten auf blanken Steinen die Wäsche ihrer Familien. Die Männer hatten gegen alle Verbote auf geheimen Wegen Werkzeuge, Lebensmittel und Gerätschaften aus dem Dorf besorgt. Sie kannten das Sakriversum besser als die *Bankerts.*

Hanns kam mit einer großen Speckseite und einem Bündel klappernden Geschirr zum Feuer.

»Wo warst du denn so lange?«

Hanns zuckte nur mit den Schultern. Er nahm sich einen Napf und schöpfte etwas Fleischbrühe aus dem Kessel. Leise schlürfend setzte er sich neben Jan.

Wenige Augenblicke später kamen Ulf und Dietleib von einem Erkundungsgang zum See zurück. Sie brachten prallgefüllte Fischreusen, Runkelrüben, Honigwaben und Beutel mit getrockneten Gewürzen mit. Ulf trug einen Verband um den Kopf.

»Na bitte«, sagte Mathilda. »Wenn das in allen Familien so gut läuft, schaffen wir's mindestens bis zur Johannisnacht ...«

Sie sah zu den anderen Feuern hinüber. Nachdem die *Bankerts* und die Clan-Chefs den steinigen Hügel zwischen dem Abendzeichen und dem Eichberg verlassen hatten, waren die Familien enger zusammengerückt.

Ohne große Worte hatten sie alles verteilt, was zunächst die

Sammler und dann auch die anderen gefunden und geholt hatten. An allen Feuern herrschte Frieden. Selbst die Kinder weinten nicht mehr. Sie wußten nicht, daß hinter dem Wald Fremde durch Zimmer, Kammern und Kemenaten in ihrem Heimatdorf wankten ...

Mathilda schüttete den Rest Fleischbrühe in einen Holztopf. Sie nahm den Kessel und ging zum Wasserbecken. Als sie ihn fast erreicht hatte, sah sie am Waldrand einen hinkenden Schatten.

»Lello!«

Ihr Aufschrei lähmte das ganze Lager. Fast alle erwarteten, daß Corvays Narr so schnell wie möglich unter den Bäumen verschwinden würde, doch Lello drehte sich nur um und wartete.

Mit einer linkischen Bewegung hob er seine arg mitgenommen wirkende Klampfe.

»Kann ich ... kann ich zu euch kommen?«

»Was willst du?« rief Mathilda. »Hat dich dieser größenwahnsinnige Barbar geschickt?«

»Nein! Ich gehe nicht mehr zurück. Ich habe Agnes bei mir ... und wir sind hungrig ...«

Mathilda ließ vor Schreck den Kessel fallen. Er polterte laut über den schrägen Steinhügel. Von den Feuern näherten sich junge Männer, Mädchen und ein paar Kinder.

»Wieso ist Agnes bei dir? Was hast du denn nur mit ihr gemacht?«

»Ich ... ich habe sie gefunden!«

»Wo ist Guntram?«

»Ich weiß es nicht!«

Lello humpelte in den Wald zurück. Gleich darauf kam er mit Agnes zurück. Mathilda vergaß ihren Ärger und ihre Trauer. Sie raffte die Röcke und eilte ihrer Pflegetochter entgegen. Sie lachten und weinten als sie sich in die Arme fielen.

»Du kleines, dummes Mädchen!« sagte Mathilda immer wieder. Sie streichelte über das dichte blonde Haar von Agnes. Lello stand einige Schritte abseits. Verlegen trat er von einem Fuß auf den anderen.

Mathilda nahm Agnes' Kopf in beide Hände. Sie beugte sich etwas zurück und musterte ihr Gesicht.

»Du hast dich verändert«, sagte sie schließlich. Agnes sah, wie ein feines Lächeln um Mathildas Mundwinkel spielte. Sie wurde unwillkürlich rot. Dann lachten sie beide.

»Guntram«, fragte Mathilda.

»Er ist mein Mann.«

»Hm – und warum läßt er dich dann mit jenem dort allein?«

Agnes schlug die Augen nieder.

»Es hat etwas mit dem zu tun, was Meister Wolfram ihm unten in den Kellern aufgetragen hat.«

»Du weißt, daß er tot ist?«

»Lello hat mir alles erzählt, was ihr beim Aufstieg ins Sakriversum mitgemacht habt«, sagte Agnes leise. »Er war sehr nett zu mir ...«

»Sein Glück!« sagte Mathilda. »Ich habe Hanns schon Vorwürfe gemacht, daß er dich nicht heute nacht schon mitgebracht hat. Was wollte Lello eigentlich von dir?«

»Ich glaube, daß er nur nach einem Weg suchte, zu euch zu kommen. Er sagt, daß er mit uns verwandt ist. Stimmt das wirklich?«

Mathilda nickte.

»Es gibt sehr viel, was du bisher nicht wissen durftest. Aber das hat sich nun geändert. Komm, nimm ihn mit! Ich werde euch etwas zu essen machen ...«

Agnes nickte Lello zu. Gemeinsam gingen sie an den murmelnden und tuschelnden *Schandern* vorbei zum Feuer der Alchimisten-Familie.

Im Dorf sah es inzwischen wie in einem Heerlager aus. Obwohl alle *Bankerts* auf die zehn Häuser verteilt worden waren, hielt es die meisten nicht in den dunklen Dielen, Küchen und Kemenaten. Einige der Vernünftigeren versuchten, sich auf einen längeren Aufenthalt unter dem Dach der Kathedrale einzurichten. Überall in den Vorgärten lagen schlafende Männer, Frauen und Kinder.

Sie hatten viel zu viel gegessen und getrunken. Ein paar junge Burschen, die ohne Familien zu Corvay gestoßen waren, wankten grölend und mit halbgeleerten Kruken über die Straße. Andere bewarfen sich mit Obst oder liefen quiekenden Schweinen hinterher!

Nachdem Nancy McGowan schreiend aus dem *Buch-Heim* geflohen war, versuchten fünf Mann, die schwere Tür aufzubrechen. Sie hatten keinen Erfolg …

Llewellyn Corvay saß mit seinen Beratern im Schatten der Linde. Sie hatten sich Wein, trockenes Brot, Käse und eine große Pfanne Rührei bringen lassen. Inzwischen waren sie bei scharfgewürzten Plätzchen angelangt.

»Wir müssen einen Arbeitsplan aufstellen«, sagte Menennery Luck besorgt. »Wenn wir nicht bald für Ordnung sorgen …«

»Hör endlich auf mit deinen Plänen und Gesetzen!« unterbrach ihn König Corvay scharf. »Ich sehe selbst, was hier geschieht! Sie laufen alle auseinander. Jeder macht, was er will! Solange noch genügend *Schander*-Vorräte da sind, denkt noch niemand daran zu arbeiten! Selbst, wenn wir sie jetzt antreiben, würden sie uns nur auslachen …«

»Corvay hat recht«, sagte Galus. »Macht kann nur der ausüben, der über Stärke oder Herrschaftswissen verfügt. Wir haben weder das eine noch das andere. Solange wir noch auf der Suche nach dem Sakriversum waren, konnten wir unsere Leute mit Versprechungen zusammenhalten. Aber das ist jetzt vorbei. Jetzt *müssen* wir zusammen leben – ob wir wollen oder nicht!«

»Na also!« schnaubte Hector.

»Moment mal!« Galus hob die Hände. »Wer sagt denn, daß die anderen uns weiterhin als Führungsgruppe anerkennen? Und was passiert, wenn einige begreifen, daß wir sie in eine große Mausefalle gelockt haben?«

»Da sitzen wir doch selbst drin«, knurrte Ed Jankowski. Severino stimmte ihm zu.

»Macht das einen Unterschied?« fragte Patrick Murphy. Er saß zwischen seinen Kesselpauken und fütterte sein Muli mit frischen Möhren.

»Ich denke, daß wir nur noch eine Chance haben«, sagte er. Die anderen sahen ihn abwartend an.

»Wir müssen die *Schander* ins Dorf holen!«

»Du bist verrückt!« schnaufte Hector. »Die haben wir doch gerade erst hinter den Wald verbannt!«

»Das war ein Fehler«, behauptete Patrick.

»Und warum soll das ein Fehler gewesen sein?« fragte Corvay mißtrauisch. Schon in den vergangenen Wochen hatte er sich immer wieder gefragt, wer ihm eines Tages gefährlicher werden könnte – der hochintelligente, aber verbitterte Galus oder der feine, aristokratisch wirkende Patrick mit seinem Muli.

Während der langen Suche nach dem Sakriversum waren die beiden stets auf Distanz bedacht gewesen. Zum erstenmal nach vielen Tagen fragte sich Llewellyn Corvay, ob es klug gewesen war, so unterschiedliche Männer zu seinen Beratern zu ernennen.

Er sah sich in der Runde um. Außer Hector mit seinen Brustriemen sah er niemanden, auf den er sich wirklich verlassen konnte. Ed Jankowski war ein Dieb, der bei allem, was er tat, nur auf den eigenen Vorteil bedacht war. Sein feister Partner Severino war zu dumm, um zu verstehen, was wirklich vorging.

Corvay bedauerte, daß Lello nicht mehr da war. Der flinke Narr hatte von Anfang an gewußt, daß alles nur Theater war. Mit seiner vorgetäuschten Tolpatschigkeit hatte er die *Bankerts* in kritischen Situationen immer wieder zusammengehalten.

Corvay erkannte plötzlich, daß dieser Lello fast wie ein Sohn für ihn gewesen war. Und ausgerechnet der, dem er vor Hector am meisten vertraut hatte, war ihm davongelaufen …

»Was ist, Patrick?« fragte er ungeduldig. »Warum sollen wir die *Schander* hierher holen?«

»Aus zwei einfachen Gründen: Sie sind die einzigen, die hier jeden Stein und jeden Dachbalken kennen. Dieses Wissen brauchen wir, wenn wir überleben wollen …«

»Wir haben die Clan-Chefs«, unterbrach Galus.

»Richtig! Aber seht sie euch doch an! Sie hocken wie alte Eulen im Kreis und rühren sich nicht. Das wird sich auch nicht ändern, solange sie von ihren Familien getrennt sind!«

»Woher willst du das wissen?«

»Ich bin ein Züchter«, sagte Patrick stolz. »Ich kenne alle Formen des Verhaltens von Tieren und von Menschen, die über mehrere Generationen isoliert aufwachsen und dann gewaltsam getrennt werden. Es ist ein biologisches und gleichzeitig ein psychologisches Problem.«

»Schnickschnack!« zischte Menennery Luck.

»Laß ihn!« befahl Corvay. Er wandte sich an Patrick. »Und was ist der zweite Grund?«

»Der sind wir selbst! Solange wir noch *Schander* sahen, fühlten wir uns überlegen. Doch jetzt beginnen einige von uns, darüber nachzudenken, daß sie eventuell selbst arbeiten müssen, wenn sie überleben wollen. Das war nicht vereinbart.«

Für eine Weile starrten die anderen Berater von König Corvay in verschiedene Richtungen. Sie vermieden, Patrick Murphy anzusehen.

»Da könnte etwas dran sein«, sagte Galus schließlich. »Wenn die *Schander* hier wären, käme wieder Ordnung in das Dorf!«

»Und wo sollen sie wohnen?« fragte Menennery Luck spitz.

»In ihren Häusern«, antwortete Patrick.

»Moment mal ... und wir?«

»Ungefähr dort«, sagte Patrick und wies auf den Hang zwischen der Linde und dem See.

»Du meinst also, daß wir den *Schandern* das ganze Dorf überlassen sollen?« fragte Corvay.

Patrick Murphy nickte.

»Alles andere ist Selbstmord! Ich glaube, daß die *Schander* ihren Teil des Sakriversums in den vergangenen Jahrhunderten zu einer Parallelwelt mit eigenen Gesetzen ausgebaut haben. Sie wissen, wie das Bio-Klima an jedem ihrer künstlichen Tage sein muß. Sie können Zeichen lesen, von denen wir noch keine Ahnung haben, und sie kennen die verborgenen Geheimnisse ...«

»Wieso Geheimnisse?« fragte Hector.

Patrick schüttelte mitleidig den Kopf.

»Habt ihr denn immer noch nicht verstanden, wo wir sind? Diese Welt wäre technisch vollkommen unmöglich ohne einen genialen Plan und ohne den Schutz von Eingeweihten«

König Corvay strich sich durch seinen Bart.

»Du meinst, daß sie seit siebenhundert Jahren ...«

»Ja!«

»Und wer? Wer hat ihnen die ganze Zeit geholfen?«

»Die Päpste!«

Im gleichen Augenblick veränderten sich die Strahlen der *Beryllos-Linsen.* Sie drangen zwischen den Blättern des Lindenbaums hindurch und zeichneten kleine, tanzende Lichtflecken auf die Gesichter von König Corvay und seinen Beratern.

»Holt die *Schander*!« befahl Corvay schwer atmend. Gleichzeitig tobte eine Gruppe Kinder am Bach entlang zum See. Sie trieben luftgefüllte Schweinsblasen vor sich her, die wie weiße Bälle aussahen.

Die Geheimtür befand sich in einem Pfeilerbündel an der Ecke zwischen dem südlichen Seitenschiff und dem Querschiff der Kathedrale.

Unter normalen Umständen wäre Goetz nie auf den Gedanken gekommen, daß sich eine Gruppe der grauen, feinverfugten Halbrundsteine bewegen ließ. Er hatte stundenlang nach einem Ausweg aus dem mächtigen, schweigenden Bau gesucht. Im bunten Licht, das durch die hohen Fenster der Südseite kam, hatte er die Nordseite der Kathedrale vom Hauptportal bis zum Kapellenkranz im Osten abgetastet. Kein Pfeiler, keine Arkade und keine Steinrippe waren seinen suchenden Fingern entgangen.

An mehreren Stellen hatte er winzige Dioramen und Skulpturen im Mauerwerk entdeckt, die außer ihren namenlosen Schöpfern kein Mensch mehr gesehen hatte.

Nur einer vielleicht!

Die siebenhundert Jahre alten Steinmetzarbeiten hatten ihn in ihrer drastischen, furchteinflößend obszönen Machart unwillkürlich an Hieronymus Bosch erinnert. Vielleicht hatte der sonderbare niederländische Maler, der hundert Jahre nach der Fertigstellung der Kathedrale geboren wurde, nur abgemalt, was er an Höllenangst und ketzerischer Auflehnung im größten und vollkommensten gotischen Gotteshaus entdeckte …

War mit dem Bau der Kathedrale vielleicht bereits der Grundstein für die spätere Reformation und den Humanismus gelegt worden?

Goetz wußte, daß Hieronymus Bosch einer Gemeinschaft nahe gestanden hatte, die sich *Bruder vom gemeinsamen Leben* nannten. Sie waren die ersten gewesen, die sich nach der Epoche fanatischer Frömmigkeit einem neuen, unmönchischen Lebensideal zuwandten, bei dem der Hände Arbeit mehr galt als das Absingen von Gebeten.

Sie waren Praktiker, die nach wie vor an Gott glaubten, Bibeln abschrieben und in Bruderhäusern lebten. Aber sie waren aufgewacht und bekannten sich dazu, Menschen mit allen Fehlern, Schwächen und Gelüsten zu sein. So wie später der *weltliche* Mönch Martin Luther, der in den *Brüdern vom gemeinsamen Leben* seine Vorbilder erkannte …

Als goldenes Abendlicht durch den hohen Innenraum der Kathedrale flutete, hatte Goetz begonnen, die Mauern an der Südseite zu untersuchen. Irgendwo *mußte* es einen Ausweg geben!

Trotzdem erschrak er, als er plötzlich sein Familienwappen unter staubigen Spinnweben an einem Eckpfeilerbündel erkannte: Drei Punkte wie ein Dreieck unter verschlungenen Girlanden und einer stilisierten Lilie, darunter vier quadratische Felder mit einem Zirkel links oben, einem Winkelmaß rechts unten, dem Alchimistenzeichen für Quecksilber rechts oben und dem Kreuzeszeichen links unten.

Er drückte mit Daumen, Zeigefinger und Mittelfinger auf die drei Punkte. Dabei spreizte er den Ringfinger und den kleinen Finger ab, so wie es eine Tischsitte im dreizehnten Jahrhundert gewesen war.

Im gleichen Augenblick bewegte sich ein Teil des steinernen Pfeilerbündels. Die schweren, engverfugten Blöcke gaben nach. Hinter ihnen befand sich eine Wendeltreppe.

Vorsichtig trat er in das Halbdunkel. Er wählte den Weg nach oben. Schritt für Schritt schraubte er sich durch die Dunkelheit. Er stolperte über unregelmäßig geformte Stufen. Halb kletternd und halb kriechend schleppte er sich weiter. Noch nie war ihm eine Wendeltreppenröhre so endlos vorgekommen! Er hatte immer öfter das Bedürfnis, einfach aufzuhören und zurück zu rennen – doch das war auch nicht besser.

So stieg er weiter Stufe um Stufe durch die Dunkelheit. Nach seiner Schätzung mußte er längst über den Arkaden und dem Triforium sein. Obwohl er sie nicht sehen konnte, glaubte er, daß er die Lichtgaden der hohen Fenstergeschosse und das Maßwerk über ihnen bereits erreicht hatte.

Die Wendeltreppe konnte doch nicht einfach immer weiter führen!

In diesem Augenblick sah er den schwachen Widerschein von Licht. Mit weichen Knien stolperte er höher. Mit jeder Windung wurde das Licht heller, angenehmer und wärmer. Er keuchte, prustete und schnaubte. In seinen Schläfen und den Ohren pochte hart der Widerhall seines Herzens.

Er schleppte sich mit letzter Kraft bis zu einer Öffnung in der Mauer, die wie ein Fenster zu den Lebenden aussah. Vollkommen erledigt ließ er sich auf die warmen Steine der flachen Brüstung fallen.

Schräg vor sich sah er das steile Dach der Kathedrale. Im Westen erkannte er einen der hohen Türme. Dort hatte er die Vorratslager angelegt.

Vorratslager!

Er zitterte am ganzen Körper. Nur langsam wurde er ruhiger. Er sah den Steg an der Unterkante der Dachfläche. Wenn er dorthin gelangte, konnte er bis zum Südturm laufen …

Vorsichtig schob er sich durch die Maueröffnung. Hinter ihm ragte die Dachfläche des Querschiffs in den Abendhimmel. Zusammen mit dem Hauptdach bildeten die Bleiplatten einen schrägen Winkel. Wenn er in ihm nach unten rutschte, konnte er bis zum Sims gelangen …

Er biß die Zähne zusammen. Tief unter sich erkannte er die Dächer der ausgestorbenen Stadt. Sie sahen aus wie leere Hülsen auf einem riesigen, abgeernteten Feld.

Er wartete, bis sich seine bebenden Muskelfasern wieder beruhigt hatten. Ganz langsam kroch er auf das Dach. Er hielt sich an winzigen, gläsern wirkenden Vorsprüngen fest, die wie gefrorene Tautropfen über die Bleiplatten verstreut waren.

Zentimeter um Zentimeter rutschte er tiefer. Er hatte Angst, zu schnell zu werden, weil er nicht wußte, ob die Figuren der Dachgalerie das herabrutschende Gewicht seines Körpers auffangen konnten.

Doch dann ging es leichter, als er gedacht hatte. Er kam am Sims an, ruhte sich eine Weile aus. Instinktiv etwas zum Dach geneigt tastete er sich über steinerne Verstrebungen und kunstvoll verzierte Wasserschläge bis zum Südturm der Kathedrale. Die Linien, Kanten und Grate reihten sich stalagmitenartig übereinander. Mit ihren filigran zusammengesetzten, immer wieder durchbrochenen Mittelteilen bildeten die Steinstücke eine schwerelos wirkende Konstruktion, die wie ein hohes Zelt aus gestärkten Brüsseler Spitzen aussah.

Erst aus der Nähe wurde deutlich, wie schwer die Steine wirklich wogen, und wieviel Arbeit jeder einzelne Zierblock gekostet haben mußte.

Goetz kletterte nach oben. Er griff in halbverwitterte Kerben, stützte sich ab und zuckte zusammen, wenn Steinsand unter seinen Fingern abbröckelte.

Schwefeldioxid!

Der böse Smog aus den Schornsteinen der Häuser und Fabriken in der Stadt, das Gift der Abgase und der saure Regen hatten die Kathedrale in den vergangenen Jahrzehnten mehr beschädigt als in den Generationen zuvor.

Plötzlich entdeckte er Fußspuren auf den Stufen. Für einen Augenblick blieb er wie gelähmt stehen. Er schrammte mit den Schultern gegen das alte Mauerwerk. Er mußte sich setzen! Er mußte sich einfach hinsetzen!

Die Spuren im Staub sahen frisch, aber seltsam verwischt aus. Und dann erkannte er plötzlich weitere Fußspuren – Hunderte von winzigen, weichkantigen Abdrücken wie von Puppenstiefelchen.

Er fühlte sich auf einmal elend und aufgeregt zugleich. Sein Magen krampfte sich zusammen, während sein ganzer Körper zitterte.

Es gab sie!

Die Spuren im Staub neben seinen eigenen Fußabdrücken waren der Beweis!

Wie in Trance taumelte er höher. Er folgte dem Weg, den die winzigen Menschen genommen hatten. Zehn, zwanzig Stufen weiter entdeckte er im Licht der untergehenden Sonne die Reste eines Vorratslagers, das er selbst angelegt hatte. Bis auf ein paar Plastikfetzen war nichts mehr von den Vorräten zu sehen.

Goetz atmete tief durch.

Wieder ein Beweis!

Langsam beruhigten sich seine aufgepeitschten Nerven. Er versuchte, klar und nüchtern zu denken. Unwillkürlich dachte er an die *MUSE.* Die intelligente, verwandlungsfähige und mobile Computer-Einheit hatte ihn beauftragt, Vorratsstellen anzulegen.

Warum?

Wegen der Tiere, hatte sie gesagt, aber das konnte auch ein Vorwand gewesen sein …

Zum erstenmal kam in ihm der Verdacht auf, daß verschiedene Vorfälle der letzten Tage möglicherweise keine Zufälle gewesen waren. Schon der Gedanke daran machte ihn erneut krank. Er stöhnte auf und ließ sich mit weichen Knien auf eine Art Fensterbrüstung sinken. Sein Herz hämmerte so wild, daß er sich an die warmen Steine lehnen mußte.

»Durchhalten!« keuchte er tonlos. »Nur nicht … verrückt werden …«

Gleichzeitig drehte sich alles vor ihm: der Turm, die weite, leere Stadt tief unten, die rote Sonnenscheibe am Horizont, die Westfassade mit dem Rosettenfenster …

Er rutschte etwas zur Seite. Mit dem linken Fuß stieß er gegen einen metallisch-hohl klingenden Gegenstand. Mit flakkernden Blicken sah er zur Seite. Er kniff die Augen zusammen, dann erkannte er im Schatten der Mauer eine Cola-Dose.

Und plötzlich lachte er. Es war ein mühsames, schwaches Lachen. Er beugte sich nach vorn. Mit der rechten Hand stützte er sich ab.

Die Cola-Dose war leer. Trotzdem setzte er sie an die Lippen. Nicht mehr als vier, fünf Tropfen Flüssigkeit, ein halber Schluck vielleicht, rannen über seine trockene Zunge.

Seine Finger preßten die Dose wie eine Papierschachtel zusammen. Mit einer müden Handbewegung warf er sie durch die Maueröffnung.

Die Dose traf einen tieferliegenden Schwibbogen, kullerte bis zu einem Wasserspeier, fiel tiefer und hüpfte über die Köpfe von steinernen Heiligen, Königen und Aposteln an der Fassade der Kathedrale.

Goetz hörte nicht mehr, wie sie unten aufschlug.

Die Strahlen der untergehenden Sonne leuchteten noch einmal die ganze Größe des Rosettenfensters aus. Wie neu belebt durch die paar Cola-Tropfen konzentrierte er sich auf die Spur der kleinen Füße. Genau dort, wo er jetzt saß, verließ die Linie aus unzähligen Abdrücken im Staub den Turm. Sie führte um Verzierungen herum zur Westfassade.

Goetz konnte deutlich erkennen, welchen Weg die unbekannten Wesen genommen hatten. Ihr Ziel mußte das Rosettenfenster gewesen sein.

Er wußte nicht, ob er bereits Halluzinationen hatte. Unter anderen Voraussetzungen hätte er sich niemals ernsthaft mit zwergenhaften Fußspuren an der Fassade der Kathedrale befaßt!

Der kleine, sterbende Taubenvogel fiel ihm ein. Wie lange war das her? Und dann die flüchtige Begegnung mit den Gnomen fast an der gleichen Stelle. Er hatte ihre Gesichter gesehen. Dazu ein Stückchen Stoff, nicht größer als die Bartbinde seines Vaters, aber mit feinsten Mustern gearbeitet, die ihn an alte Brusttücher erinnerten ...

Er richtete sich auf.

Auch wenn es Wahnsinn war, daran zu glauben: irgendwo hinter dem Rosettenfenster mußten Menschen leben!

Und er war entschlossen, sie zu finden ...

Seine Knie zitterten noch etwas, als er auf die Brüstung des Mauerdurchbruchs trat. Er durfte nicht nach unten sehen! Vorsichtig tastete er sich an den Verzierungen des Turms entlang.

Quasimodo fiel ihm ein, der Glöckner von Notre Dame. Seine Geschichte hatte mehr von den Geheimnissen der Kathedralen enthüllt als alle Messen.

Er griff nach einem Steinzapfen. Zentimeter für Zentimeter zog er sich höher.

Esmeralda mit der Ziege!

Beide verurteilt durch die Inquisition – das Mädchen, weil es schön war, die Ziege, weil sie im Strafprozeß gegen ketzerische Tiere ihre Dressurkunststücke wiederholt hatte ...

Goetz spürte, wie seine Finger brüchigen Stein berührten. Ein kindskopfgroßer Brocken löste sich aus dem Mauerwerk. Er prallte gegen seine Brust und fiel zwischen seinen Beinen nach unten.

Goetz lehnte sich bebend gegen die Fassadenmauer. Das riesige Rosettenfenster kam ihm auf einmal viel zu groß und unerreichbar vor. Er mußte wirklich wahnsinnig sein! Wie kam er dazu, fast sieben Wochen nach der Ausrottung der Menschheit an der Fassade einer Kathedrale herumzuklettern?

Er hatte jedes Zeitgefühl verloren, als er den unteren Mauerring des Rosettenfensters erreichte. Verwundert stellte er fest, daß der steinerne Rahmen des haushohen Ringes mehr Platz bot als der Balkon seiner früheren Wohn-Mansarde.

Eine Weile lag er nur auf dem Bauch und ruhte sich aus. Der Abgrund hinter der Kante der grauen Steine störte ihn nicht mehr. Erst als die Sonne zur Hälfte in den Dunst am Horizont eingetaucht war, stand er wieder auf.

Diesmal hob er kaum die Brauen, als er sein Familienwappen neben einigen unverständlichen Zeichen in einem versteinerten Klumpen Mörtel am Fensterrand entdeckte. Die Spur der vielen kleinen Füße führte um den Störstein herum. Sie endete an einem zerbrochenen, ausgefranst wirkenden Fensterstück.

Goetz reckte sich. Mit beiden Händen zog er die bunten Glasstücke nach außen. Sie fielen aus ihren Bleifassungen, zersplitterten am Rosettenrand und sprühten in die Tiefe.

Seine Hände bluteten, als er das Loch im gewaltigen Rundfenster endlich groß genug gemacht hatte. Erschöpft kletterte er über die speichenartigen Mauerstreben.

Knapp einen Meter innerhalb des riesigen bunten Fensters blieb er liegen. Er konnte nicht mehr. Mit geschlossenen Augen dachte er nur noch daran, endlich wieder zu schlafen. Er empfand die angenehmen Gerüche von Wiesen und Wäldern. Es duftete nach Blumen, frischem Brot und Fleischbrühe.

»Hungerträume!« murmelte er. Mit einer schwerfälligen Bewegung strich er sich über die Augen.

Er hätte nicht blinzeln sollen. In seinen Ohren dröhnte es wieder wie unter dumpfen Glockenschlägen. Er wollte einfach nicht glauben, was er sah:

Menschen – richtige kleine Menschen!

Männer … Frauen … Kinder …

Er hob den rechten Arm. Wie ein Ertrinkender wollte er ihnen zurufen, zeigen und sagen, daß er da war. Er schaffte es nicht mehr. Sein Arm fiel nach unten, platschte auf steinigen Boden. Sein Kopf sank zur Seite.

Aber er lächelte – glücklich in seiner Ohnmacht, seinem Schlaf …

20. KAPITEL

Der 47. Tag nach der Katastrophe war ein Montag. Guntram wachte schon sehr früh auf. Während er aufstand und zum Wassertrog in der Küche von Meister Albrechts Haus ging, fiel ihm auf, daß der Einsiedler in der Nacht zu einem Sonntag gestorben war. Normalerweise war das die Nacht in der Woche, in der sich die Clan-Chefs im *Buch-Heim* trafen, um das Vergangene zu besprechen und die notwendigen Maßnahmen der kommenden Woche zu beschließen.

Guntram wunderte sich, daß er das wußte. Er zog den Holzstöpsel aus einem Bleirohr an der Wand. Frisches, kaltes Wasser schoß in den Waschtrog. Erst jetzt bemerkte er, daß alle Einrichtungsgegenstände im Haus von Meister Albrecht viel größer waren als unten im Dorf.

Er verschloß die Wasserleitung wieder und zog sich seinen aus Schafwolle gewebten und mit dem Sud aus Walnußschalen hellbraun gefärbten Blusenkittel über den Kopf.

Aus einer Schale an der Wand nahm er eine Handvoll getrocknetes Seifenkraut. Er machte es naß und zerrieb es zwischen den Fingern, bis es schäumte. Er wusch sich sorgfältig und trocknete sich mit einem groben Handtuch ab. Nachdem er sich wieder angezogen hatte, ging er zu einem der beiden Küchenfenster. Es war schon lange nicht mehr geputzt worden.

Die Holzscharniere knarrten, als der die Fensterflügel nach außen drückte. Unter ihm lag das Dorf in friedlicher, verschlafener Morgenstille. Außer dem Zwitschern einiger Vögel und dem Plätschern des Baches war nichts zu hören.

Guntram sah zum Hof von Meister Lamprecht am westlichen Dorfrand. Dort mußte Agnes schlafen – seine Frau …

Er hatte sich die ersten Tage seiner Ehe ganz anders vorgestellt. Agnes sicherlich auch! Er fühlte sich plötzlich beschämt und innerlich betroffen.

Warum war er nicht bei ihr? Welcher geheimnisvolle Zwang

hatte ihn dazu gebracht, einen Weg zu gehen, der ihn von Agnes trennte?

Er wußte, daß er eine Botschaft von Meister Wolfram und Meister Albrecht in sich trug. Seit der Flucht aus den Bleikellern reagierte er wie einer, den der Hafer gestochen hatte.

Vor jeder Flucht nach unten aßen die *Schander* eine mit allerlei Kräutern aufgekochte Haferspeise. Sie machte ihnen Mut und gab ihnen die Kraft, alles zu erdulden. Aber es hatte auch schon Fälle gegeben, bei denen Angehörige des Volkes laut schreiend bis zum *Irrlichtmoor* gerannt waren …

Guntram atmete tief durch. Manchmal war es schon schwer, die alten Bräuche und die eigenen Empfindungen unter ein Dach zu bringen!

Er blickte nach oben. Soeben leuchteten die ersten der *Beryllos-Linsen* wie funkelnde Kristalle auf. Was vorher eine milde Morgendämmerung gewesen war, erstrahlte plötzlich in allen Farben des Regenbogens. Die Tiere des Sakriversums erwachten. Überall begrüßten sich Vogelstimmen. Die Hühner unten im Dorf gackerten, die jungen Hähne krähten und unten auf den Wiesen meckerten Ziegen.

Guntram genoß das Erwachen seiner Welt. Sie lag wie der längst verlorene Garten Eden unter ihm, in den Gott den Menschen setzte, auf daß er ihn bewahrte …

Die *Weltlichen* hatten ihren Garten nicht bewahrt! Sie hatten nur versucht, sich die Natur untertan zu machen, und dann zu herrschen über die Fische im Meer, über die Vögel im Himmel und über alles Getier, das auf Erden kriecht. Und dabei hatten sie zuerst die Schöpfung und dann sich selbst zerstört.

Guntram verstand plötzlich den Großen Plan. Schon die Baumeister der gotischen Kathedralen mußten geahnt haben, daß ihr gesamtes Wirken vergeblich war. Nur deshalb konnte einer von ihnen auf den phantastischen Gedanken gekommen sein, die Zukunft heimlich zu betrügen. Er hatte eine Insel aufgebaut, eine Oase im Selbstvernichtungssturm der Wissenschaft und der angeblichen Befreiung der Menschheit …

Guntram wunderte sich über seine eigenen Gedanken. Noch nie zuvor hatte er darüber nachgedacht, welchen Sinn die Existenz des Sakriversums hatte.

Jetzt sah er es.

Es war nach Noah der letzte und geheimste Versuch, wenigstens einen winzigen Teil der Menschheit vor der wahnwitzigen Lust am Untergang zu retten.

Gotische Kathedralen. Hunderte von steinernen Inseln in einer immer hektischer werdenden Welt. Und in einer das Sakriversum …

An den östlichen Fenstern stimmte etwas nicht! Die Lukensteine zwischen den Pfeilem über den Aasbergen waren viel zu weit geöffnet! Sie standen auf wie an den trüben, kalten Wintertagen, in denen Schnee und Frost und graues Tageslicht über die leeren Felder ziehen sollte, um Würmer, die nicht nötig waren, Insekten, Keime und andere Reste aus dem Erntejahr einzufrieren.

Guntram legte die linke Hand über die Augen. Er blickte über den Flachsberg, den Weizenberg, den Gerstenberg und den Haferberg bis zum Sammelgrund. Über dem Kompostanger lag ein weißblauer Dunstschleier. Es war schon lange nicht mehr vorgekommen, daß Nebel in einem Tal des Sakriversums auftauchten …

Guntram musterte die fernen Fensteröffnungen. Sie wirkten wie diffuse Durchbrüche in eine andere Welt. Was war geschehen?

Er erinnerte sich daran, daß Nancy McGowan bei ihrer Flucht aus dem *Buch-Heim* wahllos verschiedene Hebel an der Wand neben der Ausgangstür heruntergerissen hatte. Sie hatte nicht wissen können, daß sie damit Seilzüge straffte, Signale veränderte und die komplizierte Mechanik des Sakriversums nachhaltig beeinflußte …

Entsetzt erkannte Guntram, wie sich plötzlich die Blenden von den *Beryllos-Linsen* im Dach der Kathedrale verengten. Es wurde wieder dunkel, noch ehe der Tag richtig angefangen hatte.

Gleichzeitig begann der Bach unterhalb der Behausung von Meister Albrecht schneller zu fließen. Aus den Zisternen an der *Teufelsmauer* ergossen sich immer neue Wassermassen. Sie überfluteten die Schleusensperren für den Bach und die Bewässerungskanäle. Nur wenig später sprengten sie die aus Pflanzenfasern geflochtenen Filter in den Quellbrunnen der Grundstücke.

Ganz unten drückte das Wasser Faulgase aus der Erde. In den verbotenen Gebieten, zu denen nur ausgewählte Männer und

Frauen aus der Familie von Meister Otto Zugang hatten, stiegen blakende Flammen auf. Obwohl es immer dunkler wurde, tauchte der weißblaue Feuerschein über dem *Irrlichtmoor* das Sakriversum in ein gespenstisch flackerndes Licht.

Guntram sah, wie Schafe und Ziegen zum See flohen. Die meisten Muttertiere mußten qualvoll an Euterentzündungen verendet sein. Sie waren zu lange nicht gemolken worden.

Im Osten lösten sich die Nebel über den Aasbergen auf. Das harte Licht der großen, wahren Sonne jenseits des Kathedralendachs brannte über den Hügeln und den Feldern. Nur langsam zogen sich die sengenden Lichtfinger zum Sammelgrund und zum Kompostanger zurück.

Noch nie zuvor hatte Guntram einen Morgen wie diesen erlebt. Zum erstenmal verstand er, wie angreifbar, wie schutzlos und wie von äußerlichen Einflüssen abhängig das Sakriversum wirklich war. Ein Wunder, daß sie trotzdem siebenhundert Jahre überlebt hatten.

Unten im Dorf tauchten Frauen auf. Sie öffneten die Holzladen vor den Fenstern, blickten erschreckt auf die blaue Lichtwand in der Tiefe und erstarrten. Einige bekreuzigten sich, andere schlugen die Hände vors Gesicht.

Guntram hörte die fernen Schreie. Von seinem Platz aus konnte er ganz genau sehen, was geschah. Er wunderte sich darüber, daß er die meisten kannte.

Sämtliche Frauen waren *Schander* …

Wie kamen sie ins Dorf? Und wo waren die anderen?

Agnes! Er mußte zu Agnes!

Hastig schloß er die Küchenfenster. Er riß ein Bündel zum Trocknen aufgehängtes Gemüse von der Wand. Es bestand aus Zwiebeln, Lauch, Majoran und Minze. Aus einem Wandbord nahm er sich ein hartes Stück Ziegenkäse und zwei duftende Äpfel aus der Vorjahrsernte.

Er stopfte alles in seinen Gürtelbeutel. Vorsichtig füllte er einen zweiten Lederbeutel mit frischem Wasser aus dem Bleirohr in der Wand. Es war, als ahnte er, daß er in mancher Hinsicht nicht nur das Erbe von Meister Wolfram und Meister Albrecht angetreten hatte …

Als er das Haus verließ, das ihm viel größer vorkam als die Häuser unten im Dorf, nahm er sich drei Dinge vor: er wollte seine Frau finden, die *Bankerts* aus dem Sakriversum jagen und das Flugschiff in der *Teufelsmauer* starten.

Lello wälzte sich behaglich in den weichen Federbetten des Alkovens. So schön und warm hatte er lange nicht mehr geschlafen.

Er reckte sich und blinzelte ins Sonnenlicht.

Ein wundervoller Tag!

Er drehte sich noch einmal um, dann strampelte er sich frei und ließ die Morgenkühle in seine Glieder ziehen.

Mit einem Ruck setzte er sich auf. Sein linkes, etwas zu kurz geratenes Bein schmerzte nicht so wie an anderen Tagen. Er rutschte über die geschnitzte Bettkante, stieg über eine Leitertreppe hinab und humpelte durch die große, dämmerige Diele.

Verwundert entdeckte er überall schlafende *Schander* und *Bankerts.* Sie lagen auf Mehlsäcken, Strohbündeln und Werghaufen.

Lello stieß die Gattertür zur Küche auf. Durch die hellen, bunten Butzenfenster rechts und links sah die Küche viel heller aus als die Diele.

Lello bewunderte die liebevolle Sorgfalt, mit der Teller, Tassen, Geschirr und anderes Gerät in Borden, Schränken und geschnitzten Wandregalen aufgestellt waren. An lehmigbraunen Wänden hingen geflochtene Kräuterzöpfe und gedörrtes Gemüse.

Der Herd genau gegenüber der Gattertür zur Diele strahlte noch immer etwas Wärme ab. Weiße Aschenflocken lagen wie trockener Schnee über den ausgeglühten Holzscheiten.

Lello stieg über die Körper von friedlich nebeneinander schlafenden *Schander* und *Bankerts.* Sie lagen vor dem Herd, unter dem großen Tisch und zwischen den Stühlen. Einige hatten sich gegenseitig in den Arm genommen, um sich zu wärmen.

Es war ein friedliches, beinahe allzu friedliches Bild …

Lello nahm eine Schöpfkelle, hob die Deckel von verschiedenen Töpfen und kostete, was sie gekocht hatten, während er schlief. Er konnte sich nicht mehr daran erinnern, wie er ins Dorf gekommen war. Seine letzte Erinnerung endete am Lagerfeuer von Mathilda.

Mathilda!

Genüßlich schmatzend kaute er auf einem weichgekochten Stück Runkelrübe. Es schmeckte besser als alles, was er in den letzten Wochen gegessen hatte.

Erst jetzt bemerkte er, daß er keine Hosen anhatte. Jemand mußte ihn gewaschen und neu bekleidet haben. Er trug einen gelbgrünen Blusenkittel mit braunen Borten am Halsausschnitt und an den Ärmeln.

Mathilda hatte sich schon einmal um ihn gekümmert. Nach einer Besprechung mit Galus vor vielen Monaten hatte sich Lello heimlich auf den Weg zur *Teufelsmauer* gemacht. Er war von der anderen Seite gekommen. Und dann hatte er tatsächlich einen Durchschlupf gefunden! Er grinste, als er daran zurückdachte, wie ihn einige der *Schander*-Frauen versteckt und heimlich gepflegt hatten …

Barfuß lief er in die halbdunkle Diele zurück. Er tappte über festgestampften Lehm bis zum großen Tor an der Südseite des Hauses. Der hölzerne Riegel war so vertrackt gesichert, daß er ihn nicht aufbekam. Er ging zu einem kleinen Fenster neben dem Tor. Hier war es leichter.

Er zog das Fenster auf und sah nach draußen in einen hübschen, wenn auch verwilderten Vorgarten. Auf der anderen Straßenseite erkannte er weitere Häuser. Sie sahen alle gleich aus mit ihren schief zusammengesetzten Mauern, ihren hohen Dächern und ihren geschnitzten Giebelbalken.

Behende kletterte er durch das kleine Fenster. Der bis zu den Knien reichende Kittel behinderte ihn kaum. Er war weit genug und fühlte sich angenehm auf der Haut an.

Lello wartete einige Minuten vor dem Haus, in dem er die vergangene Nacht zugebracht hatte. Es war das obere an der Westseite des Dorfes. Bis auf den Lärm, den Hühner, Ziegen, Schafe und Schweine im tieferen Teil des Sakriversums veranstalteten, rührte sich nichts. Lello fragte sich, was die Tiere aufgescheucht haben mochte. Normal klang das jedenfalls nicht. Oder etwa doch?

Woher wollte er wissen, was in dieser seltsamen, abgeschiedenen Welt unter dem Dach der Kathedrale normal war?

Er schüttelte den Kopf. Noch während er darüber nachdachte, kamen zwei Männer hinter den Büschen auf der anderen Straßenseite hervor. Sie sahen sich nach allen Richtungen um, ehe sie den Weg zur Dorfmitte einschlugen.

Es waren Jan und Pete von der Artistengruppe. Sie trugen weite, resedafarbene Umhänge aus Leinen über Hosen, die an den Knöcheln zusammengebunden waren. An ihren breiten Gürteln hingen Lederbeutel, lange Messer und kleine Sprechfunkgeräte.

Lello hätte die Dinger nicht erkannt, wenn sie nicht plötzlich stehengeblieben wären. Jan sprach in ein Gerät. Lello konnte nicht verstehen, was er sagte. Aber er ahnte, daß die beiden eine Art Wache bildeten.

Das war nicht gut für ihn. Eine Wache im Dorf bedeutete, daß König Corvay und seine Berater mit Zwischenfällen rechneten. Es konnte auch sein, daß sie jemanden suchten! Ihn vielleicht?

Lello wurde blaß. Er trat von einem Fuß auf den anderen. Was, wenn die anderen aufwachten und die Häuser durchsuchten? Wenn sie ihn fanden, zum Dorfplatz schleppten und nach den neuen Gesetzen feierlich an der Linde aufhängten?

Er strich sich über seinen Hals. Kein angenehmer Gedanke! Ganz und gar nicht angenehm!

Er mußte weg! Hastig kletterte er wieder durch das Fenster. In der Diele konnte er nichts sehen. Er tastete sich bis zur Leitertreppe, die zum Alkoven über den Stallbuchten führte. Sein Herz schlug immer heftiger. Er raffte ein paar Sachen zusammen, die neben dem Bett lagen. In einer Ecke fand er grob zusammengenähte Lederschuhe und einen Gürtel mit Taschen an geflochtenen Riemen.

An der Wand hing ein Paar Hosen. Er zog sie an, band den Gürtel um und stieg wieder nach unten.

Die *Schander* und die *Bankerts* in der Küche schliefen noch. Lello stopfte ein paar Lebensmittel in die Gürtelbeutel, dann lief er zum Fenster an der Stirnwand der Diele zurück. Er kletterte nach draußen. Vorsichtig humpelte er durch den Vorgarten zur Straße.

Jan und Pete waren nicht mehr zu sehen. Lello schlug sich in die Büsche. Geduckt eilte er durch das Kleefeld, das den ersten Hügel westlich des Dorfes bedeckte.

Er war noch nicht in der Mitte, als sich das Licht im Sakriversum veränderte. Vollkommen unerwartet wurde es wieder dunkel...

Guntram beugte sich vor. Vorsichtig näherte er sich dem riesigen Kopf. Er kannte ihn, hatte ihn schon einmal gesehen ...

Dann waren also doch nicht alle *Weltlichen* tot!

Der fremde Mann lag auf dem Bauch wie ein gefällter Baum. Er hatte seine Arme ausgestreckt, und es sah so aus, als wäre er durch das Rosetten-Fenster des Abendzeichens gestiegen und gleich darauf nach vorn gefallen.

Guntram ging zweimal um den großen Körper herum. So aus der Nähe hatte er noch nie einen *Weltlichen* gesehen. Sie sahen eigentlich genauso aus wie er selbst und die *Schander* – nur ungefähr achtmal größer!

Eigentlich hatte Guntram erwartet, die Angehörigen seines Volkes am Eichberg oder am Sündanger zu treffen. Er war dicht unterhalb der *Teufelsmauer* zwischen den Weinstöcken nach Westen gegangen. Im fahlen, falschen Dämmerlicht des Morgens hatte er die liegende Gestalt zuerst übersehen. Er hatte die Feuerstellen überprüft und war bis zum großen Loch im Fenster gegangen. Erst als er sich wieder umdrehte, hatte er plötzlich Füße mit Schuhen gesehen, die größer waren als er selbst ...

Da lag er nun! Der Riese, der im Turm der Kathedrale Nahrungsmittel wie für die Vögel in den Wintermonaten ausgelegt hatte! Der Mann, vor dem Agnes und er geflohen waren!

Er schlief.

Guntram sah sich das Gesicht des großen Fremden ganz genau an. Es sah nicht böse oder gefährlich aus. Trotzdem fürchtete sich Guntram vor dem Augenblick, an dem der *Weltliche* aufwachte.

Wer war er? Und was wollte er hier oben?

Zu jeder anderen Zeit wäre Guntram laut schreiend ins Dorf

zurückgelaufen. Er hätte die Kinder und Frauen in die Häuser getrieben und die erwachsenen Männer alarmiert. Mit Dreschflegeln, Sensen und Seilen wären sie zurückgekehrt – voran die Clan-Chefs unter Anführung der Logenmeister.

Jetzt mußte er selbst entscheiden.

Meister Wolfram, Meister Wirnt und Meister Albrecht lebten nicht mehr. Außer ihm selbst gab es nur noch Bieterolf als Eingeweihten. Das war nicht ausreichend, um ein Dreieck zu bilden!

Er mußte eine andere Lösung finden ...

Wahrscheinlich waren die Familien ebenfalls ins Dorf gezogen. Er wußte nicht, ob sie bereits Kenntnis vom Auftauchen des Fremden hatten. Oder waren sie vielleicht wegen ihm vom Eichberg und vom Sündanger geflohen?

Unwillkürlich stolperte er ein paar Schritte höher. Er setzte sich auf einen Stein, griff in seinen Gürtelbeutel und holte eine Zwiebel hervor. Er schälte sie mit den Fingem. Nachdenklich kauend musterte er den großen Menschen.

Vor siebenhundert Jahren mußten Lancelot und Gudrun auch so groß gewesen sein! Doch warum waren ihre Nachkommen von Generation zu Generation immer kleiner geworden?

Guntram erkannte plötzlich, daß der andere ihn ansah.

Er hatte beide Augen geöffnet.

Das linke war grau und das rechte hellblau ...

Ein Logenmeister!

Mutter Mathilda ärgerte sich über die Unordnung in der Küche. Sie konnte im Halbdunkel nicht viel erkennen, aber das, was sie sah, machte sie bereits wild.

Nach den furchtbaren Ereignissen des vergangenen Tages hatten die *Schander* lange nicht einschlafen können. Schon als der riesige *Weltliche* am Abendzeichen auftauchte, waren viele verstört in den Wald geflohen. Niemand konnte ihnen Anweisungen geben und sagen, was sie tun sollten. Ohne die Clan-Chefs liefen sie wie eine in Panik geratene Schafherde durcheinander.

Mathilda hatte versucht, zu retten, was zu retten war. Zusammen mit Hanns, Ulf und Dietleib hatte sie die Führung des kopflosen, verängstigten und noch immer von den Qualen des langen Aufstiegs ermatteten Volkes übernommen.

Als sie sahen, daß der *Weltliche* sich nicht regte, hatten sie beschlossen, auch gegen den Befehl von König Corvay in ihr Dorf zurückzukehren. Nach unten in die Bleikeller konnten sie nicht mehr. Dafür fehlte ihnen die Kraft.

Nach und nach hatte Mathilda die anderen Erwachsenen davon überzeugt, daß das Dorf ihre einzige Zuflucht war.

Als es Abend wurde, war der lange Zug mit Sack und Pack über die Hügel gewankt. Am Hirseberg war ihnen ein Trupp *Bankerts* entgegengekommen. Sie wußten nicht, daß dieser Trupp den Befehl erhalten hatte, sie zu holen.

Noch einmal war es zu einem dramatischen Zwischenfall gekommen. Einer aus dem Trupp erkannte Lello an seinem Hinken. Obwohl der ehemalige Narr sich verkleidet und sein Gesicht mit Holzkohle geschwärzt hatte.

Der Narr versuchte zu fliehen. Mathilda handelte schneller. Sie schickte Hanns mit einem hastig geflüsterten Auftrag hinter ihm her. Erst spät in der Nacht hatte Hanns den besinnungslosen Sohn von Ekkehard und Lea heimlich ins Haus von Meister Lamprecht getragen.

Mathilda stieg über die Körper der Schlafenden hinweg. Sie öffnete die Tür neben dem Herd. Dahinter befand sich ein schuppenartiger Vorbau mit einem weit vorspringenden Dach und halbhohen Wänden. In einer Ecke waren zersägte und gespaltene Baumstämme aufgeschichtet. In der anderen hatte Lamprechts Familie Körbe und Säcke mit allerlei wiederverwertbaren Abfällen gestapelt.

Mathilda ging in den Garte. Hier sah es ebenfalls verheerend aus. Überall wucherte das Unkraut über zerschlagenem Geschirr und weggeworfenen, zerbrochenen Gegenständen aus dem Haus.

Das konnten unmöglich die Angehörigen der Sammler-Familie gewesen sein!

Mathilda preßte die Lippen zusammen. So also hausten *Bankerts!*

Sie schüttelte den Kopf und ging weiter. Die ganze Zeit überlegte sie, was wohl geschehen würde, wenn der *Weltliche* am

Abendzeichen aufwachte. Die Angst davor war schlimmer als ihr Zorn über die *Bankert*-Horde von König Corvay.

In der Mitte des Gartens angelangt, blickte sie nach oben. Sie wunderte sich, daß die *Beryllos-Linsen* verschlossen waren. Nach dem Licht über den Aasbergen im Osten zu urteilen, war schon längst Tag.

Zwei weitere Dinge machten sie immer unsicherer: Die Clan-Chefs hatten sich bisher noch nicht sehen lassen. Was war mit ihnen geschehen?

Außerdem fürchtete sie plötzlich, daß niemand mehr in der Lage sein könnte, die *Beryllos-Linsen* wieder zu öffnen. Sie kannte nur einen Teil der großen und geheimen Mechanik des Sakriversums. Als Tochter eines Logenmeisters und Clan-Chefs der Alchimisten hatte sie in den vergangenen Jahren mehr gehört als andere Frauen in ihrem Alter.

Sie wußte sogar, was die Clan-Chefs in jeder Nacht zum Sonntag im *Buch-Heim* getan hatten. Und sie kannte die Aufgaben eines *Weltwächters,* der bei einer Flucht in die Bleikeller der Kathedrale als einziger im Sakriversum zurückbleiben mußte.

Der letzte *Weltwächter* war Meister Albrecht gewesen. Er hätte nicht zulassen dürfen, daß sich die *Beryllos-Linsen* an einem 24. April schlossen, denn dieser Dienstag war ein ganz normaler Arbeitstag. Der erste Frühjahrsvollmond war vorbei, und auch das Osterfest, das eine Woche später darauf folgte.

Mathilda schüttelte erneut den Kopf. Es gab nur wenige Anlässe, aus denen das Sakriversum an einem hellen Tag verdunkelt werden durfte. Der Karfreitag gehörte dazu, der Totensonntag und eine drohende Inspektion durch die *Weltlichen* …

Das war es, mußte es sein!

Mathilda pflückte sich erleichtert eine Himbeere von den Sträuchern. Dann reagierte die Mechanik doch noch nach den alten Vorschriften. Und Meister Albrecht paßte auf!

Sie setzte sich auf eine Bohlenbank. Von ihrem Platz aus konnte sie das ganze Dorf überblicken. Sie vermied es, ganz nach Osten zu sehen. Dort hatte das Haus ihres Vaters gestanden. Wolfram lebte nicht mehr. Und Ludolf auch nicht …

In diesem Augenblick spürte sie, wie sehr sie die vergangenen

Wochen mitgenommen hatten. Die Tränen rannen über ihre Wangen und tropften in ihren Schoß. Sie weinte lautlos. Selbst als sich eine Hand leise streichelnd auf ihre Schulter legte, sah sie nicht auf.

»Es muß sehr schwer für dich sein«, sagte Lea. Die Frau von Ulf setzte sich neben Mathilda und nahm sie in den Arm. Noch nie zuvor waren sich die beiden ungleichen Frauen so nahe gewesen.

Sie saßen eine Weile schweigend nebeneinander, dann sagte Lea: »Lello ist fort.«

Mathilda wischte sich mit dem Handrücken die Tränen aus dem Gesicht. Sie sah Lea lange an.

»Ich war nicht sonderlich gut zu dir in den vergangenen Jahren. Wahrscheinlich konnte ich dir einfach nicht verzeihen, daß du dich mit dem Kind meines Bruders in unser Leben gedrängt hast.«

»Du weißt, daß ich das nie gewollt habe.«

»Uta und Ekkehard wären nie umgekommen, wenn es dich und Lello nicht gegeben hätte!«

»Vergißt du, was du selbst mit meinem Sohn getan hast – in der Johannisnacht im letzten Jahr?«

Mathilda sah ihre Schwägerin mit großen Augen an.

»Das weißt du?«

»Ja. Hanns weiß es auch – und Ulf ...«

Mathilda preßte die Hand gegen ihre Zähne.

»Sie haben sich nie etwas anmerken lassen.«

»Nein! Weil ich sie darum gebeten habe!«

»Du hast ...«

Lea nahm Mathilda wieder in den Arm.

»Kann irgend jemand besser verstehen als ich, was es heißt, für eine einzige Nacht ein Leben lang bestraft zu werden?«

»Schon gut!« räusperte sich Mathilda schroff. »Aber worüber reden wir eigentlich? Es ist schon längst Tag. Die Häuser müssen geputzt werden! Gärten und Felder sind verwildert. Auf der Straße und auf den Wiesen liegt der Unrat dieser *Bankerts.* Im Dorf sind Häuser abgebrannt und unsere Vorräte reichen nicht für fast zweihundert Menschen ...«

»Jetzt bist du wieder die energische Mathilda!« sagte Lea lächelnd.

»Ach was! Wie sollen wir denn weiterkommen, wenn keiner etwas tut! Oben am Eichberg liegt ein *Weltlicher,* der unsere Gärten mit ein paar Schritten zu Mus zerstampfen kann. Hast du das etwa vergessen?«

Lea schüttelte den Kopf.

»Ich möchte wirklich wissen, wo Guntram sich herumtreibt und was die Meister machen«, schimpfte Mathilda. Sie stand auf und stemmte die Hände in die Seiten. Außer den Tieren rührte sich noch immer nichts im Dorf. Sie hob den Arm und drehte mit dem Zeigefinger kleine, flauschige Löckchen in ihr Haar. Das machte sie stets, wenn sie angestrengt nachdachte.

»Ich muß zu König Corvay!« sagte sie schließlich. »Der Kerl soll erst einmal beweisen, daß er wenigstens das Zeug zum Bürgermeister hat!«

»Mach dich nicht unglücklich«, warnte Lea.

»Denkst du, ich habe Angst vor diesem Fettwanst?«

Mathilda stand zwischen den Himbeersträuchern. Sie reckte sich und strich sich mit beiden Händen über die Hüften. Ihr voller, praller Busen wirkte wie ein Bollwerk.

»Der soll mir kommen!« sagte sie lachend. »Aber allein und ohne seine aufgeblasenen Berater!«

Sie steckte zwei Finger in den Mund und pfiff so laut, daß selbst die Tiere unten am *Teufelsmoor* vor Schreck verstummten.

Das Dorf erwachte. Überall öffneten sich Fensterläden. Verstörte und verschlafen wirkende *Schander* und *Bankerts* steckten den Kopf ins Freie. Die meisten begriffen nicht, wo sie sich befanden und was geschehen war.

Nach und nach kamen sie aus den Häusern. Sie lehnten sich an die Hauswände, gähnten und trotteten zur Straße. Es dauerte lange, bis sich auch im Haus von Meister Bieterolf etwas rührte. König Corvay und seine Berater schienen einen festen Schlaf zu haben.

Endlich öffnete sich das große Tor. Patrick Murphy ritt auf seinem Muli nach draußen. Er war voll angekleidet und trug seinen großen Kardinalshut. Mit feierlichen Bewegungen schlug er auf die Paukenfelle an den Flanken seines Reittiers.

Hinter ihm kam Hector aus dem Haus. Er wirkte wie ein Gladiator mit seinen Lederriemen über der Brust. Die Fackel in seiner rechten Hand warf flackernde Schatten über die Straße.

Menennery Luck sah wie ein mittelalterlicher Zauberer aus. Er hatte einen hohen, spitzen Hut auf. Sein schwarzer, abgeschabter Anzug glänzte fast so wie die Aktentasche, die er mit beiden Armen festhielt.

Und dann erschien König Llewellyn Corvay. Mit langsamen, gemessenen Schritten folgte er seinen Beratern. Hinter ihm kamen Galus, Ed Jankowski und Severino.

Sie gingen um den Turm des *Buch-Heims* herum, überquerten die Dorfstraße und setzten sich auf die Bänke unter der Linde.

Hector rammte die Fackel in den Wiesenboden. Er schnippte mit den Fingern. Jan und Pete traten wie bei einer steif inszenierten Theatervorstellung in den Lichtkreis.

»Was macht er?« fragte Corvay.

»Wir haben eine Schnur von der Westseite zum Dach gespannt und von dort zu diesem Baum.«

»Eine Schnur? Wozu?«

»Sobald er sich bewegt, zieht Bronco an der Schnur, damit die Töpfe an dem Ast dort klappern ...«

Jan zeigte nach oben. Direkt über den Bänken hingen verschiedene Töpfe und Pfannen zwischen den Zweigen.

»Hm«, brummte Corvay.

»Habt ihr denn eure Sprechfunkgeräte nicht mehr?« fragte Galus unausgeschlafen.

»Das sind doch nur Miniausführungen für die Arbeit am Hochseil. Auf die Entfernung funktionieren sie nicht mehr mit ihren schwachen Batterien ...«

Galus blickte Jan und Pete mißtrauisch an.

»Und was machen wir, wenn er wirklich kommt?« fragte Hector.

»Hat er denn einen Grund?« knurrte Llewellyn Corvay. »Was sollte einen halbwegs normalen Mann veranlassen, fünfzig Meter oder mehr durch die Dunkelheit unter dem Dach einer Kathedrale zu tappen. Draußen scheint die Sonne, Männer! Da kriecht doch niemand freiwillig über verstaubte Gewölbebögen!«

»Er kam schon gestern abend an«, sagte Galus. »Er könnte den Wald gesehen haben …«

»… und die *Schander* an ihren Feuern!« warf Patrick ein.

»Verdammt! Das ist wahr!«

»Ich möchte wissen, warum er überhaupt hier heraufgeklettert ist«, meinte Galus nachdenklich.

»Vielleicht weiß er ja irgend etwas«, sagte Hector. »So wie wir …«

»Mein Gott, bist du naiv!« stöhnte Corvay. »Hast du etwa geglaubt, was ich euch alles erzählt habe? Ihr wußtet doch, wer ich bin und was ich mache! Und ihr habt Spaß daran gehabt, zusammen mit mir eine hübsche kleine Vorstellung zu inszenieren! Ein Fest für alle Zwerge, ein wenig historischer Zirkus in einer Kathedrale. Wechsel auf die Zukunft, Mysterienspiele, Ablaßbriefchen, großzügige Spenden *etcetera, etcetera* …«

»Du bist ein Schwein!« sagte Galus leise.

Patrick lehnte sich an den warmen Leib seines Mulis.

»Wenn ich das alles nur früher erkannt hätte …«

Galus, der auf der Nordseite des Sakriversums gelebt hatte, trat vor Llewellyn Corvay.

»Eigentlich kann niemand dir einen Vorwurf machen! Wir leben, und das ist dein Verdienst. Aber Absicht, Ursache und Wirkung waren noch nie dasselbe in der Geschichte der Menschheit! Dein Plan hat zur Folge, daß es noch Menschen gibt. Aber er war böse, niederträchtig und gemein! Du hast den Ärmsten aller Armen eine Hoffnung vorgegaukelt! Du hast behauptet, daß es auch für Mißgeburten einen Himmel gibt, in dem sie so sein können wie die Engel. Das, Corvay, das hätte selbst der schlimmste aller Teufel nicht gewagt!«

Llewellyn Corvay hockte wie ein buntes Fossil aus einer anderen Zeit auf der Bank unter der Linde.

»Ich weiß nicht, was ihr eigentlich wollt …«

»Vielleicht weiß er ja irgend etwas«, wiederholte Hector. Diesmal meinte er König Corvay. Er stellte sich wie eine Leibwache neben ihn.

Ed Jankowski und sein dickleibiger Partner Severino fanden es an der Zeit, vorsichtig nach Osten zurückzuweichen. Schritt für Schritt traten sie aus dem Lichtkreis von Hectors Fackel.

Als sie am Teich ankamen, drehten sie sich um und fingen an zu laufen.

»Die sind verrückt!« keuchte Ed Jankowski. »Die ganze Zeit haben sie uns etwas vorgelogen. Vielleicht stimmt nicht mal das mit den Bomben ...«

Sie stolperten nebeneinander über Hügel, auf denen Flachs, Weizen, Gerste und Hafer wuchsen. In den Tälern erkannten sie im langsam heller werdenden Dämmerlicht Glashaufen, Erzbrocken und Stapel mit farbigen Steinen.

Als sie die hohen, offenstehenden Dachfenster im Osten fast erreicht hatten, versanken ihre Füße plötzlich in weichem Boden. Severino strauchelte. Er stürzte in den aufwirbelnden Mudd und versank fast in kleingehäckselten Blättern, Zweigen und Pflanzenabfällen.

Ed Jankowski zog ihn wieder hoch.

»Jetzt ist Schluß!« prustete Severino. »Ich will hier raus – und zwar so schnell wie möglich!«

Gemeinsam kämpften sie sich durch das immer bodenloser werdende Kompostgebiet. Es wirkte wie ein trockenes Moor. Als sie es fast geschafft hatten, blieb Ed Jankowski wie versteinert stehen.

»Mein Gott! Was ist denn das?«

Vor ihnen ragte eine flache Mauer bis zu den großen Stützbalken des Daches. Aber die Mauer war nicht aus Steinen aufgerichtet!

»Knochen ...«, murmelte Severino tonlos und schluckte. »Das sind doch Knochen!«

Unwillkürlich bekreuzigte er sich. Das hatte er seit Jahren nicht mehr getan.

»Jetzt reiß dich doch zusammen, verdammt noch mal!« zischte Ed Jankowski. Er stieß seinen Partner ungeduldig weiter. Auf der Knochenmauer lagen Tierschädel und menschliche Totenköpfe. Ein paar Schritte weiter standen hölzerne Bottiche mit übelriechender Lauge. Daneben waren Öfen aufgebaut, über denen Kupferkessel hingen. Ähnliche Öfen hatte Ed Jankowski schon im Tal mit den Erzbrocken gesehen.

»Komm weiter, sonst entdecken sie uns noch!« drängte Severino. Sie stiegen über die Knochenmauer. Kurz vor den Fensteröffnungen sahen sie Flaschenzüge mit hölzernen Rollen, zusammengerollte Strickleitern, seltsame Netze aus Metallfäden, einen Stapel Haken, eiserne Ketten und Eimer mit halbrunden Öffnungen und jeweils drei Ösen, in die lange Leinen geknotet waren.

»Was ist das?« fragte Severino verständnislos.

»Was geht uns das noch an?« knurrte Ed Jankowski. »Vielleicht eine Art Schrottplatz dieser *Schander.* Oder der Hafen, von dem aus sie die Dächer und die Regenrinnen abgefischt haben ...«

Er lachte wie über einen seiner üblichen Witze.

»Los! Nimm dir eine Strickleiter und ein Seil! Wir steigen ab!«

Severino reagierte nicht.

»Was ist denn? Warum kommst du nicht?«

»Ich ... ich bleibe hier ...«

Ed Jankowski ließ ein Bündel Seile fallen, das er gerade erst aufgenommen hatte. Er schlug seinem etwas beschränkten Partner mit dem Handballen zwischen die Schulterblätter. Severino war ein Genie, wenn es darum ging, Computer-Codes zu knacken, aber er wußte manchmal nicht, in welche Hand die Gabel und in welche das Messer gehörte ...

»Was ist denn nun schon wieder?«

Severino deutete auf einen unförmigen, schwarzbraunen Kasten zwischen zwei Balken der Dachkonstruktion.

»Sie haben ... es ist unfaßbar ... sie haben Batterien ...«

»Na und? Was ist daran so ungewöhnlich?«

»Überleg doch mal!« keuchte Severino. Er hob die Hände und spreizte sie wie zu Krallen, die eine imaginäre Kugel greifen wollten.

»Batterien! Strom! Elektrizität! Ein Bauernvolk aus dem dreizehnten oder vierzehnten Jahrhundert mit diesem Wissen?«

»Das hatten schon die Babylonier«, sagte Ed Jankowski trocken. »Braunstein, Zink und etwas Salpetersäure. Wo soll da ein Geheimnis sein?«

Zum erstenmal in seinem Leben haßte Severino den Mann, dem er bisher stets gefolgt war. Er bückte sich und griff nach einem eisernen Maueranker.

»Du nutzt mich nicht mehr aus!« keuchte er.

Ed Jankowski wich zurück. Er stolperte bis zu den Fensterbänken. Sein Freund, sein Partner, sein Geselle wirbelte den Maueranker über dem Kopf. Die spitzen Eisenhaken fuhren in Ed Jankowskis Blusenkittel.

»Was machst du?« schrie er.

Severino grinste. Er hatte mehr verstanden als alle anderen. Das Sakriversum war ein Modell! Ein unglaubliches und geniales Denkspiel über siebenhundert Jahre! Doch jetzt war alles aus.

Ed Jankowski stürzte rückwärts durch eine Fensteröffnung. Das Seil, an dem er hing, ribbelte sich auf wie bei einem Webstuhl, bei dem die Kettfäden rissen.

Severino spürte den ersten, den zweiten und den dritten Ruck. Als er begriff, daß er nur noch wenige Augenblicke zu leben hatte, versuchte er, sich von Ed Jankowski abzunabeln. Er stemmte sich gegen die Mauersteine an der Ostwand der Kathedrale. Mit beiden Händen drückte er gegen die rostigen Metallschekel. Er bekam sie einfach nicht auf.

Die tödliche Seilbewegung begann außerhalb der Kathedrale. Severino fühlte mit seinem ganzen Körper, wie Ed Jankowski unterhalb des Fensters erst nach links und dann nach rechts pendelte.

Severino wollte loslassen, aber er hatte sich schon so im Gewirr des Seils verwickelt, daß er nicht mehr freikam. Der flache Buckel einer plötzlich auftretenden Zwischenspannung kam direkt auf ihn zu. Er wollte zurückweichen, aber da schlugen, peitschten und würgten ihn bereits die Seile.

Er wurde hochgerissen und verschwand durch ein Fensterloch über dem Ostchor der Kathedrale. Die Sonne schien von einem klaren, freundlich-blauen Himmel auf die Stadt. Doch niemand hörte, wie er und Ed Jankowski unten aufschlugen …

21. KAPITEL

Goetz hatte nicht geschlafen, als der kleine Bursche auf ihn zukam. Er war schon eine halbe Stunde vorher aufgewacht. In den ersten Minuten hatte er nicht gewußt, wo er war, doch dann hatte er einen Arm ausgestreckt und verschiedene, puppenhaft kleine Gegenstände vor seinem Gesicht aufgeschichtet.

Sie erinnerten ihn an die Spielsachen, die ihm seine Mutter geschenkt hatte – damals im Herrenhaus …

Er hatte Töpfchen, Becherchen und Tellerchen sortiert, einfach, weil er sich weigerte, einen absurden, wahnsinnigen Gedanken anzunehmen.

Das Ganze *mußte* ein Traum sein, eine Halluzination, irgendein Fiebergebilde!

Er hatte sich daran festgehalten, bis seine tastenden Finger einen unschlagbaren Beweis für die Wahrheit fanden:

Schokoladenpapier!

Ein winziges Fetzchen buntbedruckten, goldgeprägten Einschlagpapiers mit der Hälfte einer Versorgungsnummer! Er wußte ganz genau, daß er diese Sorte mit Vollmilch und mit Nüssen aus dem Vorratskeller unten in der Kathedrale in den Turm gebracht hatte. Und zwar genau dorthin, wo er später die kleinen Menschen gesehen hatte!

Der menschliche Verstand geht manchmal wundersame Wege. Er arbeitet mit den Schablonen, die schon dadurch geprägt werden, daß Mädchen stets mit Puppen spielen und kleine Jungen auf Bäume klettern dürfen. Aber es gibt Einsichten, die nach der Zufallswahrscheinlichkeit verrückt und normabweichend sind. *Ver-rückt!* Vielleicht nur ein paar Neuronenimpulse früher oder später im gewaltigen Informationsspeicher des Unterbewußtseins …

Er *glaubte,* was er *nicht* sah. War das der Schlüssel für den Zugang zu den ganz großen Mysterien?

Zum erstenmal nach vielen, vielen dumpfen Tagen und Nächten

fühlte er sich ausgeglichen. Er dachte nicht mehr an sich selbst oder an den nächsten Morgen.

»Denn tausend Jahre sind wie ein Tag!«

Der kleine Mensch vor ihm sprach. Seine Stimme klang leise, er konnte ihn aber deutlich hören. Im gleichen Augenblick merkte er, daß sie keine Schallwellen brauchten, um sich zu verstehen.

»Bist du wirklich ein Logenmeister?« hörte Goetz, obwohl der Kleine etwas ganz anderes fragte.

»Was meinst du damit? *Mein Urahn hieß Roland von Coburg ...«*

»Warum bist du gekommen? *Geh bitte nicht weiter! Du könntest sonst Dinge zerstören, die du noch gar nicht einmal kennst ...«*

»Was könnte ich zerstören? *Meinst du ein kleines Dorf mit Bauemhäusem?«*

»Das Sakriversum«, sagte der kleine Mensch. »Ich heiße übrigens Guntram. Und du?«

»Goetz.«

»Hm, hältst du mich für klein?«

»Nun ja ... *ist das vielleicht doch alles nur ein Alptraum? Oder steckt in den Märchen und Legenden von der geheimnisvollen Macht der Zwerge eine Art Urerinnerung?«*

»Ich weiß, wir sollten andere Dinge besprechen«, sagte Guntram, »aber was ist für dich klein?«

Goetz hob den Kopf. Er stützte ihn in die Hand und sah den kleinen, mutigen Gnom erstaunt an. Er an seiner Stelle wäre schreiend davongelaufen ...

Warum floh dieser Guntram nicht? Warum stand er kaum einen halben Meter vor ihm und stellte seine Fragen, als wären sie längst alte Bekannte?

Goetz konnte einfach nicht verstehen, warum diesen eine Begegnung mit einem menschlichen Wesen, das mehr als achtmal größer war als er, nicht mehr erschütterte. Guntram hatte keine Angst vor ihm. Im Gegenteil – er fragte ihn wie einen Gleichartigen, der möglicherweise mehr gehört und mehr gesehen hatte.

»Was ist für dich klein?«

»Ich weiß nicht, warum du das jetzt wissen willst, aber sagen wir mal ›Puppen‹.«

»Gut! Und noch kleiner?«

»Ameisen.«

»Kleiner.«

»Moleküle?«

»Die Denkrichtung ist interessant«, sagte Guntram und nickte. »Geh weiter!«

»Da fallen mir nur noch Atome ein ...«

»Aber, aber, Goetz von Coburg! An diesem Punkt der Erkenntnis waren doch schon die alten Griechen!«

»Ich bin kein Physiker. Meinst du vielleicht die Bestandteile des Atoms? Protonen ... Elektronen ... Neutronen?«

Guntram seufzte.

»Ich sehe schon – du hast wirklich keine Ahnung! Hat sich denn niemand in deiner Welt gefragt, wo der Keim aller Formen, Transmutationen und Metamorphosenliegt? *Hat niemand nach der Beziehung zwischen dem Kreislauf der Materie und der weltdurchwandernden Seele gesucht?*«

»Natürlich, doch, aber ich verstehe nicht ...«

»Weißt du, was *Quarks* sind?«

»Na ja – das, was entsteht, wenn man Teile des Atomkerns noch weiter spaltet ...«

Guntram hob die Hände wie ein verzweifelter Lehrer, dem es nicht gelang, einem ABC-Schützen verständlich zu machen, daß die Zahl 12 sowohl aus der Multiplikation von 2 × 6 als auch von 3 × 4 entstehen konnte.

»Ich will es dir erklären«, sagte Guntram. Dann teilte er Goetz auf die andere Art das Geheimnis der Logenmeister, Rosenkreuzler, Katharer, Esoteriker und Illuminaten mit. Das Geheimnis der Alchimisten und der Alten: *»Am Anfang schuf Gott den Geist und die Materie. Und er sprach: werdet erleuchtet! Das war die dritte Kraft – die Seele! Und jedes Sandkorn in der Wüste, jeder Wassertropfen in den Ozeanen, jeder Grashalm und jedes Tier trug die Erinnerung an die Dreieinigkeit der Kräfte in sich. Doch dann begannen sie zu kämpfen: der Himmel gegen die Erde, der Geist gegen die Materie, das Oben gegen das Unten. Das war die Antikraft, die stets versucht, aus der in sich ruhenden Harmonie des Universums Gegensätze zu entwickeln ...*«

Goetz richtete sich halb auf. Er sah von oben auf den kleinen Burschen hinab, der mit ihm sprach, ohne die Lippen zu bewegen.

Telepathie!

Er hatte immer geahnt und instinktiv angenommen, daß es das geben mußte! Zum erstenmal erlebte er jetzt, wie das war: keine ähnlich erlebten Empfindungen, sondem klare, deutliche Botschaften!

»Wie kommt das?« fragte er unwillkürlich.

Guntram ging ein paar Schritte zurück. Er kletterte auf einen Gewölbebogen.

»Willst du noch mehr hören?«

Goetz nickte stumm. Wenn er das *J. S. B.* oder einem Redakteur im Verlag erzählen würde! Im gleichen Augenblick krampfte sich sein Magen zusammen. Wem wollte er jetzt noch etwas erzählen?

Guntram strich sein Haar zurück. Es machte ihm Spaß, sich mit einem *Weltlichen* zu unterhalten, der weniger zu wissen schien als er selbst ...

»Ja?«

»Mensch, Goetz, kannst du denn nicht verstehen? Das sind sie, die Symbole des Dreiecks! Ihr habt das immer nur rein wissenschaftlich gesehen. Weißt du denn nicht, daß *Quarks* die letzten Elementarteilchen sind, die sich nicht nach der einen oder der anderen Richtung spalten lassen, sondern immer in drei Teile zerfallen? In drei Teile, Goetz!«

»Ich habe drei Punkte in meinem Familien-Wappen.«

»Ich auch!«

»Könnte es wirklich sein, daß ich mit ihm verwandt bin ...«

»Ja«, sagte Guntram.

Goetz schüttelte den Kopf. Er strich sich über die Augen. Ächzend richtete er sich auf. Wo war er? Und was machte er?

»Vergiß bei allem, was du jetzt tun willst, die Quarks und ihre Bedeutung nicht!«

»Und was ... was kann man machen, wenn man die Bedeutung kennt?«

»Alles!«

»Zum Beispiel?«

»Zum Beispiel Gold aus Blei ...«

»Das ist erst den Atomphysikern bei uns gelungen.«

»Weißt du das?« entgegnete Guntram lachend. »Mein Großvater, Meister Wolfram, konnte jeden Stoff herstellen, den es hier nicht gab! Jedes Metall, jede Säure und jedes Gas ...«

»Woraus?«

»Aus anderen Stoffen, die wir sammelten und fanden.«

Goetz konne nur noch staunen.

»Ich habe euch gesehen«, sagte er schließlich. Seine Stimme klang ruhig und gefaßt, obwohl er innerlich zitterte. »Warum sagst du mir nicht, wer ihr seid? Was hat euch so klein gemacht? Und warum lebt ihr hier – unter dem Dach einer Kathedrale?«

»Willst du das wirklich wissen?«

Goetz konnte nicht mehr. Er schloß die Augen, ballte die Hände zu Fäusten und lehnte sich zurück. Hinter ihm glitten bunte Fensterglassplitter nach unten.

»Vor siebenhundert Jahren gab es einen Papst, der plötzlich vor einer der schwersten Entscheidungen in der Geschichte des Lebens und der Menschheit stand«, berichtete Guntram. »Er mußte abwägen, ob der Glaube oder das Wissen künftig Vorrang haben sollte ...«

»Und?« fragte Goetz den kleinen, kaum zwanzig Zentimeter großen Burschen auf dem Gewölbebogen.

»Er machte einen Fehler, der schließlich zur Ausrottung der Menschheit führte ...«

»Na, na, na!« protestierte Goetz.

»Es war wirklich so«, sagte Guntram ernsthaft. »Als nach den Kreuzzügen und durch die Araber in Spanien immer mehr von den uralten und geheimen Mysterien des Orients in Europa bekannt wurden, begann eine Zeit, in der die Wirklichkeit Lüge hieß!«

Goetz dachte unwillkürlich an die Projektionen der *MUSE*.

»Die Menschen, die bisher die Natur geachtet und gefürchtet hatten, und die sich selbst als Teil der Schöpfung sahen, fingen plötzlich an, nur noch an ein anderes Leben nach dem Tode zu denken. Es war wie eine Droge. Kinder bezichtigten ihre Eltern der Ketzerei. Familien, die seit Jahrhunderten gute und schlechte Zeiten mit ihren Nachbarn überstanden hatten, wurden zu erbitterten Feinden. Jeder konnte jeden bei der Inquisition anzeigen.

Im Namen Gottes und des wahren Glaubens wurden selbst Hühner, Schweine und Ziegen wegen Hexerei und Dämonie gefoltert und verurteilt. Und wer versuchte, gegen den kollektiven Fanatismus anzugehen, starb noch schlimmer ...«

Guntram stand wie ein Prediger auf dem Gewölbebogen. Es hätte nur noch gefehlt, daß er den Zorn Gottes mit Flammenblitzen aus den Händen schleuderte.

»Aber es hat auch Warner gegeben«, sagte er. »Einer von ihnen war Franz von Assisi. Er hat *Fratello Sole* und *Sorella Luna,* die Sonne und den Mond, den Wind und das Feuer als Brüder und Schwestern des Menschen besungen. Sie wollten ihn nicht hören. Dafür begannen sie mit dem Bau von gotischen Kathedralen, die auch nur Symbole waren für die neue Jenseitsgläubigkeit ...«

»Moment mal! Was hat das alles mit diesem Papst und dir zu tun?«

»Ich wollte dir doch nur erklären, wie alles anfing«, sagte Guntram.

»Na schön, sprich weiter!«

»Es ist natürlich nicht ganz einfach«, meinte Guntram entschuldigend und hob die Hände. »Aber man muß die Hintergründe kennen, wenn man etwas verstehen will.«

»Einverstanden!« nickte Goetz.

»Als überall die neuen, gotischen Kathedralen gebaut wurden, dachte Papst Bonifatius VIII., daß er es geschafft hätte.«

»Was?«

»Na ja, den Sieg des Glaubens.«

»Du meinst, den Sieg der Kirche.«

»Ja.«

»Und was passierte dann?«

»Bonifatius erließ die Bulle *Unam sanctam,* mit der er alle Macht der Kirche und der Welt auf sich vereinen wollte.«

»Das habe ich schon mal gehört«, sagte Goetz.

»Der Papst verlor das Spiel gegen den König von Frankreich. Philipp der Schöne war stärker. Genau genommen war er die erste erfolgreiche Gegenkraft zum Machtanspruch der Kirche. Danach hörte das *Gotische* auf – aber nicht die Inquisition!«

»Hm«, entgegnete Goetz. »Aber da fehlt doch etwas!«

Guntram strich erneut seine langen, weichen Haare zurück.

»Könntest du dich vielleicht etwas hinlegen?« bat er. »Ich weiß, du tust mir nichts, aber du bist schrecklich groß …«

Goetz legte sich auf die Seite. Er stützte den Kopf auf eine Hand.

»Gut so?«

»Es geht.«

Guntram rutschte ein paar Schritte tiefer.

»Was ich dir jetzt sage, darfst du um Gottes willen nicht weitererzählen«, sagte er leise. »Der Papst – du weißt schon, wen ich meine – war nämlich auch ein Eingeweihter …«

»Jetzt wird es mir zu kompliziert!« stöhnte Goetz.

»Nein, nein! Es ist doch alles ganz einfach! Paß auf: Papst Bonifatius kannte die arabischen Lehren von der ›doppelten Wahrheit‹. Deswegen sollte er ja verurteilt werden!«

»Und was hat es mit dieser ›doppelten Wahrheit‹ auf sich?«

Guntram strich sich über die Stirn.

»Ihr müßt dort unten in euren Städten sehr viel vergessen haben«, seufzte er. Und dann erzählte er Goetz, warum die Päpste siebenhundert Jahre lang das Überlebensexperiment des Sakriversums zugelassen hatten.

Die Clan-Chefs stellten alle Seilzug-Hebel an den Wänden im *Buch-Heim* wieder so ein, wie sie am Montag, dem 23. April des Jahres 2018 nach Christi Geburt, stehen sollten.

Sie beteten gemeinsam am Totenbett von Meister Albrecht, dann zog Meister Otto einige Drähte aus der Wand. Meister Lamprecht und Meister Herbort zogen ein graues Tuch über die Lade mit dem Großen Buch.

Meister Wilhelm und Meister Heinrich öffneten gemeinsam eine verborgene Wandtür. Nacheinander stiegen die Clan-Chefs wieder nach unten in die ehemalige Küche von Lancelot und Gudrun.

Die Treppe war so ähnlich angelegt wie der *Lange Weg* unter dem Bach. Trotzdem keuchten und schnauften die Clan-Chefs, als sie die untere Etage des *Buch-Heims* erreichten. Sie stiegen auf eine Pyramide aus Holztischen, die genauso aussahen wie die Überlebensebenen unten in den Bleikellern.

Jede zweite oder dritte Generation hatte eine neue, kleinere Ebene geschaffen. Das war hier oben so wie unten.

Sie setzten sich an einen Tisch, der vor gut fünfzig Jahren hergestellt worden war. Auch die Stühle ganz oben waren etwas zu groß.

Von allen Seiten des runden, dämmrig-hellen Raumes liefen Drähte, Seile und Schnüre zu einem Holzblock auf der Tischplatte.

Als alle saßen, einigten sich Konrad, Walter und Wilhelm aus dem südwestlichen Quadranten des Dorfes darauf, daß Meister Lamprecht sprechen sollte. Sie erteilten ihm das Wort.

»Was ist geschehen?« begann der Clan-Chef der Sammler-Familie langsam und bedächtig. Er neigte wie die anderen den Kopf nach vorn. Die Schatten der breiten Hutkrempen verdunkelten die Gesichter der Clan-Chefs. »Wir sind jetzt nur noch zehn und wissen, daß wir die Dreizahl der Logenmeister nicht mehr erreichen können. Wolfram ist tot. Wirnt ist tot. Und Bieterolf allein kann das Sakriversum nicht lenken ...«

»Vielleicht wäre es zusammen mit Meister Albrecht und Wolframs Enkel gegangen«, sagte der Clan-Chef der Winzer. »Aber nun sehe ich auch keine Möglichkeit mehr!«

»Fassen wir zusammen«, sagte Meister Lamprecht. »Bisher hatte unser Volk nach jeder Flucht die Chance eines neuen Anfangs. Was sich im Draußen mühsam entwickelte, konnten wir prüfen, anerkennen oder durch gemeinsame Beschlüsse in einer Nacht zum Sonntag ablehnen. Wir leben fast noch so wie unsere Stammeltern. Aber wir denken, sprechen und handeln nicht mehr so ...«

»Wieso? Sind wir denn *Weltliche* geworden?« warf Otto ein.

»Nein, aber wir haben längst ihre Sprache angenommen. Sie ist viel schneller, hastiger und oberflächlicher als es sich gehört!«

»Mein Haus ist abgebrannt«, sagte Meister Friedrich. »Sollten wir nicht lieber das besprechen?«

»Recht hat er!« stimmte Konrad zu und ein paar andere nickten.

Lamprecht hob die Hände.

»Ich bin kein Logenmeister. Außerdem habe ich noch nie eine Versammlung geleitet ... Verzeiht mir also, wenn ich Fehler mache!«

»Schon gut, schon gut«, sagte Meister Eilhart der Jäger. Lamprecht sah ihn mit einem dankbaren Blick an. Sie hatten sich immer verstanden, wenn sie durch die Gebiete des Sakriversums streiften, die für alle anderen verboten waren.

Der Sammler und der Jäger. Jeder von ihnen hatte eine andere und doch die gleiche Aufgabe gehabt!

»Fassen wir also zusammen«, wiederholte Meister Lamprecht. »Wir waren durch Meister Albrecht rechtzeitig vor der nahenden Katastrophe gewarnt worden. Wir nahmen Vorräte mit und gingen den Geheimen Weg nach unten in die Bleikeller. Nach vierzig Tagen schickten wir Tauben aus – so, wie es uns durch die Geschichte von Noah vorgeschrieben war. Sie kamen nicht zurück. Sie starben.«

Er wischte sich über den Mund. Meister Walter schob ihm einen Holzbecher mit Met zu. Lamprecht dankte ihm, indem er beide Handflächen zusammenlegte und seinen Kopf zum Tisch hin neigte.

Er trank einen kleinen Schluck, dann fuhr er fort:

»Als wir nichts mehr zu essen und zu trinken hatten, drangen Menschen in unsere geheimen Fluchtkeller ein. Aber es waren nicht die *Weltlichen*, vor denen sich unser Volk siebenhundert Jahre lang gefürchtet hat, sondern von der Vorsehung Gezeichnete wie unsere Art. Die *Bankerts* zwangen uns, wieder nach oben zu gehen …«

»Ohne sie lägen wir heute schon als Leichen in den Bleikellern!« sagte Heinrich, der Clan-Chef der Bäcker-Familie. »Die *Bankerts* waren der Sauerteig, den unser Volk brauchte …«

Die anderen Familienältesten blickten auf.

»Was sagst du da?«

»Heinrich – ich warne dich!« sagte Herbort leise.

»Willst du dich anbiedern bei ihnen?« fragte Otto.

Heinrich schüttelte bedächtig den Kopf. Er schob seinen hohen, runden Hut zurück. Als Einziger trug er ein hellblaues Band mit einer Schleife am Hut. Diese Regelung stammte noch aus dem Mittelalter, als Nachtwächter das Dorf bewachten. Nur die Bäcker durften nachts auf die Straße, um Mehl vom Nachbarhof zu holen, wenn es ihnen ausgegangen war.

Schon vor dem ersten Blinken der *Beryllos-Linsen* hatten sie Brotteig geknetet, und in besonderen Nächten war nur aus dem Haus der Bäcker und der Alchimisten ein schwacher Lichtschein auf die Büsche in den Gärten gefallen.

Heinrich trank einen Schluck Met. Die Drähte und Seile, die über ihren Köpfen zum Schaltpult in der Tischmitte liefen, zitterten leise. Normalerweise hatten sie sich unten getroffen. Dieser Raum hatte zwar ebenfalls zugemauerte Fenster, aber er war nie ein Versammlungsort, sondern eher eine Arbeitsstätte für Logenmeister gewesen.

»Ich will euch sagen, was ich meine«, sagte Meister Heinrich nach langem Überlegen. Die anderen merkten, wie schwer es für ihn war. »Wir leben doch schon siebenhundert Jahre wie eine urchristliche Gemeinde. Jeder hat das bekommen, was er brauchte. Und wenn es mehr als das gewesen ist, war niemand böse. Aber wir hatten auch Regeln und Verbote. Nur Sammler wußten, was man hereinholen konnte, die Doktor-Familie kannte die Aasberge und bei den Alchimisten durfte niemand zuschauen, wenn sie destillierten …«

»Worauf willst du denn nur hinaus?« fragte Eilhart der Jäger.

»Laßt mich doch ausreden, bitte! Jede Mutter hatte das Recht, ihren Kindern das Wassertrinken zu verbieten, wenn sie Pflaumen oder Stachelbeeren gegessen hatten. War das nun autoritär oder fürsorglich?«

»Soll das ein Geheimnis sein?« fragte Lamprecht.

»Ja. Viele Verbote haben einen Sinn, auch wenn sie Freiheiten beschränken. Das war schon immer so. Natürlich kann das ausgenutzt werden, aber wer ohne alle Regeln leben will, wird sein eigener Feind!«

»Spielst du jetzt auf die *Bankerts* an?«

»Nein, auf die *Vorsorgliche Behütung* der *Weltlichen.* Sie war nicht streng genug, sonst hätten sich die Menschen nicht selbst vernichten können …«

»Haben sie etwas Pflaumen gegessen und Wasser drauf getrunken?« fragte Otto, der nicht richtig zugehört hatte.

Die anderen murrten verhalten.

Heinrich hob die Hände.

»Es ist nicht falsch, was Otto sagt! Sie wollten alles – jede Freiheit ohne Grenzen. Und vielleicht wollten sie sogar ausprobieren, was geschieht, wenn sie die Waffen einsetzten, die sie so überreichlich hatten ...«

Er schwieg für einen Augenblick.

»Neugier«, sagte er dann, »Neugier und Lust daran, Gefährliches zu wagen! So wie der erste Affe, der ins Feuer griff, sich dabei verbrannte und gleichzeitig den köstlichen Geruch von gebratenem Fleisch entdeckte ...«

»Das ist pervers!« sagte Meister Friedrich.

»Laß nur, laß nur!« wehrte Herbort ab. »Als Doktor, Schlachter und Abdecker kann ich verstehen, was er meint.« Er wandte sich an Heinrich. »Bist du fertig mit deiner Rede?«

Der Clan-Chef der Müller-Familie räusperte sich und sagte: »Ich sagte schon, daß wir alle nicht mehr leben würden, wenn die *Bankerts* nicht gekommen wären. Sie haben uns gezwungen, hierher zurückzukehren. Allein hätten wir das nie geschafft.«

»Und weiter?« fragte Eilhart der Jäger.

»Wir können die Mechanik des Sakriversums nicht mehr bedienen«, stellte Heinrich fest.

»Es steht im Großen Buch, wie man es macht«, sagte Lamprecht.

Heinrich schüttelte den Kopf.

»Um die Geheimnisse zu lernen, würden wir Jahre brauchen. Doch dafür haben wir keine Zeit! Es sind viel mehr Menschen im Sakriversum, als wir über den Winter ernähren können. Und außerdem liegt vor dem Abendzeichen ein *Weltlicher*, der nur aufzustehen braucht, um alles zu zertreten ...«

Die Clan-Chefs schwiegen bedrückt.

»Was können wir tun?« fragte Meister Lamprecht schließlich.

»Wir haben bisher zwar immer nur Tiere getötet, die eine Gefahr für uns darstellten«, sagte Eilhart der Jäger. »Vielleicht müssen wir jetzt ...«

»Nein!«

Sie wußten nicht, wer es gesagt hatte, aber sie schüttelten fast einmütig den Kopf. Das war keine Lösung – konnte keine sein!

»Und Corvay?« fragte Eilhart verstimmt.

»Ich werde mit ihm reden«, schlug Lamprecht vor.

»Nein, das ist meine Aufgabe«, sagte Meister Bieterolf. »Ich habe lange Zeit geschwiegen, weil ich erst eure Meinungen hören wollte. Als letzter Logenmeister habe ich jedoch drei Pflichten: ich muß das *Buch-Heim* schützen, den *Langen Weg* verteidigen und jeden Fremden von der *Teufelsmauer* fernhalten.«

»Ist das so vorgeschrieben?« fragte Lamprecht.

»Ja«, sagte der letzte Logenmeister. »Es sei denn, daß mich andere ebenfalls Eingeweihte überstimmen ...«

Die Clan-Chefs sahen sich unter ihren breiten Hutkrempen an.

»Was nun?« fragte Otto.

»Geht in die Häuser, die euch König Corvay zugeteilt hat! Wir werden einen Ausweg finden! Was wir jetzt brauchen, ist Ruhe und Besinnung ...«

»Und frischen Sauerteig!« brummte der Clan-Chef der Bäcker-Familie.

Die beiden Mädchen trafen sich am Bach. Obwohl sie fast die gleichen knöchellangen Leinenkleider trugen, wirkten sie grundverschieden.

Agnes hatte ihr widerspenstiges, weizenblondes Haar sorgfältig gekämmt und zu einem Knoten im Nacken geflochten. Eigentlich hätte sie als verheiratete Frau eine Haube tragen müssen. Nancy hingegen wirkte viel lässiger, freier und ganz anders als das Mädchen aus dem Sakriversum.

Sie waren von verschiedenen Seiten gekommen – Nancy von Osten und Agnes von der Westseite des Dorfes.

Nur wenige Schritte voneinander entfernt schöpften sie Wasser aus dem leise plätschernden Bach. Erst als sie sich wieder aufrichteten, erkannten sie, was zwischen ihnen stand.

»Bist du nicht Guntrams Schwester?« fragte sie.

»Ich bin seine Frau!«

Nancy strich sich mit der Hand über ihr langes, blauschwarzes Haar.

»Heiratet ihr wirklich immer nur untereinander?«

»Natürlich! Wir sind doch keine *Bankerts*!«

Nancy zuckte unwillkürlich zusammen, obwohl sie sich eigentlich gar nicht getroffen fühlen konnte. Sie war *sauber* auf die Welt gekommen. So sauber und steril wie sonst kein anderer im Sakriversum ...

Sie stellte ihren aus Holzdauben zusammengefügten Wassereimer ab. Gleichzeitig sah sie die Verachtung in den Augen von Guntrams Schwester. Agnes *wollte* sie verletzen! Sie war blaß vor Erregung. Ihre Lippen bebten, als sie sagte: »Guntram gehört nur mir, verstehst du! Er ist mein Mann!«

Nancy kaute auf ihrer Unterlippe. Woher wußte Agnes, daß sie und Guntram ...

Dann fiel es ihr ein. Als sie vor seinen seltsamen Blicken aus dem *Buch-Heim* geflohen war, hatten Galus und Patrick sie abgefangen und verhört. Obwohl sie kaum etwas von dem verraten hatte, was sie seit ihrem Alleingang durch die geheimen Gänge und Treppen in den Mauern der Kathedrale erlebt hatte, war Guntrams Name gefallen.

Vermutlich war das Gerücht, daß sie mehr als eine Nacht mit Guntram zusammengewesen war, bis zu den Familien der *Schander* gelangt ...

»Du täuschst dich, Agnes«, sagte sie leise. »Ich habe nie versucht, dir deinen Mann und Bruder wegzunehmen!«

»Aber du weißt, wo er ist!«

»Ja.«

»Und warum weißt du es, und ich nicht?«

Nancy seufzte.

»Das ist eine lange, komplizierte Geschichte. Meister Albrecht hatte uns zu sich gerufen, als er merkte, daß er sterben mußte. Guntram und ich waren die einzigen, die er in der Nähe des Dorfes erreichen konnte.«

Agnes preßte die Lippen zusammen.

»Du kannst mir glauben«, beteuerte Nancy. »Guntram hat nichts getan, für das er sich vor dir schämen müßte. Aber ich weiß inzwischen alles über euch. Meister Albrecht hat Guntram ein Geheimnis anvertraut, das ich nicht ganz verstanden habe. Aber er wußte, was gemeint war ...«

»Wo ist er jetzt?« fragte Agnes. Sie war noch immer mißtrauisch und zutiefst verletzt.

Nancy streckte den Arm aus und zeigte zur *Teufelsmauer* hinauf. Der große Wall oberhalb der Gärten schimmerte in einem rätselhaften Halbdunkel. Agnes wußte, daß es eigentlich Tag sein sollte, aber nur aus vier oder fünf *Beryllos-Linsen* ganz weit oben fiel Sonnenlicht in dünnen Strahlen auf die Mauer.

»Vermutlich sucht dein Bruder den *Inneren Altar* ...«

Agnes dachte nach. Sie lauschte dem leisen Plätschern des Baches. Ab und zu sprangen schnalzend Fische in der Dunkelheit.

Aus uralten Berichten wußte Agnes, wie sich die Natur bei einer echten Sonnenfinsternis veränderte. Alles klang nur noch halblaut. Die Vögel sangen nicht mehr und selbst die Bäume, Büsche und das Gras bewegten sich kaum noch. Es war wie eine Windstille des Lebens.

Jetzt herrschte eine ähnliche, abwartende Stimmung im Dämmerlicht des Sakriversums. Die *Bankerts* hatten alle Feuer gelöscht. Selbst die Fackel unter der Linde blakte nicht mehr. Die Überlebenden der Menschheit versteckten sich vor dem einen, der sie gefunden hatte ...

»Erzähl mir, was geschehen ist, als du mit Guntram beisammen warst!«

Nancy lächelte kaum merklich. Sie trat einen Schritt zurück, dann sprang sie über den Bach. Sie setzte sich zwei Schritte von Agnes entfernt auf einen Stein. Und dann berichtete sie von sich selbst und davon, wie Guntram Logenmeister geworden war.

Viel tiefer stolperte zur gleichen Zeit Lello am dunklen See entlang. Er war um die südwestlichen Gärten herumgegangen. Das Dorf lag jetzt oberhalb von ihm.

Lello wußte nicht, warum es plötzlich so dunkel geworden war, aber er war auf der Nordseite unter dem Dach der Kathedrale aufgewachsen. Dort hatte es niemals lange Licht gegeben.

Obwohl er hinkte, bewegte er sich mit der Geschicklichkeit einer Katze im Dunkeln. Vielleicht war dieser Vorteil eine der Fähigkeiten, die nur *Bankerts* besaßen ...

Im Osten erkannte er eine Herde von Ziegen. Sie standen wie erstarrt auf der schrägen Wiese. Als er nach Westen blickte, entdeckte er Schafe und einen mageren Hund, der leise jaulend zum Lichtstreifen an der *Teufelsmauer* hochsah.

Daß Schafe und Ziegen einige Wochen ohne Betreuung ausgekommen waren, konnte er noch verstehen. Aber der Hund? Wie hatte sich der Hütehund ernährt?

Lello schüttelte den Kopf. Es war schon merkwürdig auf der Südseite des Sakriversums ...

Als er weiterhinkte, wäre er fast über ein Rudel Schweine gestolpert. Sie lagen im Uferschlamm des Sees ohne sich zu bewegen. Die kurzen, speckwülstigen Tiere grunzten ängstlich, als er an ihnen vorbeiging.

Er folgte dem Abfluß des Sees. Das Wasser strömte über steinerne Stufen tiefer. Auch das Wiesengebiet wurde so steil, daß es eine Terrassenform mit kleinen, geraden Stützmauern annahm. Gleichzeitig verringerte sich der Abstand zur großen, schrägen Dachfläche der Kathedrale.

Plötzlich blieb Lello stehen. Er sah nach unten. Dort, wo das Dach und die Wiesen zusammenstießen, leuchtete ein blaues Feuerband:

Das *Irrlichtmoor*!

Es roch wie aus den Gullis unten in der Stadt, ehe ein Regenschauer niederging. Faulgase ...

Lello kletterte noch einige Terrassenstufen tiefer. Er entdeckte ein in den steinig werdenden Boden gehauenes Kanalsystem mit Seilen über schmalen Schleusentoren, Staubecken und geschmiedeten Metallkuppeln, die sich wie Gasometer heben oder senken konnten.

Voller Bewunderung versuchte Lello, den Sinn der Anlage zu verstehen. Wenn zutraf, was er dachte, hatten die *Schander* schon seit Jahrhunderten eine alternative, aber natürliche Energiequelle genutzt ...

Während er tiefer stieg, sah er mit Harz und Wachs abgedichtete Leinenschläuche, Bleirohre und immer wieder Scheidekessel. Ganz unten zischte leise Methangas aus Ventilen. Die blauen Flammen des *Irrlichtmoors* waren nichts anderes als ein abgefackelter Energie-Überschuß!

Die *Schander* hatten nichts verschwendet. Über den Gasflammen hingen seltsame Töpfe mit Schürzen an den Kanten. Von den Oberseiten führten isolierte Rohre zu Apparaten, die wie Turbinen, gläserne Schaufelräder und Dampfzylinder aussahen.

Sie hatten sich sogar ein Kraftwerk für ihre kleine Welt gebaut!

»Phantastisch!« hauchte Lello. Im gleichen Augenblick schwirrte eine Art Vogel aus dem Gebälk der nahen Dachkonstruktion. Er segelte auf ihn zu und starrte ihn mit einem großen, gläsern wirkenden Auge mitten im Kopf an.

Lello sah sofort, daß dieser Vogel niemals aus einem Ei geschlüpft sein konnte. Er kam ihm eher wie eine dieser ferngelenkten, unbemannten *Drohnen* vor, die schon seit mehr als fünfzig Jahren überall spionierten.

Diese *Drohne* war ein Meisterwerk der Mikro-Elektronik – nicht größer als der Daumennagel eines *Weltlichen*, mit Federschwingen an den Seiten, einem bunten Steuerschwanz und einem gut getarnten Kamera-Objektiv.

Lello blickte in das dunkelrot glühende Auge.

Sie hatten es gewußt!

Irgend jemand unten in der Stadt hatte mit den subtilsten und aufwendigsten Methoden die Parallelwelt unter dem Dach der Kathedrale heimlich überwacht ...

Aber wer? Wer konnte denn schon viele Jahre vor dem Ende der Menschheit ein Interesse daran gehabt haben, die Entwicklung der *Schander* und der *Bankerts* zu beobachten?

Die *Drohne* kam auf ihn zu. Sie flog bis dicht vor sein Gesicht, tauchte zur Seite weg und versuchte einen neuen Anflug.

Lello spürte plötzlich eine unheimliche Wut in sich. Er bückte sich und klaubte einen Steinbrocken auf. Die *Drohne* schwirrte frech und hartnäckig um seinen Kopf.

»Wie diese Telereporter«, dachte Lello. Sie hatten sich auf alles gestürzt, was die Meßwerte der angeblichen Sensations-Nachrichtensendungen auch nur einen Punkt verändern konnte.

Er holte aus zum Wurf. Der siebenhundert Jahre alte Mauerbrocken traf die fliegende Aufnahmeeinheit an der Kante des Objektivs. Zwei weiße Lichtzungen zuckten über die erste Linse. Der künstliche Vogel plusterte sein Tarngefieder auf, ehe er dann immer schwächer flatternd in einen Bottich mit Gülle fiel.

Lello hatte genug. Er humpelte Ebene um Ebene höher. Als er die Ziegen und die Schafe wiedersah, fühlte er sich besser.

Das Sakriversum war noch immer dunkel. Nur oben schimmerte ein schmaler Lichtstreifen an der Mauer, die beide Seiten des hohen Daches voneinander trennte.

Ohne Ziel wanderte Lello nach Osten. Er ging zwischen der Schafsheide und den unteren Gärten zum Tal, das als Salzlake bezeichnet wurde. Die spitzen und gewölbten Ausläufer der Felder wechselten sich mit breiten Mulden ab. Er wußte inzwischen, daß sie Hülsebruch, Holzkotten und Waldhufe hießen.

Das letzte Tal vor dem Abendzeichen war der Sündanger. Hier wurde es allmählich heller.

Lello stieg am Waldrand nach oben. Als er die Straße fast erreicht hatte, sah er Bronco. Der kleine Trapezkünstler kauerte zwischen den unteren Ästen einer Eiche.

»Was machst du da?« fragte Lello.

»Ich wache«, antwortete Bronco, nachdem er sich von seinem ersten Schreck erholt hatte. Er rutschte von seinem Sitz herunter. »Hast du etwas zu trinken?«

Lello konnte den anderen kaum verstehen, aber er wußte, was Bronco meinte. Er nestelte eine flache Flasche von seinem Gürtel, holte einen in vielen Ringen zusammengeschobenen Trinkbecher hervor und zog ihn auseinander, bis sich ein stattliches Gefäß ergab.

Er füllte den Becher mit einer Mischung aus Wein und Met, Kräutersud und Brunnenwasser.

Bronco trank mit langen, durstigen Zügen.

»Möchte nur wissen, warum es immer noch dunkel ist«, sagte er und wischte sich über die Lippen.

»Das hängt mit der Technik zusammen«, sagte Lello. »Ich glaube, daß die *Schander* längst nicht so einfältig sind, wie König Corvay immer behauptet hat.«

»Sie tun nur so«, bestätigte Bronco. »Habe gehört, was dieser Guntram dem *Weltlichen* dort oben erzählt hat. Mußte sehr laut sprechen, damit der andere ihn überhaupt verstehen konnte ...«

»Was machen sie jetzt?« wollte Lello wissen.

»Habe die ganze Zeit aufgepaßt«, sagte Bronco. »Jede Bewegung ganz genau beobachtet. Sie sagen, daß sie beide miteinander verwandt sind ...«

»Wer?«

»Der Kleine und der Große.«

»Unsinn!« lachte Lello trocken.

»Doch, doch! Gleiche Vorfahren – Baumeister der Kathedrale oder so ...«

Lello fühlte plötzlich ein eisiges Entsetzen in sich. Wenn das stimmte, wenn es auch nur im Entferntesten der Wahrheit nahe kam, ergab sich dann nicht eine höhere Fügung, ein geheimer Ratschluß und ein Plan, bei dem er selbst und alle anderen nur Schachfiguren waren?

Er dachte an seine Mutter, die ihn verleugnete, und seinen Vater, der auch der Vater von Agnes und Guntram gewesen war. Selbst die geklonte Nancy McGowan gehörte irgendwie dazu ...

Konnte es sein, daß sie alle eine Familie bildeten oder eine Gruppe menschlicher Lebewesen, deren Zusammensetzung schon vor mehr als siebenhundert Jahren geplant worden war?

Er dachte an den künstlichen Vogel unten im *Irrlichtmoor.*

Die *Drohne*!

War sie ein Auge für die Spieler gewesen, die bis zur großen Katastrophe das Gewächshaus mit Menschenkeimlingen beobachtet hatten?

Lello wischte sich über die Stirn. Er wollte nicht mehr weiterdenken! Nicht in dieser Richtung ...

»Er will wieder nach unten«, sagte Bronco. »Guntram hat ihn überredet. Warten beide nur noch auf mehr Licht.«

Lello lehnte sich an einen Baumstamm. Er fühlte sich plötzlich matt und zerschlagen.

»Was hast du?« fragte Bronco. »Alarmschnur ziehen?«

Lello schüttelte den Kopf.

»Du kannst ins Dorf gehen und ausschlafen. Ich übernehme deine Wache.«

Bronco grinste überrascht.

»Du?«

»Ja.«

Es dauerte nicht lange, bis Bronco seine Habseligkeiten zusammengerafft hatte. Er stopfte alles in einen schmuddeligen Stoffbeutel.

»Einmal ziehen – er steht auf; dreimal ziehen – er kommt auf das Dorf zu …«

Lello scheuchte Bronco mit einer Handbewegung fort. Der ehemalige Fänger der Artistengruppe verschwand unter den Bäumen des Eichbergs. Unweit der Stelle, an der er die vergangene Nacht mit seiner Halbschwester verbracht hatte, setzte sich Lello auf einen bemoosten Baumstamm. Er nahm einen Streifen Trockenfleisch aus seinem Tragebeutel und kaute ihn weich.

Wie gern hätte er jetzt seine Klampfe in den Händen gehabt! Ein paar Akkorde nur – gegen die Angst, die Dunkelheit und die ungewisse Zukunft …

22. KAPITEL

Ich muß jetzt gehen«, sagte Guntram. Goetz nickte.

»Wann sehe ich dich wieder?«

»Du kannst mich jede Nacht von Samstag auf Sonntag im *Buch-Heim* erreichen. Was zwischendurch kommt, weiß ich nicht.«

»Könnten wir nicht ein Signal vereinbaren?«

»Die Glocken«, sagte Guntram. »Wenn ich dich brauche, könnte ich Steinbrocken an Seilen gegen die Glocken in den Türmen fallen lassen.«

»Meinst du, ich höre das?«

»Zu leise?«

Goetz nickte. Guntram schloß die Augen. Er dachte intensiv nach, dann schnippte er mit den Fingern.

»Wir brauchen ein Geräusch, das du sofort erkennst, auch wenn es leise klingt!«

»Stimmt«, nickte Goetz.

»Das Motorrad«, sagte Guntram. »Wir haben ein Motorrad von der Artisten-Truppe.«

»Das habe ich sogar in der Altstadt gehört ...«

»Also gut! Wenn Jan sein Motorrad startet, mußt du sofort kommen. Ansonsten schlage ich vor, daß wir uns jeweils um Mitternacht über die Rohre unterhalten, die das *Buch-Heim* mit den Beichtstühlen unten in der Kathedrale verbinden.«

Sie hatten sich alles gesagt: alles, was sie über die letzten Wochen wußten. Aber es würden noch Jahre vergehen, ehe sie sich wirklich kennengelernt hatten ...

»Mach's gut, Logenmeister«, sagte Goetz lächelnd und stand ganz langsam auf. Er wollte Guntram nicht durch hastige Bewegungen erschrecken. Im gleichen Augenblick fiel Sonnenlicht durch Hunderte von winzigen Öffnungen im Dach. Es war, als würde jemand winzige Lukendeckel vor ebenso kleinen Fensterchen zurückziehen.

Das Strahlenbündel aus warmem Licht fiel auf einen Fleck ungefähr dort, wo die Gewölbe des Querschiffs vom Mittelschiff nach Süden führten.

Wie gebannt blickte Goetz über die Hügel und Täler hinweg. Er legte die Hand über die Augen. Kaum fünfzig, sechzig Meter entfernt erkannte er das Dorf der *Schander*, von dem ihm Guntram so viel erzählt hatte. Er war so fasziniert von dem einmaligen Anblick, daß er fast übersah, wie ein kleiner Bursche in panischer Angst aus dem Wald floh und über den Rübenberg hinkte.

Das war nicht Guntram!

Goetz beugte sich nach unten. Er legte seine linke Hand neben zwei kalten Feuerstellen auf den steinigen Boden. Guntram kam hinter einem Schlußstein des ersten Halbbogens hervor.

»Ich will dir etwas zeigen«, sagte Goetz. Ohne Furcht setzte sich Guntram in seine Hand. Goetz hob ihn vorsichtig hoch.

»Du bist ziemlich leicht«, sagte er verwundert.

Guntram lachte.

»Und du mußt dringend etwas für deine Haut tun. Ich werde mal mit Lea sprechen. Sie versteht sich auf jede *Artzney*.«

Goetz dachte plötzlich an die grauenhaften Tage nach der Katastrophe zurück. Er hatte fast vergessen, wie und warum er unter das Dach der Kathedrale gekommen war.

»Ist das dort drüben euer Dorf?«

»Ja, aber kann ich nicht auf deiner Schulter sitzen. In deiner Hand, da wackelt es zuviel ...«

Goetz trug immer noch den Jagdanzug. Er setzte Guntram so, daß er seine Beine unter die Schulterklappe auf der rechten Seite stecken und sich daran festhalten konnte.

»Besser?« fragte er und drehte den Kopf zur Seite.

»Es geht.«

Guntram zeigte auf den Lichtfleck.

»Jetzt kannst du gut erkennen, wie unser Dorf aufgebaut ist. Der große Turm in der Mitte, das ist das *Buch-Heim*!«

Goetz sah keinen Turm, sondern nur einen kaum erkennbaren, etwa sechzig Meter entfernten Schatten im Halbdunkel unter dem Dach der Kathedrale.

Guntram erklärte ihm die Lage der Hügel, Felder und Gehöfte, aber Goetz sah nicht mehr als einige geometrische Schattenlinien.

Trotzdem verstand er Guntram. Und plötzlich wußte er auch, warum ihm das alles nicht fremd war: er erinnerte sich an die Monitoren unten in den Kellern. Fliegende Spion-Optiken!

Er dachte eine Weile nach, dann fragte er:

»Habt ihr auch Vögel hier?«

»Natürlich: Enten, Gänse, Hühner, Tauben, aber auch Turmfalken, Sperlinge und Nachtigallen ...«

Goetz schüttelte vorsichtig den Kopf.

»Ich meine große Vögel.«

»Manchmal kamen aus eurer Welt große Vögel zu uns. Dann haben die Familien von Eilhart und Friedrich Seilnetze gespannt. Die *Beryllos-Linsen* wurden verdunkelt, meine Familie hat duftende Blütenspuren ausgelegt und Herbort hat die Kessel angeheizt. Nach der Jagd haben wir immer ein großes Fest gefeiert ...«

»Gab es nicht Vögel hier im Sakriversum, die regelmäßig und ganz langsam über das Dorf hinwegflogen?«

»Ach, die meinst du«, nickte Guntram. »Davon haben wir nie einen erlegt.«

»Warum nicht?«

»Weil es verboten ist.«

»Hm«, sagte Goetz unzufrieden. Guntrams Aussage bestätigte den Verdacht, den er schon lange hatte: Das Sakriversum war niemals eine vergessene Insel gewesen! Einige Eingeweihte hatten stets gewußt, was hier unter dem Dach der Kathedrale vorging ...

Goetz fühlte, wie es ihm kalt den Rücken herunterlief.

Damals, als die Idee der hohen, in den Himmel strebenden Kathedralen entstand, mußte auch anderwärts ein Samenkorn aufgebrochen sein: Parsival auf der Suche nach dem Heiligen Gral ... Thomas von Aquin ... Schießpulver und Raketen in China ... Tannhäuser ... Franz von Assisi ... Roger Bacon mit einer durch Muskelkraft betriebenen Flugmaschine ... Walter von der Vogelweide ... und dann die Idee vom *Perpetuum mobile* ...

Ein seltsames Jahrhundert!

Die Mongolen führten den größten Eroberungsfeldzug aller Zeiten. Die Kreuzfahrer verloren Akkon, ihre letzte Festung im Orient, und Edward I. vertrieb alle Juden aus England. Gleichzeitig entstanden die *Magna Charta* und der *Sachsenspiegel.* Villard de Honnecourt schrieb das *Bauhüttenbuch*, und in der Schweiz vereinten sich die Kantone Uri und Unterwalden zur Eidgenossenschaft.

Die Päpste in Rom übernahmen die Oberleitung der Inquisition, aber sie mußten geahnt haben, daß ihre große Zeit nach den vergeblichen Kreuzzügen zu Ende war …

Goetz nahm Guntram von seiner Schulter und setzte ihn ab.

»Vergiß nicht, wie man Kirchentüren öffnet«, rief Guntram von unten. Goetz hob die Hände.

»Keine Angst – diesmal weiß ich, wie es geht …«

Er drehte sich vorsichtig um und ging zum bunt leuchtenden Rosettenfenster.

Der Tag war schön. Die Sonne schien hell und warm auf die Dächer der Stadt. Ganz langsam begann Goetz mit dem Abstieg zu den Mauerbögen, die zu den Türmen führten.

Nur schade, daß dort unten in den Häusern und Straßen keine Menschen mehr lebten …

Guntram sah ihm lange nach. Er stand an der Öffnung des Abendzeichens. Über den strahlend blauen Himmel zogen langsam weiße Wattewolken.

Es war sehr still.

Im Sakriversum kannten nur wenige das großartige Bild vom Draußen. Sie wußten nicht, was Wolken waren, wie schneebedeckte Berge am Horizont aussahen und wie warm eine einzige Sonne sein konnte.

Auch Guntram hatte es nicht gewußt, bis Agnes ihm eines Tages die Papierröllchen aus den hohlen Gliedern ihrer Puppe zeigte. Zuerst hatten sie nur damit gespielt. Es war ein Zufall gewesen, daß Guntram irgendwann damit begonnen hatte, die Schriftzeichen zu entziffern.

Einige Jahre später hatte er seiner Schwester das Vermächtnis ihres Vaters vorlesen und genau erklären können. Seit dieser Zeit wußte er, daß es im Draußen einen großen Himmel mit Wolken, einer einzigen Sonne und einem Mond gab …

Es dauerte eine gute halbe Stunde, bis Goetz unten auf dem Vorplatz der Kathedrale erschien. Er blickte hoch und winkte mit beiden Armen. Guntram winkte ebenfalls, aber er wußte nicht, ob Goetz ihn sehen konnte.

Er drehte sich um. Nachdem er sich wieder an das Licht unterhalb des Daches gewöhnt hatte, suchte er sich ein paar Trockenfrüchte von den hastig verlassenen Lagerstellen. Er trank etwas Wasser und füllte einen Beutel mit Nahrungsresten. Dann machte er sich auf den Weg nach oben …

Die Rebstöcke an der *Teufelsmauer* trugen bereits grüne Blätter. Während er weiterwanderte, hatte Guntram viel Zeit zum Nachdenken. Das Sakriversum sah wieder so friedlich aus wie in den Tagen vor der Flucht. Aber es war anders geworden, denn Fremde befanden sich im Dorf.

Als er in Höhe des Hofs von Meister Albrecht war, wandte er sich nach Norden. Er stieg an den Zisternen vorbei in das verbotene Gebiet.

Ohne zu zögern ging er durch eine schmale Öffnung in der *Teufelsmauer.* Diesmal hatte er keine Angst, sich zu verirren.

Vor einer hohen Steintür im Halbdunkel des Labyrinths machte er halt. Es war, als würden plötzlich alle Mauern raunen. Durch schmale Schächte fiel sanftes Licht auf einen steinernen Riegel, der seit siebenhundert Jahren nicht mehr bewegt worden war.

Guntram kletterte an den Mauerfugen höher. Er erreichte einen staubigen Vorsprung. Ein paar Minuten lang ruhte er sich darauf aus. Er wartete, bis etwas mehr Licht auf den Steinriegel fiel. Zum erstenmal nach langer Zeit betete er wieder. Und als er »Amen« sagte, wußte er, daß er am Ziel war.

Ein schmaler Steinfries lief unter dem Riegel an der großen Tür entlang. Guntram kletterte über eine Verzierung, dann stand er vor dem *Letzten Siegel.*

Es trug die gleichen Symbole wie der versteinerte Mörtelblock am Abendzeichen. Guntram zog sein Hakenmesser aus dem Gürtel. Mit zwei, drei wuchtigen Hieben zerschlug er das morsche, brüchig gewordene Siegelband.

Es staubte, als der Rest des Bandes durch eine steinerne Schlaufe am Türriegel glitt. Das Siegel fiel in den dunklen Teil des Labyrinths. Guntram hörte nur noch, wie es mit einem klirrenden Geräusch zersplitterte.

Er betrachtete die mit Harz, Wachs und Pech konservierten Holzstifte im Verschluß der Steintür. In gewisser Weise erinnerten sie ihn an Meister Albrechts Haus.

Zuerst versuchte er das Pythagoras-System.

Dann die Zwölf-Zahl.

Keiner der Holzknebel ließ sich bewegen.

Guntram trat einen halben Schritt zurück. Was machte er jetzt falsch? Oder waren drei Logenmeister zum Öffnen der geheimen Tür erforderlich?

Der *Innere Altar*!

Guntram stellte sich vor den Riegel. Seine Finger tasteten über die staubigen, uralten Stifte. Er schloß die Augen und versuchte, ihre Anordnung zu verstehen. Im gleichen Augenblick empfand er eine neue Kraft in sich. Seine Fingerkuppen wirkten wie Magnetsteine. Er brauchte nur zu glauben, daß er es konnte ...

Alchimie!

Das geheime Wissen der Esoteriker und wahrhaft Eingeweihten!

Die Möglichkeit, Materie und Energie so zu behandeln, daß Kraftfelder durch geometrische Anordnungen entstehen. Wer das verstand, konnte eine privilegierte Position im ganzen Universum einnehmen ...

Die Stifte knarrten, als er sie mit den Fingerkuppen aus dem Steinriegel saugte. Sie klebten wie Eisenteile an seinen magnetisch wirkenden Händen. Er schleuderte sie nach unten.

Dann war der Riegel frei.

Guntram faßte ihn nicht an. Er hob die Hände, spreizte die Finger und strich mit langsamen Bewegungen durch die Luft vor dem Stein.

Ich bin ein Logenmeister! dachte er dabei. *Ich kann es!*

Der Riegel schabte Stein an Stein zurück.

Guntram taumelte. Er war noch kein geübter Eingeweihter. Seine Knie zitterten vor Anstrengung. Er wollte sich ausruhen, doch da bewegte sich plötzlich die schwere Steintür in ihren Drehzapfen. Gleichzeitig empfand Guntram einen ziehenden Wind, der vom *Inneren Altar* ausging.

Das Pneuma: Atem, Lebenskraft und Heiliger Geist zugleich! Amesha Spenta der Perser, Chi der Chinesen, Ka der Ägypter und Atman-Brahman! Die eigentliche Kraft, aus der alles kam und zu der alles zurückkehrte …

Noch vor wenigen Tagen hatte Guntram nichts von den großen Mysterien der Menschheit geahnt – vom Wissen um die Urmaterie, das Adam verlorenging, als er auch noch das Wesen der Weltseele erkennen wollte …

Erst der Gedankenkontakt mit Meister Wolfram und die Initiationsnacht mit Meister Albrecht hatten ihn zu einem Eingeweihten gemacht.

Während die Steintür sich immer weiter öffnete, erinnerte sich Guntram an Namen von *Weltlichen*, die immer auf der Suche nach dem großen Geheimnis gewesen waren, das die Welt zusammenhielt – vom kleinsten Baustein bis zum Universum. Platon hatte ebenso zu ihnen gehört, wie Leibniz, Goethe und Herder.

Aber auch sie hatten nie erfahren, warum die wahren Eingeweihten schweigen mußten!

Als sich die Steintür zur Hälfte geöffnet hatte, fiel sanftes, blauweißes Licht auf Treppenstufen. Sie sahen so sauber und hell aus wie gestern erst behauen und verfugt.

Guntram stieg nach oben. Er hatte bereits die ersten Stufen genommen, da fiel ihm auf, wie genau sie seiner Körpergröße angepaßt waren …

Er blieb verwundert stehen. Nie hätte einer seiner frühen Vorfahren über diese Treppe gehen können!

Er kam an eine zweite Tür. Sie war nicht durch einen Riegel, sondern nur durch ein Siegel verschlossen. Guntram zögerte, dann brach er es auf. Es war viel kleiner als das erste Siegel.

Diesmal öffnete sich nichts von selbst. Er drückte vorsichtig gegen die Tür. Sie ließ sich leicht öffnen, denn sie war nicht viel höher als er selbst …

Er trat in einen hohen, hellen Raum, in dem weder Fenster noch Lampen sichtbar waren. Doch was er dann sah, ging bis an die Grenze seines Verstandes!

Die riesige Maschine lag wie ein startbereiter Flugdrachen auf einem schrägen, katapultartigen Podest. Sie hatte ihre wie reines

Gold leuchtenden Vogelflügel angewinkelt. Ihr breitgefächerter Schwanz schimmerte in allen Farben des Regenbogens.

Über einem gläsernen, an der Spitze runden Schnabel leuchtete ein weißblaues Facettenauge. Von ihm kam das Licht im Raum, aber auch die diffuse Helligkeit im Labyrinth der *Teufelsmauer.* Hatte es in den vergangenen Jahren nicht auch Nächte gegeben, in denen ein magischer weißblauer Schein die feingesponnenen Netze unter geschlossenen *Beryllos-Linsen* aufglühen ließ?

Guntram erkannte in diesen stillen Augenblicken, daß er noch sehr viel lernen mußte! Sehr viel und sehr schnell, denn unten im Dorf würde bald neue Panik entstehen …

Guntrams hellsichtiger Gedanke traf zu. Am Spätnachmittag öffneten sich völlig unerwartet die Luken vor den *Beryllos-Linsen* im schrägen Dach der Kathedrale. Niemand wußte, wer den geheimnisvollen Mechanismus betätigt hatte. Nur die Clan-Chefs in den Häusern atmeten erleichtert auf.

Das warme, aus Hunderten von feinen Lichtstrahlen gebündelte Sonnenlicht malte einen hellen Fleck in die Mitte des Sakriversums. Er war nicht viel größer als das Dorf. Dennoch erwachte in den Gärten und auf den Feldern die Natur. Vögel zwitscherten wie an einem schönen Sommermorgen. Von den Weiden oberhalb des *Irrlicht-Moors* kamen Ziegen, Schweine und Schafe zum See.

Alle Blätter an Bäumen und Sträuchern öffneten sich und hoben sich dem guten Licht entgegen.

Kinder lachten. Ein paar *Bankerts* klatschten Beifall, andere zogen sich instinktiv vor der Helligkeit in die Schatten der Häuser zurück. Nur die *Schander* waren nicht überrascht. Sie hatten in den vergangenen Jahrhunderten gelernt, daß auch der schönste Tag plötzlich durch tarnende Dunkelheit oder gar durch das Fluchtzeichen über die ganze Länge des Daches unterbrochen werden konnte …

Am Bach blinzelten König Corvay und seine Berater mißtrauisch nach oben.

»Gut, daß es endlich wieder hell ist«, schnaufte Hector.

»Nein, schlecht, schlecht, schlecht!«

Corvay und seine Berater blickten Galus verständnislos an.
»Jetzt kann er uns doch sehen!« sagte Galus bebend.
»Verdammt!« sagte Patrick und schnippte mit den Fingern. Er richtete sich steil auf dem Rücken seines Mulis auf.
»Wo sind denn Jankowski und Severino?« fragte Hector.
Corvay sah sich nach beiden Seiten um, dann winkte er unwillig ab. Im gleichen Augenblick entdeckte er Bronco unter den Büschen im Garten von Meister Konrad.
»Kerl! Was machst du hier! Ich hatte doch befohlen ...«
Neben Bronco trat Jan ins Licht.
»Er wurde abgelöst.«
»Von wem?«
»Von Lello!«
Corvays Gesicht verfärbte sich. Die Adern an seiner Stirn schwollen an.
»Verrat!« keuchte er. »Alles Verrat! Der Kerl steckt mit den *Schandern* unter einer Decke!«
»Vielleicht«, sagte Jan und hob die Schultern. »Aber er ist wieder im Dorf und hat berichtet, daß der Fremde fortgegangen sei!«
»Fortgegangen?«
»So sagten die *Schander ...*«
»Schafft alle Clan-Chefs her!« befahl Corvay aufgebracht. »Und dann wird dieser Narr hier an der Linde vor Gericht gestellt!«
Menennery Luck kam unter der Bank hervor, unter der er die ganze Zeit geschlafen hatte.
»Vor Gericht gestellt!« sagte er eifrig.
»Sollte nicht erst mal einer nachsehen, ob er auch wirklich weg ist?« fragte Patrick. Corvay stieß einen halb brummenden, halb grunzenden Laut aus. Er strich sich über seinen Bart und dachte nach. Dann nickte er plötzlich.
»Du bist mit deinem Muli der Schnellste von uns! Gib ihm die Sporen und sieh nach!«
Patrick wollte protestieren. Er preßte die Lippen zusammen. Der Ton, wie Llewellyn Corvay mit ihm sprach, gefiel ihm nicht. Noch ehe er seinem Ärger Luft machen konnte, trabte das Muli los. Das hatte Patrick noch nie erlebt.

Hector hakte die Daumen unter seine Brustriemen und lachte schadenfroh.

»Ein Esel, der dir gleich gehorcht, Corvay!«

Corvay schnaufte wütend.

»Was willst du damit sagen?«

»Wieso? Ich meine nur, daß Patricks Muli wohl mehr Verstand hat als sein Besitzer ...«

»Paß auf!« warnte Corvay. »Noch mehr von diesen Doppelzüngigkeiten und du bist nach Lello der nächste ...«

Er wandte sich an Galus.

»Die Clan-Chefs sollen kommen!«

Der Arzt ließ sich nicht anmerken, wie sehr ihn die kleine Szene innerlich belustigt hatte. Mit ausdruckslosem Gesicht machte er sich auf den Weg zur Dorfstraße.

»Ihr beide da!« rief Corvay Jan und Bronco zu. »Lauft von Haus zu Haus und stellt einen Trupp nüchterner Männer aus meinem Gefolge zusammen. Sie sollen sich am Westrand des Dorfes sammeln!«

Jan und Bronco rannten los.

Nur kurze Zeit später kamen die ersten Clan-Chefs mit tief in die Stirn gezogenen Hüten zur Linde. Als alle beisammen waren, stemmte Corvay die Fäuste in die Seiten und ging mit langsamen Schritten von einem zum anderen.

»Du!« sagte er zu Meister Friedrich und tippte ihm mit dem Zeigefinger auf die Brust.

»Dann du!«

Meister Walter.

»Du!«

Meister Wilhelm.

»Und du!«

Meister Lamprecht.

»Ihr beschafft mit allen arbeitsfähigen Männern und Frauen eurer Familien Baumaterial! Seile, Balken, Eisen, Werkzeuge und so weiter. Packt alles auf Wagen und fahrt damit zur Westseite!«

Meister Bieterolf trat einen halben Schritt vor. Als letzter Logenmeister fühlte er sich auch für die anderen verantwortlich.

»Wir haben keine Wagen«, sagte er.

»Keine Wagen?« fragte Corvay verdutzt. »Und wie transportiert ihr dann schwere Lasten?«

»Mit Schlitten, die von Seilen gezogen werden«, antwortete Meister Friedrich. Corvay sah den Clan-Chef der Seiler-Familie mißbilligend an.

»Na schön, dann eben mit Schlitten!«

»Das geht nicht.« Bieterolf räusperte sich. »Die Mechanik der Seile reicht nicht bis zum Abendzeichen. Außerdem arbeiten die Wasserräder im Bach nicht mehr.«

Llewellyn Corvay war kurz davor, die Beherrschung zu verlieren. Diese einfältigen Typen wehrten sich mit keinem Wort gegen seine Befehle. Sie sagten nur: *»Das geht nicht!«*

»Was haben diese verdammten Wasserräder denn mit Seilen und Transportschlitten zu tun?«

»Sie treiben die Seiltrommeln an, ziehen die Flaschenzüge, bewegen die Pumpen. Sie öffnen die Schleusen, schließen die Luken, spannen die Netze, wo es für uns zu groß und schwer geworden ist ...«

»Schluß!« keuchte Corvay. »Kein Wort mehr!«

Er stapfte wie ein gereizter Bär vor den bewegungslos und mit gesenkten Köpfen wartenden Clan-Chefs auf und ab.

»Wahnsinn!« murmelte er. »Alles Wahnsinn!« Zum erstenmal in seinem Leben hatte er Angst, verrückt zu werden. Er merkte nicht, daß Galus und die beiden ehemaligen Artisten zurückkamen.

»Keine Chance«, flüsterte er. »Draußen alles verseucht ... ein Überlebender ... hat alles gesehen ... holt vielleicht andere ... kämpfen ... sinnlos ... verteidigen ... zumauern ...«

Er blieb ruckartig stehen. Ein irres Leuchten flackerte in seinen Augen.

»Zumauern!« schrie er heiser. »Keine Verteidigungsanlage bauen, sondem einfach alles zumauern! Das ganze gottverdammte Fenster!«

»Aber das kann Wochen, wenn nicht gar Monate dauern!« warf Galus entsetzt ein. »Wir brauchen jede Hand, um die Felder zu bestellen ...«

Corvay schob den Kopf vor.

»Und wenn er wiederkommt? Was nützen uns dann Felder? Und wenn er nicht allein ist? Nein, Galus! Wir mauern erst das Loch zu, durch das wir hier hereingekommen sind. Das kann nur ein paar Tage dauern. Dann teilen wir die Bevölkerung in zwei Hälften. Die einen mauern weiter, die anderen gehen auf die Felder.«

Er legte Galus die Hand auf die Schulter und führte ihn etwas zur Seite. »Merkst du denn nicht, daß uns nichts Besseres passieren konnte? Die Angst vor Feinden war schon immer das stärkste Druckmittel in der Hand der Herrscher. Jetzt haben wir ein Feindbild, das für die *Schander* ebenso gilt wie für unsere Leute. Solange wir am Rosettenfenster mauern lassen, wird niemand wagen, gegen die weise Voraussicht von König Corvay aufzumucken! Keiner, Galus! Kein *Schander* und kein *Bankert*! Ich bin der König, und du wirst der Kanzler des Sakriversums sein!«

Galus neigte kaum merklich den Kopf. Er war nicht ganz so begeistert wie Corvay. Das Schweigen der Clan-Chefs gefiel ihm nicht. Außerdem waren da noch zwei junge Männer, die ihre eigenen Wege gegangen waren.

Galus wußte inzwischen, daß Guntram mit dem Fremden gesprochen hatte. Und Bronco war von Lello auf seinem Beobachtungsposten im Eichberg abgelöst worden.

Guntram, Lello und der Fremde?

Dieser Gedanke gefiel Galus noch viel weniger!

Hanns und Dietleib besprachen gerade, wie sie heimlich ein Schwein schlachten könnten, als Ulf ziemlich verstört in die Küche von Meister Lamprechts Familie kam.

Mathilda stand mit Lea und ein paar Mädchen am Herd. Sie kochten für zwei Familien und die Bankerts, die sich bei ihnen einquartiert hatten. Die meisten hockten auf Kissen und Decken in der Diele um ein kleines, qualmendes Lagerfeuer. Sie ließen Krüge und Becher mit Met und Bier kreisen.

Ulf schlüpfte durch die Tür zum Garten. Er setzte sich neben Hanns und Dietleib.

»Wo warst du denn die ganze Zeit?«

»Ich habe mich draußen versteckt und Corvay belauscht. Wißt ihr, was sie vorhaben?«

Hanns und Dietleib schüttelten den Kopf.

»Alle arbeitsfähigen Männer und Frauen der Seiler, Schmiede, Zimmerleute und Sammler sollen das Abendzeichen zumauern ...«

»Das Abendzeichen ... zumauern?« wiederholte Dietleib verwirrt. »Aber warum denn?«

»Damit der *Weltliche* den Zugang zum Sakriversum nicht mehr findet!«

»Aber da reicht es doch, wenn ein Segment der Rosette verschlossen wird!« sagte Hanns. »Wir wissen, wie man Mörtel so hart macht, daß er nicht verwittert. Sonst wären doch in all den Jahren die Steinmetze der *Weltlichen* auch in die Nähe des Sakriversums gekommen ...«

»Richtig! Aber es gibt noch einen anderen Grund«, sagte Ulf ernst. »Sie wollen, daß jahrelang am Abendzeichen gemauert wird. Das richtet sich nicht gegen uns. Wir wissen, daß von draußen nur Gefahren drohen. Aber die *Bankerts* müssen erst noch lernen, daß gemeinsame Furcht zu Gehorsam gegenüber den Gesetzen führt.«

»Wir haben Corvay unterschätzt«, sagte Dietleib nach einer Weile.

Hanns und Ulf nickten.

»Sitzt da nicht rum!« rief Mathilda vom Herd her. Die Männer schraken zusammen. Mathilda wischte sich ein paar Locken aus der erhitzten Stirn. Sie kamen immer wieder unter ihrer Haube hervor.

»Hol Wasser, Hanns! Aus der Leitung kommt nichts mehr. Und du, Dietleib, kannst dich um ein paar neue Holzscheite kümmern!«

Die beiden Männer standen sofort auf. Nur Ulf blieb sitzen. Er starrte auf die Tischplatte. Jemand hatte geometrische Kreise und Linien auf das Holz gezeichnet. Die Zeichnung wirkte verwischt und stimmte an einigen Stellen nicht. Trotzdem erkannte Ulf sofort eine Art Querschnitt durch das Sakriversum. Nur oben, wo die *Teufelsmauer* war, entdeckte er Linien und Winkel, von denen er selbst nichts wußte.

Durch die Küche zog ein Geruch von Sauergesottenem mit frischen Kräutern und Gemüse.

Zwei Frauen kamen mit einem großen Brett frisch gebackener Brotlaibe durch die hintere Küchentür.

»Es ist nicht so, wie es sein sollte«, sagte eine von ihnen. »Meister Heinrichs Familie hat nicht genügend Sauerteig.«

Ein paar Kinder drängten sich um das Brot. Sie wurden zu den anderen in den Garten geschickt. Während die Frauen und Mädchen bei ihrer gewohnten Arbeit schwatzten und lachten, wich langsam die Erinnerung an die furchtbaren Tage. Einige fingen bereits leise an zu singen.

Dabei fiel Ulf wieder ein, was Agnes erzählt hatte. Sie und Guntram waren allein in Meister Lamprechts Haus gewesen, als die anderen das Sakriversum noch nicht erreicht hatten.

Dann konnte diese Zeichnung nur von Guntram stammen!

Er lächelte, denn jetzt wurde ihm klar, was Guntram in der Nacht des Todes von Meister Albrecht im *Buch-Heim* erfahren haben mußte.

Ulf stand auf. Er ging zu den geöffneten Fenstern an der Schmalseite der Küche. Draußen spielten die Kinder von drei Familien. Agnes und Nancy paßten auf sie auf.

Ulf blickte über die Gärten zum dunkleren Teil des Sakriversums hinauf. Dort irgendwo mußte Guntram sein.

Er wurde durch laute Rufe und Befehle von der Straße her aus seinen Gedanken gerissen. Dann hörte er das Hufeklappem des Mulis. Dumpfe, dröhnende Paukenschläge hallten durch das Dorf. Jemand faßte ihn von hinten an die Schulter.

»Bist du Sammler?«

»Nein, Alchimist.«

Ulf drehte sich um. Vor ihm stand Bronco, der Artist.

»Ihr seht euch alle so ähnlich. Du wohnst in diesem Haus, also mußt du ein Sammler sein. Kommt mit! Befehl von König Corvay!«

»Das Essen ist gleich fertig«, rief Mathilda. »Nehmt schon mal Messer und formt euch Löffel aus den Brotkrusten ...«

»Keine Zeit!« antwortete Bronco. Er schob Ulf vor sich her durch die Diele und den verwilderten Vorgarten. Auf der Straße hatten sich bereits eine Menge Leute versammelt.

»Hector!« rief Corvay laut. »Du führst unsere Gruppe an. Paßt auf, daß euch kein *Schander* entwischt. Und jetzt an die Arbeit!«

Einige Zeit vorher, noch während der Dunkelheit, war Lello im Garten von Meister Lamprechts Familie auf Agnes und Nancy getroffen.

Er war eine Weile Guntram gefolgt, bis er ihn an den Zisternen vor der *Teufelsmauer* aus den Augen verloren hatte. Danach war er überaus vorsichtig ins Dorf hinunter gehumpelt.

»Wo warst du denn die ganze Zeit?« fragte Agnes.

»Wenn ihr wüßtet, was ich alles gesehen habe«, stöhnte Lello. Er hinkte zum Wassertrog, wusch sich und trank erst einmal. Und dann berichtete er von seinen Erlebnissen.

Die beiden Mädchen hörten staunend zu. Weder Agnes noch Nancy hatten jemals etwas von Kraftwerken oder Maschinen unten am *Irrlichtmoor* gehört. Bei Nancy war das verständlich, aber auch Agnes war niemals in den verbotenen Gebieten gewesen.

Lello erzählte, wie er am Eichberg die Wache des Königs getroffen und weggeschickt hatte.

»Du hast Guntram gesehen«, unterbrach ihn Agnes erregt. »Was ist mit ihm? Warum kommt er nicht zurück?«

Lello dachte lange nach.

»Ich glaube, er weiß mehr als wir alle. Er hat einen Auftrag von eurem Großvater und von Meister Albrecht erhalten. Bronco hat den Überlebenden und Guntram länger belauscht als ich. Sicher ist, daß sie beide miteinander gesprochen haben. Das habe ich selbst gesehen und gehört ...«

»Du sagst, daß mein Mann wirklich mit einem *Weltlichen* geredet hat?«

»Sie sprachen so wie wir jetzt – nur lauter ... ich meine, Guntram mußte lauter sprechen, damit ihn der andere hören konnte.«

»Was ist dann geschehen?«

Agnes faßte mit beiden Händen Lellos Hand.

»Bitte, Lello, sag mir alles!«

»Nach einer Weile haben sie sich verabschiedet. Dann ist der Überlebende durch das Rosettenfenster gestiegen. Guntram hat ihm noch eine halbe Stunde nachgesehen. Als der andere unten war, haben sie sich zugewinkt.«

»Und dann?« drängte Agnes.

»Dann ist Guntram zur *Teufelsmauer* hinaufgestiegen. Ich bin ihm nachgegangen – ganz vorsichtig natürlich. Oberhalb von Meister Albrechts Haus ist er plötzlich in einem Mauerspalt verschwunden. Ich habe die Höhle ganz genau gesehen, aber als ich ankam, konnte ich nicht den kleinsten Spalt mehr entdecken …«

Agnes stöhnte leise. Nancy nahm sie in die Arme.

»Er weiß bestimmt, was er macht«, sagte sie.

»Sie wollen jeweils um Mitternacht miteinander sprechen«, meinte Lello.

»Kommt dann der andere wieder hoch?« fragte Nancy erschreckt.

Lello schüttelte den Kopf.

»Ich habe nicht ganz verstanden, was sie sagten, aber es ging um irgendwelche Rohre, Beichtstühle und das *Buch-Heim* …«

Agnes fuhr herum. »Das können nur Logenmeister!« Sie lachte plötzlich und strahlte über das ganze Gesicht. »Dieser dumme Kerl! Und mir wollte er die ganze Zeit nichts sagen! Kommt, das müssen unbedingt die Clan-Chefs wissen!«

Im gleichen Augenblick fiel wieder Licht durch die *Beryllos-Linsen.*

»Übernehmt ihr das«, sagte Lello hastig. »Ich darf hier nicht gesehen werden, sonst hängt mich Corvay auf …«

»Wo willst du hin?« rief Agnes ihm nach. Lello drehte sich im Laufen halb um.

»Ich suche ihn! Und wenn ich mich jeweils um Mitternacht ins *Buch-Heim* schleichen muß!«

23. KAPITEL

Goetz war nicht überrascht, als er das Portal der Kathedrale offen fand. Er hatte es sich inzwischen abgewöhnt, sich um Vorgänge, die er nicht verstand, zu kümmern. In den ersten Tagen war das noch ganz anders gewesen. Da hatte er übersensibel, verstört und introvertiert gedacht und gehandelt. Seit er wußte, daß es noch andere Menschen außer ihm gab, fühlte er sich nicht mehr von unbekannten Fallen umgeben.

Natürlich mußte er auch weiterhin vorsichtig sein. Als Mensch des einundzwanzigsten Jahrhunderts waren viele im Verborgenen funktionierende Systeme selbstverständlich für ihn gewesen.

Jetzt mußte er sich wieder an die alten, natürlichen Überlebensinstinkte erinnern. Das würde nicht leicht sein!

Trotzdem war er froh und optimistisch.

Er hatte nicht nur Menschen und einen Freund gefunden, sondern Verwandte! Ein ganzes Volk von Verwandten ...

Während er durch das Mittelschiff der Kathedrale ging, amüsierte er sich über die Vorstellung, daß er selbst ebenso klein sein könnte, wenn Roland von Coburg seinen ehelichen Sohn Anselm ebenfalls unter dem Dach der Kathedrale versteckt hätte.

Was war nun besser?

Im Augenblick brauchte er sich über diese Frage keine Gedanken zu machen. Er ertappte sich dabei, daß er bereits öfter an das Sakriversum als an seine eigene, zerstörte Welt draußen dachte.

Die Städte auf der Erde waren bereits ein Kapitel der Vergangenheit. Wenn es überhaupt eine Zukunft gab, dann in der kleinen Welt über dem hohen Mittelschiff der Kathedrale.

Er blickte nach oben. Nichts deutete darauf hin, daß dort oben, wo sich die steinernen Gewölberippen im warmen Licht vereinten, Menschen wohnen konnten.

Was immer auch geschah – er würde niemals wieder unbefangen an einer Kathedrale vorbeigehen können, ohne zu ihrem Dach hinaufzusehen ...

Bis Mitternacht war noch viel Zeit. Er ging um den Altar herum. Auch die Türen zur Krypta standen offen. Goetz wollte bereits in die Kommunikationsräume hinabsteigen, als er es sich anders überlegte. Ihn interessierte nicht mehr, was die Manipulatoren der Kirche in den letzten Monaten und Wochen vor der Katastrophe alles unterlassen hatten. Aber hätten sie sie verhindern können?

Guntram hatte ihm mitgeteilt, vor welchen Problemen die alten und neuen Bewohner des Sakriversums standen. Selbst wenn sie gemeinsam alle Kraft aufwandten, um die verwahrlosten Felder jetzt noch zu bestellen, konnten sie die kleine Welt bis zum Winter nicht wieder in Ordnung bringen.

Sie würden hungern – und wie sich dann die Eindringlinge benahmen, war vorauszusehen.

Goetz erkannte, daß es in den nächsten Monaten viel Arbeit für ihn geben würde. Er allein war in der Lage, die Versorgung von *Schandern* für *Bankerts* für mindestens zwei Jahre zu organisieren.

Erst nach diesem Zeitraum würden die Menschen im Sakriversum wieder fähig sein, alle Bewohner aus eigener Kraft zu ernähren.

Entschlossen drehte Goetz sich um. Er ging zur Treppe, die zum Vorratskeller hinter dem zwölfeckigen Raum mit den toten Geistlichen. Es roch nicht mehr muffig und nach Verwesung. Trotzdem zögerte er kurz, ehe er die Stufen hinabging, und blickte zu Boden.

Der tote Küster war verschwunden!

Für einen Augenblick mußte Goetz sich am steinernen Geländer festhalten. Er sah, daß die schwere, eisenbeschlagene Holztür zum zwölfeckigen Raum einen Spaltbreit geöffnet war.

Sein Herz klopfte plötzlich wie verrückt.

Wer hatte den Leichnam fortgeschafft?

Jetzt empfand er doch wieder das bedrückende Gefühl der ersten Tage. War er auch hier nicht mehr allein?

Behutsam zog er die schwere Tür weiter auf. Das Licht war noch so grell wie vorher. Er lehnte sich mit dem Rücken gegen die meterdicken Mauern. Vorsichtig blinzelte er über seine linke Schulter hinweg in den zwölfeckigen Raum.

Die Mumien saßen noch immer um den Tisch. Doch jetzt sahen sie aus, als würden sie beim leisesten Windhauch zerfallen. Noch etwas hatte sich verändert: Am Tisch saßen nicht mehr zwölf Personen, sondern dreizehn!

»Du kannst ruhig hereinkommen«, sagte die *MUSE.*

Ärger stieg in ihm hoch. Er wollte nicht, daß sich irgendein vorprogrammierter Apparat in seine Angelegenheiten mischte! Es interessierte ihn nicht, ob sie wie ein grauer Kasten oder eine verführerische Frau aussah.

Er brauchte weder ein *Multi-Secretary-Modell* noch die Holografie-Projektion irgendeiner Traumfrau!

Entschlossen trat er ganz ins Licht.

»Was soll das?«

»Ich habe auf dich gewartet.«

»Wie reizend!« sagte er sarkastisch. »Bis über den Tod hinaus! Über den Tod der gesamten Menschheit! Es könnte ja noch einer übrigbleiben ... und der braucht wieder einen Wachhund.«

»Du hast das Sakriversum also gefunden«, sagte die *MUSE.*

»Ja, ich habe es gefunden!« sagte er ungeduldig. »Und jetzt verschwinde! Ich habe viel zu tun ...«

»Das hatte ich sowieso vor.« Sie lächelte beinahe wehmütig. Sie stand auf und kam um den Tisch herum. Ihre Arme legten sich wie körperlich um seine Schultern. Die Projektion war absolut perfekt.

Er spürte ihre Körperwärme, hörte ihren Atem und roch den feinen Duft eines Blütenparfüms. Dann fühlte er, wie ihre Lippen seine Lippen sanft und weich berührten.

Er hob die Arme und – griff durch sie hindurch.

»Wir werden uns nie wiedersehen«, sagte sie einen halben Meter von ihm entfernt. Ihre Stimme klang sehr leise. Gleichzeitig öste sie sich wie ein Lichtgemälde an Kathedralenfenstern auf, wenn Wolken vor die Sonne ziehen.

Der graue Kasten stand drei Meter von ihm entfernt.

»Wir konnten dir nur Wege zeigen«, sagte eine alte, zitternde Männerstimme aus dem Kasten. »Du selbst mußtest entscheiden, ob du sie gehen wolltest. Deshalb warst du der größte Risikofaktor des Plans, der mit dem Bau gotischer Kathedralen begann ...«

Es knackte, dann verstummte der graue Kasten.

Goetz blickte hilfesuchend zu den kostbar gekleideten Mumien. Als er in ihnen noch stolze, unnahbare Kirchenfürsten vermutet hatte, waren ihm ihre Gesichter unnachgiebig und abweisend vorgekommen:

Herrscher aus einer längst fremd gewordenen Welt!

Doch jetzt wußte er, daß sie eine lange Kette gebildet hatten. Sie waren die Hüter eines großen Geheimnisses gewesen. Und weder Zeitströmungen noch ihre eigenen Zweifel hatten sie wankelmütig gemacht.

Nachdenklich ging er zur Vorratskammer.

Er arbeitete bis kurz vor Mitternacht. Mit Hilfe der Bildschirme im Vorratslager rechnete er aus, welche Nahrungsmenge zweihundert Menschen in zwei Jahren verbrauchen würden.

Dabei konnte er sich nur auf vorhandene Statistiken stützen, und auch die waren unterschiedlich.

Er erfuhr, welche Nahrungsmenge ein Mitteleuropäer verbraucht hatte, der an die automatischen Versorgungssysteme angeschlossen gewesen war. Diese Zahlen waren vorhanden.

Schwieriger wurde es beim Durchschnittsbedarf von Slumbewohnern und Nichtregistrierten. Dazu kamen regionale und kontinentale Abweichungen von der Norm.

Die Angaben für die ewig Hungernden der Dritten Welt kamen mit wenigen Positionen aus: Reis, Maniok, Bohnen, Milchpulver und bestenfalls ein halbes Dutzend weiterer Angaben ...

Als Goetz nach vielen Stunden mit steifem Rücken aufstand, wußte er, daß er so nicht weiterkam. Er mußte von Guntram eine genaue Aufstellung darüber anfordern, wieviel im Sakriversum zum Überleben erforderlich war.

Er schenkte sich die letzte halbe Tasse Tee aus einer Thermoskanne ein. Obwohl er sich die ganze Zeit mit Nahrungsmitteln beschäftigt hatte, konnte er jetzt nichts essen.

Er nahm eine Schreibplatte, einen Kontaktstift, ein Sprach-Speichermodul für seinen Armband-Terminal und einen Handscheinwerfer aus den Regalschüben, dann ging er nach oben.

Drei Minuten vor Mitternacht versuchte er einen ersten Kontakt an dem Bleirohr, von dem er den Beichtstuhl gerissen hatte. Punkt Mitternacht rief er Guntram von einem anderen Beichtstuhl aus.

Danach versuchte er es von verschiedenen Stellen fast eine halbe Stunde lang.

Das Sakriversum antwortete nicht. Goetz beschloß, wieder nach unten zu gehen. Dann erinnerte er sich an das Bett in der Krypta mit den Fernsehkameras. Das war bequemer.

Den ganzen folgenden Tag arbeitete er, unterbrochen von einigen Pausen, wieder im Vorratslager.

Gegen Abend wußte er, daß er das Sakriversum zwei Jahre lang ernähren konnte. Da er bis Mitternacht noch Zeit hatte, spielte er einige der gegen Ende des zwanzigsten Jahrhunderts entstandenen Überlebens-Modelle durch.

Es war eine eher entspannende Beschäftigung. Die meisten Bildschirmspiele waren so einfach aufgebaut, daß jedes Kind merken mußte, wie falsch sie waren. Nur bei einigen Ausnahmen entdeckte Goetz komplizierte Strukturen, bei denen auch scheinbar unwichtige Entscheidungen im weiteren Spielverlauf verheerende Folgen hatten. Dabei wurden nicht nur wirtschaftliche oder ökologische Planzahlen bewertet, sondern auch emotionale und psychologische Veränderungen.

Daran hatte er nicht gedacht!

Ihm wurde plötzlich klar, daß er das Sakriversum unmöglich so versorgen durfte, wie es technisch möglich gewesen wäre.

Er erkannte sofort das Dilemma. Schaffte er zu wenig nach oben, würden zuerst die *Schander* verhungern – lieferte er zuviel, schob er damit den Zeitpunkt der Selbstversorgung noch weiter hinaus, denn niemand würde die Notwendigkeit des vollen, eigenen Einsatzes einsehen!

Selbst, wenn er genau die richtige Menge traf, mußte bei der Verschiedenartigkeit von *Schandern* und *Bankerts* ein Zweiklassen-Staatswesen entstehen – die einen als Arbeiter und die anderen als Ausbeuter ...

Aber würde das nicht in jedem Fall passieren?

»Gar nicht so einfach«, murmelte er. Er zählte verschiedene Alternativen an seinen Fingern ab:

»Möglichkeit eins – gar nichts tun. Dann verhungern zuerst die

Schander oder werden umgebracht. Anschließend sterben die *Bankerts*, weil sie nicht gelernt haben, im Sakriversum zu existieren.«

Goetz schüttelte den Kopf.

»Möglichkeit zwei – die *Bankerts* aus dem Sakriversum vertreiben. Das wäre Mord!«

Keine Alternative.

»Möglichkeit drei – die *Bankerts* aus dem Sakriversum holen und ihnen das Vorratslager überlassen. Dann leben sie drei, vier Jahre wie die Maden im Speck und sind anschließend lebensunfähige Psychopathen. Ebenfalls Mord!«

Auch keine Alternative.

»Möglichkeit vier – die *Schander* aus dem Sakriversum holen. Das übersteht keine der beiden Gruppen auch nur ein halbes Jahr. Die einen gehen an Entwurzelung zugrunde, die anderen aus Unfähigkeit!«

Goetz seufzte. Was konnte er denn wirklich tun?

Es wurde Zeit, daß er wieder hinaufging.

Auch diesmal hatte er kein Glück. Guntram meldete sich wieder nicht. Er mußte unbedingt mit ihm sprechen. Deshalb entschloß er sich, am nächsten Morgen wieder zum Sakriversum aufzusteigen.

Am 24. April wurden auf Befehl von König Corvay sämtliche Männer und die Hälfte der Frauen zur Arbeit am Bollwerk verpflichtet.

Die andere Hälfte mußte im Dorf kochen, backen, die Alten versorgen und Kleinkinder hüten. Kinder zwischen acht und zwölf Jahren wurden auf die Felder und in die Gärten geschickt. Sie sollten Wurzeln ausgraben, Beeren pflücken und Frühgemüse ernten.

Trotzdem ging Corvay alles viel zu langsam.

Am Abend des zweiten Tages war die zerstörte Stelle im Rosettenfenster durch eine haushohe Mauer verschlossen, aber auch das genügte Corvay noch nicht.

Wer nicht vor Müdigkeit umsank, mußte auch nach Einbruch der Dunkelheit weiterarbeiten, Netze knüpfen und Seile spannen.

Patrick hatte die Felle von seinen Paukenkesseln gelöst. Unermüdlich ritt er auf seinem Muli zwischen dem Dorf und der großen Baustelle an der Westseite des Sakriversums hin und her. Bei jedem Ritt brachte er zwei Kessel Suppe, Brot, Braten, Wein oder Wasser mit. Trotzdem reichte es nicht aus, um die Erschöpften wieder zu kräftigen.

Als nur noch wenige mit langsamen, müden Bewegungen arbeiten konnten, gab König Corvay den Befehl zum Schlafen. Die meisten fielen dort um, wo sie gerade standen.

Corvay rief seine Berater in einer nach Westen abgeschirmten Mulde am Sündanger zusammen. Er zog auch Jan hinzu. Sie setzten sich um ein kleines Feuer. Patrick versorgte noch sein Muli, dann kam er auch in die Runde.

Schweigend warteten sie darauf, daß Corvay zu sprechen begann. Der selbsternannte König des Sakriversums ließ sich Zeit. Erst als jeder einen Becher Met hatte, hob er seinen Krug.

Sie tranken, wischten sich über die Lippen und blickten ihn an. Corvay sah von einem zum anderen.

Hector sah schmutzig und verschwitzt aus. Galus konnte nur noch mit Mühe die Augen offen halten. Menennery Luck hantierte mit einigen Papieren. Nur Jan und Patrick waren die Anstrengungen des langen, schweren Tages nicht anzumerken.

»Das war der erste Tag, wie ich ihn mir gewünscht habe«, sagte König Corvay schließlich. »Was haltet ihr davon?«

Hector starrte schweigend ins Feuer. Er bewegte mahlend seinen kantigen Unterkiefer.

Galus schloß für einen Moment die Augen. Jan und Patrick warfen sich einen verstohlenen Blick zu. Es war Menennery Luck, der sich veranlaßt fühlte, Corvay zu antworten.

»Ein langer, aber ein guter Tag. Wir haben hart gearbeitet und viel geschafft ...«

»Du und viel geschafft!« knurrte Hector unwillig.

»Aber ja doch! Jetzt haben alle begriffen, daß meine Gesetze befolgt werden müssen!«

»Meine Gesetze!« korrigierte Corvay.

»Natürlich, natürlich! Ich meinte auch nur ...«

Corvay brachte ihn mit einer Handbewegung zum Schweigen.

»Und du Galus? Warum sagst du nichts?«

»Ich bin müde«, antwortete der Arzt, ohne die Augen zu öffnen. »Vielleicht ist Härte in den ersten Tagen richtig, aber du darfst den Bogen nicht überspannen.«

»Keine Sorge! Bereits morgen werden alle das Gefühl haben, mit vereinter Kraft etwas Großes geleistet zu haben. Das ist es, was wir brauchen: Die vereinte Kraft. Danach lassen wir die Zügel wieder etwas lockerer. Wir werden Großzügigkeit an den Tag legen und Gunstbeweise geben. Aber nicht an die besten, sondern an die gefährlichsten von unseren Leuten. Das wird sie weich und für eine Weile friedlich machen.«

»Du hast wirklich das Zeug zum König!« stöhnte Patrick und massierte seine schmerzenden Muskeln.

»Wer hat das je bezweifelt?« fragte Menennery Luck.

»Ich!«

Galus blinzelte interessiert. Hector bewunderte Patricks Mut. Nur Corvay nickte bedächtig.

»Ich weiß, ich weiß«, sagte er und grinste. »Ihr habt vielleicht in den letzten Tagen manchmal gedacht, daß ich die Dinge zu sehr treiben lasse. Aber das war und ist ein Irrtum!«

Er trank bedächtig einen Schluck Met.

»Ich weiß genau, daß wir den Winter nicht überleben können, wenn wir nicht eine der härtesten und totalitärsten Diktaturen errichten, die es je gegeben hat. Das betrifft nicht nur unsere Herrschaft über die *Schander*, sondern auch die eigenen Leute.«

Er wartete, bis seine Worte sich gesetzt hatten.

»Bei unserem ersten Besuch hier habe ich noch ganz anders gedacht. Damals war ich eher eine Art Räuberhauptmann. Wir wollten stehlen, plündern und uns ein bißchen dafür rächen, daß wir so klein geraten waren.« Er lachte glucksend, wurde aber gleich wieder ernst. »Als ich anfing, unsere Situation zu verstehen, wollte ich aufgeben. Besonders nach dem Mißerfolg in den Fluchtkellern der *Schander.*«

»Das haben wir gemerkt«, knurrte Galus.

»Aber ich habe nicht aufgegeben, sondern den ganzen langen

Weg nach oben jeden einzelnen beobachtet und dabei nachgedacht. Und wißt ihr, was mir dabei eingefallen ist?«

Sie schüttelten den Kopf.

»Du auch nicht, Patrick?«

»Nein.«

»Mir fiel ein, daß es Situationen wie unsere schon tausendmal gegeben hat. Zu allen Zeiten der Geschichte!«

»Unmöglich!« knurrte Hector.

»Und doch ist es so! Plünderer, Söldner, Landsknechte und Piraten waren stets ein wild zusammengewürfelter Haufen, die nichts vereinte außer zwei Merkmale: Sie waren Entwurzelte, und das Motiv ihres gemeinsamen Handelns war die Gier nach Beute.«

»Aber es gab andere, die heilige Kriege führten oder für Ideen kämpften«, warf Patrick ein.

»Wollten sie nicht auch etwas erbeuten? Und wenn's die Seelen von Andersgläubigen waren. Aber darauf will ich nicht hinaus. Ich habe mir nur überlegt, was mit Siegern passiert, wenn keine Beute da ist.«

»Dann wird es kritisch«, sagte Galus.

»Eben«, nickte Corvay. »Dann haben die Besiegten plötzlich mehr inneren Zusammenhalt als die Sieger. Wenn es außerdem keinen Weg zurück mehr gibt, gehen die Sieger unter, oder sie werden durch die Umstände gezwungen, mit den Besiegten zu verschmelzen.«

»Du meinst, wenn wir die *Bankerts* und die *Schander Schander* bleiben, gibt es uns bald nicht mehr«, überlegte Patrick.

»Ganz richtig! Denn wenn nur zwei von den *Schandern* übrig bleiben, können sie weiterleben. Das haben sie schon einmal bewiesen. Könnten das zwei von uns ebenso?«

»Wahrscheinlich nicht!«

»Deshalb bleibt uns auf lange Sicht nur die Chance der Integration. Wir müssen die verschworene Gemeinschaft der *Schander* behutsam aufweichen und uns mit ihnen vermischen. Das geht nur, wenn wir unsere eigenen Leute durch einen äußeren Feind disziplinieren und ihnen stufenweise beibringen, daß sie eben nicht die Sieger sind ...«

»Das wird verdammt schwer!« brummte Hector. Er hatte nicht

alles verstanden, aber der Gedanke, mit Corvays Billigung einige der *Schander*-Mädchen zu besteigen, gefiel ihm ausgesprochen gut.

Sie tranken alle einen tiefen Schluck Met. Das Feuer fiel langsam in sich zusammen.

»Ich weiß nicht, ich weiß nicht«, sagte Galus bedächtig. »Was du gesagt hast, Corvay, war sicherlich sehr intelligent und gut durchdacht. Aber ich kann mir einfach nicht vorstellen, daß die *Schander* bei deinen Plänen mitspielen!«

»Warum nicht? Wir sitzen doch jetzt alle im gleichen Boot!«

»Ja, aber sie sitzen schon seit siebenhundert Jahren darin. Das muß doch irgendeinen Grund haben.«

»Vielleicht sollte das Sakriversum eine Art Arche Noah sein«, meinte Patrick. »Oder ein langfristig angelegtes Zucht-Experiment mit Menschen.«

»Du bist verrückt!« kicherte Menennery Luck. »Soviel Vorausplanung? Und das im finsteren Mittelalter?«

Corvay sah Patrick an.

»Da könnte etwas dran sein«, sagte er und nickte nachdenklich. »Ich weiß, daß es hier irgendein Geheimnis gibt. Schließlich bin ich der einzige Mensch von draußen, der einen Teil des großen Testaments gesehen hat. Leider nur einen Teil und nicht mal den konnte ich ganz entziffern.«

»Dann müssen wir herausfinden, was die *Schander* selbst glauben!« empfahl Patrick. »Ehe wir das Ziel ihrer Existenz nicht kennen, werden sie sich eher wie Lemminge in den Tod stürzen, als sich mit uns zu vermischen!«

Galus schwieg. Er sagte nichts von Lea und von Lello, denn im Prinzip hatte Patrick vollkommen recht – auch wenn es Ausnahmen in der Vergangenheit gegeben hatte.

An diesem Dienstag wachte Goetz ziemlich spät auf. Er fühlte sich wieder etwas krank, deshalb blieb er noch eine Weile liegen und dachte über seine nächsten Schritte nach.

Die Stille um ihn herum war beinahe körperlich fühlbar. Oder war sein Gehör schlechter geworden?

Als er sich schließlich aufraffte und unter die Dusche stellte, kam nur noch kaltes Wasser. Er würde sich daran gewöhnen müssen.

Wie üblich schluckte er einige Medikamente. Auf dem Mikrowellenherd machte er sich ein Frühstück aus tiefgefrorenem Rührei mit Schinken. Dazu trank er zwei Gläser Kräutertee mit Vitaminen.

Anschließend beschaffte er sich auf die gewohnte Weise einen gelben Overall mit mehreren Taschen und Gummistiefel. Irgendwann würde auch das vorbei sein! Er mußte sich langsam darauf vorbereiten.

Er zog sich an und ging hinauf in die Kathedrale. Ohne sich am Altar aufzuhalten, stieg er die andere Treppe wieder nach unten. Er kümmerte sich nicht um die Mumien, sondern ging direkt ins Vorratslager.

In der Nähe der Eingangstür lagen noch die Reste seiner ersten Nacht in der Kathedrale neben den Regalen. Er lächelte amüsiert, als ihm klar wurde, daß er in Zukunft selbst aufräumen mußte.

Sorgfältig stellte er eine Traglast für den Aufstieg zusammen. Er ging an den Regalen entlang bis zu den Wasserkanistern, ehe er genug hatte.

Die *Schander* kannten weder Kartoffeln, noch Mais oder Tomaten – von Ketchup, Schokolade, Kaffee und Fertiggerichten ganz zu schweigen. Es war nicht einfach, *naturreine* Vorräte zu finden! Schließlich hatte er Leinöl, Hirse, Haferkeime, Gerstenmehl, Honig, Trockenfisch, geraspelte Nüsse, gedörrte Pflaumen, Hagebuttenpulver und gefriergetrocknete Rübenschnitzel zusammen. Guntram und seine Leute mußten selbst beurteilen, was sie davon brauchen konnten.

Er trug die Vorräte ins Mittelschiff der Kathedrale. Vor dem Altar machte er die erste Pause. Er sah nach oben und überlegte, ob er vielleicht einen Seilkran nach oben bauen sollte. Das war kein schlechter Gedanke!

Er dachte an einen kleinen Lastenaufzug, den er später zu einer mit Solarenergie betriebenen Plattform erweitern könnte.

Er schulterte den Beutel und ging zum Hauptportal. Die Türen zu den Türmen waren immer noch offen. Er wußte, daß er seine

Kräfte einteilen mußte. Deshalb beugte er sich weit vor und hob in regelmäßigem Rhythmus einen Fuß nach dem anderen. Auf diese Weise fiel er beinahe die Stufen hoch.

Er machte viermal Rast. Am vierten Rastplatz saß er lange auf der Brüstung eines schmalen Mauerdurchbruchs und blickte über die große, stille Stadt hinweg. Die Feuer waren erloschen. Nirgendwo stiegen Rauchsäulen in den klaren, blauen Himmel. So schöne Apriltage hatte es lange nicht mehr gegeben. Er fragte sich, woran das liegen konnte. An den Flugzeugen vielleicht, die nicht mehr wie gewaltige Walfische mit frachtgefüllten Bäuchen durch die Wolken zogen? Oder am Fehlen der Zivilisationsausdünstungen?

Er ließ seinen Proviantbeutel auf dem Boden liegen und ging zur anderen Seite des Treppenabsatzes. Das Rosettenfenster war noch nicht bunt. Die Sonne stand erst im Süden. Goetz suchte in den Schatten der Westfassade nach Zeichen und Spuren, die ihm bei seinem ersten Besuch im Sakriversum weitergeholfen hatten.

Er sah sie nicht mehr.

Lächelnd ging er zurück und schulterte den Proviantbeutel.

Jetzt kam das letzte Stück im Turm.

Lello hinkte stärker als sonst. Er hatte sehr schlecht geschlafen. Eigentlich noch schlechter als während des mühsamen Aufstiegs durch die geheimen Gänge von den Bleikellern zum Sakriversum!

Einen Tag lang hatte er Stück für Stück der *Teufelsmauer* mit seinen Fingern untersucht. Er hatte in der Mitte begonnen und war zunächst nach Osten gegangen. Erst an den Aasbergen hatte er aufgehört. Er war bis zum Haferberg zurückgegangen und hatte ein paar grüne Ähren eingesammelt. Am Gerstenberg sahen die Sprößlinge der Wintergerste ausgetrocknet und verdorrt aus. Am Weizenberg war überhaupt noch nichts zu sehen.

Lello legte die Hand über die Augen und sah über die Hügel und Täler hinweg. Nur ab und zu entdeckte er weit unten ein paar Halbwüchsige auf den Feldern. Dabei hätten doch gerade jetzt alle draußen sein müssen!

Er schüttelte den Kopf und hinkte weiter. Wenn nicht bald etwas geschah, konnten sie alle nur noch nach unten in die Stadt gehen und verstrahlte Lebensmittel essen, an denen sie qualvoll sterben würden.

Als er am Bach ankam, sah er, daß kein Wasser mehr floß. Er setzte sich auf einen Stein und blickte fast eine Stunde ins Dorf hinunter. Nicht einmal sah er einen von Corvays Leuten. Sie mußten alle noch hinter dem Wald im Westen sein!

»Es ist eine Schande!« murmelte er.

Es machte ihn traurig, daß er so hilflos dem sicheren Untergang des Sakriversums zusehen mußte. Warum konnte nicht wenigstens er etwas tun?

Aber was? Sollte er versuchen, ins Dorf zu kommen? Hatte es Sinn, sich mit den Kleinkindern und den wenigen Frauen, die er ab und zu sah, im *Buch-Heim* zu verschanzen? Was konnte er dadurch verändern?

Ein Vogel flatterte aus einem Busch. Er hüpfte bis zum wasserlosen Bach, suchte nach einem letzten Rinnsal.

Das brachte Lello auf eine Idee. Er dachte an die vertrocknete Wintergerste. Dem Sakriversum fehlte Wasser!

Und die Zisternen waren randvoll. Er hatte es gesehen!

Er hastete den steilen Berg hinauf zu den Zisternen an der *Teufelsmauer.* Lello humpelte aufgeregt an den großen Wasserbehältern entlang. Zwei von ihnen speisten den Bach. Die anderen auf beiden Seiten hatten schräg zur Seite laufende Kanäle mit Schiebern, die halb so groß waren wie er.

Er untersuchte die Seile, die über Rollen und komplizierte Umleitungen kreuz und quer durcheinanderliefen. Es sah fast wie an einem historischen Stellwerkhäuschen aus.

Lello wischte sich mit dem Zeigefinger über die Nasenlöcher. Das ganze Sakriversum war eine höllisch komplizierte Angelegenheit!

Er wußte nicht, wie es funktionierte, aber eins war sicher: es fehlte Wasser!

Er versuchte es an der östlichsten Zisterne. Zunächst koppelte er die Seilverbindungen los. Dafür brauchte er bereits zwanzig Minuten. Er knotete das obere und das untere Steuerseil des Sperrschiebers zusammen und hakte sie über einen Steinvorsprung.

Dann faßte er mit beiden Händen eine schwere Handkurbel. Ihr metallisches Schneckengewinde griff in ein Zahnrad, ein zweites drehte sich langsamer und das dritte, das größte Zahnrad, griff in die Nuten an der Seite des Schiebers.

Lello kurbelte und kurbelte, konnte aber kaum eine Bewegung des Schiebers erkennen. Nur unter seinen Füßen spürte er ein zunehmendes leises Zittern. Es wurde zu einem Rauschen und dann zu einem Beben.

»Ich bringe euch Wasser!« keuchte er. »Wasser für das Sakriversum!«

Er lief zur nächsten Zisterne. Diesmal konnte er die Seilknoten schneller lösen. Und wieder kurbelte er angestrengt, bis er das Rauschen in den Kanälen hörte.

Die dritte Schleuse schaffte er bereits in zehn Minuten. Unter ihm dröhnte der Boden wie in den Städten, wenn Versorgungsbomben durch die unterirdischen Tunnel donnerten.

Lello wurde nicht müde, immer mehr Wasser für die trockenen Felder in die verborgenen Kanäle zu leiten. Trotzdem mußte er sich ausruhen, als er am Bach ankam. Er zitterte vor Anstrengung.

Von der Westseite hörte er Hammerschläge, mit denen Eisen geschmiedet wurde. Vom Eichberg kam der Klang von Sägen und Äxten, dazwischen Warnrufe, wenn wieder ein stürzender Baum nach unten krachte.

Lello verstand nicht, was sie machten. Es hörte sich an, als würden sie in großer Hast die Kathedrale weiterbauen wollen. Ab und zu mischten sich helle Schläge von Hämmern und Steinmeißeln unter die vielfältigen Geräusche.

So ähnlich mußte es sich vor siebenhundert Jahren in den Steinbrüchen, den Wäldern und den Bauhütten rings um den mächtig emporragenden Bau angehört haben …

Aber warum?

Warum sägten, hämmerten und schmiedeten sie, statt die Felder zu bearbeiten?

»Corvay muß verrückt sein!« sagte er zu sich selbst, aber er wußte besser als viele andere, daß Llewellyn Corvay nicht verrückt war. Bisher hatte alles, was dieser Mann tat, immer sehr handfeste Gründe gehabt!

Schon früher war Lello immer wieder erstaunt gewesen, wie gut Corvays Informationen waren.

Wären sie sonst in der alles verheerenden Nacht in der Kathedrale gewesen? Und nicht im Mittelschiff, sondern im Bleikeller-Studio?

Lello erinnerte sich noch genau an seinen großen Auftritt. Er hatte in der Mitternachts-Show Possen gerissen, als die Regisseure, Kameramänner, Tonmeister und Assistenten jenseits der Bleiglasscheibe, die das Studio vom Regieraum trennte, einer nach dem anderen in sich zusammensanken.

Corvay hatte seinen Leuten befohlen, die ganze Nacht und auch noch den nächsten Tag im Studio zu bleiben. Er hatte sie angebrüllt, wenn Frauen Wasser für ihre Kinder verlangten. Und mehr als einmal hatte er sein Schwert gezogen, das zum Kostüm gehörte, in dem die kirchlichen Fernsehleute ihn und die anderen Teilnehmer am Weltkongreß der Kleinsten ihren Zuschauern vorführen wollten. Corvay mußte also ganz genau gewußt haben, *wann* das große Feuer kam, von dem nicht nur Nostradamus, sondern auch die biblischen Propheten und die Geheimbünde der Rosenkreuzer und der *Templer* gesprochen hatten, als überall die neuen, gotischen Kathedralen entstanden.

Irgendwie hatte alles mit den Ereignissen vor siebenhundert Jahren zu tun, als die Geheimnisse der arabischen Welt mit der Mystik des Abendlandes zusammenstießen. Selbst die Überlieferungen der Walliser, Normannen und der Freimaurer paßten dazu.

Corvay hatte sich bei einem lange zurückliegenden Zechgelage einmal damit gebrüstet, ein verborgenes Wissen zu besitzen. Außerdem hatte er behauptet, daß er der legitime Nachkomme eines königlichen Geschlechts sei, dessen Fluch und Bestimmung es war, bis zu den letzten Tagen der Menschheit im Verborgenen zu leben.

Lello glaubte nicht, daß Corvay verrückt war!

Ebensowenig wie die *Schander*, die auch rechtzeitig nach unten geflohen waren.

24. KAPITEL

Guntram brauchte fast zwei Tage und zwei Nächte, um die geheimnisvolle Flugmaschine zu ergründen. In dieser Zeit schlief er nicht und nahm auch keine Speisen zu sich.

Nur hin und wieder trank er einen Schluck Met aus einem Lederbeutel, den er am Sündanger gefunden hatte.

In der ersten Nacht prägte er sich die äußeren Einzelheiten des riesigen goldenen Vogels ein. Immer wieder ging er mit langsamen, bedächtigen Schritten um ihn herum.

Die Maschine war so breit wie zwei Häuser, so hoch wie drei Häuser und mit dem Fächerschwanz so lang wie fünf Häuser.

Guntram hatte noch nie ein derartiges Kunstwerk gesehen. Nach den alten Maßen seiner Vorfahren hatte der schimmernde Metallvogel eine Breite von zehn Fuß, eine Höhe von fünfzehn Fuß und eine Länge von fünfundzwanzig Fuß.

Als er selbst einen Fuß vor den anderen setzte und an der Seite der Flugmaschine entlangging, kam er auf zweihundert seiner eigenen Fußlängen.

Er bewunderte die feinen, filigranartigen Nachahmungen von Federn am Körper des Metallvogels. Wenn er vor seiner breiten Brust stand und nach oben sah, wirkte die Flugmaschine wie ein unnahbares Standbild. Dort, wo die nachgeahmten Bauchfedern aus Gold in Brustfedern übergingen, begannen kunstvolle Verzierungen aus leuchtend bunten Metallstreifen, Emaille-Medaillons, und großen Edelsteinen in silbern glänzenden Einfassungen.

Guntram sah faustgroße Saphire, Rubine und Diamanten. Sie bildeten zwei übereinanderliegende Rosetten-Kreise auf der Brust des Vogels. Der untere war groß und bunt, im oberen befanden sich in einer blau leuchtenden Emaille-Fläche nur drei zum Dreieck angeordnete, strahlende Perlen.

Bei jedem Rundgang blieb Guntram immer wieder fasziniert vor dem Bug der phantastischen Flugmaschine stehen. Selbst das weißblau strahlende dritte Auge an der Stirnseite des hoch aufragenden Kopfes erschreckte ihn nicht mehr.

Gegen Mittag ging zu einer zickzackförmig an der Seitenwand des Raumes aufsteigenden Treppe. Er stieg bis zu einer umlaufenden Galerie hinauf.

Von oben war der Blick auf die gewaltige Flugmaschine fast noch schöner. Blinkende Reihen von geschwungenen *Beryllos-Linsen* liefen von den Schultern des Vogels an den Flügelansätzen vorbei bis zum leuchtend-bunten Schwanzfächer. Sie bildeten Bögen wie mehrfache Perlenschnüre.

Guntram mußte sich zwingen, wieder nach unten zu gehen. Er wußte inzwischen, daß der Eingang in den goldenen Vogel an der Brustseite lag.

Mit drei Fingern drückte er auf das nur für Eingeweihte sichtbare Zeichen. Er trat ein paar Schritte zurück und wartete. Langsam öffneten sich die beiden Hälften einer gotischen Portaltür.

Licht fiel aus dem Inneren der Flugmaschine wie durch hohe, bunte Kathedralenfenster.

Guntram schritt über breite Stufen, die genau seiner Körpergröße angepaßt waren. Hinter ihm schlossen sich die Türen.

Den Rest des Tages und die darauffolgende Nacht streifte er durch die Wunderwelt des *Inneren Altars.*

Er war die eigentliche Arche!

Das äußerlich einem Vogel als Symbolträger des Menschentraums vom Fliegen nachempfundene Meisterwerk war viel mehr als ein mechanisch arbeitender Apparat.

Guntram hatte erwartet, im Innern ein System aus Zahnrädern, Seilen, Drähten, Spindeln und komplizierten Hebelwerken vorzufinden. Die Ereignisse der letzten Tage hatten ihn annehmen lassen, daß er als Logenmeister über das Wissen seines Volkes verfügte und auch die Geheimnisse der Eingeweihten kannte.

Jetzt mußte er erkennen, daß diese Informationen zwar in ihm gespeichert waren – aber nicht dort, wo sich Bewußtsein und Verstand befanden.

Es war viel eher so, als würden bei seinem Streifzug durch das Innere der Flugmaschine nach und nach bisher geschlossene Erinnerungsknospen aufbrechen. Denn auch als Eingeweihter hatte er nicht verlernt, was andachtsvolles Staunen hieß. Mit großen Augen entdeckte er immer neue Einzelheiten. Die Flugmaschine war in mehrere schalenförmige Etagen unterteilt. Zwischen den übereinanderhängenden Schalen sorgten Zwischenetagen, Erker, Treppentürmchen und schräge Ebenen für eine verwirrende Vielfalt von vertikalen und horizontalen Verbindungen.

Er brauchte lange, bis er zwölf Knotenpunkte ausgemacht hatte, die in unterschiedlichen Höhen und Abständen um eine zentrale Kugel zu kreisen schienen. Jeder der Knotenpunkte war eine Art Wohnhaus mit einer Zimmeraufteilung, die ihn an die Häuser im Dorf erinnerte. Dahinter befanden sich konisch auseinanderlaufende Trichter, die wie zusammengerollte Gärten und Felder aussahen. Es war, als hätten die Erbauer der Flugmaschine das Sakriversum als zweidimensionales Vorbild verwandt, um danach eine dreidimensionale Version zu bauen.

Wenn dieser Gedanke richtig war, konnte die Kugel in der Mitte eine ähnlich zentrale Funktion haben wie das *Buch-Heim*.

Guntram zögerte lange, ehe er sich in die Nähe der Kugel in der Mitte der kleinen, wunderbaren Welt wagte. Es gab noch zu viele Dinge, die er einfach nicht verstand. Nur eines ahnte er instinktiv: Die Anordnung der Knotenpunkte und der Kugel in der Mitte mußte etwas mit den geheimnisvollen, weit entfernten Himmelskörpern zu tun haben, die in den alten Überlieferungen als Sterne und Planeten bezeichnet wurden.

Als das Haus noch stand, hatte er einmal in Meister Wolframs Kemenate große Tafeln mit Kreisen, Linien, Winkeln und seltsamen Symbolen gesehen. Er wußte, daß sie *Horoskope* hießen, aber auch jetzt konnte er mit diesem Begriff noch nichts anfangen.

Die Tabu-Tafeln konnten immer nur drei Logenmeister gemeinsam entschlüsseln.

Und Meister Otto, der Clan-Chef der Astronomen-Familie.

Hatten deshalb ihre Häuser nebeneinander gelegen?

Kannte Otto die großen Geheimnisse des Universums, während Wolfram sich auf das Innerste der Materie verstanden hatte?

Aber Otto war kein Logenmeister, obwohl er das Augenzeichen trug.

Warum nicht?

Guntram wußte, daß es in der Vergangenheit manchmal Verschiebungen der Aufgabenteilung zwischen den Familien gegeben hatte. Doch was konnte ein so schwerwiegender Verstoß gegen die Regeln ihres Volkes gewesen sein, daß es als Sakrileg geahndet worden war?

Guntram fand keine Antwort auf diese Frage. Trotzdem beunruhigte sie ihn. Drei Logenmeister waren erforderlich, um das Sakriversum zu erhalten – drei von zwölf.

Aber das war noch nicht das ganze Problem! Die Erbauer des Sakriversums hatten viel mehr gewollt, als einigen Menschen eine Überlebenschance zu geben. Jetzt, wo er den *Inneren Altar* erreicht hatte, begann er langsam zu verstehen, daß er nicht am Ende, sondern eher am Anfang eines langen Weges angekommen war.

Doch gab es überhaupt einen Anfang und ein Ende? War nicht alles ein ewiges Fließen in einem Universum ohne Grenzen?

Wenn jedes Staubkorn, jede Pflanze und jeder Gedanke nur eine zeitlich engbemessene Erscheinungsform kosmischer Harmonie war, konnte im Grunde nichts und niemand endgültig sein. Vielleicht war das der Fehler der *Weltlichen* gewesen. Sie hatten sich innerlich und äußerlich zerstört, weil sie gleichzeitig behalten und verändern wollten.

Er dachte plötzlich an die alten Wächter der Kathedrale.

Besonders befähigte Wissende ... Abgesandte der Päpste, die alle Pläne kannten ... sollten etwa die Bischöfe ...?

So konnte es gewesen sein! Das würde auch erklären, warum auch viele Jahrhunderte später noch immer eine Verbindung von unten nach oben bestand!

Von unten nach oben – immer nur in dieser einen Richtung!

Plötzlich fiel ihm ein, was er mit Goetz vereinbart hatte.

Es ging nicht!

Hatte nicht Meister Albrecht etwas vom Eigenrauschen der Röhren und Schallkanäle in den hohen Mauern erzählt, das lauter war als ihre eigenen, kleinen Stimmen?

Er wußte nicht, wann das Wissen um das Sakriversum unten in Vergessenheit geraten war. Aber irgendwann vor ein, zwei Generationen waren die ersten *Drohnen* aufgetaucht. Für die Logenmeister waren die künstlichen Vögel ein Zeichen dafür gewesen, daß sich die *Weltlichen* mit ihrer Technik immer mehr den Geheimnissen des Allerkleinsten näherten.

Guntram stand gedankenverloren vor der wie Glas schimmernden Kugel in der Mitte der Flugmaschine. Wurden die *Drohnen* vielleicht auch schon mit einer unsichtbaren Kraft aus dem Inneren der Materie angetrieben?

Als dieser Gedanke in ihm auftauchte, verlor er plötzlich seine Scheu vor der schimmernden, leise sirrenden Kugel. Er ging durch eine Wand aus Licht. Es war, als würde er in warmes Wasser tauchen.

Auf der Innenseite der durchlässigen Lichtkugel herrschte absolute Dunkelheit. Nur sehr, sehr weit entfernt rasten winzige Funken in weiten Kreisbahnen um einen im Nichts pulsierenden Feuerklumpen.

Im gleichen Augenblick erkannte Guntram, wie die Flugmaschine bewegt werden konnte. Der Feuerklumpen war ihr Herz, das aus unzähligen noch kleineren Kraftquellen bestand. Es war, als würden sie nur darauf warten, daß jemand kam, der sie erlöste und aus den Fesseln physikalischer Naturgesetze befreite …

Guntram lächelte, als er langsam zurückwich. Jetzt brauchte er nur noch einen Platz, von dem aus er sehen konnte, wohin er mit dem goldenen Vogel flog!

»Mathilda! Mathilda! Komm! Schnell!«

Die aufgeregte Stimme von Reinmar drang bis in die Küche von Meister Lamprechts Haus. Seine kleine Schwester fing laut an zu weinen. Andere Kinderstimmen fielen ein.

»Was ist denn da draußen los?« fragte Mathilda Agnes. »Hat deine neue Freundin nicht aufgepaßt?«

Agnes zuckte zusammen. Sie wußte sehr wohl, daß ihre Pflegemutter Nancy nicht mochte.

Die Kinder im Garten wurden immer lauter. Einige kreischten vor Vergnügen – andere aus Angst.

Mathilda wischte sich die Hände an ihrer Schürze ab. Wenige Augenblicke zuvor war Patrick wieder einmal mit gefüllten Kesseln aus dem Dorf geritten.

»Ich sehe mal nach«, sagte Mathilda. Sie verließ die Küche durch den hinteren Eingang. Nancy war nirgendwo zu sehen. Mathilda hob die Brauen. Vom Gemüsegarten kamen platschende Geräusche.

Mathilda verließ den Vorbau. Im gleichen Augenblick stieß sie einen spitzen Schrei aus.

»Agnes!«

Fassungslos starrte sie auf die Überschwemmung. Der Brunnen lief über. Die älteren Kinder rannten juchzend durch die immer größer werdende Pfütze.

Agnes stürzte aus dem Haus.

»Was ist denn ... oh, mein Gott!«

»Schnell! Die Kinder in die Küche und dann die Türen dicht! Die Jungen sollen Mehlsäcke übereinanderschichten ...«

Agnes zögerte nicht lange. Sie griff mit beiden Armen nach den schreienden Kleinkindern. Die meisten waren naß und schmutzig.

»Los, rein ins Haus! Ihr auch, da!«

Sie versank bereits bis zu den Knöcheln im strömenden Wasser. Im gleichen Augenblick sprang Nancy über den Zaun, der die Gärten von Meister Lamprecht und Meister Heinrich trennte.

»Das Feuer unter dem Backofen ist aus!« rief sie Agnes zu. »Die Frauen drüben brauchen dringend Hilfe. Da steht alles unter Wasser ...«

»Was denkst du, wie es hier aussieht!« antwortete Agnes ärgerlich. »Warum hast du die Kinder alleingelassen. Du solltest doch aufpassen, solange ich in der Küche war!«

Nancy kam um eine Buschgruppe und blieb abrupt stehen.

»Hier ist ja auch alles ...«

»Ja, hier ist auch alles überschwemmt!«

Nancy preßte die Lippen zusammen. Erst jetzt verstand sie Agnes' Ärger.

»Tut mir leid. Ich hörte, daß drüben etwas passiert sein mußte, und da wollte ich nachsehen ...«

Agnes machte eine abwehrende Handbewegung.

»Komm in die Küche! Wir müssen einen Schutzwall aus Mehlsäcken errichten!«

»Wäre es nicht besser, für einen Abfluß zu sorgen?«

»Willst du um das ganze Haus herumgraben? Das hat keinen Zweck! Hier bei den Häusern ist die Erdschicht nicht so tief wie auf den Feldern und in den Tälern. Wir würden nur auf steinerne Gewölbemauern stoßen. Dann unterspült das Wasser das Haus von der Seite her!«

»Kann man denn gar nichts tun?«

Agnes lachte bitter.

»Jemand hat die Schleusen der Zisternen zu weit geöffnet! Ich weiß nicht, wer sie wieder schließen kann.«

Nancy sah Agnes entsetzt an. Die beiden Mädchen standen bereits bis zu den Knien im Wasser.

»Kommt endlich rein!« rief Mathilda aus der Küche.

Sie taumelten durch die milchigweiße Wasserflut. Mathilda zog Agnes ins Haus. Nancy stolperte hinter ihr her. Ein paar kräftige Jungen drückten die schwere Holztür zu. Die kleineren Kinder hatten sich in die Ecken der Sitzbänke verkrochen.

»Holt die letzten Mehlsäcke vom Speicher!« befahl Mathilda. Zwei Jungen hielten an der Tür Wache. Agnes, Nancy und die anderen rannten in die Diele. Sie kletterten die Leiter zum Speicher hinauf.

»Werft alles nach unten, was ihr findet! Stoffballen, Werg, Kornsäcke und Mehl! Ich mache Wachs heiß ...«

»Jemand muß die Männer verständigen«, keuchte Agnes.

»Das könnte ich tun«, bot Nancy an. Agnes warf ihr einen Sack Mehl zu.

»Ich kann hier oben schneller laufen als du!«

»Wenn ich Jans Motorrad finden würde ...«

Agnes richtete sich auf. Sie wischte sich mit dem Ärmel über die erhitzte Stirn.

»Du meinst diese laute Maschine?«

Nancy nickte.

»Sie steht an der Linde. Kannst du mich mitnehmen?«

»Mitnehmen? Warum?«

»Mir glauben die Clan-Chefs!«

Nancy überlegte kurz. Ihr war nicht wohl bei dem Gedanken, vor Corvay zu treten. Aber gemeinsam konnten sie es vielleicht schaffen!

»Komm!« sagte sie schnell.

»Wir holen die Männer«, rief Agnes Mathilda zu. »Zieht euch in die Alkoven zurück, wenn das Wasser zu hoch steigt!«

»Agnes! Bleib hier!«

»Wir müssen uns beeilen«, entschied Agnes. Zusammen mit Nancy eilte sie durch die hohe dunkle Diele.

In den Gräben der Dorfstraße sammelte sich bereits das Wasser, das durch die leerstehenden oberen Häuser strömte. Der Bach war längst über seine Ufer getreten. Wild schäumend schossen tosende Flutwellen um die Fundamente des *Buch-Heims.*

Was kein Krieg und keine Bedrohung von außen geschafft hatten, wurde plötzlich zur furchtbaren Wirklichkeit:

Das Sakriversum zerstörte sich selbst …

»Die Felder weinen!« sagte Agnes mit einem traurigen Blick nach oben. Jetzt sah auch Nancy, wie überall neue Quellen entstanden. Die Erde platzte einfach auf. In immer tiefer werdenden Furchen quoll schmutzigweißes Wasser über die schrägen Hänge.

Jans Motorrad stand noch unter der Linde. Nancy schwang sich in den Sattel.

»Stell dich auf die hintere Verstrebung und halte dich an mir fest!« sagte sie schnell. Agnes biß die Zähne zusammen. Es knallte dreimal, aber der Motor gurgelte nur.

Überall schrien Kinder, Frauen und Tiere. Unten im *Irrlichtmoor* waberten grünliche Lichtschleier gegen das Dach der Kathedrale. Gleichzeitig mit einer dumpfen Explosion im verbotenen Gebiet sprang Jans Motorrad an.

»Festhalten!« rief Nancy. Sie wendete, dann gab sie Gas. Die beiden Mädchen rasten wie höllisch lärmende Furien über die Dorfstraße. Ihre langen Haare peitschten um ihre Köpfe. Dann kam die erste, bereits überspülte Straßensenke …

Goetz kletterte über die letzten Mauervorsprünge am Rand des Rosettenfensters. Die Stadt unter ihm war ebenso still wie der hohe Bau der Kathedrale. Es war eine beängstigende, körperlich schmerzende Stille.

Seit er denken konnte, war er immer von Geräuschen umgeben

gewesen. Hier oben regte sich nicht einmal ein Blatt im Wind. Die Sonne schien heiß und grell auf die Häuser. Kein Vogel flog und selbst die fernen Zirrusschleier am Himmel wirkten wie festgeklebt im Blau.

Es war, als wäre die Zeit ebenso gestorben wie die Menschen und die Tiere.

Ob wirklich alle tot waren? Auch auf der anderen Seite der Erde? Er würde es nie erfahren!

Er seufzte, dann schulterte er erneut seinen Verpflegungsbeutel. Nein – er machte sich nichts mehr vor. Vielleicht konnte er noch ein Jahr leben oder auch zwei. Er hatte in den letzten Tagen zuviel unsichtbares Gift angefaßt und eingeatmet ...

Dort, wo er einige Tage vorher die Wunderwelt des Sakriversums betreten hatte, war das Rosettenfenster zugemauert.

Goetz hob die Brauen. Er suchte an anderen Stellen, kam wieder zurück.

»Unmöglich!« murmelte er kopfschüttelnd. »Hier war doch ...«

Er beugte sich vor. Winzige Steinbrocken, nicht größer als ein Viertel Fingernagel, waren sauber übereinandergeschichtet und mit Mörtel verfugt. Unten war der Speis bereits hell und hart geworden – weiter oben entdeckte er noch dunkle Spuren von Feuchtigkeit.

Sie hatten ihr Sakriversum wieder verschlossen.

»Wie vor siebenhundert Jahren«, sagte Goetz leise. Er lächelte, obwohl er sich plötzlich ziemlich elend fühlte. Er legte ein Ohr an die neuerrichtete Mauer im Fenster. Wie aus weiter Ferne hörte er leise Geräusche. Es klang nach Schmieden, Steinmetzen und Zimmerleuten bei der Arbeit ...

Steine bröckelten über ihm ab. Er duckte sich und blickte nach oben. Das Schaben, Knirschen und Steinpoltern wurde lauter. Dort, wo über dem Rosettenfenster die steilen Schrägen des Daches zusammenstießen, befand sich eine Schein-Rosette. Sie war von unten kaum zu sehen.

Genaugenommen hatte die Westfassade der Kathedrale sogar drei Rosetten: das große Rund, durch das farbiges Licht ins Mittelschiff strömte, die kleinere Rosette, hinter der das Sakriversum begann, und das steinerne Speichenrad unter der Spitze des Giebels.

Goetz vernahm plötzlich ein eigenartiges Sirren. Noch immer prasselten kleine Steinchen an ihm vorbei nach unten. Er preßte sich eng an die frische Mauer. Die vorspringenden Verzierungen schützten ihn. Trotzdem verstand er nicht, was geschah.

Das Sirren wurde intensiver. Zum erstenmal seit vielen Tagen hörte er eine Art Flügelschlag.

Ein Vogel!

Sein Herz hämmerte wie verrückt. Es gab noch einen Vogel! Einen großen Vogel ...

In diesem Augenblick löste sich ein mächtiger Schatten von der Westfassade der Kathedrale. Er strich über den Nordturm, ehe er tief unten über den Dächern der Stadt weiterzog.

Goetz blickte nach oben. Gleichzeitig stockte ihm der Atem. Es war phantastisch. Wie ein golden glänzender Ballon flog ganz langsam ein etwa drei Meter breiter und mehr als sieben Meter langer Vogel über ihn hinweg. Die hängenden Flügel breiteten sich aus, bewegten sich wie mächtige, in Zeitlupentempo arbeitende Adlerschwingen.

Der Riesenvogel wirkte unsicher, schwankend und wie eben erst aus einem langen Schlaf erwacht.

Das war kein Vogel!

»Ein Flugzeug! Eine Flugmaschine!«

Goetz konnte sich vor Erregung kaum noch festhalten. Das ungeheuerliche, goldglänzende Gebilde legte sich leicht in die Kurve. Es beschrieb einen Viertelkreis, verlor an Höhe und schien plötzlich abzustürzen.

Doch da wurde der Flügelschlag kräftiger. Die vogelförmige Flugmaschine stabilisierte sich. Sie flog in einem weiten Bogen über die Stadt, ehe sie hinter dem südlichen Dach der Kathedrale verschwand.

Goetz kniff mehrmals die Augen zusammen. Sekundenlang glaubte er, Opfer einer Halluzination geworden zu sein. War das der Anfang vom Ende? Gaukelte ihm sein Unterbewußtsein jetzt schon märchenhaft verzerrte Erinnerungen an die Vergangenheit vor?

»Paß auf, Goetz!« preßte er zwischen den Zähnen hervor. »Wenn du nicht mehr zwischen Traum und Wirklichkeit unterscheiden kannst, bist du schneller tot als dir lieb ist!«

Er löste die Finger seiner linken Hand von den Mauerverzierungen. Langsam massierte er seine Nasenwurzel. Mit der flachen Hand strich er sich den Schweiß aus der Stirn. Er brannte in seinen Augen. Vorsichtig setzte er sich in eine Hohlkehle am unteren Rand des Rosettenfensters. Er nestelte die Trageriemen vom Vorratsbeutel, zog sie durch zwei geschlitzte Steinrippen rechts und links und schnallte sich fest.

Wie ein Arzt, der bei sich selbst Anzeichen einer beginnenden Schizophrenie diagnostiziert, wollte er weiteren Wachträumen vorbeugen.

Er war gerade fertig, als die goldene Flugmaschine im Norden der Kathedrale wieder auftauchte. Der seltsame Vogel flog jetzt höher, sicherer und schneller. Die Flügel bewegten sich nicht mehr, sondern waren in leicht hängender Form weit ausgebreitet.

Die Flugmaschine segelte mehrmals über die Stadt. Dabei schraubte sie sich in unglaublich engen Kurven höher. Kein Flugzeug, das Goetz kannte, wäre zu solchen Flugbewegungen fähig gewesen – höchstens Helikopter.

Plötzlich zuckte ein Lichtblitz wie ein Wetterleuchten mitten am Tag über den Himmel. Der goldene Vogel schoß aus großer Höhe schräg auf die Kathedrale zu.

Goetz spürte, wie die Luft vibrierte. Mit eng an den Körper gelegten Schwingen und schmalgestelltem Schwanz raste die Flugmaschine haarscharf zwischen den Turmspitzen hindurch und verschwand erneut über dem Dach.

Wer immer den Apparat bediente, mußte eine Art tollkühner Flugschüler bei seinem ersten Alleinflug sein …

Guntram!

Goetz wußte nicht, wie er plötzlich auf den Gedanken kam, daß Guntram dieser Flugschüler sein könnte. Es war, als hätte er mit den vibrierenden Schallwellen einen Gedankenimpuls aufgefangen. Aber wie sollte Guntram, dieser kaum zwanzig Zentimeter große Winzling, eine Flugmaschine bedienen, die rund dreißigmal größer war als er?

Goetz schüttelte ungläubig den Kopf. Guntram hatte ihm nichts von einem Fluggerät erzählt, in das gut und gern sein ganzes Volk gepaßt hätte.

Aber vielleicht waren die *Schander* doch ganz anders als seine Klischeevorstellungen von einem isoliert lebenden Bauernvölkchen aus dem vierzehnten Jahrhundert. Ihre Ahnen hatten immerhin die mächtigsten und kompliziertesten Kirchen in der Geschichte der Menschheit gebaut!

Wer unter den Bedingungen absoluter Isolation sieben Jahrhunderte überleben konnte, der mußte schon eine ganze Menge von physikalischen, chemischen und biologischen Zusammenhängen verstehen!

Die Flugmaschine kam von Osten über das Kathedralendach geschossen. Wieder raste sie zwischen den Turmspitzen hindurch. Sie sank noch etwas tiefer, dann verschwand sie schnell als dunkler Punkt am diesigen Horizont.

Als die letzten Steinchen von der Fassade gefallen waren, schnallte Goetz sich los. Er ließ den Beutel mit den Vorräten in der Hohlkehle unter dem Rosettenfenster liegen. Als er sich gerade wieder an den Abstieg machen wollte, hörte er plötzlich ein anderes Geräusch.

Es klang wie Schläge von winzigen Hämmern gegen die frischgebaute Mauer. Gleich darauf hörte er das Knattern eines Motorrades ohne Schalldämpfer. Es hörte sich wie ein Modellflugzeug an.

Goetz lauschte.

Dann sah er, wie ein kleiner Bursche hastig und mit hinkenden Bewegungen auf einem schmalen Fassadenfries herumturnte. Er kam direkt auf ihn zu.

Schander und *Bankerts* standen dicht zusammen. Entsetzt hörten sie, was Agnes den Clan-Chefs und Nancy König Corvay berichtet hatten. Sie waren wie gelähmt.

Corvay selbst hatte seine Berater um sich versammelt.

»Das ist das Ende!« hauchte Menennery Luck und knetete immer wieder seine Hände.

»Irgendein Idiot muß die Schleusen der Zisternen geöffnet haben«, sagte Galus. Er sah sehr blaß aus.

»Da werden wenigstens die Felder bewässert«, brummte Hector. Er hatte noch immer nicht verstanden, was eigentlich geschehen war.

»Die Wasserreserven?« fragte Patrick leise. Galus nickte.

»Und wenn es wieder regnet?«

»Wir haben Ende April. So, wie es aussieht, kommt jetzt eine Reihe von schönen Tagen ...«

»Immerhin dürften der Teich und der See gut gefüllt sein.«

»Das ist richtig«, sagte Galus. »Wir werden nicht verdursten, aber was nützt das, wenn wir morgen die Felder nicht mehr bestellen können? Ohne Wasser wächst auch hier nichts!«

»Hört mir mal zu!« rief Corvay laut. Er wußte, was die Schreckensmeldung der beiden Mädchen bedeutete. »Wer von den *Schandern* kann die Schleusen schließen?«

Die Clan-Chefs steckten die Köpfe zusammen. Dann kam Meister Bieterolf zu König Corvay.

»Die Schleusen müssen gewaltsam geöffnet worden sein. Normalerweise verhindert die Mechanik des Sakriversums derartige Katastrophen.«

»Gibt es denn keinen Plan für Notfälle?«

Bieterolf strich sich über seinen Bart.

»Es gibt so viele Pläne wie *Beryllos-Linsen* im Dach ...«

Corvay starrte den Clan-Chef der Winzer und Brauer mit zusammengepreßten Lippen an. In der Gegend des *Irrlichtmoors* verpufften Methangase mit flackernden Lichtblitzen und dumpfen Explosionen.

»Na los! Was steht ihr noch herum?« polterte Corvay. »Sperrt das Wasser ab nach irgendeinem Plan!«

»Das ist nicht möglich«, sagte Bieterolf achselzuckend. »Nur drei Logenmeister gemeinsam dürfen die alten Regeln im Notfall außer Kraft setzen!«

»Ihr kleinen, hinterhältigen, verfluchten ...« Corvay schnappte nach Luft. »Na gut!« sagte er dann mit hochrotem Kopf. »Die drei Logenmeister sollen herkommen!«

»Das ist auch nicht möglich«, meinte Bieterolf bekümmert. »Zwei von den alten Logenmeistern sind tot. Und Guntram, der das Erbe von Meister Wolfram angetreten hat, ist nicht mehr im Sakriversum.«

»Nicht mehr im Sakriversum? Was soll das heißen?«

»Er fliegt um die ganze Welt, um einen Platz zu finden, an dem wir leben könnten ...«

Das war zuviel für Corvay.

»Weg!« brüllte er. »Ich kann euch nicht mehr sehen! Verschwindet in euer Dorf! Alle!«

Patrick erkannte Corvays Schwäche. Sofort führte er sein Muli so vor Corvay, daß ihn die anderen nicht mehr sehen konnten. Es war wie eine Art letzter Vorhang für den selbsternannten König.

»Jetzt haben sie doch noch gegen uns gewonnen«, sagte Patrick zu Galus. Der Arzt starrte unverwandt zur *Teufelsmauer* hinauf.

»Dort oben muß es sein!« murmelte er. »Aber wozu in aller Welt brauchen wir eigentlich jetzt noch das Gold der *Schander*?«

Er kicherte leise vor sich hin.

»Was gibt's denn da zu tuscheln?« fragte Hector mißtrauisch und schob sich näher.

Sie achteten nicht auf das *Schander*-Mädchen, das zögernd neben das Muli trat.

»Kann ich ... kann ich mit König Corvay sprechen?« fragte sie.

Hector lachte höhnisch.

»Der ist für keinen mehr zu sprechen!«

»Aber ich muß ihm etwas sagen ... ich wüßte, wie wir die Zisternen schließen können ...«

»Du?« fragte Galus. »Bist du nicht Agnes, Guntrams Schwester?«

»Ich bin seine Frau.«

»Aha«, sagte Hector grinsend und leckte sich die Lippen.

»Laßt sie sprechen!« meinte Patrick.

»Kommst du im Auftrag der Clan-Chefs?« fragte Galus.

Agnes schüttelte den Kopf. Sie sah scheu auf Corvay. Er hing mit starrem Blick in seinem Korbsessel. Die *Schander* verließen das tiefer liegende Gelände. Die meisten waren bereits im Wald auf dem Eichberg verschwunden.

»Wer schickt dich dann?« wollte Hector wissen.

»Niemand. Ich wollte nur sagen, daß mein Mann mit dem

großen Fremden gesprochen hat. Mit dem *Weltlichen*, der neulich hier war.«

»Und?«

»Er ist nicht böse. Und er könnte uns helfen.«

»Moment mal!« sagte Patrick und hob die Hände. »Schlägst du uns etwa vor, daß wir die Mauer dort wieder einreißen und den Überlebenden von unten hier ins Sakriversum lassen sollen?«

Agnes sah Patrick in die Augen.

»Ja«, sagte sie fest.

Corvays Berater sahen sich an – zuerst kopfschüttelnd, dann immer nachdenklicher.

»Und wie sollen wir ihn finden?« fragte Galus vorsichtig.

»Lello ist bereits unterwegs zu ihm.«

»Lello? Wer hat dir das gesagt?«

Sie schlug die Augen nieder.

»Ich habe ihn geschickt!«

Corvays Berater hielten den Atem an.

»Er war völlig verzweifelt, weil er etwas Gutes gewollt und etwas Furchtbares getan hat. Er war es, der die Schleusen an den Zisternen öffnete, um die trockenen Felder zu bewässern. Er konnte nicht wissen, wie stark der Wasserdruck ist, wenn die Schieber erst einmal oben sind.«

Patrick, Hector, Galus und Jan kamen nach kurzer Beratung zu dem Entschluß, den Vorschlag von Agnes anzunehmen. Nur Menennery Luck war dagegen.

»Verräter!« keifte er. »Ihr werdet alle hängen, wenn König Corvay sich erholt hat.«

»Laßt ihn herein!« sagte Corvay mit unbewegtem Gesichtsausdruck. »Das Mädchen hat recht. Wenn uns noch irgend jemand helfen kann, dann er!«

Patrick steckte zwei Finger in den Mund und stieß einen gellenden Pfiff aus. Die *Bankerts* fuhren zusammen.

»Befehl von König Corvay!« rief Patrick laut. »Besondere Umstände führen zu besonderer Einsicht. Die Mauer am Fenster wird sofort wieder eingerissen! Beeilt euch, Männer! Es geht um Leben und Tod!«

»Na los, was gafft ihr noch?« brüllte Hector. Er rannte an den verwirrten Leuten vorbei zur Mauer. Mit einem gewaltigen Schmiedehammer kletterte er auf die Gerüste.

Selbst Corvay raffte sich auf. Er taumelte. Patrick und Jan mußten ihn stützen. Er schüttelte sie ab.

»Gebt mir den schwersten Hammer, den ihr findet!« befahl er heiser.

25. KAPITEL

Der goldene Vogel jagte in doppelter Kirchturmhöhe über das weite, leere Land. Er folgte dem Lauf bleigrauer Flußbänder, an deren Ufern nichts mehr wuchs. Die Hügel an den Seiten wirkten wie die Stellen im Osten des Sakriversums, an denen Bleichlaugen, scharfe Säuren und giftige Abgase die Gewölbebögen unfruchtbar gemacht hatten.

Aasberge!

Die Häuser der *Weltlichen* waren nicht mehr in Städte und Dörfer abgegrenzt. Sie hatten sich wie steinerne Schuppenflechten immer weiter über die Hügel und durch die Wälder gefressen.

Guntram entdeckte schlierig schillernde Seen, armselige Baumgruppen mit gerupften Zweigen und rostbraun verkarstete Landstriche, wo einmal grüne Wiesen und blühende Felder gewesen sein mußten.

Immer wieder strichen Gruppen von gigantischen Bauwerken unter ihm entlang. Sie wirkten wie häßliche, schmucklose Zerrbilder der Kathedrale.

Dem toten Land folgten hohe Berge. Auf ihrer Südseite sah es nicht anders aus. Und dann erblickte er zum erstenmal einen Ozean. Weiter südlich begann eine endlose, unbelebte Wüste. Nur hin und wieder leuchteten grüne Flecken aus der gelbbraunen Einöde. Guntram verlangsamte mehrmals den Flug und ging tiefer. Er segelte in Wipfelhöhe über unbekannte Bäume, aber auch hier entdeckte er kein Leben.

Stunde um Stunde überflog er den riesigen Kontinent von Norden nach Süden. Noch zweimal ging er tiefer – einmal in einem weiten, menschenleer wirkenden Urwaldgebiet. Er hatte Hütten entdeckt, doch auch in dieser Abgeschiedenheit konnte er kein Gedankenraunen von Menschen spüren. Beim zweitenmal suchte er über einer Küstenstadt nach Überlebenden. Hier mußten auch noch andere Waffen eingesetzt worden sein.

Die Stadt war eine einzige Ruinenlandschaft.

Über dem offenen Meer zog Guntram die Flugmaschine höher. Er stieg so hoch, daß der Himmel über ihm dunkelblau und dann schwarz wurde. Jetzt konnte er deutlich die Kugelform des Planeten Erde erkennen. Braunrote Wolkenbänke hingen wie dichte, schmutzige Nebelringe in der Atmosphäre.

Er ging wieder tiefer. Ab und zu sah er winzige weiße Inseln in der endlosen Wasserwüste. Während der folgenden Stunden lernte er die Flugmaschine immer besser kennen. Obwohl er nicht verstand, warum etwas, das schwerer war als Luft, mühelos fliegen konnte, *glaubte* er daran.

Er hatte erlebt, wie hoch der große, goldene Vogel allein durch seinen Wunsch, mehr zu sehen, gestiegen war. Er hatte weder Hebel bedient, noch Tasten gedrückt oder Räder gedreht!

Das war nicht nötig. Es reichte aus, wenn er sich auf die unsichtbare Kraft im Innern der Kugel konzentrierte. Allein sein Glaube an die Kraft, die alle Urmaterie formbar machte, veränderte Richtung, Höhe und Geschwindigkeit des großen Flug-Apparates.

Er *wußte,* daß die fliegende Arche noch viel, viel weiter reisen konnte! So weit, daß sie Jahre brauchen würden, um wieder einen Planeten wie die Erde zu sehen ...

Guntram fürchtete sich nicht vor diesem Gedanken. Sie hatten siebenhundert Jahre in nahezu vollkommener Isolation gelebt. Und die geheimnisvolle Flugmaschine hatte Platz für alle *Schander*!

War das die Antwort auf den Tod der *Weltlichen* und das unerwartete Erscheinen der *Bankerts*?

Während der goldene Vogel pfeilschnell über die leeren Wasser flog, erinnerte sich Guntram wieder an das Vermächtnis von Meister Wolfram. In einem Augenblick der Hoffnungslosigkeit hatte der Clan-Chef der Alchimisten-Familie am Überleben ihres Volkes gezweifelt. Wahrscheinlich war er aus diesem Grund kurz darauf gestorben.

Guntram überlegte, ob es nicht tatsächlich der beste Weg war, alle *Schander* aus dem Sakriversum zu holen und eine neue Welt zu suchen, in der sie leben konnten.

Und wenn es wiederum siebenhundert Jahre dauern sollte!

Vielleicht hatten die großen Eingeweihten im dreizehnten Jahrhundert damit gerechnet, daß die Erde eines Tages wieder wüst und leer sein könnte, wie am ersten Tag der Schöpfung.

Wer nur die Ernte feiert, der wird zum schlechten Landmann! Denn über ihrer Fülle könnte er die Mühsal einer neuen Saat vergessen ...

Guntram sehnte sich plötzlich nach Agnes.

Goetz lehnte sich aufatmend gegen die Mauer. Verschwitzt, naß und dreckig betrachtete er sein Werk. Er war zufrieden. In mühsamer Kleinarbeit hatte er die fußgroßen Wasserschieber mit kleinen Kurbeln wieder geschlossen.

Es hatte lange gedauert, bis die feinen, verknoteten Schnüre wieder an den richtigen Stellen eingehängt waren. Ohne Lello und Agnes hätte er es niemals geschafft!

Die beiden saßen auf dem Rand einer zwei Meter hohen und zwei Meter breiten Zisterne. Immer, wenn er nicht weiterwußte, hatten sie gemeinsam überlegt, wie die Mechanik funktionieren könnte.

Lello war dabei eine Art Dolmetscher gewesen, denn Goetz verstand nur die Hälfte von dem, was Agnes sagte.

»Das meiste Wasser ist ausgelaufen«, sagte Goetz leise. Er wußte inzwischen, daß Agnes Angst vor seiner normalen Stimme hatte. Sie klang zu laut für ihre Ohren. Er sah zu Lello. Der ehemalige Narr von König Corvay hatte ihm alles erzählt.

»Vielleicht war es doch nicht so schlecht, daß du die Wasserschieber geöffnet hast«, meinte Goetz nachdenklich.

»Fängst du schon wieder damit an?« stöhnte Lello. »Ich weiß doch, was ich angerichtet habe ...«

Goetz schüttelte den Kopf.

»In den ersten Tagen nach der Katastrophe hat es ziemlich stark geregnet. Nimm einmal an, daß auch der Regen für einige Wochen radioaktiv verseucht war. Dann war es doch auch das Wasser in diesen Behältern!«

»Ja ... und jetzt steckt das ganze Gift von draußen in den Feldern ...«

»Das stimmt nur teilweise. Das meiste Wasser ist sehr schnell nach unten abgelaufen. Die Kontamination der Felder ist nicht so schlimm wie eine monatelange Benutzung von verseuchtem Wasser! Verstehst du, was ich meine?«

»Du willst mir doch nur eine Brücke bauen«, seufzte Lello bedrückt.

»Ich weiß nicht«, sagte Goetz. Er hatte seinen ganzen Vorrat Wasserentgiftungstabletten in die Zisternen geworfen, ehe er sie verschloß. Viel würde das auch nicht nützen. *Bankerts* und *Schander* waren bereits bei ihrem Aufstieg an der Westfassade mit Spuren des unsichtbaren Todes in Berührung gekommen.

Für die *Bankerts* war das nicht so gefährlich. Sie hatten sich seit Jahrzehnten an die ständig zunehmende Strahlung in der Luft und in den Nahrungsmitteln gewöhnen können.

Goetz machte sich viel mehr Sorgen um die *Schander.* Sie waren in einem treibhausähnlichen Bioklima aufgewachsen. Andererseits war nicht nur Inzucht der Grund dafür, daß sie immer kleiner geworden waren. Vielleicht hatte es auch mit dem Blei im Dach der Kathedrale und mit den rätselhaften Dingen zu tun, von denen Agnes nicht sprechen wollte.

Er nahm sich vor, bei nächster Gelegenheit mit einem Geigerzähler der Sache auf den Grund zu gehen. Außerdem konnte er sich unten intensiv mit den Problemen der Landwirtschaft, der Nahrungsketten und mit medizinisch-biologischen Fragen befassen. Das erschien ihm sinnvoller als eine eigene Nabelschau.

Er blickte nach unten. Das Sakriversum sah aus wie nach einer Naturkatastrophe. Überall klafften tiefe Wasserfurchen in den Feldern. Einige Mulden waren noch immer überschwemmt. Männer, Frauen und Kinder arbeiteten gemeinsam in den verwüsteten Gärten und auf den Hügeln in der Nähe des Dorfes.

Eine Gruppe junger Männer versuchte, die Anlagen unten am *Irrlichtmoor* freizupumpen. Erst vor wenigen Minuten hatte Goetz von Lello gehört, daß die *Schander* dafür elektrische Energie einsetzen konnten.

»Wenn ich euch helfe, können wir die gröbsten Schäden in zwei drei Wochen behoben haben«, meinte Goetz. »Ich habe unten Spaten, Schaufeln und einen Motor-Kultivator gesehen. Ich weiß nur nicht, wie ich die Geräte hier ins Sakriversum bringen kann.«

»Gibt es nicht Glocken in den Türmen? Mit Seilen?«

Goetz schüttelte den Kopf.

»Ich glaube, sie wurden schon lange mit Elektromotoren bewegt.«

»Wenn Guntram hier wäre, könnte er alles, was wir brauchen, hochfliegen ...«

Lello und Goetz sahen Agnes verwundert an.

»Meinst du denn, daß er ...?«

Goetz biß sich auf die Lippen.

»Natürlich kommt er wieder. Ich ... ich fühle es! Er will nur sehen, ob es noch einen anderen Platz gibt, an dem wir alle leben könnten.«

Goetz sah zur Westseite des Sakriversums. Die Felder wurden in rötlich-diesiges Abendlicht getaucht. Es roch nach Hunderten von Kräutern: betörend, würzig, wie auf einer Waldlichtung nach einem warmen Sommerregen. Die Erde dampfte noch.

»Ich muß zurück«, sagte Goetz. »Ihr solltet auch mal wieder eine Nacht schlafen! Morgen werden wir weiter sehen!«

»Ich bleibe im Haus von Meister Albrecht«, seufzte Lello. »Wenn Corvay mich erwischt, läßt er mich in einen Gitterkäfig sperren und dreimal täglich anspucken!«

»Du scheinst ihn gut zu kennen«, meinte Goetz.

Lello nickte stumm. Er strich sich nachdenklich die Haare aus der Stirn.

»Wenn ich nicht so verrückt gewesen wäre, die Schleusen aufzudrehen, hätte er mich vielleicht wieder aufgenommen. Doch jetzt ist auch sein Plan mit einem Feind von außen hinfällig geworden. Damit bin ich zum Staatsfeind Nummer eins geworden!«

Goetz sah den kleinen Burschen lange an.

»Soll ich dich mit nach unten nehmen?« fragte er schließlich.

Lello riß abwehrend die Arme hoch.

»Nach unten?« keuchte er entsetzt. »Du willst mich mit nach unten nehmen? Nein – eher lasse ich mich von Corvay vierteilen!«

»Ich könnte dich tragen.«

»Auf keinen Fall! Denkst du, ich will noch mehr von dem Gift einatmen? Der Weg vom Turm bis hierher war schon wahnsinnig genug! Nach dem Gesetz der Logik müßten wir alle hier total verseucht sein. Ich weiß, was Strahlenschäden sind ...«

»Ich auch«, sagte Agnes. »Nancy hat es mir erzählt. Vielleicht sind wir aus ganz verschiedenen Gründen davor geschützt!«

»Du meinst ... immer?« fragte Goetz verwundert.

»Was ist das?«

»Vielleicht ein Kräuterzauber«, höhnte Lello kopfschüttelnd. »Und wenn's so wäre – ich glaube nicht an Schwarze Magie! Für mich reicht, was ich über Kernwaffen, Giftgase, Mikrowellen und die Baß-Vibration von Neutronenbomben alles weiß!«

Er kicherte. In seinen weit aufgerissenen Augen funkelte die Weisheit eines vom Wahn Befallenen.

»Ich habe lange genug unten gelebt, Goetz von Coburg! Ich hatte immer Angst, jeden Tag, jede Stunde! Zu klein geraten, verstehst du? Mißgeburt! – Wo ich auch hinkam, überall haben sie sich ausgeschüttet vor Lachen. Ich war ein Witz, ein Schoßhündchen, ein lächerliches Unikum, ein Spielzeug, ein Gegenstand ohne Herz und Verstand. Und ohne Seele ...«

Agnes war neben ihn getreten. Sie legte ihren Arm auf seine Schulter.

»Aber ich hatte eine Seele! Aus Angst vor noch mehr Lächerlichkeit wurde sie krank. Mein Körper wurde krank. Mein Blut und meine Eingeweide. Und wißt ihr, was sie sagten?«

Er wischte sich die Tränen aus den Augen, dann lachte er wieder.

»Strahlenkrebs! Die gleichen Symptome wie bei Versuchstieren, die eine zu hohe Dosis abbekommen hatten! Ich hatte zuletzt *B-STU 10* mit einem Gnaden-Attest zum Weiterleben von der *Vorsorglichen Behütung.* Was glaubt ihr, wie sie mich und alle anderen *Bankerts* mit Medikamenten vollgestopft haben, als wir uns in der Stadt versammelten. Keine Invasion von Monstern hätte die schöne, heile Versorgungswelt mehr in Aufregung versetzen können!«

Goetz hatte nie etwas davon gehört.

»Corvay kannte die Schwierigkeiten«, fuhr Lello fort. »Er hat von Anfang an auf die Kirche gesetzt. Er hat sich auf die alten Asyl rechte berufen und Glück gehabt. Vielleicht waren es auch ein paar geheime Informationen ...«

Er stockte, dann fragte er Goetz: »Hast du unten eigentlich Leute in der Kirche gesehen?«

»In der Kommunikationszentrale?«

»Nein, ganz normale Priester oder so!«

Goetz schüttelte den Kopf.

»Da hast du es! Wer informiert war und über gute Verbindungen verfügte, hat sich noch im letzten Augenblick abgesetzt! Zu Tausenden, sage ich, zu Tausenden! Sie sind einfach irgendwohin geflohen. Die einen nach Norden, die anderen nach Süden. Einige haben die alten Bergwerke gestürmt. Mit Panzern und Bulldozern haben sie versucht, Bunkertüren aufzubrechen. Sie wußten, daß sich dahinter die Führungskader verschanzt hatten. Sie haben ihre Töchter angeboten und ihre Freunde für einen Platz in einem Flugzeug umgebracht. Einige sind sogar mit Schiffen aufs offene Meer geflohen. Es war chaotisch und genauso sinnlos! Du bist doch Redakteur gewesen, Goetz! Du mußt doch wissen, was geschehen ist ...«

»Wir waren nicht an negativen Nachrichten interessiert!«

»Versuch nicht, wie ein Narr zu reden!«

»Nein, Lello! Ich habe wirklich nichts von alldem gewußt!«

Lello trat unwillkürlich einen Schritt zurück. Mißtrauisch musterte er die Riesengestalt des letzten Überlebenden.

»Eigentlich müßte er auch tot sein«, sagte er leise zu Agnes. »Die Baß-Vibrationen der großen Bomben liefen siebenmal um die ganze Erde. Sie haben das Magnetfeld beeinflußt, die Ozonschicht in der Atmosphäre verändert und die Bewußtseinsspeicher bei allen Lebewesen mit einem Großhirn ausgelöscht. Die überlangen Tonschwingungen waren noch schlimmer als die radioaktive Strahlung, denn gegen sie gab es auch in den Tiefen des Planeten keinen Schutz.«

Agnes konnte mit Lellos Worten nichts anfangen. Trotzdem verstand sie ihren Sinn.

»Wir haben auch das Dröhnen in der Erde gehört. Es tat sehr weh!«

Lello nickte.

»Ich nehme an, daß die Hirnwellen bei Menschen unserer Größe genau zwischen den Amplituden der Baß-Vibrationen gelegen haben. Das muß auch für die klein gewordenen Tiere des Sakriversums gelten! Deshalb möchte ich wirklich wissen, warum auch noch ein *Weltlicher* die Strahlung und die Todeswellen überlebt hat.«

Der violette Lichtring um den Erdball ging in tiefes Schwarz über. Selbst die mächtigen, schneebedeckten Berge der Eiswelt mitten im Ozean warfen schwarzviolette Schatten. Über ihnen funkelten Tausende von Lichtpunkten. Sie sahen aus wie unzählige *Beryllos-Linsen.*

Guntram verringerte die Geschwindigkeit der Flugmaschine. Immer langsamer glitt sie über gewaltige Bergketten hinweg. Das Licht war viel zu schlecht, um Einzelheiten zu erkennen. Dennoch sah Guntram, daß die Eiswelt an einigen Stellen wie aufgerissen wirkte.

Er konzentrierte sich so auf die Suche nach irgendwelchen Spuren, daß er nicht merkte, wie der goldene Vogel von seinem Kurs abwich. Erst als wieder gelbrotes Licht den Beobachtungsraum erhellte, wurde Guntram stutzig.

Er sah den Sonnenball am westlichen Horizont!

Die Flugmaschine beschrieb einen weiten Kreis. Gleichzeitig wurde sie langsamer und sank tiefer. Wieder tauchte der violette Ring um die Erde auf. Guntram sah, daß er näher gerückt war.

Erst jetzt erkannte er die Bedeutung des Licht- und Schattenspiels: die Nacht kam um die Erde herum.

Guntram erschrak. Damit hatte er nicht gerechnet. Solange ihm die Sonne den Weg gewiesen hatte, war er voll Selbstvertrauen immer weiter geflogen. Zum erstenmal wurde ihm bewußt, was er tat. Seit er Agnes verlassen hatte, war er den Anweisungen seines Großvaters gefolgt. Er hatte sich als Nachfolger des Logenmeisters gefühlt und an nichts anderes gedacht als an seine Aufgabe.

Doch jetzt erkannte er die Grenzen seiner Fähigkeiten. Er war ein Eingeweihter, aber er hatte nie gelernt, selbst zu entscheiden, wie weit er gehen durfte. Und er hatte sein Volk verlassen …

Die Flugmaschine raste über leere Eisflächen. Die Kurven wurden immer enger. Guntram wurde in den Sitz gepreßt. Das Atmen fiel ihm schwer.

Verzweifelt versuchte er, sich gegen die unbekannte Kraft zu stemmen. Ein endloser, an den Kanten weißgrün gleißender Spaltenbruch im Eis kam auf ihn zu. Guntram erkannte farbige Schichten, in denen sich das Licht als gefrorener Regenbogen brach.

Erst ganz tief unten leuchtete das Licht wieder weiß.

Noch einmal bäumte er sich mit aller Kraft gegen das Unheil auf. Dann hörte er nichts mehr.

Es wurde eine lange, unruhige Nacht. Immer wieder schreckten Männer, Frauen und Kinder aus dem Schlaf. Sie lauschten in die Dunkelheit, ehe sie müde die Decken wieder über sich zogen.

Zur echten *Mitter-Nacht* genau zwischen Sonnenuntergang und Sonnenaufgang lösten sich nacheinander vermummte Schatten von den Häusern. Einige huschten nach Westen, die anderen tasteten sich in der Dunkelheit an den Büschen der Straßengräben entlang.

Paßwort und *Paßgriff* bildeten ihre Erkennungszeichen in der Finsternis. Nach und nach versammelten sie sich am *Buch-Heim.* Sie setzten sich auf die Steinmauer am Bachufer.

Als bereits vier Clan-Chefs am alten Haus angekommen waren, quiekte plötzlich ein Schwein weiter östlich im Dorf. Nur wenig später näherte sich eine weitere vermummte Gestalt.

»Bist du es Otto?«

Der Vermummte brummte ärgerlich. Sie ließen ihn in Frieden. Der Fünfte setzte sich wortlos neben die anderen.

Nach einer guten halben Stunde wurden keuchende Geräusche hörbar. Im abgedeckten, grünlich fluoreszierenden Licht eines halbvermoderten Holzscheits lösten sich vier weitere Schatten aus der Dunkelheit. Wilhelm, Walter, Konrad und Herbort schleppten die Leichname der beiden toten Clan-Chefs auf Tragen bis zum *Buch-Heim.* Sie hatten Meister Wirnt und Meister Wolfram geholt.

Die anderen standen auf. Nacheinander schlüpften sie durch

den Einlaß in der großen, alten Holztür. Sie gingen durch den Windfang. In der Küche angekommen, machte sich Eilhart der Jäger am großen Feuerloch des früheren Herdes zu schaffen. Gleich darauf loderten knisternde Flammen auf und beleuchteten die übereinander gestapelten Bohlentische in der Mitte des Raums. Schnüre und Seile warfen tanzende Schattenlinien an die Wände.

Bieterolf sorgte für Met. Einige andere trugen die Leichname von Meister Wolfram und Meister Wirnt nach oben.

Als sie wiederkamen, brannte bereits rauchlose Holzkohle. Uralte Töpfe, Tiegel und Pfannen hingen wie mächtige Feldzeichen an den Wänden. Sie erinnerten daran, daß hier vor siebenhundert Jahren die Geschichte des Sakriversums begonnen hatte.

Nachdem jeder seinen Krug mit Met hatte, setzten sie sich im Halbkreis auf Schaffelle um das Feuer. Sie trugen noch immer ihre tief in die Gesichter gezogenen Rundhüte. Nur zwei oder drei Clan-Chefs hatten ihre langen Umhänge abgelegt.

Bieterolf räusperte sich.

»Es wird immer schwieriger, unbelauscht miteinander zu sprechen«, sagte er. »Manchmal weiß man schon nicht mehr, ob der andere der ist, für den er sich ausgibt.«

Die übrigen Clan-Chefs murrten verhalten.

»Ich schlag daher vor, daß wir uns so verhalten wie in den Zeiten, in denen wir nicht wollten, daß die Wände Ohren hatten!«

»Sollen wir etwa in der alten Sprache reden?«

Bieterolf schüttelte den Kopf.

»Ich weiß, daß ich kein Recht habe, wie nach dem Rat von drei Logenmeistern zu sprechen! Aber vergeßt nicht, daß wir uns in einer vollkommen neuen Situation befinden! Zwei Logenmeister sind tot. Auch der Eremit lebt nicht mehr, Wolframs Enkel ist bisher ein Adept ohne Erfahrungen, und auch der *Weltliche* würde noch viele Übungen benötigen, ehe er die Dreieinigkeit des Glaubens versteht.«

»Willst du damit sagen, daß wir ich als einzigen Logenmeister anerkennen sollen?« fragte der Chef der Seiler-Familie unwillig.

»Du hast mich nicht verstanden, Friedrich! Wir sind am Ziel unserer jahrhundertelangen Geduld, in der wir uns bei jeder Gefahr zurückziehen mußten! Das ist es, was ich meine!«

Die Clan-Chefs ließen Bieterolfs Worte auf sich einwirken.

»Wir haben unseren Schutz verloren«, sagte Wilhelm, der Schmied. »Siebenhundert Jahre … und alles vergeblich! Das Eisen ward umsonst geschmiedet!«

»Nein«, widersprach Bieterolf. »In den vergangenen Generationen galt jede abweichende Meinung als Rebellion. Wir *mußten* uns unterordnen, wenn wir überleben wollten! Doch nun benötigen wir jede Meinung, jede Idee und jeden Vorschlag!«

»Mein Gott, das heißt doch Chaos!« stöhnte Lamprecht.

»Unmöglich«, sagte auch Heinrich kopfschüttelnd.

»Wir würden nur noch diskutieren und beraten.«

»Damit gehört das Sakriversum endgültig den *Bankerts*!«

Die Clan-Chefs redeten aufgeregt durcheinander. Nur zwei hielten sich auffällig zurück. Sie hoben nicht einmal den Kopf.

»Hört meinen Vorschlag«, sagte Bieterolf schließlich. Die anderen verstummten. Bieterolf hob beide Hände.

»Die *Bankerts* sind nur stark, solange Corvay sie beherrscht. Viele von ihnen hassen ihn bereits, weil er nicht halten konnte, was er versprach. Aber sie brauchen Corvay noch, weil er mehr weiß als sie!«

Er nahm seinen Krug und trank einen Schluck Met.

»Es gibt bereits andere, die hinter Corvays Rücken Pläne schmieden«, sagte Eilhart der Jäger.

Bieterolf nickte.

»Die *Bankerts* werden von Tag zu Tag unberechenbarer! Auch König Corvay dürfte die Gefahr erkannt haben. Einige von seinen Beratern haben inzwischen verstanden, daß es im Sakriversum nicht mehr um die Vorherrschaft von Einzelnen, sondern um unser aller Überleben geht. Mit diesen könnten wir sprechen!«

»Wen zählst du dazu?« fragte Eilhart.

»Galus«, zählte Bieterolf an den Fingern ab. »Er ist ein Nachkomme des Mannes, den wir aus Ottos Familie verstoßen mußten, weil er mit einem Teil des Testaments das Sakriversum verraten wollte. Als nächsten nenne ich den Mann mit dem Reittier. Er weiß, wieviel Nahrungsmittel auch kleine Lebewesen brauchen!«

»Das sind erst zwei«, meinte Wilhelm der Zimmermann.

»Gemach, Bruder!« fuhr Bieterolf fort. »Bei Hector bin ich

nicht ganz sicher. Das gilt auch für den Verkünder der neuen Gesetze und die jungen Burschen, die einmal Artisten gewesen sein sollen.«

»Erwähnst du Lello nicht?« fragte Friedrich.

»Doch! Lello ist eine ständige Bedrohung für König Corvays Position. Der Narr ist klug und hat vor allen anderen verstanden, daß Corvay ihn nicht hängen kann, ganz gleich, was er anstellt!«

Einer der Clan-Chefs schnaufte. Ein anderer rutschte unruhig auf den Fellen hin und her. Niemand außer Bieterolf bemerkte es.

»Lello weiß genau, wie König Corvay denkt«, sagte Bieterolf leise. »Und das ist seine stärkste Waffe. Ekkehards erster Sohn kennt alle Pläne Corvays. Aber er weiß auch, wie wir fühlen und wie man *Bankerts* ablenkt, wenn sie ungeduldig werden.«

»Du meinst, daß Corvay auf Lello nicht verzichten kann?«

»Ich halte König Corvay für so weise!«

Einige der Clan-Chefs wunderten sich über Bieterolfs Reden. Andere spürten instinktiv, daß ihnen der Logenmeister mehr sagen wollte, als er mit Worten ausdrücken konnte.

»Was ist mit den anderen *Bankerts*?« meinte Herbort. »Ich habe Gesichter gesehen, die mir überhaupt nicht gefallen wollen. Sie lungern herum, tuscheln miteinander und schaffen Vorräte beiseite!«

»Es geht die Rede, daß draußen Bunker sein sollen«, sagte Heinrich. »Keller mit Mehl und Brot und Trockenfleisch ...«

»Sie sagen, wo der *Weltliche* überlebt hat, könnten sie es ebenfalls! Noch nicht in diesem Monat, aber vielleicht im Sommer!«

Bieterolf hob den Kopf. Zum erstenmal sah er einem der anderen Clan-Chefs ins Gesicht. Es war Meister Lamprecht.

»Ist das auch eure Meinung?«

Lamprecht schüttelte langsam den Kopf.

»Die das glauben, wissen nichts vom wirklichen Ausmaß der Katastrophe! Wenn es irgendwo einen Ort zum Ausweichen geben würde – einen Platz für uns oder die *Bankerts* – hätte sich dann nicht Guntram längst gemeldet?«

»Hat er es getan?« fragte Herbort und sah jetzt auch den Logenmeister an. »Hast du, Bieterolf, irgendein Zeichen von Wolframs Enkel erhalten?«

»Nein«, sagte der letzte Logenmeister. »Es steht geschrieben, daß die Arche im *Inneren* Altar zuerst auf dieser Welt nach einem Feld sucht, das sich für die neue Aussaat eignet. Wenn aber Guntram nicht zurückkehrt, werden wir den Winter ebensowenig überleben wie der *Weltliche,* der jetzt noch glaubt, daß er uns helfen kann.«

Sie saßen lange schweigend vor dem Feuer.

»Was sollen wir tun?« fragte Meister Lamprecht schließlich.

»Geht in die Häuser zurück! Sorgt dafür, daß jeder Streit mit den *Bankerts* vermieden wird! Wir wollen arbeiten und darum beten, daß Guntram wenigstens lebend zurückkommt. Vergeßt nicht, daß wir dann immer noch eine Hoffnung haben, denn Guntram hat die zweite Hälfte von Rolands Testament!«

Er trank seinen Krug mit Met aus. Dann sagte er: »Bringt mir die Steine aus den Familienzeichen an den Häusern. Ich werde sie zusammenfügen und dann versuchen, ob ich mit Guntram in den Kontakt der weitfliegenden Gedanken treten kann.«

Die Clan-Chefs nickten stumm. Nacheinander standen sie auf und verließen das *Buch-Heim.* Bieterolf blieb als Totenwache zurück. Als der Letzte gegangen war, stieg er die lange Treppe hoch. Er nahm das Tuch vom Großen Buch, öffnete die Lade und begann die schweren, steifen Seiten umzublättern. Sie waren größer als er selbst.

Noch in der gleichen Nacht veränderte sich das Sakriversum ...

Agnes wachte sehr früh auf. Sie ging nach draußen, um sich zu waschen. Der Boden war noch immer feucht und schlammig. Über den Tälern hingen dichte Nebelschleier. Nichts regte sich auf den zerstörten Feldern.

Im gleichen Augenblick spürte sie ein merkwürdiges Gefühl in sich. Benommen mußte sie sich an einem Türbalken festhalten. Sie lächelte, als sie um Lamprechts Haus herum zur Straße ging. Sie wollte dorthin, wo ihr Haus gewesen war.

Zur Dorfmitte hin löste sich der Nebel auf. Im Osten drangen die ersten Sonnenstrahlen über die Hügel. Sie beleuchteten die hohe Dachkonstruktion mit ihren gewaltigen Balken, Verstrebungen und dem Netzgeflecht der Seilzüge.

Agnes eilte über die Brücke. Noch rührte sich nichts in den Häusern. Auch in der östlichen Hälfte des Dorfes war alles still. Als sie die gegenüberliegenden Gärten von Meister Otto und Meister Eilhart erreichte, wurden ihre Schritte unwillkürlich langsamer.

Am Tor zum Garten ihrer Familie blieb sie stehen. Hinter blühenden Büschen sah sie verwelkte Blumenbeete. Überall lagen Teile der Einrichtung im Schmutz.

Ihre Augen füllten sich mit Tränen, als flache, rötliche Sonnenstrahlen aus den Fenstern an den Aasbergen die Hügelkuppen und das verkohlte Dach ihres Elternhauses trafen. Die schwarzen Balken ragten wie eingestürzte Grabkreuze aus den geborstenen Mauern. Es gab schon lange keine Gräber mehr im Sakriversum, aber so unheimlich wie die Ruine hatte sich Agnes stets die Friedhöfe aus den Erzählungen der Frauen unter der Linde vorgestellt.

Sie putzte sich die Nase, dann öffnete sie das Gatter. Zögernd ging sie zu der Stelle, an der sie ihre Puppe versteckt hatte. In den vergangenen Tagen hatte sie absichtlich jeden Gedanken an das niedergebrannte Haus unterdrückt. Sie wollte einfach nicht daran denken, daß sie kein Zuhause mehr hatte.

Behutsam löste sie den violetten Amethyst-Quarz aus der Mitte des Familien-Zeichens. Sie drehte die Scheibe und nahm sie ab. Der Hohlraum dahinter war leer!

Agnes zitterte plötzlich am ganzen Körper!

Die Puppe! Wo war die hölzerne Puppe?

Über ihr blinkten die ersten *Beryllos-Linsen* auf. Aus feinen, schräg durch das Sakriversum tastenden Sonnenstrahlen wurde ganz langsam ein Bündel helles Licht. Jetzt wachten auch die Tiere auf. In den Büschen zwitscherten Vögel, unten am See schnatterten Enten und in den Gärten krähten etwas verspätet ein paar junge Hähne.

Trotzdem hatte Agnes das Gefühl, unter einer unsichtbaren Glocke aus kalter Angst zu stehen. Jedes Geräusch, jedes Rascheln der Blätter und selbst das Morgenlicht vom Dach lähmte sie. Sie fürchtete sich einfach davor, daß wieder *Bankerts* aus den Häusern kamen.

Seit sie gesehen hatte, daß ihre Puppe weg war, hatte sie plötzlich keinen Mut mehr. Sie hängte das Familien-Zeichen wieder an die Wand. Wehmütig betrachtete sie den violett schimmernden Amethyst in ihren Fingern. Zum erstenmal sah sie drei winzige Einschlüsse im Stein. Sie ergaben ein gleichschenkeliges Dreieck.

Hatte dieses Zeichen nicht auch auf den Schriftröllchen in den hohlen Gliedern ihrer Puppe gestanden? Sie überlegte, wen sie fragen konnte, was die Zeichen bedeuteten. Vor Meister Bieterolf hatte sie zuviel Respekt, aber vielleicht wußte Otto mehr darüber. Seine Familie hatte stets neben den Alchimisten gewohnt. Außerdem verstand sich Otto auf geheime Dinge. Er trug das Augenzeichen der Logenmeister, selbst wenn er nicht zu den Eingeweihten gehörte.

Sie schloß ihre Finger um den Amethyst. In Ottos Haus waren auch *Bankerts* einquartiert. Sie mußte sich eben so lange in seinem Garten verstecken, bis sie ihn allein antraf ...

Nach und nach wachte das Dorf auf.

Die Kinder verlangten nach ihrem lange entbehrten Hirsebrei. Die meisten von ihnen schienen über Nacht die Scheu vor den Fremden verloren zu haben. Nur die etwas älteren verhielten sich noch ablehnend. Sie erkannten die besorgten Blicke ihrer Eltern und gaben unwissentlich den *Bankerts* die Schuld an allem Unheil.

Bei den Erwachsenen gingen zuerst die Frauen wieder zum normalen Tagesrhythmus über. Sie holten Holz, machten Feuer in den Herden, hängten Wasserkessel an klirrende Eisenketten und versuchten, Ordnung in das Durcheinander zu bringen. Nach den wirren ersten Tagen im Sakriversum versprach der neue Morgen etwas mehr geregelte Arbeit.

Überall öffneten sich Fenster. *Schander* und *Bankerts* steckten ihre Köpfe in die kühle Morgenfrische. Sie blinzelten ins erste Licht aus den *Beryllos-Linsen* unter dem hohen, schrägen Dach. Hier und dort wurde sogar ein Gruß zwischen den Angehörigen der Familien und den Eindringlingen gewechselt.

Von den Feldern kamen die Tiere zurück. Schweine, Schafe und Ziegen suchten die Nähe der Menschen. Eine Gruppe laut schnatternder Gänse watschelte auf den fast wasserlosen Bach zu und begann, im Uferschlamm zu gründeln.

Vögel zwitscherten wieder in den Büschen, und als die großen, waagerecht zwischen der *Teufelsmauer* und dem Kathedralendach aufgehängten Windflügel den weiß aufsteigenden Rauch aus den Kaminen langsam verteilten, hätte alles so sein können wie früher.

Jahrhundertelang hatten die Windflügel und die anderen verborgenen Systeme für ein ausgeglichenes Klima im Sakriversum gesorgt – ganz gleich, ob jenseits des Kathedralendachs eisige Stürme tobten oder die Glut der Sommersonne auf den Bleiplatten lastete.

Für ein paar Wochen, einen Atemzug nur, hatte auch die übrige Sakriversums-Mechanik wie zwischen zwei Pendelbewegungen eines riesigen Uhrwerks ausgesetzt. Jetzt hatten sich ruhende Seilschlingen wieder gespannt, alte Balken in ihren Nutführungen verschoben und Sperren gelöst.

In einer einzigen Nacht war die Mechanik hinter der verlorenen Zeit hergeeilt und hatte sie eingeholt.

Die *Schander* spürten die Veränderung sofort. Sie kannten das Phänomen der Heimatfremdheit aus den Berichten ihrer Ahnen. Nach jeder Flucht in die Bleikeller dauerte es mehrere Tage, bis sie sich wieder an den Zustand ihrer Welt vor dem Weg in die Tiefe gewöhnt hatten. Erst danach durfte die Sakriversums-Mechanik wieder auf Tag und Monat und die Verhältnisse im Draußen abgestimmt werden.

Doch diesmal hatten mehrere Faktoren gleichzeitig die Rückkehr zu den alten Regeln verzögert.

Es dauerte sehr lange, bis sich die ersten Männer und Frauen auf den Weg in die Felder machten. Das Licht aus den *Beryllos-Linsen* war bereits warm und hell, als sich die *Bankerts* endlich mit den Clan-Chefs einigten.

König Corvay ließ sich die ganze Zeit nicht sehen. An seiner Stelle gaben Galus, Hector und Patrick unter der Dorflinde die Arbeitseinteilung bekannt. Sie waren jedoch klug genug, auf alle Einwände und Vorschläge der Clan-Chefs einzugehen.

Kurze Zeit später setzte sich Patrick auf die Rundbank unter der Linde. Er nestelte eine kunstvoll gearbeitete und dennoch knorrig aussehende Tabakspfeife aus einem Beutel, reinigte sie, stopfte sie mit kleinen Krümeln und steckte sie schließlich an. Versonnen schmauchend blickte er über die Wiesen.

Aus den Augenwinkeln sah er, wie sich einige Kinder erschreckt hinter den Büschen verbargen. Wahrscheinlich hatten sie noch nie einen rauchenden Mann gesehen.

Patrick lächelte grimmig. Er paffte noch schneller. Die *Schander* waren über Nacht lebendiger, aufgeweckter und kooperationsbereiter geworden. Auf den ersten Blick sah es ganz so aus, als hätten sie das Unvermeidliche inzwischen eingesehen. Er selbst hatte jedenfalls nichts mehr von ihrer bisherigen, stumm leidenden Einstellung bemerkt.

Hector kam langsam auf ihn zu.

»Mußt du die Luft eigentlich so verpesten?« brummte er. »Ich hatte gerade angefangen, wieder tief durchzuatmen.«

Patrick sah den ehemaligen Ringer erstaunt an.

»Was ist denn mit dir los?«

»Wieso? Was soll mit mir los sein?«

»Ach, nichts!« sagte Patrick mit einer Bewegung seiner Pfeife. Trotzdem wunderte er sich über Hector. Er benahm sich irgendwie anders als sonst.

»Ich gehe mal hinüber zu Meister Herbort«, rief Galus vom Bach her. Er hatte die ganze Zeit gebückt Wasserproben in kleine Krüge gefüllt. Die Clan-Chefs waren wieder in ihren Häusern verschwunden. Aus den Gärten kam der leise Gesang von jungen Mädchen.

Patrick strich sich besorgt über sein Kinn. Was wollte Galus bei dem Mann, dessen Familie die Arbeiten der Doktores, Schlachter, Abdecker und Seifensieder im Dorf ausführte?

»Habt ihr etwas dagegen, wenn ich mich bei den Seilern umsehe?« fragte Jan. Er kam mit einem Weidenstecken aus den Büschen. Im Gehen schnitzte er am grünen Holz herum. Wie zufällig schlenderte in diesem Augenblick Lello mit drei *Schander*-Mädchen am *Buch-Heim* über die Dorfstraße. Sie trugen Decken, Wollzeug und Kästchen, die an den Seiten Rauchspuren aufwiesen.

»Hallo, Patrick«, rief Lello munter. »Ist König Corvay schon auf?«

»Was soll diese Frage?«

»Wir wollen ihm Geschenke bringen ...«

Patrick spürte, wie sich ganz langsam sein Magen zusammenzog. Die Pfeife schmeckte ihm nicht mehr. Er klopfte sie am Holz der Rundbank aus.

Die Mädchen kicherten. Sie warteten, bis Lello die Schultern hob und eine Grimasse schnitt. Patrick starrte ihnen mit zusammengekniffenen Augen nach.

»Du machst ein Gesicht, als ob du einen doppelten Schulterwurf verpatzt hättest«, lachte Hector gutmütig. Patrick nickte kaum merklich.

»Sag mal ... ist dir irgend etwas aufgefallen? Ich meine, seit heute morgen?«

Hector schob die Unterlippe vor.

»Die *Schander*«, sagte er dann.

»Was ist mit ihnen?«

»Sie sind ... nun ja, sie sind nicht mehr so verschlossen wie in den letzten Tagen. Mann, Patrick, mach nicht so ein Gesicht! Die waren doch vollkommen fertig nach dem Aufstieg. Hast du vergessen, daß sie schon in den Kellern halbverhungert ausgesehen haben? Kräftige Suppe, Heilkräuter, ausreichend Schlaf und das Gefühl, wieder zu Hause zu sein – das war es, was sie wieder aufgerichtet hat!«

Patrick starrte Hector fassungslos an. So hatte der ehemalige Ringer noch nie geredet!

»Ist dir nicht gut?« fragte Hector besorgt. Patrick stand auf. Er mußte sich am Stamm der Linde festhalten.

»Ich muß zu Corvay!« keuchte er. »Nein ... zuerst zu Lello ...«

Hector zog den Gürtel um seinen aus bunten Decken grob zusammengenähten Kittel strammer. Er sah ziemlich verwegen aus in seiner Kombination aus abgenutzten, hellbraunen Theaterstiefeln, ausgefransten Pluderhosen und den grobgewebten Decken. Die meisten *Bankerts* hatten noch am Vorabend im See gebadet und sich dann mit dem eingekleidet, was sie in den Häusern fanden. Dabei waren sie nicht gerade modebewußt gewesen.

Als Patrick an Hector vorbeigehen wollte, streckte der einen Arm aus.

»Laß Corvay in Ruhe!« sagte der ehemalige Ringer. »Der hat jetzt eine Menge mit sich selbst abzumachen!«

»Woher willst du das wissen?«

»Er war heute nacht hier draußen. Als alle schliefen, bin ich plötzlich durch ein Geräusch aufgewacht. Corvay muß auch etwas gehört haben!«

»Und?«

»Die Clan-Chefs haben sich heimlich im alten Haus getroffen, aber sie waren nicht allein. Ich habe gesehen, wie Corvay einen von ihnen in den Graben zog und in seinen Mantel schlüpfte.«

»Unmöglich! Corvay ist doch viel größer als ...«

»Er war mal Schauspieler!«

Patrick preßte die Lippen zusammen.

»Dieser verdammte Fuchs! Jetzt weiß er wieder mehr als wir!«

»Du bist ein kluger Bursche, Patrick! Aber einer ist noch pfiffiger ...«

»Wen meinst du?«

»Lello«, sagte Hector. »Der war nämlich auch dabei ...«

26. KAPITEL

Goetz folgte den Ausschlägen des Geigerzählers. Er hatte den Strahlendetektor direkt an die Buchsen seiner Helm-Kopfhörer angeschlossen.

Er fand es makaber, daß er mit zunehmendem Abstand von der Katastrophennacht immer vorsichtiger wurde. Am zweiundvierzigsten Tag danach war er noch fast ohne jeden Schutz mit dem Gabelstapler bis zur Kathedrale gerumpelt. Jetzt – acht Tage später – saß er in einem vorsintflutlich wirkenden, glänzenden Schutzanzug mit dicken Gelenkwülsten auf einem Motor-Kultivator.

Die kleine Maschine stammte aus dem vorigen Jahrhundert. Sie besaß einen Benzinmotor und rasselte auf Kettengliedern über Schutt und Straßenaufbrüche. Er hatte sie eingefettet und in Folie verschweißt im Vorratskeller entdeckt.

In der vergangenen Nacht waren die letzten automatischen Systeme der zerstörten Zivilisation endgültig ausgefallen. Nicht einmal die Reservestromkreise für die Archiv-Monitoren funktionierten noch. Damit war ein weiteres Kapitel beendet.

Während er den Kultivator aus der Altstadt in die viel stärker zerstörten neuen Stadtgebiete steuerte, fragte sich Goetz, was wohl geschehen würde, wenn erst die Tanks mit Säuren, Giften und Gasen verrotteten. Wenn der Regen die riesigen Lager der pharmazeutischen Fabriken ins Grundwasser spülte und wenn in ein paar Jahren die Mauern der Atomkraftwerke und die nicht mehr benutzten Raketensilos zerfielen.

Er würde es nicht mehr erleben!

Seit dem vorangegangenen Abend wußte er, daß er nur noch ein paar Wochen hatte. Nach seiner Rückkehr aus dem Sakriversum hatte er sich zunächst zögernd und dann immer entsetzter selbst untersucht. Es war nicht einmal schwer gewesen, die Anweisungen der Analyse-Automaten zu befolgen. Ein paar Hautschuppen, einige Tropfen Blut und etwas Urin hatten ausgereicht, um die Wahrheit herauszufinden.

Er lachte trocken, als er an die letzten amtlich ermittelten Werte seines Körpers dachte. Er hatte sich nie für Blutsenkungen, Leukozyten, Anämie oder das *Bergonić-Tribondeausche Gesetz* über die proportionale Zunahme der Empfindlichkeit von Zellen unter harter Strahlung interessiert.

Jetzt wußte er, was das hieß!

Der Kultivator quälte sich über einen Haufen Schutt. Metallreste ragten skelettartig aus dem künstlichen Hügel zwischen zwei eingestürzten Hochhäusern. Kurz vor der Kuppe entdeckte Goetz hellgrüne Grashalme zwischen den Trümmern.

Die Pflanzen schienen es zu schaffen.

Er schaltete den Motor des Kultivators aus und stieg ab. Vorsichtig pflückte er einen Grashalm mit dem unförmigen Handschuh seines Schutzanzugs. Er konnte nicht an ihm riechen, ihn nicht einmal wirklich anfassen.

Wie viele Jahrtausende mußten erneut vergehen, bis sich aus den verseuchten Trümmern der untergegangenen menschlichen Zivilisation ein neuer Geist und eine neue Kultur entwickelten?

Er dachte an Lebewesen, die vielleicht ganz anders aussahen als er selbst. Die Saurier hatten Jahrmillionen die Erde bevölkert, ehe sie auf rätselhafte Weise starben. Die Menschen hatten nur ein paar Jahrhunderte benötigt, um jede Ehrfurcht vor der sie umgebenden Natur zu verlieren. Und nicht einmal zweihundert Jahre waren nötig gewesen, um den kollektiven Selbstmord vorzubereiten.

Er konnte nicht einmal darüber weinen!

Als er sich umdrehte, sah er nur etwa anderthalb Kilometer entfernt die Kathedrale. Sie stand wie eine lichte Engelsburg in einem Meer aus Trümmern und Zerstörung. Goetz hatte nie zuvor ein Bild gesehen, das eindrucksvoller, schöner – und grausamer zugleich war.

Und unter dem hohen, im Licht der Sonne glänzenden Dach lebten Menschen, die ihn brauchten!

Der Gedanke an *seine Schander* machte ihm wieder Mut. Er wußte jetzt, daß er hier draußen nichts mehr verloren hatte. Der Geigerzähler an seiner Brust war mehr als eine Warnung: er sprach das letzte Urteil!

Goetz verzichtete darauf, in den Ruinen nach Gegenständen zu suchen, die er brauchen konnte. Er hatte es versucht. Mehr konnte er nicht tun, wenn er die wenigen nicht gefährden wollte, die außer ihm die Katastrophennacht überstanden hatten.

Er stieg auf den Kultivator und ließ den Motor an. Knatternd und fauchend wendete das kleine Fahrzeug. Goetz fuhr bis in die Altstadt zurück. Dann ließ er die Maschine mitten auf der Straße stehen.

Er ging die letzten Meter bis zum Portal der Kathedrale zu Fuß. Als er die breiten Stufen hinaufging, wußte er, daß er sie zum letztenmal betrat. Er würde nie mehr weiter als bis zur Plattform vor der Kathedrale gehen. Von diesem Augenblick an sollte der Rest der Welt verbotenes Gebiet sein!

Er zog sich splitternackt aus. Vorsichtig trug er den Schutzanzug und alle anderen Sachen in den Treppenaufgang des Nordturms. Den Magnetschlüssel benötigte er nicht mehr. Er verschloß die Tür, dann warf er ihn über den Vorplatz in Richtung auf die schwarze Ruine des Verlags.

Nackt, wie er war, ging er durch das hohe, in den Farben der Fenster leuchtende Mittelschiff. Er wußte nicht, warum die Kathedrale die verheerenden Erschütterungen während der Katastrophe viel besser überstanden hatte als die modernen Hochhäuser in der neuen Stadt. Vielleicht hing es mit irgendwelchen, gegenläufigen Druckwellen zusammen. Er wollte es nicht mehr wissen.

Merkwürdig – seit er das Leben oben im Sakriversum und die Zeichen des Todes draußen gesehen hatte, kam ihm die Kathedrale nicht mehr wie ein Bauwerk mit übertrieben weit nach oben ragenden Seitenwänden vor. Er fing an, die Funktion des Raums zu verstehen, der immer mehr gewesen war als eine hohe, geräumige Höhle, in die sich Menschen auf der Suche nach sich selbst oder nach irgendeinem Gott zurückgezogen hatten.

Hatten nicht alle großen Religionen Raum und Zeit und Logik für unwichtig erklärt? Wieso war immer wieder über *gläubige* Menschen gelacht worden? Hatte denn irgend jemand auch seine Träume, Ängste und das Gefühl leugnen können, Teil eines unendlichen, ewigen und letztlich nie begreifbaren Universums zu sein?

Goetz schüttelte den Kopf. Mit wieviel Energie hatten die Menschen bis zuletzt gegen die *nachweisbaren* Ursachen des drohenden Untergangs gekämpft!

Für das Austrocknen der Seele hatte es keine Statistiken gegeben …

Goetz wollte bereits in den Vorratskeller gehen, als ihm einfiel, daß es dort unten keine Duschen gab. Er blieb abrupt vor dem Altar stehen.

Kein Wasser!

Er schluckte unwillkürlich. Daran hatte er bisher nicht gedacht. Unten im Vorratskeller gab es große Mengen von Lebensmitteln. Ein paar Kisten Suppen und versiegelte Kanister mit Getränken hatte er auch gesehen. Trotzdem konnte er sich doch nicht wochenlang mit Saftkonzentraten oder Wein waschen.

Er starrte auf das steinerne Taufbecken schräg vor dem Altar. Es war so trocken wie die kalten Steinplatten des Fußbodens. Fröstelnd dachte er an die Pumpen im zerstörten Verlagsgebäude. Ohne Strom konnte er sie nicht mehr benutzen. Außerdem lagen sie unter meterhohem, strahlenverseuchtem Schutt.

Jetzt rächte sich, daß er nicht früher nach anderen Versorgungslagern gesucht hatte! Er war sicher, daß es überall in der Stadt Keller mit Reserven gab, die nicht verseucht waren. Trotzdem kam er nicht an sie heran. Er hatte keine Möglichkeit mehr, meterdicke Panzerschotts zu öffnen.

Das Sakriversum fiel ihm ein. Unwillkürlich blickte er nach oben. Auch dort war Wasser zu einem Problem geworden! Die kleine Welt unter dem Dach der Kathedrale war auf der Regennutzung aufgebaut. Siebenhundert Jahre lang hatte der Regen Wasser, Ernten und kinetische Energie bedeutet. Was jetzt noch von den Wolken herangetragen werden konnte, war schlimmer als Gift!

Goetz lachte unwillkürlich. Damit war auch das Sakriversum zum Untergang verurteilt! Er konnte seinen kleinen Freunden nicht mehr helfen.

»Aus!« murmelte er resignierend. »Endgültig aus!«

Niemand wußte, wo Meister Otto war. Agnes hatte stundenlang im Vorgarten der Astronomen-Familie gewartet. Das Licht aus den *Beryllos-Linsen* ließ den verwaschen wirkenden Schatten der Linde beinahe genau nach Norden fallen.

Mehrmals hatte Agnes in ihrem Versteck unter einem Holunderbusch gehört, daß nach ihr und Otto gesucht wurde. Jeder schien plötzlich etwas zu suchen.

Am frühen Vormittag huschte Lello von Haus zu Haus. Er machte sich an den Familienzeichen zu schaffen, sah sich lauschend nach allen Seiten um und kletterte in die Gärten.

Kurze Zeit später erschienen fast gleichzeitig die Clan-Chefs in den Vorgärten. Sie taten so, als würden sie sich nicht sehen. Agnes beobachtete, wie sie die Knospen an den Zweigen der Büsche prüften, den Boden untersuchten und bedächtig um die Bäume herumgingen. Sie näherten sich den Familienzeichen.

Keine Minute später standen fast alle an der Straße. Sie verständigten sich mit Handzeichen, ehe sie schnell in die Häuser zurückgingen.

Die Bewohner des Dorfes zogen auf die Felder. Nur einige Frauen und Kinder blieben zurück. Als die Straße wieder leer war, ging der Mann, der die Gesetze verkündet hatte, mit langsamen Schritten zu den beiden abgebrannten Häusern.

Menennery Luck zögerte, dann verschwand er in den Trümmern. Von der anderen Seite kamen Jan, Pete und Bronco. Die Artisten nahmen den gleichen Weg wie Lello. Auch sie überprüften alle Familienzeichen an den Hauswänden. Diesmal konnte Agnes hören, was sie suchten.

»Da ist uns jemand zuvorgekommen!« sagte Pete am Haus von Otto.

Jan nickte verärgert.

»Die *Schander* müssen etwas geahnt haben!«

»Möchte nur wissen, warum König Corvay ausgerechnet diese Halbedelsteine haben will«, brummte Bronco.

»Es hat etwas mit dem Testament und dem *Inneren Altar* zu tun«, sagte Jan. »Wenn alle Steine zusammengefügt werden, bilden sie eine Art Detektorquarz. Vor hundert Jahren funktionierten die ersten Radioempfänger nach einem ähnlichen Prinzip.«

»Nie etwas davon gehört«, meinte Bronco. »Wozu braucht Corvay jetzt noch ein primitives Radio?«

»Vielleicht will er etwas senden«, überlegte Pete.

»An wen?«

Pete hob die Schultern.

»Keine Ahnung! Jedenfalls waren die Steine gestern noch da. Ich habe gesehen, wie sich einer der Clan-Chefs an der Ruine des Alchimisten-Hauses zu schaffen gemacht hat. Er hat etwas aus der Höhlung hinter dem Familienzeichen genommen. Lello muß es auch gesehen haben. Er stand dort drüben ...«

Pete deutete zum verwilderten Vorgarten der Alchimisten-Familie.

»Wer weiß, was Lello Corvay wieder eingeredet hat«, knurrte Jan. »Ich habe mich heute morgen schon gewundert, daß er wieder da ist und so tut, als sei nichts geschehen!«

»Vielleicht hat er etwas herausgefunden, was Corvay nützlich sein kann. Er war ziemlich lange mit Agnes und diesem Goetz von Coburg zusammen.«

Mehr hatte Agnes nicht gehört. Die drei jungen Männer waren langsam zur Straße gegangen. Agnes wartete noch eine halbe Stunde. Sie wußte jetzt, daß einer der Clan-Chefs ihre Puppe genommen hatte. Aber wer? Und warum?

Als sie gerade ihr Versteck verlassen wollte, kamen Kinder aus den Häusern. Sie trugen Holzkannen und Töpfe mit dampfender Suppe. Das Mittagessen für die anderen auf den Feldern. Agnes hatte plötzlich Hunger. Sie wartete, bis die Kinder vorbeigegangen waren. Kurz darauf wurde es still im Sakriversum.

Agnes hörte das Klappern von Geschirr in den Häusern, dann verstummten auch diese Geräusche. Mit leisen Schritten verließ sie ihr Versteck. Sie hielt sich weiter unter den Büschen am Straßenrand. Und plötzlich sah sie Meister Otto ...

Der Clan-Chef lag auf der Seite. Er hatte einen Arm ausgestreckt und den bärtigen Kopf darauf gebettet. Hut und Mantel fehlten.

Der Clan-Chef der Astronomen-Familie schnarchte leise. Agnes beugte ich über ihn. Sie konnte keine Verletzung entdecken. Als sie sich gerade wieder aufrichten wollte, fiel ihr Blick auf eine zerzauste Feder im Gras der Bodenmulde.

Corvays Barett!

Direkt daneben lag ihre Puppe …

Verwirrt nahm Agnes die Holzpuppe an sich. Sie konnte sich nicht erklären, weshalb Otto sie an sich genommen hatte. Und warum lag er hier? Und wie kam das Barett von König Corvay neben ihn?

Otto murmelte im Halbschlaf. Agnes konnte ihn nicht verstehen. Sie richtete sich auf. Im gleichen Augenblick hörte sie Corvays Stimme vom Nachbargrundstück. Er kam mit seinen Beratern aus dem Haus von Bieterolf. Sie sah Galus, Hector, Menennery Luck und Patrick Murphy.

Auf der anderen Seite des Dorfes schimpfte Mathilda laut mit ein paar faulen *Bankerts.* Davon wachte sogar Meister Otto auf.

»Mein Kopf«, stöhnte er.

»Still!« flüsterte Agnes erschreckt.

»Wo bin ich?«

»Du hattest einen Schwächeanfall und hast heute nacht vor deinem Garten geschlafen …«

»Aber ich muß doch … wir waren doch um Mitternacht …«

»Jetzt ist es Mittagszeit!«

Agnes drückte ihn in die Kuhle zurück. Sie wollte nicht, daß Corvays Männer Meister Otto sahen.

»Was ist passiert?« fragte Otto stöhnend. Agnes erzählte ihm, was sie wußte. Als sie die Steine der Familienzeichen erwähnte, faßte der Clan-Chef ihre Hand.

»Sprich nicht weiter, Agnes! Das sind Dinge, die du nicht wissen darfst!«

»Aber ich habe genau gehört, daß die Steine gesucht werden!«

Otto nickte vorsichtig.

»Die Steine … das Große Buch … die Mondsymbole in manchen Nächten … es hat alles etwas miteinander zu tun! Von Anfang an waren überall Hinweise auf das Geheimnis unserer Existenz verborgen. Doch ein Tabu allein ist nutzlos! Es muß alles zusammenpassen, wenn der Tag gekommen ist.«

»Welcher Tag?«

Otto antwortete nicht. Er sah sich um, als suche er etwas im Gras.

»Hast du … hast du die Puppe gefunden?«

Agnes wurde blaß. Unwillkürlich hielt sie ihre Hände über die Tasche in ihrem Kittelkleid.

»Du hast sie, das ist gut!« nickte Meister Otto. »Ich dachte schon, ich hätte deshalb einen Schlag auf den Kopf bekommen.«

»Was ist mit meiner Puppe?« fragte Agnes vorsichtig.

Otto lachte. Er sah plötzlich vergnügt und heiter aus.

»Die Puppe enthält das, was sich in meiner Familie von einer Generation auf die andere mündlich überliefert hat. Es sind die fehlenden Bruchstücke vom ersten Teil des Testaments. Ohne sie könnte Corvay das Geheimnis nicht lösen, selbst, wenn er jene Hälfte hätte, die Meister Wolfram deinem Bruder gegeben hat.«

»Ich dachte, mein Vater …«

»Ganz richtig! Dein Vater ahnte, daß die letzten Jahre unserer Isolation gekommen waren. Er war von Geburt an als nächster *Weltwächter* vorgesehen. Nur deshalb erhielt er von Meister Albrecht die geheime Ausbildung. Er wußte ganz genau, was draußen geschah!«

»Ich dachte, er hätte gegen die Regeln unseres Volkes verstoßen und mußte deshalb fort«, sagte Agnes verwirrt.

»Das war die offizielle Version! Außer den Logenmeistern, Meister Albrecht und mir kannte niemand den wahren Grund für Ekkehards Aufbruch. Wir wußten, daß in den letzten Tagen der Menschheit Fremde versuchen würden, bei uns Schutz und Sicherheit zu finden. Es hat auch draußen immer einige Eingeweihte gegeben …«

»Die *Bankerts*!«

»Die auch.« Otto nickte. »Deshalb sollte dein Vater die fehlende Hälfte von Rolands Testament finden. Denn nur alle Bruchstücke zusammen konnten uns das wiedergeben, was wir in den Jahrhunderten vergessen haben.«

»Vergessen?« fragte Agnes entsetzt.

Meister Otto nickte betrübt.

»Wir sollten niemals alles wissen! Es hätte uns zu sehr belastet! Siebenhundert Jahre sind eine lange Zeit, Agnes! Du kannst von Menschen nicht verlangen, daß sie immer nur so leben, wie ihre

Väter es gewollt haben! Denn jedes große Erbe ist gleichzeitig eine Last!«

Sie sah den sonst so stillen Clan-Chef lange an.

»Hast du deshalb meine Puppe genommen?« fragte sie dann.

Er nickte. Gleichzeitig sah er, wie Tränen über Agnes Wangen liefen. Es hatte etwas mit ihrem Vater zu tun. Und mit Guntram.

»Vergiß nie, daß du nicht allein bist«, sagte Otto sanft.

Sie griff in ihre Taschen. Sie reichte ihm die Puppe und den Amethysten aus dem Familien-Zeichen der Alchimisten.

»Wir haben auch etwas!« sagte in diesem Augenblick eine Stimme hinter ihnen. Agnes und Otto fuhren zusammen. Lello trat aus den Büschen hervor. Nancy McGowan folgte ihm.

Lello streckte die Hände aus. In seinen Handflächen lagen elf Halbedelsteine.

»Ich habe sie eingesammelt, ehe Corvay dazu kam.« Er grinste.

»Aber ... wie konntest du wissen ...?«

»Ein guter Narr weiß alles!«

»Und hier ist mein Geschenk für die *Schander*!« sagte Nancy lächelnd. Sie hob ihre Bluse. Um ihre Taille hing eine schwere, goldene Kette mit einem großen Medaillon. »Die erste Hälfte des Testaments! Ich habe heute nacht Llewellyn Corvay euer Eigentum geklaut.«

Sie blickte zu Lello. Er nickte und legte seinen Arm um ihre Schultern.

»Manchmal sind Mißgeburten doch ganz brauchbar, oder?«

Agnes wußte noch immer nicht, was sie davon halten sollte. Lello und Nancy sahen ihr verdutztes Gesicht und lachten.

»Lello hat dich die ganze Zeit gesucht«, sagte Nancy zu Agnes. »Und als er mich traf, hat er mir erzählt, daß Corvay heute nacht mit den Clan-Chefs im *Buch-Heim* war. Er hatte sich verkleidet ...«

»Mit meinem Hut und meinem Mantel!« stöhnte Meister Otto. »Das habe ich doch gleich geahnt.«

»Du hast geschlafen!« unterbrach ihn Agnes.

»Bieterolf wartet auf die Steine«, sagte Lello. »Er will mit Guntram Kontakt aufnehmen und dafür braucht er sie!«

Agnes begann plötzlich zu zittern. Sie wurde blaß und wankte.

»Was hast du, Agnes?« fragte Lello besorgt.

Nancy drängte ihn zur Seite. Sie fing Agnes auf, ehe sie zusammensinken konnte.

»Guntram ...«, murmelte Agnes tonlos, »das Testament ... er hat die zweite Hälfte verloren ...«

Nancy ließ sie ins Gras sinken.

»Ist sie krank?« fragte Lello. Nancy richtete sich langsam auf. Sie sah ihn mit einem langen, unergründlichen Blick an.

»Nein«, sagte sie. »Das kommt schon manchmal vor, wenn man schwanger ist ...«

Die Kälte war schlimmer als alles andere. In der vorangegangenen Nacht war Guntram noch dankbar und erleichtert gewesen. Inzwischen wußte er, daß er die Flugmaschine nicht mehr starten konnte.

Dort, wo sich die leeren Speicherräume für die Vorräte einer langen Reise befanden, klaffte ein mehrere Fuß langer Riß im Boden. Die Kälte leckte mit feuchten, langsam in Reif übergehenden Zungen immer tiefer in den Bauch des goldenen Vogels hinein.

Mehrmals hatte er ein hartes Schaben gehört. Es wurde von knisternden und platschenden Geräuschen begleitet. Seit gut zwei Stunden, wußte er, was das bedeutete:

Die Flugmaschine rutschte Stück für Stück tiefer in einer Mulde aus schmelzendem Eis ...

Der goldene Vogel hatte sich in der Nacht ein Nest aus dampfendem Wasser zwischen den glasgrün aufragenden Eiswänden geschaffen. Ein Teil des Bruchspalts war noch immer mit Nebelschwaden gefüllt.

Immer wieder streifte Guntram durch alle Abteilungen der Flugmaschine. Voller Bewunderung entdeckte er kunstvoll angelegte Stege und Emporen. In manchen Segmenten erinnerten ihn die Verzierungen und Bögen an die Harmonie der Kathedrale. Er konnte sich gut vorstellen, wie es gewesen wäre, wenn die Familien gemeinsam die Arche betreten hätten – mit Hausrat, Tieren und Vorräten für viele Jahre.

Er sah das Bild von einem goldenen Vogel vor sich, wie er die

Mauern seines Verstecks durchbrach, über Ruinenfelder flog und schließlich majestätisch kreisend von der Erde Abschied nahm.

War das der Traum und die Vision der Baumeister gewesen? Ein negatives, durch und durch pessimistisches Bild, nach dem selbst die Überlebenden nur noch die Erde verlassen konnten?

Guntram schüttelte unwillkürlich den Kopf. So konnte es nicht gewesen sein! Die Menschen waren auf der Erde entstanden und nicht irgendwo anders. Dies war ihr Planet, auch wenn es noch Milliarden andere Himmelskörper geben sollte!

Aber die *Weltlichen* hatten versucht, alles zu verstehen und alles zu begründen. Je mehr Wissen sie erlangten, um so mutloser wurden sie, weil sie immer deutlicher sehen mußten, wie nackt und ohne Schutz sie lebten. Vielleicht war dann für viele von ihnen der Tod eine Erlösung von der Angst geworden: Angst vor den anderen, Angst vor der Zukunft, Angst vor sich selbst …

Guntram lauschte den leisen, unregelmäßigen Tropfgeräuschen tief im Inneren der Flugmaschine. Hatte er nicht auch Angst?

Er spürte, wie die Kälte immer schneidender wurde. Es war, als würde ganz langsam die Energiequelle versiegen, die sieben Jahrhunderte in der Flugmaschine auf ihre Nutzung gewartet hatte.

Guntram drehte sich abrupt um. Er stieg über matt leuchtende schräge Ebenen. Es dauerte ziemlich lange, bis er durch Gänge und kuppelartige Räume in den Kopf des goldenen Vogels gelangte.

Die riesigen *Beryllos-Linsen* auf beiden Seiten hatten blau-violette Schlieren. Sie wirkten wie Ölspuren auf großen Wassertropfen.

Guntram ging zur linken Seite. Er lehnte sich vor und legte sein Gesicht gegen die kalte Linse. Auf diese Weise konnte er sehen, daß die Flugmaschine tatsächlich in einem kleinen Teich aus geschmolzenem Eiswasser lag. Das Wasser reichte nicht mehr bis in die glatten Kanten der Mulde. Ein Teil davon mußte sich bereits innerhalb des goldenen Vogels befinden.

Guntram verstand nicht, wie es geschehen war. Er dachte an kommunizierende Röhren. Wenn der Riß im Boden groß genug war, mußte sehr viel Wasser eingedrungen sein. Aber mehr, als durch die Wärme auftauen konnte? Das war nicht möglich!

Vielleicht war etwas verdunstet. Er starrte angestrengt nach unten. Im gleichen Augenblick entdeckte er kleine, sprudelnde Blasen im Wasser. Es wurde weniger.

Gebannt verfolgte Guntram das eigenartige Versickern des Schmelzwassers. An den Rändern der Mulde hatten sich wieder Eisschollen gebildet. Einige waren mit dem Sinken des Wasserspiegels abgebrochen. Sie bildeten bizarre Schichten und lange Eiszapfen.

Als das Wasser noch weiter abfloß, erkannte er plötzlich eine schiefergraue, glänzende Kante schräg unter der Flugmaschine.

Felsen!

Der Gletscherriß hatte die gewaltige Eisfläche bis auf massives Gestein aufgebrochen!

Guntram empfand ein tiefes Gefühl der Dankbarkeit. Die lose auf dem Grund der Spalte zusammengefrorenen Eiskrümel hatten die Wucht der unkontrollierten Landung abgebremst wie ein Haufen Stroh im Frost. Obwohl sie anschließend geschmolzen waren, war die Flugmaschine nur wenige Fuß eingesunken – bis zum festen Grund der riesigen Gletscherspalte.

Er erkannte, daß es doch noch eine Hoffnung gab. Selbst mit Wasser oder Eis im Bauch der Flugmaschine war er nicht gefangen. Er mußte nur herausfinden, wie er wieder starten konnte!

Im gleichen Augenblick hatte er das Gefühl, jemand würde hinter ihm stehen. Er hielt für einen Moment die Luft an, dann drehte er sich ruckartig um.

»Agnes!« keuchte er tonlos. Doch Agnes war nicht da. Es war überhaupt niemand da.

Guntram zitterte am ganzen Körper. Was war mit ihm los? Hatte er schon Halluzinationen?

»Du mußt nur wollen!«

Bieterolfs Stimme ...

»Komm zurück, Guntram!« hörte er Agnes.

»Ich ... ich kann nicht! Ich weiß nicht, wie ...«

»Wir brauchen dich!«

Agnes.

»Alle Clan-Chefs sind im Buch-Heim versammelt! Wir wollen dir helfen!«

Wieder Bieterolf.

Ganz langsam verstand Guntram. Sie riefen ihn. Es war wie ein Wunder! Über den halben Erdball hinweg kamen die Gedanken der anderen zu ihm – so nah und so stark, als würden sie direkt vor ihm gedacht …

»Komm, Guntram!« – rief Agnes, seine Frau.

»Ich will es versuchen! Aber sorgt dafür, daß Goetz in der Nähe ist, wenn die Flugmaschine über der Kathedrale erscheint! Wir werden ihn dringend benötigen …«

Die Gedanken von Agnes und den Clan-Chefs wurden immer intensiver. Wie eine große, allmächtige Kraft strömten sie durch jede Zelle seines Körpers. Er spürte auf einmal ein seltsames, befreiendes Vibrieren in sich. Er fand die Kraft des Universums in sich selbst, in seiner Seele.

Er wankte, als er langsam in die Mitte des Raumes zwischen den großen *Beryllos-Linsen* schritt. Er hob den Kopf und öffnete die Hände. Als er sie drehte und seine Hände wie zum Empfang bereite Schalen nach oben zeigten, kam auch die Kraft der anderen ganz zu ihm.

Er wurde eins mit der Idee des Lebens, Gottes und des Universums. In diesem Augenblick der Ewigkeit verloren Zeit und Raum und alles, was Materie hieß, ihre Macht über Guntram.

Es war, als wäre alles Körperliche abgestorben und vergangen. Erst als er längst über dem offenen Meer schwebte, bemerkte er, daß er doch noch einen Körper hatte. Er wußte plötzlich, daß die goldene Flugmaschine einen langen Schweif feiner Eiskristalle hinter sich herzog. Spuren von einem Kontinent, der aufgebrochen war bis zu einer Tiefe, in der noch reines Wasser vorkam.

»Wir steigen aus!« sagte Menennery Luck. »Sobald die Clan-Chefs Guntram und die Flugmaschine zurückgeholt haben, schnappen wir uns den Vogel und verschwinden!«

»Was heißt *wir*?« fragte Llewellyn Corvay gefährlich leise. Er saß mit seinen Beratern unter der Linde im Gras. Es wurde bereits Abend. Die meisten *Schander* waren von den Feldern zurückgekehrt. In einigen Häusern grölten betrunkene *Bankerts* alte Seemannslieder. Die meisten der Eindringlinge hatten sich den ganzen Nachmittag nicht sehen lassen.

Menennery Luck stand auf. Er klopfte ein paar Grashalme von seinem dunklen, grob gewebten Mantel. Er war einer der letzten gewesen, der sich von seinen alten Kleidern getrennt hatte. »Wir wollen nicht mehr, daß du unser König bist!« sagte er mit kalter, kratzender Stimme zu Corvay.

Hector und Galus blickten auf. Gleichzeitig hob König Llewellyn Corvay beschwichtigend die Hände.

»Sprich weiter!«

»Du warst nicht hart genug, Corvay! Das *Gesetz des Lebens* gibt keinem eine zweite Chance! Und du hast leider übersehen, daß jeder von uns auch nur eine einzige Haut hat! Du kannst den Lohn nicht zahlen, den du uns versprochen hast. Und deshalb interessiert uns nicht mehr, was du vielleicht heute oder morgen mit den Clan-Chefs aushandelst ...«

»Was wollt ihr tun?«

»Wir gehen!«

»Wie viele?«

»Mit mir zwölf.«

Corvay nickte. Er starrte auf seine Hände, dann sah er Galus direkt in die Augen. Es dauerte sehr lange, bis er begriff, daß er sich auch auf ihn nicht mehr verlassen konnte.

»Du hast dich zu sehr in einen Traum verrannt«, sagte Galus. »Das Sakriversum war für dich immer eine Legende! Ein Paradies, wie es jeder von uns im Kopf oder im Herzen hat! In diesem Land bist du der König – aber nur so lange, wie es keine anderen gibt, die deine Träume stören.«

»Ich habe lange darüber nachgedacht«, sagte Corvay und nickte. So ruhig und beinahe freundlich hatte selbst Hector ihn lange nicht mehr gesehen. Erst jetzt erinnerte er sich wieder daran, wie Llewellyn Corvay reagierte, wenn schon bei der ersten Vorstellung einer groß angesagten Tournee die Zuschauer nach der Pause nicht wiederkamen. An diesen Abenden hatte sich Corvay in einen anderen Menschen verwandelt. In einen liebevollen Vater – einen Mann mit einem großen Herzen, an dessen Brust sich all seine mit Schminke verschmierten, jammernden Stars wie kleine Kinder ausheulen konnten.

Er hatte immer wieder Schwache gefunden, die er trösten und gleichzeitig ausbeuten konnte!

»Mach dir nichts draus, Corvay!« sagte Galus mitfühlend. »Du bist nicht der erste, der ein Königreich aufbauen wollte und über Nacht mit leeren Händen dastand!«

Corvay zog die Brauen hoch. Menennery Luck lachte süffisant, ehe er zwei Finger in den Mund steckte und einen kurzen Pfiff ausstieß. Hinter den Büschen in Meister Herborts Garten bewegten sich ein paar geduckte Gestalten.

»Laß sie gehen, Corvay!« empfahl Galus. »Sie werden nicht sehr lange überleben. Aber ... vielleicht haben sie mehr Glück als wir.«

Die Adern an Corvays Schläfen schwollen an.

»Was heißt hier Glück? Ich hatte alles erstklassig geplant! Konnte ich etwa ahnen, daß hinter uns die ganze Welt zusammenbricht? Konnte ich schon im voraus wissen, daß wir hier oben wie in einem Hungerturm gefangen sein würden? Mit diesen *Schandern,* die auch noch ›danke‹ sagen, wenn man sie in den Hintern tritt?«

»Niemand konnte wissen, wie das Sakriversum siebenhundert Jahre nach seiner Errichtung aussehen würde«, sagte Galus ernst. »Die *nicht denkbaren* Entwicklungen machen die Planung des Lebens zum größten Roulettespiel des Universums. Und wer einmal mit *Verbesserungen* anfängt, dem kann eines Tages nicht einmal der Zufall oder die Wahrscheinlichkeit helfen ...«

»Helfen?« schnaufte Corvay verwirrt. »Wovon redest du eigentlich?«

Galus sah an Corvay vorbei nach Westen. Die Sonne schien durch die bunten Fensterscheiben des Abendzeichens. Aus den Kaminen stiegen leicht gekräuselte Rauchfäden nach oben. Hinter den Gärten zogen sich dunkle, frischbearbeitete Ackerstreifen über die Hügel. Kinder lachten, und aus den geöffneten Küchenfenstern drang der Geruch von Kräuterbrühe.

»Und es ist doch ein Wunder, daß sie noch leben!« sagte Galus leise. »Siebenhundert Jahre in ständiger Gefahr von außen! Generationen, die nur durch ein geheimnisvolles Vermächtnis zusammengehalten wurden! Eine verschworene Gemeinschaft, die alle Schwierigkeiten überwand, weil sie an eine höhere Bestimmung glaubte! Und dennoch hätten sie zum Schluß beinahe aufgegeben.«

»In den Bleikellern.« Hector nickte. »Da haben wir ihnen ganz schön Beine gemacht!«

»So war es *vorgesehen*!« stimmte Galus zu.

Corvay ballte die Hände zu Fäusten. Er wurde plötzlich dunkelrot im Gesicht. Mit einem tierisch röhrenden Aufschrei stürzte er sich auf Galus.

»Du verfluchte Kreatur!« brüllte er. Sein Mund verzerrte sich, während seine Hände nach dem dürren Hals des Arztes griffen.

»Du hast das alles *vorgesehen*? Etwa sogar geplant und längst gewußt, daß niemand gegen diese *Schander* ankommt, wie?«

Hector holte tief Luft. Er spannte seine Brustmuskeln so sehr an, daß die Riemen unter seinem Kittel knirschten.

»Der betrogene Betrüger!« meckerte Menennery Luck höhnisch. Er sprang wie ein böses Rumpelstilzchen um Corvay und Galus herum. Mit einem tiefen, unwilligen Knurren ließ Hector seine breiten Hände auf Corvays Arme fallen. Er faßte mit einer schulmäßigen Bewegung nach, stemmte die Füße ins Gras und riß Corvay hoch.

Im gleichen Augenblick knallten Fehlzündungen durch das Sakriversum. Jan, Pete und Bronco kamen mit wilden, schlingernden Bewegungen auf Jans Motorrad über die holperige Dorfstraße. Jan fuhr, die beiden anderen klammerten sich links und rechts an ihn.

Unmittelbar hinter ihnen rannten *Schander* zur Dorfmitte, allen voran Hanns, Dietleib und Ulf. Sie schleppten Sensen, Dreschflegel und Zaunlatten. Einige hielten Äxte in den Fäusten, andere ließen Fangschnüre mit Steinbrocken an den Enden über den Köpfen kreisen.

Von der Westseite näherte sich entschlossen singend eine Gruppe Frauen. Sie wurden von Mathilda angeführt.

Nur die Clan-Chefs zeigten sich nicht.

Hector stieß Corvay zur Seite. Der König stolperte. Er rutschte über das Gras zum Bach hinab. Galus massierte sich den Hals. Er schnappte nach Luft. Mit grauweißem Gesicht wankte er zur Bank unter der Linde.

Hector zog den Kopf ein. Er winkelte die Arme an und ging in Angriffsposition, ehe er sich stampfend einmal um seine Achse drehte.

»Du bist ein Wahnsinniger!« brüllte er Menennery Luck an. Es war, als hätte er erst jetzt begriffen, daß der zwielichtige Advokat Schuld an der Verwirrung sein mußte.

Jetzt brachen auch noch betrunkene *Bankerts* durch die Büsche.

Hector verzog sein Gesicht. Er wußte nicht, was er tun sollte. Jan, Pete und Bronco schleuderten mit ihrem lärmenden Motorrad direkt vor ihn. Das Knallen verstummte. Bronco und Pete sprangen ab. Sie liefen zu Corvay.

»Was ist hier los?« wollte Jan wissen.

»Ich weiß es auch nicht ... es hat ganz plötzlich angefangen.«

»Menennery Luck?«

»Ja.«

»Das war schon lange überfällig!« preßte Jan zwischen den Zähnen hervor. »Was ist mit Corvay?«

»Er ging ganz plötzlich auf Galus los.«

»Was? Wollte Galus etwa auch weg?«

»Nein, nein!« sagte Hector kopfschüttelnd. »Galus hat nichts mit Menennery Luck zu tun!«

»Mit wem denn sonst?«

»Ich weiß es nicht, verdammt noch mal! Hier ist doch jeder gegen jeden!«

»Bei uns vielleicht! Die *Schander* sehen ziemlich einig und entschlossen aus.«

Hector schluckte. Er starrte auf die von allen Seiten immer näher kommenden Gruppen. Sie waren langsamer geworden.

»Die wirken aber nicht mehr friedlich!« sagte Jan leise. Im gleichen Augenblick sah er, wie einige der wildesten *Bankerts* durch Meister Herborts Garten schlichen. Sie waren bis an die Zähne bewaffnet. Auf der anderen Seite des Baches bewegten sich ebenfalls die Büsche.

»Was wollen die denn?« fragte Jan unsicher. Er sah zu Hector.

»Menennery Luck hat sich gegen Corvay gestellt. Er hat gesagt, daß er die Flugmaschine kapern will, wenn sie zurückkommt ...«

»Und dann?«

Hector hob die Schultern.

»Einige Männer sind auf seiner Seite. Sie wollen raus!«

»Und warum ist Corvay dann auf Galus losgegangen?«

»Weil der gesagt hat, daß alles längst geplant ist oder so ähnlich.«

»Du meinst, daß Galus die ganze Zeit mehr gewußt hat als wir?«

Hector wischte sich mit dem Handrücken über die Lippen.

»Ich weiß nur eins, Jan: Wenn hier nicht bald Ordnung herrscht, schlage ich alles zusammen! Ich will nicht mehr, verstehst du! Es ist mir ganz egal, was die anderen machen! Meinetwegen sollen sie alle nach unten springen! Ich will meine Ruhe haben – und wenn ich dafür jeden Tag mit den *Schandern* auf die Felder gehen muß!«

Jan starrte den ehemaligen Ringer verwundert an.

»Du würdest nicht mit den anderen nach neuem Land suchen?«

»Wozu denn? Hier könnte es alles geben, was ich brauche.«

Jan blickte zu den Bewohnern des kleinen Dorfes. Sie standen dicht nebeneinander in Gruppen zusammen.

»Wir möchten auch hierbleiben«, sagte er schließlich. »Ich habe lange mit Pete und Bronco darüber gesprochen. Die *Schander* hätten nichts dagegen.«

Hector strahlte plötzlich über das ganze Gesicht.

»Warum vertreiben wir dann nicht den Rest der Bande?«

Jan wollte antworten, doch da fiel helles, weißblau gleißendes Licht durch die weit entfernten Scheiben des Rosettenfensters. Das Leuchten war so stark, daß es selbst die bunten Fensterfarben überstrahlte.

Der Wald am Eichberg schien so hell zu brennen wie das Feuer in der Luft, das vor vielen Wochen die Menschen in den Städten getötet hatte.

Gut fünfundsiebzig Meter tiefer blieb Goetz von Coburg mitten in der Kathedrale stehen. Er wußte nicht, wie lange er ziellos durch den hohen Bau geirrt war.

Zwei- oder dreimal hatte er versucht, die Türen der Krypta unter dem Altar zu öffnen – vergeblich! Er hatte sein Gesicht gegen hohe, kalte Säulen gelegt und war schweigend zu den Stein gewordenen Bildern aus der Welt der Baumeister und Steinmetze zurückgegangen. Es war wie ein Abschied von einem Erbe, das er wenigstens noch anfassen konnte.

Dagegen waren die Erinnerungen an seine eigene Zeit schon fast verweht. Draußen standen nur noch die leeren Häuserhüllen, in denen einmal Menschen gelebt, geliebt und Angst vor sich selbst gehabt hatten.

Was war davon geblieben?

Wo waren jetzt die Bücher? Die Milliarden Gedanken und Ideen? Irgendwann in der Endzeit der Zivilisation mußte der Teufel den Menschen eingeflüstert haben, ihr ganzes Wissen aus ihren Büchern, ihren Köpfen und ihren Herzen zu holen und wissenschaftlich geordnet *für die Ewigkeit* zu speichern.

Dort würde es nun bleiben, denn es gab keinen Menschen mehr, der einen Schlüssel zu den gestohlenen Informationen hatte.

Als die Strahlen der Sonne nur noch die oberen Scheiben der bunten Fenster leuchten ließen, hörte Goetz plötzlich ein fernes, anschwellendes Raunen. Es klang wie das Geräusch von Blasebälgen einer Orgel.

Nur wenige Augenblicke später fiel strahlendes, wunderbares Licht durch die Kathedralenfenster.

Goetz blinzelte. Gleichzeitig wurde ihm bewußt, daß er noch immer nackt war. Er hatte den Schutzanzug ausgezogen, weil er den Schmutz und den tödlichen Staub nicht in die Kathedrale tragen wollte.

Doch jetzt waren draußen Licht und Bewegung.

Guntram!

Er kam zurück! Goetz *wußte*, daß es nur Guntram mit seiner Flugmaschine sein konnte.

Er wollte zum Hauptportal laufen, doch dann überlegte er es sich anders und rannte zurück. So schnell er konnte, eilte er die Treppe zum zwölfeckigen Raum hinunter.

Die Mumien sahen noch eingefallener aus. Goetz kümmerte sich nicht um sie. Während er das Vorratslager betrat, wurde ihm bewußt, daß das Licht noch brannte. Für einen Moment blieb er verwirrt stehen.

Dann funktionierten doch noch einige Einrichtungen aus der Zeit vor der Katastrophe!

Der gelbe Overall, den er bei seinem zweiten Besuch im Sakriversum getragen hatte, lag noch immer naß und schmutzig in einer Ecke. Jetzt bedauerte er doch, daß es keine funktionierenden Duschen mehr gab.

Kurzentschlossen lief er an den Regalen entlang bis ganz nach hinten. Er stemmte einen Kanister mit Mineralwasser hoch. Angestrengt keuchend schob er ihn auf einen Vorsprung der Felsenmauer, auf der ein kleines, silbernes Kruzifix stand. Es fiel nach unten und zerbrach.

Unwillkürlich bückte sich Goetz. Er hob das Kruzifix und einen Schmuckstein auf, der unter dem *I. N. R. I.* aus der Fassung gebrochen war. Es war ein Amethyst.

Aus irgendeinem Grund ging er zu der Stelle zurück, an der er die erste Nacht in der Kathedrale verbracht hatte. Als er das zerbrochene Kruzifix neben die anderen Sachen legen wollte, die er in den vergangenen Tagen eingesteckt hatte, fiel ihm der kleine Stoff-Fetzen auf: das erste Lebenszeichen, das er von den *Schandern* im Turm gefunden hatte.

Direkt daneben lag das Medaillon.

Er hatte es bisher noch nicht genauer angesehen. Erst als er das Kruzifix auf den Stoff legte, fielen ihm die Zeichen an der gewölbten Seite auf.

Und wieder entdeckte er einen Hinweis auf sein Familienwappen!

Die Kälte von den Steinplatten des Bodens zog in seine Beine. Gleichzeitig wurde ihm innerlich heiß. Er wußte, daß er sich eigentlich duschen und anziehen sollte. Deswegen war er so überstürzt in die Gruft gelaufen.

Oder gab es noch einen ganz anderen, rational nicht erklärbaren Grund für seine Handlungsweise?

Nachdenklich strich er mit den Fingerkuppen über die drei Punkte des Dreiecks auf dem Medaillon. Waren sie ebenfalls versteckte Hinweise auf ein großes, kostbares Geheimnis?

Er dachte plötzlich an die Begegnung mit Guntram.

Dreieinigkeit der Dinge …

Körper, Geist und Seele …

Quarks!

Das Geheimnis der Alchimisten!

Universum – Sakriversum!

»Mein Gott!« stammelte er. »Und ich wollte aufgeben …«

Er legte das Medaillon zurück und rannte zum Wasserkanister. Er hatte einen ganzen Tag verloren.

27. KAPITEL

»Die Flugmaschine!« schrie Menennery Luck. Jan und Hector kamen nicht mehr dazu, ihn aufzuhalten. Zusammen mit bewaffneten *Bankerts* lief er an ihnen vorbei.

Weiter oben tauchte Patrick mit seinem Muli auf. Lello und Nancy folgten ihm. Sie kamen um das *Buch-Heim* herum. Als Patrick die Bewaffneten sah, hob er die Schlegel. Er kreuzte sie hinter seinem hohen Kardinalshut, dann ließ er sie hart und kraftvoll auf die gespannten Kesselfelle sausen.

Die *Schander* wichen instinktiv zurück. Aber nicht alle!

Hanns, Ulf und Dietleib sperrten die Straße an der Brücke über dem Bach. Mathilda faßte zwei andere Frauen an den Händen. Eine davon war eine *Bankert.*

Hinter ihnen versuchte Llewellyn Corvay vergeblich, ebenfalls zur Straße vorzudringen. Er rannte gegen die Schultern von *Schandern,* verfing sich in den Sträuchern von Herborts Gartenbegrenzung und rief immer wieder nach Hector, Jan und Patrick.

Keiner hörte auf ihn. Wie ein Heerführer ohne Armee irrte König Corvay von einem zum anderen. Er griff nach Mänteln, Kleidern und Händen.

»Was tut ihr?« keuchte er heiser. »Hört nicht auf Menennery Luck! Er wird euch verraten! Ich bin der König! Ich habe euch hierher geführt!«

Wenn er *Schander* ansprach, wichen sie zurück. Die *Bankerts* lachten nur. Einige spuckten vor ihm aus.

»Ihr könnt nicht nach draußen! Es wird euch töten, wenn ihr es nur versucht!«

»Verschwinde!«

»Steh uns doch nicht im Weg!«

Und wieder einmal war für einen Llewellyn kein Platz mehr vorgesehen in der Geschichte. Der letzte echte Prince of Wales war um ein Königreich betrogen worden. Vom *Bankert,* den er auf der Flucht vor der Inquisition zeugte, kannten nur die Nonnen des

Klosters von Altomünster den Namen. Jetzt mußte Llewellyn Corvay, ihr direkter Nachkomme, ebenfalls abtreten.

Plötzlich loderten Fackeln auf. Ihre Flammen sahen dünn und gelblich aus im hellen Licht vom Westen.

»Zur *Teufelsmauer*!« schrillte die Stimme von Menennery Luck durch das Sakriversum. »Dort ist das Nest des goldenen Vogels!«

Die anderen johlten. Am *Buch-Heim* erkannten Lello und Nancy die Gefahr.

»Das dürfen wir nicht zulassen!« rief Nancy Lello zu. »Agnes ist oben. Sie wartet auf Guntram.«

Lello biß die Zähne zusammen.

»Bleib hier!«

Er drückte ihre Hand. Mit weiten, humpelnden Schwüngen eilte er zur Straße. Die Männer um Menennery Luck hatten kehrt gemacht. Sie kamen auf das *Buch-Heim* zu. Im gleichen Augenblick flogen die ersten Fackeln auf die Dächer von Wirnts und Konrads Haus.

Lello suchte verzweifelt nach einem Ausweg. Er wußte, daß die Clan-Chefs jetzt nicht helfen konnten. Sie waren alle im *Buch-Heim.* Gemeinsam wollten sie versuchen, die schwerbeladene Flugmaschine mit ihrer Eislast zum *Inneren Altar* zurückzulenken.

Wenn jetzt doch Goetz da wäre!

Lello zitterte vor Anspannung. Weiter unten erkannte er Hector, und die Artisten. Sie standen zwischen der Linde und der Straße, aber sie kamen nicht durch.

Mathilda und die Frauen warfen sich den Aufrührern entgegen. Lea wurde als erste in den Bach gestoßen. Da sah Lello sehr weit unten Llewellyn Corvay. Der König schleppte sich mit hängenden Schultern am Bach entlang zum See.

Das war die rettende Idee!

»Da ist er!« schrie Lello. »Laßt König Corvay nicht entkommen! Er kennt den wahren Weg ... den geheimen Gang zur *Teufelsmauer*! Haltet ihn auf, sonst kommt er euch zuvor!«

Die *Bankerts* stießen gegeneinander. Einige wollten weiter nach oben, andere hoben drohend die Fäuste. Für einen Augenblick herrschte totale Verwirrung vor den Mauern des *Buch-Heims.*

Dann stürmte eine Gruppe Bewaffneter mit wütenden Aufschreien in Richtung See. Lello spürte, wie ihm schwindelig wurde.

»Komm!« sagte Nancy neben ihm. »Die Tür zum *Buch-Heim* ist geöffnet. Das ist der einzige Platz, an dem wir uns jetzt schützen können.«

»Aber die Kinder in den Häusern!«

»Sie werden schon geholt.«

Lello bewegte sich nicht.

»Komm schon! Wir haben nicht viel Zeit!«

»Ich habe sie belogen«, sagte Lello tonlos. »Sie werden Corvay umbringen ...«

Das Licht von Westen wurde schwächer. Dafür entstand ein Band aus hundert kleinen Flammen über dem *Irrlichtmoor.*

Corvay ging über die steilen Wiesen zwischen der Schafsheide und dem See weiter nach unten. Er drehte sich nicht einmal um. Seine Verfolger waren noch weit hinter ihm, als er das Moor erreichte. Er zögerte an einer Terrasse, sah Stufen, Rohre und geöffnete Türen in gemauerten Vorsprüngen. Die Irrlichter zeigten ihm tatsächlich einen Weg.

Ein Wink, ein Angebot der Clan-Chefs?

Er schüttelte den Kopf. Ohne noch einmal zurückzublicken, watete er in den Morast des *Irrlichtmoors.* Ganz langsam sank er tiefer. Mit einem leisen Schwappen schlug das Moor über ihm zusammen. Nur das Barett mit der zerzausten Feder ging nicht unter. Auch dann nicht, als es die ersten Steine trafen.

Guntram merkte, daß er es nicht schaffte. Er hatte einfach zu wenig Übung.

»Du mußt es wollen!«

Er preßte die Zähne zusammen. Die Gedanken der Clan-Chefs waren bei ihm, aber sie hatten nicht mehr die eine große und gemeinsame Kraft, für die es niemals eine rationale oder physikalische Begründung gegeben hatte.

Zwei Logenmeister und der lenkende Geist von Meister Albrecht fehlten. Ohne sie waren die anderen nicht mehr so sicher in ihrem gemeinsamen Empfinden. Dazu kamen skeptische, verneinende Gedanken. Sie waren kalt und voller Angst.

Die goldene Flugmaschine schwebte direkt vor den beiden Türmen der Kathedrale. Sie suchte den Eingang zum *Inneren Altar* über den beiden großen Rosettenfenstern. Der dritte Zugang war so perfekt getarnt, daß nicht einmal Guntram die Öffnung erkennen konnte.

Obwohl die Sonne fast im Westen stand, warfen die Säulen, Bogen und Reliefs zu viel Schattenbilder auf den oberen Teil der Westfassade.

»Helft mir! Ich … schaffe … es … nicht …«

Im gleichen Bruchteil eines Augenblicks sackte die Flugmaschine tiefer.

»Guntram!«

Der Gedankenaufschrei der Clan-Chefs erreichte seine Zellkerne schneller als sein Bewußtsein. Er berührte prähistorische Erinnerungen, die älter waren als alle Mythen und Religionen.

Guntram hatte plötzlich das Gefühl, aus zwei verschiedenen Menschen zu bestehen – aus einem, der den Sinn seines Lebens verstand und einem anderen, der nur noch Angst hatte.

Er taumelte ein, zwei Schritte nach vorn. Die Flugmaschine schwankte wieder etwas höher. Das war er nicht selbst gewesen!

Auch nicht die Clan-Chefs im Innern der Kathedrale!

Aus dem Rosettenfenster, das zum Sakriversum führte, wehten plötzlich dünne dunkle Rauchfäden. Sie kamen durch die zerstörten Scheiben.

Entsetzt taumelte Guntram zum linken der nach außen gewölbten Rundfenster am Kopf des goldenen Vogels. Der Rauch stieg steil nach oben.

Guntram spürte, wie eine fremde Kraft die Flugmaschine von unten her höher drückte. Jetzt verstand er überhaupt nichts mehr …

»Weiter! Weiter!« riefen die Gedanken der Clan-Chefs. Der goldene Vogel schwankte zum nördlichen Turm, dann zum südlichen. Die breit ausgefahrenen Flügel berührten fast die steinernen Verzierungen.

Direkt vor ihm kräuselte sich der Rauch aus dem Rosettenfenster an Blendarkaden der Fassade höher. Er teilte sich und wurde wenig höher von einem Schattenspiel unter dem hohen First des Daches verschluckt.

Der Eingang zum *Inneren Altar*!

Ein Ruck ging durch die schwankende Flugmaschine. Es war, als würde das Schiff im Luftmeer plötzlich wieder den Druck von Segeln, Rudern und die Hand des Steuermanns spüren.

Guntram atmete tief durch. Er konzentrierte sich auf die Öffnung, in der der Rauch verschwand. Behutsam zwang er die Flugmaschine zum Anlegen der Flügel. Schwerfällig, aber ohne Widerstand ließ sich der goldene Vogel mit seiner Fracht aus Eis und Wasser in sein steinernes Nestloch lenken.

Es knirschte, als der goldene Leib auf Balken aufsetzte, die halb aus dem Versteck hervorkamen. Eine geheimnisvolle Mechanik drehte die Flugmaschine um hundertundachtzig Grad, ehe sie mit dem Schwanz zuerst nach innen gezogen wurde.

Goetz war so schnell er konnte im Südturm nach oben gestiegen. Jetzt kletterte er im letzten Abendlicht in die Welt seiner kleinen Verwandten.

Dichter Rauch nahm ihm die Sicht. Nur in der Mitte des Sakriversums konnte er schemenhaft rötliche Flammen erkennen. Im ersten Moment wollte er einfach nach vorn stürzen, doch dann hatte er Angst, unbeabsichtigt jemanden zu verletzen.

Für eine volle Minute stand er vorgeneigt auf der Innenseite des Rosettenfensters. Er lauschte in die Dunkelheit, aber nicht einmal von dem fünfzig, sechzig Meter entfernten Feuerschein war irgendein Geräusch zu hören.

Er ärgerte sich, daß er keine Lampe mitgenommen hatte. Er hatte sich in überstürzter Hast geduscht und angezogen. Als er mit seinem Vorratssack das Hauptportal erreichte, hatte er gesehen, wie die goldene Flugmaschine hoch über ihm von einem Turm zum anderen schwankte.

In diesem Augenblick hatte er etwas getan, was früher *beten* genannt worden wäre. Ob das geholfen hatte oder die Konzentration aller Gedanken auf Guntram, wußte er nicht – aber die Flugmaschine war nicht abgestürzt …

Die Stille unter dem Kathedralendach war so gespenstisch, daß Goetz sich plötzlich fragte, ob alles nicht nur Halluzination gewesen sein konnte: Fieberträume des letzten Menschen, in dessen Körper sich der Strahlentod immer weiter fraß …

Und die Flammen?

Fast fünfzig Tage nach der Katastrophe konnte sich immer noch Abfall selbst entzünden! Auch unter dem Dach einer gotischen Kathedrale!

Er merkte, wie er langsam in Panik geriet. In der vergangenen Woche hatte er mehr durchgemacht als in den fünfundzwanzig Jahren davor. Er war durch ein Wechselbad aus Emotionen, Ereignissen und Reaktionen seines kranken Körpers getaumelt. Selbst stärkere, gesündere Naturen hätten es schwer gehabt, darüber nicht den Verstand zu verlieren!

Irgend etwas bewahrte ihn auch jetzt davor, laut schreiend umzukehren und in die Welt zurückzurennen – so lange und so weit, bis ihn die Hölle draußen endlich sterben ließ.

Er schämte sich über seine Mutlosigkeit. Auch wenn Guntram und die anderen nur als Traumbilder gelebt hatten – wenn all die Bilder und Erlebnisse nur Archetypen seines Unterbewußtseins gewesen waren – selbst dann gab es sie!

Sie *existierten* ebenso wie alle anderen Gedanken, die jemals gedacht worden waren!

Es kam nicht darauf an, etwas real zu *sehen* und *erst dann* und *deswegen* für wahr zu halten. Die eigentliche Kraft des Lebens war vielmehr die Freiheit, alles zu denken, zu fühlen und zu glauben.

Pythagoreisches Lehrsatzdenken ließ nur noch zu, was auch beweisbar war – nach Maßstäben der *menschlichen* Erkenntnis beweisbar: physisch, rational und logisch!

Knapp siebenhundert Jahre nach dem Beginn des »wissenschaftlichen« Denkens und dreihundert Jahre nach der »Aufklärung« hatte die Menschheit endgültig mit allen »Illusionen« von Frieden, Glück und Harmonie Schluß gemacht.

Q. E. D. – was zu beweisen war!

Goetz schüttelte unwillkürlich den Kopf. War es denn wirklich so entsetzlich »unlogisch« gewesen, an eine höhere Ordnung zu glauben? An eine Kraft, die auch die Synchrotrone nicht mehr in Myonen, J/psi-Teilchen oder Quarks zerlegen konnten?

Er schulterte den Vorratssack und betrat den Wald. Die Bäume reichten ihm bis zu den Schultern. Durch ihre Wipfel zogen Schwaden dichten Rauchs.

Als Guntram die Flugmaschine verließ, plätscherte überall Wasser aus dem Bauch des goldenen Vogels. Es sammelte sich in Rinnen vor den Wänden des *Inneren Altars*, ehe es gluckernd und rauschend in Wasserschläge abfloß.

Voll widerstreitender Gefühle machte sich Guntram an den Abstieg. Einerseits war er glücklich über seine gelungene Rückkehr, andererseits fürchtete er Vorwürfe der Clan-Chefs.

Wie würde es sein Volk aufnehmen, daß er den goldenen Vogel beschädigt zurückgebracht hatte? Und wie sollte er ihnen erklären, daß es jetzt keine Möglichkeit mehr gab, die Sterne zu erreichen?

Bedrückt verließ er das Labyrinth der Gänge in der *Teufelsmauer.* Im gleichen Augenblick stand er in einem heißen, höllischen Inferno. Unter ihm schlugen hohe Flammen aus den Häusern. Das ganze Dorf brannte.

Er hörte Schreie, klirrende Waffen, dumpfe Paukenschläge. Eine wilde *Bankert*-Horde brach sich am Bach entlang Bahn nach oben. Die ersten waren bereits oberhalb des *Buch-Heims.*

Einer von ihnen sah ihn.

»Dort ist der Eingang!« schrie er. »Mir nach, Männer!«

»Es lebe Menennery Luck!«

»Entert die goldene Flugmaschine!«

Guntram blickte fassungslos über das Chaos hinweg.

Das war das Ende des Sakriversums!

»Du warst sehr lange fort«, sagte eine Stimme neben ihm.

Ein heißer Schauder lief über seinen Rücken.

»Agnes!« Er schrie es heraus, warf sich herum und brach vor plötzlicher Schwäche in die Knie. Sie faßte seine ausgestreckten Hände und hielt ihn fest. Er drückte sein Gesicht in ihren Schoß. Noch immer kniend umarmte er sie.

Sie streichelte seine Haare. Für einen Augenblick schloß sie die Augen.

»Wir müssen fliehen! Können wir zur Flugmaschine zurück?«

Er riß entsetzt den Kopf in den Nacken, sah zu ihr hoch.

»Unmöglich! Sie ist beschädigt ... voll mit Eis! Und dann der Weg zum *Inneren Altar* ... es tut mir leid, daß ich so lange ...«

»Später! Was ist mit Meister Albrechts Haus? Kannst du den Geheimgang zum *Buch-Heim* wiederfinden?«

Er richtete sich auf. Die wütend schreienden *Bankerts* waren bereits gefährlich nahe.

»Woher weißt du ...? Was ist hier geschehen?«

»Unser Volk und die Hälfte der *Bankerts* sind ins *Buch-Heim* geflohen«, erklärte sie schnell. »Corvay lebt nicht mehr. Ein paar von seinen Leuten wollen hierbleiben. Die anderen sind verrückt geworden. Sie suchen den goldenen Vogel.«

»Mein Gott!« stöhnte Guntram. »Werden die nie begreifen, daß wir die letzten Menschen sind? Was sollen da noch Gold und Edelsteine?«

»Wer seinen Reichtum nicht im Herzen trägt, der wird nach allem greifen, was äußerlichen Glanz verspricht«, sagte Agnes traurig. »Es ist zu spät, das noch zu ändern ...«

Sie war die ganze Zeit tapfer gewesen. Jetzt liefen ihr Tränen über die Wangen.

Weiter westlich eilte Goetz mit eiligen Schritten über die Hügel. Er konnte kaum noch etwas sehen. Nur die rötliche Flammenwand hinter den Wolken zeigte ihm den Weg. Dabei mußte er ständig darauf achten, daß er nicht Menschen oder Tiere zertrat, die vor dem Feuer flohen.

Je mehr er sich dem Dorf näherte, um so unruhiger wurde er. Schließlich hielt er es nicht mehr aus und rannte mit großen Schritten über den letzten Gewölbebogen.

Erst am Dorf wurde er wieder vorsichtiger. Die Häuser waren nicht mehr zu retten. Er schützte sein Gesicht mit dem Vorratssack vor der Hitze und lief durch die hüfthohen Flammen bis zum Bach. So schnell wie möglich leerte er seinen Vorratssack auf der schrägen Wiese aus. Dabei merkte er, daß er wieder taub war.

Er hörte weder das Knistern der Flammen noch das Plätschern des Baches. Für einen Moment wunderte er sich, daß der Bach wieder Wasser führte. Es hatte nicht geregnet in der Zwischenzeit.

»Seltsam!« murmelte er. »Sehr seltsam!«

Vorsichtig hielt er den leeren Vorratssack in den Bach. Das Wasser war ungewöhnlich kalt. Er richtete sich auf, drehte die Öffnung des Beutels halb zu und klemmte ihn wie einen Dudelsack unter seinen linken Arm. Mit wenigen Schritten lief er zu den brennenden Häuschen.

Mit einem breiten, flachen Wasserstrahl löschte er systematisch die Flammen. Weißer Wasserdampf hüllte ihn ein. Gleichzeitig wurde es dunkler. Er dachte daran, daß er bereits zum zweitenmal mit Wasser im Sakriversum hantierte. Erst hatte er es gestoppt, jetzt löschte er damit.

Auch für ihn war das Wasser zu einem Problem geworden. Hier gab es offensichtlich genug davon. Vielleicht konnte er mit den *Schandern* einen Tauschhandel anfangen: Korn aus den Kellern gegen klares kühles Wasser vom Dachboden.

»Verdrehte Welt!« Er lachte leise, dann legte er den fast geleerten Vorratssack an die Lippen. Das eisige Wasser schmeckte außergewöhnlich gut.

Der Dampf und die letzten Rauchschwaden stiegen immer höher. Von mehreren Seiten schimmerte ein ungewöhnliches, diffuses Licht durch die aufsteigenden Wolken. Eine der Lichtquellen mußte sich schräg unterhalb des Dorfes befinden. Sie war blaugrün und bildete einen unregelmäßig flackernden Streifen. Die zweite Lichtquelle war hell und weiß. Sie strahlte immer wieder kurz auf durch die abziehenden Wolken.

Goetz drehte sich zur Seite. Oben an den Zisternen vermutete er die dritte Lichtquelle. Während er unschlüssig zwischen der Brücke und der einzeln stehenden Linde auf der schrägen Dorfwiese hin und her ging, stieß er gegen ein paar Steintrümmer. Er bückte sich und hob einen der Steine auf.

Im gleichen Augenblick gaben die Wolken das Dach der Kathedrale frei. Schräg über sich sah Goetz Hunderte von winzigen, funkelnden Lichtpunkten. Im ersten Augenblick glaubte er, Sterne zu sehen, doch dann merkte er, daß die Lichter nichts mit den bekannten Sternbildern zu tun hatten.

Die Wolken zogen weiter ab. Fasziniert beobachtete Goetz, wie sich die kleine Welt unter dem Dach der Kathedrale in ein Mysterium verwandelte.

Ein breites Band beinahe regelmäßiger Flammen spiegelte sich im schwarzen Glanz des Sees. Über ihm begann wie in einem Planetarium ein geheimnisvoller Reigen der Sterne. Und ganz weit oben glühte die *Teufelsmauer* in einem eigenartigen Blau, das eher eine Ahnung als eine sichtbare Strahlung war.

Über dem Dorf bildete sich ein Dom aus klarer, frischer Luft. Goetz stand wie verzaubert mitten im Sakriversum. Er hörte nicht den geringsten Laut, aber er roch wieder den Duft von Blumen, Kräutern, Erde. Seit seinen Kinderjahren hatte er nichts mehr so intensiv und glücklich empfunden wie den Frieden dieser Nacht.

Er sah nach oben. Die Lichtpunkte formten immer neue Figuren und Symbole. Sie sammelten sich an drei verschiedenen Punkten.

Und plötzlich erkannte er das Dreieck.

Jetzt wußte er, daß er nicht allein war …

Im *Buch-Heim* dankten die *Schander* ihrem Schöpfer mit einem inbrünstigen Gesang. Fast alle hatten sich im großen Raum versammelt, der einmal die Küche ihrer Stammeltern gewesen war.

Sie saßen auf dem Boden, auf den Bohlentischen und selbst auf den Leitertreppen, die zu den verschiedenen Ebenen führten.

Sogar Hector, die Artisten und die Frauen der *Bankerts* versuchten mitzusingen. Dietleibs Sohn Reinmar flüsterte einem *Bankert*-Mädchen die richtigen Worte zu. Seine Schwester Marga war trotz Enge, Hitze und Lärm in Mathildas Armen eingeschlafen. Nur ihre Lippen schienen mitzusingen.

Kurz zuvor waren Guntram und Agnes aufgetaucht. Sie hatten freudige Begrüßungen über sich ergehen lassen und viele Hände geschüttelt. Die Männer schlugen Guntram immer wieder auf die Schulter, während die Frauen Agnes umarmten und küßten.

Niemand hatte irgend etwas von den vielen Fragen und Antworten im Lärm verstanden, deswegen waren Guntram und Agnes so bald es ging weiter nach oben gestiegen. Als sie die obere Etage mit dem Raum des Großen Buchs erreichten, hatte unter ihnen der Gesang begonnen.

Die Clan-Chefs standen vor den Hebeln und Seilzügen an den Wänden. Sie hatten ihre Mäntel abgelegt. Einige trugen nur noch Hosen und ihre hohen, breitkrempigen Topfhüte. Es war sehr warm im oberen Raum.

Guntram sah sofort, daß sich etwas verändert hatte. Die Leichname von Meister Albrecht und Meister Wolfram waren nicht mehr da. Dafür stand Bieterolf auf einem Schemel und las einen Satz nach dem anderen aus dem Großen Buch vor. Es mußte ihn sehr anstrengen, denn über sein Gesicht liefen glänzende Schweißbäche.

Gebannt verfolgten Guntram und Agnes die geheimnisvolle Arbeit der Familienältesten. Keiner von ihnen schien sie zu bemerken. Es dauerte lange, bis Meister Bieterolf beide Hände auf die Seiten des Großen Buches legte und den Kopf senkte. Sein Gesicht leuchtete im Widerschein der verborgenen Lichtquellen.

»Sie kommen nicht zurück«, sagte Bieterolf. Er drehte sich nicht um. »Wir haben alles versucht, aber sie waren schon gestorben, ehe sie ins Sakriversum kamen.«

»Dann werden sie in den Irrgängen der *Teufelsmauer* verhungern!« sagte Meister Herbort erschöpft.

»Nein!« sagte in diesem Augenblick Galus und trat aus dem Schatten. »Ich habe euch die ganze Zeit beobachtet. Es stimmt, niemand kann euch den Vorwurf machen, daß ihr nicht versucht habt, die Leute um Menennery Luck aufzuhalten. Aber warum helft ihr ihnen nicht, wenn sie nach neuem Land suchen wollen?«

»Wie das?« fragte Bieterolf verständnislos.

»Gebt ihnen die Flugmaschine!«

»Aber ... sie ist beschädigt! Der ganze Leib soll aufgeschlitzt sein ...«

Wie auf ein Kommando hin wandten sich alle zu Guntram um.

»Stimmt das?« wollte Galus wissen.

Guntram senkte den Blick und nickte. Er spürte die Hand von Agnes auf seinem Arm.

»Nur so war es ihm möglich, Wasser und Eis von der anderen Seite der Welt hierher zu bringen!« sagte sie stolz.

Galus verschränkte die Arme auf dem Rücken. Mit hochgezogenen Schultern kam er auf Guntram zu. In seinen Augen leuchtete ein eigenartiges Feuer.

»Du wärst bei deiner Rückkehr beinahe abgestürzt. Stimmt's?«

Guntram spürte, wie sich sein Magen verkrampfte. Er hatte plötzlich das Gefühl, vor einem unheimlichen Magier zu stehen. Galus schien zu ahnen, was Guntram dachte. Er lächelte kaum merklich.

»Du hast sehr schnell die Mechanik der Maschine zu handhaben verstanden!«

»Ja ... das heißt, nein ...«

»Hast du die Hebel für die Steuerung denn nicht von Hand bedient?«

»Ich ... ich wußte gar nicht, daß Hebel da sind ...«

»Interessant! Höchst interessant!« sagte Galus gedehnt. »Besonders, wenn die Menschen, die von draußen gekommen sind, von dieser Fähigkeit erfahren. Sie wollen hierbleiben, aber sie halten nicht sehr viel von Zauberei und Okkultismus!«

»Guntrams Flug hatte nichts mit Zauberei zu tun!« knurrte Meister Lamprecht ärgerlich. »Wir haben ihm nur mit dem Wissen der Eingeweihten geholfen, das noch von den *Tempelherren* stammt. Ihnen gehörte vor siebenhundert Jahren dieses Buch.«

»Und diese Edelsteine dort?«

»Sie haben nur verstärkt, was wir gesprochen und gedacht haben!«

»Das könnte sogar stimmen.« Galus nickte nachdenklich. Er rieb die Hände gegeneinander und ging langsam an den Clan-Chefs entlang.

»Ich nehme an, ihr wißt, wer ich bin«, sagte er beiläufig. »Zumindest du, Otto, solltest mich kennen! Immerhin gehörten meine Vorfahren einmal zu deiner Familie ...«

Otto der Friedfertige biß die Zähne zusammen. Es war ihm unangenehm, daß Galus diese alte Schande wieder erwähnte.

»Du brauchst dich nicht zu schämen, Otto!« sagte Galus kühl. »Es hat zu allen Zeiten Männer gegeben, die mit der Isolierung unter dem Dach dieser Kathedrale nicht einverstanden waren. Das kam in den ersten Jahrhunderten noch viel häufiger vor als später.«

Er wandte sich zu Bieterolf.

»Ist euch beim Studium der Ahnentafeln eigentlich nie aufgefallen, daß es fast immer Eingeweihte oder für ganz bestimmte Aufgaben vorgesehene Angehörige eures Volkes waren, die aus der Dorfgemeinschaft ausbrachen?«

»Zweifler, die schwach geworden waren«, knurrte Bieterolf verächtlich.

»Du sprichst, wie du es weißt! Könnte es nicht sein, daß diese Aufsässigen aus edelsten Motiven einige von euren Geheimnissen verraten wollten? Wollten sie vielleicht nur den Menschen zeigen, wie sie sich von ihrer Angst befreien können?«

»Vielleicht sind die Menschen wirklich an ihrer eigenen Angst gestorben«, sagte Guntram. »Sie hatten nichts mehr, was sie hielt!«

Die Clan-Chefs blickten den Enkel Wolframs sehr erstaunt an.

»Ich habe gesehen, was aus der Welt geworden ist«, fuhr Guntram fort. »Und ich weiß auch, was Galus meint. Zuerst verstand ich nicht, was Meister Wolfram mir unten in den Bleikellern sagen wollte. Ich dachte, daß die böse Luft von draußen ihn ebenfalls mutlos gemacht hätte. Aber es war etwas ganz anderes.«

Bieterolf stieg von seinem Schemel. Zusammen mit Meister Friedrich und Meister Lamprecht kam er auf Guntram zu. Galus stellte sich zwischen sie.

»Er ist noch jung«, sagte er, »aber er scheint tatsächlich zu wissen, wovon er redet. Sprich weiter, Guntram!«

Agnes warf Guntram einen zustimmenden Blick zu.

»Ich hatte lange Zeit, um über das nachzudenken, was mir mein Großvater vor seinem Tod mitgeteilt hat. Nachdem ich nun gesehen habe, wie draußen alles endete, halte ich uns und das ganze Sakriversum für den furchtbarsten Denkfehler in der Entwicklung der Menschheit!«

»Guntram!« rief Agnes entsetzt. »Du darfst dich nicht versündigen!«

»Das haben wir bereits getan«, sagte Guntram bitter. »Wir haben stets in der Annahme gelebt, daß wir isoliert sind, aber das Gegenteil war der Fall! Denn wer aus seinem Wissen ein Geheimnis macht, hat Angst und ruft neue Angst hervor! Es gibt nur eine Form der Verantwortung für andere: die ganze Wahrheit! Nur so hätte die Erde ein blühender Garten ohne Hunger, Neid und Not sein können. Wir hätten alle Möglichkeiten gehabt, um unsere Fähigkeiten und unsere Seelen in Frieden und in Harmonie mit dem Universum zu entwickeln. Aber wir haben es nicht getan, sondern nur zugesehen, wie draußen die Hoffnungen und der Glaube an den Sinn des Lebens immer mehr abstarben!«

Die Clan-Chefs starrten Guntram bestürzt an.

»Die Kelch-Bewahrer!« Galus nickte. »Ihr habt der Menschheit die Erfahrungen der Kindheit gestohlen, gerade als sie beginnen wollte, erwachsen zu werden! Sie mußte sich ein armes, seelenloses Weltbild aufbauen, in dem die wesentlichsten Teile fehlten. Da half es auch nicht viel, wenn alle Jubeljahre einmal einer von euch kam, um einem Suchenden den Weg zu zeigen! Ich will jetzt nicht von Leonardo, Kopernikus oder Giordano Bruno reden. Es hat noch viele andere gegeben, die ahnten, daß jenseits von Naturwissenschaften und Technik größere Geheimnisse verborgen lagen.«

Er schob die Unterlippe vor und strich sich über seinen unförmigen kahlen Kopf.

»Was ich jetzt von euch verlange, bezahlt nur einen kleinen Teil der Schuld, die ihr mitzutragen habt!«

Er ging auf Otto zu.

»Gib mir den ersten Teil des Testaments!«

Otto begann zu zittern.

»Das ... das darf ich nicht ...«

Galus lächelte mitleidig.

»Soll ich Menennery Luck sagen, wie man von Meister Albrechts Haus durch einen Gang unter dem Bach hierher kommt?«

»Was willst du wirklich?« fragte Guntram scharf.

»Ich möchte nicht, daß noch mehr Menschen durch eure Mitverantwortung sterben«, sagte Galus sanft. »Im ersten Teil des Testaments von Roland sind die geheimen Wege innerhalb der Kathedrale beschrieben. Auch die Wege durch das Labyrinth der *Teufelsmauer.*«

»Dann wußtest du, was im *Inneren Altar* verborgen war?«

»Ich selbst habe den goldenen Vogel leider nie gesehen. Aber ich konnte Corvay überzeugen, daß er damit König der Welt werden könnte!«

»Corvay ist tot«, sagte Agnes. »Was waren deine Pläne?«

Galus hob die Schultern.

»Vielleicht ein letzter Versuch, die Menschheit noch zu retten? Vielleicht Haß auf euch? Ist das jetzt noch wichtig?«

»Gib ihm das Testament, Otto!« sagte Guntram. Keiner der Clan-Chefs widersprach. Agnes ging zu Otto und hielt ihm die geöffnete Hand hin. Sie brachte Galus das schwere Medaillon.

»Da fehlt noch etwas«, sagte Galus. »Die Teile, die in deiner Puppe versteckt waren, Agnes ...«

»Hast du das etwa auch gewußt?«

»Es war zu wenig«, sagte Galus abwesend. »Ich hatte nie die Kraft, das Richtige zu tun! Und das ist *meine* Schuld!«

Agnes holte von Otto auch noch die kleinen Schnipsel aus ihrer Puppe.

»Ihr werdet viel zu tun haben«, sagte er zu ihr und Guntram. »Es tut mir leid, daß euer Dorf durch ein paar Unbelehrbare zerstört wurde. Aber vielleicht ist daran auch etwas Gutes. Auf diese Weise gibt es keinen Unterschied mehr zwischen euch und den *Bankerts*, die hierbleiben wollen. Ihr habt alle nichts und könnt gemeinsam neu beginnen.«

Er lächelte versonnen, dann drehte er sich um. An der Treppe nach unten blieb er noch einmal stehen.

»Vergeßt nicht, daß ihr weiterhin ein großes Erbe besitzt! Aber nutzt es nicht wie ein Geheimnis sondern als Geschenk für alle. Auch bei den *Bankerts* gibt es Menschen, von denen ihr etwas lernen könnt!«

»Wo gehst du hin?« fragte Agnes.

»Ich warte oben in der *Teufelsmauer*, bis meine zukünftigen Gefährten über ihren Zorn und ihre Enttäuschung geschlafen haben. Dann werde ich versuchen, mit der Flugmaschine einen Fleck Erde zu finden, auf dem wir Häuser bauen können. Bis zu einem anderen Stern reichen meine technischen Fähigkeiten nicht.«

Er nickte Agnes zu und dann Guntram. Schweigend stieg er die Treppe hinunter.

Es dauerte lange, bis sich die Clan-Chefs von ihrem Schock erholt hatten. Die ganze Zeit saßen Guntram und Agnes dicht nebeneinander auf dem Schemel vor dem Großen Buch.

»Was er gesagt hat, tut sehr weh«, seufzte Bieterolf schließlich. »Ich habe nicht gewußt, daß man als Hüter auch ein Räuber sein kann, der anderen etwas vorenthält ...«

»Er ist ein kluger Mann«, sagte Otto. Er wirkte irgendwie erleichtert. »Ist euch auch aufgefallen, daß er die ganze Zeit nicht nach der zweiten Hälfte des Testaments gefragt hat?«

Die Clan-Chefs blickten zu Guntram.

»Ich habe sie nicht mehr!«

»Du hast sie nicht mehr?« sagte Lamprecht entgeistert.

Guntram schüttelte den Kopf.

»Ob Galus davon ebenfalls gewußt hat?« meinte Friedrich.

»Das konnte er nicht wissen«, sagte Guntram.

»Dann wollte er vielleicht, daß wir die zweite Hälfte behalten«, warf Herbort ein. »Nur für den Fall, daß wir uns eine Arche bauen müssen, die in den Weltraum fliegen kann.«

»Das wäre doch wieder dasselbe Denken wie vor siebenhundert Jahren«, sagte Agnes.

Sie diskutierten noch sehr lange in dieser Nacht. Auch als unter ihnen der Gesang längst verstummt war und alle anderen schliefen, suchten Guntram, Agnes und die Clan-Chefs weiter nach einer Antwort auf die Frage, warum Galus nicht alle Geheimnisse von ihnen verlangt hatte.

Am 50. Tag nach der Katastrophe verließ Mathilda mit den Frauen schon in der Frühe das *Buch-Heim.* Sie öffneten die Türen und gingen an die Arbeit.

Kurz nach Sonnenaufgang erschien Patrick mit seinem Muli. Er spannte Seile um verkohlte Balken und ließ sie durch das Muli zur Seite ziehen. Als nächste erschienen Dietleib, Ulf und Hanns.

Sie gingen mehrmals um den schlafenden Überlebenden herum, wagten aber nicht, ihn zu wecken.

»Er hat gelöscht«, sagte Ulf, als er den großen Vorratssack entdeckte. »Ohne ihn hätten die Flammen leicht die Balken oben unter dem Dach erreichen können!«

Gegen Mittag sammelten sich alle unter der Linde. Sie hatten Spieße aufgestellt und Hammel gebraten. In den Trümmern der Häuser hatte sich noch Geschirr und Werkzeug angefunden. Es war nicht sehr viel, aber für den Anfang mußte es schon reichen.

Goetz wachte vom Duft des Bratens auf. Die Sonnenstrahlen aus Hunderten von *Beryllos-Linsen* kitzelten ihn in der Nase. Er mußte niesen. Als er sich blinzelnd umsah, entdeckte er kleine Menschen, die erschreckt nach allen Seiten davonrannten. Er legte sich auf den Bauch und hielt seine Hände auf.

Dabei mußte er unwillkürlich über die verdutzten Gesichter lachen. Als sie sich wieder beruhigt hatten, versuchte er mit ihnen zu sprechen. Ihm fiel ein, daß Guntram ihm gesagt hatte, er sei zu laut, deshalb schwieg er in den nächsten Stunden.

Er aß etwas von seinen Vorräten. Am Nachmittag erschienen Guntram, Agnes und die Clan-Chefs. Guntram freute sich, als er ihn sah. Goetz hatte inzwischen die schwarzen Dachbalken von den Häusern eingesammelt und auf einen Stapel gelegt. Inzwischen prüfte Lamprechts Familie bereits die weitere Verwendbarkeit.

Goetz legte sich neben den Bach und Guntram kletterte auf seinen rechten Arm. Er sprach eine Weile mit ihm, bis er merkte, daß Goetz ihn nicht verstand.

»Bist du taub?« fragte Guntram telepathisch.

»Na endlich.« Goetz nickte. Guntram hielt sich entsetzt die Ohren zu.

»Wenn du weiter so schreist, fällt noch das Dach der Kathedrale auf uns!«

Goetz versprach Besserung. Guntram holte Agnes zu sich, dann berichtete er von seinem Flug, von der goldenen Flugmaschine und von der Nacht im *Buch-Heim.*

Als er das Medaillon erwähnte, fiel Goetz plötzlich ein, was er zusammen mit dem Brusttuch von Agnes nach ihrer ersten Begegnung im Turm gefunden hatte.

»Ist das etwa die zweite Hälfte?«

»Ja. Sie enthält die Beschreibung der Materie-Transmutationen, der Kraft, die alle Bausteine des Universums zusammenhält und die Anweisungen, wie aus Geist, Seele und Materie eine Dreieinigkeit gebildet wird …«

»Das Zeichen der drei Punkte!«

Guntram nickte. Er überlegte, beugte sich zu Agnes und sprach mit ihr. Goetz konnte ihn nicht verstehen.

»Behalte es für uns!« sagte Guntram dann. *»Aber nur unter einer Bedingung: jeder, der dich danach fragt, hat in Zukunft ein Recht auf eine Antwort!«*

»Na schön«, sagte Goetz, doch gleichzeitig fühlte er einen Stich im Herzen. Er dachte daran, daß er nicht mehr lange zu leben hatte. Jede Minute war jetzt wertvoll für die *Schander* und die *Bankerts.* Er mußte ihnen helfen, solange seine Kräfte es noch zuließen.

Lello und Nancy kamen auf ihn zu. Gleich darauf erschienen Patrick und Lea. Guntram half Agnes von Goetz' Arm. Die fünf sprachen eine ganze Weile miteinander, dann drehte Guntram sich wieder um.

»Lello behauptet, daß du krank bist! Stimmt das?«

Goetz preßte die Lippen zusammen. Er sah seine kleinen Freunde wehmütig an. Dann nickte er langsam.

»Warum hast du das nicht gesagt?« fragte Guntram vorwurfsvoll. *»Wir wissen doch, wie wir uns gegen böse Strahlen und ansteckende Luft schützen können …«*

Patricks Muli scheute. Eine grünliche Flüssigkeit schwappte in den aufgedeckten Paukenkesseln.

»Zweimal täglich zwei Kessel von Leas Arznei!« ordnete Guntram an. Goetz zögerte, doch dann ließ er sich von Guntram überzeugen. Zum erstenmal hörte er jetzt auch die Gedankenstimme von Agnes. Sie mußte es erst noch lernen.

»… möchten … daß … du … hier bleibst …«

Goetz lächelte dankbar.

»Ich werde euch besuchen, solange ich kann. Aber ich möchte nicht im Sakriversum bleiben. Ihr würdet euch durch meine Größe ständig beobachtet und bedroht fühlen. Das ist nicht gut!«

Im gleichen Augenblick dröhnte es oben an der *Teufelsmauer.*

Mit rumpelnden und schleifenden Geräuschen versuchte Galus, die Flugmaschine aus dem *Inneren Altar* zu bringen.

Wir müssen ihnen helfen! dachte Guntram erschreckt. Seine Gedanken waren so laut und heftig, daß Goetz unwillkürlich zusammenfuhr. Das Gleiche passierte den Clan-Chefs überall im Dorf. Ohne zu zögern ließen sie fallen, was sie gerade in den Händen hielten. Sie kamen so schnell wie möglich auf die Linde zu. Direkt vor Goetz bildeten sie einen Kreis. Sie faßten sich an den Händen, nahmen auch noch Patrick, Lello und Nancy dazu und sahen Goetz an.

Er verstand sofort, was sie meinten.

»Gut!« sagte er knapp. Er schloß die Augen. Gleichzeitig fühlte er einen gewaltigen Gedankenstrom. Das Rumpeln wurde immer lauter. Die Bogen über dem Mittelschiff der Kathedrale bebten.

An der Westseite der *Teufelsmauer* brach eine Lawine aus Steinen hervor, die sich bis in den Eichberg ergoß. Ein großes, kreuzförmig gezacktes Loch entstand zwischen der letzten Zisterne und dem Rosettenfenster. Über die oberen Bäume des Eichbergs wallte eine Staubwolke.

Goetz öffnete die Augen. Ein dunkler Schatten huschte über das Rosettenfenster.

Es ist gelungen! dachte Guntram erleichtert. *Jetzt müssen sie allein weiterfliegen ...*

Der Aufbruch der *Bankert*-Gruppe mit Galus und Menennery Luck war noch lange Gesprächsthema unter den Zurückgebliebenen. Gegen Abend stand fest, daß auch einige *Bankert*-Mädchen mitgeflogen sein mußten. Von den *Schandern* fehlte niemand.

Sie beendeten den ersten Tag im zerstörten Dorf mit einem Tanz unter der Linde. Obwohl sie alle müde und erschöpft waren, wurde es ein fröhliches, glückliches Fest.

Goetz beschloß, doch ein paar Tage im Sakriversum zu bleiben.

»Aber nur, bis das Gröbste geschafft ist«, sagte er zu Agnes und Guntram. Sie lächelten geheimnisvoll und nickten. Kurze Zeit später kam Jan auf seinem Motorrad vom Westen her über die Hügel. Lello saß auf dem Gestänge hinter ihm. Er schwenkte eine kleine Zeichnung.

Hector schlenderte herbei, dann auch noch Pete, Patrick und

Bronco mit Brunhilde. Sie benahmen sich wie Verschwörer, tuschelten, lachten und sahen sich immer wieder die Zeichnung an.

»Was habt ihr denn?« fragte Goetz.

»Ein eigenes Haus für dich!« sagte Guntram. *»Du kannst den Inneren Altar haben! Der müßte groß genug für dich sein! Lello hat alles ausgemessen ...«*

Goetz schüttelte verdutzt den Kopf. Und dann lachte er vergnügt. Er hatte sie tief ins Herz geschlossen, seine kleinen Verwandten.

EPILOG

Was aus ihnen geworden ist?

Die ersten Tage nach der Zerstörung des Dorfes bestanden aus schweren, anstrengenden Aufräumungsarbeiten. Von Anfang an packten die *Bankerts* überall willig mit an. Gemeinsam wurde beschlossen, die ausgebrannten Ruinen ganz wegzuräumen und ein neues Dorf zu bauen, das auch den Kleeberg und die Salzlake umfassen sollte.

Zusammen mit den Artisten und den Seilern aus der Familie von Meister Friedrich, den Schmieden und den Zimmerleuten baute Goetz Kräne, Flaschenzüge und eine hölzerne Rutschbahn, die vom Rosettenfenster bis zum Kompostanger im Osten reichte.

Auf diese Weise konnten parallel zur Straße auch große Lasten viel leichter transportiert werden.

Zwei Wochen später standen die Rohbauten von sechzehn neuen Häusern. Die einzelnen Grundstücke waren etwas schmaler als vorher, aber das störte niemanden. Bis zum Einzug blieben die Frauen und Kinder im *Buch-Heim*, während die Männer auf der Wiese zwischen der Linde und dem See schliefen.

Die zweite Maihälfte und der Juni gehörten den Gärten und Feldern. Goetz entwickelte zusammen mit Lello und Nancy ein Führungssystem aus Seilen, in das sich die Abdeckplatte des Gabelstaplers wie eine Pflugschar einhängen ließ.

Sie holten noch eine Menge weiterer Vorräte und Werkzeuge aus dem Keller der Kathedrale. Die Idee für ein geniales Aufzugsystem stammte von Ulf. Die Seiler opferten ihr gesamtes Lager für den Aufzug. Er begann mit einer Seiltrommel im Raum unter der Küche des *Buch-Heims*. Dort hatte Goetz an der dünnsten Stelle des Gewölbes über dem Mittelschiff der Kathedrale einen Kreuzstein aus dem Mauerwerk gelöst und dann die Öffnung vorsichtig erweitert.

Während der Sommermonate begann Goetz damit, seine Schlafklause unter dem First des Kathedralendachs wohnlicher einzurichten. Er hatte jetzt etwas mehr Zeit. Er stieg noch einige Male über den Turm nach unten und holte sich Dinge, die es oben im Sakriversum nicht gab.

Im Herbst war er soweit, daß er Fenster besaß, ein Bett und ein paar Möbelstücke. Er hatte sich ein Mikro-Lesegerät geholt, war aber einfach noch nicht dazu gekommen, Filme oder Aufzeichnungen aus der Zeit vor der Katastrophe anzusehen.

Er nahm noch immer regelmäßig Leas *Artzney.* Es gab Tage, an denen er sich schwach fühlte, doch dann brachte ihm Patrick mit seinem Muli zwei Kessel heiße Suppe, die Mathilda eigenhändig für ihn kochte.

Die Ernte fiel so üppig aus, daß sich niemand mehr um die Wintermonate sorgen mußte. Zum Erntedankfest heirateten vier Paare, zwei davon waren Verbindungen zwischen *Schandern* und *Bankerts.*

Als die Nächte länger wurden, schlugen die Clan-Chefs vor, die strenge Familienteilung endgültig aufzugeben. Sie entsprachen damit einer Entwicklung, die ohnehin längst zum normalen Alltag geworden war.

Zum Weihnachtsfest beschlossen alle, Schnee durch die Luken ins Sakriversum einzulassen. Sie hatten lange darüber diskutiert, doch dann teilte Meister Otto mit, daß der Schnee aus einem Gebiet hoch im Norden kam, in dem kaum Bomben gefallen waren. Trotzdem mußten viele Messungen vorgenommen werden, ehe die endgültige Entscheidung fiel.

Mitte Januar wurde Benedikt geboren. Guntram und Agnes hatten ihren Sohn zunächst Goetz nennen wollen. Doch der schlug ihnen die Namen Benedikt oder Roland vor. Der eine hatte in tragischer Verkennung doch nur seine Wahrheit anerkennen wollen. Der andere hatte sich beim Anblick der Welt berufen gefühlt, den Schatz des Grals in einer gotischen Kathedrale zu verstecken.

Am 21. April des Jahres 2019 gedachten die Bewohner des neuen Sakriversums der Unglücklichen, die durch Schuld und Unschuld von der Erde verschwunden waren. Sie beteten für die Seelen der *Weltlichen*, für die Opfer der langen Flucht und auch für jene, von denen sie seit Jahresfrist nichts mehr gehört hatten.

Fünf Jahre später bekamen Nancy und Lello Zwillinge. Sie nannten sie Lancelot und Gudrun.

Im gleichen Jahr bemerkte Agnes, daß Benedikt plötzlich viel schneller wuchs als üblich. Als sie mit Patrick darüber sprach, steckte sich der schmunzelnd ein Pfeifchen an.

Um diese Zeit ließ auch die Schwerhörigkeit von Goetz langsam nach. Er konnte wieder andere verstehen. Trotzdem war er sehr still geworden.

Nur manchmal saßen Agnes, Guntram, Lello und Nancy bei ihm. Sie blickten dann über die Stadt hinweg, in der jetzt überall Bäume wuchsen. Sie sprachen auch darüber, ob Nancy Goetz eines Tages klonen sollte, weil er doch keine Gefährtin hatte.

»Das ist nicht nötig«, hatte er ihnen geantwortet. »Man braucht nicht immer einen Körper, um weiterzuleben.«

In den folgenden Nächten war das Licht in seiner Klause nicht mehr ausgegangen. Und wenn das Sakriversum dann in einem sanften, geheimnisvollen Glühen ruhte, dann wußten alle, daß Goetz sich wieder mit dem Großen Buch und mit dem Testament des alten Kathedralenbaumeisters befaßte.

ANHANG

Vorgeschichte des Sakriversums

um 1231	*	Benedikt Gaetano
1247		Benedikts Pilgerreise nach Amiens
1248	*	Roland von Coburg
1273		Rolands Kathedralenpläne werden genehmigt
1275		*Baubeginn des Ostchors*
1281		Benedikt wird Kardinal in Rom
1282		Tod Llywellyns, des »echten« Prince of Wales
1289		*Baubeginn des Mittelschiffs*
1294		Benedikt wird Papst Bonifatius VIII.
		Roland heiratet Sigrid van der Meulen
1295	*	Anselm von Coburg
1301		Edward I. ernennt seinen Sohn zum Prince of Wales
1302		*Päpstliche Bulle »Unam sanctam«*
1303		Bonifatius VIII. stirbt in Anagni
1304		*Schließung der Bauhütten*
1305		Rolands Reise zu Papst Clemens V. nach Avignon
1306		Rolands Ankunft in Altomünster
1308		*Weiterbau der Kathedrale*
	*	Lancelot und Gudrun (Das erste Geschwisterpaar)
1318		*Fertigstellung des Mittelschiffs*
		Lancelot und Gudrun ziehen ins Sakriversum
um 1330		Erste Begegnung mit den *Bankerts*
1348		*Fertigstellung der Westtürme*
um 1370		Teilung der *Schander*-Familien
1450		Der »Zwölf-Familien-Beschluß«
bis 1700		Die »Grausamen Jahre« (McGowan-Seitenlinie)
bis 1780		»Glück und Frieden« (Murphy-Seitenlinie)
1868		Gefahren durch die *Weltlichen*
1918		Der »Zwölf-mal-Zwölf-Schwur«
1945		Zerstörung der Stadt
1968	*	Wolfram
1993	*	Goetz von Coburg
2018		Das »Weiße Feuer« in der Nacht zum 8. März

Das Sakriversum
(südliche Seite mit Querschiff, ohne Türme)

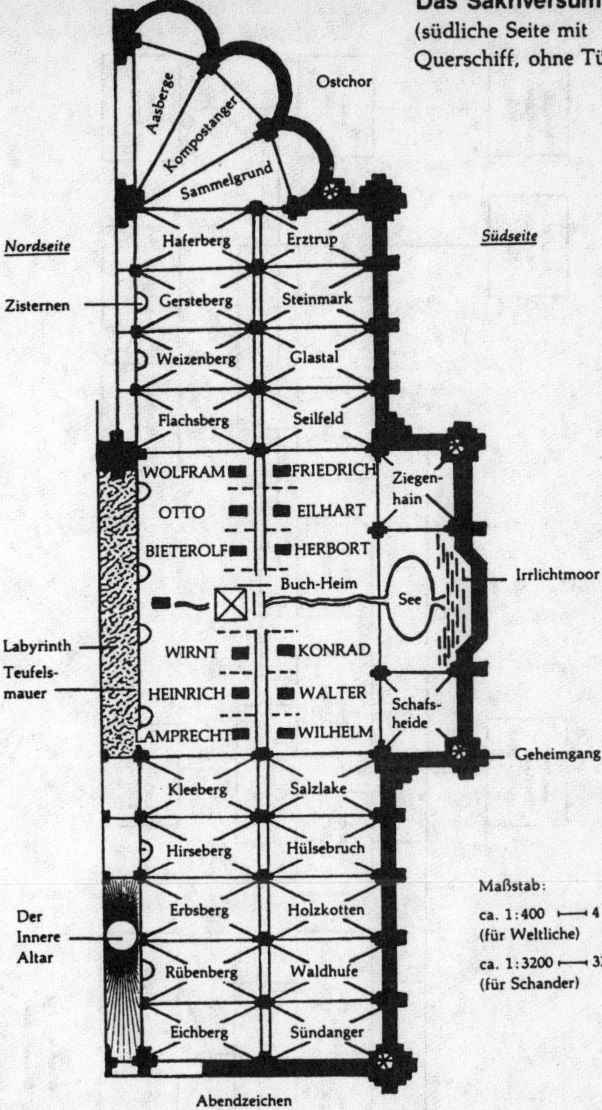

Maßstab:
ca. 1:400 ⟼ 4 m
(für Weltliche)
ca. 1:3200 ⟼ 32 m
(für Schander)

Die Alchimisten-Familie

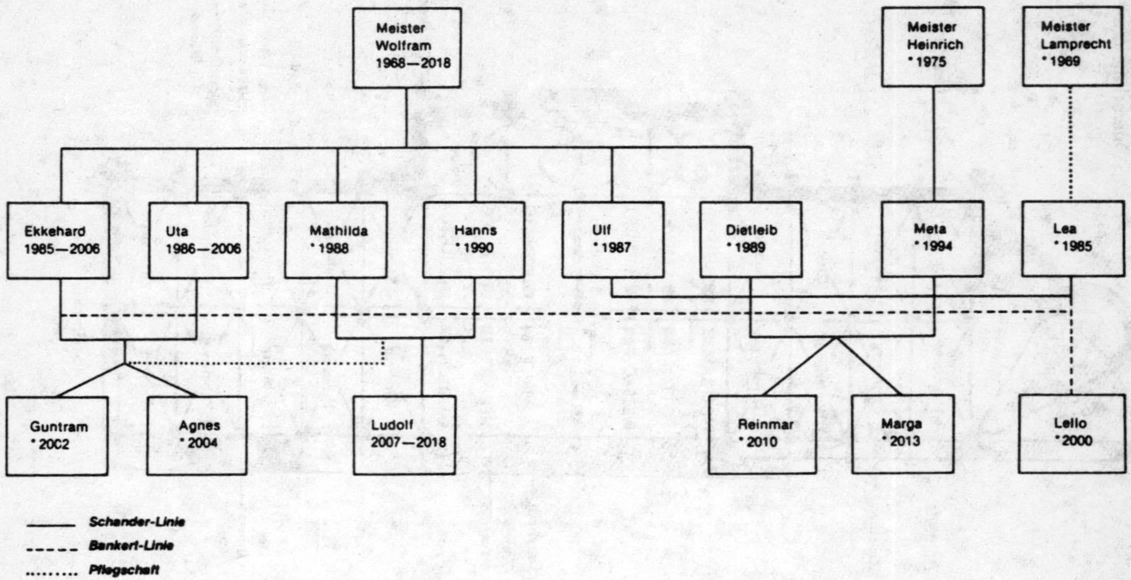

Die Ahnen des Sakriversums
(von 1231 n. Chr. bis zur Familienteilung)

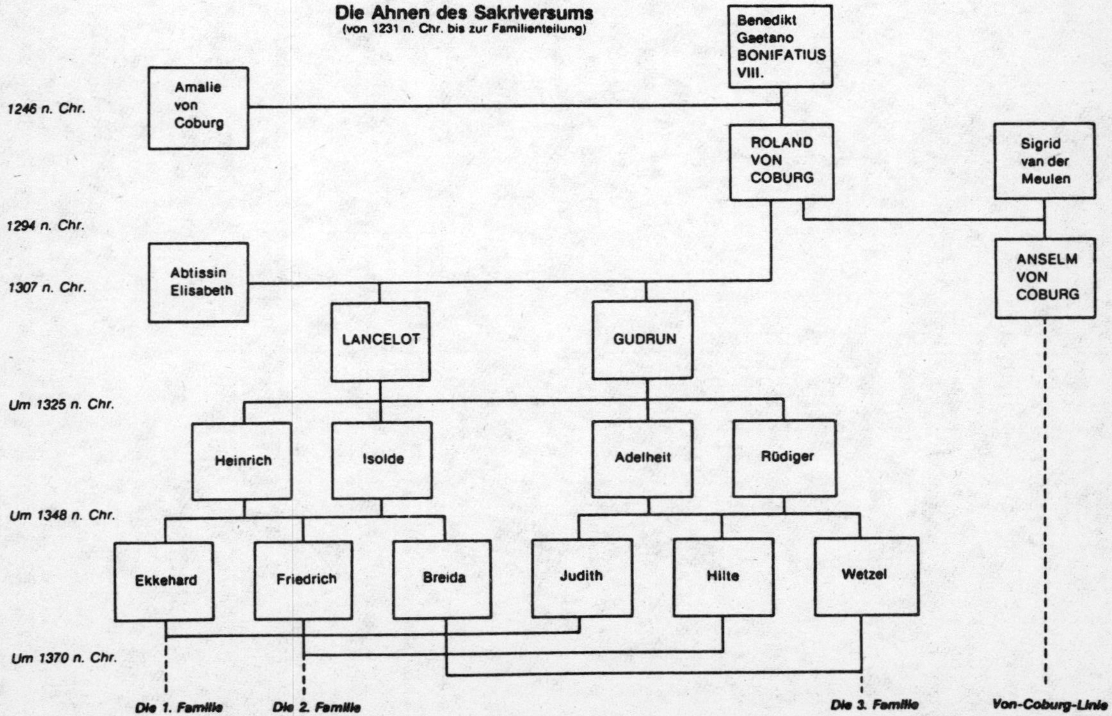

Romane und Erzählungen

Barbara Taylor Bradford
Bewahrt den Traum *Roman*
(rororo 12794 und als gebundene Ausgabe im Wunderlich Verlag)
Eine bewegende Familiensaga: die Erfolgsautorin erzählt mit Charme und Einfühlungsvermögen vor allem die Geschichte zweier Frauen, die sich ihren Platz in einer männlichen Welt erkämpfen.
Und greifen nach den Sternen
Roman
(rororo 13064)
Wer Liebe sät *Roman*
(rororo 12865 und als gebundene Ausgabe im Wunderlich Verlag)

Barbara Chase-Riboud
Die Frau aus Virginia *Roman*
(rororo 5574)
Die mitreißende Liebesgeschichte des amerikanischen Präsidenten Thomas Jefferson und der schönen Mulattin Sally Hemings.

Marga Berck
Sommer in Lesmona
(rororo 1818)
Diese Briefe der Jahrhundertwende, geschrieben von einem jungen Mädchen aus reichem Hanseatenhaus, fügen sich zusammen zu einem meisterhaften Roman zum unerschöpflichen Thema erste Liebe.

Diane Pearson
Der Sommer der Barschinskys
Roman
(rororo 12540)
Die Erfolgsautorin von «Csárdás» hat mit diesem Roman wieder eines jener seltenen Bücher geschrieben, die eigentlich keine letzte Seite haben dürften.

rororo Unterhaltung

Dorothy Dunnett
Die Farben des Reichtums
Der Aufstieg des Hauses Niccolò. Roman
656 Seiten. Gebunden im Wunderlich Verlag und als rororo 12855
«Spionagethriller, Liebesgeschichte, spannendes Lehrbuch (wie lebten die Menschen vor 500 Jahren?) - einer der schönsten historischen Romane seit langem.» *Brigitte*
Der Frühling des Widders
Die Machtentfaltung des Hauseses Niccolò. Roman
640 Seiten. Gebunden im Wunderlich Verlag
Das Spiel der Skorpione
Niccolò und der Kampf um Zypern. Roman
784 Seiten. Gebunden im Wunderlich Verlag

Marti Leimbach
Wen die Götter lieben *Roman*
272 Seiten. Gebunden im Wunderlich Verlag und als rororo 13000
Das Buch zum Film «Entscheidung aus Liebe». Die Geschichte von Hilary und Viktor.

Abenteuer

Mario Puzo
Der Pate *Roman*
(rororo 1442)
Ein atemberaubender Gangsterroman aus der New Yorker Unterwelt, der zum aufsehenerregenden Bestseller wurde. Ein Presseurteil: «Ein Roman wie ein Vulkan. Ein einziger Ausbruch von Vitalität, Intelligenz und Gewalttätigkeit, von Freundschaft, Treue und Verrat, von grausamen Morden, großen Geschäften, Sex und Liebe.»

Mamma Lucia *Roman*
(rororo 1528)
Animalisch in ihrer Sanftmut, aufopfernd in ihrer Fürsorge, streng und wachsam in ihrer Liebe – das ist Lucia Santa Angeluzzi-Corbo, Mamma Lucia, die im italienischen Viertel von New York um das tägliche Brot ihrer sechs Kinder kämpft.

Rudolf Braunburg
Hongkong International *Roman*
(rororo12820)
Ein aufregender Roman aus der Welt der Flieger und Passagiere vom Bestsellerautor und früheren Flugkapitän Rudolf Braunburg.

Rückenflug *Roman*
rororo 12333)
Während der Trainingstage beim internationalen Kunstfliegertreffen stimmt sich der bekannte Journalist Achim Reimers auf die spannungsgeladene Atmosphäre ein und macht auf seinen Streifzügen merkwürdige Beobachungen. Bald muß er erkennen, daß er sich ahnungslos in einem gefährlichen Spionagenetz verfangen hat.

rororo Unterhaltung

Josef Martin Bauer
So weit die Füße tragen
(rororo 1667)
Ein Kriegsgefangener auf der Flucht von Sibirien durch den Ural und Kaukasas bis nach Persien. «Diese Odyssee durch Steppe und Eis, durch die Maschen der Wächter und Häscher dauerte volle drei Jahre – wohl einer der aufregendsten und zugleich einsamsten Alleingänge, die die Geschichte des individuellen Abenteuers kennt.»
Saarländischer Rundfunk

James Dickey
Flußfahrt *Roman*
(rororo 12722)
Harmols wie ein Pfadfinderunternehmen beginnt der Wochenendausflug von vier gutsituierten Duchschnittsbürgern - schon am nächsten Tag jedoch verwandelt sich die Kanufahrt in einen Alptraum...
Unter dem Titel «Beim Sterben ist jeder der erste» verfilmt mit Burt Reynolds.

3293/2

Fantasy

Barbara von Bellingen
Tochter des Feuers *Roman aus der Morgendämmerung der Menschheit*
(rororo 5478)
Im Jahre 1883 machten französische Archäologen einen zauberhaften Fund: in einer Höhle entdeckten sie das winzigkleine geschnitzte Porträt einer jungen Frau – das Gesicht einer Neandertalerin, eingekerbt in einen Mammutzahn vor mehr als 30 000 Jahren.

Luzifers Braut *Roman*
(rororo 12203)
Die ergreifende Geschichte der jungen Susanna, einer Wirtstochter aus Köln, die in den Teufelskreis eines Hexenprozesses gerät: hinterhältige Verhöre und grausame Foltern, Ohnmacht und Qualen, eine wundersame Rettung, die Flucht durch das vom Dreißigjährigen Krieg heimgesuchte Land.

Kurt Vonnegut
Schlachthof 5 oder der Kinderkreuzzug
(rororo 1524)
Kurt Vonnegut, in Amerika berühmter Verfasser von satirischen Science-fiction-Romanen, weiß ebenso unterhaltsam wie anspruchsvoll zu erzählen.

Katzenwiege *Roman*
(rororo 12449)
«Vonnegut ist einzigartig unter uns», schrieb Doris Lessing. «Er ist ein Idylliker und Apokalyptiker in einer verwegenen Mischung» (FAZ). «Katzenwiege» gilt als ein Klassiker seines irrwitzigen Gesamtwerks.

rororo Unterhaltung

Robert Shea /
Robert A. Wilson
Illuminatus!
Band 1:
Das Auge in der Pyramide
(rororo 4577)
In einer visionären Vermischung von Erzähltechniken des Science-fiction-Romans, des Polit-Thrillers und des modernen Märchens jagen die Autoren den staunenden, erschrockenen und lachenden Leser durch die jahrhundertelange Geschichte von Verschwörungen, Sekten, Schwarzen Messen, Sex und Drogen. «Ein Rock'n'Rollthriller» («Basler Zeitung») und Geheimtip für die Freunde der literarischen Phantasie.

Band 2:
Der goldene Apfel
(rororo 4696)

Band 3:
Leviathan
(rororo 4772)

3284/2